Knaur.

Knaur.

*Im Knaur Taschenbuch Verlag ist bereits
folgender Titel der Autorin erschienen:*
Die Traumtänzerin

Über die Autorin:
Katherine Scholes wurde auf einer Missionsstation in Tansania geboren und hat den größten Teil ihrer Kindheit dort verbracht, bevor sie nach England und dann nach Tasmanien zog. Sie hat mehrere Romane, darunter einige für Jugendliche, geschrieben und arbeitet auch im Filmbereich. Sie lebt zurzeit mit ihrem Mann und ihren beiden Söhnen in Tasmanien.

Katherine Scholes

Die Traumtänzerin

Roman

*Aus dem Englischen von
Grace Pampus*

Knaur Taschenbuch Verlag

Die englische Originalausgabe erschien 1996 unter dem Titel
»Make Me an Idol« bei Pan Macmillan Australia, Sydney

Besuchen Sie uns im Internet:
www.knaur.de

Vollständige Taschenbuch-Neuausgabe 2006
Copyright © 1996 by Katherine Scholes
Copyright © 2004, 2006 der deutschsprachigen Ausgabe
by Droemersche Verlagsanstalt
Th. Knaur Nachf. GmbH & Co KG., München.
Alle Rechte vorbehalten. Das Werk darf – auch teilweise –
nur mit Genehmigung des Verlags wiedergegeben werden.
Redaktion: Ilse Wagner
Umschlaggestaltung: ZERO Werbeagentur, München
Umschlagabbildung: Corbis
Satz: Ventura Publisher im Verlag
Druck und Bindung: Clausen & Bosse, Leck
Printed in Germany
ISBN-13: 978-3-426-63320-5
ISBN-10: 3-426-63320-5

2 4 5 3 1

*Für Brian C. Robinson,
der mich gelehrt hat, das
Leben zu genießen.*

Teil eins

1

Flinders Island, Tasmanien 1993

Zelda stand auf dem Vorderdeck des Fischerboots und zerteilte Kängurukadaver mit dem Beil. Wie eine Axt hob sie es mit beiden Händen hoch und ließ es mit Schwung hinuntersausen. Sauber durchtrennte es Fell, Fleisch und Knochen. Überall lagen die abgetrennten Stücke wie ein kaputtes Spielzeug herum: Köpfe mit Ohren, Oberkörper mit kleinen Armen, Rümpfe mit langen kräftigen Hinterbeinen und Schwänze.

Als sie den letzten Kadaver zerteilt hatte, warf sie die Stücke in einen Ködereimer und trug ihn nach achtern, wo ihr Vater Krebsreusen mit Ködern bestückte.

»Denk bitte daran, dass ich um sechs Uhr zurückfahren möchte«, sagte sie. »Ich gehe heute aus.«

James sah sie aus den Augenwinkeln kurz an und fuhr mit seiner Arbeit fort. »Also räumst du jetzt wohl auf«, antwortete er.

Zelda schaute ihn einen Moment schweigend an. Dann machte sie sich an die Arbeit, das Wirrwarr von Netzen und Tauen auf dem Deck zu ordnen. Ärgerlich kniff sie die Lippen zu einem dünnen Strich zusammen. Sie wusste genau, dass sie nichts tun oder sagen konnte, was James daran hindern würde, erst spät zurückzufahren.

Die tief stehende Sonne ließ ihre Strahlen über die Wellenkronen tanzen. Große Albatrosse zogen majestätisch ihre Kreise über dem Boot. Mit ruhigem Flügelschlag und gesenktem Schnabel hielten sie Ausschau nach Futter. Zelda betrachtete sie mit Unbehagen. Erst letzte Woche hatte sie einen der Vögel dabei beobachtet, wie er einen Köder samt Thunfischhaken schnappte und mit der Nylonschnur davonfliegen wollte. Mit zitternden Händen hatte sie die Angel genommen und ihn wie einen Fisch eingeholt. Sie musste tief in seinen roten Schlund greifen, um den Haken zu entfernen, während der Vogel heisere Schreie ausstieß und mit den scharfen Krallen wild um sich schlug. Sie war allein auf dem Boot gewesen, und niemand konnte ihr helfen. Schließlich musste sie die Leine abschneiden und den Vogel freilassen. Er ließ sich auf dem Wasser treiben, hielt den krummen Schnabel seitwärts und starrte sie an. Zelda konnte sich gut an den Ausdruck seiner Augen erinnern: ein kindlich überraschter und angsterfüllter Blick.

»Du hättest ihn besser gleich erschossen«, sagte James, als sie es ihm später erzählte. »Du weißt doch, dass er mit einem Haken im Leib nicht überleben wird.«

Endlich ging James ins Führerhaus und ließ den Motor an. Langsam tuckerte das Boot um ein langes schmales Riff. Während James in kurzen Abständen vorsichtig Gas gab, damit das Boot nicht zu schnell wurde, hob Zelda die mit Ködern bestückten Reusen über die Bordwand. Sie sanken schnell und verschwanden im Tang. Über jeder Reuse hüpfte eine schwarz beflaggte Boje auf den Wellen. Als die letzte Reuse gesetzt war, steuerte James das Boot in Richtung Heimathafen, einem weißen halbmondförmigen Strand zwischen felsigen Landzungen.

Zelda stieg ins Führerhaus und schloss die Tür, die sie vor der Gischt schützte. Das Führerhaus war eng. Sie lehnte sich in eine Ecke und hielt, so gut es ging, Abstand. Schweigend standen sie da, während das Boot gegen die kabbelige See anstampfte.

Nach einer Weile sagte Zelda: »Du hast es absichtlich spät werden lassen!« Sie machte eine Pause, aber James antwortete nicht. »Ich möchte mir auch einmal etwas vornehmen dürfen, schließlich bin ich kein Kind mehr.«

»Du kennst die Arbeit«, antwortete James. »Es dauert so lange, wie es dauert. Das war schon immer so und wird immer so bleiben.«

Zelda starrte minutenlang aus dem Fenster und folgte den Konturen eines Felsens, der vor der blutrot untergehenden Sonne aus dem Meer ragte.

Schließlich sagte sie: »Was hast du eigentlich gegen Dana?«

James trat einen Schritt vor, um auf die Benzinuhr zu sehen, und schob sie zur Seite.

»Es ist wegen der Tanzstunden, nicht wahr? Du kannst sie nicht leiden, weil sie mir das Tanzen beibringt.«

James runzelte die Stirn und schwieg.

»Was ist daran nicht in Ordnung?« Zelda gab nicht auf.

»Es ist reine Zeitverschwendung.«

Zelda holte tief Luft. »Du magst es nicht, weil es dich an ... Ellen erinnert ...« Beim Namen ihrer Mutter versagte es ihr fast die Stimme. Ellen. Der Name stand zwischen ihnen, ein kleiner abgewürgter Laut.

James starrte aufs Meer. Ängstlich betrachtete Zelda sein Gesicht und wartete. Als er zu sprechen begann, war seine Stimme ruhig, fast gelassen.

»Nein, du irrst. Ich will nur nicht, dass du dich auf solche Dinge einlässt.«

»Das ist doch nur zum Spaß«, widersprach Zelda. »Ich lasse mich auf gar nichts ein.«

»Und was ist mit heute Abend?«

Zelda zuckte die Schultern. »Dana bekommt Besuch von ein paar Freunden vom Festland. Es ist eine Gelegenheit, neue Leute kennen zu lernen.«

»Toll! Neue Leute vom Festland!«, imitierte James sie.

Zelda senkte den Blick und betrachtete die frischen Blutspuren und Fischschuppen. Nach einer Weile spürte sie James' Hand warm und schwer auf der Schulter.

»Hör auf mich, Zel«, sagte er sanft. »Gib dich nicht mit solchen Dingen ab. Bleib bei dem, was du kennst. Einverstanden?«

Zelda warf ihrem Vater einen Seitenblick zu. Ihre Blicke trafen sich. Dann wandte sie sich ab und schaute aus dem salzverkrusteten Kajütenfenster.

Als sie am Steg anlegten, der aus dem geschützten Teil der Landzunge vorragte, sprang sie an Land und machte die Leinen fest.

»Ich nehme den Jeep«, rief sie James zu. »Es kann spät werden, in Ordnung?«

James stellte sich taub und packte langsam und sorgfältig sein Ölzeug ein. Sie sah auf die Uhr und seufzte. Dann lief sie den Steg entlang und sprang hinunter in den weißen Sand. Die schweren Stiefel versanken im Sand und bremsten ihren Schritt.

Schon bald tauchte das Dach der kleinen Blockhütte auf. Graue Granitblöcke bildeten die Grenze zum Strand. Noch bevor sie die Hütte erreichte, zog sie das Gummiband aus dem langen dunklen Haar. Voll und schwer fiel es ihr über die Schultern. Dann zog sie sich das Arbeitshemd über den Kopf. Darunter trug sie ein Herrenunterhemd, das lose an ihrem Körper hing und die Brust nur spärlich bedeckte. Sie warf es über die vor der Hütte gespannte Wäscheleine.

Ihr Blick fiel auf einen kleinen weißen Brief, der vor der Haustür auf dem Boden lag. Lizzie hat wohl die Post gebracht, dachte sie und hob den Umschlag auf. Sie überflog die Adresse. Er war für James. In der oberen rechten Ecke befand sich der Stempel der tasmanischen Regierung. Wahrscheinlich ging es um Wahlen, Gebühren oder Fischereibestimmungen – nichts Interessantes.

Mit dem Brief unter dem Arm drückte sie die Tür mit der Schulter auf. Im Haus roch es nach Holz und Öl. Sie ließ den Brief auf den Tisch fallen und griff nach einem Handtuch, das über dem Kaminsims zum Trocknen hing. Dann ging sie über den Hof und verschwand in der Badehütte.

Sie zog sich aus. Die untergehende Sonne drang durch die Ritzen der Holzwand und malte ein Muster auf ihre nackte Haut. Sie wappnete sich innerlich gegen das kalte Wasser und goss es sich über den Körper. Dabei achtete sie darauf, dass die hochgesteckten Haare nicht nass wurden. Dünne Bäche liefen über Schultern, Hüften und Füße. Sorgfältig seifte sie sich mit einem abgebrochenen Stück Seife ein und schrubbte die Haut mit einer Hand voll kleiner Meeresschwämme. Sie gab sich viel Mühe, Schweiß, Salz und Reste von rohem Fisch zu entfernen.

Ob James schon heraufgekommen war? Würde sie ihm noch begegnen, bevor sie das Haus verließ? Sie wurde wütend. Ich bin einundzwanzig Jahre alt, hatte sie ihm gesagt. Es geht dich nichts an, wohin ich gehe und mit wem ich mich treffe. In seinen Augen standen Wut und tiefer Schmerz.

»Er hängt zu sehr an dir«, hatten ihr Freunde oft gesagt. »Das ist kein Wunder, ihr seid allein. Er musste dir Vater *und* Mutter sein und will nur dein Bestes ...«

Aber Zelda wusste, dass mehr dahinter steckte. Es war etwas anderes, was sie verband. Mit ihrer Entwicklung vom Kind zur jungen Frau wurde es immer stärker. Sie war ihrer Mutter so ähnlich, dass man sagte, sie hätten Zwillinge sein können. James sprach nie darüber. Aber Zelda ahnte, wie schwer es für ihn sein musste, stets an Ellen erinnert zu werden. Eines Tages hatte er überraschend die Badehütte betreten – der kleine Raum mit dem Wassereimer und dem Holzrost, der als Dusche diente. In diesem Augenblick hatte sie begriffen, wie tief es ihn berührte.

»O entschuldige«, hatte er verlegen gesagt, »ich dachte, du bist schon fertig.«

Aber anstatt die Hütte sofort wieder zu verlassen, war er wie angewurzelt stehen geblieben. Stumm hatten sie sich angesehen. Dann war sein Blick langsam über ihren nackten Körper gewandert. Das lange nasse Haar war ihr lose über die Brust gefallen, nur die rosa Spitzen waren zu sehen gewesen. Zwischen den Beinen hatte sich das schwarz behaarte Dreieck von der hellen Haut abgehoben. Zelda hatte mit Erstaunen bemerkt, dass die sonnengebräunte Haut verblasst war und die Konturen ihres Bikinis gerade noch zu erkennen waren. Als sie den Kopf hob, hatte sie Tränen in James' Augen bemerkt. Er hatte sich vor Schmerz auf die Lippen gebissen.

Der Gedanke daran war ihr unangenehm. Hastig spritzte Zelda sich Wasser ins Gesicht und wusch die Erinnerungen fort.

Nach einiger Zeit stand sie sauber gewaschen und angezogen vor der Hütte. Die Sonne war schon im Meer versunken. Rasch wurde es dunkel. James war immer noch in der Badehütte. Sie warf einen Blick aufs Meer und rannte zu dem alten Jeep, der neben dem Wasserspeicher parkte. Ein Satz und sie saß hinterm Steuer, ließ den Motor aufheulen und fuhr auf dem holprigen Buschpfad davon.

Sie fuhr vorsichtig auf dem schmalen Weg, wich den Schlaglöchern aus und achtete auf Tiere, die plötzlich im Scheinwerferlicht auftauchen konnten. Sie versuchte, die Gedanken an James zu verdrängen, der Erinnerung an sein Missfallen zu entfliehen. Aber stattdessen musste sie an Drew denken, der später in der Hütte auftauchen und seine Sorge über ihren Besuch bei Dana, bei dem sie ihn nicht mitnehmen wollte, äußern würde. Beide, Vater und Geliebter, würden bestürzt und verärgert den Kopf über ihr Verhalten schütteln.

Vor Jahren waren sie einmal Rivalen gewesen, fast schon Feinde. Aber irgendwann hatten sie beschlossen, sich Zelda zu teilen. Niemand außer ihnen durfte sie bekommen.

Trotzig riss sie das Steuer herum und schleuderte um eine Kurve. Als sie den Wagen wieder unter Kontrolle hatte, schämte sie sich für ihr kindisches Verhalten.

Sie war mit den Gedanken bereits beim bevorstehenden Abend, als sie die Hauptstraße erreichte. Sie hatte sich schon seit Tagen darauf gefreut. Danas Haus lag hoch oben auf dem Berg. Sie sah Dana nur zu den wöchentlichen Tanzstunden im Gemeindehaus und hatte noch nie eine Einladung zu ihr nach Hause erhalten. Dana schloss immer ab, wenn alle gegangen waren. Drew, der Zelda abholte, kam häufig zu spät. Also ergab es sich, dass die beiden Frauen im bläulichen Schein der Neonröhre vor dem Haus standen und sich unterhielten.

Beide kamen aus völlig verschiedenen Welten. Zelda kannte nur das Leben auf der Insel. Dana schien nach Lust und Laune in der Welt herumzureisen, nach Belieben in das Leben verschiedener Männer hinein- oder herauszuspazieren, neue Jobs auszuprobieren oder wegen der besseren Aussicht umzuziehen. Einhandsegler, nannte sich Dana lachend. Zelda beneidete sie um ihr Leben – das Tempo, die Erlebnisse, die neuen Gesichter. Trotzdem, es war sicher ein einsames Leben.

»Ganz und gar nicht«, widersprach Dana. Ihr gefiel dieses Leben.

Zelda war an der Kreuzung angekommen und bog langsam in die steile Zufahrt zu Danas Haus ein. Sie betrachtete ihre weiße Seidenbluse, die kühl und weich auf der Haut lag. Es fühlte sich ungewohnt an – so erwachsen. So etwas hätte sie anderswo nie angezogen. Es war schon eine Weile her, als Lizzie, Drews Mutter, die Bluse aus einer Truhe gezogen hatte, in der sie alte Babykleidung und unerwünschte Geschenke aufhob, die sie vielleicht weiterverschenken konnte.

»Deine Mutter hat sie mir geschenkt«, hatte Lizzie gesagt und mit ihren rauen Händen ein letztes Mal über die weiche Seide gestrichen. »So etwas Hübsches habe ich noch nie besessen. Aber es passt nicht zu mir. Du sollst sie tragen.« Wie ein weiches weißes Leichenhemd lag die Bluse ausgebreitet auf dem Bett. »Sie ist aus Frankreich, wie fast alles, was Ellen trug. Siehst du das Schild? Christian Dior. Christian, ein merkwürdiger Name.«

Zelda trug zu der Bluse Jeans und blank geputzte Reitstiefel. Neben ihr auf dem Beifahrersitz lag ein knielanger Rock aus blassblauem Leinen. Beides war für den Abend sowieso nicht passend. Wie waren Danas Freunde wohl gekleidet? Im Geiste sah sie gesichtslose, schnell sprechende Gäste in Abendkleidern und hohen Absätzen. Warum, um Himmels willen, hatte sie die Einladung zu der Party nur angenommen? Sie wusste nicht, was sie sagen sollte oder wie sie sich zu benehmen hatte. Aber sie hatte nicht fest zugesagt, also musste sie nicht erscheinen. Sie konnte abwarten und sich später entscheiden.

Vor der letzten Kurve parkte sie den Wagen und ging zu Fuß weiter. Die Stiefel zog sie aus und trug sie, damit sie nicht schmutzig wurden. Barfuß ging sie vorsichtig über den steinigen Boden.

An einer dicken Eiche blieb sie stehen; sie war näher am Haus, als sie dachte. Die großen nackten Fenster waren hell erleuchtet. Sie duckte sich, um nicht gesehen zu werden, und schlich sich näher heran. Vorsichtig reckte sie den Hals und schaute hinein. Es kam ihr vor wie Fernsehen ohne Ton: weit geöffnete lachende Münder, in der Luft schwebende Ringe aus Zigarettenrauch, volle Weingläser, vier oder fünf Gäste, die so unterschiedlich gekleidet waren, als wären sie auf verschiedenen Veranstaltungen.

Direkt vor ihr stand eine große grazile Dame in einem langen roten Kleid, das Haar zu einem buttergelben Turban hochgesteckt. Zelda betrachtete sie eingehend. Unter einer dicken Schicht Puder bemerkte sie erstaunt ein faltiges, zerfurchtes Gesicht. Die Frau war alt. Auch die Hand, die das Glas umschloss, war faltig und mit braunen Altersflecken übersät. Daneben stand Dana, ganz in Schwarz, das Gesicht weiß, die Lippen dunkelrot. Sie lehnte an einen Sessel. Das ärmellose Top war so tief ausgeschnitten, dass man die kleinen Brüste und den schwarzen Spitzenbüstenhalter sah. Hinter ihr stand ein Mann mit schmalen Hüften, der einen eleganten dunkelblauen Anzug trug. Ein anderer hatte Khakihosen und einen Pullover an. Es schien, als hätten sie nichts gemein, und doch spürte Zelda ihre Unbekümmertheit. Sie ließ Gesichtszüge, Blicke und Lächeln weicher erscheinen.

Plötzlich verspürte Zelda den Drang, sich in den Büschen zu verstecken, zum Jeep zu laufen und nach Hause zu fahren. James und Drew, die ein Bier miteinander tranken, würden sich sicher freuen. Aber dann hörte sie Schritte. Sie blieb, wo sie war, und lauschte gespannt. Als sie näher kamen, duckte sie sich und lehnte sich mit dem Rücken an die dunkle Wand. Ein Mann schlenderte mit einem Weinglas in der Hand über den Rasen. Er blieb stehen, betrachtete einen Moment den Sternenhimmel, drehte sich dann um und kam direkt auf sie zu. Sie erschrak. Sollte sie aufstehen und auf ihn zugehen oder weglaufen? Aber sie rührte sich nicht und starrte ihn an. Als er fast in Reichweite war, drehte sie wie ein Kind, das glaubte, es würde nicht entdeckt, wenn es die Augen schloss, das Gesicht zur Wand.

Sie hörte, wie er direkt über ihrem Kopf das Glas auf den Fenstersims stellte und sich entfernte. Erleichtert atmete sie auf. Am Wegrand blieb er stehen, betrachtete das im Mondschein schimmernde Meer, öffnete den Hosenschlitz und pinkelte in den Busch. Geräuschvoll traf der Strahl auf trockene Blätter und Gras. Zelda wurde heiß. Wenn man sie nun entdeckte? Jeder würde denken, sie hätte sich hier versteckt, um ihn zu beobachten. Verzweifelt suchte sie nach einer Möglichkeit, unbemerkt zu verschwinden. Aber es war bereits zu spät. Er steckte das Hemd in die Hose und drehte sich wieder um.

Das blasse Mondlicht fiel auf sein Gesicht. Er hatte

gleichmäßige markante Gesichtszüge und dunkles, kurz geschnittenes Haar. Die graugrünen Augen suchten nach dem Glas auf dem Sims und entdeckten die dunkle Gestalt, die sich an die Mauer kauerte. Als traute er seinen Augen nicht, sah er genauer hin.

»Hallo«, sagte Zelda und stand mühsam lächelnd auf.

»O hallo«, antwortete der Mann und wich erstaunt einen Schritt zurück.

Mit weit aufgerissenen fragenden Augen sah er sie an. »Dana hat mich zum Tee eingeladen«, erklärte Zelda hastig. »Nun ja, eigentlich zum Dinner.« Ihre Seidenbluse glänzte im Licht, das durch das Fenster fiel.

Der Mann war groß und blickte auf sie herab. »Wahrscheinlich kommt man auch auf diesem Weg zur Tür«, sagte er mit einem Akzent, der weder australisch noch englisch noch amerikanisch war. »Übrigens, ich heiße Rye«, stellte er sich vor und streckte ihr die Hand entgegen.

Zelda starrte sie entgeistert an – nur Männer begrüßten sich mit Handschlag, Frauen lächelten lediglich. Schüchtern gab sie ihm die Hand und spürte seine Wärme.

»Und wer sind Sie?«

»Ich heiße Zelda.«

»Aha, Danas Schützling.«

Zelda runzelte erstaunt die Stirn. »Wie bitte?«

»Dana bringt Ihnen das Tanzen bei, nicht wahr?«

»Ja«, antwortete Zelda zögernd, »es macht sehr viel Spaß.«

Einen Augenblick sagte keiner von beiden etwas, und peinliches Schweigen entstand. Dann zeigte Rye in Richtung Hintertür. »Sollen wir hineingehen?«

Als sie nebeneinander zur Tür gingen, spürte Zelda Ryes Blick. Plötzlich bemerkte sie, dass sie immer noch die Stiefel unterm Arm trug. Sie blieb stehen, balancierte auf einem Bein und versuchte, die Stiefel anzuziehen.

Dabei verlor sie auf dem weichen unebenen Weg das Gleichgewicht. Rye hielt sie an der Schulter fest. Sie spürte seinen festen warmen Griff durch die Bluse hindurch auf der Haut.

»Danke.« Unbeholfen zog sie die Stiefel an und ging schnell weiter.

Dana empfing sie an der Tür. »Du hast es ja doch geschafft, Zelda! Komm herein.« Sie drehte sich um und rief den anderen Gästen zu: »Sie ist hier!« Dann entdeckte sie Rye. »Rye hast du ja bereits kennen gelernt. Rye, wo hast du sie entdeckt?«

Er grinste. »Sie hat mich entdeckt, als ich mich gerade etwas erleichterte.«

Zelda schluckte verlegen, aber Dana lachte nur, legte den Arm um Zeldas Schultern und schob sie ins Wohnzimmer. »Ich bin froh, dass du doch noch kommen konntest«, sagte sie herzlich. »Ich hoffe, James ist nicht sehr ...«

»Nein, es ist schon in Ordnung.« Jäh stand Zelda vor den anderen Gästen und wünschte sich zurück in Danas schützenden Arm.

»Das ist Cassie aus Amerika«, stellte Dana die Dame in Rot vor. »Sie ist sehr berühmt.«

»Das ist vorbei«, lachte Cassie, drückte rasch ihre Zigarette im Aschenbecher aus und gab Zelda die Hand. Doch plötzlich gefror das Lächeln, die Augen zogen sich verblüfft zusammen. Nach langem Schweigen fand sie ihre Fassung wieder und lachte gezwungen. »Entschuldigen Sie, meine Liebe. Ich habe den Eindruck, Sie zu kennen.« Wieder betrachtete sie Zelda und neigte dabei den Kopf.

»Ihr Gesicht kommt mir so bekannt vor. Ich war sicher, Sie schon einmal getroffen zu haben.« Hilfe suchend blickte sie zu Dana hinüber.

»Das ist ziemlich unwahrscheinlich«, meinte Dana. »Sie hat die Insel noch nie verlassen. Nicht wahr, Zelda?«

Zelda nickte wortlos.

»Ich vergesse nie ein Gesicht«, beharrte Cassie. Als Zelda der nächste Gast vorgestellt wurde, ließ die alte Dame sie nicht aus den Augen.

Es war ein Freund aus Sydney, der behauptete, Maler zu sein. Zelda sah ihn schon mit Tapeziertisch und Eimer vor sich, als Dana auf ein buntes Gemälde über dem Kamin deutete. Die nächsten zwei Frauen stellte Dana als Designerinnen vor. Abgelenkt von ihrer absonderlichen Kleidung und ihrem Make-up, überhörte Zelda ihre Namen.

Mit dem entrückten Blick einer Frau, die ihr Gedächtnis nach Anhaltspunkten durchsucht, schaute ihr Cassie immer noch nach. Als beschuldige man sie der Lüge, wandte Zelda sich verlegen ab und ging zu den Muscheln auf dem Kaminsims hinüber. Sie täuschte Interesse vor, nahm eine große Ohrschnecke in die Hand und strich mit steifen Fingern über die vertraute Form. Dann betrachtete sie die gerahmten Fotos an der Wand. Eines zeigte eine Frau mit einem Turban. Sie stand mitten in der Wüste neben einem Kamel. Beim näheren Hinsehen erkannte Zelda Dana.

Plötzlich fiel ihr auf, dass alle sie ansahen. Cassie brach das Schweigen. »Zelda – was für ein schöner Name. Ich hatte eine Cousine, die Zelda May hieß«, erzählte sie lächelnd. Erleichtert stellte Zelda fest, dass das Erstaunen aus ihren Augen verschwunden war. Sie hatte wohl den absurden Gedanken, dass ein Mädchen von der Insel sie an jemanden erinnere, aufgegeben. »In der weißen Bluse sieht sie wie ein Engel aus«, fuhr Cassie fort, »und ausgesprochen hübsch. Herrgott, schau sie an! Und du sagst, sie kann tanzen, Dana?«

»Cassie!«, lachte Dana. »Du bringst sie in Verlegenheit. Ja, sie kann tanzen. Ihr Körper ist makellos. Zelda, du musst unbedingt Tanzunterricht nehmen.«

»Ich weiß«, murmelte Zelda. »Aber ich habe ziemlich viel zu tun. Du weißt doch, die Arbeit. Außerdem will James nicht, dass ich tanze.«

»Was machen Sie denn, meine Liebe?« Cassie lächelte ihr aufmunternd zu.

Rye, der etwas abseits stand, drehte sich neugierig um.

»Mein Dad ist Krebsfischer, und ich arbeite als Matrose auf seinem Boot.« Sie sah sich um, aber die anderen waren mit ihrer Antwort nicht zufrieden. »Wir setzen an der Küste Reusen mit Ködern aus. Am nächsten Tag ziehen wir sie herauf, nehmen die Krebse heraus, legen neue Köder hinein und lassen sie wieder auf den Grund.«

»Jeden Tag?«, fragte Cassie.

»Ja, wenn es nicht zu stürmisch ist, und natürlich nur in der Saison.« Ihr war nicht wohl in ihrer Haut. Wahrscheinlich interessierte das niemanden, und sie bildeten sich ihre Meinung nach anderen Kriterien.

Sie spielte mit einer Haarsträhne, die sie immer wieder durch die Finger gleiten ließ.

»Wo arbeiten Sie?«, fragte Rye. »An welchem Teil der Küste?«

Zelda warf ihm einen kurzen Blick zu. »Südost.«

»Ich war heute zufällig in der Nautilus Bay.«

»Dort wohnen wir«, antwortete sie. »Das ist unsere Bucht.«

Rye überlegte kurz. »Sie leben in der Blockhütte direkt am Strand?«

»Ja.«

»Es ist … wunderschön dort«, sagte er merkwürdig abwesend.

»Ich bin dort geboren«, ergänzte Zelda.

Cassies Blick wanderte zwischen Rye und Zelda hin und her wie bei einem Tennisspiel. Dann ergriff sie das Wort. »Aber doch wohl nicht in der Hütte?«

»Doch. Meine Mutter hasste Krankenhäuser. Sie hat für die Niederkunft ein falsches Datum angegeben. Also kam ich zwei Wochen zu früh, und Doktor Ben musste in aller Eile zu uns herauskommen.«

Überrascht klatschte Cassie in die Hände. Zelda hatte keine Lust, noch mehr zu erzählen, und ging um Dana herum ans Fenster. Dort betrachtete sie sich in der Fensterscheibe – das errötete Gesicht über der glänzend weißen Bluse. Dahinter Rye. Er hatte einen Fuß auf den Holzkorb gesetzt und drehte das Weinglas in der Hand, wobei er sie unentwegt ansah. Auf seinem Gesicht lag ein Schatten, als mache er sich Gedanken über sie. Aber das war unmöglich, denn sie hatten sich gerade erst kennen gelernt.

Dana kam aus der Küche und servierte das Essen. Zelda ging ihr zur Hand und trug ein Gericht nach dem anderen auf. Prüfend betrachtete sie den langen Holztisch voller Fleischplatten, Brot, Salaten, Oliven, Fisch, Essiggurken und Aufschnitt. Vermutlich hatten die Gäste vom Festland alles mitgebracht. In den Regalen der hiesigen Läden fand man nichts dergleichen, auch nicht im neuen Supermarkt, der in einer Ecke des Futtermittelgeschäfts eingerichtet worden war. Offensichtlich war es kein offizielles Dinner. Zelda war erleichtert. Alle tranken Wein und bedienten sich selbst.

»Hilf mir mal, Zelda«, rief Dana, die am Spülbecken stand. »Das habe ich von Mr. Lohrey bekommen. Gott sei Dank ist es schon zubereitet. Aber was soll ich damit machen?«

Es waren gebratene Möwen. Braun gebraten, kalt und fett lagen sie in der aufgerissenen Papiertüte. Zelda zögerte. Alle Leute, die sie kannte, liebten den fischigen Lammgeschmack der fleischigen Seevögel. Am besten waren sie frisch aus dem Ofen, aber man konnte sie auch kalt servieren. Aber Besucher der Insel rümpften ausnahmslos die Nase, ließen das Fleisch auf dem Teller liegen und baten um eine Serviette, um sich den Geruch von den Fingern zu wischen.

»Man bricht sie einfach auseinander und salzt sie«, erklärte Zelda. »Ich mache das schon.« Nervös zerteilte sie die Vögel mit den Fingern. Hier waren sie fehl am Platz. Es tat ihr Leid, die Vögel herzurichten, nur damit sie verschmäht wurden.

Dana trug das Gericht zum Büfett und kündigte es an wie ein Butler.

»Dana, wie kannst du nur!«, rief eine der Frauen und erklärte, es seien wilde Jungvögel, die aus dem Nest gestohlen werden, wenn die Alten auf Futtersuche sind.

»Sarah!«, protestierte Dana. »Übertreib nicht! Hier auf der Insel ist es eine Delikatesse. So viele werden nicht gegessen, dass sie vom Aussterben bedroht wären.«

»Das weiß man nie«, entgegnete Sarah. »Ich habe gehört, dass jedes Jahr fast alle Jungvögel gefangen werden. Wie sollen die Vögel da überleben? *Und*« – stolz über ihr Wissen sah sie sich triumphierend um – »sie fliegen jedes Jahr nach Alaska und kommen wieder zurück. Ein Wunder!«

Zelda stand an der Küchentür und schaute zu. Alle versammelten sich um die Platte mit den Vögeln. Schweigend, als erinnerten sie sich an menschliches Fehlverhalten, betrachteten sie die Vögel. Dana drehte sich Hilfe suchend zu Zelda um, die sich zu einem Lächeln zwang und ans dunkle Fenster trat. Was hatte ich erwartet?, fragte sie sich. Vergiss nie: Schuster bleib bei deinem Leisten. Sie sah hinüber zum Tisch, gerade rechtzeitig, um zu sehen, wie ein langer Arm durch die Gruppe griff und sich ein Bein und einen Flügel nahm.

Gespannt sahen alle Rye beim Essen zu. Sarah zog überrascht die Augenbrauen hoch. »Das hätte ich nicht von dir gedacht ...«

»Köstlich!«, rief er und zwinkerte Zelda über die Köpfe hinweg zu. Sie lächelte dankbar – den Vögeln zuliebe.

Sich die Finger leckend, wandte er sich an Sarah. »Und soweit ich weiß, sind sie nicht gefährdet. Die Einheimischen essen sie schon seit Jahrtausenden, und die Population ist immer noch stabil. Und es ist noch nicht einmal grausam. Hier leben und sterben sie. Das ist sicher besser als jede Massentierhaltung. Aber vielleicht bist du ja Vegetarierin?«

Sarah schwieg.

»Nein? Ach so ...« Er nahm sich einen Teller und bediente sich.

Es herrschte gespanntes Schweigen. Cassie warf den Kopf in den Nacken und lachte laut. »Wunderbar! Ich liebe Streit! Früher gab es auf Partys immer Streit. Männer prügelten sich, die Leute stürmten hinaus und schworen, nie wieder zu kommen.« Herausfordernd blickte sie jedem Gast in die Augen. »Da war wenigstens etwas los!« Wie ein Kind schmollend fuhr sie fort: »Heutzutage wird alles so langweilig. Dana, sei ein Schatz und gib mir eine dieser Möwen.« Sie zwinkerte Sarah und Rye zu. »Prost, ihr beiden, ihr seid noch so jung.«

Zelda nahm sich einen Teller, ging um den Tisch herum und bediente sich. Trotz des Kloßes im Magen hatte sie Hunger und nahm sich von den Speisen, die sie noch nie gegessen hatte.

»Kosten Sie davon«, empfahl Rye und reichte ihr eine Platte mit rohem Gemüse und eine Schale mit einer braunen Paste. »Dip«, sagte er. »Ich hatte keine Ahnung, was das ist, und habe Dana gefragt. Sie sagt, man macht es aus Kapern, Oliven und … Sardellen, glaube ich. Es schmeckt sehr gut.« Er nahm eine Karotte und tauchte sie in die Paste. Als er sie zum Mund führte, rutschte der Klecks Paste fast von der Karotte. Geschickt fing er ihn mit der Zunge auf.

Er kaute mit einem breiten Grinsen.

»Leben Sie in Melbourne?«, wollte Zelda wissen und hoffte, dass es gelassen und höflich, aber nicht zu freundlich klang.

»Hin und wieder«, antwortete Rye bereitwillig. »Ich bin beruflich viel unterwegs und wohne zur Untermiete, weil ich nicht oft zu Hause bin.«

»Was machen Sie beruflich?«, fragte Zelda und bedauerte, verraten zu haben, dass sie Matrose war.

»Ich bin Umweltberater«, antwortete er. »Ich werde von Regierungen gebeten, Empfehlungen über Landnutzung und Ähnliches abzugeben. Meistens geht es dabei um die Küste und das Meer.« Er schwieg und blickte Zelda dabei unentwegt an, als wolle er noch mehr sagen. Aber offensichtlich hatte er sich anders entschieden. Zelda starrte auf ihren Teller.

Rye nahm sich eine Auster, schlürfte sie aus und drehte die Schale in der Hand hin und her. Mit gesenktem Kopf und ziemlich ungeschickt machte sich Zelda über ihr Essen her.

»Wein?« Sarah tauchte mit einem neckischen Augenaufschlag neben Rye auf. »Rot oder Weiß?«

Rye prüfte die Flaschen in ihrer Hand. »Ich empfehle Ihnen den Rotwein«, sagte er zu Zelda. Daraufhin wandte sich Sarah an Zelda.

»O ... Hallo.« Sarah schenkte Zelda ein süffisantes Lächeln und füllte ihr Glas. »Hoffentlich schmeckt er Ihnen.«

»Tasmanien«, fuhr Rye fort. »Dana hat ein neues Weingut entdeckt.«

Er suchte Dana, erhaschte ihren Blick und hob nickend das Glas. Sie lächelte und tat es ihm gleich.

»Sind Sie schon lange mit Dana befreundet?«, fragte Zelda.

»Wir kennen uns schon seit der Kindheit. Ich war auf demselben Internat wie ihr Bruder, Geelong-Gymnasium.«

»Sie hatten sicher Heimweh«, meinte Zelda und dachte an Freunde, die in Tasmanien im Internat waren.

Rye trank einen Schluck Wein. Versonnen runzelte er die Stirn. »Ich vermisse Indien. Dort bin ich aufgewachsen.«

»Indien«, wiederholte Zelda träumerisch und sah im Geiste Paläste mit weißen Kuppeln und vergoldeten Elefanten, die in Hitze und Staub flimmerten.

»Wie ist es dort?«, fragte sie. »Ich meine, können Sie sich noch daran erinnern?«

»Ja, ich ging mit sechzehn Jahren fort und fahre so oft wie möglich dorthin. Manchmal habe ich auch beruflich in Indien zu tun.«

»In Indien?«

»Im Augenblick arbeite ich für hiesige Behörden. Ich

entwickle Projekte zur Erhaltung der Küste. Eine amerikanische Millionärin, die ihr Geld mit Imbissständen gemacht hat und etwas Gutes tun will, finanziert alles.« Dabei lächelte er zynisch.

»Mein Vater stammt aus Amerika«, sagte Zelda.

Rye nickte, als wüsste er es bereits.

»Jetzt ist er natürlich Australier«, fügte sie rasch hinzu. »Meine Mutter war auch Amerikanerin. Sie starb bei einem Verkehrsunfall, als ich noch klein war.« Besorgt, zu viel zu reden und zu viele Fragen zu stellen, senkte sie den Blick.

»Das tut mir Leid.«

»Ach, ist schon gut«, beruhigte ihn Zelda und drehte verlegen das Glas in der Hand. »Ich war noch so klein, dass ich mich nicht an sie erinnern kann.«

Rye sah sie an. Ihre Blicke trafen sich.

»Wissen Sie, dass Sie sehr schöne Augen haben?«, sagte er sehr leise.

Während sie nach passenden Worten suchte, tauchte Dana auf und bat ihn mitzukommen. Zelda blieb am Fenster stehen. Bei dem Gedanken an Ryes Worte und seinen Blick wurde ihr warm ums Herz. Sie dachte an James und Drew, aber das war nicht mit der Freude, Hoffnung und Angst zu vergleichen, die sie in diesem Augenblick empfand.

Kurz nach Mitternacht machte sich Zelda fertig, um zu gehen. Die anderen unterhielten sich immer noch. Sarah und der Maler winkten ihr quer durchs Zimmer zum Abschied zu.

Cassie kam zu ihr und küsste sie auf beide Wangen. »Wir haben uns wohl in einem früheren Leben kennen gelernt«, erklärte sie. »Eine andere Erklärung fällt mir nicht ein. Ich bleibe noch einen Monat bei Dana. Sie müssen versprechen, dass Sie wiederkommen.«

Dana und Rye brachten sie zur Tür.

»Ich habe mich über deinen Besuch sehr gefreut«, sagte Dana.

»Ich auch«, fügte Rye hinzu und sah Zelda direkt in die Augen. »Ich reise morgen früh ab. Aber wenn sie je nach Melbourne kommen ...« Er lächelte und zuckte verlegen die Schultern.

»Sieh es doch mal von dieser Seite, Rye«, meinte Dana grinsend. »Wenn du in einem Paradies lebtest, würdest du dann nach Melbourne gehen?«

Rye lachte. »Ich glaube nicht, aber man weiß ja nie.« Er drehte Dana den Rücken zu und wandte sich an Zelda. »Das ist kein Witz«, sagte er leise, »ich würde Sie gerne wiedersehen.«

Zelda wusste keine Antwort und nickte nur stumm.

Alle winkten zum Abschied. Dana und Rye blieben an der Tür stehen, als sich Zelda über den Rasen entfernte. Die kühle Nachtluft roch nach Meer. Wie ein alter Freund umarmte sie der laue Wind und zog sie mit sich.

Auf dem Heimweg zur Nautilus Bay lächelte Zelda. Während sie auf die dunkle Straße schaute, sah sie Ryes graugrüne Augen und die schlanken braunen Hände mit dem Weinglas vor sich. Dann dachte sie an Drew und bekam ein schlechtes Gewissen. Aber das hielt nicht lange an. Ihre Gedanken wanderten zu den langen heißen Sommertagen am Strand mit ihrer Freundin Sharn und den Liebesromanen, die nach Sonnencreme und Öl rochen. Sie konnten nicht genug davon bekommen – gut aussehende Fremde, sehnsüchtige Blicke, im Mondlicht erwachte Liebe. Fantasien entstanden: der Insel entfliehen, zu fernen Ländern mit exotischen Namen reisen, sich in Männer verlieben, die sie nicht kannten. Heute Abend fühlte sich Zelda wie ein Kundschafter, der von einer Reise in eine andere Welt zurückkehrte. Sie stellte sich vor, wie sie Sharn mit leuchtenden Augen von Liebe, Zauber und romantischen Nächten erzählte und dass diese Welt tatsächlich existierte. Natürlich würde sie dabei lachen und scherzen, um sich keine Blöße zu geben.

Kurz bevor die Hütte in Sicht kam, hielt Zelda den Jeep an und ging zum Strand hinunter. Sie wollte den Rest des Abends genießen, die Ereignisse noch einmal Revue passieren lassen, die Blicke und Worte, die sie spüren ließen, dass sie etwas Besonderes war.

Der lange Strand lag weich und grau im hellen Mondschein. Angeschwemmter Tang bildete eine dunkle Grenze zum Meer. Hinter den Dünen, geschützt durch große Felsbrocken, wiegten sich die hohen Stieleichen im Wind. Darüber erhob sich ein steiler kahler Berg, der in einem schroffen Gipfel endete. Zelda kannte den Berg, der sich dunkel vom Himmel abhob, genau, jeden Felsvorsprung, jeden Spalt. Du gehörst hierher, hatte James viele Male erklärt. Stets klang es wie ein Segen, ein Beweis für Sicherheit und Liebe. Aber nun erschienen ihr die Worte wie eine Drohung, wie eine Verurteilung. Ja, sie gehörte hierher, zu James und Drew. Für einen Mann wie Rye, der aus einer anderen Welt kam, gab es hier keinen Platz.

Eine Welle, weit höher als die vorherigen, rollte an Land und brach sich tosend. Weiße Gischt wurde über den Strand gespült und erreichte fast Zeldas Füße. Sehnsüchtig blickte sie aufs dunkle Meer hinaus. Die Wellen wurden länger – die Flut kam. Mit ausgebreiteten Armen begrüßte sie das unermesslich tiefe Meer. Plötzlich sah sie eine mächtige Welle auf sich zurollen. Eine tollkühne Macht drängte sich in ihr Leben, brach alles auf und öffnete ihr einen unbekannten Weg – eine leere Seite, die beschrieben werden musste.

Sie wandte sich ab und ging langsam hinauf zur Hütte. Nur noch wenige Stunden, dann war Rye wieder fort. Die strahlenden Augenblicke der Nacht waren nur Funken, die in der Dunkelheit erloschen. Das Leben ging weiter und nahm seinen Lauf.

Weiße Rauchschwaden, blasse Fetzen vor einem dunkelblauen Himmel, stiegen aus dem Schornstein. Zelda sah erstaunt, dass noch Licht brannte. James war wohl aufgeblieben und wartete auf sie. Plötzlich hatte sie ein schlechtes Gewissen. Sie hätte nicht so lange ausbleiben dürfen.

Sie ging über den Hof zu dem erleuchteten Fenster und lehnte sich vorsichtig über einen Stapel Fangkörbe, Bojen und zusammengerollte Netze, um hineinsehen zu können. James saß mit dem Rücken zu ihr auf seinem Stuhl, den Kopf nach vorn geneigt. Vermutlich las er ein Buch oder studierte seine Seekarten. Das sandfarbene Haar war frisch geschnitten. Helle Haut wölbte sich im Nacken. Neben ihm stand eine Flasche Bourbon. Das niedergebrannte Feuer tauchte die friedvolle Szene in einen sanften Schein. Zelda blieb noch einen Augenblick stehen, bevor sie sich entschloss zur Hintertür zu gehen. Zögernd betrat sie das Haus.

Als James sie bemerkte, stand er abrupt auf. Dabei rumpelte der Stuhl unsanft über den Boden. Blass und mit grimmigem Blick drohte er ihr mit einem Blatt Papier wie mit einer Waffe.

»Was ist denn los?«, fragte Zelda. »Habe ich etwas falsch gemacht?« Sie senkte den Blick und entdeckte einen zerrissenen Umschlag auf dem Boden. Es war der Brief, den sie hereingebracht hatte.

James setzte sich schwerfällig, ließ das Schreiben auf den Tisch fallen und starrte es an. Während der langen Minuten des Schweigens versuchte Zelda herauszubekommen, was geschehen war. »Sag schon, was ist passiert?«, forderte sie ihn auf.

James wandte sich ab und starrte ins Feuer. »Hiermit möchten wir Sie davon in Kenntnis setzen, dass der als Nautilus Bay bezeichnete Landstrich als Schutzgebiet der Kategorie zwei eingestuft wurde«, sagte er in der Amtssprache, wobei er Zelda mit roten, entzündeten Augen ansah.

»Was bedeutet das?«, fragte Zelda behutsam.

»Das heißt, dass sie die Pacht nicht verlängern. Wir müssen hier raus. Und dann reißen sie die Hütte ab.« Kurzes wütendes Schweigen. »Sie ›sanieren‹ das Gebiet und vernichten alle Spuren menschlicher Gegenwart.«

»Warum?« Zelda runzelte nachdenklich die Stirn. »Ich verstehe das nicht. Der Pachtvertrag läuft doch über einen langen Zeitraum, oder nicht? Es wird Jahrzehnte dauern, bis ...«

»Uns bleiben noch drei Jahre«, sagte James ohne Umschweife.

Zelda erschrak. Die Worte trafen sie wie ein Schlag.

»Aber das können sie doch nicht tun! Fast alle haben Pachtverträge, die immer wieder verlängert werden. Deswegen pachtet man doch die Grundstücke«, sagte sie aufgebracht. Neben James' verzweifelter Gewissheit klang ihre Stimme kläglich. »Es ist unser Heim! Sie können uns doch nicht einfach hinauswerfen!«

»Doch, das können sie, Zelda«, erwiderte James. »Ich kenne jemanden, dem das passiert ist, aber ich wollte dich nicht beunruhigen. Charles hat mich vor ein paar Tagen auf der Gemeindeversammlung gewarnt. Aber jetzt« – er schnippte mit dem Finger gegen den Brief – »ist es zu spät. Ein Erlass des Parlaments. Es ist wegen des Fetzenfischs.«

»Der Fetzenfisch?«, murmelte Zelda wie betäubt. Als Kind war sie oft mit Taucherbrille und Schnorchel am Anlegesteg geschwommen und hatte sich fasziniert die anmutigen Kreaturen angesehen, die wie verirrte Seetangstücke im Wasser schwebten. Sie waren sehr selten, und es war ein Glück, sie so nahe am Haus zu haben.

»Wie du weißt, laichen sie nur in unserer Bucht«, fuhr James fort. »Nun, ein gottverdammter hochnäsiger Akademiker hat die Nautilus Bay als Schutzgebiet vorgeschlagen. Und Päng! Das war's! Hau ab, Madison, die Fetzenfische sind wichtiger!«

Entgeistert starrte Zelda ihn an und bemühte sich krampfhaft, einen Sinn in seinen Worten zu finden. Irgendjemand hatte ihnen ein Schreiben geschickt, in dem behauptet wurde, sie hätten in ihrer eigenen Bucht nichts mehr zu suchen und dass eines Tages Männer kommen würden, um ihr Haus abzureißen und alles wegzutragen, was auf die Anwesenheit von Menschen hinwies. Sie schluckte, Angst schnürte ihr die Kehle zu. Von Veränderung zu träumen war eine Sache. Aber den Boden unter den Füßen zu verlieren und den Wind zu spüren, der durch die Wände blies, die sie bisher beschützt hatten, war eine andere.

Sie spürte James' Blick und suchte verzweifelt nach Worten. »Immerhin haben wir noch drei Jahre. So lange müssen wir ja nichts ändern.«

Ihre Blicke trafen sich. Beide wussten, dass es nur leere Worte waren. Das Wissen um ihren nun begrenzten Aufenthalt warf seine Schatten voraus. Bereits in diesem Augenblick entglitt ihnen das Leben, das sie bisher miteinander geführt hatten.

»Ich kenne den Schweinehund«, sagte James bitter. »Er wurde mir letzten Monat bei der Gemeinde vorgestellt. ›Das ist Rye Sterling.‹ Alle waren freundlich. ›Freut mich, Sie kennen zu lernen.‹ Verlogenes Schwein!«

Zelda wurde heiß, ungläubig starrte sie ihn an. Nein, dachte sie, das kann er nicht gewesen sein ... Aber gleichzeitig wusste sie, dass es wahr war. Nun fiel ihr wieder ein, wie verlegen er war, als wollte er ihr etwas Wichtiges sagen – bestimmt nicht, dass sie schöne Augen hatte und dass er sie gern wiedersehen wollte ...

Sie senkte den Kopf. Tränen tropften ungehindert auf den alten fleckigen Dielenboden. Was hatte man von einem Fremden schon zu erwarten?

James nahm sie in den Arm. »Ist schon in Ordnung«, beruhigte er sie. Ihre Tränen linderten seinen Schmerz und machten ihm Mut. »Weine nicht, mein Engel. Wir haben immer noch uns.« Er beugte sich über sie und küsste sie sanft auf die Stirn. Zelda schmiegte sich an seine kräftige Gestalt. Ja, sie hatten immer noch einander. Nur das zählte.

»Und wir werden kämpfen!« James löste sich aus der Umarmung und ging mit großen Schritten durch den Raum. »Du weißt doch, dass ich der hartnäckigste Rechtsanwalt im ganzen Viertel war. Sie glauben, sie hätten es mit einem stiernackigen Fischer zu tun.« Er lachte heiser. »Sie bekommen etwas mehr, als sie für die Nautilus Bay ausgehandelt haben. Madison gegen Fetzenfisch. Ich habe bereits einige knifflige Fälle gewonnen – und werde auch diesen gewinnen. Du wirst schon sehen.«

2

Zelda ging gemächlich durch die Gänge des kleinen Supermarkts und überflog auf der Suche nach neuen Artikeln die vertrauten Regale mit Konservendosen, Gläsern und Päckchen. Sie dachte an die Speisen, die sie bei Dana zum ersten Mal gekostet hatte. Noch nach Wochen konnte sie sich genau erinnern: das reiche Aroma der getrockneten Tomaten, die salzige Paste aus Oliven und Sardellen ... Cassie, die alte Dame, mit blond gefärbtem Haar, Dana ganz in Schwarz, mit lächelnden dunkelroten Lippen. Und Rye, der sich mit ihr über Indien und Rotwein unterhielt, ohne die Fetzenfische und die Nautilus Bay auch nur zu erwähnen.

Verärgert runzelte Zelda die Stirn und verdrängte die unangenehmen Gedanken. Sie durchsuchte das Regal für Marmelade und Brotaufstriche nach einem Glas Erdnussbutter, dessen Verfallsdatum noch nicht abgelaufen war. Dann wählte sie eine Dose Schinken und ging weiter zu den Zeitungen. Kleine weiße Schilder oben rechts auf den Zeitungen und Illustrierten verrieten den Abonnenten. Es gab *Fishing World* für Doktor Ben, *Life Magazine* für Mrs. Carlsons und *National Geographic* für den Schuldirektor. Daneben lag ein Stapel *Woman's Weekly.* Zelda nahm eine, blättert darin und las einen Artikel über das Scheitern der königlichen Ehe. Ein Foto zeigte die frisch vermählte Prinzessin Diana, das junge ebenmäßige Gesicht in eine Wolke aus weißem Tüll gehüllt. Aschenbrödel war zu einer wunderschönen Prinzessin erwacht. Auf dem Foto daneben umklammerte sie ihre beiden Söhne und schaute blass und mit angsterfüllten Augen in die Kamera.

Zelda betrachtete noch einmal das erste Foto – Diana als Braut in einem langen, fließenden Kleid mit passend gekleideten Blumenmädchen – und versuchte, sich vorzustellen, wie ihre Hochzeit mit Drew wohl sein würde, wenn es so weit war. Eines wusste sie sicher: Drew war es egal, was sie trug. Wenn man ihn ließe, würde er in Jeans und Arbeitshemd erscheinen. Genau wie James. Aber Lizzie würde sich schon darum kümmern und Anzüge aus Tasmanien kommen lassen, die man dort ausleihen konnte. Zeldas Kleid wollte sie nach eifrigem Studieren etlicher Ausgaben von *Today's Bride* selbst schneidern. Wenn eine Hochzeit bevorstand, reiste eine Schachtel mit alten Illustrierten für Braut und Bräutigam, zusammen mit Resten von Spitzen und Bändern, um die Insel. Auch gebrauchte Babykleidung und Kinderwagen wanderten von Hand zu Hand wie der Stab einer nie enden wollenden Staffel.

Bei dem Gedanken an die Zukunft wurde Zelda unwohl. Sie sah alles klar vor sich. Zuerst wurde sie Drews Frau und dann eine junge Mutter, die Spielgruppen organisierte und in der Schulkantine half. Sehnsüchtig zählte sie die Tage bis zum Erscheinen ihrer abonnierten Illustrierten, um wenigstens ein bisschen von der Welt zu erfahren, dem anderen Leben, an dem sie nicht teilhaben konnte. Immerhin wusste sie, zu wem sie gehörte, wer sie war und wo sie hinging. Das war viel wert.

Auf dem Weg zum Jeep blieb Zelda einen Moment stehen, um durch das Fenster ins Büro des Gemeinderats zu sehen. Sie hoffte, einen Hinweis auf Ryes Besuch zu entdecken. Anscheinend hatte er sich für seinen einwöchigen Aufenthalt hier ein Büro eingerichtet. »Er war kein schlechter Kerl«, sagten die Leute. »Schade, dass er die Sache mit Jimmys Haus machen musste.«

Mrs. Temple, die Vorzimmerdame, winkte Zelda durch die gläserne Trennwand zu. Der Gemeinderatssekretär, Mr. Jones, stand neben ihr. Er hob die Hand zum Gruß. Sie sind nervös, dachte Zelda, als gäbe es eine ansteckende Krankheit – die Fetzenfischseuche.

Langsam fuhr sie nach Hause. Das Dröhnen des Motors und das Klappern des Blechs vertrieben ihre Gedanken. Sie parkte vor der Hütte. James war noch nicht zu Hause, denn aus dem Schornstein stieg kein Rauch. Sie warf einen Blick auf die Einkaufstüte. »Kauf etwas Schönes«, hatte er gesagt. Damit meinte er entweder Erdnüsse, Schokolade, getrocknete Früchte oder Käseecken und Cracker. Sie hatte alles gekauft, dazu eine Tüte Chips.

Zelda stieß mit dem Fuß die Tür auf, die gegen ein Hindernis krachte und wieder ins Schloss fiel. »Mist!« Sie versuchte es noch einmal mit dem Absatz ihres Stiefels, aber die Tür ging trotzdem nicht weiter auf. Also stellte sie die Einkaufstüte ab und schob den Kopf durch den Türspalt, um zu sehen, was den Eingang versperrte.

Eiskalte Panik ergriff sie. Zwischen Tür und Wand eingeklemmt lag James, zusammengekrümmt und mit dem Gesicht nach unten, auf dem Boden. Zelda beobachtete seinen Rücken, um zu sehen, ob er noch atmete.

»Dad!«, schrie sie. Sie bemühte sich um Fassung und rief wieder: »Dad?« Der rechte Arm war ausgestreckt, wie bei einem schlafenden Kind. Der andere Arm lag seitwärts am Kopf, daneben eine Spritze. Der Kolben war herausgezogen, die Kammer halb voll mit klarer Flüssigkeit.

Zelda lehnte den Kopf gegen die Tür und sah nur noch die Spritze. Worte schossen ihr durch den Kopf. Überdosis. Drogen. Selbstmord. Irrtum. Aber das passte nicht zu James. Es war unmöglich, wahnwitzig, verrückt. Verzweifelt wandte sie sich ab und blickte auf den Rasen, die Wäscheleine und den Holzstapel. Alles schien merkwürdig klar und unwirklich. Sie atmete in kurzen harten Stößen, der Albtraum war Wirklichkeit geworden.

Sie musste etwas unternehmen. Mit einem Holzscheit schlug sie das Küchenfenster ein. Das Glas fiel in großen Scherben ins Spülbecken. Zelda schwang sich auf das Fensterbrett und in die Küche hinein. Hin und her gerissen zwischen Hoffnung und grenzenloser Leere blieb sie stehen. Dann ließ sie sich zu Boden sinken und berührte James mit zitternder Hand. Heiße Tränen liefen ihr übers Gesicht. Sie strich über das glatte kühle Ölzeug, dann über sein Hemd. Puls. Atmung. Puls. Atmung. Wie eine Zauberformel sprach sie diese Worte, als sie Hals und Gesicht abtastete. Zu Tode erschrocken hielt sie inne. Bitte, lieber Gott, bitte nicht …

Er war kalt. Hals und Gesicht waren kalt. Sie steckte die zittrigen Finger in den offenen Mund, vorbei an den harten, regelmäßigen Zähnen, wo die Zunge lag – nass, weich und kalt.

Sie wich zurück, kroch auf Knien über den Boden. Hinter sich spürte sie die harte feste Wand. Dort blieb sie starr vor Entsetzen sitzen.

Der Tod hatte sie überrascht und mit sinnloser Gewalt alles Licht gelöscht. Im Geiste sah sie überfahrene

Wombats steif und halb verwest auf der Straße liegen, Kängurus, die wie Kruzifixe an ihren langen Schwänzen von der Schiffsreling baumelten, ihre Hündin Bluey, die schlaff in ihren Armen hing, bevor sie sie zusammen mit Fressnapf, Halsband und ihrem letzten angeknabberten Knochen in eine abgesägte Apfelkiste legten, ihre tote Mutter am Straßenrand aufgebahrt, unversehrt und immer noch so schön, dass sogar Schaulustige weinten. Aber James, der mächtig und schwer auf dem Holzboden lag, über den er tagtäglich in die Hütte gestampft war, ruhte sich nur aus und würde gleich aufspringen: »Hallo, mein Engel! Ich bin wieder da!«

»Nein!«, schluchzte Zelda, von Weinkrämpfen geschüttelt, als der Schmerz aus ihr herausbrach.

Auf Wiedersehen, Engel.

»Nein!« Sie hielt sich die Hand vor den Mund, als wollte sie das Leben daran hindern zu entweichen. »Lieber Gott, lass ein Wunder geschehen. Bitte ... Ich kann nicht ... Verlass mich nicht!«

Unter größter Anstrengung zog sie James' Leiche von der Tür fort. Sie mochte seine Beine nicht berühren, die nackt in Arbeitsshorts steckten, und griff ohne viel Erfolg in Wolle und Ölzeug. Dann bekam sie die Schultern zu fassen und rollte ihn zur Seite. Sie wollte ihn ansehen, als könnte sie ihn irgendwie dazu bringen, aufzuwachen. Für einen Augenblick fasste sie Hoffnung. Das war nicht James. Ein Fremder lag dort auf dem Boden. Aber dann wurde ihr klar, dass sein Gesicht angeschwollen war. Wieder dachte sie an die Spritze. Fragen schwirrten ihr durch den Kopf, aber sie verdrängte sie, denn sie konnte keinen klaren Gedanken fassen. Benommen wie nach einem Albtraum blieb sie neben ihm sitzen und versuchte, sich zu beruhigen. Sie musste warten, bis es vorüber war.

Die Sonne stand schon hoch am Himmel. Das Blechdach dehnte sich und knarrte in der Hitze. Fliegen surrten durch das zerbrochene Fenster und blieben träge als dunkle Wolke in der Luft stehen. Wildgänse zogen auf ihrem Weg in die Berge vorbei. Ihre langen traurigen Rufe waren weithin zu hören.

Schließlich stand Zelda auf und verließ die Hütte, um vom Flugplatz aus Doktor Ben anzurufen. Sie konnte kein Wort der Erklärung sagen, starrte die Männer am Schalter nur wortlos und mit aufgerissenen Augen an und griff an ihnen vorbei nach dem Hörer. Sie hörten ihr zu und umringten sie hilfsbereit. Aber niemand konnte ihr helfen.

Ben kam schnell. Gleich danach kam auch Ray Ellis, der Polizist. Sie eilten zu James und suchten wie Zelda nach einem Lebenszeichen. Nach einer Weile schüttelte Ben traurig den Kopf. Ellis schlug Zelda vor, sich vor die Hütte zu setzen, aber sie weigerte sich. Stattdessen blieb sie bei Doktor Ben und sah ihm zu, wie er die Spritze untersuchte. Dann kniete er neben James nieder und suchte die nackten Beine ab. Sanft strich er über das feine krause Haar.

»Hier«, sagte er schließlich bedächtig. »Ich habe es gefunden.«

Einen Moment glaubte Zelda voller Hoffnung, er würde jetzt eine Therapie vorschlagen, seine große schwarze Arzttasche öffnen und wie stets alles wieder in Ordnung bringen.

»Ein Bienenstich«, sagte Ben. »Der Stachel steckt noch. Hier.« Er zeigte auf James' linke Wade. Dort befand sich eine kleine rote Schwellung, aus der ein winziger schwarzer Stachel herausragte.

»Bienenstich?«, wiederholte Zelda wie betäubt.

Ben schaute stirnrunzelnd auf. »Hast du es etwa nicht gewusst?«

»Was denn?«

»Dass er auf Bienenstiche allergisch reagierte und dass ein Stich tödlich sein konnte!« Ben erhob ärgerlich die Stimme: »Er hätte es dir sagen müssen!«

Zelda starrte ihn an und versuchte, den Sinn seiner Worte zu verstehen, die aus einer anderen, fernen Welt zu kommen schienen.

»Wollen Sie damit sagen, dass eine Allergie ... die Ursache war?«, fragte Ellis.

Ben nickte langsam. »Schwere allergische Reaktion. Er hätte stets Adrenalin bei sich haben müssen, besonders hier draußen. Aber nach Eintritt der allergischen Reaktion ist es schwierig, sich das Adrenalin zu spritzen.« Er senkte die Stimme. »Es war zu spät.«

Die Worte trafen Zelda wie ein Peitschenhieb. Mein Gott, wenn sie nicht im Supermarkt gewesen wäre, hätte sie ihn retten können!

»Dann kannten Sie seinen Zustand?«, fragte Ellis. Er beugte sich über Bens Schulter und machte sich Notizen.

»Ja, vor ein paar Jahren ist es schon einmal passiert. Glücklicherweise war er gerade in der Stadt und konnte noch rechtzeitig zu mir in die Praxis kommen. Ich habe ihn gewarnt! Ohne Behandlung wäre er damals schon gestorben! Dann zeigte ich ihm, falls er wieder gestochen würde, wie er sich die Spritze setzen musste.« Während er sprach, ließ er Zelda nicht aus den Augen. Doch dann senkte er den Blick. Er konnte die Trauer in ihren Augen nicht länger ertragen. Die kleine Zelda, die er auf die Welt gebracht hatte – hier, in diesem Zimmer. Sie hatte keine Mutter und nun auch keinen Vater mehr.

»So ist das nun mal«, sagte Ellis kopfschüttelnd. »Die Menschen nehmen nichts ernst.« Er bückte sich und untersuchte die Schwellung an James' Bein. »Es ist nicht zu glauben, nur ein winziger Stich! Tagtäglich werden Menschen gestochen.«

»Es ist nicht das Gift«, erklärte Ben. »Die allergische Reaktion ist tödlich.« Er wandte sich an Zelda. »Es ist bestimmt sehr schnell gegangen. Er ist bewusstlos geworden und hatte keine Schmerzen.« Draußen hörte man Motorengeräusche. Er richtete sich auf. »Das ist der Pater«, sagte er mit Erleichterung. »Und Drew ist bei ihm.« Mit hängenden Schultern blickte er Zelda in die Augen und sah plötzlich sehr müde aus. »Es tut mir schrecklich Leid. Ich …« Seine Stimme versagte.

Ellis ging zu Zelda und legte den Arm um ihre Schultern. Zelda spürte die harten metallischen Dienstabzeichen auf dem Rücken. »Wenn ich etwas für dich tun kann … Du weißt ja, wir alle helfen dir gern.«

Zelda befreite sich, ging zum Kamin und schaute in das erloschene Feuer. Als die Holzscheite noch hell loderten, war James noch bei mir gewesen, dachte sie. Sie betrachtete sein leeres Whiskyglas auf dem Kaminsims und nahm es in die Hand. Am Rand sah man noch den Abdruck seiner Lippen. Äußerlich war sie ruhig, aber innerlich schrie sie auf, rang unter einer düsteren Wolke von Schmerz und Ungläubigkeit nach Atem.

Hinter sich bemerkte sie das Knirschen von Drews neuen Stiefeln und das Rascheln seiner Jeansjacke. Sie drehte sich um, verbarg das Gesicht an seiner Schulter und sog den vertrauten Geruch von Motoröl und verbranntem Holz ein. Der feuchte salzige Stoff drückte sich an ihre Wange. Es ist wahr! Es ist wirklich geschehen. Dad ist tot. Er ist von uns gegangen.

Drew beugte sich über sie. Seine blonden Locken

fielen über ihr schwarzes Haar. Er hielt sie sehr fest, wiegte sie wie ein Kind. Dabei weinte er, und seine Brust hob und senkte sich. »Jimmy«, sagte er und blickte zum Himmel. Tränen rannen über beide Wangen. »Jimmy ...«

Ellis, Ben und Pater Eustace trugen James ins Schlafzimmer und legten ihn auf sein Bett. Sie falteten seine Hände über der Brust und strichen das Haar glatt.

»Drew soll Zelda mit zu sich nach Hause nehmen«, sagte Ellis.

Ben schüttelte den Kopf. »Sie wird Jim bestimmt nicht allein lassen.«

Alle schwiegen. Die drei Männer standen dicht nebeneinander in dem kleinen Raum. Sie hörten ihren eigenen Atem – ein langsamer stetiger Rhythmus, der sie von der stillen Gestalt, die vor ihnen lag, unterschied.

»Am besten rufen wir Lizzie an«, schlug Pater Eustace vor. »Sie war immer wie eine Mutter für Zelda.«

»Gut«, stimmte Ellis zu. »Sie kann ihr helfen, alles zu regeln.«

»Ja«, meinte Ben. »Das ist sicher das Beste.«

Sie sahen sich an, bevor sie den Kopf zu einer Gedenkminute senkten – wie immer, wenn der Tod sie zusammenbrachte.

Zelda saß wortlos in der Ecke der Reparaturwerkstatt in Lindsays Tankstelle. Gleich daneben zerlegten Craig und Pete den Wagen des Schuldirektors. Der Hund lag hechelnd in der Sonne und sah ihnen bei der Arbeit zu.

»Zelda.« Lindsay beugte sich über sie und streckte die Arme aus, um ihr aufzuhelfen. Der Duft frischer Seife lag über dem Geruch von Fett und Benzin. Zelda schaute mit trüben geschwollenen Augen zu ihm auf.

»Du weißt doch, dass du dich jetzt nicht um ... das alles kümmern musst«, beruhigte Lindsay sie. In seinem freundlichen Ton lag ein leichter Tadel. Es war nicht richtig, kaum eine Stunde nachdem Ellis ihm von James' Tod erzählt hatte, unangemeldet zu ihm zu kommen.

Zelda stand wortlos auf und folgte ihm ins viel zu kleine, mit Unterlagen und Ersatzteilen voll gestopfte Büro. Es hatten gerade noch zwei Stühle und ein Schreibtisch Platz.

»Bitte, setz dich.« Lindsay wischte den Stuhl mit einem Lumpen ab und drückte Zelda darauf. Er war höflich, beinahe förmlich, behandelte sie wie eine Fremde und nicht wie eine Freundin, die seit Jahren bei ihm tankte.

Zelda betrachtete seine grobknochige Gestalt. Sie erinnerte sich daran, wie er ihr im letzten Sommer geholfen hatte, den Motor des Jeeps zu zerlegen.

»Du bist ja ein toller Kerl«, hatte sie gescherzt, als er sich unter das Chassis legte. »Und die langen Beine ...«

»Normalerweise hättest du dich anmelden müssen«, erklärte Lindsay. »Dann hätte ich mich umziehen können.«

»Das ist unwichtig«, entgegnete Zelda müde. »Mir macht es nichts aus.«

Lindsay suchte nach Worten. »Das könnte jemand anders für dich erledigen. Lizzie oder Drew. Oder du könntest alles mir überlassen.«

»Nein, ich will es selbst tun.«

»Ich verstehe.« Er griff in das hohe Regal und nahm ein großes Buch aus Kunstleder heraus, das wie ein Fotoalbum aussah. Er öffnete es. Auf der ersten Seite befand sich das Farbfoto eines Sargs aus glänzend rotem Holz mit vergoldeten Kanten. »Luxusausführung«, murmelte er und blätterte schnell weiter. »Dieser ist auf der

Insel eher gebräuchlich«, kommentierte er das nächste Bild. »Einfach, aber würdig.« Er suchte in ihrem ausdruckslosen Gesicht nach einer Antwort. »Mittlere Preisklasse.« Plötzlich wurde er unsicher. »Schau ... ich ... wir müssen auch über finanzielle Dinge sprechen. Ich meine, es wäre besser, wenn jemand anders zu mir käme. Du solltest nicht an solche Dinge denken.«

»Geld spielt keine Rolle«, antwortete Zelda bestimmt. »Ich will jetzt noch keine Entscheidung treffen. Ich möchte nur sehen, was es gibt.«

»Ach so!« Lindsay fiel ein Stein vom Herzen, und die Sorgenfalten auf dem roten Gesicht verschwanden. »Schön, das ist in Ordnung. Möchtest du etwas trinken? Rauchen? Wasser?«

Zelda schüttelte den Kopf und legte sich das Buch auf den Schoß. Konzentriert blätterte sie die Seiten um, betrachtete Glanzfotos von Särgen, Grabsteinen, Gedenktafeln und Blumengebinden.

»Natürlich machen wir hier auf der Inseln nicht alles selbst.« Lindsay schaute ihr über die Schulter, als betrachte er die Auswahl mit ihren Augen. »Wir bieten zusätzliche Dienste an. Eine persönliche Note, verstehst du? Zum Beispiel einen Grabredner, der bei der Beerdigung etwas über die Krankheit sagt. Jimmy war Amerikaner, nicht wahr?« Plötzlich hatte er eine Idee. »Wo liegt deine Mutter begraben? Manche Menschen möchten gern zusammen begraben werden.«

»Irgendwo in Melbourne. Aber er ist *hier* zu Hause.«

»Ja, natürlich.« Lindsay nickte. »Nun gut, alles andere werden wir mit dem Pater regeln. Ellis hat mir erzählt, dass Doktor Ben bereits den Totenschein ausgestellt hat. Ist Jimmy ... ist er noch in eurer Hütte?«

Zelda nickte.

»Ich schicke sofort jemanden hin.«

»Nein!«, rief Zelda schnell. »Nein, es hieß, er könne bis morgen bleiben.«

Lindsay sah sie fragend an. »Wer hat das gesagt?«

»Ellis und Pater Eustace.«

»O ja, natürlich kann er bis morgen bleiben«, sagte er zögernd. »Wohnst du zurzeit bei Drew?«

»Vielleicht.« Sie stand auf und gab ihm das Buch zurück. »Vielen Dank. Ich muss es mir noch überlegen.« Eigentlich wollte sie sagen: »Am besten lassen wir das Ganze.« Aber sie hatte keine andere Wahl.

Lindsay lächelte traurig und nickte. »Ich werde bei Drew anrufen und mich erkundigen, wie es dir geht.« Vorbei an den rauchenden Jungs, die den Hund mit abgenagten Knochen einer gebratenen Möwe fütterten, begleitete er sie zur Tür.

»Auf Wiedersehen«, sagten die Männer ernst und verlegen.

Zelda bedankte sich. Tränen stiegen ihr in die Augen. Mit gesenktem Kopf ging sie weiter. Als sie die Tür der Toilette erreichte, stürzte sie hinein, beugte sich über das Waschbecken und besprühte sich das Gesicht mit kaltem Wasser. Sie hörte Geräusche von aufeinander schlagendem Metall. Die Männer waren schon wieder an der Arbeit. Sie trocknete sich das Gesicht mit dem Ärmel ab und wollte gerade gehen, als Stimmen durch die Wand drangen.

»So ein kräftiger Kerl wie Jimmy, von einem Bienenstich niedergestreckt. Das kann doch nicht wahr sein!«

»Armer Hund.«

Zelda erstarrte.

»Arme Zelda. Man sagt, dass sie wegen der Geschichte mit den Fetzenfischen auch noch aus der Hütte ausziehen muss ...«

»Ich dachte, die Pacht läuft erst in drei Jahren ab.«

»Ja, aber der Vertrag endet entweder nach Ablauf oder mit dem Tod des Pächters.« Eine kurze Pause entstand. Der Hund winselte. »Das habe ich jedenfalls gehört.«

Zurück in der Hütte, bemerkte Zelda, dass jemand Pappe vor das zerbrochene Fenster genagelt hatte. Es sah nach Drew aus – sauber und praktisch. Er hatte bestimmt krampfhaft nach etwas gesucht, das er für sie tun konnte. Verwirrt und verletzt, konnte er nicht verstehen, dass sie allein sein wollte. Sie trug es ihm nicht nach, sie verstand es selbst nicht. Das tiefe Schweigen und die Stille um James hatten auf sie abgefärbt. Sie fühlte sich aus der Gemeinschaft ausgeschlossen und entsetzlich weit weg.

Sie trank einen großen Schluck aus der halb leeren Flasche Bourbon.

Dann ging sie zu James' Zimmer, blieb jedoch an der Tür stehen. Langsam wanderte ihr Blick über die schweren Stiefel auf der Matratze, über seine nackten Beine und den mit einer Wolldecke bedeckten, gewölbten Körper. Dort ließ sie den Blick ruhen. Ihre herabhängenden Hände verkrampften sich. Sie konnte ihn nicht ansehen.

Dad?, sagte sie stumm, als unterhielten sie sich wie jeden Abend, wenn er nach Hause kam. Du hättest das Buch sehen sollen, das Lindsay mir gezeigt hat. Fotos von Särgen und Blumengebinden ... Sie lachte hysterisch auf, als sie sich James in Ölzeug und fleckigem Wollpullover in einem dieser polierten Särge vorstellte.

Du willst mich wohl auf den Arm nehmen, hörte sie ihn sagen. Ich hoffe, du meinst das nicht ernst!

Sie versuchte, sich zu erinnern, ob James jemals über die Beerdigung oder das Grab ihrer Mutter gesprochen hatte. Aber soweit sie wusste, hatte er nur einmal gesagt, dass ihm Gräber nichts bedeuteten. Die Erinnerung zählte. Erinnerungen an ihr Leben – Dad und Mum, Dad und Zelda – hier in der Hütte am äußersten Ende der Nautilus Bay. Die Heimat der Fetzenfische, Schutzgebiet Kategorie zwei ...

Zelda ging zu James' Schreibtisch und zog die Schubladen auf. Alles war sauber in beschrifteten Umschlägen geordnet: »Fischerverband«, »Einkommensteuer« und »Zelda – Verschiedenes«. Dann fand sie einen Umschlag mit der Aufschrift: »Fetzenfisch, Korrespondenz und Rechtslage«. Sie kippte den Inhalt auf dem Tisch aus und betrachtete die Briefe, Zeitungsausschnitte und von Hand geschriebenen Notizen. Sie fand ein Dokument auf grauem Regierungspapier, überflog das Gedruckte und konzentrierte sich auf wichtige Sätze wie Sanierung des Gebiets ... Entfernung der bestehenden Wohn- und Wirtschaftsgebäude ... nach Ablauf der Pacht ... oder Tod des Pächters.

Tod des Pächters. Es stimmte also!

Zelda lehnte sich an die Wand und schloss die Augen. Im Geiste sah sie Beamte des Umweltschutzministeriums, die sich wie Ameisen über die Hütte hermachten und mit Teilen von Dach, Wänden und Fußboden davonhasteten. Sie stellte sich vor, wie sie alte Zahnbürsten, Zollstöcke und Taschenmesser in Rissen und Spalten, auf dem Dachboden und unter den Fußbodendielen fanden, sich über selbst gemachtes Spielzeug amüsierten, in alten Briefen herumschnüffelten, ihre Gemüsepflanzen und die Kräuter hinter dem Haus ausrissen, den Schornstein und den Herd, der ihnen jeden Abend Behaglichkeit und Wärme gespendet hatte, abrissen. Sie würden nicht sofort kommen, das wusste Zelda. Sie würden warten, bis sie gepackt hatte und ausgezogen war. Aber das Todesurteil war gesprochen, und die Zeit lief ab.

Zurück im Wohnzimmer, legte sie eine von James' Schallplatten auf. Mit zitternder Hand setzte sie die Nadel auf. Dann stellte sie sich an den Kamin und lehnte den Kopf gegen den Sims. Die kraftvolle Stimme einer Sängerin erfüllte die Stille.

Sie hatte alle Leute überreden können, sie heute Abend allein zu lassen. Morgen würde alles von vorn beginnen. Kondolenzbesuche. Verabredungen. Blumen. Kirche. James hätte das alles nicht gewollt. Sie wollte das auch nicht. Sie schaute sich in der Hütte um, in der selbst gezimmerte Möbel standen und stapelweise Angelzeug herumlag. Dieses Haus gehörte zu James. Tränen stiegen ihr in die Augen. Es musste einen besseren Weg geben, sich von all dem zu verabschieden …

Reglos blieb sie stehen und dachte nach. Als die Musik zu Ende war, wusste sie, was sie wollte. Sie ging hinaus und kehrte mit einem Stapel Plastikbehälter, in denen sonst Fische transportiert wurden, zurück. Sie stellte sie in die Mitte des Raums und begann, Bücher, Werkzeug, Kleidung, Küchengerät, Tassen und Teller und besondere Dinge, wie das Hackbrett aus Kiefernholz mit den eingeschnitzten Namen, JAMES UND ZELDA 1979, einzupacken. Dann den silbernen Kerzenständer, der zu besonderen Anlässen auf den Tisch gestellt wurde, eine schöne und zerbrechliche Muschel, die sie sorgfältig in Wolltücher einwickelte, und James' Schatzkiste mit den ihm heiligen Seekarten. Zuletzt nahm sie eine alte Lederschreibmappe mit einer rosa Schleife in die Hand. Sie enthielt ein Bündel Fotografien. Die meisten zeigten Zelda – Ausschnitte aus ihrem Leben: Geburtstagspartys, Gelegenheiten, zu denen man Sonntagskleider trug, wie ihre Schulabschlussfeier und ihr erster Tag auf See ... Sie sah sie kurz durch. Als sie auf einem der Fotos James entdeckte, zog sich ihr vor Schmerz das Herz zusammen.

Ganz unten fand sie zwei Fotos von Ellen. Zelda kannte die Fotos. Es waren die einzigen Andenken, die ihr von der Mutter, die sie so früh verloren hatte, geblieben waren. All die Jahre hatte sie sich die Fotos immer wieder angesehen, in der Hoffnung, etwas Neues zu entdecken. Auf einem hielt Ellen Zelda im Arm und lächelte sanft in die Kamera. Das Foto strahlte eine merkwürdige Ruhe aus, als ob sie außerhalb von Zeit und Raum zusammen existieren würden, wie Maria mit dem Kind.

Auf dem anderen Foto stand Ellen am Kai wie ein Mannequin für Arbeitshosen.

»An ihr sehen die Hosen aus, als seien sie von einem weltberühmten Designer«, hatte Lizzie einst das Bild kommentiert. »Ellen hatte eine ganz besondere Art. Jeder suchte ihre Nähe.«

Sie sah aus wie Zelda: Gesicht, Figur, Haare und das wunderschöne Lächeln.

Als sie ihre Mutter betrachtete, trübten Tränen ihren Blick. Ein dumpfer Schmerz erfüllte sie, eine Ahnung, dass James sie betrogen und verlassen hatte, er hatte sie verlassen, um bei seiner großen Liebe zu sein. Schließlich war seine Tochter nur ein Abbild, eine Erinnerung an die eine Frau, die vor ihm gegangen war. Zelda schob die Fotos zurück in die Schreibmappe und fluchte, als das unterste am Futter hängen blieb. Sie zog es heraus. Es war ein Familienfoto, ein Porträt von Ellens Vater – Zeldas Großvater. Ein lachender Mann mit den kecken Gesichtszügen seiner Tochter. Auf der Rückseite stand sein Vorname: Harlan. Das war alles. Früher hatte dieses Bild stets Zeldas Neugier geweckt, aber jetzt schien es bedeutungslos, leer wie alles andere ...

Zelda trug die Plastikbehälter zum Anlegesteg und verstaute sie auf dem Boot. Dann ging sie noch einmal durch das Haus. Schließlich blieb sie an James' Bett stehen. Das weiche goldene Licht der Abendsonne berührte sein wächsernes, vom schimmernden Haar umrahmtes Gesicht. Zelda zog das Messer aus seinem Gürtel und schnitt eine dicke Locke ab.

Tränenüberströmt beugte sie sich über ihn. »Lebe wohl, Daddy.« Dann ging sie ohne sich noch einmal umzudrehen hinaus.

Draußen nahm sie einen Benzinkanister und goss Benzin um die Hütte.

Dann zündete sie ein Streichholz an.

Mit scharfem Zischen entzündete sich das Benzin.

Helle Flammen schossen die Benzinspur entlang, flackerten auf und sprangen schnell auf die Hütte über.

Zelda stand am Strand und sah zu, wie die Hütte brannte, ein helles Leuchtfeuer vor dem dunkler werdenden Himmel. Als nichts mehr übrig war als verkohlte Pfosten und Stümpfe, ging sie hinunter zum Boot und fuhr aufs Meer hinaus.

3

Im Morgengrauen holte Zelda eine Reuse nach der anderen ein und stapelte sie an Deck. Sie reihte die Bojen auf, wickelte die Leinen ordentlich auf und leerte die Ködereimer, als wäre die Fangsaison zu Ende. Völlig unbeteiligt, mechanisch und ohne Plan erledigte sie die Arbeit.

Als alle Körbe an Bord waren, steuerte sie eine kleine Bucht an und warf auf der windgeschützten Seite einer felsigen Landzunge den Anker aus. Dann trug sie die Plastikbehälter, die sie aus der Hütte geholt hatte, zur vorderen Kajüte und verstaute sie nebeneinander in der Koje. Als die Arbeit getan war, kontrollierte sie, ob sich Lebensmittel und Ölzeug an Bord befanden. Nun konnte sie die Kajüte verschließen. Ihr Blick fiel auf die Mappe, in der James seine Seekarten aufbewahrte. Sie nahm sie an sich, klemmte sie vorsichtig zwischen die Beine und bückte sich, um das Vorhängeschloss vor die Kajüte zu hängen.

Zurück im Ruderhaus, betrachtete sie, eine Tasse Tee in der Hand, die über dem Horizont aufgehende Sonne, die wie ein riesiges Eidotter aufbrach und sich über das Meer ergoss. Es war totenstill. James hatte diese stille Tageszeit am meisten geliebt. Lächelnd hatte er ihr erzählt: »Weißt du, Engel, ich habe den ersten Sonnenaufgang erst erlebt, als ich bereits älter war als du. Wie findest du das?«, oder: »Stell dir vor, ich habe jeden Morgen in einem Büro mit verschlossenen Fenstern und Papierpflanzen verbracht.« Dann sah er zum Himmel und sagte inbrünstig: »Solltest du wirklich da oben sein, lieber Gott, danke ich dir von ganzem Herzen.«

Zelda dachte an Lizzie. Sie würde für James' Seele beten, wie sie es für Heilige und Märtyrer tat. Ihre Körper existierten schon lange nicht mehr, wie James waren sie begraben oder verbrannt worden. Aber sie sind immer noch lebendig, tröstete sich Zelda, und blickte in die aufgehende Sonne. Lieber Gott, beschütze meinen Dad. Bitte, nimm dich seiner an.

Sie lehnte sich an die Wand und betrachtete die Mappe mit den Seekarten. Plötzlich verspürte sie den Drang, sie zu öffnen, um die Dinge sehen und berühren zu können, die James so viel bedeutet hatten. Mit dem Taschenmesser brach sie das Scharnier auf und hatte sofort ein schlechtes Gewissen. Aber die Mappe konnte ja nicht immer verschlossen bleiben, und der Schlüssel, den James in der Hütte versteckt hatte, war jetzt nur noch ein Klumpen Metall. Sie schlug die Mappe auf. Obendrauf lagen einige viel benutzte Karten. Es waren Karten der Inselgruppe Furneaux – ihrer Inselgruppe. Auf den Karten stand, dass Ortskenntnisse erforderlich sind, um sicher navigieren zu können. James hatte eigene Eintragungen über Riffs, Untiefen, Schutzhäfen und Wracks vorgenommen. Die Notizen erinnerten Zelda an gemeinsame Fahrten. Sie legte die Karten vorsichtig zurück und wischte sich die Tränen aus den Augen.

Als sie sich nach vorn beugte, um sie näher zu betrachten, stieß sie gegen ihren halb vollen Becher. Aus dem Augenwinkel sah sie, wie er umkippte. Schnell griff sie zu und konnte ihn gerade noch auffangen. Dabei fiel die Mappe herunter und die Karten flatterten auf den Boden. Sie kniete nieder, sammelte sie sorgfältig wieder ein und entdeckte einen vergilbten Zeitungsausschnitt. Es stand nichts Wichtiges auf der Seite, nur etwas über den Schlussverkauf eines Geschäfts, von dem sie noch nie etwas gehört hatte. Dann drehte sie den Ausschnitt um und erschrak. Die Frau auf dem Foto sah aus wie sie! Ihre Augen, ihr Mund, ihr Haar! *Es war ihr Gesicht!* Über dem Bild stand die Schlagzeile: LIBERTY FINDET NEUE ANHÄNGER. Der Artikel darunter war fast gänzlich abgerissen, nur eine Zeile war noch zu lesen:

BERICHT AUS RISHIKESH, INDIEN
Ein Jahrzehnt, nachdem die amerikanische Primaballerina verschwand, während Gerüchte ...

Zelda las die Zeile immer wieder. Kein Zweifel, die Frau auf dem Foto war Ellen! Aber warum wurde sie Liberty genannt? Primaballerina! Es passte nicht zu dem, was Zelda über sie wusste. Und Indien? Stammte der Artikel aus einer Zeit, bevor sie auf die Insel gekommen waren? James hatte Indien nie erwähnt. Überhaupt hatte er nur selten von Ellen oder ihrem gemeinsamen Leben gesprochen. Wenn Zelda Fragen stellte, wurde er still, traurig, fast ärgerlich. Und diese Stimmung hielt tagelang an und bedeutete unerträgliche Langeweile für sie. Schon bald hatte Zelda gelernt, nicht an der Vergangenheit zu rühren.

Fast alles, was sie über Ellen wusste, hatte Lizzie ihr erzählt.

»Immerhin war sie deine Mutter. Du hast ein Recht

darauf, alles über sie zu erfahren«, hatte sie gemeint und missbilligend die Lippen geschürzt. »Ellen war Tänzerin, und zwar eine sehr gute. Sie hat in New York gearbeitet und alle großen Solopartien getanzt: Schwanensee, Nussknacker, Giselle ... Alle! Und außerdem tanzte sie noch in modernen Tanzensembles, wie sie es nannte.«

»War sie berühmt?«, fragte Zelda.

»Ich glaube nicht«, lachte Lizzie leise und traurig. »Aber sie war eine wundervolle Tänzerin! Ich habe sie einmal in unserem Melkstall tanzen sehen. Sie wartete auf mich und bemerkte nicht, dass ich hereinkam. Damals sah ich zum ersten Mal, dass sie etwas ganz Besonderes war. Wenn sie tanzte, blühte sie richtig auf!«

»War ich auch dabei?«

»Ja«, antwortete Lizzie, »ich glaube, du warst auch dabei. Du hast in der Tür gestanden und mit großen Augen zugesehen. Damals warst du noch ein kleines Kind. Aber du hast es gespürt, diesen Zauber in ihren Bewegungen, das verklärte Gesicht ...«

»Warum gab sie das alles auf, um hier zu leben?«, fragte Zelda.

»Sie hatten genug Geld, ein schönes Leben und berühmte Freunde. Aber leider waren sie nicht glücklich«, antwortete Lizzie, als würden Märchen immer wahr. »Du musst dir James nur ansehen, dann weißt du, wo er hingehört.«

»Und Ellen – Mummy –, war sie hier glücklich?«

Lizzie dachte eine Weile nach. »Nicht so glücklich wie James. Jedenfalls nicht die ganze Zeit.« Mehr sagte sie nicht dazu.

Wieder betrachtete Zelda das Foto. Es war nicht gestellt, denn Ellen sah nicht direkt in die Kamera. Sie musste damals ungefähr so alt gewesen sein wie Zelda, aber das war nur eine Vermutung. Sie las noch einmal die Textzeile. »Verschwunden«, stand da. Vermutlich bezog sich das auf die Zeit, als Ellen und James Amerika verließen und auf die Insel kamen. James hatte ihr erzählt, dass sie ohne ein Wort zu sagen alle Brücken hinter sich abgebrochen hatten. Aber was geschah zehn Jahre danach? Zu dieser Zeit war Ellen bereits tot. Sie muss zweimal verschwunden sein! Und was waren das für Gerüchte? Zelda schwirrte der Kopf. Die vielen Fragen verdrängten ihre Trauer. Plötzlich wurde sie ärgerlich auf James, als hätte er sich absichtlich davongemacht und ein heilloses Durcheinander hinterlassen.

In der Hoffnung, etwas zu finden – wenn auch nur einen winzigen Hinweis –, drehte sie den Zeitungsausschnitt um. Ihr Blick wanderte von den letzten Zeilen einer Geschichte zum Ende des Artikels. Dann dachte sie über die einzelnen Satzfetzen nach. Es war ein Bericht über die Schüsse auf Ronald Reagan. Damals hatte James gesagt, es sei eine Schande und dass der Kerl ein schlechter Schütze sei. Als sie das ihrer Lehrerin erzählt hatte, war diese außer sich vor Entrüstung gewesen, dass jemand so etwas sagen konnte.

Zelda lehnte sich zurück und suchte Halt an der Wand. Miss Smith hatte die Lehrerin geheißen. Vierte Klasse ... Also war sie damals neun Jahre alt gewesen!

Ellen, ihre Mutter, konnte zu diesem Zeitpunkt also nicht tot gewesen sein!

Zelda klopfte an Danas Haustür. Das laute Hämmern schallte durchs Haus. Sie wartete einige Minuten, lief dann ums Haus und blickte durch die Fenster. Im Wohnzimmer brannte Feuer, aber das Haus schien leer zu sein. Als sie das Fenster des Gästezimmers erreichte, blieb Zelda stehen und presste das Gesicht gegen die

Scheibe. Auf dem Bett lagen Kleider aus Seide und überall auf dem Boden hochhackige Schuhe. Erleichtert atmete sie auf. Cassie hatte die Insel also noch nicht verlassen.

Sie ging wieder zurück zur Haustür, setzte sich auf die Treppe und wartete. Dann dachte sie an die Party und erinnerte sich, wie die alte Dame sie angesehen und behauptet hatte, sie zu kennen. Vielleicht kannte sie jemand, der so aussah wie sie ...

Sie gestattete sich nicht, den Gedanken zu Ende zu denken und noch mehr Hoffnung zu schöpfen. Stattdessen zog sie die Knie unters Kinn, barg den Kopf auf den Armen und versuchte, sich auszuruhen. Aber ihr knurrte der Magen. Der Hunger übertönte den dumpfen Schmerz, der ihren Körper erfüllte. Sie hob den Kopf und ließ den Blick über den Garten wandern. Um die Granitfelsen hatte man sorgfältig heimische Pflanzen arrangiert. Alles fügte sich gut in den Hang ein, war aber zu perfekt und wirkte wie manikürte Wildnis. Hinter der Wiese führte ein schmaler Pfad zu einem kleinen Teich. Als Zelda sich zur Seite lehnte, entdeckte sie eine Reihe verblichener Liegestühle. Ein roter Fleck stach ihr ins Auge.

»Dana?«, rief sie und rannte los.

Als sie näher kam, hob eine Hand im weißen Handschuh den breiten Rand eines Strohhuts und gab den Blick auf die Eulenaugen einer Sonnenbrille und rote Lippen frei.

»Hallo, Liebste! Ich bin es!« Cassie lachte hell auf. »Sie hätten mich unter dem Hut sicher nicht erkannt.« Sie senkte die Stimme und gestand: »Ich habe eine Sonnenallergie und darf mich nicht der Sonne aussetzen.«

Zelda sah sie Hilfe suchend an. »Ich muss unbedingt mit Ihnen sprechen ...«

Der drängende Ton veranlasste Cassie, ihre Sonnenbrille abzunehmen und sich aufzurichten. »Was, um Himmels willen, ist so wichtig?«, fragte sie. »Nicht weinen, Sie bekommen nur rote Augen. Setzen Sie sich.« Sie steckte eine Zigarette zwischen Zeldas Finger und ignorierte ihre Ablehnung. »Dann haben Sie etwas zum Festhalten.« Sie hörte ruhig zu, als Zelda von James' Tod, den Seekarten und dem herausgerissenen Zeitungsausschnitt mit den unzusammenhängenden Worten erzählte, und nickte hin und wieder.

»Natürlich!«, rief Cassie und betrachtete den Zeitungsausschnitt ganz genau. »Als ich Sie in der Dior-Bluse sah, wusste ich, dass ich Ihr Gesicht schon einmal gesehen habe. Aber wer kommt schon darauf? Libertys Tochter – hier, auf dieser gottverlassenen Insel?« Sie blickte auf und betrachtete Zeldas Gesicht. »Und Sie tanzen auch!« Sie schüttelte den Kopf. »Das ist unglaublich …«

»Aber so hieß sie nicht«, unterbrach Zelda.

»Das war ihr Künstlername«, erklärte Cassie, »wie Twiggy. Kennen Sie das englische Model?« Zelda schaute sie verständnislos an. »Na, egal«, fuhr Cassie fort. »Ich erkläre es Ihnen. Sie müssen wissen, dass Liberty – Ihre Mutter – nicht nur eine bekannte Tänzerin war. Sie war eine Berühmtheit!« Cassie suchte nach den richtigen Worten und blickte dabei zum Himmel. »Man könnte sagen, sie machten sie zu einer Art Teenageridol. So hat man sie auch genannt.« Als sie Zeldas neugierigen Blick sah, kniff sie die Augen zusammen. »Reines Marketing. Wenn man sich nicht wehrt, machen sie alles Mögliche. Das ist natürlich schon lange her, eine uralte Geschichte in einer schnelllebigen Welt.« Sie zeigte auf den Zeitungsausschnitt. »Sogar dieser …«

»Ich muss sie finden«, unterbrach Zelda sie.

»Ja, natürlich, meine Liebe.« Cassie nickte zustimmend. »Wenn jemand nicht gefunden werden will, ist das jedoch nicht einfach. Sie könnten sich an die amerikanische Botschaft wenden. Schicken Sie ihnen eine Kopie des Zeitungsausschnitts.«

»Nein, ich fahre nach Indien!«, sagte Zelda laut und bestimmt, um ihre Unsicherheit zu verbergen. »Ich fange dort an, wo das Foto gemacht wurde.«

Wortlos betrachtete Cassie sie eine Weile, steckte eine neue Zigarette in die Zigarettenspitze und sagte schließlich: »Ich denke, dieser Plan ist so gut wie jeder andere.« Dann beugte sie sich vor und legte die Hand fest auf Zeldas Arm. »Aber hören Sie mir gut zu!«

»Ja.«

»Sehen Sie mich an, mit mir ist nicht mehr viel los. Aber zu meiner großen Zeit habe ich einen Film nach dem anderen gedreht. Ich war Schauspielerin und bin durch die ganze Welt gereist. Ich besitze Häuser und weiß nicht mehr, wo sie stehen.« Sie lachte bitter auf. »Jetzt bin ich auf dem Höhepunkt meines Wissens und Könnens, mit allen Vorteilen meiner Erfahrung, und kann es nirgendwo anbringen. Niemand geht ins Kino, um eine alte Frau zu sehen, nicht wahr? Aber das ist nicht der Punkt. Mein Vater war Kassierer bei einer Bank, meine Mutter arbeitete in einem Waschsalon. Sie träumten von einem kleinen Backsteinhaus auf einem ordentlichen Grundstück. Natürlich habe ich ihnen ein Haus geschenkt. Zelda, sehen Sie mich an. Sehe ich aus wie die Tochter eines Kassierers und einer Wäscherin?«

»Nein«, antwortete Zelda. »Sie sind ... nein.«

»Das meine ich!« Cassie faltete zufrieden die Hände – sie hatte das Richtige gesagt. »Suchen Sie Ihre Mutter mit allen verfügbaren Mitteln. Aber denken Sie daran, Sie haben keine Ahnung, was Sie erwartet. Vielleicht kann Sie Ihnen helfen. Vielleicht müssen Sie ihr helfen. Vielleicht mögen Sie sich nicht. Suchen Sie nur nicht die Antwort auf die Frage, wer Sie sind.« Sie blickte Zelda in die Augen. »Wann haben Sie das letzte Mal richtig gegessen?«

Zelda zuckte die Schultern.

»Auf geht's. Beim Essen überlegen wir, was zu tun ist.«

4

Zelda holte einige Sachen vom Boot, übernachtete bei Dana und Cassie und fühlte sich, als wäre sie zum Feind übergelaufen. Dann rief sie Drew und Lizzie an, um ihnen zu sagen, wo sie war. Ihre Stimme klang verzweifelt, aber sie war nicht in der Lage, ihnen zu erklären, warum sie lieber bei Fremden blieb als bei Freunden. Sie willigte ein, täglich anzurufen, lehnte es jedoch ab, persönlich mit ihnen zu sprechen. Eigentlich wollte sie auch ihre Freundin Sharn anrufen, änderte jedoch ihre Meinung, da sie ihr nichts zu sagen hatte. Die einzige Person, die ihr neben Dana und Cassie noch einfiel, war Ellis, der Polizist. Sie setzte sich mit ihm an den Teich und hörte ihm zu, während er immer wieder um den heißen Brei herumredete, damit er James' Namen nicht aussprechen musste. Trotzdem wollte er ihr sagen, dass sie die Hütte nicht hätte anzünden dürfen. Sie habe sich schwerer Vergehen schuldig gemacht, erklärte er, und könne von Glück sagen, dass er derjenige sei, der über weitere Maßnahmen zu entscheiden habe. Er wolle noch einmal ein Auge zudrücken, zum Besten aller. Schließlich könne er ihre Gefühle gut verstehen, vor allem wegen der Geschichte mit den Fetzenfischen. Er verstehe jedoch nicht, warum sie nicht unten am Badger

Head bei Drew und Lizzie wohnte, aber das sei allein ihre Sache, meinte er zum Schluss.

Durch Zufall hatte sie plötzlich Rye am Telefon. Eigentlich hatte sie einen Anruf des Bankdirektors erwartet und hob den Hörer ab.

»Zelda«, rief er überrascht, »Sie sind ja immer noch hier!« Als ginge ihn das etwas an! »Mit James, das tut mir sehr Leid.«

»Woher wissen Sie das?«, fragte Zelda ohne Umschweife.

In Ryes Antwort schwang ein merkwürdiger Unterton mit. »Ich bekam einen Anruf vom Gemeinderat. Sie sagten mir, Sie … Sie hätten die Hütte in Brand gesteckt.«

»Ja, das stimmt.« Sie unterdrückte ihren Zorn. »Ich wollte nicht …«

»Ich verstehe«, unterbrach Rye. »Alle sind … wir sind alle … überrascht, das ist alles. Zelda, dass James gestorben ist, tut mir wirklich sehr Leid.«

»Sie hätten wenigstens etwas sagen können«, platzte Zelda heraus.

»Ich weiß, ich hätte es Ihnen erzählen müssen.«

»Sie wollten uns rausschmeißen!«

»Ich dachte, es würde erst viel später passieren«, antwortete Rye. »Als ich die Empfehlung aussprach, wusste ich nicht, dass Ihr Pachtvertrag schon so alt war. Natürlich hat niemand angenommen, die andere Klausel würde … Ihr Vater würde …« Er klang, als stünde er direkt neben ihr. Vermutlich stand er in der Telefonzelle vor dem Pub, wo Mücken seine Füße zerstachen und die zerrissenen Telefonbücher nach fettigem Fisch und Chips rochen. »Dana sagte, Sie haben vor, nach Indien zu gehen?«

»Ich *werde* nach Indien gehen. Wir sind schon dabei, alles zu organisieren.«

»Das ist gut« – er schien erleichtert – »dann haben Sie jemanden gefunden, der mit Ihnen geht.«

»Nein.«

»Ich habe Dana ausdrücklich gesagt, dass Sie nicht allein fahren können. Das ist keine Reise nach Melbourne.«

»Ich danke Ihnen«, sagte sie kühl, »aber das geht Sie nichts an.«

»Werden Sie meinen Rat befolgen?«

»Nein«, sagte Zelda leise. Zum Teufel mit ihm! »Nein!«, schrie sie. »Erzählen Sie mir nicht, was ich zu tun habe.« Eigentlich wollte sie den Hörer auflegen, hielt ihn aber zornig fest.

»Zelda, sind Sie noch da?«, fragte er nach einer Weile freundlich und besorgt.

»Ja«, antwortete sie. »Aber ich fahre trotzdem nach Indien.«

Nachdenklich legte sie den Hörer auf, hob ihn jedoch gleich wieder hoch – aber er war nicht mehr da.

Eine Woche nach James' Tod fand Dana einen Strauß Nelken in einem Eimer vor der Haustür. Am Henkel klebte ein Umschlag, auf dem in Schönschrift Zeldas Name stand. Dana brachte die Blumen mit der Karte zur Veranda, wo Zelda und Cassie gerade frühstückten.

»Sie sind für dich.« Dana gab Zelda den Brief.

Zelda sprang auf, als sie die Handschrift erkannte. »Drew ...« Ihr wurde warm ums Herz. Plötzlich hatte sie das Bedürfnis, den steilen Hang hinunter und über die Ebene zur Bucht zu laufen, wo Drew gerade seinen morgendlichen Tauchgang beendete. Wahrscheinlich machte er gerade das Boot klar und spritzte seine Tauchanzüge mit Wasser ab. Sie sehnte sich nach der Berührung seiner Lippen, nach seinen starken Händen auf ihrer Schulter.

Sie riss den Umschlag auf und begann zu lesen. *Liebe Zelda, ich hoffe, dieser Brief erreicht dich noch rechtzeitig.*

Der Ton war steif und förmlich. Offensichtlich hatte die Notwendigkeit, diese Worte aufzuschreiben, die Distanz zwischen ihnen noch vergrößert. Zelda überflog den Brief und versuchte, den Inhalt zu verstehen.

Drew schrieb, er habe lange nachgedacht, bevor er diesen Brief schrieb. Er verstehe ja, dass sie ihre Mutter suchen wolle, könne jedoch nicht begreifen, warum sie es so eilig habe. Es erschien ihm nicht richtig, da James erst vor kurzem gestorben war. Er bat sie, nicht zu fahren. Sie sollte warten, um Zeit zum Nachdenken zu haben. Er konnte sich sogar vorstellen, mitzugehen, wenn alles gut vorbereitet war. Aber – und das müsse sie verstehen – es sei nicht richtig, dass sie allein fahren wolle. James hätte das sicher nicht gewollt, und Lizzie sei auch sehr unglücklich darüber. Es sähe ihr nicht ähnlich, so zu handeln. Es sei doch sinnlos.

Zelda, schrieb er weiter und hatte dabei den Stift fest auf das Blatt gedrückt. *Ich bitte dich, hier zu bleiben. Ich liebe dich, das weißt du. Drew.*

Zelda starrte in die Ferne. Weder Dana noch Cassie sagten ein Wort. In der Stille hörte man das Flattern der Vögel, die sich um den besten Platz auf der Dachrinne stritten.

Schließlich erhob sich Zelda und ging ins Haus. In der Diele nahm sie den Hörer ab und wählte die Nummer des Reisebüros in Melbourne.

»Mein Name ist Zelda Madison«, sagte sie, als ein Mann ihren Anruf entgegennahm. »Meine Freundin Cassie hat vor ein paar Tagen mit Ihnen gesprochen...«

»Richtig, ich erinnere mich«, antwortete der Mann.

»Sie hat für Sie einen Flug nach Indien gebucht. Was kann ich für Sie tun?«

»Ich möchte früher fliegen. So bald wie möglich.« Zelda staunte über ihre eigene Selbstsicherheit.

»Ich werde sehen, was ich für Sie tun kann.« Während der Mann im Computer nachsah, entstand eine Pause. »Ich habe am fünfzehnten April noch einen Platz frei. Das wäre am Freitag.«

»Den nehme ich. Vielen Dank.« So einfach war das.

Zelda lächelte erleichtert. Nun konnte sie nichts mehr abhalten. Die Reise hatte bereits begonnen.

»In Ordnung«, fuhr der Angestellte des Reisebüros fort. »Haben Sie alles für die Reise vorbereitet? Pass, Impfungen? Wenn Sie hier wären, würden wir Sie bitten, in unser Büro zu kommen.«

»Wir haben bereits alles besorgt.«

Cassie hatte alles in die Hand genommen. Sie wusste, wie man Dinge beschleunigte. Liebster, begann sie ein Gespräch, Sie glauben ja nicht, in welchen Schwierigkeiten wir hier sind. Hoffentlich können Sie uns helfen …

»In Delhi ist es heiß. Packen Sie sich Sommersachen ein!«, empfahl der Mann im Reisebüro. »Ich war schon einmal dort und bin fast verdurstet. Was gefällt Ihnen denn nicht an *Good Old Queensland?*«

Einen Moment herrschte Schweigen.

»Ich will meine Mutter besuchen«, sagte Zelda. Sie ließ sich die Worte auf der Zunge zergehen und empfand gleichzeitig Freude und Schmerz.

»Ah«, sagte der Mann. »Das ist etwas anderes. Nun ja, es war mir ein Vergnügen, Zelda. Gute Reise« – er lachte – »und grüßen Sie Ihre Mutter.«

Zelda legte auf und wurde nachdenklich.

Mummy! Mutter! Ellen!

Immer wieder sagte sie diese Worte, als könnten sie die Wirklichkeit herbeizaubern. Ein Gesicht, eine Stimme, eine Person. Früher hatten die Mädchen sich oft die Werbung in einer Illustrierten angesehen: das Bild einer offenen Handtasche, den Inhalt verstreut davor. Man musste versuchen, die Besitzerin der Tasche zu beschreiben, indem man die Dinge, die sie mit sich herumtrug, wie ein Puzzle zusammensetzte. Alte Theaterkarten, Glücksbringer, Lippenstift, Visitenkarten, Fotos, Tampons, Kondome – und vieles mehr. Sharn beschrieb dann stets den Inhalt ihrer Handtasche, wenn sie reich, berühmt und weit weg wäre. Zelda hatte einen anderen Traum. Sie fand die Handtasche einer Mutter und im Innern sich selbst: das alte abgegriffene Foto der geliebten Tochter. Um das Foto herum lagen verstreut Dinge, die ihr zeigten, wie ihre Mutter war. Aber jetzt ist alles anders, dachte Zelda, jetzt werde ich meine richtige Mutter kennen lernen.

Teil zwei

5

Flinders Island, 1972

Am Griff des verstaubten Koffers hingen an Bindfäden etliche zerfledderte Anhänger teurer Hotels. Auf einigen konnte man noch den Hotelnamen und die Zimmernummer lesen, aber die meisten klammerten sich nur noch mühsam an ihre Ösen. Ellen schob sie achtlos zur Seite, als sie den Koffer mit beiden Händen auf das Bett hob. Sie beugte sich vor, um einen kleinen goldenen Schlüssel ins Kofferschloss zu stecken, hielt jedoch inne und lauschte, denn sie glaubte, jemanden kommen zu hören. Aber es war nur der Ruf einer Wildgans aus dem Wald und das Zischen eines Wasserkessels.

Sie ging zum Fenster, schaute durch die vom Wind zerzausten Äste einer Stieleiche, ließ den Blick über den geschwungenen weißen Strand schweifen und folgte den Konturen eines alten Anlegestegs bis zu einer vertäuten Boje. Der kleine weiße Ball tanzte auf dem ruhigen Meer, auf dem kein einziges Boot zu sehen war.

Ellen kehrte zum Koffer zurück, schloss ihn auf und hob langsam den Deckel. Eine Duftwolke stieg auf und verflüchtigte sich schnell. Der Geruch von verkohltem Holz, Ölzeug und verdorbenem Fischblut war stärker. Mit einer schnellen Kopfbewegung warf sie das lange schwarze Haar, das ihr ins Gesicht gefallen war, in den

Nacken und durchsuchte den Koffer. Nachdenklich fuhr sie mit der Hand über die Stapel ordentlich zusammengefalteter Kleider. Erstaunt zog sie einen langen Wildlederstiefel hervor. Sie befühlte den Schaft und den Fuß und legte ihn zur Seite. Gleich darauf fand sie den zweiten. Sie schob bis zum Ellbogen die Hand hinein und beförderte ein schmales Päckchen zu Tage, das in weißes Seidenpapier gewickelt war.

Sie ging zum Tisch, säuberte ihn von alten Brotkrumen und legte das Päckchen darauf. Die windstille Luft trug die Schreie der Möwen, die hoch am Himmel ihre Kreise zogen, bis ins Haus. Mit spitzen Fingern nahm sie eine Ecke des Seidenpapiers und hob es hoch. Eine Plastikpuppe rollte heraus und blieb mit dem Gesicht nach unten liegen. Der schlanke blasse Körper war nackt, nur ein Büschel dunkelroter Haare krönte den Kopf. Auf dem Rücken der Puppe war ein Wort in die Plastikhaut geritzt, das aussah wie eine Narbe. *Liberty* stand dort, und dahinter in winzigen Buchstaben: *zum Patent angemeldet.*

Ellen nahm die Puppe in die Hand. Ihre gebräunte Haut bildete einen starken Kontrast zu dem matten pfirsichfarbenen Plastik. Nachdenklich drehte sie die Puppe um. Augen sahen in gemalte Augen, ungeschminkte trockene Lippen waren zu einem glatten roten Puppenlächeln verzogen.

»Endlich habe ich dich gefunden.« In dem spärlich möblierten Zimmer klang Ellens Stimme blechern und laut. Sie nahm den kleinen filigranen Kopf zwischen Zeigefinger und Daumen, drückte ihn langsam zusammen und beobachtete, wie sich das Gesicht wie in einem Zerrspiegel verzog. Als es dünn und hässlich war, ließ sie los. Ein erschrecktes Silberfischchen kam unter dem Tuch hervor und flüchtete über den Tisch. Ellen griff ein

Buch, schlug kräftig zu und wartete. Dann hob sie es langsam hoch. Das Insekt klebte am Umschlag, ein kleiner Fleck mitten auf dem Titel: *Der Antarktis-Führer*. Rasch wischte Ellen das Buch mit dem Ärmel ab. Plötzlich hielt sie inne. In der Ferne war schwach Motorengeräusch zu hören. Sie nahm die Puppe, lief zum Koffer, legte alles an seinen Platz zurück, warf den Deckel zu und schob ihn wieder unter das Bett.

Draußen lehnte sie sich an die geschlossene Tür und sah zu, wie ein alter grauer Landrover den Feldweg heraufkam. Jedes Mal, wenn er die hohen Buckel und tiefen Furchen überwinden musste, heulte der Motor auf. Sie hatte schon einige dieser verrosteten und verbeulten Jeeps mit den kräftigen Kängurustoßstangen unten am Hafen gesehen. Als der Wagen in der Nähe der Hütte hielt, erkannte Ellen den Fahrer an seinem strohblonden Haar und dem gebräunten Gesicht. Sie winkte kurz. Er hob zwei Finger zum Gruß, bevor er sich zurücklehnte und mit einem Ruck die Handbremse anzog.

»Guten Tag«, rief er und stieg aus, wobei er den Kopf einziehen musste. Er wischte sich die Hände am Kakioverall ab und fuhr sich durch das Haar, um die gelben Strähnen zu bändigen. »Ellen? Ich bin Tas, unten vom Hafen.«

»Natürlich«, nickte Ellen. »Sie sind Lizzies …«

»… Cousin«, warf er ein und stocherte verlegen mit den Fingernägeln in den Zähnen herum.

Ellen wandte sich ab, ihr Blick folgte einem kleinen braunen Vogel. Er schwebte tief über dem Garten und flatterte dann in Richtung Berge davon. Der ferne Schrei eines Strandläufers wehte vom Strand herüber.

»Kommen Sie zurecht?« Tas deutete mit dem Kopf auf Hütte, Garten und Meer. »Wie es scheint, haben Sie sich schon eingelebt.«

»Ja. Es ist alles in Ordnung«, antwortete Ellen. Mit einem Blick zur Hütte fügte sie hinzu: »James ist noch nicht da.«

»Das macht nichts.« Tas machte eine ruckartige Kopfbewegung zum Landrover. »Ich bringe nur ein paar Köder für James. Ich lasse sie hier.«

Ellen ging zum Landrover hinüber. Die offene Ladefläche war voller Kängurukadaver. Samtige Schwänze kreuzten sich, Beine ragten in die Luft, kleine Fliegenschwärme schwebten über glasigen Augen.

»Wir haben gestern Merzvieh ausgesondert«, kommentierte Tas, als er auf die Ladefläche kletterte und die steifen Kadaver über die Kante schob. Er warf ihr einen flüchtigen Blick zu. »Es macht Ihnen doch nichts aus?«

»Nein«, antwortete Ellen schnell, »natürlich nicht.«

Tas grinste, wobei sich sein Gesicht in feine Falten legte. »Man weiß ja nie. Mit manchen Leuten, die es hierher verschlagen hat, ist nicht viel los.« Mit einem Blick auf ein kahles Stück Land auf der anderen Seite der Hütte fragte er: »Gemüsegarten?«

Ellen nickte. »Ja, das habe ich mir jedenfalls in den Kopf gesetzt. Aber auf dem Platz wächst viel Unkraut. Ich habe schon Wochen damit zugebracht, es auszureißen.«

Tas schüttelte den Kopf. »Reine Zeitverschwendung. Sie müssen Unkrautvernichtungsmittel einsetzen, sonst werden Sie es nie los.« Er schwang den letzten Kadaver über die Wand der Ladefläche. Mit einem dumpfen Geräusch landete er auf dem Boden und blieb mit dem blassen Bauch nach oben liegen. »Lassen Sie sich von Jimmy helfen, man darf nicht zu viel Gift nehmen.« Er musterte Ellen, die weite Männerkleidung trug, von oben bis unten. »Jedenfalls nicht, wenn Nachwuchs unterwegs ist.«

Ein Lächeln huschte über Ellens Gesicht.

»Sehen Sie zu, dass es ein Junge wird!« Er grinste breit. »Jimmy wird schon bald einen Matrosen brauchen.« Er rieb sich die Hände, bog den Kopf in den Nacken und suchte den Himmel ab. In seinen Augen spiegelte sich das klare Blau des Himmels. »Es wird bald regnen.«

»Tatsächlich?«, fragte Ellen zweifelnd. Die Sonne schien kräftig, und sie spürte die Wärme auf Gesicht und Hals.

»Sehen Sie dort die Wolkenformation?« Tas stellte sich hinter sie und streckte den Arm über ihre Schulter nach vorne. Er roch nach Motoröl und Fett. »Nein, nicht hier – dort drüben.« Er zeigte mit dem Finger auf eine Bergkette, die wie eine Festung in den Himmel ragte. »Unterhalb lösen sich die Wolkenränder auf. Sehen Sie das? Das ist Regen. Er wird uns gut tun und die Wassertanks füllen. Nun ja« – er ging zum Landrover zurück – »ich muss jetzt fahren. Sagen Sie Jimmy, dass ich morgen früh am Hafen bin.«

»Natürlich, danke.« Ellen sah ihm nach. Er fuhr den holprigen Weg hinunter, wobei er den Kopf aus dem Fenster steckte, um rechtzeitig den großen Schlaglöchern ausweichen zu können. Sie blieb vor der Hütte stehen, bis der Wagen nicht mehr zu hören war. Schließlich blieb nur das sanfte Rascheln der Bäume, das ferne Plätschern der Wellen am Strand und das Summen der Fliegen.

Der Regen kam, hämmerte aufs Hüttendach, sammelte sich in der Regenrinne und stürzte in kleinen Wasserfällen zu Boden. Ellen rollte ein Handtuch zusammen und legte es vor die Tür, um das hereinströmende Wasser aufzuhalten. Dann legte sie Feuerholz nach und setzte sich mit einem Becher schwarzen Tee an den Tisch. Um das feine Aroma des Darjeelings trotz des Petroleumgeruchs genießen zu können, beugte sie sich tief über die Tasse. Langsam ließ sie den Blick durch den Raum wandern. Eine altbekannte Reise ohne Überraschungen. Alte verrußte Balken, bunte Vorhänge, an die Wand genagelte, getrocknete Kräutersträuße, ein Stapel alter Zeitungen zum Feuermachen. Die Bücher im Regal waren fast alle in Leder gebunden. Hier und da mischte sich ein grellbuntes Taschenbuch darunter. Auf dem glatt geschliffenen, eingelassenen Holzfußboden lag kein Teppich.

Sie blickte auf einen kleinen schmalen Spiegel neben der Tür. Er hatte schon blinde Flecken. Sie stand auf und stellte sich davor. Er war so schmal, dass sie immer nur ein Auge, die halbe Nase und den halben Mund sehen konnte. Der Regen hatte das Tageslicht verschluckt. Ihr Spiegelbild war farblos und trist. Etwas Make-up würde es wieder zum Leben erwecken, dachte Ellen. Ein wenig Lidschatten, Rouge ... Aber das Gesicht war ungeschminkt – das ungeschminkte Gesicht einer ungeschminkten Lügnerin. Die Worte fügten sich wie von selbst zusammen. Aber James dachte anders. Ungeschminkt ist gut. Sei einfach du selbst. Das ist alles, was ich mir wünsche.

Ellen ging näher heran. Das Auge wurde größer und größer, bis es alles andere verschluckte. *Das ist alles, was ich mir wünsche ...*

Sie erschrak und stieß einen kleinen Schrei aus, als die Tür aufsprang und gegen die Hüttenwand krachte.

»Verdammt, es gießt in Strömen!« Wasser tropfte von den schweren Stiefeln auf den Boden.

»James«, hauchte Ellen. »Du hast mich erschreckt.«

Als er ihre Stimme hörte, drehte er sich um. Er drückte ihr einen großen Karton gegen die Brust. »Ich habe das Boot in der Stadt gelassen und bin getrampt.« Dicke triefende Haarsträhnen hingen ihm ins Gesicht. »Damit habe ich nicht gerechnet.« Er ging zum Tisch und stellte den Karton ab.

»Na ja«, sagte Ellen weise. »Wenn du den Himmel beobachtest, wirst du nicht vom Regen überrascht.«

James schnaubte. »Was weißt du schon vom Himmel?«

»Mehr als du«, entgegnete Ellen lachend und warf dabei den Kopf in den Nacken.

»Nun ja, was soll's.« James winkte ihr, ohne sich umzudrehen. »Komm her! Ich habe dir etwas mitgebracht.«

Ellen erschrak und ging zu ihm. Eiskalt lief es ihr den Rücken hinunter.

»Komm schon.« James nickte ihr aufmunternd zu. »Mach den Karton auf, obwohl es eigentlich nicht nur für dich ist.«

»O Gott!« Ellen wich angeekelt zurück. »Wenn es etwas Essbares ist, bring es zuerst um.«

James lachte. Er beugte sich über den Karton und tat, als spräche er mit dem Inhalt. »Hör nicht auf sie. Sie ist nicht bei Sinnen. Wer würde schon dieses süße kleine« – er öffnete den Karton und hob einen kleinen braunen Welpen heraus – »Hündchen essen.« Der Hund hing mit hängendem Kopf, ausgestreckten Beinchen und hervortretenden Augen an seinem Nackenfell. Ellen trat einen Schritt zurück.

»Nein«, sagte sie. »Ich will ihn nicht anfassen.« Sie verschränkte die Arme und versteckte die Hände. »Ich habe Angst vor Hunden.«

»Nicht doch, das ist doch nicht möglich!« James sah sie erstaunt an. »Vor Carters Dalmatinerhündin hattest du auch keine Angst.«

Ellen sah ihn stirnrunzelnd an. »Nun ... Ich weiß auch nicht. Ich habe nur ... Vielleicht, weil es ein Welpe ist. Ich weiß, es ist dumm.« Sie lachte verlegen.

Wieder hielt ihr James den Hund hin. »Komm schon, nimm ihn!«

Ellen nahm den Welpen auf den Arm und hielt den kleinen warmen Körper fest. Sie konnte die Rippen spüren. Unter dem locker sitzenden Fell lag ein zarter zerbrechlicher Brustkorb. Dahinter schlug das kleine Herz. Man könnte ihn leicht erdrücken, wenn man nicht aufpasst, dachte sie. »Woher hast du ihn?«

»Es ist ein Rüde. Ich habe ihn in der Milchbar vom alten Joe gekauft. Es ist ein Queensland Heeler und heißt Bluey wie sein Vater. Ich werde ihn für das Baby abrichten.« Ellen setzte den Welpen auf den Boden und trat zurück. Steif und ängstlich blieb der Welpe stehen. »Joe wollte mir einen alten Wasserbehälter als Hundehütte geben. Aber ich sagte ihm, dass er zu uns ins Haus darf.« James nahm ein Küchentuch vom Haken und trocknete sich die Haare. »Weißt du, was er mir geantwortet hat? ›Verrückter Hippie, du hast ja keine Ahnung.‹ Ich dachte schon, er wollte ihn wieder zurückhaben!« James bückte sich, hob den Hund auf, streichelte den weichen braunen Kopf und fuhr mit den Fingern zärtlich über die kleinen Ohrspitzen. Mit glänzenden Augen und immer noch nassem Gesicht sah er Ellen an. »Wir werden eine richtige Familie sein, Ell. Ma, Pa, Hund und das Baby.«

Ellen ging zum Fenster und sah hinaus in den Regen. »Tas war da und hat tote Kängurus gebracht. Sie liegen da draußen am Wassertank.«

»Gut. Ich kann sie gut gebrauchen. Was noch?«
»Wie bitte?«
»Was ist heute noch passiert?«

»Nicht viel.« Sie machte eine Pause und drehte sich zu ihm um. »Ich war bei Ben. Doktor Ben.«

»Ist alles in Ordnung?« Schnell setzte er den Hund wieder auf den Boden und kam zu ihr.

»Ja, ja, alles in Ordnung. Aber ich habe im Wartezimmer gesessen. Du weißt doch, Bens Frau bekommt immer ihre Zeitschrift aus Melbourne …«

»Marian heißt sie«, unterbrach James. »Warum kannst du dir keine Namen merken?«

»Nun ja, da lag eine alte Ausgabe von *Teen* herum … Die muss ungefähr vor zwei Jahren erschienen sein, kurz nachdem Liberty herauskam. Sie war groß auf der Titelseite. Zwei Mädchen aus der Oberschule haben sie sich angesehen.«

»Und was dann?«, fragte James gespannt.

»Es ist alles in Ordnung«, sagte Ellen, »sie haben mich nicht erkannt. Ich wollte nur sagen, dass es sehr merkwürdig war. Sie unterhielten sich über Liberty, meinten, kurze Haare stünden ihr gut und so weiter. Dann blickte mir eines der Mädchen direkt ins Gesicht.« Ellen stieß ein hohes, spitzes Lachen aus. »Sie fragte mich nach der Uhrzeit.«

»Bist du sicher?«

»Ja.«

»Mist … Was ist mit der Zeitschrift?«

»Ich habe sie an mich genommen und verbrannt.«

»Sehr gut.«

Das Feuer knisterte und sprühte Funken. »Sehe ich … ich meine, sehe ich immer noch …« Ellen zögerte.

»Ich glaube nicht!«, antwortete James glücklich. »Würdest du sonst hier leben, am Ende der Welt? Eine Station vor der Antarktis? Und dazu noch eine werdende Mutter?« Er legte den Arm um ihre Schulter. »Du bist frei! Das war der Beweis!« Er stieg über den Hund und ging mit großen Schritten zum Küchenschrank. »Das müssen wir feiern!«, rief er und nahm eine Flasche Champagner aus dem Schrank. Sorgfältig blies er den Staub von der Flasche und sagte über die Schulter. »Leider haben wir keinen Sektkühler, gnädige Frau. Oh, bevor ich es vergesse, ich habe Dave in der Milchbar getroffen. Er sagte, die Mädchen wollen sich treffen, um dir zu Ehren ein Fest zu planen. Morgen wird jemand kommen und mit dir darüber sprechen.«

»Wovon redest du?«, fragte Ellen erstaunt.

James zuckte die Schultern. »Das weiß ich nicht so genau. Irgendein Polterabend, ein Baby-Polterabend. Ich glaube, das ist eine Party.« Er trennte die Metallfolie vom Korken.

»Du machst wohl Witze! Da gehe ich bestimmt nicht hin.«

»Aber natürlich gehst du hin! Das kannst du nicht ablehnen!«

»Du wirst schon sehen!«

James stellte die Flasche ab und drehte sich um. Barsch befahl er: »Du *wirst* dort hingehen. Ich lasse nicht zu, dass du unseren Ruf ruinierst. Wir leben hier. Unser Kind wird hier aufwachsen!« In einer hilflosen Geste breitete er die Arme aus. »Du musst dich daran gewöhnen, dass du kein Star mehr bist. Hier bist du nur eine ganz normale Frau und Mutter wie die anderen.« Seine Stimme wurde sanfter. »Das wollten wir doch, Ellen. Das wollten wir beide, erinnerst du dich?«

»Ja.«

»Ja, was?«

»Wir wollten fliehen und gemeinsam ein neues Leben beginnen, an einem Ort, wo wir sein können, wie wir sind.« Wie ein Kind, das ein Gedicht für Erwachsene aufsagt, ohne es richtig zu verstehen, kamen die Worte aus ihrem Mund.

»Stimmt«, bestätigte James, »deshalb sind wir hier.«

Ellen bückte und streckte sich, um ihren Rücken zu entlasten. »Ich halte mich nicht für etwas Besonderes«, sagte sie schleppend. »Ich bin auch nicht besser als sie. Es ist nur ...« Sie unterbrach sich, und einen Augenblick lang sprach keiner von beiden.

»Nun, es ist keine große Sache«, sagte James schließlich. »Du gehst einfach hin und bist ein bisschen nett. Das kannst du doch gut. Vielleicht macht dir die Party sogar Spaß.« Er nahm zwei Gläser aus dem Küchenschrank und putzte sie mit einem aus der Hose hängenden Hemdzipfel. Als er sie gegen das Licht hielt und nach Schlieren suchte, pfiff er leise durch die Zähne. »Übrigens«, fragte er plötzlich, »ist Tas noch geblieben?«

»Wie bitte?«

»Hast du Tas hereingebeten und ihm einen Drink angeboten?«

»Nein«, antwortete Ellen schnell. »Ich habe ihn nicht eingeladen. Du warst nicht da, und ich dachte, es wäre dir nicht recht.«

James nickte. »Ja, ich weiß. Aber bei Tas ... Ich möchte nicht unhöflich erscheinen.« Er wandte sich wieder der Champagnerflasche zu.

Ellen sah ihn wortlos an. Der Hund schnüffelte an ihren Füßen. Sie schloss die Augen und zog die Zehen zusammen, um der warmen feuchten Schnauze zu entgehen. Der intensive Welpengeruch stieg ihr in die Nase und blieb wie ein stummer Schrei in der Kehle stecken.

Mit lautem Knall schoss der Sektkorken an die Decke. Der Welpe jaulte auf und rannte wie ein Blitz zur Tür.

James hielt das Glas hoch. »Auf dein Wohl«, sagte er grinsend. »Auf die Freiheit ...«

6

Die Scheinwerfer schnitten lange Lichtkegel in die Dunkelheit. Der Jeep holperte die Piste hinunter. Ellen beugte sich weit vor, umklammerte das Lenkrad und starrte angestrengt nach vorne, um sich einen Weg durch Felsbrocken, Spalten und tiefe Reifenspuren zu bahnen. Plötzlich sprang ein dunkler Schatten vor die Motorhaube. Ein dumpfer Schlag erschütterte die Karosserie, dann holperte der Wagen über ein Hindernis. Ellen erschrak fürchterlich.

»Mein Gott!«, stöhnte sie, »nicht schon wieder!« Sie legte den Rückwärtsgang ein und fuhr zurück, bis die Scheinwerfer das zuckende junge Känguru erfasst hatten. Dunkles Blut spritzte auf den grauen Schotter der Straße. Das verletzte Tier kroch langsam in den Busch zurück und zog dabei die Hinterläufe nach. Sie wusste, dass sie seinem Leben ein Ende setzen musste, sonst verendete es qualvoll.

Den Blick starr nach vorn gerichtet fuhr sie weiter. Das nächste Mal fuhr der Jeep mit einem Rad über einen kleinen weichen Hügel. Sie bremste und fuhr mehrmals vor und zurück, bis im Scheinwerferlicht nur noch eine rote, haarige Masse zu sehen war.

Ellen legte den Kopf aufs Lenkrad. So ist das wirkliche Leben, würde James sagen, auf der Fifth Avenue sieht man keine platt gefahrenen Waschbären. Warum? Weil sie dort vertrieben wurden. Siehst du, was ich meine? Die Stadt ist tot.

Langsam fuhr sie weiter. Endlich entdeckte sie Lizzies Haus. Die hellen Fenster schickten ihr Licht wie kleine gelbe Sterne, die dicht über dem Boden hängen, durch das Dickicht.

Ellen und Lizzie hatten sich unten an der Fischfabrik kennen gelernt. James wog gerade den Wochenfang ab, und Tas überprüfte seine Rechnung. »Nicht schlecht für einen verwöhnten Städter«, sagte er anerkennend.

»Ich schaffe das schon, darauf kannst du Gift nehmen!«, entgegnete James grinsend.

»Hey!«, rief Tas laut über den Kai. Jemand winkte ihm zu. Erst als sie näher kam, erkannte Ellen, dass es eine Frau war. Wie bei allen Inselbewohnern hatten Sonne, Wind und Salz ihre Spuren auf dem Gesicht hinterlassen, aber sie sah immer noch jung aus. Ende zwanzig, schätzte Ellen, vielleicht Anfang dreißig.

»Hallo.« Die junge Frau grüßte alle mit einem herzlichen Lächeln.

»Meine Cousine Lizzie«, stellte Tas sie vor. »Das ist Jimmy und ... Helen? Aus Amerika.«

»Ich habe schon viel von Ihnen gehört«, sagte Lizzie. »Sie haben doch *Humble Bee* gekauft, nicht wahr?« Sie deutete mit dem Kopf auf die in Reih und Glied vertäuten Krebsfangboote.

»Wir lassen euch zwei jetzt allein, dann könnt ihr euch in Ruhe unterhalten«, sagte Tas.

Tas ging mit James ins Büro und überließ die Frauen ihrem Schicksal. Einen Augenblick schauten sie sich wie Kinder, die zufällig im selben Sandkasten sitzen, schweigend an.

Ellen musterte Lizzie von oben bis unten und lächelte höflich, aber distanziert. Carter würde Lizzie nicht mögen, dachte sie. Schade um die Frau, würde er sagen. Gut gebaut, schöne Zähne, reine Haut, hübsche Augen, schöner Mund, aber zu dick, kein Make-up, ungepflegte Augenbrauen, zu langes Haar. Obendrein trug sie Männerhosen, die mit einem Stück Schnur in der Taille zusammengezogen waren, und ihr fleckiger Pullover hatte ausgefranste Ärmel. Aber merkwürdigerweise stand ihr die Aufmachung, genau wie der alte Schal, der wie eine Krawatte um den Hals hing.

»Das ist typisch Tas!«, sagte Lizzie schließlich mit einem Schulterzucken. »Mein Gott, ich komme gerade vom Boot und sehe furchtbar aus.«

»Ich auch«, antwortete Ellen. »Ich war mit James draußen ...«

Die Worte blieben ihr im Hals stecken, als Lizzie ihren Samtmantel und ihre Seidenhose musterte. »Ich habe leider nichts anderes mitgebracht«, sagte sie verlegen. »Wo kann man diese Kleidung kaufen? Ich meine diese ... Arbeitskleidung?«

»Sie meinen das, was ich trage?«, fragte Lizzie zweifelnd. »Die kann man nicht kaufen, die klaut man von seinem Alten.« Sie lachte. »Eigentlich sind das Sachen für Bauern und Viehzüchter.« Sie deutete mit dem Kopf auf ein paar Geschäfte. »Ich kann Ihnen die Geschäfte zeigen, wenn Sie wollen. Ich meine, jetzt gleich. Tas kann mich nachher mit dem Auto mitnehmen. Die beiden brauchen bestimmt noch eine Ewigkeit.«

»Vielen Dank, aber ich habe kein Geld dabei.«

»Das macht nichts, Sie haben Kredit«, meinte Lizzie.

»Sie meinen American Express?«

Lizzie kicherte. »Das glaube ich nicht. Nein, sie

schreiben es einfach auf. Ihr Mann kann es ja das nächste Mal bezahlen.«

Sie gingen am Rathaus und an der alten Festhalle vorbei die Straße hinunter.

Lizzie sah Ellen von der Seite an.

»Zuerst kaufen wir einen Hut für Sie. Und dann müssen Sie Hals und Nacken bedecken, sonst holen Sie sich einen Sonnenbrand.«

Ellen fuhr sich mit der Hand über den Hals. »Eigentlich trage ich mein Haar immer offen«, meinte sie.

»Wann ist es denn so weit?«, fragte Lizzie. »Ist es Ihr erstes Kind?«

Ellen nickte. »Ich bin im fünften Monat.«

»Bei meinem ersten Kind habe ich gelitten wie ein Hund. Meine zweite Schwangerschaft war ein Kinderspiel, bis auf den letzten Monat, als sie ihren Fuß gegen einen Nerv drückte. Ich konnte nicht mehr laufen!«

»Bis jetzt geht es mir gut«, antwortete Ellen rasch. »Ich merke die Schwangerschaft kaum.«

Die Straße wurde steiler. Schon bald musste Ellen stehen bleiben, um Luft zu holen. Lizzie blieb geduldig neben ihr stehen. Sie schauten aufs Meer, wo sich zwei kleine Inseln in den Ozean schmiegten.

»Ich habe gehört, dass Sie sich in der Nautilus Bay ein Blockhaus gebaut haben«, begann Lizzie. »Als wir noch Kinder waren, haben wir dort immer gezeltet. Das war ein Leben!«, fügte sie heiter hinzu. »Jetzt ist es nur noch Schufterei.«

Ellen betrachtete Lizzie verstohlen. Sie sah müde aus. Aber ihre gelassene Art ließ vermuten, dass sie immer wieder Mittel und Wege fand, die viele Arbeit zu schaffen.

»Ich habe gehört, dass Sie Tänzerin waren. Stimmt das?«, fragte Lizzie.

Entschlossen setzte Ellen ihren Weg fort.

»Ja.«

Lizzie seufzte. »Davon habe ich immer geträumt, als ich noch zur Schule ging. Spitzenschuhe und Tutus. Allerdings weiß ich auch, dass es harte Arbeit ist. Waren Sie berühmt?«, scherzte sie.

»Nein«, log Ellen. Das fiel ihr nicht schwer, also fuhr sie fort: »Nur wenige schaffen es, als Solotänzer um die ganze Welt zu reisen. Ich war nur eine von vielen kleinen Tänzerinnen. Sie wissen schon, die Balletttänzerinnen, die alle gleich aussehen und im Hintergrund bleiben. Zum Schluss war es ziemlich eintönig.«

»Bestimmt nicht so langweilig wie Muscheln aufbrechen«, entgegnete Lizzie.

»Wahrscheinlich haben Sie Recht.« Sie sahen sich an und lachten so offen und herzlich wie alte Freundinnen.

Lizzies Haus stand auf einem niedrigen Hügel. Überall rosteten alte Autos vor sich hin, und es roch stark nach Schafdung. Eine nackte Glühbirne hing über der Hintertür. Ellen zog den Pullover über ihren Bauch und ging zur Tür. Nervös fuhr sie sich mit der Zunge über die Lippen. Am Fenster neben der Tür ließen die Jalousien einen Spalt frei. Rasch warf sie einen Blick hinein.

Direkt vor sich sah sie ein breites Hinterteil in einer Herrenhose, die so eng war, dass sich die Ränder der Unterhose abzeichneten. Dahinter standen auf einem Klapptisch Speisen auf verschiedenen Tellern und Platten: Torten, Blechkuchen, kleine Törtchen, Sandwiches, Teegebäck. Der Aschenbecher in der Mitte quoll schon über. Überall saßen Frauen auf Stühlen oder Kissen, rauchten, plauderten und lachten. Ellen betrachtete die Gesichter. Die meisten kannte sie nicht. Sie werden mich weder mögen noch akzeptieren, dachte sie. Ich bin hier überflüssig. Rasch griff sie nach dem Medaillon mit dem Bild ihres alten Freundes Eildon. Sie trug es immer bei sich. Er war ihr Talisman und beschützte sie in der Dunkelheit. Trotzdem hatte sie Angst.

Sie drehte sich um und betrachtete zögernd den Jeep. Sie könnte wieder abfahren und behaupten, es ginge ihr nicht gut. Aber James würde das niemals akzeptieren und vor Wut kochen. Sie zog das Band aus dem Haar. Die dunklen Locken fielen wie ein weicher schwerer Umhang auf ihre Schultern. Langsam ging sie auf die Tür zu. Sie hatte keine andere Wahl, sie musste hineingehen. Bis jetzt hatte ihr immer jemand gesagt, was sie zu tun hatte: Madame Katrinka mit ihren alten rauen Händen und vor Stolz lauter Stimme, oder Carter mit einer langen Liste von Partys. (Du *wirst* hingehen, du *wirst* die neueste Mode tragen, du *wirst* stehen bleiben und lächeln). Und James ...

Sie erschrak. Quietschend wurde der Fliegenschutz aufgestoßen. Lizzie erschien auf der Schwelle. »Ellen! Wir haben uns schon gewundert, wo Sie bleiben. Kommen Sie doch herein!« Sie nahm Ellens Arm und zog sie ins Haus. »Ich hoffe, es wird Ihnen nicht zu viel. Wir machen das immer so. Tas findet auch, dass Sie bei dieser Gelegenheit die anderen Frauen kennen lernen können. Wenn das Baby erst einmal da ist, brauchen sie bestimmt Hilfe.«

Ellen ging hinter Lizzie her ins Wohnzimmer. Ihr breiter Rücken schirmte sie vor den Blicken ab. Doch plötzlich stand sie ungeschützt mitten im Zimmer. Gespräche verstummten, Zigaretten unterbrachen ihren Weg zum Aschenbecher, Augen wanderten von Gesicht zu Bauch und wieder zurück.

»Hört alle her! Das ist Ellen«, rief Lizzie und musterte sie, als sähe sie Ellen zum ersten Mal. »Sie können sich bestimmt nicht an alle erinnern. Das ist Pauline. Sie haben sie im Postamt getroffen. Susie kennen Sie ja schon. Das ist Kaye, die neue Lehrerin, Mavis und Elsie, Tasmans Mutter. Das ist meine Tante Joanie und Jan aus Stackys Marsh ...« So stellte sie ihr eine nach der anderen vor.

Ellen lächelte und blickte jeder Frau kurz und aufmerksam in die Augen, die Herzlichkeit und Wärme ausstrahlten.

»Wir haben Ihnen einen Platz freigehalten.« Lizzie führte Ellen zu einem hohen Armsessel, der wie ein Thron etwas abseits, jedoch in Reichweite der Speisen stand. Ellen nahm Platz. Sie sah sich um und entdeckte bestürzt, dass jeder Gast ein kleines Päckchen mitgebracht hatte. Überall im Raum lagen sie, in blassgelbes, grünes, cremefarbenes oder weißes Papier gewickelt, wie kleine Vogelnester auf den Schößen der Frauen oder unter Stühlen.

»Ich denke, wir beginnen gleich mit der Geschenkübergabe«, sagte Lizzie, »falls jemand früher gehen muss.«

»Die Ältesten zuerst!«, rief eine tiefe raue Stimme neben Ellen. »Das ist für Sie, meine Liebe.«

Elsie, die sie mit den gleichen blauen Augen ihres Sohnes ansah, überreichte ihr lächelnd das erste Geschenk. Es war in weiches, leicht zerknittertes Papier eingepackt, das offensichtlich mehrmals benutzt worden war. Ungeschickt packte Ellen eine winzige gelbe Strickjacke aus.

»Sie ist wunderschön!«, sagte sie zu Elsie und vermied es, auf die großen rauen Hände zu sehen. »Haben Sie es selbst gestrickt?«

»Aber natürlich, Liebste. Ein oder zwei bringe ich wohl noch fertig.«

Alle lachten. Ellen drehte sich besorgt um, aber Elsie strahlte.

»Sie spotten über die Farbe. Es ist kein Babygelb.«

»Halten Sie die Jacke doch hoch«, bat Lizzie sie.

Aus jeder Ecke kamen anerkennende Worte. Plötzlich steckte ein Mann den Kopf durch die Tür.

»Hallo Mädchen«, grüßte er grinsend. »Ich brauche wohl nicht zu fragen, wo Mick ist ... Unten im Pub, nicht wahr?«

»Stimmt«, antwortete Lizzie, »und er darf erst nach der Sperrstunde wiederkommen.«

»Du bist aber streng.« Neugierig sah er sich im Raum um. Sein Blick fiel auf Ellen. Obwohl sie ihn nicht ansah, spürte sie seine Neugier – genau wie bei den namenlosen Kellnern, Taxifahrern, Lieferanten, und sogar Ärzten, die mitten in der Nacht zu einem Patienten gerufen wurden. Alle merkten, dass sie nicht dazugehörte – ihre Augen verrieten es.

»Mach, dass du wegkommst«, befahl Lizzie. Der Mann zog den Kopf zurück und machte hinter sich die Tür zu.

Jemand nahm die kleine Strickjacke und gab sie herum. Dann wurde ihr das nächste Päckchen überreicht. Zwei kleine gestrickte Hemdchen mit cremefarbenen Bändern. Dann ein Nachthemd, eine Strickmütze, gehäkelte Schühchen. Für jedes Geschenk bedankte sich Ellen artig und fand ein paar freundliche Worte. Neben ihrem Sessel häuften sich die winzigen Babysachen. Dann übergab die Lehrerin ihr ein in buntes Papier gewickeltes Geschenk.

»*Der Wind in den Weiden*«, kommentierte sie, als Ellen das Buch auspackte. »Wahrscheinlich haben Sie es als Kind auch gelesen.«

»Ja«, antwortete Ellen ausweichend und blätterte darin herum. »Die Bilder sind sehr schön.«

Als sie aufblickte, stand Lizzies andere Tante mit einem großen Bündel vor ihr. Ellen packte drei farblich aufeinander abgestimmte Strampelhosen aus.

»Das wäre nicht nötig gewesen«, sagte Ellen und hielt eine nach der anderen hoch. »So viel Arbeit.« Sie musste Stunden über Stricknadeln, Wolle und Häkelhaken verbracht haben. Und das alles für eine Fremde ...

»Ein Baby ist das Wertvollste auf der Welt«, meinte eine alte Frau ernst. »Das Erste kommt nur einmal.« Aus alten trüben Augen, die in tausend kleine Fältchen gebettet waren, blickte sie Ellen prüfend an. »Wenn das nicht der Mühe wert sein soll, dann weiß ich es nicht.«

»Sind alle fertig?«, fragte Lizzie und sah sich um. »Gut, dann bin ich an der Reihe. Ich hatte kein Papier ...« Sie nahm einen Stapel Stricksachen vom Kaminsims und kniete sich vor Ellens Sessel. Dann faltete sie vorsichtig einen Ausgehanzug auseinander. Die Schühchen hingen schon an den Hosenbeinen, Handschühchen waren mit Bändern an die Ärmel gebunden, sogar ein Kapuze gab es, und er war von oben bis unten geknöpft. Der Anzug hatte die Form eines kompletten Kindes und lag da, als wäre das Kind gerade wie eine sich häutende Schlange herausgeschlüpft.

Lange betrachtete Ellen den kleinen hellen Anzug auf dem braunen Teppich. Verträumt lächelnd betrachtete sie die leere Kapuze und stellte sich das glückliche Lächeln eines kleinen Jungen vor, der sie aus James' Augen ansah.

»Gefällt es Ihnen?«, fragte Lizzie erwartungsvoll. »Ich habe es in einer Zeitschrift entdeckt und ein Schnittmuster daraus gemacht. Ein Bein ist etwas länger geworden.«

»Es sieht aus wie ein wirkliches Baby«, rutschte es Ellen heraus.

Alle lachten. Die Stimmung war freundlich, und Herzlichkeit erfüllte den Raum. Dann wandten sich die Frauen wieder ihren Drinks und Gesprächen zu.

Ein Teller mit Buttergebäck tauchte vor Ellen auf. Sie bediente sich.

»Kürbisgebäck«, erklärte Elsie.

»Nehmen Sie noch eines«, meinte eine andere. »Sie müssen jetzt für zwei essen.«

Im Zimmer war es warm und laut. Es roch nach heißen Würstchen, Rauch und Parfüm. Lizzie brachte Ellen eine Tasse Kamillentee und meinte, das würde ihr gut tun. Ellen bat um ein Kissen für ihren Rücken und legte ihre Arme hinter den Kopf.

»Das ist eine gute Idee«, meinte Elsie. »Ruhen Sie sich ein wenig aus.« Zu Lizzie gewandt: »Sie hat keine Familie und braucht eine komplette Ausrüstung.« Dann tätschelte sie Ellens Schulter. »Haben Sie schon an Kinderbett, Kinderwagen, Windeln und alles andere gedacht?«

Ellen sah sie verständnislos an.

»Vielleicht möchte sie alles neu kaufen«, warf Lizzie rasch ein.

»Das wäre pure Verschwendung!«, widersprach Elsie. »Es gibt genug Zeug auf der Insel. Kistenweise Babywäsche! Einiges hat Flecken, aber das meiste ist brauchbar. Gestern habe ich den Jüngsten von Roberts gesehen. Er trug einen Pullover, den ich für Bobbie gestrickt hatte. Dann trug ihn Sally. Danach ging er zu den Brownings – von einem Kind zum andern. Sechs oder sieben Kinder haben den kleinen Pullover getragen.« Sie drehte sich um und sah Ellen an. »Ich finde das schön. Sie nicht?«

»Doch«, stimmte Ellen zu. Es war nett gemeint. Die Idee, die Sachen von einem Kind zum anderen weiterzureichen, vermittelte Geborgenheit, Sicherheit und Zuverlässigkeit.

»Schaut sie euch an!«, rief Elsie. »Keine Frau ist so schön wie eine Schwangere.« Sanft wie ein Priester, der seinen Segen gibt, tätschelte sie Ellens Hand.

Satt, warm und gestärkt lächelte Ellen in sich hinein. James hatte Recht. Wie alle anderen würde sie eine normale, viel beschäftigte, müde, aber glückliche Mutter sein. In dem kleinen Blockhaus unten am Meer wird sie ihre Kinder aufziehen, ihnen nach der Schule Milch und Kekse reichen, zerrissene Hosen ausbessern und aufgeschürfte Knie behandeln. Wie eine Löwin würde sie ihre Kinder lieben und beschützen und von ihnen geliebt werden. Endlich wendete sich alles zum Guten.

7

Ellen betrachtete das schlafende Kind. Liebevoll ließ sie den Blick über die rosigen Wangen und die dunklen Locken wandern, die das elfenbeinfarbige Gesicht einrahmten. Winzige blaurote Äderchen durchzogen die Augenlider, der feucht glänzende Mund war leicht geöffnet. Kaum sichtbar hob und senkte sich die kleine Brust.

»Zelda«, rief Ellen leise, »es ist Zeit, aufzustehen!«

Zelda räkelte sich schläfrig und drehte sich noch einmal um. Der zarte zusammengerollte Körper nahm unter der Bettdecke noch nicht einmal die Hälfte des großen Betts ein und sah etwas verloren aus.

Ellen schaute sich im Zimmer um. Dort in dem Alkoven auf einem Häschenteppich hatte Zeldas erstes Bettchen zwischen Kleidern und Windeln gestanden, nicht größer als eine Apfelsteige. Merkwürdig, die Jahre waren so schnell vergangen, und doch kam es ihr wie eine Ewigkeit vor.

Sie sah auf die Uhr. »Komm schon, mein Engel«, sagte sie mit Nachdruck. »Du musst jetzt aufstehen.« Sie fasste Zelda bei den schmalen Schultern und schüttelte sie, bis sie die Augen aufschlug – ihre Augen. »Hallo, du Hübsche. Schenkst du mir ein Lächeln?«

Zelda gähnte verschlafen und streckte Arme und Beine aus. Dann lächelte sie und setzte sich auf.

»Braves Mädchen«, lobte Ellen. »Komm, zieh das an.« Sie hielt ihr einen dicken Pullover hin.

»Nein.« Zelda schüttelte den Kopf. »Den will ich nicht anziehen, der kratzt.«

»Komm schon, ohne den Pullover wirst du dich erkälten.« Schnell zog sie dem Kind den Pullover über den Kopf.

Schmollend steckte Zelda die Arme in die Ärmel. »Wo ist mein Trainingsanzug?«

»Nass«, antwortete Ellen. »Hast du es vergessen? Du hattest ihn am Strand an.« Sie trat einen Schritt zurück und ließ Zelda aus dem Bett klettern.

Schwanzwedelnd tapste Bluey herein. Er drängte sich an Ellen vorbei und schleckte Zelda zur Begrüßung einmal übers Gesicht. Zelda zog ihn lachend am Ohr.

»Bluey, raus!« Ellen nahm ihn am Halsband und zog ihn zur Tür. Er weigerte sich und stemmte alle vier Pfoten in den Boden. »Raus hier!« Seine Krallen hinterließen tiefe Kratzer auf den Dielen. Als sie die Tür hinter ihm schloss, kam ihr Zelda auf dem Dreirad von Lizzies Söhnen entgegen.

»Du weißt doch, im Haus wird nicht Fahrrad gefahren!«, schimpfte Ellen.

Zelda fuhr weiter im Kreis herum und schaute triumphierend über die Schulter.

»Bring es sofort hinaus«, sagte Ellen ruhig.

Aber Zelda drehte noch eine Runde im Zimmer. Als sie an Ellen vorbeikam, gab diese dem Dreirad einen Schubs. Es machte einen Satz und kippte um. Zelda fiel vom Rad, schlug mit dem Kopf auf die scharfe Kante des Holzkastens und blieb mit den Füßen zwischen den

Rädern ausgestreckt auf dem Fußboden liegen. Mit weit geöffnetem Mund rang sie nach Luft. Ellen blieb erschrocken stehen. Zelda schrie schrill und durchdringend. Draußen fing Bluey aufgeregt an zu bellen. Dann sprang die Tür auf, und James stürzte mit zwei Reusen und den Arm voller Angelzubehör herein.

»Was ist denn hier los?« Er ließ seine Ladung fallen, eilte zu Zelda und kniete nieder. »Zelda!« Vorsichtig nahm er das Mädchen auf den Arm und fuhr ihr zärtlich durchs Haar. Blutverschmiert kam die Hand wieder zum Vorschein.

»Mein Gott, sie blutet! Hol mir ein Handtuch!« James sah sich nach Ellen um. Sie stand genau hinter ihm. »Um Gottes willen, Ellen!« Zelda schrie immer noch wie am Spieß. »Hol mir etwas zum Verbinden!«

Hastig zog Ellen das Laken vom Bett. James riss es ihr aus der Hand und presste es gegen den Kopf des Kindes. »Ist ja gut, Zelda. Daddy ist ja bei dir. Jetzt wird alles wieder gut.«

Ellen richtete sich auf. Hilflos ließ sie die Arme hängen.

»Hol den Jeep!«, befahl James. »Die Wunde ist tief. Wir müssen mit ihr zu Ben fahren.«

Im Auto erstarb das Geschrei zu leisem Wimmern. Mit der einen Hand drückte Ellen Zelda sanft an sich, mit der anderen presste sie das Laken auf die Wunde. Wie benommen starrte sie durch die Windschutzscheibe auf die Straße und betrachtete die triste Winterlandschaft. Das Hochwasser hatte die Koppeln überflutet, und die Schafe standen dicht gedrängt an den Zäunen und Gattern.

»Wie ist das passiert?«, fragte James, ohne den Blick von der Piste zu nehmen, denn er fuhr schnell und musste auf die Schlaglöcher achten.

Ellen antwortete nicht. Das Motorengeräusch mischte sich mit Zeldas Wimmern.

»Ich weiß nicht«, meinte Ellen schließlich ausweichend. »Ich habe es nicht gesehen. Sie ist vom Dreirad gefallen.«

»Du musst besser auf sie aufpassen.« James runzelte die Stirn und warf einen Seitenblick auf Zelda.

Ellen schwieg und tätschelte Zelda den Rücken. Zelda hörte auf zu schreien und steckte den Daumen in den Mund.

Doktor Bens Praxis befand sich in einem Nebengebäude des Wohnhauses. James nahm Ellen das Kind ab und trug es hinein. Ellen folgte ihm zögernd.

Das ist meine Aufgabe, dachte sie, *ich* müsste mich schützend über Zelda beugen und ihre Hand halten. Warum streckt sie die Arme nicht nach mir aus? Warum lässt sie sich nicht von mir beruhigen? Ich bin doch ihre Mutter!

Als sie ins Wartezimmer ging, waren James und Zelda nicht mehr da. Bens Frau Marian saß hinter der Anmeldung.

»Sie sind sofort hineingegangen«, sagte sie. Im Wartezimmer saßen mehrere Patienten. Neugierig sahen sie Ellen an.

»Ich weiß, wie Sie sich fühlen«, flüsterte Marian ihr freundlich zu. »Sie brauchen kein schlechtes Gewissen zu haben. Kinder in dem Alter sind eine Katastrophe! Wenn Sie wüssten, wie viele Schnitte und Schürfwunden wir jeden Tag behandeln müssen …«

Ellen nickte wortlos.

Marian deutete auf eine Tür mit der Aufschrift »Behandlungszimmer« und sagte: »Gehen Sie ruhig hinein.«

Ellen öffnete die Tür. Sofort schlug ihr das angsterfüllte Schreien des Kindes entgegen. Erschrocken blieb sie stehen. Die Schreie gingen ihr durch Mark und Bein. Ben, der eine leere Spritze in der Hand hielt, drehte sich um.

»Das Schlimmste ist vorbei«, sagte er. »Jetzt spürt sie nichts mehr.«

Ellen nickte benommen. Wie durch einen Schleier sah sie Bens Hände vor sich. Eine lange glänzende Nadel zeigte nach oben. Es roch nach Desinfektionsmitteln. Sie lief zum Spülbecken und übergab sich.

»Entschuldigung«, sagte sie. »Ich weiß nicht, was mit mir los ist ...« Sie hielt sich den Mund zu. Die Luft schien glasklar zu sein, alle Linien und Kanten des Raumes traten scharf hervor. Ben, Zelda, James – alle sahen wie hell leuchtende Glasfiguren aus. Die Wand hinter ihr drückte kalt und hart gegen ihren Rücken.

James, der sich über Zelda beugte, sah sie vorwurfsvoll an.

»Es sind nur ein paar Stiche«, erklärte Ben beruhigend. »Sie müssen nicht zusehen.« Er öffnete die Tür und winkte Marian herbei. »Könntest du Ellen im Haus eine Tasse Tee servieren?«

Marian ging voraus. Eine Tür trennte das weiße sterile Behandlungszimmer vom Wohnhaus mit den glänzend polierten Balken und orientalischen Teppichen. Die Tür schloss sich hinter ihnen und schluckte die Schreie.

»Kommen Sie.« Marian führte Ellen in die Küche. Die Sonne schien herein und tauchte alles in gleißendes Licht. Es roch nach frisch gebackenem Brot. Sie stellte den Kessel auf den Herd und nahm Tassen und Untertassen aus dem Schrank.

»Setzen Sie sich und atmen Sie tief durch.« Sie warf Ellen einen fürsorglichen Blick zu. »Zelda geht es gut, es sind ja nur ein paar Stiche ...« Da Ellen schwieg, fuhr sie fort. »Bald tobt sie wieder fröhlich herum.«

Als hätte sie gerade eine Migräne überstanden, bei der die Erinnerung an den Schmerz noch nachwirkte, lehnte sich Ellen benommen zurück. An der Wand hingen sauber aufgereiht glänzende Kupferpfannen. Die Fenster schmückten karierte Vorhänge, und in einem Glasschrank stand handbemaltes Tongeschirr. Offensichtlich stammte die Küche aus einem Katalog und passte eigentlich nicht hierher. Nur eine Angelspule, die auf dem Regal thronte, stammte von der Insel.

»Entschuldigung«, sagte Ellen höflich, da Marian auf eine Antwort wartete. »Ich habe nicht zugehört.«

»Ach, das macht doch nichts. Ich habe gefragt, ob Sie hier Familie haben.«

»Nein«, antwortete Ellen.

»Leben sie alle in Amerika?«, fragte Marian ohne Umschweife.

Ellen blickte durch die Terrassentür auf einen Hinterhof. »James' Familie lebt in Washington DC«, wich sie aus. »Ich habe keine Verwandte.« Kurzes Schweigen entstand. Aus dem Behandlungszimmer drang kein Laut herüber.

»Das tut mir Leid.« Marian reichte ihr einen Becher Tee. »Ich habe ihn selbst gemacht.«

Ellen kostete den Tee und lächelte.

»Den Becher«, fügte Marian schnell hinzu.

»Er ist sehr hübsch.« Ellen rutschte verlegen auf dem Stuhl hin und her und schluckte den heißen Tee so schnell wie möglich hinunter.

»Meine neue Frauenzeitschrift ist gekommen.« Marian zeigte auf einen Stapel Zeitschriften und lächelte verlegen. »Ich versuche auf dem Laufenden zu bleiben, obwohl sich die Mühe nicht lohnt. Ich glaube, Ben will für immer hier bleiben. Aber ich sehne mich nach Kunstausstellungen, Cafés, Einkaufsbummel und gute Musik.« Nach einer kleinen Pause wechselte sie das Thema. »Ben hat mir erzählt, dass Sie Tänzerin waren. Fehlt Ihnen das nicht? Die Bühne, die Spannung, interessante Leute?«

»Hm ...« Im Garten kratzte eine schwarze Katze in der Erde.

»Haben Sie berühmte Leute kennen gelernt? Jemanden, von dem ich schon einmal gehört oder gelesen habe? Erzählen Sie!«

»Nun ja, wissen Sie« – Ellen runzelte die Stirn – »ich kann mich nicht mehr erinnern ...«

Als das Telefon klingelte, entfernte Marian sich. Ellen stand auf und stellte ihre Tasse in die Spüle. Als sie aus dem Fenster blickte, entdeckte sie James im Garten. Er stand mit Zelda auf dem Arm zwischen hohen Büschen und rankenden Weinreben in der warmen Wintersonne. Das Kind schlief, den Kopf an seine Schulter gelegt. Das Bild erinnerte Ellen an ein Gemälde, das im Speisesaal der Tanzschule hing. Es zeigte Jesus mit lockigem Haar und Hippie-Sandalen. Auch er hielt ein Kind im Arm, ein kleines hübsches Mädchen mit blonden Locken und englischer Kleidung. »Das Leiden der Kinder führt dich zu mir«, stand darunter.

Zelda war aufgewacht und räkelte sich in James' Armen. Er küsste sie zärtlich auf die Stirn. Sie gehören zusammen, dachte sie. Die kleine, von Wind und Sonne braun gebrannte Zelda, gesund ernährt mit Möwen, frischem Fisch und Bauernmilch, und James, groß und kräftig mit abgehärteten Händen. Er stand breitbeinig da, als wäre die Erde ein schwankendes Bootsdeck. Sie sind auf dieser Insel zu Hause.

Am Abend saß Ellen am Kamin und sah James zu, wie er Zelda eine Gutenachtgeschichte vorlas. Schon lange waren ihre Tränen versiegt, Haare verdeckten die genähte Wunde.

»Und der kleine Bär sagte: ›Wer schläft in meinem Bettchen?‹«, las James mit hoher Kinderstimme.

Zelda grinste und blickte zu Ellen hinüber. »Daddy ist ein kleiner Bär!«

Kopf an Kopf saßen die beiden da, während James weiterlas. Sein sandfarbenes ungeschnittenes Haar lag in blassen Strähnen auf ihren dunklen Locken. Ellen betrachtete ihre Gesichter. Sie hat mein Haar, dachte sie, meine Augen, meinen Mund, meine Nase. James ähnelt sie überhaupt nicht. Sie ist mir wie aus dem Gesicht geschnitten.

»Und was ist dann passiert?« James war am Ende der Geschichte angekommen.

»Und wenn sie nicht gestorben sind, dann leben sie noch heute«, antwortete Zelda stolz.

James lachte. »Genau wie wir. Gib Ellen einen Kuss.«

Zelda ging zu Ellen und legte den Kopf in ihren Schoß. »Entschuldigung, Ellen«, sagte sie leise.

Ellen schaute sie erstaunt an. »Wie bitte?«

»Das Dreirad war böse und ist im Haus herumgefahren.«

Nur der Schrei einer Eule unterbrach das gedrückte Schweigen. Ellen warf James einen Blick zu. »Es war ein Unfall, dafür konntest du nichts.« Zärtlich strich sie Zelda das Haar aus dem Gesicht.

»Gute Nacht, Mummy.«

»Gute Nacht, Baby.« Ellen nahm sie sanft in den Arm. Der reine warme Geruch des Kindes stieg ihr in die Nase. Sie drückte sie an sich. »Ich hab dich lieb, mein Engel.«

James schmiegte sich an Ellens Körper. Mit einer Hand streichelte er zärtlich ihre Wange, während die andere unter die Bettdecke glitt. Sie fand die kleinen weichen Brüste, verweilte dort liebkosend und wanderte dann langsam über den Bauch abwärts.

»Warte – du ruinierst ja mein Buch!« Ellen wandte sich ab und hielt das Buch hoch.

James drückte sie wieder hinunter. »Wen stört das? Die Welt ist voller Bücher.« Er legte sich auf sie und versuchte, ein Knie zwischen ihre Schenkel zu schieben.

»Kein Chance«, lachte Ellen und spannte Waden und Oberschenkel an. Die Muskeln waren steinhart und durchtrainiert.

James umfasste Schulter und Bein und drehte sie auf den Bauch. Dann legte er sich wieder auf sie. Ihre Körper berührten sich von Kopf bis Fuß.

»Zieh die Vorhänge vor«, sagte Ellen über die Schulter.

»Wie bitte?«

»Nun, dann mach wenigstens das Licht aus.«

»Heilige Kuh!« James rollte zur Seite und griff nach dem Lichtschalter. »Glaubst du wirklich, die Leute kommen hier heraus und warten, bis sie etwas zu sehen bekommen?«

Ellen sagte nichts, drehte sich um und blieb still liegen. Der Schein des Feuers hüllte ihren Körper in sanftes Rosa. Durch den Vorhang drang Zeldas gleichmäßiger Atmen.

James schwebte über ihr und betrachtete ihren blassen, schlanken Körper. Das Zwielicht verlieh ihrer Haut einen zauberhaften Glanz. Ihre Augen waren dunkel und kindlich groß. »Du bist immer noch ein kleines Mädchen«, sagte er und küsste sie zärtlich auf die Nase. »Ich wette, du hast dich kaum verändert. Ich kann mir gut vorstellen, wie du mit Pferdeschwanz und Zahnspange ausgesehen hast.«

»Ich bin kein kleines Mädchen mehr«, protestierte Ellen. »Ich bin sechsundzwanzig Jahre alt und habe eine dreieinhalbjährige Tochter.«

»Hattest du eine Zahnspange?«, fragte James. »Ich dachte immer, deine Zähne wären perfekt. Hast du mich etwa belogen?«

Ellen sah ihn missbilligend an. »Nein.«

»Weißt du das genau?«, scherzte er.

»Ja, das weiß ich genau.«

»Meine Damen und Herren – eine Sensation!«, rief James. »Ellen erinnert sich!« Ein Anflug von Verärgerung huschte über sein Gesicht. »Ich weiß nicht, warum du so verschwiegen bist. Manchmal frage ich mich, ob du noch eine andere Seite hast, die du gewissenhaft verbirgst, ein anderes Leben.« Er lachte. »Vielleicht wirst du von der CIA gesucht. Aber dafür bist du eigentlich zu jung.«

»Ich *hatte* ein geheimes Leben«, antwortete Ellen lächelnd. »Ich war reich und berühmt. Hast du das vergessen? Schön, sexy …«

»O ja, wie komisch!«, rief James. »Sexy Ellen! Jugendliches Sexsymbol! Verführerischer Blick! Komm, nimm mich. Toll! Und jetzt liegst du einfach nur da.«

Ellen befreite sich von ihm und drehte sich auf die andere Seite. Sie starrte gegen die Wand und schluckte, ein lautes Geräusch im Kopf. »Als ich noch jemand anders war – ich meine, etwas anderes gemacht habe – war ich dir auch nicht gut genug. Du hast immer gesagt, ich schauspielere.«

»Hast du auch!«, beharrte James. »Ich höre immer noch, wie der Direktor dir die Sätze einpaukt!«

»Siehst du, ich kann tun, was ich will, dir kann ich

es nicht recht machen.« Ellen schloss die Augen und schwieg lange. Plötzlich fühlte sie sich alt und müde.

»Komm, lass uns nicht streiten, Ell«, meinte James schließlich. »Komm schon, komm zu mir.« Er zog sie an sich und strich ihr zärtlich übers Haar. Dann wanderte seine Hand die Schulter entlang, bis sie die kleine feste Brust umfasste.

Eine Beutelratte kratzte auf dem Dachboden. Bluey wachte auf, lief zur Tür und winselte.

Ellen erschrak und verspannte sich.

»Es ist alles in Ordnung, nur ein Opossum«, beruhigte James sie.

Ellen starrte in die Dunkelheit. »Das ist es nicht«, sagte sie schließlich, »es ist das Winseln des Hundes. Es ist ...« Sie suchte nach dem richtigen Wort, obwohl sie genau wusste, dass es in der Dunkelheit zwischen ihnen stehen bleiben würde. Stattdessen versuchte sie ein Lachen. »Es ist, als säße man beim Zahnarzt im Wartezimmer.«

»Das ist dumm, Ellen.« James wandte sich von ihr ab und zog die Decke über die Schultern. »Wie willst du Zelda zu einem mutigen Menschen erziehen? Du musst lernen, dich zu beherrschen. Hey, nimm's nicht so schwer!«

Ellen spürte, dass er auf eine Antwort wartete. Sie stieß ein leises Lachen aus.

Es schien ihm zu genügen. Er deckte sich zu und entspannte sich seufzend. »Na, dann träume schön ...«

Ellen betrachtete die dunkle Erhebung seines Körpers neben sich und hörte ihn gleichmäßig und tief atmen. Was er wohl träumte? Vermutlich hatte er ruhige, sanfte Träume. Er schrie im Schlaf niemals auf, hatte niemals Angst. Sie dachte wieder an den Behandlungsraum, an Zeldas angsterfüllte Schreie. Die Hand. Die

Nadel. Die plötzliche Helligkeit. Alles hatte so unwirklich ausgesehen. Das erinnerte sie an etwas.

Sie hörte Carters klare kräftige Stimme, die durch eine wilde New Yorker Nacht drang. »Ich mag das Leuchten in deinen Augen nicht.« Dann durchsuchte er ihre Handtasche und fand die in Folie gewickelten, kleinen Pillen.

»Auch noch von der Straße!« Carter schüttelte den Kopf. »Ich bin dein Agent, nicht deine Mutter, und ich habe nur zwei Regeln: versäume nie eine Verabredung und nimm keine Drogen! Steig ein!«

Die lange schwarze Limousine mit den weichen tiefen Sitzen. Dort wollte sie für immer bleiben und nie wieder nach Hause gehen.

Tränen stiegen ihr in die Augen, sammelten sich im Augenwinkel und liefen die Schläfe hinunter. Sie hatte schon seit Jahren kein LSD oder andere Drogen mehr genommen. Das Denken fiel ihr schwer, und sie spürte, wie das Gehirn in seinen Windungen nach Worten suchte.

Mit mir stimmt etwas nicht. Vielleicht werde ich wahnsinnig. Wie Schwester Annunciata. Eingeschlossen in einem Gartenhaus murmelte sie den ganzen Tag vor sich hin und kam nur heraus, um das schmutzige Geschirr vor die Tür zu stellen. Sie hatte niemanden, der sie liebte, keinen Mann, keine Kinder. Nur das dünne goldene Band um ihren Finger. Nur Gott.

Reglos lag Ellen neben James im Bett. Kalte Furcht ergriff sie, als sie sich vorstellte, allein sterben zu müssen. Verlassen ... Sie starrte in die Dunkelheit und suchte Trost bei den Schatten vertrauter Gegenstände. Aber die Gedanken gingen ihr nicht aus dem Kopf und schürten ihre Angst. Vorsichtig, um James nicht zu wecken, stand sie auf und schlich ins Wohnzimmer. Dort zündete sie eine Kerze an und setzte sich.

Die Flamme schien hell und warm. Das mutige Flackern beruhigte Ellen. Fasziniert betrachtete sie die Flamme und bemerkte das heiße Wachs, das ihr auf die Hand tropfte, nicht. Sie zwang sich, tief und gleichmäßig zu atmen. Langsam nahm ihre Angst ab und verschwand schließlich ganz.

8

Die aufgehende Sonne überzog die Berge mit einem goldenen Schimmer, aber die nächtlichen Schatten hingen noch in den Baumwipfeln. Silbrigweiß wie eine Mondsichel umrahmte der Strand das Meer.

Ellen lief vor James und Zelda her. Plötzlich sprang sie mit weit gespreizten Armen und Beinen in die Luft. Den Kopf hielt sie dabei hoch, den Rücken gestreckt. Unter ihren Füßen spürte sie den harten kühlen Sand. Dann sprang sie noch einmal, drehte sich in der Luft und berührte kaum den Boden, bevor sie wieder abhob.

Am Ende des Strandes, wo der Sand den grauen Granitfelsen wich, wartete sie auf die beiden. Die Wangen rot vor Anstrengung rang sie nach Atem.

»Du siehst aus wie eine Fee«, rief Zelda schon von weitem.

Ellen blickte an ihr vorbei zu James. »Ich verlerne es«, sagte sie.

Sie sprangen von Fels zu Fels, suchten sich ihren Weg durch das Geröll und schauten in tiefe, mit purpurroten Muscheln übersäte Spalten. An einem Bergsee machten sie Rast, aßen Muffins mit Marmelade und beugten sich über das Schilf, um die Seeanemonen zu sehen, die in kleinen Gruppen ihre dünnen Arme aus dem Wasser reckten.

»Tas nennt sie Blutsauger«, sagte James. Er bückte sich und stieß eine mit dem Finger an. Sofort schloss sich die Pflanze und zog ihre Arme ein. Zelda lachte fröhlich und wollte es ihm nachmachen, aber bevor sie die Pflanze berührte, jauchzte sie und zog die Hand wieder zurück.

»Wir sollten umkehren«, sagte Ellen und beobachtete die Krümel, die ins Wasser fielen und kreisförmige Wellen erzeugten. »Ich habe noch einiges im Freien zu erledigen, bevor es zu heiß wird.«

»Mir wird es nie zu heiß«, rief Zelda. »Nicht wahr, Daddy?«

James ließ den Blick über das Meer schweifen und dann landeinwärts zu den Bergen mit den vom Wind zerzausten Hochlandsträuchern. »Es ist das Ende der Welt«, scherzte er und wandte sich zu Ellen. »Als wären wir die einzigen Menschen auf der Welt.«

»Ich wünschte, es wäre so«, sagte Ellen.

»Warum?«

»Ich weiß nicht. Es wäre ... viel einfacher. Keine Sorgen, niemand würde verhungern oder erfrieren.«

James sah sie an und schüttelte den Kopf. »Das mag ich so an dir, Ell. Ich weiß nie, was du vorhast.« Er verdrehte die Augen. »Stille Wasser sind tief, hat meine Mutter immer gesagt. In deinem Kopf muss sich ein ganzer See befinden.«

Schweigend gingen sie nebeneinander her. Sogar Zelda hörte auf zu schwatzen. Am wolkenlosen Himmel stieg die Sonne immer höher und begleitete sie auf dem Weg nach Hause.

Stille Wasser sind tief. Ellen schaute in die tiefen dunklen Felsspalten. Dort verbarg sich das Böse. James hatte Recht. Man wusste nie, was sie vorhatte. Plötzlich blieb sie stehen und kniete nieder. »Komm her, James! Sieh doch mal!«

Er kam, Zelda an der Hand, die sich vorsichtig einen Weg zwischen den scharfen Entenmuscheln hindurchbahnte, zu ihr.

»Dort unten …« Ellen zeigte auf einen kleinen Sandfleck zwischen den Felsen. Dort lag eine weiße Muschel. Auf dem dunklen Basalt strahlte sie, als käme Licht aus ihrem Inneren.

»Das ist eine Nautilus«, erklärte Ellen ehrfürchtig.

»Was meinst du?«, fragte James.

»Ich habe in Joes Museum etwas über sie gelesen. Man findet sie nur alle sieben Jahre.« Sie sah auf. »Eigentlich dürfte sie nicht hier sein. Joe sagt, es sei erst vier Jahre her.«

James bückte sich und hob die Muschel auf. Vorsichtig legte er sie auf seine Handfläche. »Das ist ein gutes Omen«, meinte er mit einem Lächeln in den Augenwinkeln. »Vielleicht bringt sie uns sieben Jahre Glück.« Er drehte sie um und gab sie Ellen. »Fühl mal. Erstaunlich, wie leicht sie ist.«

Ellen ließ die Fingerspitzen vorsichtig über das farblose filigrane Gehäuse gleiten. Es war dünn wie Papier. Sie stellte sich vor, wie dieses zerbrechliche Kunstwerk durch das tiefe dunkle Meer gereist war, an Riffs und Felsen vorbei, ein Spielball unberechenbarer Fluten.

»Gib sie mir!«, rief Zelda und streckte die Hand aus.

»Du kannst sie dir ansehen. Aber nicht anfassen!«, sagte Ellen. Sie bückte sich und barg die Muschel in beiden Händen.

»Nein, gib sie mir!«, rief Zelda. »Ich möchte sie auch einmal halten.«

»Nein, du darfst sie dir nur ansehen.«

»Gib sie ihr. Sie macht sie schon nicht kaputt«, sagte James.

»Daddy hat es erlaubt.« Zelda fixierte Ellen mit dunklen ärgerlichen Augen.

»Na gut«, gab Ellen nach, »hier hast du sie.«

Zelda trat ein paar Schritte zurück und täuschte Interesse vor. Dann hielt sie sich die Muschel ans Ohr. »Sie funktioniert ja gar nicht. Man kann das Meer nicht hören.« Enttäuscht hielt sie James die Muschel hin. »Hier hast du sie wieder, Daddy.«

James nahm ihr die Muschel aus der Hand und verstaute sie neben den übrig gebliebenen Muffins vorsichtig in Ellens Rucksack. »Lass uns gehen. Ich möchte rechtzeitig zur Flut wieder zurück sein. Es wartet Arbeit auf uns.«

Als sie den heimatlichen Strand erreichten, sahen sie Lizzie und ihre Jungen. Sie saßen auf einem Felsen und hatten Angeln ausgeworfen. James winkte ihnen zu, ging jedoch weiter zum Anlegesteg, wo die *Humble Bee* an ihren Tauen hin und her pendelte.

»Wir haben keine Zeit zum Angeln«, ermahnte Ellen Zelda, als sie zu ihren Freunden gingen. »Wir sagen nur Hallo.«

Lizzie stand auf und kam ihnen entgegen. »Hallo!«, rief sie. »Wo seid ihr schon so früh gewesen? Ich habe euch vermisst.«

»Wir haben einen Spaziergang gemacht«, antwortete Ellen. Sie half Zelda auf den großen flachen Felsen, wo die drei Jungen gespannt auf ihre Schwimmer starrten. »Schon etwas gefangen? Sammy? Mickey? Drew?«

»Nee«, riefen die Jungen wie aus einem Mund, ohne sich umzudrehen.

Zelda zwängte sich zwischen Drew und Mickey, zog die Knie an und stützte den Kopf auf die Ellbogen.

»Ich habe heißen Tee mitgebracht«, sagte Lizzie. »Drew, du passt auf Zelda auf, während wir Tee trinken. Verstanden?«

»Na klar, Mummy.«

Ellen folgte Lizzie bis zum Ende des Felsens, wo der Strand begann. Im spärlichen Schatten eines großen Baumes lag eine Decke im Sand, auf der unordentlich Strandschuhe, Kricketschläger, Bälle, Handtücher und Beutel herumlagen.

»Jungs ...«, meinte Lizzie schulterzuckend und räumte die Sachen von der Decke, damit sie sich setzen konnten. Dann packte sie eine Thermosflasche aus und schenkte Tee in zwei Becher.

Ellen setzte sich neben sie und nippte an dem heißen Gebräu.

»Schau Zelda an«, lächelte Lizzie. »Auf der einen Seite Mickey, auf der anderen Drew. Sie schwebt im siebten Himmel!« Dann wurde sie plötzlich ernst. »Wenn ich wüsste, dass es ein Mädchen würde, bekäme ich schon morgen ein viertes Kind.«

»Tatsächlich?«

»Aber ja! Ich hätte liebend gern ein Mädchen.«

»Warum eigentlich?«

»Ich denke, weil ich dann jemanden hätte, der nach mir kommt. Wenn ich dich und Zelda ansehe ... Sie ist dein Ebenbild.« Über den Rand ihres Bechers sah sie Ellen in die Augen. »Das muss etwas ganz Besonderes sein.«

Ellen antwortete nicht.

»Stimmt doch, nicht wahr?«

»Nun ja«, antwortete Ellen langsam, jedes Wort überlegend. »Irgendwie ist es befremdlich.« Sie senkte die Stimme, obwohl die Kinder nicht in Hörweite waren. »Ich glaube, sie ist mir zu ähnlich.«

»Wie meinst du das?«

»Oh, eigentlich ist es nicht wichtig.«

»Doch, es ist wichtig. Ich sehe es dir an. Was ist los?«

»Ich kann es nicht erklären.« Ellens Blick schweifte in die Ferne. Auf dem Meer tanzte ein Boot, ein winziger schwarzer Fleck auf der riesigen Wasserfläche.

»Versuche es.« Lizzie gab nicht auf.

Ellen kaute verlegen an einem Finger. »Nun ja, es ist nur ... Glaubst du an Telepathie?«

»Ja, ich denke schon.«

»Vielleicht ist es so etwas. Manchmal sieht mich Zelda an, als würde sie ...« Ellen versagte die Stimme.

Lizzie beugte sich vor und sah ihr in die Augen. »Als würde sie was?«

»Nun ja, sagen wir mal, sie steht auf einem Felsen. Dann höre ich sie sagen: ›Du willst, dass ich hinunterfalle und mir den Kopf aufschlage.‹ Oder wenn ich ein heißes Bügeleisen in der Hand habe ... Oder die Autotür zuschlage. Ich ... Es kommt von außen, oder aus meinem tiefsten Inneren.« Ihre Stimme wurde immer leiser. »Manchmal denke ich, ich täusche nur vor, dass ich sie liebe, dass ich eine fürsorgliche Mutter bin. Aber tief in meinem Innersten hasse ich sie.«

Lizzie riss bestürzt die Augen auf. »So etwas darfst du nicht sagen!«, stieß sie hervor. »Das meinst du nicht ernst. Du musst unbedingt mit James sprechen. Du brauchst Urlaub.«

Ellen nickte und hob ein Stück Treibholz auf, das neben ihr im Sand lag. Wind und Wasser hatten die Maserung ausgewaschen. Gedankenverloren versuchte sie, mit den Fingernägeln einen Splitter herauszuziehen.

»Schau, Ellen«, sagte Lizzie bestimmt, »überlass Zelda mir und mach einen Ausflug aufs Festland. Geh einkaufen oder ins Kino. Für uns, die hier aufgewachsen sind, ist es gut. Aber die anderen müssen hin und wieder wegfahren, sonst werden sie *küstig*.« Sie grinste, um zu zeigen, dass sie einen Witz gemacht hatte.

»Was ist das?«, fragte Ellen erstaunt.

»Wenn Kühe zu lange auf einer Weide am Meer stehen, lassen sie den Kopf hängen und werden ein wenig verrückt, weil dem Gras wichtige Mineralstoffe fehlen. Dann sagen wir, sie sind *küstig*.«

»Oh, vielen Dank.«

»Gern geschehen.« Lizzie lächelte verschmitzt. »Aber im Ernst, ich finde ...« Plötzlich ertönte ein Freudenschrei, und sie drehte sich um. »Sie haben etwas gefangen!«, rief sie erfreut und sprang auf. »Passt auf! Nicht dass mir einer von euch ins Wasser fällt! Habt ihr mich verstanden?«

9

Die Sonne glänzte und streute Diamanten aufs Meer. Zelda stand knietief im Wasser und sprang quietschend über die flachen hereinrollenden Wellen. Ellen saß am Strand, schaute zu und spielte mit den Zehen in den schäumenden Wellenspitzen.

»Ich möchte schwimmen lernen«, rief Zelda.

»Daddy wird es dir beibringen«, antwortete Ellen. »Ich weiß nicht, wie man das macht.«

»Ich zeige es dir. Komm doch! Bitte!«

Ellen stand langsam auf, zog ihren Morgenmantel aus und ließ ihn in den Sand fallen. Dann watete sie durch das Wasser.

Zelda betrachtete Ellens nackten Körper. Ihr Blick wanderte von einer Brust zur anderen und dann zu den Schamhaaren. »Mummies tragen Badeanzüge«, erklärte sie.

»Einige tun das«, antwortete Ellen. »Aber deine nicht. Jedenfalls nicht an unserem Strand.«

»Warum?«

»Weil uns hier niemand sehen kann.«

»Lizzie trägt immer einen Badeanzug.«

»Ich weiß.« Ellen seufzte. »Ich dachte, du wolltest schwimmen lernen.«

Zelda nickte und zeigte aufs Meer. »Wir müssen weiter hineingehen.« Den Blick auf den fernen Horizont gerichtet, wateten sie nebeneinander durch das Wasser. Zelda hielt sich mit einer Hand an Ellens Oberschenkel fest, um das Gleichgewicht nicht zu verlieren. »Nun musst du mich halten.«

Sie lag auf Ellens ausgestreckten Armen. Ihre Haut war glatt und schlüpfrig vom Sonnenöl, die dünnen Gliedmaßen schwebten im Wasser.

»Und nun?«, fragte Ellen.

»Du musst mich halten, damit ich schwimmen kann.« Krampfhaft reckte Zelda den Kopf hoch. »Lass mich nicht untergehen.« Die dunklen eindringlichen Augen sahen zu Ellen auf. Dann verzog sie vor Anstrengung das Gesicht und fing wie ein Hund wild an zu planschen.

Ellen hielt die Arme steif und blickte über Zeldas Kopf hinweg zum Horizont. Dort war das Meer kalt und tief, und dunkle Gestalten bedrohten wehrlose Schiffe.

Plötzlich fing Zelda an zu keuchen und wie wild um sich zu schlagen. Dann schrie sie, hustete, schluckte das salzige Wasser, kämpfte verzweifelt gegen den Sog, der sie unweigerlich in die Tiefe zog. Das kleine Gesicht kippte nach hinten – ein weißer Mond im dunklen Wasser.

Ellen schloss die Augen. Sie wusste, was jetzt kam. Es spielte sich vor ihren Augen ab wie eine bekannte Melodie. Ihre Hände drückten den kleinen warmen Kopf unter Wasser. Haare wirbelten wie Seetang umher. Gliedmaßen strampelten ohne Erfolg. Schwache Finger zerrten an großen starken Händen. Ohren füllten sich mit Wasser. Der leise tödliche Klang des tiefen Meeres ...

Ein endloser Todeskampf, bei dem nichts oder alles wirklich zu sein schien.

Nein! Erstarrt blieb Ellen stehen und nahm ihre ganze Kraft zusammen. Dann presste sie die Arme an den Körper, widersetzte sich mit aller Kraft dem Ruf, bis sie es schaffte, sich von der vernichtenden Melodie zu lösen.

Suchend sah sie sich um. Die Wellen schlugen über dem Kopf des Mädchens zusammen und spülten es fort, als wäre sie nie da gewesen.

Zelda! Der Schrei erstickte, denn er war tief vergraben wie der Schrei eines Albtraums, der sich erst durch den Schlaf kämpfen musste, bevor er gellend die Luft durchschnitt.

»Zelda!« Verzweifelt warf sich Ellen ins Wasser und griff nach dem kleinen Körper. Endlich bekam sie Zelda zu fassen und zog sie hoch – zurück an die Luft und den weiten Himmel. Zelda hustete, die kleine Brust hob und senkte sich. Noch immer schlug sie vor Angst mit den Armen um sich.

»Mummy!«, schluchzte sie und brachte das Wort nur mühsam zwischen Hustenanfällen heraus. »Mummy!«

»Es ist alles wieder gut. Mummy ist ja hier und hält dich fest.« Zelda schlang die Arme um ihren Nacken. Warm und nass lag das kleine Gesicht an ihrer Brust.

Am Strand sank Ellen mit dem Kind im Arm in den Sand. Sie presste Zelda an sich, schmeckte das Salz auf ihrer Haut, rieb die kalten, weichen Muskeln. Tränen liefen ihr übers Gesicht.

»Du bist mir wie ein glitschiger Fisch aus den Armen geglitten«, sagte sie leise schluchzend.

»Mummy ...«

»Ist ja gut, mein Engel.«

Lange saßen sie so im Sand. Die Sonne brannte ihnen

auf den Schultern. Hoch am Himmel zogen Möwen ihre Kreise. Schließlich beruhigte sich Zelda und befreite sich aus Ellens Armen.

»Mummy? Nicht weinen, Mummy.«

Ellen starrte auf den glitzernden Sand. Millionen von Körnchen, jedes wie ein Edelstein geschliffen, begruben ihre Füße. Am liebsten wäre sie im Sand versunken und für immer verschwunden.

»Ich möchte nach Hause«, sagte Zelda. Wieder begann sie zu weinen, die Unterlippe zitterte, Tränen schimmerten auf dem ängstlichen Gesicht. Rückwärts gehend sagte sie: »Kommst du, Mummy?«

Ellen starrte auf den Sand, ihr Haar wehte im Wind.

Langsam drehte sich Zelda um und ging fort.

10

»Kann ich Ihnen wirklich nichts bringen?« Die Stewardess beugte sich über Ellen und lächelte, wobei sich nur der rote Lippenstiftmund verzog.

Ellen schloss die Augen hinter der Sonnenbrille. Nach einer Weile entfernte sich die Stewardess und hinterließ eine Duftwolke. Ellen kannte das Parfüm, L'air du Temps hieß es. Hauch der Zeit ...

Dann erschien ein Steward. »Gnädige Frau, kann ich etwas für Sie tun?«, fragte er höflich distanziert.

Ellen schüttelte den Kopf. Sie spürte, dass sie beobachtet wurde. Ich habe vergessen, den richtigen Platz zu reservieren, ich sitze auf 2B, dachte sie, um sich abzulenken und auf andere Gedanken zu bringen. Früher hatte sie immer auf 1B gesessen und dafür gesorgt, dass 1A frei blieb, wenn sie allein reiste. So stand es in ihrem Vertrag. Einmal war ein Fehler passiert. Damals hatte sie sich geweigert zu fliegen. Carter unterstützte solche Dinge, er meinte, das gehöre zu ihrem Image. Carter ... Im Geiste sah sie ihn mit dem Hörer in der Hand am Telefon stehen, heiter und umsichtig wie immer. Hoffentlich holt er mich ab, dachte sie.

Eine Stewardess hielt den Vorhang zur Seite, der die Economy Class von der Business Class trennte, und ließ ein junges Mädchen in den vorderen Teil des Flugzeugs. Ellen drehte sich um und betrachtete sie. Sie hatte ein offenes intelligentes Gesicht. Das ordentlich gescheitelte Haar war zu gleich langen Zöpfen geflochten. Der lange Rock schwang beim Gehen hin und her und streifte Arme und Armlehnen. Die Tür zum Cockpit öffnete sich einen Spalt und gab den Blick auf uniformierte Rücken und den blauen Himmel frei. Dann war sie verschwunden.

Ellen ließ den Kopf hängen. Das schwarze Haar fiel ihr wie ein Vorhang vors Gesicht. Die Hände lagen steif und reglos im Schoß.

Engel.

Aufsteigende Tränen legten sich wie ein schützender Schleier über ihre Gedanken, sammelten sich in den Augenwinkeln und liefen über die Wangen. Ellen schob die Sonnenbrille hoch, schloss die Augen und presste die Finger auf die Lider. Aber immer mehr Tränen stiegen auf und mit ihnen scharfe und schmerzliche Bilder ...

Lizzie, wie sie sich über Zeldas dunklen Schopf beugt und ihr Eiscreme, neue Kleider und Geschichten am Kamin verspricht.

Dann Lizzie, wie sie Ellen zuwinkt und ruft: »Am Nachmittag bringe ich sie wieder. Dann hast du Zeit, ein paar Dinge zu erledigen.« Ein Schatten des Zweifels huscht über ihr Gesicht. »Geht es dir gut?«

Ellen sucht nach einer Antwort, nickt jedoch nur.

»Schau«, sagt Lizzie freundlich, »ich weiß, wie es ist, wenn man den Überblick verliert. Nimm dir Zeit, versprochen? Zelda, lauf und gib Mummy einen Kuss.«

Das Kind hüpft über den Hof. Das lange schwarze Haar wippt hin und her. Sie bleibt vor Ellen stehen und grinst. »Bis später«, flötet sie. »Ich darf den ganzen Tag bei Lizzie bleiben!«

Ellen beugt sich hinunter, sieht in das kleine Gesicht, das sich ihr entgegenstreckt, und fühlt nichts. Sie wagt nicht, zu atmen, und drückt nur wortlos die Lippen auf die warme weiche Haut.

Das Kind windet sich aus ihrer Umarmung und läuft davon.

Ellen geht zur Hütte zurück und umklammert mit beiden Händen den Türpfosten. Reglos sieht sie zu, wie Zelda in Lizzies Auto steigt. Hinter den schmutzigen Fenstern des Autos verschwimmen die Gesichter, die bereits wie Geister verblassen ...

Die Hupe ertönt, und das Auto fährt davon. Zwischen den Bäumen taucht immer wieder ein roter Fleck auf, bis er sich schließlich im blauen Dunst des sommerlichen Nachmittags verliert.

Ellen ringt nach Luft, als wäre um sie herum ein Vakuum entstanden. Sie sackt auf der Türschwelle zusammen. Minutenlang bleibt sie bewegungslos sitzen, bis sie sich schließlich erhebt und in die dunkle Hütte tritt. Auf sie warten der leere Koffer unter dem Bett und der noch nicht geschriebene Brief. Das leere weiße Blatt liegt bereits auf dem Tisch.

Carter holte Ellen an der Passkontrolle ab. Rasch zog er sie beiseite und musterte sie eine Weile, bevor er sie umarmte.

»Babe«, raunte er glücklich. »Ich freue mich sehr, dich wiederzusehen. Herzlich willkommen in New York. Herzlich willkommen zu Hause. Zum Wagen geht es hier entlang.«

Ellen legte den Kopf an seine Schulter. »Ich fühle mich wie erschlagen.«

Als sie in die Stadt fuhren, sah Ellen schweigend aus dem Fenster und betrachtete den vorbeiziehenden Verkehr. Alles war grau und schmutzig. Nichts hatte sich verändert. Rein gar nichts. Sie spürte Carters Blicke.

»Ellen«, sagte er schließlich, »wenn ich irgendetwas für dich tun kann ... Wenn du reden möchtest ...« Seine Stimme klang ungezwungen, fast desinteressiert, aber die Augen verrieten Neugier.

»Nein, danke«, antwortete Ellen hastig. »Aber ich bin froh, dass du gekommen bist. Du warst der Einzige, den ich anrufen wollte.«

Carter sah sie einen Moment fragend an. Dann wischte er ihre Worte lächelnd mit einer Handbewegung fort. »Du hast ja keine Ahnung, wie viele Besprechungen ich absagen musste, wie viele Karrieren ich gnadenlos auf Eis gelegt habe, nur um dich abzuholen.«

»Kannst du mich in ein Hotel bringen?«

»Ich denke schon, dass wir ein paar alte Hotels überreden können, dich aufzunehmen«, scherzte er und tätschelte ihr den Arm. »Es ist für alles gesorgt. Zuerst ruhst du dich aus. Um sieben Uhr schicke ich einen Wagen, dann gehen wir wie in alten Zeiten in ein gutes Restaurant.«

Ellen lehnte sich in dem tiefen weichen Sitz zurück und schloss die Augen.

Der Wagen bog in die breite geschwungene Auffahrt des Hotels ein und hielt vor dem Eingang. Portier und Hotelboy begleiteten Ellen in die Lobby und auf ihr Zimmer.

Sie öffneten die Tür zu einer Suite, machten Licht und nannten sie Miss Kirby.

»War ich schon einmal hier?«, fragte sie Carter.

»Ja, schon oft. Es ist deine alte Suite, sie ist nur renoviert worden. Und draußen steht ein neuer Wolkenkratzer.« Er ging zum Fenster. »Von hier aus konnte man früher die Freiheitsstatue sehen.«

Ellen ging zu ihm, stutzte jedoch, als sie den Blumenstrauß im Schlafzimmer sah – ein Hoffnungsschimmer, der sogleich wieder erstarb. Er war bestimmt von der Hotelleitung, vielleicht auch von Carter oder seiner Sekretärin.

»Ja, dort hinter dem Turm ist sie.« Er zeigte kurz in die Richtung und drehte sich um. »Schlaf dich aus, Babe.«

»Ja, natürlich.«

»Ich lasse dir Perrier aufs Zimmer bringen.«

»Vielen Dank.«

Ellen begleitete ihn zur Tür. Ihr Blick verfinsterte sich. »Oh, Carter, ich brauche Geld. Irgendwo muss noch Geld sein, aber ich weiß nicht, was damit passiert ist, nachdem wir weggegangen sind. James hat sich um alles gekümmert.«

Carter blieb abrupt stehen. »Liebes, ich habe Geld für dich *gescheffelt*. Es liegt auf deinem Konto.« Er streckte die plumpe Hand aus und zählte an den Fingern ab: »Tantiemen für die Puppen. Junge Mode. Werbung. Zinsen. Du bist reich.« Ein Anflug von Zweifel huschte über sein Gesicht. »Wie viel brauchst du? Du bist doch nicht in Schwierigkeiten?«

Ellen schüttelte den Kopf. »Nein, ich brauche nur Geld zum Leben. Du weißt ja, wie teuer die Stadt ist.«

»Natürlich, noch nicht einmal das Atmen ist umsonst.« Er nahm ein Bündel Geldscheine aus der Geldbörse und legte sie auf das Sideboard. »Nimm das fürs Erste. Ich werde Lois bitten, alles andere für dich zu regeln.«

»Danke.« Ellen nahm das Geld an sich.

»Nicht der Rede wert.« Carter schwieg und kniff besorgt die Augen zusammen. »Ist es erlaubt zu fragen, wo du die ganze Zeit gewesen bist?«

Ellen erstarrte mitten in der Bewegung. Sie hatte diese Frage zwar erwartet, aber nicht so schnell. Verzweifelt suchte sie nach Worten, aber ihr Kopf war leer – ein schmerzliches Nichts. Als sie aufsah, hatte sie Tränen in den Augen.

»Entschuldige«, murmelte Carter. »Nimm es dir nicht so zu Herzen. Versprochen? Wir haben viel Zeit.« Er nahm die Speisekarte des Zimmerservice und hielt sie ihr hin. »Hast du Hunger?«

»Nein, danke.«

Sie schwiegen verlegen. Dann zuckte Carter hilflos die Schultern. »Was soll ich sagen, Babe? Schön, dich wieder hier zu haben.«

Ellen lag unter einem Berg duftenden Seifenschaums. Sie atmete tief durch und entspannte sich langsam. Ihr erstes Bad seit Jahren. Ihr Blick fiel auf verspiegelte Wände, Frotteehandtücher, Plüschsessel, Teppichböden. Das war ihre Welt. Zumindest war sie es vor einigen Jahren gewesen und würde es jetzt wieder sein. Sie war es gewöhnt, zu kommen und zu gehen oder von einem Leben, von einem Ich, zum anderen zu springen. Je tiefer der Einschnitt, umso mehr schmerzte es. Das war alles.

Langsam ließ sie sich unter den Schaum sinken und spürte das Wasser auf ihren Wangen. Sie schloss die Augen und tauchte in die weiße Gischt. Ihr Haar schwamm auf der Oberfläche, bis es langsam versank. Wie Tang schwebte es im Wasser und legte sich über Augen und Mund. Panische Angst ergriff sie und breitete sich bis in die Nervenspitzen im ganzen Körper aus. Lieber Gott, hilf mir! Die kleinen Hände griffen ins Leere, der schreiende Mund stand weit offen. *Mummy!* Ellen erstarrte, konnte sich nicht bewegen, zu groß war die Qual. Stattdessen stellte sie sich dem Schmerz, hielt das bloße Fleisch in die sengende Flamme und wartete, bis er sich allmählich in Taubheit und dann in ein großes Loch verwandelte.

Ellen sah, wie Carter aufstand, als der Kellner sie an den Tisch führte. Köpfe drehten sich nach ihr um – gewöhnliche, verwöhnte, suchende Blicke nach Berühmtheiten. Verunsichert musterten die Leute ihre normale Kleidung und fragten sich wohl, ob es der letzte Modeschrei war.

Carter starrte sie entgeistert an. Sie trug ihr Haar offen. In langen Strähnen fiel es über die Schultern und schwang bei jedem Schritt hin und her. Mit hoch erhobenem Kopf ging sie auf ihn zu. Sie war ungeschminkt, aber die Lippen waren rosig, die Haut glatt und braun gebrannt, die Augen glänzten und ihr Blick war klar.

Er lächelte, sagte jedoch nichts. Der Kellner bot ihr einen Stuhl an, verbeugte sich kurz und verschwand.

»Eine bessere Aufmachung hätte ich mir für dich nicht vorstellen können«, sagte er frei heraus. »Aber, zum Teufel! Du siehst aus wie ein Geschöpf des Himmels!«

Ellen wischte sein Kompliment mit einem Lächeln fort.

»Nicht doch, es ist mein voller Ernst!«, protestierte Carter und schenkte Veuve Clicquot, einen Champagner mit makellosem Bukett, in drei Gläser. »Das ist es! Der neue Ellen-Look!«

»Und was soll das sein – der neue Look?«, fragte Ellen in vorgetäuscht nachsichtigem Ton, mit dem sie ihr Unbehagen überspielte.

Er zwinkerte ihr zu, als mache er einen Scherz. »Eva«, erklärte er, »dem Garten Eden entsprungen.«

Ellen lachte. »Carter, hör zu.« Sie beugte sich vor und sah ihn an, zog sich jedoch sofort wieder zurück, als ihr einfiel, dass er ihr beigebracht hatte, mit dieser Geste einer Person das Gefühl zu vermitteln, man interessiere sich für sie. »Ich weiß nicht, ob ich wieder tanzen, als Model arbeiten oder etwas anderes machen will. Ich brauche Zeit, um das herauszufinden.«

Carter nickte, legte ihr die Hand auf die Schulter und drückte sie sanft. »Lass dir ruhig Zeit. Es gibt keinen Grund zur Eile. Ich kann warten.«

Ihre Blicke trafen sich. In seinen Augen entdeckte sie den alten Carter, den Mann, der stets Intrigen schmiedete und andere rücksichtslos ausnutzte. Plötzlich fühlte sie sich einsam und verlassen.

»Ziggy, wie geht es Ziggy?«, fragte sie. »Vor drei oder vier Jahren entdeckte ich ihr Foto in einer Zeitschrift, einem australischen Magazin. Ich wollte es nicht glauben …« Sie unterbrach sich, als sie seinen lauernden Blick sah. »Arbeitet sie noch?«

»Nein.« Carter sah sich um, als suche er einen Ausweg. »Es ging ihr nicht gut.«

»Ziggy? Sie war noch nie krank!«, rief Ellen überrascht aus.

»Nun ja« – Carter zuckte die Schultern – »sie war nervös, glaube ich, hochgradig gestresst.«

»Du meinst, sie hatte einen Nervenzusammenbruch?«, drängte Ellen.

»Ich kenne die Einzelheiten nicht«, antwortete Carter in absichtlich ruhigem, höflichem Ton. Er wusste, wie man mit verstörten Frauen umgeht. »Ich habe sie schon eine Ewigkeit nicht gesehen. Ich glaube, sie befindet sich in einer Klinik in New England, in der Gegend, wo du aufgewachsen bist.«

Ellen schwieg und ließ ihn nicht aus den Augen. Sie

wollte mehr wissen. Um Zeit zu gewinnen, schenkte er sich Champagner nach.

Schließlich sagte er: »Ich muss irgendwo ihre Adresse haben. Ach ja, ich habe ihr Blumen geschickt.« Plötzlich erhellte sich sein Gesicht. »Michael!«

Ellen drehte sich um und erblickte einen großen Mann, den Trenchcoat überm Arm und eine alte Aktentasche in der Hand, in einem verknitterten Anzug. Niemand hob den Blick, als er an den Tischen vorbeiging.

»Ellen, du erinnerst dich doch an Michael Holland?«, sagte Carter und winkte dem Kellner nach einem zusätzlichen Stuhl. Ellen sah ihn an und lächelte unverbindlich.

»Nein.«

»Aber natürlich kennst du Michael! Michael, setz dich bitte.«

Der Mann sank auf den Stuhl, als hätte er nach einer langen Reise endlich sein Ziel erreicht. »Hallo«, begrüßte er Ellen und sah ihr kurz und aufmerksam ins Gesicht, ohne ein Zeichen des Erkennens. Dann wandte er sich an Carter. »Wo ist sie?«

Carter stutzte und fing an zu lachen. »Du bist ein Witzbold, Holland.« Er zeigte auf Ellen. »Schau sie dir an! Sieht sie nicht phantastisch aus? Ich wette, du hast sie kaum erkannt.«

Michael blickte Ellen erstaunt an. »Entschuldigen Sie ... Ich habe Sie wirklich nicht erkannt. Es muss schon einige Jahre her sein.«

Ellen nickte. »Dann sind wir bereits zwei.«

Carter bestellte eine weitere Flasche Champagner und bat um Speisekarten. »Holland, Sie essen natürlich mit uns.«

Ellen betrachtete ihn erstaunt und zweifelnd.

»Michael schrieb damals für das *Teen*-Magazin diese Katzenmann-Story über dich. Aber das ist schon ziemlich lange her.«

Ellen nippte an ihrem Glas und senkte den Blick. Sie erinnerte sich an das Interview. Eifrig und ernsthaft hatte Holland viele Fragen gestellt und alles in sein zerfleddertes Notizheft stenografiert. Jung und nervös, aber schon in der Lage, ihre eigene Nervosität zu überspielen, saß sie mit übereinander geschlagenen Beinen auf einem hohen Stuhl und beantwortete höflich alle Fragen. Und er fand, wonach er gesucht hatte: vom Aschenbrödel zum Star, eine neue Pavlova und die perfekte Traumfrau für Fans. Durch ihn erfuhr die Welt, dass ihr Tanzunterricht von einem kauzigen alten Mann bezahlt wurde, der mit vierundsiebzig Katzen in einer baufälligen Villa lebte. Alles hatte damit begonnen, dass ein kleines Mädchen wie alle anderen Schüler von der Schule nach Hause ging. Was man von der Geschichte auch halten mochte, sie schlug ein wie eine Bombe. Holland hatte die Fotos auf dem Schulgelände geschossen und die Kamera in dem Augenblick auf sie gerichtet, als ihre dunklen Augen bei der Erinnerung an frühere Zeiten feucht wurden und um die zarten Lippen ein Lächeln spielte. Dort hatte Carter sie entdeckt.

»Es war einer meiner besten Artikel«, sagte Michael.

Carter hob ruckartig den Kopf, als hätte er eine gute Idee. »Weißt du, Holland wäre genau der Richtige, wieder eine Story über dich zu machen. Ellens Rückkehr. Wie findest du das?«

»Vielen Dank! Das hört sich an, als wäre ich ein Marsmensch«, protestierte Ellen. Nun war sie es, die nach einem Fluchtweg Ausschau hielt. Carter, dachte sie, du lässt aber auch keine Chance aus.

Der Journalist hatte bereits seinen Notizblock herausgenommen. Ellen sah ihm in die Augen und fragte sich, wie er wohl die Möglichkeit einschätzen und seinen Artikel aufbauen würde. Er könnte Teile der alten Katzenmann-Story verwenden, über Gegenwart und Vergangenheit schreiben, auf ihr plötzliches Verschwinden anspielen und fragen, warum sie nach all den Jahren zurückgekommen war ...

Michael lehnte sich mit spitzem Bleistift gespannt über den Tisch. »Wissen Sie«, begann er, »Sie haben sich überhaupt nicht verändert – nach all den Jahren. Wo waren wir damals? Ich glaube, in einem kleinen Café.« Er grinste. »Sie bestellten sich einen Espresso und mochten ihn dann nicht.«

»Wirklich?«, fragte Ellen. »Solche Dinge kann ich mir nicht merken.«

»Na ja«, entgegnete Michael, »aber ich. Journalisten vergessen nie etwas.« Er warf Carter einen Blick zu, und Carter nickte aufmunternd. »Ich kann mich noch an jedes Wort erinnern«, fuhr er fort. »Die Story begann, als Sie zehn Jahre alt waren. Damals hatten Sie noch keinen einzigen Tanzschritt gelernt. Es war im Sommer neunzehnhundertfünfzig.«

Ellen stieß abrupt den Stuhl zurück und stand auf. »Es tut mir Leid, aber Sie müssen mich entschuldigen. Ich fühle mich nicht wohl.«

Carter erhob sich und eilte ihr fürsorglich zu Hilfe. »Ich fahre dich sofort nach Hause.«

»Nein, vielen Dank.« Ellen schüttelte seinen Arm ab, den er ihr auf die Schulter gelegt hatte. »Ich nehme ein Taxi.« Sie lächelte mühsam. »Es ist alles in Ordnung. Bitte entschuldige mich jetzt.«

Sie ließ die wartenden Taxis stehen und ging über die Straße zu einem kleinen Park. Häuser, Gehwege und Straßen war dunkel und grau. Nur das gelbe Licht der

Straßenlaternen wies ihr den Weg. Sogar der nächtliche Himmel, der sonst die Lichter der Stadt reflektierte, zeigte ein tristes, diesiges und sternenloses Grau.

Sie ging zwischen den Bäumen hindurch in den Park, wohl wissend, dass es nicht ungefährlich war. Aber das einsame, leere Hotelzimmer mit den wenigen Habseligkeiten, die auf dem großen Plüschbett so verloren aussahen, konnte sie jetzt nicht ertragen.

Sie entdeckte eine kleine Bank unter tief hängenden Ästen und setzte sich. Aus der Ferne drang der Verkehrslärm herüber. Die Luft war erfrischend und roch nach nassem Gras. Es war fast dunkel. Sie dachte an Carter und Holland, die über die Teller gebeugt ihr Essen verzehrten. Sie hatte den Journalisten sofort erkannt, obwohl er seit ihrer ersten Begegnung vor vielen Jahren in dem kleinen Café sichtlich gealtert war. Das Footlight Café!

Ellen schloss die Augen und sah die ordentlich um die Holztische platzierten Metallstühle vor sich. Sie versuchte, die Bilder zu verdrängen, aber ihr Gedächtnis spielte ihr einen Streich. Nun sah sie sich auf einem hohen Stuhl in der Ecke sitzen. Der schwarze Kaffee, in dem sie immer noch rührte, war schon lange kalt.

»Wie alt waren Sie, als Sie zu tanzen anfingen?«, hatte er gefragt.

»Zehn.«

Das war zehn Jahre her – fast ein ganzes Leben.

Ellen starrte in die Dunkelheit, folgte mit den Blicken den Ästen und versuchte, sich Figuren auszudenken. Aber die Worte und Bilder kehrten immer wieder.

Ein kleines, blasses, ernstes Mädchen kam aus der Schule. Wie immer ging sie allein …

11

Blühende Obstbäume bildeten ein Dach über der schmalen Straße. Das Gras am Rand war frisch und saftig. Es hatte gerade erst aufgehört zu regnen. Ellen passte auf, dass sie nicht auf den rotgrünen giftigen Efeu und in die schlammigen Pfützen trat. Makellos weiße Kniestrümpfe bedeckten die dünnen Beine, der Blazer war zugeknöpft, und der Strohhut saß immer noch an seinem Platz, obwohl die Schule schon lange außer Sichtweite war. In der Hand hielt sie einen Lorbeerzweig. Beim Gehen zupfte sie die feinen weißen Blütenblätter und die roten Ranken vom Stiel und ließ sie hinter sich auf die Straße fallen.

Auf der anderen Straßenseite folgte ihr ein großes braunes Pferd. Sie blieb stehen und riss eine Hand voll saftiges Gras aus. In kleinen Portionen fütterte sie das Pferd und spürte sein samtiges suchendes Maul auf der Hand. Groß und stark stand das Pferd vor ihr. Sie stellte sich vor, wie es sie trug, über Zäune und Bäche sprang, Straßen und Highways überquerte, immer weiter in unbekannte Gegenden, wo sie niemand finden würde ...

Das Pferd schüttelte schnaubend den Kopf und versprühte grünen schaumigen Speichel. Ein Tropfen landete auf dem weißen Strumpf. Sofort rieb sie den Fleck mit der Innenseite ihres Rocks ab. Dann ging sie den üblichen Weg am Kanal entlang und betrachtete den breiten Wasserlauf und die Enten, bis ihr Blick auf etwas Braunes fiel. Sie kletterte den Hang hinunter zum Ufer, um es sich genauer anzusehen. Es war ein mit einem Strick zugebundener Kartoffelsack. Auf der einen Seite entdeckte sie eine Ausbuchtung und stieß leicht mit dem Fuß dagegen. Erschrocken wich sie zurück, als es sich bewegte. Sie starrte das Bündel an. Ihr wurde schlecht. Vermutlich war es nass und blutig, mit vor Angst aufgerissenen wunden Augen, und kratzte und biss. Ellen lief davon und sah sich auf der Straße ängstlich nach Hilfe um. Hinter sich hörte sie ein schwaches Miauen. Sie kehrte wieder um.

»Kitty, Kitty, Kitty?«, rief sie entsetzt.

Beim Klang ihre Stimme hörten die Bewegungen auf. Der Sack blieb reglos und abwartend liegen. Rasch bückte sich Ellen und hob ihn auf. Schlaff und nass schlug er gegen ihre Beine. Sie rannte zurück auf die Straße und einen Hügel hinauf. Dort stand, von dunklen hohen Kiefern umgeben, ein großes Haus.

Der Kies der Auffahrt knirschte unter ihren Füßen. Das Herz schlug ihr bis zum Hals. Sie rannte einen Seitenweg entlang über feuchtes Laub, vorbei an einem ungepflegten, mit rostigem Maschendraht eingezäunten Tennisplatz. Dann lief sie um den großen Swimmingpool herum, der mit eleganten blauen und goldenen Kacheln ausgelegt war. Das Wasser war jedoch dunkel und schlammig, und dicke Goldfische lungerten zwischen verfaulten Wasserrosen herum. Ellen konzentrierte sich auf ihren Weg und hatte Angst, das dunkle Nass könnte sie hinabziehen, wenn sie hineinsah.

An einer alten Hütte, die wie die Miniatur einer Alpenhütte aussah, blieb sie endlich stehen. Wie alles andere auf dem Grundstück war auch sie verfallen. Die kleinen Fensterläden mit dem ausgeschnittenen Herz in der Mitte hingen wie betrunken in ihren rostigen Scharnieren.

Sie trat ein, kniete nieder und löste den Knoten. Ihr Blick schweifte durch den Raum. In der Ecke entdeckte sie einen Haufen Gerümpel. Schnell zog sie einen Karton heraus, legte ihn mit Zeitungspapier aus und darüber ein altes Handtuch, das sie an einem Haken unter einer zerfallenen Schwimmhaube fand. Dann hielt sie den Atem an, nahm das untere Ende des Sacks und schüttelte ihn zuerst sanft, dann heftiger.

»Komm schon!«

Eine kleine Katze fiel auf den Boden. Sie rollte herum, krabbelte auf die Füße und blieb mit aufgestelltem Schwanz steif stehen. Ellen starrte sie entsetzt an. Die erbärmliche Kreatur zitterte am ganzen Körper. Das weiße Fell klebte an den fleischlosen Gliedmaßen, der kleine Brustkorb hob und senkte sich. Mit den hervorquellenden Augen und den großen aufgestellten Ohren sah sie wie eine Ratte aus. Schwankend lief das Tier auf sie zu. »Nein, geh weg!« Ihr wurde übel. Das Tier war hässlich, täppisch und schmutzig. Am liebsten hätte sie es wieder in den Sack gesteckt und im grünen Wasser des Kanals versenkt.

Die Katze schaute sie an. Ein Auge war hellblau wie der Sommerhimmel, das andere haselnussbraun. Sie öffnete das winzige Maul zu einem langen, stummen Schrei.

Ellen seufzte, ihre Augen füllten sich mit Tränen. »Komm her ...«

Sie kniete neben dem Kätzchen und rieb es mit dem Handtuch trocken. Vorsichtig ließ sie die Hände über den schwachen Körper gleiten. Dann setzte sie die Katze in den Karton und rannte hinaus. Minuten später kam sie mit einer Flasche Milch zurück. Sie goss etwas in eine alte Untertasse und stellte sie vor das Kätzchen. In der Tür drehte sie sich noch einmal um. Die weiße Kreatur streckte sich und schleckte mit der rosa Zunge gierig die Milch auf.

Ein warmes Gefühl durchströmte sie, und sie fühlte sich wie eine große starke Heldin, als sie zum Haus hinüberging.

An diesem Abend kam Margaret erst spät nach Hause. Ellen wartete wie immer mit den ordentlich erledigten Hausaufgaben vor sich auf ihre Mutter. Die schmutzigen Kniestrümpfe hingen gewaschen zum Trocknen auf dem Speicher, die Schuhe waren blank geputzt und nur noch ein wenig feucht. Die neuen sauberen Kniestrümpfe saßen faltenfrei. Dennoch hatte sie beim Knirschen der Reifen auf dem Kies einen Kloß im Hals. Sie hörte die hochhackigen Schuhe zuerst auf dem Parkettboden der Diele, dann leiser im Esszimmer, bis sie an der Tür zur Küche hielten.

»Hallo, Margaret«, sagte Ellen ohne aufzusehen. Sie roch den Zigarettenrauch und das Parfüm, das immer in einem Flakon auf Margarets Schminktisch stand. Madame Rochas. Einen Augenblick lang schöpfte sie Hoffnung. Dieser Duft hatte sie begleitet, als Margaret ihr am Strand ein Eis gekauft und wie eine Freundin mit ihr gelacht und gespielt hatte. In ihrem neuen Badeanzug war sie so schön, dass Ellen weinen musste …

Aber das bedeutete heute nichts mehr. Margaret stand in der Tür, in der einen Hand eine lange schwarze Zigarettenspitze, in der anderen einen geöffneten Brief, und runzelte die schöne Stirn. Ellen wagte nicht, sie anzusehen, denn sie wusste, dass Margaret es hasste, wie ein Muttertier beäugt zu werden. Aber der Brief beunruhigte sie, obwohl sie sicher war, nichts angestellt zu haben.

»Sehr gut!« Margaret schürzte zufrieden die Lippen. Ohne Anerkennung musterte sie flüchtig Ellens Haltung, Kleidung und Handschrift. »Es geht um die Ferien.« Sie machte eine Pause, um Ellen auf die Folter zu spannen. »Du wirst jeden Tag zur Schule gehen.«

Ellen verbarg ihre freudige Überraschung. Schule! Keine langweiligen Tage sauber, still und allein im Haus, an denen sie nur das Ende der Ferien herbeisehnte.

»Es findet auch Tanzunterricht statt. Ballet am Vormittag, Volkstanz am Nachmittag. Du kannst an beidem teilnehmen, wenn du willst.«

»O nein, bitte nicht!« Ihr Protest erstarb, als Margaret sie lächelnd ansah und Rauch aus den glänzenden roten Lippen blies.

»Widersprich nicht, Liebes. Du bist ein tollpatschiges Kind, wie alle kleinen Mädchen.« Ihre Augen ruhten auf Ellens abgekauten Fingernägeln. »Es wird dir sicher nicht schaden.«

Später am Abend stand Ellen am Fenster, drückte die Stirn an das kühle Fenster und lauschte der Radiomusik, die von unten heraufdrang. Dann trat sie einen Schritt zurück und betrachtete ihr Spiegelbild. Zu große Augen, zu dicke Augenbrauen, zu hohe Stirn. Blasser Teint und dunkles Haar. Nichts glich Margaret oder dem freundlichen schlanken Mann, der auf dem Hochzeitsbild an der Wand im Flur neben ihrer Mutter stand.

Ich bin die Tochter eines Kobolds, dachte Ellen. Sie haben mich bestimmt in der Wiege vertauscht, oder mein Vater ist der ungeschickte und tollpatschige Charlie Chaplin. Ich gehe nicht in die Tanzstunde, versprach sie sich trotzig, und die Augen wurden zu tiefgründigen dunklen Brunnen. Ich verstecke mich einfach.

Sie zählte die Tage. Noch zwei Monate. Acht Wochen Warten und Langeweile ...

Sie lehnte sich wieder an die Scheibe und blickte an ihrem Spiegelbild vorbei in die Dunkelheit. Ihr Blick fiel auf die kleine Hütte hinter den dunklen Kiefern, in dem das kleine warme Kätzchen mit dem Bauch voller Milch eingerollt schlief. Ohne mich wäre es gestorben, dachte sie und fühlte sich wieder groß und stark. Dieses Gefühl schloss sie in ihr Herz wie ein heimliches Licht, das sie vor der Dunkelheit schützte.

Morgens vor der Schule hatte sie keine Zeit, nach dem Kätzchen zu sehen. Sie musste die Küche aufräumen und versuchte, sich auf die Arbeit zu konzentrieren, denn Margaret bürstete in der Küche sorgfältig eines ihrer teuren Kostüme. Aber ihre Gedanken schweiften immer wieder ab. Ging es dem Kätzchen gut? Was sollte sie nur mit ihm machen? Sie spielte mit dem Gedanken, es in der Hütte zu lassen und jeden Tag zu füttern, bevor Margaret nach Hause kam. Sie könnte es auch im Garten laufen lassen. Hier gab es genug streunende Katzen. Aber Margaret würde es sicher herausbekommen – sie bekam immer alles heraus.

Als der Wagen schon vor der Schule hielt, dachte sie noch darüber nach. Margaret hielt nicht etwa draußen auf der Straße, wo alle anderen parkten, sondern blieb immer mit laufendem Motor direkt vor dem Haupteingang stehen. Lehrer und Eltern nickten ihr zu, sie schenkte ihnen ein kurzes strahlendes Lächeln.

»Mach's gut, Liebling.« Sie beugte sich vor und küsste ihre Tochter.

Ellen spürte die neidischen Blicke. Margaret war die perfekte Mutter: jung, schön und eine angesehene Kinderärztin, die für ihre Arbeit bewundert wurde.

»Wisch dir das Gesicht ab«, ermahnte sie Ellen mit leisem Unterton. Ellen hob die Hand zu der Stelle, wo sie den Lippenstiftabdruck ihrer Mutter vermutete. Sie blickte ihr kurz in die Augen und rieb sich den roten Fleck von der Wange.

»Heute Abend komme ich spät nach Hause«, sagte Margaret und überprüfte ihr Make-up im Rückspiegel.

In der Mittagspause lief Ellen in die Bibliothek und lieh sich das Branchenbuch aus. Züchter? Tierheime? Wonach suchte sie eigentlich? Dann sprang es ihr in die Augen: Katzenschutzgesellschaft – ein Heim für Katzen. Das war genau das Richtige!

Nach der Schule lief sie, so schnell sie konnte, nach Hause und ging sofort in die Hütte. Das Kätzchen erkannte sie und strich ihr wohlig schnurrend um die Beine. Sie hob es hoch, setzte es in den Karton und schloss den Deckel.

Mit dem Karton unterm Arm lief sie ins Haus und rief ein Taxi. Dann ging sie in die obere Etage und holte ihr Weihnachtsgeld, das sie in einem Kuvert unter den Schreibtisch geklebt hatte. Sie bewegte sich wie in Trance und wusste, dass sie es nicht wagen würde, dächte sie nur eine Sekunde darüber nach …

Das Taxi hielt vor dem Haus und hupte. Ellen erschrak. Kalter Schweiß lief ihr über den Rücken, als sie hinunterging.

Sie gab dem Fahrer den Zettel mit der Adresse. »Wie lange wird die Fahrt dorthin dauern?«, fragte sie stirnrunzelnd und imitierte dabei die kühle Stimme ihrer Mutter.

»Es ist nicht sehr weit, wenn wir die Abkürzung nehmen. Etwa fünfzehn Minuten.«

»Bitte beeilen Sie sich«, bat Ellen. »Ich habe noch eine Verabredung.«

Der Taxifahrer grinste, hob die Hand an die Mütze und fuhr los. »Yes, Ma'am!«

Er deutete mit dem Kopf auf den Karton. »Entlaufene Katze?«

»Nein, es ist ein junges Kätzchen, das ich in einem Sack am Kanal gefunden habe.« Die Worte sprudelten hervor wie ein Geständnis. »Es ist abgemagert und braucht Futter. Ich kann es nicht behalten. Meine Mutter mag kein Tier im Haus. Jedenfalls habe ich die Adresse im Telefonbuch gefunden. Katzenschutzgesellschaft – ein Heim für Katzen.« Sie unterbrach sich und sah ihn zweifelnd an. »Meinen Sie, man wird das Kätzchen aufnehmen und versorgen?«

»O ja, sie werden es schon nehmen«, begann der Fahrer, »ich glaube, sie werden ...« Er unterbrach sich.

»Was?«, fragte Ellen ängstlich.

»Nun ja, sie werden versuchen, ein gutes Zuhause für das Kätzchen zu finden. Das wäre wohl das Beste, nicht wahr?«

»Wie meinen Sie das?« Ellen runzelte die Stirn. »Und wenn sie nichts finden? Behalten sie es dann nicht?«

»Nur eine Weile. Dann wird es wohl eingeschläfert.«

»Sie meinen, es wird umgebracht?« Ellens Stimme wurde vor Entsetzen ganz leise.

»Sie haben keine andere Wahl«, sagte der Fahrer ernst. »Weißt du, es gibt einfach zu viele Katzen. Sie können nicht alle behalten ...«

Ellen starrte schweigend auf die Straße. Den Karton auf ihren Knien hielt sie fest an sich gedrückt. Das Kätzchen ist so mager, dachte sie, deshalb ist der Karton so leicht. Sie blickte aus dem Fenster. Bäume, Häuser, Tore und Auffahrten rauschten vorbei. Ihr Blick fiel auf ein verwittertes Schild an einem Briefkasten.

»Halten Sie hier«, rief sie schnell.

Der Fahrer drehte sich verblüfft um. »Wie bitte?«

»Halten Sie an, ich möchte aussteigen.«

»Hör auf mich, Kleine, es ist bestimmt das Beste, das Kätzchen ins Katzenheim zu bringen.«

»Nein, ich habe mich anders entschieden. Halten Sie bitte an, ich möchte aussteigen.«

»Nun gut, dann fahre ich dich wieder nach Hause ...« Er wendete den Wagen.

»Nein, vielen Dank«, antwortete Ellen. »Ich kann über die Felder laufen. Sehen Sie, dort hinten?« Sie zeigte auf eine Kieferngruppe, die auf einem Hügel stand.

Der Fahrer hielt und ließ sie aussteigen, das Fahrgeld lehnte er ab. »Zeig deiner Mutter das Kätzchen. Du wirst sehen, sie kann bestimmt nicht Nein sagen!«, schlug er ihr freundlich vor. »Aber geh bitte sofort nach Hause!«

Ellen lächelte und blieb mit dem Karton unterm Arm stehen, bis der Wagen um die nächste Kurve verschwunden war. Dann ging sie die Straße zurück. Schon bald erreichte sie eine lange kurvige Zufahrtsstraße. Am Schild neben dem Briefkasten blieb sie stehen. Darauf stand in roter abgeblätterter Farbe: KÄTZCHEN IN GUTE HÄNDE ABZUGEBEN.

Das Haus war wie Margarets Haus groß und alt. Aber während bei ihr zu Hause nur die Wirtschaftsgebäude vernachlässigt wurden, verfiel hier der gesamte Besitz. Vor dem Eingang lagen zusammengerollt zwei schlafende Katzen. Das ist ein gutes Zeichen, dachte Ellen. Sie klopfte energisch an die Haustür.

Lange passierte nichts. Noch nicht einmal die Katzen

ließen sich stören. Ellen fragte sich, ob sie den Karton einfach vor die Tür stellen und weglaufen sollte. Aber das wollte sie nicht. Dann hörte sie leise Schritte, und die Tür öffnete sich. Ein alter Mann stand in einem düsteren Flur, umringt von Dutzenden von Katzen, die um seine Beine strichen. Starker Katzengeruch und leises Schnurren erfüllten die Luft.

»Mein Gott!«, rief der Mann aus und breitete die Arme aus, als wollte er sie umarmen. »Du kommst bestimmt wegen einer Katze! Komm herein, komm herein!«

»Warten Sie, ich ...«

Aber er ging bereits mit großen Schritten, gefolgt von allen Katzen, den Flur entlang.

Ellen folgte ihm und drückte den Karton fest an ihre Brust. Sie gingen an schummrigen Räumen mit langen Samtvorhängen, matten Kronleuchtern, chinesischen Sofas, persischen Teppichen, ausgestopften Tieren und Vasen voller getrockneter Blumen vorbei. Bunte Kristallgläser standen verloren in kleinen Grüppchen auf polierten Tischen und Anrichten, als hätte man sie erst kürzlich dort stehen lassen. Alles war mit einer dicken Staubschicht und Katzenhaaren überzogen. Sämtliche Holzflächen zeigten tiefe Kratzspuren, Stoffe und Tapeten hingen in Fetzen herunter.

Dann betraten sie einen hellen Wintergarten, der nur mit drei langen Tischen und passenden Holzstühlen möbliert war. Durch die offenen Fenster wehte eine frische Brise. Auf den Tischen zwischen gestapelten Körben, Bürsten, Flaschen, Büchsen mit Flohpulver und Katzenfutter standen überall schmutzige Teekannen.

Ellen blieb an der Tür stehen. »Entschuldigung«, sagte sie so höflich sie konnte, »aber ich will keine Katze abholen, ich habe eine mitgebracht.«

Der Mann drehte sich langsam um und blickte sie

erstaunt an. Zwischen den dicken Augenbrauen bildete sich eine nachdenkliche Falte.

»Ich habe sie am Kanal gefunden und gerettet«, fuhr Ellen fort. »Sie ist fast verhungert. Aber ich kann sie nicht behalten. Sie müssen sie nehmen! Bitte!« Sie stellte den Karton auf den Tisch und hob vorsichtig den Deckel.

»Moment mal.« Der Mann eilte herbei. »Du kannst sie nicht einfach freilassen, sie wird davonlaufen.«

»Ist schon gut«, sagte Ellen, griff hinein und hob das Kätzchen aus dem Karton. »Vor mir hat sie keine Angst.«

Vorsichtig drückte sie das Kätzchen an die Brust.

»Schau dir das an«, sagte der Mann. »Es ist eine Glückskatze.« Er streichelte den kleinen Kopf. »Siehst du? Sie hat ein blaues und ein braunes Auge.« Ellen nickte. Dann tastete er den kleinen Körper ab, runzelte ärgerlich die Stirn und schnalzte leise mit der Zunge. »Arme Kreatur. Sie ist fast verhungert!«

»Ich habe das Kätzchen erst gestern gefunden und ihm etwas Milch gegeben«, sagte Ellen schnell.

»Braves Mädchen. Du hast Glück gehabt, Kätzchen«, sagte der Mann freundlich. Er nahm das Tier und drehte es auf den Rücken. »Es ist ein Kater. Wie heißt er denn?«

»Ich weiß es nicht.«

»Nun ja, wie kann es dein Kätzchen sein, wenn du ihm noch nicht einmal einen Namen gegeben hast?«

»Sie haben mich falsch verstanden«, sagte Ellen streng. »Er kann nicht mein Kater sein, ich darf ihn nicht ...«

»Oh, natürlich ist er dein Kater. Du hast ihm das Leben gerettet! Ich werde schon für ihn sorgen, aber er bleibt dein Kätzchen.«

»Sie meinen, ich darf ihn besuchen?«, fragte Ellen vorsichtig.

»Aber natürlich, wann immer du möchtest.« Der Mann breitete wieder die Arme aus und hieß sie willkommen.

Ellen lächelte und riss vor Freude die Augen auf, als sie seine Worte begriff. Nun gab es keine langen Stunden mehr, in denen sie still dasitzen und warten musste, bis Margaret endlich nach Hause kam. Stattdessen würde sie nach der Schule heimlich ihr Kätzchen besuchen – wie andere Kinder, die bei ihren Schulfreunde in der warmen Küche Kuchen aßen und Milch tranken.

»Du bist jederzeit herzlich willkommen«, versicherte ihr der Mann.

Ellen betrachtete ihn eine Weile, bevor sie den Mund aufmachte. »Aber es muss ein Geheimnis bleiben.«

»Natürlich, du kannst dich verkleiden oder einen falschen Namen annehmen, wenn du willst. Übrigens, ich heiße Eildon.« Er streckte die Hand aus. Auf der alten Haut waren überall rote Kratzspuren zu sehen.

Ellen nahm die Hand und spürte ihre Wärme. »Ich bin Ellen. Ich bin zehn Jahre alt.«

Sie nannten das Kätzchen Perdita, »die Verlorene«. Wenn Ellen den Kater nach der Schule besuchte, folgte er ihr auf Schritt und Tritt, schnurrte und strich ihr um die Beine, während sie Eildon bei der Hausarbeit half. Gemeinsam fütterten sie verwaiste Katzenbabys, suchten in Katzenohren nach Zecken und befreiten langhaarige Perserkatzenschwänze von Kletten. Danach wuschen sie Futternäpfe, spülten Teekannen und strichen Kräuter gegen Flöhe auf gewebte Katzenhalsbänder. Nach getaner Arbeit setzten sie sich in den staubigen Salon und tranken gemeinsam Tee. Zucker oder Milch waren nicht erlaubt, aber die feinen Porzellantassen waren bis zum Rand mit der goldgelben Flüssigkeit gefüllt. Gottes Nektar nannte Eildon den Tee, und Ellen konnte sich gut vorstellen, dass er die Wahrheit sprach. Am Montag gab es Darjeeling, Jasmin am Dienstag, dann Ceylon, Assam und russischen Caravan. Wenn sie genüsslich ihren Tee schlürften, tauschten sie manchmal Geschichten über Katzenfamilien aus. Aber meistens saßen sie schweigend da, umgeben vom Miauen kleiner Katzenkinder und dem Rascheln der Blätter, wenn draußen der Wind in die Äste der Bäume fuhr.

»Es ist Zeit, zu gehen«, sagte Eildon stets nach der zweiten Tasse. »Wir wollen ja nicht, dass du zu spät nach Hause kommst ...«

Pünktlich, wenn Margarets Wagen in die Einfahrt einbog, hatte Ellen das bereitgestellte Essen gegessen, das Geschirr abgewaschen, Hausaufgaben gemacht und saß sauber und ordentlich am Tisch. Wenn sie hörte, wie sich der Schlüssel im Schloss drehte, die Tür aufging, die hohen Absätze den Flur entlangklapperten, starrte sie nervös auf ihre Hände und hatte Angst, ihre Augen würden ihr Geheimnis verraten.

Um die Gedanken an Perdy, Eildon und das große alte Haus zu vertreiben, dachte sie an die Ferien, die ihre Schatten vorauswarfen. Tanzunterricht! Ballett und Volkstanz, morgens und nachmittags, jeden Tag, während der gesamten Ferien! Mit den Gedanken kamen die Bilder und die Hoffnungslosigkeit. Die Zeit steht nicht still, sagte sie sich und vergrub die Flamme ihres kleinen Geheimnisses sicher im Herzen. Zeit vergeht. Die Tage wurden kälter und kürzer. Das Ende des Schuljahres war nicht mehr weit. Es gab kein Entrinnen.

12

Die Mädchen sahen zu, wie Ellen ihren neuen rosafarbenen Gymnastikanzug, den passenden Wickelpulli und die Satinschuhe anzog. Sie sagten nichts, aber Ellen spürte ihre neidischen Blicke.

Neben ihr zog sich Caroline um und steckte die dünnen Beine in hautenge schwarze Strumpfhosen. Sie sprach über Ellens Schulter mit zwei Mädchen, die hinter der vorgehaltenen Hand tuschelten.

»Seht euch mal Nicola an!« Caroline machte eine Kopfbewegung in Richtung eines Mädchens, das einen warmen schwarzen Wollanzug mit leicht ausgebeulten Knien trug. »Selbst gestrickt! Von Mom! Ich würde lieber sterben …« Sie blickte auf Ellens rosa Satinschuhe mit den langen Schleifen zum Zubinden. »Du Glückliche, deine Mutter ist die Beste!«

»Ich weiß«, entgegnete Ellen und fuhr leise fort, »abgesehen davon, dass sie mich nirgendwo hingehen lässt. Ich bin nur hier, weil sie arbeiten muss und wissen will, wo ich mich aufhalte.« Sie senkte den Blick, als ob sie sich wegen ihrer Worte schämen würde.

Caroline nickte weise. »Weil du keinen Dad hast. Sie hat nur noch dich und hütet dich deshalb wie den eigenen Augapfel. Jedenfalls hat das meine Mom gesagt.«

Ellen blickte erstaunt auf. »Das hat sie tatsächlich gesagt?«

»Ja«, nickte Caroline. »Nicht zu mir, aber zu Mrs. Edwards.«

Ellen bückte sich, um ihre Schuhe zuzubinden, und versuchte, sich zu erinnern, wie die Dame im Schuhgeschäft es ihr gezeigt hatte. Aber unter den strengen Blicken Margarets, die sich beklagte, wie viel Arbeit kleine Mädchen machten, hatte sie sich nur schwer konzentrieren können.

In der Tür erschien eine Frau. Sie war groß, hielt sich sehr gerade und trug weite Kleidung und Lederslipper. Das lange schwarze Haar war im Nacken zu einem Knoten zusammengebunden.

»Hallo, Mädchen«, sagte sie energisch und lächelte streng. »Ich bin Miss Louise. Seid ihr fertig?« Sie ließ den Blick über die Mädchenschar schweifen, bis er auf Ellen fiel. Einen Augenblick lang taxierte sie den kleinen Körper und zog dabei leicht die Augenbrauen hoch. Ellen errötete und kaute nervös am Daumen.

Dann wanderte der Blick der Frau weiter. »Du, das Mädchen in dem gemusterten Pullover«, sagte sie. »Zieh ihn aus. Dann dürft ihr alle hereinkommen.« Als sie sich umdrehte und den Raum verließ, blieb es still.

Caroline zog hinter ihrem Rücken eine Grimasse und stöhnte laut: »Das ist ja schlimmer als Schule. Ich komme bestimmt nicht wieder.«

Die Frau wartete, bis sich alle im Tanzsaal aufgestellt hatten. Ellen blickte ihr rasch ins Gesicht, als sie an ihr vorbeiging. Aus der Nähe sah sie nicht ganz so streng aus. Sie hatte sich auf jedem Lid einen dicken schwarzen Strich gemalt, der in den Augenwinkeln schräg nach außen verlief, und roch nach Talkpulver. Als sie ihr zulächelte, senkte Ellen verschämt den Blick.

Eine Wand des Tanzsaals bestand aus einem durchgehenden Spiegel mit einer Stange davor. »Nun, Mädchen«, rief Miss Louise, »sucht euch einen Platz an der Stange und stellt euch so wie ich hin.« Sie drehte die Füße nach außen und legte eine Hand elegant auf die Stange.

Die Mädchen beeilten sich, ihre Position einzunehmen. Ellen stellte sich ans äußerste Ende. Die Lehrerin machte langsame Bewegungen mit Armen und Beinen und zählte dabei. Die Mädchen hörten aufmerksam zu und machten es, so gut sie konnten, nach. Konzentriert und ernst gingen sie an die Arbeit. Louises feierliches Auftreten hatte Getuschel und Gekicher verstummen lassen. Ihre tiefe melodische Stimme mit dem französischen Akzent verwandelte Sprache in Musik, und die Mädchen hingen fasziniert an ihren Lippen.

Ellen bemühte sich, die flüssigen Bewegungen nachzuahmen, und fühlte sich dabei furchtbar unbeholfen. Ihr hautenger Anzug gab alle Kanten ihres knochigen Körpers preis, und sie wünschte sich, wie die anderen Mädchen einfache Turnkleidung zu tragen. Ob Margaret wohl gewusst hatte, wie peinlich es war, als unbeholfene Anfängerin wie eine Ballerina auszusehen? Sie senkte den Kopf und betrachtete die Spitzenschuhe. Aber sie konnte sich noch nicht einmal hinter dem langen Haar verstecken, das sonst wie ein schützender Vorhang ihr Gesicht verdeckte. Margaret hatte ihr Haar zu einem strammen Knoten zusammengesteckt und mit spitzen Nadeln fixiert. Die Kopfhaut tat ihr immer noch weh von der Prozedur.

Ellen merkte plötzlich, dass sie beobachtet wurde, und hob den Kopf.

»Ellen«, sagte die Lehrerin. »Komm her.«

Ellen gehorchte. Hoffentlich wirft sie mich hinaus,

dachte sie. (Wirklich, Mrs. Kirby, malte sie sich die Erklärung der Lehrerin aus, es wäre schade um die Zeit. Es tut mir Leid, aber ...) Dann spürte sie Louises Hand fest, aber sanft auf ihrem Körper.

»Hoch ... und nun strecken. Spürst du das?« Ellen nickte. »Nun streck den Fuß und dreh die Hüfte heraus. Noch einmal. Spürst du das?«

Ja. Ellens Mundwinkel zuckten und verzogen sich zu einem erstaunten Lächeln.

»Sehr gut.« Louise nickte ihr kurz zu. »Sehr gut, Ellen. Du bleibst hier vorn stehen ...«

Ellen studierte die große aufrechte Gestalt der Frau und gab sich Mühe, sie nachzuahmen. Hin und wieder betrachtete sie sich erstaunt im Spiegel. Sie entdeckte ihren Körper völlig neu. Tatsächlich! Wie eine Marionette, ein Wesen von fremder Anmut und Schönheit, befolgte er ihre Anweisungen.

Louise stellte sich wieder neben sie, positionierte ihre Arme zu elegant geschwungenen Bögen und arrangierte die Finger.

»So«, erklärte sie Ellen, »so musst du sie halten, Ellen. Streck deinen Hals. Es muss aussehen wie ein Schwan. Mädchen, schaut ihr zu.« Sie lächelte in die Reihe konzentrierter Gesichter. »Jetzt seid ihr noch alle hässliche Entlein, aber jede kann ein Schwan werden. Übt zu Hause vor dem Spiegel. Eins, zwei, drei und vier. Jeden Abend. Wie ein Abendgebet.«

Am Schluss der Stunde verbeugte sie sich würdevoll und klatschte in die Hände. »Vielen Dank, meine Damen.«

Die zwei Wochen vergingen wie im Traum unter Anstrengung, Schweiß und süßen Erfolgsmomenten. Ellen erkannte schon bald, dass die Bewegungen nicht natürlich waren. Die Arme wurden gehoben, aber die Schultern blieben dabei gesenkt. Der Hals beugte sich, jedoch mit geradem Rücken. Sie lernte, jedem einzelnen Teil ihres Körpers Befehle zu geben, auf Gehorsamkeit, saubere Ausführung und Disziplin zu achten. »Wenn du etwas machst, dann mache es richtig«, war einer von Margarets Lieblingssprüchen – und es funktionierte. Das war die erste Stufe. Alles andere fügte sich nahtlos aneinander, und der Bewegungsablauf erfolgte wie von selbst. Manchmal zog sich das Gesicht in eine eigene abgeklärte Welt zurück und lächelte, obwohl Zehen und Waden sich schmerzhaft verkrampften.

Louise ließ Ellen auch weiterhin vor der Gruppe tanzen und trieb sie zu immer größeren Leistungen an. Die festen Hände forderten mehr Streckung, mehr Aufrichtung, mehr Geschmeidigkeit. Die anderen Mädchen beobachteten sie neidisch. Sie war die Auserwählte und wurde nun zu einem neuen Menschen geformt. Jeden Tag entfernte sich Ellen ein bisschen mehr von der Gruppe.

Auf dem Heimweg nach der Tanzstunde erschien Ellen die Straße wie eine große breite Bühne. Wenn sie hochsprang und in der Luft herumwirbelte, sah ihr das Pferd zu und nickte zustimmend.

Von seiner Katzentruppe umringt, lächelte Eildon zustimmend und klatschte Beifall.

»Das kann ich gut«, erzählte ihm Ellen stolz.

»Aber ja«, antwortete er, »du bewegst dich wie eine Katze!«

Die Ferien vergingen viel zu schnell. Nach der letzten Tanzstunde nahm Louise Ellen beiseite.

»Ellen«, begann sie fast wehmütig, als hätte sie schlechte Nachrichten. »Du hast den Körper einer Tänzerin. Er hätte es verdient, ausgebildet zu werden.«

»Kommen Sie in den nächsten Ferien wieder?«, fragte Ellen hoffnungsvoll. »Es hat mir Spaß gemacht.«

»Nein, du verstehst nicht«, sagte Louise. »Ich habe etwas Besonderes mit dir vor. Demnächst eröffnet eine neue Ballettschule, in der nach den Methoden der berühmten kaiserlichen Ballettschule in Russland ausgebildet wird und die ein Internat ist. Nur sehr begabte Schüler werden aufgenommen.« Freude wärmte ihre Stimme. »Aus ganz Amerika werden die größten Talente zusammenkommen. Die Ausbildung ist hervorragend, und es ist an alles gedacht. Die erste echte amerikanische Ballettschule!« Sie fasste Ellen bei den Schultern, ihre Augen leuchteten. »Ich werde dich zum Vortanzen für ein Stipendium vorschlagen. Die Chance, schon so jung anfangen und alles andere aufgeben zu können, hatte ich nie!«

»Meine Mutter wird es mir nicht erlauben«, unterbrach Ellen. »Ich brauche gar nicht erst zu fragen.«

»Darüber mach dir jetzt noch keine Sorgen. Wenn du angenommen wirst, ist das eine so große Ehre, dass deine Mutter ihre Meinung ändern wird«, sagte Louise. Ellen schüttelte den Kopf, aber die Frau war nicht davon abzubringen. »Ich habe es schon oft erlebt«, beharrte sie. »Nun ja, in dieser Gegend findet das Vortanzen erst in einigen Monaten statt. Ich sorge dafür, dass du hier während der Schulzeit vortanzen kannst. Auf diese Weise brauchen wir deine Mutter nicht zu behelligen. Einverstanden?«

Ellen nickte.

»Noch etwas«, fügte Louise hinzu, »nimm in der Zwischenzeit keinen anderen Tanzunterricht. Es ist besser, wenn du« – sie runzelte die Stirn und suchte nach den richtigen Worten – »unberührt bleibst.«

Als es schließlich so weit war, erschien Louise in

Ellens Klassenzimmer. Ein aufgeregtes Raunen ging durch den Raum, als einige der Mädchen sie erkannten. Sogar der Lehrer freute sich über ihren Besuch. Er schien enttäuscht, als Louise darum bat, mit Ellen sprechen zu dürfen.

Sie gingen den Korridor hinunter.

»Du brauchst nicht nervös zu sein«, sagte Louise. »Wenn du es dennoch bist, verberge es. Es ist wichtig, bei einer Aufführung seine Angst beherrschen zu können. Ohne diese Fähigkeit ist eine Tänzerin nutzlos.«

Ellen ging still neben ihr her. Sie würde einfach tun, was man von ihr verlangte, ordentlich und höflich, so wie sie erzogen worden war. Außerdem stand nichts auf dem Spiel, denn Margaret würde nie ihre Einwilligung für die Ballettschule geben.

Als sie in den Tanzsaal kam, warteten bereits drei Männer in dunklen Anzügen auf sie. In der Nähe stand eine schlanke junge Frau, die etwas bei sich trug, das wie ein Erste-Hilfe-Koffer aussah. Bei ihrem Anblick wurde Ellen vor Nervosität übel. Louise führte sie zu den Männern. »Hier ist die Schülerin Ellen Kirby, zehn Jahre alt. Mach einen Knicks, Ellen …«

Die Männer waren ungeduldig und wollten endlich zur Sache kommen. Ihren Gesichtern war anzusehen, dass sie nicht viel erwarteten.

»Ellen muss sich nur noch umziehen«, erklärte Louise.

Ellen kam aus der Garderobe und wollte mit dem Übungsprogramm beginnen, aber darauf kam es den Männern offensichtlich nicht an. Sie musterten ihren Körper eingehend, befahlen ihr, sich zu strecken, zu dehnen, zu drehen, und kommentierten ihre Gelenkigkeit. Dann öffnete die schlanke Frau den Koffer und nahm ein Maßband heraus. Ellen versuchte, dem

Geruch nach Desinfektionsmitteln auszuweichen, ließ sich jedoch bereitwillig Gliedmaßen, Kopfumfang, Taille und Hüften messen. Einer der Männer schrieb alles sorgfältig in ein Notizheft. Er verglich die Maße mit einem Diagramm, blieb stehen und betrachtete Ellen eingehend aus tief liegenden Augen. Sein Blick blieb auf den leichten Wölbungen ihrer Brüste hängen.

»Hat ihre Menstruation schon eingesetzt?«, fragte er Louise.

»O ...« Sie hob unsicher die Hand. »Ich habe vergessen zu fragen.« Sie eilte zu Ellen, beugte sich zu ihr hinunter und flüsterte: »Hast du schon deine Monatsblutungen?«

Ellen hob langsam den Kopf, um Zeit zu gewinnen. Verblüfft und fragend sah sie Louise an und hatte Angst, für etwas, das sie nicht getan hatte, beschuldigt zu werden.

»Nein, hat sie nicht«, rief Louise.

Der Mann nickte zufrieden. »Nun, Ellen, erzähl mir von deiner Mutter.«

Ellen zuckte zusammen, als hätte sie eine Ohrfeige erhalten.

»Ist sie groß, dick?«

»Sie ist ... mächtig«, begann Ellen, schwieg jedoch, als Louise in schallendes Gelächter ausbrach.

»Nein, das ist sie nicht! Ich bin ihr schon begegnet. Sie ist groß – nicht zu groß – und wunderbar schlank.«

»Und dein Vater?«, fuhr der Mann fort. »Wie groß ist er?«

Ellen starrte auf den Boden. »Ich kenne meinen Vater nicht«, sagte sie leise.

Sein Name wurde zu Hause nie erwähnt, und Ellen hatte gelernt, keine Fragen zu stellen. Nur ein einziges Mal, bei einem der seltenen Ausflüge mit ihrer Mutter, hatte sie es gewagt. Margaret und sie hatten fröhlich die Geschäfte nach schönen Kleidern durchstöbert und ein neues Parfüm gekauft.

»Da du schon ein großes Mädchen bist«, hatte Margaret gesagt, »darfst du auch mit deiner Mutter ins Café gehen!«

Sie setzten sich in ein elegantes Café, unterhielten sich bei Wiener Kaffee und einer dreistöckigen Cremetorte.

Jetzt, dachte Ellen, ist der richtige Zeitpunkt gekommen. »Margaret, was ist eigentlich mit meinem Daddy passiert?«

Eisiges Schweigen schlug ihr entgegen und vertrieb den Sonnenschein. Margarets Gesichtsausdruck wurde hart und entsetzlich traurig. »Dein Vater hat uns verlassen, als du noch ein Baby warst. Ich habe alles getan, um ihn zu halten. Aber er sagte, er könne es nicht ertragen, dich jeden Tag um sich zu haben. Jedenfalls waren das seine Worte. Dein Anblick machte ihn krank und unglücklich, deshalb ging er fort.« Margaret hatte dabei echte Tränen in den Augen. »Er ist einfach verschwunden.« Sie seufzte tief. Ellen griff nach ihrer Hand, aber Margaret zog sie zurück und drückte sie fest an die Brust.

Louise führte Ellen auf die andere Seite des Saals und befahl ihr, auf die Männer zuzugehen, sich vor ihnen zweimal umzudrehen und dann wieder zu ihr zu kommen.

Ellen tat, was man ihr sagte, und spürte die Blicke der Männer. Ihr mögt mich auch nicht, dachte sie und stellte sich vor, dass sie wie ein trockenes Blatt im Feuer verdörrte und im Rauch verging. Aus Rache versteckte sie sich hinter der anmutigen und schönen Marionette. Hebe den Kopf, senke die Schultern, neige den Kopf und lächle. Vergiss nicht, du bist ein hässliches Entlein, das sich in einen schönen Schwan verwandelt hat. Alle lieben dich ...

Durch den Schleier ihrer Konzentration hörte sie Stimmen.

»Ausgezeichnet!«

»Jawohl!«

»Das ist der Körper einer russischen Ballerina, meine Freunde!«

13

Wochen später kam der Brief, adressiert an Ellen, in der Schule an. Die *American Academy of Classical Ballet* gewährte Ellen Livingstone Kirby zu Beginn des nächsten Semesters ein Stipendium und einen Ausbildungsplatz.

Ellen wartete, bis Margaret sich von der Arbeit erholt hatte, bevor sie ihr den Brief von der Ballettschule gab, zusammen mit einem Brief von Louise, in dem stand, welche Ehre es war und wie stolz sie alle auf Ellen waren.

Margaret ließ den Brief fallen und brach in lautes anhaltendes Gelächter aus. Ellen bekam es mit der Angst zu tun und wünschte, sie hätte den Brief in den Swimmingpool mit den Seerosen geworfen, wie sie es eigentlich vorgehabt hatte. Margaret würde Sie jetzt sicher bestrafen.

Plötzlich hörte Margaret auf zu lachen, verzog den Mund zu einer Grimasse und riss die Augen auf. Offensichtlich rang sie nach Fassung.

»Möchtest du dort hingehen?«, fragte sie ohne Umschweife.

Sag nein! Sag nein! Sag nein! Ellen schlug das Herz bis zum Hals.

Sie nahm ihren ganzen Mut zusammen. »Ja, ich möchte auf diese Schule gehen. Ich will Tänzerin werden.«

Ellen wandte sich ab.

»Dann musst du nicht mehr hinter mir herräumen«, fuhr Ellen fort und schwieg abrupt, als ihr ein Gedanke in den Sinn kam. Vielleicht wollte Margaret sie nicht verlieren! »In den Ferien kann ich ja nach Hause kommen, wie alle anderen, die im Internat sind.«

Margarets Gesichtsausdruck war nichts zu entnehmen. Sie hielt den Brief hoch und las ihn noch einmal. »Was haben wir denn hier?«, amüsierte sie sich. »Einverständniserklärung ... Verzicht auf Schadensersatzansprüche ... Eltern oder Vormund, bitte unterschreiben.« Sie holte einen Kugelschreiber aus ihrer Tasche und setzte sorgfältig ihre Unterschrift unter das Dokument. Dann faltete sie das Blatt zusammen, warf Ellen einen kurzen harten Blick zu und gab es ihr.

Den Brief feierlich wie eine heilige Opfergabe vor sich hertragend, ging Ellen auf ihr Zimmer. Am liebsten hätte sie auf der Treppe vor Freude getanzt. Sie konnte es nicht erwarten, Eildons vor Stolz glühendes Gesicht zu sehen, Perdy auf den Arm zu nehmen und fest an sich zu drücken. Tränen schossen ihr in die Augen und nahmen ihr die Sicht. Sie stolperte über die oberste Stufe. Mehr als alles auf der Welt hätte sie sich gewünscht, dass Margaret sagte: »Gut gemacht«, und ihre Tochter stolz und liebevoll in den Arm nahm.

Später kam Margaret mit einem Glas weißen Schnaps in der Hand in Ellens Zimmer.

»Ich hoffe, du hast nicht schon gepackt?« Sie lachte bitter und zog die Mundwinkel nach unten. »Es ist dir wohl klar, dass du nicht fährst, oder?«

Ellen wusste, dass ihre Mutter einen Trumpf aus dem

Ärmel ziehen würde, und blieb ganz still stehen. Es gab immer einen Trumpf.

Margaret seufzte. »Wenn es wirklich ein volles Stipendium wäre, könnte ich dich wohl kaum zurückhalten. Ich will deiner Ausbildung nicht im Wege stehen. Aber wenn du nach dieser aufgeblasenen Einleitung weiterliest, wirst du sehen, dass das Stipendium den Unterhalt und die erforderliche Ausstattung nicht beinhaltet. Wer weiß, was das kostet. Bestimmt mehrere Hundert Dollar pro Semester. Du weißt, dass ich keine zusätzlichen Kosten übernehmen kann. Ich arbeite schon jetzt genug.« Mit einem Ausdruck des Bedauerns zuckte sie die Achseln. »Es sei denn, du hast eine geheime Geldquelle. Es tut mir Leid, Liebling, ich fürchte, es bleibt ein Traum – allein fortzuziehen.« Sie starrte Ellen an. Furcht stand in ihren Augen. Dann drehte sie sich um und ging zur Tür. Plötzlich fiel ihr das Glas aus der Hand und zersprang in tausend Scherben. Überall im Zimmer lagen die Splitter herum, und ein strenger Geruch breitete sich aus.

Ellen sah ihr nach, hörte ihre Schritte auf der Treppe. Sie rannte – rannte vor ihr davon.

In den nächsten Tagen kam Margaret wie üblich spät nach Hause. Sie überprüfte Ellens Hausaufgaben, inspizierte ihre Hände und verbrachte den Rest des Abends lesend in ihrem Arbeitszimmer. Allmählich kehrte im Haus wieder Ruhe ein, als hätte es den Brief nie gegeben und keinen verrückten Traum, der sich zwischen sie drängte. Ellen versuchte, sich einzureden, dass es vorbei sei und man die ganze Sache am besten vergaß.

Als sie Eildon besuchte, spürte er sofort, dass etwas nicht stimmte, und drängte sie, ihm alles zu erzählen. Als sie ihm von dem Stipendium berichtete, glänzte sein

Gesicht vor Stolz und Freude. Ungeachtet der jungen Katzen sprang er auf und ergriff Ellens Hände. »Gut gemacht!«, sagte er und zerquetschte ihr dabei fast die Finger. »Das ist mein Mädchen!«

»Aber ich kann nicht auf die Ballettschule gehen«, sagte Ellen bitter. »Man muss den Unterhalt und die Ausstattung selbst bezahlen, und das kann sich Margaret nicht leisten.«

Eildons Lächeln gefror. »Hat sie das gesagt?«, fragte er ungläubig.

Ellen nickte. »Wir haben eine Menge Ausgaben. Sie arbeitet jetzt schon sehr viel.«

»Zu viel«, bestätigte Eildon ohne die geringste Sympathie. Er bückte sich und streichelte eine Katze, die ihm um die Beine strich. »Möchtest du denn auf die Schule gehen?«, fragte er ganz ruhig.

»Ich möchte Tänzerin werden«, antwortete Ellen. »Das ist endlich etwas, das ich kann …« Sie holte tief Luft. »Aber sie lässt mich nicht. So ist das nun mal. Sie ändert niemals einen Entschluss.«

»Diesmal wird sie«, entgegnete Eildon entschlossen und kniff ärgerlich die Augen zusammen.

»Wie bitte?« Ellen rutschte nervös auf dem Stuhl hin und her.

»Ich mag ja ein wenig abgerissen aussehen«, meinte er, »aber ich habe immer noch gute Kontakte.«

Sie schwiegen. Das Schnurren der Katzen durchbrach die Stille. Dann sagte Eildon fast heiter und gelassen: »Deine Mutter ist eine angesehene Kinderärztin.«

Ellen nickte. »Die Leute kommen von weit her, um sich von ihr behandeln zu lassen.«

»Ja«, sagte Eildon. »Ich habe gehört, dass sie sogar für einen Ehrensitz auf der Harvard University vorgeschlagen wurde.«

»Sie ist die erste Frau, die das geschafft hat«, erklärte Ellen und hob stolz das Kinn.

»Hm ...« Eildon verzog den Mund zu einem dünnen Strich. »Merkwürdig, dass sie so viel Zeit damit verbringt, anderen Kindern zu helfen, und dich den ganzen Tag allein lässt.« Er streichelte einen dicken alten Kater, der zusammengerollt auf seinem Schoß lag. Die Berührungen waren zu kräftig, so dass die Katze schließlich flüchtete. »Wie man es auch betrachtet«, fuhr Eildon fort, »es ist eine Schande. Wie alt bist du? Zehn? Elf? Für mich ist das Vernachlässigung.«

Ellen starrte ihn schockiert aus großen Augen an. Mit offenem Mund rang sie nach Worten. Schließlich platzte sie heraus: »Aber Margaret muss so lange arbeiten. Es gibt so viele kranke Kinder, und sie wird im Krankenhaus gebraucht.«

»Nun, es wird Zeit, dass mal jemand darüber nachdenkt, was du brauchst«, entgegnete Eildon ernst. »Ich glaube, ich muss mich mal mit Dr. Margaret unterhalten. Und wenn das nichts bringt, spreche ich mit meinen Kollegen von der Harvard University. Sie sind sicher der gleichen Meinung wie ich.«

»Nein, tu das nicht!«, bettelte Ellen. »Sie wird sonst sehr böse.«

»Ich auch«, antwortete Eildon. Er beugte sich vor und sah Ellen direkt in die Augen. »Mach dir keine Sorgen. Es wird alles gut, das verspreche ich dir.«

»Aber du darfst nicht ...«, begann Ellen wieder, dann versagte ihr die Stimme.

»Vertrau mir«, beschwor Eildon sie. »Es wird alles gut. Du wirst schon sehen.« Die blassblauen Augen ließen nicht von Ellen ab, bis sie endlich nickte. »Braves Mädchen«, sagte er lächelnd.

Ellen nahm Perdy auf den Arm und drückte ihn an

sich. Sie sah ihm in die Augen – in ein blaues und ein braunes. »Weißt du, Margaret hat mich lieb«, hauchte sie. Der Satz schwebte so leicht in der Luft wie ein Katzenhaar. »Ganz bestimmt.«

Eildon blickte sie zärtlich an. »Natürlich hat sie dich lieb. Aber sie muss sich ihrer Aufgabe widmen. Sie kann unmöglich auch noch für dich sorgen. Wir brauchen ein gutes Internat für dich. Die Ballettschule wäre genau das Richtige!«

»Aber wir haben kein Geld«, widersprach Ellen, auf ihrem Gesicht spiegelte sich Hoffnung und Ungewissheit wider.

»Zum Teufel mit dem Geld!« Eildon grinste und machte eine Handbewegung in Richtung Wohnzimmer. »Ich habe eine Menge wertvollen Trödel, der hier nur vergammelt. Ich werde für alles aufkommen.«

»Das kannst du nicht machen«, begann Ellen, aber Eildon beugte sich vor und verschloss ihr sanft mit zwei Fingern den Mund. Sie spürte seine raue Haut auf den Lippen.

»Du kannst alles haben«, rief er. »Mein Pferd und mein Königreich für ein Lächeln!« Er machte eine Verbeugung und klatschte bittend in die Hände.

Ellens Mundwinkel zitterten. Ihre Augen füllten sich mit Tränen. In kleinen Bächen rannen sie über die heißen Wangen. Aber dann verzog sich ihr Mund zu einem glücklichen Lächeln, das die Furcht verdrängte.

Am Tag des Abschieds stand die Sonne hoch am blauen Himmel, und die Luft war klar. Am Bahnhof drängten sich die Menschen. Gepäckträger schlängelten sich zwischen den herumstehenden Fahrgästen, Schaulustigen und Abschied nehmenden Freunde hindurch. Überall standen Gepäckstücke.

Margaret stand am Bahnsteig und klopfte mit einem der teuren hochhackigen Schuhe nervös auf den Steinboden. Eildon stand gelassen und still neben ihr. Ellen stellte sich vor sie und sah von einem zum anderen. Unbeholfen ließ sie die Arme hängen. Die neue steife Schuluniform scheuerte an ihren Beinen. In der Innentasche ihres Blazers steckte ganz nah an ihrem Herzen eine kleine Karte mit ihrem Passfoto, auf der stand: Studentenausweis der *American Academy of Classical Ballet*. Als wäre er der Beweis für eine schlimme Tat, hatte sie ihn sorgfältig versteckt.

Grimmig lächelnd und mit einem Nicken, als hätten sie ein Geschäft abgeschlossen, übergab Margaret Eildon das Gepäck ihrer Tochter.

Der Schaffner pfiff. Eildon verstaute das Gepäck im Zug und kam mit einem Lächeln auf den Lippen wieder heraus. »Jetzt heißt es Abschied nehmen.« Er zog Ellen an sich und umarmte sie ganz fest. Wie immer roch er nach Tweed, Katzen und Kräutern. »Pass gut auf dich auf«, flüsterte er ihr ins Ohr. »Und schreib mir, hast du gehört?«

Jetzt war Margaret an der Reihe. »Auf Wiedersehen, Ellen.« Ein Kuss auf die Wange. Das Kratzen eines steifen Baumwollkragens. Erschrocken wich Ellen zurück. Angst schnürte ihr die Kehle zu. Sie roch kein Parfüm! Nicht die Spur eines Geruchs! Sofort fühlte sie sich schuldig, als bedeute das Margarets Tod. Getötet, betrogen, wieder allein gelassen.

Aus dem Fenster ihres Abteils wirkten Margaret und Eildon viel kleiner. Wie ein Ehepaar standen sie dicht nebeneinander. Ellen stellte sich vor, es wären ihre Eltern, die sich liebten und sie sehr vermissen würden.

Der Zug setzte sich in Bewegung. Die beiden winkten, und Ellen winkte zurück. Sie öffnete den Mund, um auf

Wiedersehen zu rufen, aber sie brachte kein Wort hervor.

Sie saß im Zug, wurde hin und her geschaukelt und stieß regelmäßig mit dem Kopf gegen die harte, kalte Fensterscheibe. Schlaff lag die Fahrkarte in ihrer feuchten Hand. Sie ließ die Schultern hängen, und heiße Tränen rollten ihr über die Wangen, während sie der Zug immer weiter fortbrachte. Sie fühlte sich leer, wie taub, zerrissen vor Schmerz, Furcht, Verlust und einem winzigen Schimmer Hoffnung.

14

Ellen fuhr langsam durch die Landschaft New Englands und blieb hin und wieder stehen, um auf die Karte zu sehen. Carter hatte ihr ein Fax mit einer unleserlichen Wegbeschreibung zu dem Sanatorium geschickt, in dem sich Ziggy zurzeit befand. Auf den schmalen kurvigen Straßen war der Weg nicht leicht zu finden.

Während die Landschaft an ihr vorbeizog, versuchte Ellen unbeteiligt zu bleiben. Der Wagen bot ihr Sicherheit und schirmte sie von der Außenwelt ab. Dennoch tauchten alte Bilder auf: das braune Pferd und das warme samtige Maul auf ihrer Handfläche, die dunkelroten, zerquetschten Beeren, die vom Rotdornbusch gefallen waren, große, feuchte Ahornblätter, die wie Regenschirme aussahen, tollpatschige Enten, die auf dem ruhigen Wasser schwammen, brach liegende Felder, auf denen junge Bäume zu einem neuen Wald heranwuchsen, und kalte schmucklose Häuser mit riesigen Fassaden und langen Reihen gleich großer Fenster.

Ihre Gedanken kehrten zu Ziggy zurück. Sie versuchte sich vorzustellen, wie sie blass und krank im Bett lag, aber sie sah sie nur mit wehendem Haar hinter sich herlaufen, Abenteuerlust in den grünen feurigen Augen. Sie rief sich andere Bilder von Ziggy ins Gedächtnis – verschwommen und zögernd fielen ihr Gesprächsfetzen und schallendes Gelächter ein. Aber nirgends fand sie Hinweise auf Sanatorien, Ärzte und Selbstaufgabe.

Sie waren zehn Jahre alt und teilten sich ein Zimmer in der neuen Ballettschule. Es war eine kleine unbeheizte Dachkammer mit Blick auf die alten Bäume des umgebauten Klosters. Im Winter schworen sie sich, das Fenster zuzunageln oder Decken davor zu hängen, denn sie spürten die Kälte besonders schmerzlich, weil ihre Betten am Fenster standen. Im Sommer verhängten sie es mit Tüll, um die Mücken fern zu halten, und ließen es Tag und Nacht offen. Wenn sie flüsternd im Dunkeln lagen, wiegte sie das Rauschen der Bäume in den Schlaf.

»In diesem Zimmer wohnten früher Nonnen«, erklärte Ziggy oft. »Ihre Betten standen an demselben Platz wie unsere, aber sie mussten auf dem nackten Holzbrett schlafen. Jeden Abend knieten sie zum Beten nieder und schlugen sich mit kleinen Peitschen auf den Rücken, um das Fleisch zu kasteien.« Die beiden Mädchen wussten nicht, was »kasteien« bedeutete, aber es klang sehr vornehm.

Ihr Leben wurde von einem strikten Tagesablauf bestimmt. Die Glocken der alten Kapelle läuteten bei jedem Wechsel. Sie trugen schlichte, von der Schule gestellte, schwarzweiße Kleidung – Gymnastikanzüge, Westen, Pullover und Strumpfhosen. Alles musste in der richtigen Kombination zu den richtigen Gelegenheiten getragen werden. Das Essen wurde im Speisesaal an langen Tischen eingenommen. Schweigend verspeisten sie das karge Mahl. Niemand bat um Nachschlag. Ihre Gedanken drehten sich um die Kunst der totalen Selbstbeherrschung.

Trotz der harten Arbeit und der vor Heimweh und Müdigkeit durchweinten Nächte fühlten sie sich geehrt, die Schule besuchen zu dürfen. Sie waren die Auserwählten, die Elite. Auf die wenigen, die es schafften, die Tortur bis zum Ende durchzustehen, warteten Ruhm und Ehre ... Wir heiraten nicht, schworen sich Ziggy und Ellen. Wir widmen unser Leben dem Tanz.

Abends saßen sie gebeugt unterm Fenster, badeten sich die wunden Füße, zählten die dunkelroten Blutergüsse und beweinten die Blasen und verkrampften Muskeln – alles Zeichen ihrer Hingabe und Ehre.

Sie erfanden neue Wege, ihren Körper zu trainieren: Schultern senken, Bänder dehnen, Beine noch mehr spreizen. Sie setzten sich mit angezogenen Knien vor die Kommode und steckten die Füße unter die schwere Schublade. Auf diese Weise konnten sie beim Strecken den Spann belasten. So saßen sie Seite an Seite, bis ihre Zehen knallrot wurden und schmerzten. Sie erfanden neue Positionen für die Dehnung der Muskeln, zogen sich gegenseitig die Gliedmaßen lang und drehten sie, um so eine noch stärkere Dehnung zu erreichen. Sie machten eine Zeit aus und versprachen einander, nicht früher aufzuhören. Sie lernten, trotz verzerrter Gesichter, Schmerzensschreie und Tränen nicht nachzugeben. Wenn es zu schlimm wurde, wandten sie sich ab. Aber sie gaben nie auf und hielten immer zusammen.

An besonderen Tagen – freien Abenden, Ausflügen, Erntedankfesten – durften die Schülerinnen Besuch empfangen. Es gab immer Mädchen, die keinen Besuch bekamen. Aber Ellen war die Einzige, die stets allein blieb. Sie habe ja nur ihre Mutter, erklärte sie den anderen, und die sei sehr beschäftigt. Sie müsse arbeiten, reisen, Vorlesungen halten, oder sie hielte sich gerade in Europa auf.

Ziggys Mutter hingegen schien nur für ihre Tochter zu leben und brachte ihr eine fast schon romantische Liebe entgegen. So oft wie möglich erschien Lucy im Pelzmantel und langem Seidenschal, den Arm voller Pakete, in der Schule. Bei jeder Bewegung knisterte buntes Seidenpapier, das duftige Blusen, Cocktailkleider und Slips verhüllte. Zahllose Geschenke wurden auf den schmalen Nonnenbetten ausgepackt.

»Was denkt sie sich dabei?«, fragte Ziggy stets ärgerlich, wenn sie die Sachen hinter der ordentlich gestapelten, schwarzweißen Schulkleidung im Schrank verstaute.

An ihren Geburtstagen – sowohl Ziggys als auch Ellens – rang Lucy der Schulleiterin jedoch die Erlaubnis ab, sie ausführen zu dürfen.

»Ihr dürft essen, was ihr wollt«, sagte sie gönnerhaft. »Schaut gar nicht erst auf die Speisekarte, bestellt, wovon ihr immer geträumt habt!«

Der Kellner wartete mit dem Stift in der Hand und nahm mit stoischer Ruhe die merkwürdige Speisenfolge auf. Zuerst weigerte sich der Koch, die Bestellung auszuführen. Schließlich machte er sich kopfschüttelnd an die Arbeit, und der Maître verdoppelte dann die Rechnung. Lucy legte noch ein großzügiges Trinkgeld darauf, und alle waren glücklich und zufrieden.

Lucy fühlte sich auch für Ellen verantwortlich, um die sich nur ein reicher exzentrischer Onkel kümmerte, ein leidenschaftlicher Katzenliebhaber. Er schickte ihr merkwürdige Geschenke: lustige alte Schals und Broschen, von denen Ellen behauptete, sie gefielen ihr. Lucy war gerührt, aber sie wusste, dass Ellen sich nach ihrer Mutter sehnte.

»Nenn mich Lucy«, sagte sie schon bald, »und betrachte mich als deine ...« In diesem Moment ließ sie ihr

Selbstvertrauen im Stich, und die Beziehung erhielt nie einen Namen.

»Ihr werdet beide große Tänzerinnen«, sagte sie oft mit einem wissenden Lächeln. »Meine Mädchen! Die ersten echten Ballerinas aus Amerika.« Stolz erzählte sie Ziggy und Ellen, jemand hätte mal gesagt, sie hätte das Zeug zu einer guten Tänzerin gehabt. Bedauernd fügte sie hinzu, dass sie nie eine Chance bekommen hätte. Ziggy und Ellen lächelten verständnisvoll. Sie wussten, dass sie Ziggys Erfolge als ihre eigenen betrachten und nicht enttäuscht werden würde.

Dann fingen Ziggys Zehen an zu schmerzen. Es war nicht der übliche Schmerz von wunden Füßen und Blasen. Der Schmerz war so stark, dass sie es nicht mehr ertragen konnte.

»Du musst es der Oberin sagen«, riet ihr Ellen schließlich, als Ziggy mit Tränen in den Augen vor sich hinstarrte.

Die Oberin fuhr persönlich mit Ziggy nach New York zu einem Orthopäden. Er machte Röntgenaufnahmen und sagte ohne Umschweife, dass Ziggy ihr Leben lang hinken würde, wenn sie nicht sofort mit dem Tanzen aufhörte. Man könne leider nichts machen, erklärte er ruhig. Es läge daran, dass ihre großen Zehen zu lang wären. Daraus resultiere, erläuterte er den Befund anhand der Röntgenbilder, dass die großen Zehen zu stark beansprucht würden, wenn sie auf der Spitze tanze. Die Gelenke hielten der Belastung nicht stand. Sie seien bereits stark geschädigt, es müsse qualvoll sein.

Ellen und Ziggy hörten wortlos zu. Die katastrophale Nachricht erdrückte sie und erfüllte sie mit hilfloser Wut. Nach all den qualvollen Strapazen stellte sich heraus, dass einer ihrer Körper ein Verräter war. Ziggy versuchte, sich eine Zukunft ohne Tanzen vorzustellen, und schaffte es nicht. Ellen versuchte sich das Tanzen ohne Ziggy vorzustellen, und konnte es nicht.

Die Wohnung des Ausbildungsleiters befand sich in der obersten Etage der Ballettschule. Hier wurde eine Konferenz abgehalten und Ziggys Fall besprochen. Ellen begleitete sie und hielt ihre Hand. Ziggy war vor Anspannung ganz steif. Man führte sie in einen luxuriösen Salon. Sie setzten sich auf antike Stühle mit goldenen Löwenkopffüßen. Erstaunt sahen sie sich um. Unglaublich, dass hier oben, direkt über ihren Köpfen, eine solche Welt existierte! Welch ein Kontrast zu den langen kalten Fluren und nackten Fußböden, die sie gewöhnt waren! Dann die herzlichen Worte voller Mitgefühl der Lehrer und Tutoren, die sonst nur Befehle gaben (mehr Höhe, mehr Abstand, mehr Beweglichkeit und bitte lächeln! Das muss gehen, Mädchen! Streng dich an! Bist du etwa eine Kuh? Oder die Tochter einer Kuh?).

Man setzte Ziggy auf eine Couch und wies sie an, die Füße hochzulegen. Wie eine Leiche, die ihrer eigenen Beerdigung beiwohnte, lag sie da, blass und still, die Lippen zu einem wächsernen Lächeln zusammengepresst.

Dann stürzte Lucy herein. Wütend und ärgerlich bestand sie darauf, Ziggys Füße und die Röntgenbilder zu sehen.

»Aber sie hat nur noch ein Jahr!«, schrie sie den Tanzlehrer erbost an. »Man muss doch etwas tun können! Eine Operation oder etwas anderes!« Ihre Stimme klang schrill vor Verzweiflung.

»Ich fürchte, in diesem Fall nicht«, sagte der Tanzlehrer. »Es gibt leider keine Hoffnung.«

Lucy starrte Ziggy an. Bedrücktes Schweigen breitete sich aus. Panik stand in den Augen der Frau. Ellen sah sie an und begriff plötzlich, dass Ziggys Mutter alles und jeden opfern würde, um sich ihren Traum zu erfüllen.

Auch Ziggy begriff es. Sie senkte den Blick und betrachtete die Maserung der kleinen Quadrate des Parketts.

Es folgte ein freudloses Jahr. Ellen wohnte nun allein in der kleinen Kammer und hatte niemanden mehr, der sie anspornte, noch härter zu trainieren, oder sie nachts weckte, wenn sie im Schlaf weinte. Wie ein Tier im Winterschlaf wartete sie nur noch auf das Ende des Semesters. Mit unmenschlicher Anstrengung bereitete sie sich auf die Prüfung und ihr Solo bei der Abschlussvorführung vor. Danach würde sie sich vor Publicity nicht retten können, sagten alle. Sie sei die Beste der ersten Ballerinas, die in Amerika ausgebildet wurden.

In der Zwischenzeit war Ziggy nach New Hampshire zurückgekehrt. Schon bald hielt sie es zu Hause nicht mehr aus und zog nach New York. Carter entdeckte sie in einem Café. Ihm fiel ihre große schlanke Figur auf, die sich mit seltener Anmut zwischen den Tischen bewegte. Er wartete, bis er ihr Gesicht sehen konnte. Sicher waren die Augen ausdruckslos, die Haut unrein, oder sie war zu alt. Aber als sie sich umdrehte, sah er, dass sie wunderschön war. Mit einer langsamen geschmeidigen Bewegung warf sie den Kopf in den Nacken und lachte. Eine Fee, dachte Carter bewundernd.

Als Carter ihr vorschlug, sie zu einem international bekannten, hoch bezahlten Model zu machen, lachte sie ihn aus. »Ich sehe dich bei Chanel, St. Laurent, Gaultier«, schwärmte er. »Du bewegst dich wie eine Fee.«

Ziggy hörte auf zu lachen. »Sie machen wohl Witze.«

»Stellen Sie mich auf die Probe«, forderte Carter, der damals viel schlanker und ziemlich attraktiv war.

Wilde Schlagzeilen begleiteten den großen Galaabend der Ballettschule: »Debüt des amerikanischen Traums«, »Die Crème de la Crème der ersten amerikanischen Ballettschule«, »Kultureller Höhepunkt der Demokratie«.

Zur Premiere der *American Academy of Classical Ballet* kamen nur geladene Gäste. Die Eintrittskarten waren im ganzen Land begehrt und wurden auf dem Schwarzmarkt gehandelt und sogar gestohlen. Jeder, der etwas mit Tanz, Theater, Jugend, Bildung oder Mode zu tun hatte, wollte unbedingt dabei sein. Andy Warhol hatte die Fotos für die Programme gemacht, und die ersten Abzüge wurden direkt an die Archive und Museen der ganzen westlichen Welt verschickt.

Am Morgen versammelten sich die Tänzer und Tänzerinnen feierlich im Speisesaal und sahen sich wieder den Männern gegenüber, die vor Jahren ihre kleinen zitternden zehnjährigen Körper begutachtet hatten.

Das ist eure große Chance, hatte man ihnen gesagt. Die ganze Welt sieht euch zu. Heute Abend werdet ihr mit eurem Tanz in die glorreiche Geschichte der großartigsten Nation der Welt eingehen. Wir haben euch alles gegeben. Enttäuscht uns nicht.

Schließlich war es so weit. Alle versammelten sich hinter der Bühne. Die Tänzer schwiegen angespannt und gingen nervös auf und ab. Die Leute von der Produktion rannten wie Mäuse durch die Gänge, überprüften Körper, Kostüme, Make-up und Beleuchtung. Die Tanzlehrer gingen von einem zum anderen und versuchten, Ruhe auszustrahlen, obwohl es auch für sie eine wichtige Prüfung war.

In der Zwischenzeit hatte sich Ellen, die Solotänzerin,

fertig geschminkt und angezogen für die Eröffnungsszene, davongestohlen. Sie stand in der Beleuchtungskabine und beobachtete das Publikum.

Dritte Reihe hinten, zwölfter Platz links. Da war sie! Hoch aufgerichtet, die Arme auf die Armlehnen gelegt, blickte sie nach vorn.

»Sehen Sie sie?«, rief Ellen dem Techniker zu. Er stellte sich hinter sie und sah ihr über die nackte Schulter. »Dritte Reihe hinten, zwölfter Platz. Über dem Sitz hängt ein weißer Pelzmantel.«

»Locken?«

»Ja, das ist …« Ellen fuhr herum, ihre Augen leuchteten. »Das ist meine Mutter. Sie ist hier!«

»Alle Mütter sitzen da draußen, meine Liebe. Ich wette, sie ist nervös und furchtbar stolz.«

»Nein, Sie verstehen mich nicht«, entgegnete Ellen leise. »Sie war noch nie hier. Sie hat mich noch nie tanzen sehen.«

»Du machst wohl Witze?«, fragte der Techniker verblüfft. »Warum denn nicht?«

Ellen hörte seine Worte kaum.

»Diesmal habe ich ihr geschrieben, bitte, bitte komm!«, fuhr sie fort, »und sie ist tatsächlich gekommen!«

Der Mann zuckte die Schultern. »Na ja, ich glaube, das ist etwas anderes.« Er fuhr herum, als ein Mann in einem schwarzen Anzug hereinplatzte.

»Hier sind Sie! Noch zehn Minuten! Man hat Sie bereits aufgerufen!« Er zeigte mit dem Finger auf Ellen. »Bitte …« Er rang nach Luft und versuchte, sich zu beruhigen. »Miss Kirby, würden Sie bitte von links auf die Bühne gehen? Und achten Sie bitte auf die Stufen!«

Ellen wartete mit einstudiertem Lächeln hinter den Kulissen. Sie spürte die Blicke der anderen Tänzer, die sich über ihre Gelassenheit wunderten. Sie wussten nicht, dass der Abend für sie bereits voller goldener Sterne hing. Ein unschätzbarer Moment!

Sie ist hier ... Sie ist gekommen ... um mich zu sehen!

»Gib einfach dein Bestes«, machte ihr Katrinka, die hinkende russische Tanzlehrerin, Mut.

»Natürlich«, sagte Ellen.

Katrinka stellte sich hinter sie und legte ihre rauen Hände auf Ellens schmale, in Satin gehüllte Hüften. Für die jungen Mädchen war sie das Schreckgespenst der Zukunft: ein Gesicht voller Falten, ein von Erinnerungen an große Zeiten und Verlust getrübter Verstand. Als die Musik einsetzte, verstärkte sie den Griff um Ellens Taille, stellte sich mit ihr zusammen in Position und wartete auf ihren Einsatz. Dann gab sie Ellen frei wie eine Taube, die sich in die Lüfte erhebt.

Ellen flog in atemberaubenden Pirouetten auf die Bühne. Sie war wild vor Freude und doch auch gelassen, ihr Herz schlug gleichmäßig und ruhig. Sie konnte sich auf die Kraft verlassen, die sie in den Jahren des harten Trainings und der strengen Disziplin erlangt hatte und die mit jedem kleinen Triumph über Schmerz und Schwäche gewachsen war. Alles, was sie besaß, schenkte sie dem Menschen, der in dem dunklen Raum in der dritten Reihe saß, dem all ihre Liebe galt, ihre Seele, ihr Leben.

Mutter.

Als Ellen die Bühne wieder verließ, empfing sie Katrinka mit Tränen in den Augen. »Du bist ein Engel, ein Engel mit Flügeln.«

Aber Ellen schob sie beiseite und rannte in die Beleuchtungskabine. Vor ihrem nächsten Solo gab es ein kurzes Divertissement. Es stand im Programm, und Margaret wartete sicher ungeduldig darauf, dass die anderen Tänzer fertig wurden, um ihre Tochter noch einmal zu sehen.

Ellen spähte in den Saal. Dritte Reihe hinten ... Der weiße Pelz ...

Aber der Platz war leer!

Bühnenlicht ergoss sich über die ersten Reihen. Tatsächlich, sie war weg!

Das Bühnenbild wechselte, und es wurde heller. Ellen starrte angestrengt auf Margarets Platz. Aber auch der Pelzmantel war weg. Das Programm mit Ellens Foto lag achtlos auf dem Sitz.

Schockiert und wie betäubt begann sie ihren nächsten Tanz. Ihr Körper machte seine Sache gut, mechanisch und akkurat. Ganz allmählich schöpfte sie wieder Hoffnung. Margaret war vermutlich zur Toilette gegangen. Vielleicht fühlte sie sich nicht wohl. Sie würde sicher zurückkommen. Wahrscheinlich saß sie längst wieder auf ihrem Platz. Ellens Körper schmerzte vor Sehnsucht. So musste es sein!

Als sie ihren Tanz fast beendet hatte, setzte die Musik für einen Augenblick aus, und sie schaute entgegen jeder Regel ins Publikum, aber nicht mit dem ausdruckslosen Blick eines Darstellers, der auf das Publikum hinabsah, sondern mit nacktem, ungeschminkten Flehen – das einen Takt zu lange dauerte. Die Zuschauer waren gerührt, und tosender Applaus füllte den Saal. Ellen tanzte blind weiter, folgte der eingeübten Choreographie. Als es endlich vorbei war, rannte sie schluchzend von der Bühne – direkt in Katrinkas Arme.

»Was ist los? Was? Sag es mir!« Sie umfasste Ellens Schultern, schüttelte sie und sah sie an.

»Sie ist weg!«

»Wer ist weg?«

»Mama«, schluchzte Ellen. »Mama ...« Noch nie hatte sie Margaret Mom oder Mama genannt. Sie war nicht mehr da. Aber sie war gekommen, um ihre schöne graziöse Tochter, die von allen geliebt und bewundert wurde, zu sehen. Es war ein Neubeginn. Nichts war mehr wie früher.

»Hör auf, dich wie ein kleines Kind zu benehmen«, rügte Katrinka. »Du musst wieder auf die Bühne.« Über die Schulter sagte sie zum Produktionsleiter: »Hol die Maskenbildnerin. Sag ihr, sie soll eine der Masken aus der Garderobe mitbringen.« Sie stellte Ellen wie eine Puppe gerade hin und wischte ihr das Gesicht mit dem Rocksaum ab. »Nicht weinen. Du bist doch ein großes Mädchen«, beruhigte sie Ellen mit sanfter Stimme und festem Griff.

Die Maske wurde gebracht. Sie wischte Ellen noch einmal die Tränen ab und setzte ihr die Maske auf.

»Nun ist es gut«, sagte sie. »Du bist nicht mehr Ellen. Du bist niemand, nur eine amerikanische Ballerina.«

Als der Aufruf kam, schickte sie Ellen zurück auf die Bühne. Beim Tanzen blieb ihr keine Zeit zum Weinen. Schmerz und Enttäuschung trieben sie zu Höchstleistungen an. Als sie am Schluss auf den Boden sank, bis das Gesicht das glatte Holz berührte, glaubte sie, nie wieder tanzen zu können.

Das Publikum erhob sich und applaudierte. Blumen regneten vom Himmel. Programme raschelten, als die Leute nachsahen, wer sie war und woher sie kam. Kritiker kritzelten Hymnen auf ihre Notizblöcke und amüsierten sich über die Ironie, dass jemand, der so nackt war, eine Maske trug.

Während der Applaus anschwoll, machte sich in Ellen ein Gefühl der Leere breit. Mit Tränen in den Augen musste sie daran denken, wie Margaret aufgestanden und Stufe für Stufe den Gang hinuntergegangen war, ohne sich umzudrehen.

Nein! Geh nicht! Verlass mich nicht. Ich brauche dich. Ich liebe dich, schrie ihr Herz.

Du bist doch meine Mutter!

Unter dem alten übermalten Schild, auf dem einmal in goldenen Buchstaben *Shangri La* gestanden hatte, hing klein und unauffällig ein Messingschild: *Marsha Kendall Clinic.* Zu beiden Seiten des Gebäudes befanden sich Pagoden mit Drachenköpfen. Ein chinesischer Bogen aus dicken grauen Steinplatten stand vor dem Aufgang, und den Garten schmückte ein kleiner Marmortempel neben einem Teich, in dem sich der Himmel spiegelte.

Ellen ging unter dem Bogen hindurch und stieg die Treppe hinauf zum Eingang. Sie war noch nicht ganz oben, als sich die Tür öffnete und die Morgensonne auf chinesische Teppiche und Vasen voll tropischer Blumen fiel.

Ein Mann mit diskret unbeteiligtem Gesichtsausdruck empfing sie. »Guten Morgen, Ma'am.«

Ellen trat ein. Unter ihren Füßen spürte sie den dicken weichen Teppich. Es roch nach Bienenwachspolitur, Mandelkuchen und frischem Kaffee. Sie blieb stehen und betrachtete die gerahmten Fotos an der Wand – das Meer, Berge und Wasserfälle –, alle weich gezeichnet und im Nebel verhangen. Sie stellte sich vor, wie der Künstler sich alle Mühe gab, das Schild an der Tür und die damit verbundenen Qualen und Erniedrigungen zu lindern.

»Kann ich Ihnen helfen?«, fragte der Portier.

»Ja.« Ellen drehte sich um und sah ihn an. »Ich möchte eine Freundin besuchen, die sich in dieser Klinik befinden soll. Ihr Name ist Ziggy Somers.«

»Natürlich, Ma'am.« Ein Hauch Sympathie ließ die ansonsten unpersönliche Stimme weich klingen. »Zum Empfang bitte hier entlang.« Er zeigte zum Ende des Flurs.

Als Ellen an die offene Tür klopfte, blickte eine junge Frau mit einer Kalligraphiefeder in der Hand von einem Terminkalender auf, der mit hübscher blumiger Schrift beschrieben war.

»Ich möchte Frau Ziggy Somers besuchen«, sagte Ellen höflich.

Die junge Frau lächelte freundlich. »Ja, natürlich, Sie waren ja schon einmal hier ...«

»Nein, ich war noch nie hier«, entgegnete Ellen.

Plötzlich wurde die Frau nervös. »Entschuldigung, ich dachte nur, ich hätte Sie schon einmal gesehen. Bitte, nehmen Sie doch Platz.« Sie nahm ein Buch vom Schreibtisch und blätterte darin. »Wir sehen es nicht gern, wenn unsere Besucher unangemeldet hierher kommen«, sagte sie. »Wir müssen die Privatsphäre unserer Patienten wahren. Ihren Namen bitte?«

»Ellen Madison. Nein – Kirby. Ellen Kirby.«

»Aha ...« Die Frau nickte mit einem Anflug von Interesse. »Augenblick bitte, ich muss erst nachsehen.«

An der Wand hing ein großes Porträt in einem Goldrahmen, das den ganzen Raum beherrschte. Es zeigte eine gut aussehende Frau mittleren Alters im Profil. Ernst blickte sie zur rechten unteren Bildecke. Das Haar war zu einem festen Knoten gebunden, die Kleidung einfach und praktisch. Aber der Hintergrund zeigte eine dramatische Landschaft mit drohenden Sturmwolken, durch die helle Sonnenstrahlen brachen.

»Marsha Kendall«, murmelte die Frau respektvoll. »Sie ist erst im letzten Herbst verstorben. Sie war eine Heilige.«

Als Ellen sich umschaute, entdeckte sie das ernste Profil der Frau überall: auf Briefpapier gedruckt, in eine Silbervase graviert, in die Lehne eine Ledercouch geprägt, auf Tassen und Untertassen und als Stickerei auf einem Handtuch. Darunter standen stets in schnörkeliger Schrift die Initialen M. K.

»Ich bin untröstlich«, sagte die Frau entschuldigend. »Ihr Name befindet sich nicht auf Miss Somers' Besucherliste.«

»Was wollen Sie damit sagen?«

»Für jeden Patienten wurde im Einvernehmen mit der Familie und dem Therapeuten eine Besucherliste erstellt. Nur diese Personen erhalten eine Besuchserlaubnis.«

»Aber ich bin zum ersten Mal hier«, erklärte Ellen. »Sie kann mich nicht angegeben haben, denn ich war in Europa. Ich bin gerade erst zurückgekehrt.«

»Ich bedaure.«

»Wie bitte?«

»Ich bedaure.«

»Aber ich weiß, dass sie sich freut! Ich bin ihre beste Freundin und extra aus New York gekommen«, flehte Ellen.

»Ich verstehe, Ma'am«, sagte die Frau höflich. »Ich kann Ihren Namen bei der nächsten Fallbesprechung gern weitergeben. Wenn Sie mir bitte Ihre Adresse geben würden?«

Mit geübter Gelassenheit blickte sie Ellen, der die Worte im Hals stecken blieben, ins Gesicht.

»Die *Marsha Kendall Clinic* muss für absolute Sicherheit sorgen«, fügte die Frau ruhig hinzu. Ellen stellte sich den unpersönlichen Portier vor, der sich plötzlich als Kung-Fu-Meister entpuppte, verloren geglaubte Liebhaber, Geschwister, Söhne und Väter hinauswarf und durch den chinesischen Bogen am Marmortempel vorbei vom Hof jagte.

»Soll ich Ihre Adresse nun aufnehmen oder nicht?« Die Frau tauchte die Feder in ein Tintenfass, strich die überflüssige Tinte sorgfältig ab und wartete gespannt auf eine Antwort.

»Nein, machen Sie sich keine Mühe.«

Entschlossen ging Ellen den Flur zurück, an dem Portier vorbei zum Ausgang. Er sah ihr erstaunt nach, als sie über den Rasen schritt, in ihr Auto stieg und durch das schmiedeeiserne Tor davonfuhr.

Kurz danach parkte sie den Wagen am Straßenrand und stieg aus. Vorsichtig ging sie um das giftige Efeu herum in den angrenzenden Wald. Schon nach wenigen Minuten sah sie die Feuer speienden Drachen auftauchen und erreichte kurz darauf einen hohen Zaun.

Ziggy, dachte sie, als sie auf die unteren Äste einer großen Kiefer kletterte, du hättest sicher nichts dagegen. Aber heute bin ich diejenige, die über den Zaun klettert, anstatt wartend am Fenster zu stehen.

Wo bist du gewesen, Ziggy!
Ich hatte eine Mitfahrgelegenheit in die Stadt.
Du bist wohl verrückt. Sie werden uns hinauswerfen.
Nein, das werden sie nicht. Wir sind zu gut.
Ich habe damit nichts zu tun, Ziggy!
(Lächeln) Aber du würdest ohne mich sterben.
(Lächeln) Sei vorsichtig – bitte!

Ellen sprang über den Zaun, brachte Haar und Kleidung in Ordnung und schlich gebückt über das Gelände zur Rückseite des Gebäudes. Auf einer Bank saß ein alter Mann, der auf seine Hände starrte. Gott sei Dank hörte er sie nicht. Sie ging an Marsha Kendalls Statue, die mit

Vogelkot und Flechten bedeckt war, vorbei. Dann fand sie die Hintertür und schlich sich ins Haus.

Hier zeigte die luxuriöse Einrichtung Anzeichen medizinischer Autorität. Neben Mahagoni und Elfenbein gab es rostfreien Stahl und weißes Porzellan. Die tropischen Pflanzen blühten, aber in ihren Duft mischte sich der Geruch von Desinfektionsmitteln. Ellen zögerte, hielt sich die Nase zu und schluckte, bevor sie hastig den langen Korridor hinunterging. Auf beiden Seiten befanden sich Zimmer. An jeder Tür hing ein Schild mit Bezeichnungen von Bäumen: Myrte, Blutweide, Ahorn, Buche, Zypresse, Kiefer.

Nur eine einzige Tür stand offen. Ellen blieb stehen und schaute hinein. Der Raum sah aus wie eine Hotelsuite mit Couchtisch und bequemen Sesseln. Aber hinter einer spanischen Wand lugten die Beine eines Krankenhausbettes hervor, und vor den Fenstern befanden sich statt Vorhängen und Gardinen verschnörkelte Gitter. Merkwürdig, alle Möbel waren rund und ohne scharfe Ecken und Kanten.

Als sie Schritte auf dem Korridor hörte, hielt sie die Luft an. Ein Mann mit blassem ausdruckslosen Gesicht kam ihr entgegen. Es war ein berühmtes Gesicht, aber sein Name fiel ihr nicht ein. Er beachtete Ellen nicht, und sie sah an ihm vorbei.

Von den anderen Flügeln des Gebäudes drangen Geräusche herüber, die von den dicken Teppichen, Vorhängen und Wänden verschluckt wurden. Ellen hielt den Atem an. Dann atmete sie vorsichtig ein und aus ...

Sie bog in den nächsten langen Korridor ein. Auch hier waren alle Türen geschlossen. Sie drehte an mehreren Türknöpfen, aber alle Zimmer waren abgeschlossen. Plötzlich gab eine Tür nach, doch das Zimmer war leer. Nur ein Paar hochhackige lila Slipper lag mitten im

Zimmer. Hastig setzte sie ihre Suche fort, versuchte, hier und da eine andere Tür zu öffnen. So würde sie Ziggy nie finden. Aber vielleicht traf sie eine Schwester oder einen Patienten, die ihr helfen würden. Plötzlich stutzte sie. Kastaniensuite! Der große Baum vor ihrem Zimmer in der Ballettschule damals war auch eine Kastanie! Ziggy und sie hatten gern die herumliegenden Kastanien, die sich in der Hand so warm und weich anfühlten, aufgesammelt. Sie drehte den Messingknopf, und die Tür schwang auf.

Im Bett schlief eine Frau. Das schöne schwarze Haar lag in langen Strähnen auf dem weißen Laken. Ellen trat leise ein und betrachtete sie. Arme und Gesicht waren mit Hautabschürfungen übersät. Nur Augenlider und Lippen bildeten glatte Oasen. Unter der verkrusteten Haut konnte man die feinen Gliedmaßen erahnen. Sie muss einmal wunderschön gewesen sein, dachte Ellen. Plötzlich regte sich die Frau und zog unwillig die Augenbrauen zusammen. Langsam hob sie die Hände zum Gesicht. Die Nägel an den verkrampften Fingern waren sehr kurz. Plötzlich riss die Bewegung ab, zwei dicke Stofffesseln hielten sie zurück. Sie öffnete die tiefbraunen Augen und lächelte.

»Entschuldigung«, murmelte Ellen und ging rückwärts wieder hinaus. »Ich suche jemanden.«

Auf dem Korridor drehte sie sich um und rannte auf eine Tür mit einem kleinen Frauenkopf zu, der Marsha Kendall nicht im Entferntesten ähnelte. Es war die Damentoilette.

Sie stürzte an beleuchteten Spiegeln vorbei in eine der Kabinen. Dann kniete sie sich über die Toilettenschüssel und würgte. Aber außer den brennenden Tränen, die ihr in die Augen stiegen, kam nichts. Der trockene harte Husten zerriss ihr fast die Lungen.

»Lass dich einfach gehen, Engel.« Kraftlos und ungeniert drangen die Worte aus der Nebenkabine herüber. »Dann fühlst du dich besser.«

Ellen hob den Kopf. »Entschuldigung, haben Sie etwas gesagt?«

Keine Antwort.

Ellen zuckte mit den Schultern. »Ist da jemand?« Plötzlich schoss es ihr durch den Kopf. *Engel!* Sie sprang auf den Toilettendeckel, stellte sich auf die Zehenspitzen und blickte über den Rand der Trennwand.

Auf dem geschlossenen Toilettendeckel saß eine Frau, die wie eine Marionette aussah. Die langen Gliedmaßen steckten in hautenger schwarzer Kleidung und waren merkwürdig verschränkt. Der Kopf hing nach vorn, als wäre er für den zarten Hals und die dünnen Schultern zu schwer. Eine Baskenmütze bedeckte das Haar.

»Hm ...«, hüstelte Ellen, um sich bemerkbar zu machen. Der Kopf drehte sich zur Seite und zeigte ein blasses hageres Gesicht. Diese wunderschönen dunkelgrünen Augen!

Lange starrten sie einander an und trauten ihren Augen nicht. Dann richtete sich die steife Gestalt qualvoll auf, stellte sich auf den Toilettensitz. Sie musste sich an der Trennwand festhalten, um nicht das Gleichgewicht zu verlieren. Gesicht an Gesicht, Hand in Hand standen sie sich gegenüber, spürten ihren Atem, die warme Haut.

»Mein Gott, Ziggy!«, flüsterte Ellen. »Was haben sie mit dir gemacht?«

Ein Zittern ging über Ziggys Gesicht, sie schluchzte. Dann schloss sie die Augen, und ein Lächeln huschte über das blasse Gesicht. »Ellen ... Ellen ... Ellen ...« Mit Tränen in den Augen blickte sie auf. »Ich wusste, dass du kommst.«

Ellen atmete tief durch und zwang sich ein kleines Lächeln ab. »Nun ja, vielen Dank, dass du meinen Namen beim Portier hinterlassen hast.«

Sie standen nebeneinander vor den Waschbecken. Früher hätten sie sich umarmt und geküsst, dann den Lippenstift von der Wange gewischt und bewundernd ausgerufen: »Du siehst großartig aus!«

Jetzt hingen die Worte unausgesprochen in der Luft, und die Umarmung blieb aus. Ellen brachte es nicht fertig, Ziggys geschundenen Körper anzusehen. Die spitzen Knochen schienen fast die viel zu große Haut zu durchstoßen. Sie konnte sie nicht einmal berühren. Stattdessen schaute sie ihr in die Augen, das einzig Vertraute, das von Ziggy übrig geblieben war.

»Carter hat mir gesagt, wo du bist«, sagte Ellen.

»Das wundert mich«, lachte Ziggy. »Er ist böse auf mich. Um mir das zu sagen, hat er sich extra hierher bemüht. Dann schickte er eine Woche lang Rosen. Rosen! Was sagst du dazu?«

Ellen musste lächeln, denn sie erinnerte sich, dass sie Rosen immer als Symbol hilfloser Schönheit verachtet hatten, besonders die langstieligen, bei denen sorgfältig alle Dornen entfernt wurden. »Warum bist du hier?«, fragte sie.

»Man sagt, ich würde sonst verhungern«, sagte Ziggy frivol.

»Nein, ich meine, in dieser Toilette.«

Ziggys Gesichtsausdruck wurde hart, die grünen Augen zogen sich zu einem schmalen Schlitz zusammen. »Ich musste pinkeln.«

»Na schön.« Ellen beugte sich über das Waschbecken und tat, als müsse sie sich eine Wimper aus dem Auge entfernen. »Können wir diesen Ort verlassen und in dein Zimmer gehen?«

»Ja«, antwortete Ziggy zögernd, »ich glaube schon. Aber ich habe Besuch.« Sie richtete sich mühsam auf und grinste. »Es ist Mommy. Sie wird sich bestimmt freuen, dich wiederzusehen. Komm mit!«

Ziggy ging langsam voraus und stützte sich bei jedem Schritt mühsam an der Wand ab. Ellen folgte ihr, ohne sie anzusehen. Vor einem der Baumzimmer blieb Ziggy stehen, um Ellen den Vortritt zu lassen.

Ellen trat ein und stutzte. Vor Ziggys Schrank kniete eine Frau und durchsuchte die Schubladen.

»Lucy!«, rief sie.

Schuldbewusst fuhr Lucy herum. »Ellen, Liebling!« Sie umarmten sich, wobei Lucy pastellfarbenen Lippenstift auf Ellens Wange hinterließ.

»So braun gebrannt habe ich dich fast nicht erkannt!«, rief sie. »Du siehst großartig aus!«

»Danke«, antwortete Ellen, »du aber auch. Du hast dich überhaupt nicht verändert.« Aber irgendwie sieht sie alt aus, dachte sie, als hätte sie eine Gesichtslähmung. Wahrscheinlich hat sie sich liften lassen. Sie stellte sich vor, wie der Chirurg Lucys Falten geglättet und die Gesichtshaut bis zu ausdrucksloser Jugendlichkeit zurückgezogen hatte. Ziggy wankte ins Zimmer.

»Ziggy, wo bist du so lange gewesen?«, fragte Lucy. »Ich wollte schon nach dir suchen lassen.«

Ziggy ließ sich erschöpft in einen Sessel fallen. »Lass mich in Ruhe«, sagte sie müde.

Lucy biss sich auf die Lippen und wandte sich an Ellen: »Bist du noch mit James verheiratet?«

Ellen wusste keine Antwort auf diese Frage. Schließlich schüttelte sie wortlos den Kopf.

Lucy neigte den Kopf leicht zur Seite und sah sie streng an. Peinliches Schweigen entstand. Erdrückende Geräusche von draußen erfüllten das Zimmer. »Du liebe

Zeit«, meinte sie beschwichtigend. »Wir haben alle unsere Probleme, oder nicht?« Dann brach sie in Tränen aus.

»Hör auf, Mommy«, sagte Ziggy ärgerlich, ohne aufzusehen.

Ellen ging zum Fenster und lehnte den Kopf gegen die kühle Scheibe. Sie hörte, wie Lucy im Zimmer umherging, Tasche, Mantel und Regenschirm einsammelte und nach dem Autoschlüssel suchte. Als sie sich zum Abschied umdrehte, hatte sie plötzlich Mitleid mit dieser Frau, die verwirrt und niedergeschlagen auf ihr einziges Kind blickte, dem sie so bereitwillig ihr ganzes Leben gewidmet hatte und das jetzt nur noch ein erbärmliches Wrack war.

»Bring mich hinaus, Ellen«, flehte Lucy und beugte sich vor, um Ziggy einen flüchtigen Kuss auf die Baskenmütze zu geben.

Ellen begleitete sie hinaus. Schweigend gingen sie bis zum Ende des Korridors. Dort blieb Lucy stehen, drehte sich plötzlich um und fasste Ellen bei den Schultern.

»Seit drei Jahren mussten wir sie immer wieder hierher bringen, und zwei Mal wäre sie fast gestorben. Alle haben die Hoffnung aufgegeben. Man kann offensichtlich nichts mehr für sie tun. Im Nebenzimmer lag eine berühmte Sängerin. Sie hatte Geld und Liebe im Überfluss und hat sich trotzdem zu Tode gehungert. Niemand versteht, warum. Sie war so erfolgreich, und Carter hatte noch viel mit ihr vor.« Ein kleiner Hoffnungsschimmer ließ ihre Augen aufleuchten. »Ellen, du bist ihre beste Freundin. Vielleicht kannst du ...« Aber als sie Ellen betrachtete und merkte, dass sie auch nicht besonders gut aussah, beendete sie den Satz nicht und senkte traurig und resigniert den Blick.

Ellen nickte mechanisch.

Lucy brachte gerade noch ein schwaches Lächeln zustande. »Nun ja, wir wohnen immer noch in derselben Stadt. Du rufst uns an, nicht wahr?«

»Natürlich«, antwortete Ellen. »Lucy, kannst du meinen Namen auf die Besucherliste setzen lassen, bevor du gehst? Man hat mich nicht hereingelassen.«

Als Ellen zurückkam, war Ziggys Zimmer verschlossen. Sie lauschte an der Tür und hörte leise Stimmen.

»Komm schon ...«, sagte jemand in beruhigendem Ton wie zu einem ängstlichen Kind. »Nur einen kleinen Happen.«

Eine andere Stimme ärgerlich: »Es reicht jetzt. Das macht sie immer, wenn ihre liebe Mutter da war. Ich habe ihrem Therapeuten schon ein paar Mal gesagt, dass wir die alte Hexe von ihr fern halten müssen.«

Leises Gelächter.

»Wahrscheinlich bezahlt sie die Rechnung.«

Ellen ging am Empfang vorbei zum Ausgang und warf einen letzten Blick auf Marsha Kendall. Die junge Frau hinter dem Empfangstisch hob den Kopf und nickte kurz. Der Portier lächelte ihr höflich zu.

Draußen badeten Vögel im Tempelteich. Die Wellen zerstörten das beschauliche Bild des Himmels.

15

In einer schummrigen Bar tunkte Ellen ein Mais-Chip in eine Schale Salsa und schob es in den Mund. Sie bog den Kopf in den Nacken und spülte den scharfen Chili mit einer Flasche Bier von der Zunge. Sie war der einzige Gast. Der Kellner stand hinter dem kleinen schmuddeligen Tresen vor einer Batterie Tequila-Flaschen mit blassen, eingelegten Würmern auf dem Flaschenboden und ließ sie nicht aus den Augen. Ellen drehte sich um und bestellte mit einer Handbewegung noch ein Bier. Freudlos nickend griff er hinter sich in den Kühlschrank, ohne den Blick von Ellen abzuwenden. Dann brachte er Bier, dazu Zitronenscheiben, und legte eine fettige Speisekarte auf den Tisch.

Ellen schüttelte den Kopf. »Nein, danke.«

»Doch essen«, beharrte der Kellner. »Bier und Essen ist gut. Nur Bier ist nicht gut.« Sein Blick klebte förmlich auf Ellens Gesicht. Sie schaute auf ihre Hände und wünschte, er würde endlich wieder verschwinden.

»Taco? Enchilada?«, bot er an.

»Na gut, wenn Sie unbedingt wollen.«

»Ich mach das. Ich bringe, was Sie wollen.«

Er verschwand in der Küche und machte sich erfreut an die Aufgabe. Ellen lehnte sich zurück und blickte zur Decke. Rauch und Alter hatten sie geschwärzt, und Speiseflecken taten ein Übriges. Vermutlich hatten Liebespaare im Streit mit gebackenen Bohnen und Chili um sich geworfen.

So haben wir uns nie benommen, dachte sie traurig. Wir waren immer ruhig und höflich. Während sich James stets für die Familie verantwortlich fühlte, hatte sie sich immer mehr von ihm entfernt, bis das lähmende Schweigen sie erdrückte.

Und nun war alles zu Ende. Vorbei. Nur Erinnerungen waren ihr geblieben, wie ein Film, der immer wieder von vorn beginnt und den sie nicht sehen wollte ...

Zuerst sieht man die Frau. Sie schreibt ihrem Geliebten einen Brief, denn ihr fehlt der Mut, ihm die Wahrheit ins Gesicht zu sagen. Sie ist eine Gefahr für ihr eigenes Kind und muss ihn verlassen. Wahrscheinlich ist sie schlecht oder wahnsinnig oder beides. Sie schreibt sich ihren ganzen Kummer von der Seele. Verzweifelt zerknüllt sie das Blatt und fängt noch einmal von vorn an. Was ist schief gelaufen? Wie? Warum?

Dann kommt der Mann nach Hause – zu früh. Er entdeckt den gepackten Koffer und den zerknüllten Brief. Sie erstarrt vor Angst. Er streicht den Brief glatt und liest.

»Das ist nicht wahr!«, brüllt er. Aber seine Augen zeigen, dass er es glaubt. Stille Wasser sind tief, tief und schwarz. Für ihn war sie schon immer unberechenbar.

»Ich wusste, dass du gehen würdest«, sagt er schließlich. »Gott sei Dank ist es jetzt vorbei.« Er seufzt, fast erleichtert. Die unvermeidbare Katastrophe ist eingetreten, aber die Qual ist nicht schlimmer als das Warten darauf.

In diesem Augenblick sieht die Frau, wie er zerbricht, sich verändert, sie loslässt, die restliche Liebe auslöscht. Er zerschneidet das letzte Band, das ihnen geblieben war, und wirft es fort. Ihm bleibt nur das Kind – das Einzige, was seine Augen aufleuchten lässt.

»Verschwinde«, sagt er. »Lass uns in Ruhe und komm nie wieder.«

Hier endete die Geschichte. Aber da waren noch mehr Szenen, immer wiederkehrende Ausschnitte – Fäden, die zu dem Ort führten, wo alles begann.

Sie lernten sich in seinem Büro kennen. Der Raum war mit polierten Holzpaneelen getäfelt, und die soliden Möbel hätten aus einer Kapitänskajüte stammen können. Sie saßen sich an einem breiten Eichentisch gegenüber. Die glänzend polierte Tischplatte wies unzählige Kratzer und Brandflecken auf.

»Was kann ich für Sie tun?«, fragt er und wirft einen prüfenden Blick auf ihren rechten Ringfinger, sucht einen hellen Streifen auf der zarten Haut!

»Es ist ... nur eine Kleinigkeit«, sagt sie. »Ich möchte, dass Sie sich einen Vertrag zwischen mir und meinem Agenten ansehen, bevor ich ihn unterschreibe.«

»Und um wen handelt es sich?« Er sieht sie mit unverhohlenem Interesse an. Sie hat wunderschöne große dunkle Augen.

Sie erwidert den Blick. Er hat strohblondes Haar. »Es ist Mr. Meroe«, antwortet sie, »Carter Meroe.« Sie spricht den Namen leise aus, als würden die verräterischen Worte wie ein Echo durch die ganze Stadt wandern und ihn erreichen.

Er zuckt die Schultern. »Kenne ich Sie? Ich meine, Carter gehört zu den ganz Großen ...«

»Nein, ich habe gerade meine Ausbildung beendet – auf der *American Academy of Classical Ballet*. Aber er hat etwas über mich gelesen. Im Magazin *Teen* erschien ein Interview mit mir.«

»Natürlich!« Er schlägt mit der Hand auf den stabilen Tisch. »Die Katzenmann-Story! Die erste amerikanische Ballerina!« Er lächelt gezwungen. »Carter hat auch überall seine Finger im Spiel.«

»Er hat eine Menge für mich getan«, sagt sie.

»Dessen bin ich mir sicher!«

»Ich habe ihm alles zu verdanken. Es ist nur, dass ich …«

»Natürlich. Sie brauchen einen juristischen Beistand, damit Ihre Interessen geschützt werden. Jemand, der auf Ihrer Seite steht.« Er beugt sich vor und sagt freundlich und verbindlich: »Sie können sich auf mich verlassen.«

Aufmerksam betrachtet sie sein Gesicht und seinen Mund, um sich einzuprägen, wie diese Worte aus seinem Mund gekommen waren. Entspannt lehnt sie sich zurück. Der weich gepolsterte, üppige Ledersessel wirkt wie eine schützende Festung und gibt ihr ein Gefühl von Sicherheit und Wärme.

So fing alles an. Aber die Zeit der Sicherheit kam erst später. An einem kalten Novembermorgen …

Gestank und Lärm des Berufsverkehrs empfingen Ellen, als sie mit James das Mietshaus verließ, in dem sie wohnte. Sie lächelte dem Portier kurz zu und ging eilig über den Gehweg. Plötzlich blieb sie wie angewurzelt stehen. Vor ihr befand sich ein knallroter Berg. Jemand hatte ihren Wagen unter Hunderten von Rosen begraben. Überall dunkelrote Rosen – auf dem Dach, der Kühlerhaube, der Straße.

Ellen schluckte. Ihr Magen begann sich unweigerlich zu verkrampfen. Charles! Typisch Charles …

James ging mit großen Schritten zum Wagen, bückte sich und steckte den Schlüssel ins Schloss. »Was soll der Blödsinn?«, fragte er stirnrunzelnd und beförderte die Rosen wie Abfall in den Rinnstein.

Ellen biss sich auf die Lippen. Wegen James hatte sie Charles verlassen. Die Beziehung hatte ihr nie viel bedeutet, aber sie wurde Charles nicht los. Er liebte sie immer noch ... sehnte sich nach ihr ... konnte nicht ohne sie leben ...

Sie fuhren ab. Eine Rose hatte sich im Scheibenwischer verfangen. Der Fahrtwind riss die Blütenblätter ab. Ellen blickte zu James hinüber. Einen Ellbogen aus dem Fenster gelehnt, eine Hand am Steuer, pfiff er eine fröhliche Melodie. Er spürte ihren Blick und grinste. Sie lachte befreit. In diesem Moment wusste sie, dass sie ihn liebte und bei ihm bleiben wollte. Bis ans Ende ihres Lebens!

Die mexikanische Bar füllte sich zur Mittagszeit mit Gästen, aber Ellen bemerkte sie kaum. Traurig starrte sie auf ihre Hände auf dem weißen Tischtuch. Worte formten sich zu Gedanken, drängten in den Vordergrund, wollten gehört werden.

Das war keine Liebe ... Du hast ihn nicht geliebt!

Bei dem Gedanken erschrak sie. Unerwartet hart traf sie die Wahrheit. Sie hatte geglaubt, James zu lieben, und wollte für immer bei ihm bleiben. Jetzt erkannte sie, dass sie nur so sein wollte wie er – stark und unbekümmert, mutig und frei.

Carters Gesicht tauchte auf, sein wissendes mitleidiges Lächeln. Sie hatte noch seine Worte im Ohr: Ich habe es dir von Anfang an gesagt, meine Liebe. Das konnte nicht gut gehen. Aber du wolltest ja nicht auf mich hören.

An diesem Tag hatte Ellen den Mann von *American Plastics* kennen gelernt. Damals hatte Carter sein Büro noch mitten in der Stadt gehabt. Die Luft in seinem Zimmer war stickig und kalt. Die dicken Teppiche und schweren Vorhänge, die von der Decke bis auf den Boden reichten, verschluckten die Verkehrsgeräusche.

Ellen stand auf dem Gehweg vor dem Haus. Sie spürte ihren großen kräftigen Leibwächter Rex hinter sich, der sie beschützte. Trotz der Abgase holte sie tief Luft. Dann blickte sie kurz zum dritten Stock hinauf und ging zum Eingang.

Am Fahrstuhl wartete eine Sekretärin auf sie. »Sie sind der Leibwächter, nicht wahr?«, fragte sie Rex freundlich. Er nickte, und sie bedeutete ihm, auf einem der freien Stühle Platz zu nehmen. »Bitte folgen Sie mir, Miss Kirby.« Eingezwängt in einen viel zu engen, kurzen Rock trippelte sie durch das Foyer. Dabei klapperten ihre hohen Absätze laut über den Marmorboden. Ellen folgte mit leichten Schritten. Ihre langen Beine steckten in zitronengrünen Strümpfen.

»Gehen Sie ruhig hinein«, sagte die Sekretärin und musterte Ellen von oben bis unten. Ihr unverbindlich-höfliches Lächeln erstarrte. Dann drehte sie sich endlich um und ging.

Ellen trat ein. Sie konnte gerade noch ihre Hände davon abhalten, den kurzen Rock hinunterzuziehen. Sie wusste, dass er sich kürzer anfühlte, als er war.

»El-len.« Carter zog ihren Namen in die Länge, als müsse er eine Distanz überwinden. Er empfing sie mit offenen Armen und küsste sie auf die Wange. Sein unrasiertes Kinn kratzte, und er roch nach Moschus-Aftershave. Sie lächelte ihn kurz an und blieb neben einer Zimmerpalme stehen.

Carter zögerte einen Moment und setzte sich dann

wieder in seinen Sessel. »Schön, dich zu sehen.« Schweigend begutachtete er ihre Figur. Sein Blick blieb auf der Stelle haften, wo die Beine aufhörten und der Lederrock anfing. »Isst du auch genug?«, fragte er mit einem Seitenblick.

Ellen zupfte ein langes dünnes Blatt aus einem der Palmwedel und ließ es in den Topf fallen. Dann zog sie mit einem Blick auf Carters Bauch, den er mit einem alten Ledergürtel im Zaum hielt, die Augenbrauen hoch. Jedes Jahr schnallte er den Gürtel ein Loch weiter. An jedem Loch stand mit Kugelschreiber: 1966, 1967, 1968.

»Ich weiß, ich weiß«, grinste Carter. »Aber ich muss für meinen Beruf nicht schön sein.« Er griff nach einem Notizblock. »Um Himmels willen, Ellen, setz dich endlich. Bitte!« Er wartete ab, bis sie auf einer langen Ledercouch Platz genommen hatte. »Mr. American Plastics wird jeden Moment hier sein.« Er lehnte sich ein wenig vor. »Vielen Dank für dein pünktliches Erscheinen.«

Ellen zog eine Augenbraue hoch. »Ich bin immer pünktlich. Ich glaube nicht, dass ich mich schon einmal verspätet habe.«

Carter überlegte, ob er noch etwas zu dem Thema sagen sollte. Er blickte verlegen auf die Uhr. »Mittlerweile«, meinte er schließlich, »weiß ich nicht, ob ich mich noch auf dich verlassen kann.«

Ellen betrachtete ein Foto der Freiheitsstatue, das über ihm an der Wand hing. Vor einem kitschigen Sonnenuntergang glänzte das gekrönte Haupt in goldenen Sonnenstrahlen.

»Ich weiß, dass du James nicht magst«, begann sie, »aber ich sehe nicht ein, was …«

»Ich habe nichts gegen ihn«, unterbrach Carter. »Aber er ist nichts für dich. Das weiß ich genau. Und du weißt, dass ich Recht habe! Ich habe immer Recht.«

»Du kennst ihn ja kaum.«

Carter winkte ab. »Das muss ich auch nicht. Ich habe genug von ihm gehört und gelesen. Außerdem ist er mir schon oft begegnet. Schwarzes Hemd und Jeans zu jeder Gelegenheit und Jahreszeit. Die typische Ihr-könnt-mich-mal-Einstellung. Für wen hält er sich eigentlich? Für Bob Dylan?«

Ellen lachte und hörte nicht auf, bis Carter sich ebenfalls zu einem Lächeln herabließ. Aber er war noch nicht fertig. »Ellen, du kannst dir einen Mann, der Fotografen attackiert, nicht leisten. Diese Jungs sind deine Freunde. Ohne sie wärst du nur eine« – angestrengt suchte er nach dem richtigen Ausdruck – »eine kleine Tänzerin, mehr nicht.«

»Es war in einer kleinen Bar.« Ellen betrachtete ihre Fingernägel, während sie sprach. »Wir wollten allein sein. Und du« – sie blickte ihm wütend in die Augen – »du warst der Einzige, der wusste, wo ich war.«

»Hey, hey!« Carter hob abwehrend die Hand. »Gib nicht mir die Schuld! Wenn ich schon jemandem einen Tipp gebe, dann bestimmt nicht Smithies. Ich kann ihn nicht ausstehen.« Er brach in schnarrendes Gelächter aus. »Ich hätte nur zu gern sein Gesicht gesehen, als James ihm die Kamera vom Rücken riss und ihm den Film um den Hals wickelte.«

Das Telefon summte. Ellen rutschte auf der Couch hin und her, so dass das Leder knarrte.

Carter griff nach dem Hörer. »Ja? Bitten Sie ihn herein. Nein, wir möchten keinen Kaffee. Und sagen Sie ihm, dass Miss Kirby bereits auf ihn wartet.« Er legte auf. »Er ist hier.«

Earl Hollister schwitzte trotz der moderaten Zimmertemperatur. Mit ausgestreckter Hand ging er auf Carter zu, stutzte jedoch verunsichert, als er Ellen bemerkte.

»Setzen Sie sich, Earl.« Carter deutete auf einen der Stühle. »Ich muss Ihnen Miss Kirby nicht vorstellen. Sie haben sie sicher schon auf vielen Fotos gesehen. Und wer Sie sind, wissen wir bereits.«

Earl lächelte unsicher. »Dann können wir ja gleich zur Sache kommen«, sagte er und ließ die Schlösser seines Kunststoffaktenkoffers aufspringen. Er wandte sich an Ellen. »Unser Designer hat ausgezeichnete Arbeit geleistet. Es wird Ihnen gefallen.« Er nahm eine Zellophanschachtel mit knallroter Beschriftung und amerikanischen Stars and Stripes heraus. »Ich dachte, ich zeige Ihnen die männliche Puppe zuerst – es ist alles fertig. So bekommen Sie am besten einen Eindruck, was wir mit dem Konzept bezwecken.« Er hielt die Schachtel hoch, damit Ellen und Carter sie betrachten konnten. Darin stand eine Puppe in Astronautenkleidung vor einer Mondlandschaft aus Karton. Den Raumhelm hatte man an die Puppenhand gebunden, damit man das selbstsichere Lächeln sehen konnte. »Sie ist ungefähr so groß wie die Barbiepuppe Sindy. Selbstverständlich ist die NASA-Ausrüstung bis ins kleinste Detail authentisch. Gut getroffen, nicht wahr?«

Carter suchte Ellens Blick. »Sicher, es könnte kein anderer sein. Kleiner Schritt für den Mann, riesiger Sprung für die Menschheit, nicht wahr?«, zitierte er.

Ellen verstand nichts.

»Neil Armstrong«, fügte Carter rasch hinzu.

Ellen zuckte die Schultern. »Nun, wahrscheinlich hatte ich zu viel um die Ohren.« Earl sah sie entgeistert an.

»Du weißt doch, der Bursche, der auf dem Mond war«, klärte Carter sie auf.

Ellen nickte. »Ach ja, richtig.«

»Also, das ist das männliche Pendant zur Puppe

Liberty.« Earl war nicht mehr zu stoppen. »Beide werden gleichzeitig auf den Markt gebracht.«

»Lassen Sie mal sehen«, sagte Carter.

»Selbstverständlich.« Earl griff geflissentlich in den Aktenkoffer, zog das Objekt heraus, sah Ellen direkt ins Gesicht und streckte es ihr entgegen. »Das ist für Sie.« Er grinste. »Ich meine, das *sind* Sie!«

Ellen starrte auf die nackte Plastikpuppe. Eine lange Pause entstand. Sie spürte, wie sie automatisch ihre Gesichtszüge veränderte – die Augen wurden groß, die Mundwinkel gingen nach oben, das Kinn hob sich –, um dem gemalten Gesicht zu entsprechen. Die beiden Männer warteten schweigend. »Das ist ... unglaublich«, sagte sie erstaunt. »Ich meine, das ... bin ja ich.«

»Aber natürlich«, stimmte Earl zu und lächelte stolz.

»Sieh sie dir genau an.« Carter nahm Earl die Puppe aus der Hand und legte sie Ellen vorsichtig auf den Schoß.

»Das Haar ... Darüber muss ich mit Ihnen noch reden«, sagte Earl hastig und blickte sich nervös im Raum um.

»Es ist rot«, bemerkte Carter.

»Ja, es ist rot. Wir wissen natürlich, dass Ihr Haar nicht rot ist, Miss Kirby. Wir waren nur alle der Meinung ... das lange schwarze Haar ...« Er unterbrach sich, um tief Luft zu holen. »Es entspricht zwar dem Ballerina-Look, aber unsere Firma meint, dass es zu sehr einer ... Russin gleicht.« Das gedämpfte Geklapper einer Schreibmaschine unterbrach das anschließende Schweigen. »Wir haben auch an kurzes oder lockiges Haar gedacht. Aber langes Haar entspricht eher dem Teenager-Idol. Deshalb ...«

»Sie möchten also, dass Miss Kirby sich die Haare

färben lässt, damit sie so aussieht wie die Puppe?«, fragte Carter.

»Nun, ich glaube ... Ja, das müsste sie wohl.«

»Meinen Sie, ich soll ständig rote Haare tragen«, fragte Ellen, »oder nur, wenn ich Werbung mache?«

»Honey«, sagte Carter aalglatt, »du wirst Liberty *sein*, und zwar die ganze Zeit. Das war der Grundgedanke! Hast du es vergessen? Armstrong ist ein richtiger Mensch, so wie du. Du wirst nicht mehr Ellen Kirby heißen, sondern nur noch Liberty.«

»So ähnlich wie Twiggy«, ergänzte Earl und hüstelte verlegen.

Carter warf ihm einen wütenden Blick zu und wandte sich wieder an Ellen. »Mit den Haaren, das liegt natürlich in deinem Ermessen – wie immer.«

Ellen nahm die Puppe in die Hand und ließ das Nylonhaar durch ihre Finger gleiten. Die langen Strähnen waren in kleinen ordentlichen Büscheln auf dem Kopf befestigt. Missbilligend verzog sie den Mund.

»Es ist immerhin nicht knallrot.« Earl beugte sich vor und presste nervös die Fingerspitzen aufeinander. »Sie müssen Ihre dunkelbraunen Haare nur tönen lassen. Wir haben uns von einem Haarstilisten beraten lassen.«

»Es geht nicht um die Haarfarbe«, entgegnete Ellen. »Aber der Kopf schimmert durch, er ist zu weiß. Man kann die Haarwurzeln sehen und das ist hässlich.«

»Gut«, sprang Carter schnell ein. »Sie lassen die Kopffarbe ändern, und dann ist alles in Ordnung. Was ist mit der Kleidung?«

»Damit kann ich dienen.« Erleichtert breitete Earl die Entwürfe – Skizzen von Ellen als Puppe in Partykleid, Diskorock, Hosenanzug, Lederjeans und Cowboybluse mit Fransen – auf Carters Schreibtisch aus. Auf jedem

Kleidungsstück befanden sich kleine gelbe Margeritenköpfe.

»Es war eine gute Idee, die Kleidung von Young Designs entwerfen zu lassen«, lobte Earl. »Sie fertigen sämtliche Stücke auch in Miss Kirbys Größe an. Später wird es sogar eine komplette Liberty-Ausstattung für junge Leute geben. Aber das ist Sache der Designer.« Er breitete noch mehr Skizzen aus: Reitkleidung, Skianzüge, Tennisausstattung und Kletterausrüstung. »Wir haben auch daran gedacht. Wenn man die Puppe entsprechend anzieht, kann man alles damit machen.«

»Aber ich – Liberty – *kann* diese Dinge nicht«, warf Ellen ein.

»Wie meinen Sie das?« Ein verblüfftes Stirnrunzeln löste das verbindliche Lächeln ab. »O, Sie meinen die *Puppe* kann das nicht?« Er blickte Carter Hilfe suchend an.

»Sie hat Recht«, meinte Carter. »Eine Tänzerin darf nicht Ski fahren oder reiten. Wegen der Verletzungsgefahr gibt es viele vertragliche Einschränkungen.« Mit einem Kopfnicken deutete er auf Ellen. »Solche Beine sind viele Millionen wert. Niemand kann sich einen Unfall leisten. Aber das wissen nur Insider.«

»Ja, ja, das ist überhaupt kein Problem«, stimmte Earl hastig zu. »Nun, es wurde auch an ein Brautkleid gedacht. Vielleicht etwas mit …«

»Nein«, unterbrach Carter. »Keine Braut! Wir sprechen hier über ein jugendliches Image. Das kommt nicht in Frage! Sagen Sie ihnen das!« Er legte demonstrativ die Hände auf den Schreibtisch und stand auf. »Ich denke, das war's wohl für heute.«

Earl streckte die Hand nach der Puppe aus.

»Ich würde sie gern behalten«, bat Ellen.

»Ja, aber …«, begann Earl.

»Geben Sie Ihrem Herzen einen Stoß«, sagte Carter, »Schon bald haben Sie mehr als genug zum Spielen.«

Als Earl gegangen war, bestellte Carter Eiskaffee und rührte für Ellen Orangenpulver in ein Glas Wasser.

»Das ist ein neues Getränk.« Er reichte ihr das Glas. »Es wurde für das Astronautenprogramm entwickelt. Wie findest du es?«

Ellen zuckte die Schultern. »Es ist okay.«

»Es soll besser sein als echter Orangensaft.« Carter trank gierig seinen Eiskaffee. Dann nahm er ein leeres Blatt Papier zur Hand. »Also, wir haben Neil Armstrong, der Fußabdrücke auf dem Mond hinterlassen hat, und Liberty, eine amerikanische Ballerina, die auf allen Bühnen der Welt tanzt. Er ist stark, mutig – ein Siegertyp. Sie hat diese Eigenschaften auch, aber sie ist weiblich, feingliedrig und schön.« Er ließ Ellen nicht aus den Augen. »Keine Frage – das wird ein Erfolg. Die siebziger Jahre sind deine große Zeit, Kleines. Dein Name wird in aller Munde sein.«

»Du meinst Liberty«, entgegnete Ellen.

»Natürlich Liberty. Freiheit, Erfolg, die Früchte harter Arbeit. Du wirst ein Symbol für den *American Way of Life*. Das ist eine große Ehre.« Er hob würdevoll den Kopf. »Und deshalb musst du jetzt sehr vorsichtig sein. Die Sache mit James Madison macht mir große Sorgen. Er ist gegen Tradition, gegen die bürgerliche Gesellschaft und, ich wette, auch gegen den Vietnamkrieg. Mit anderen Worten: Er ist unamerikanisch.«

Leise, eigentlich zu sich selbst, sagte Ellen: »Er liebt mich.«

»Um Himmels willen, Ellen«, entrüstete sich Carter, »jeder liebt dich! Alle wollen dich haben.« Er breitete die Arme aus. »Du kannst jeden Mann haben.«

»Er interessiert sich nicht für meinen Erfolg, auch

nicht für Mode und solche Dinge«, fuhr Ellen fort. »Er ist anders als die anderen. Er will *mich*.«

»Aha!« Carter nickte viel sagend. »Honey, was glaubst du eigentlich, wie viele schöne und erfolgreiche Frauen mir das schon gesagt haben? Deine Einstellung ist falsch. Du brauchst einen Mann, der hinter dir steht und *mit* dir zusammenarbeitet, nicht gegen dich. Das bist du dir schuldig. Denk doch an die jahrelange harte Arbeit. Du brauchst einen Mann, der deinen Beruf ebenso schätzt wie dich. Ohne deinen Beruf bist du nichts. Und James Madison wird dich nicht unterstützen. Er ist einfach nicht der richtige Mann für dich.«

Carter schloss die Schreibtischschublade auf und nahm eine dünne blaue Mappe heraus. Er senkte die Stimme. »Schau, ich stehe mit meiner Meinung nicht allein da. Schließlich ist es nicht das erste Mal, dass ich mit solchen Dingen zu tun habe. In diesen Fällen lasse ich die betreffende Person von einem Psychologen beobachten, die Familienverhältnisse untersuchen und Kollegen befragen.« Carter schlug energisch auf die Mappe. »Es ist alles hier drin, Ellen. Unglückliche Familie. Nervöse Mutter. Strenger Vater. Was kann man da schon erwarten? Tatsache ist, dass er unter mangelndem Selbstvertrauen leidet. Mit deiner Selbstsicherheit wird er nie zurechtkommen. Dass du bewundert, ja sogar begehrt wirst, ist eine Bedrohung für ihn. Die Folge sind Eifersucht und Misstrauen. Noch nicht einmal dein Geld wird er akzeptieren.« Die Sätze waren druckreif, die Worte gut überlegt. Er unterbrach seinen Redefluss, um Raum für eine Antwort zu lassen, aber Ellen schwieg, ihr Gesichtsausdruck verriet nichts. Carter seufzte. »Vielleicht ist es verfrüht, aber ich warne dich lieber zu früh als zu spät. Es wird nicht gut gehen. Du wirst an dieser Beziehung zerbrechen, und wenn du ihn heiratest, wird er deine Karriere zerstören. Und vergiss nicht, er ist auch als Rechtsanwalt nicht erfolgreich. Er weiß, wie er bekommt, was er will – auf seine Art.« Carter hielt Ellen die Mappe hin. Eisiges Schweigen entstand. Man hätte eine Stecknadel fallen hören können. »Wie gesagt, es ist eine alte Geschichte. Lies es, wenn du willst.«

Ellen schüttelte den Kopf und wandte sich ab. Sie legte die Hände in den Schoß und wippte mit einem Fuß.

Carter betrachtete sie eine Weile, seufzte dann plötzlich und schlug die Hände vors Gesicht. »Ellen, verzeih mir. Ich gehe immer ein bisschen zu weit. Aber du bist selbst schuld. Meine Freunde würden sich das nicht bieten lassen, sie würden sich umdrehen und gehen. Du hingegen bleibst einfach sitzen und lässt mich reden.«

Ellen sah ihn verdutzt an. »Ich habe mich an deine Monologe gewöhnt. Du belehrst mich doch ständig.«

»Ja, ich weiß, ich weiß.«

»Du sagst immer, es sei deine Pflicht.«

Carter schüttelte den Kopf. »Ich werde aus dir nicht schlau, Ellen. Deshalb mache ich mir ständig Sorgen um dich. Die Sache mit James – ich will dich doch nur vor einem großen Fehler bewahren.« Seine Stimme wurde ernst, fast heiser. »Wäre ich älter, würde ich sagen, ich liebe dich wie meine Tochter. Und so meine ich das auch.« Er ging um den Schreibtisch herum, blieb vor ihr stehen und wartete, bis sie ihn ansah und mit einem Lächeln nachgab.

Ein leichter Regen schlug sanft gegen das Fenster. Ellen nahm die Puppe, bog ein Bein nach hinten und ließ sie in der Luft tanzen. Das rote Haar schwang steif von einer Seite zur anderen.

»Als Kind mochte ich keine Puppen«, sagte sie nachdenklich. »Natürlich hatte ich welche, ich habe aber nie mit ihnen gespielt.« Sie schüttelte den Kopf und runzelte die Stirn.

Carter berührte sie sanft an der Schulter. »Komm, lass uns essen gehen.« Er grinste. »Bevor du so berühmt bist, dass du nicht mehr ausgehen kannst, ohne auf Schritt und Tritt von Journalisten verfolgt zu werden.«

Natürlich war es zu spät. Carters Worte über James waren in den Wind gesprochen. James hatte von Ellen bereits Besitz ergriffen wie kein anderer Mann. In der Öffentlichkeit war er heiter, aufmerksam und zärtlich. Aber er sorgte bei jeder Gelegenheit dafür, dass er Ellen für sich allein hatte. Sie verließen Partys, noch bevor alle Gäste da waren, sahen sich Filme oder Theaterstücke nicht zu Ende an, ließen üppige, noch warme Mahlzeiten auf weiß gedeckten Terrassentischen einfach stehen.

Wenn sie endlich allein waren, war er wie ausgewechselt. Er wollte sie nackt, ohne Make-up, die Haare offen. Er entblätterte sie, als wolle er sich an ihrem Busen nähren. »Ich will nur dich«, flüsterte er leidenschaftlich, wenn sie miteinander schliefen, und fuhr mit dem Finger oder der Zunge in sie hinein, auf der Suche nach ihren verborgenen Seiten. »Ich will dich ganz für mich allein.«

Fasziniert von seiner unersättlichen Sehnsucht, träumte auch Ellen seinen Traum. Sie öffnete sich, entblößte Gesicht und Körper und verbarg sorgfältig die nagende Furcht, dass es ihm nie genügen würde, auch wenn sie ihm alles, was sie hatte und was sie war, opferte.

Obwohl ihre Beziehung erst begonnen hatte, sprach James bereits davon, ihr seinen Samen einzupflanzen, um ein Kind zu zeugen – ihr gemeinsames Kind. »Wir gehören zusammen«, schwor er ihr, »und werden uns nie trennen.«

Wenn sie ihm in die Augen sah, riss die Flut seiner strahlenden Träume sie mit. Gleichzeitig war seine Umarmung stark und fest wie ein schützender Hafen, in dem ihr die kalten Winde und hässlichen Stürme des Lebens nichts anhaben konnten.

Ellen starrte angestrengt aus dem Fenster des mexikanischen Restaurants. Sie versuchte, sich auf die Passanten zu konzentrieren, fragte sich, wer sie waren, wo sie hingingen, was sie gekauft hatten. Aber es hatte keinen Zweck. Ihre Gedanken gingen eigene Wege. Sie sah die Insel und die Hütte, der Ort, der ihr Paradies werden sollte – weit weg von der restlichen Welt. Und Zelda, das Kind, das sich James gewünscht hatte, sollte das gemeinsame Glück perfekt machen.

Zelda.

Sie hatte ihr heiter und glücklich zum Abschied zugewinkt – zum allerletzten Mal. Sie spürte noch, wie sie sich anfühlte, wie sie roch, wie sie schmeckte.

Ich liebe dich, mein Engel, dachte sie. Du fehlst mir so sehr.

Warum bist du dann hier? Ein stechender Schmerz durchfuhr sie. Warum musstest du weggehen?

Karl.

Sie schloss die Augen und versuchte, sich an sein Gesicht zu erinnern. Karl Steiger, der Choreograph, der Mann, der sie aus der klösterlichen Sicherheit der Tanzschule in die große weite Welt entführt hatte. Sie sah ihn vor sich. Mit schief gelegtem Kopf, gekreuzten Beinen und verschränkten Armen lehnte er an der Wand und sah sie mit seinen braunen Augen unentwegt an.

Zwei Tage vor ihrem achtzehnten Geburtstag hatte man sie ins Büro des Direktors bestellt, wo er auf sie wartete. Sie schwitzte, und ihr Gesicht glänzte vom morgendlichen Training. Schweißgeruch lag auf ihrer Haut und hing hartnäckig in ihrem alten schwarzen Pullover, den sie vergebens mit duftendem Waschmittel gewaschen hatte.

»Hallo, Ellen«, begrüßte Karl sie, als sie eintrat. Sie sah ihn von der Seite an und ging zögernd zu Madame Katrinka. Sie wusste nicht, ob sie einen Knicks machen sollte, obwohl sie längst keine Schülerin mehr war und nur ein paar zusätzliche Unterrichtsstunden nahm.

»Das ist Karl Steiger«, stellte Katrinka ihn vor und blickte dabei aus dem Fenster auf den leeren Hinterhof. Trotz ihres russischen Akzents war ein ablehnender Unterton herauszuhören. »Der Vorstand hat entschieden, dich an ihn auszuleihen.«

Ellen sah kurz auf, bevor sie den Blick wieder senkte.

»Mr. Steiger ist vom New York Modern Dance Ensemble«, fuhr die ältere Frau fort. »Er will einen modernen Tanz für dich choreographieren.« Ihre scharfe Stimme täuschte nicht über ihre Gefühle hinweg.

Hört auf mich, Mädchen, hatte sie oft gesagt. Lasst die Finger vom modernen Tanz. Schmutzige, nackte, eingedrehte Füße. Auf dem Boden herumrollen. Ihr seid richtige Tänzerinnen – vergesst das nie!

»Du hast jeden Morgen an seinen Proben teilzunehmen und für eine Spielzeit von fünf Tagen aufzutreten.« Katrinkas Stimme war freundlich und traurig, wie jemand, der ein geliebtes Haustier in schlechte Hände geben muss.

Wahrscheinlich wusste sie, dachte Ellen später, dass er vor jeder Probe Marihuana rauchte und die Hälfte der

Zeit nicht tanzte und unterrichtete, sondern Tee trank, nachdachte und sich unterhielt.

Zur ersten Probe ging Ellen in Karls Privatstudio. Erstaunt stellte sie fest, dass sie die einzige Tänzerin war.

»Ich muss zuerst mit dir anfangen«, erklärte Karl mit sanfter und klarer Stimme. »Mein Tanz ist eine Metamorphose. Du bist eine klassische Tänzerin. Perfektion beherrscht deinen Körper. Ein starrer Stil und konservative Kostüme engen deine Persönlichkeit ein. In meinem Tanz wirst du dich ändern – dich befreien. Du wirst dich verwandeln! Und der Tanz folgt der Verwandlung. Es ist wie die Verwandlung von Aschenbrödel oder dem hässlichen Entlein.«

Ellen lachte, als sie daran dachte, Ziggy alles haarklein zu erzählen. Man glaubt es kaum! Karl Steiger ist ein verrückter Hippie!

Eigentlich hatte sie damals gleich wieder gehen wollen. Aber er hatte ihr die Briefe von der Akademie gezeigt. »Einmalige Chance«, hatte darin gestanden. »Zeitgemäß und für beide Teile von Vorteil. Sehr zu empfehlen.«

Als Karl mit ihr zu arbeiten begann, vermied es Ellen, in den Spiegel zu sehen, und widmete sich ganz den neuen Bewegungsabläufen – natürlich und ungeschult oder absichtlich ungeschickt und hässlich. Sie sah sich schon eine Tinktur schlucken, die ihren Körper für immer einfärbte. Sie fühlte sich von ihren Lehrern betrogen, aber auch schuldig wegen des Nervenkitzels und der Freude an den fremdartigen Bewegungen wilder, verbotener Ausgelassenheit.

Als wäre der Tanz etwas Schändliches, das man verbergen musste, arbeiteten sie weiter allein. Schließlich fragte sie Karl, wann die anderen Tänzer dazukommen würden. Karl erzählte ihr, dass er mit ihnen in einer Gruppe probte und sie erst bei der Vorstellung zusammenkämen.

Ellen verließ der Mut. »Tanzen wir noch nicht einmal bei der Generalprobe gemeinsam?«

»Nein«, antwortete Karl kühl. »Es gibt keine Generalprobe. Ich werde dich für die Premiere vorbereiten und einfach auf die Bühne schicken. Während der Vorstellung werden sich deine Kostüme ändern, aber ich sage dir nicht, wie.«

»Das ist verrückt«, rief Ellen aus.

»Nein«, entgegnete Karl, »nur neu.«

So kam es, dass Ellen bei der Premiere in einem schlichten Umhang in der Garderobe saß und passend für die erste Kulisse, deren Entwurf am Spiegel klebte, geschminkt wurde. Ein nasser Pinsel fuhr über ihre geschlossenen Augenlider und hinterließ eine schwarzen geschwungenen Strich, gefolgt von einer Puderquaste. Kalter Klebstoff und anschließend kitzelten schwere, lange gebogene Wimpern ihre Wangen. Ganz allmählich entspannte sie sich und ließ die Armlehnen los, die sie nervös festgehalten hatte. Hinter ihr stand Karl, wie immer an die Wand gelehnt.

»Okay, Honey, die Eröffnung.« Die Maskenbildnerin trat zurück und betrachtete ihr Werk. Karl wartete, bis sie zufrieden nickte, und überprüfte alles noch einmal selbst.

Ellen betrachtete sich wortlos im Spiegel. Das war also die Maske für den ersten Akt: eine Raupenballerina mit traditionell geschminktem Gesicht – raffiniert und schön, aber nichts Besonderes. Im zweiten und dritten Akt sollte sie sich entpuppen, ihre neu gewonnenen Flügel ausbreiten und davonfliegen, für immer verwandelt.

Als der Vorhang fiel, blieb Ellen vor Angst zitternd

stehen. Das Schweigen des Publikums umgab sie wie eine zähe schwüle Wolke. Sogar Karl, der im Seitenflügel stand, sah angespannt und unsicher drein. Der Vorhang ging auf, und er bedeutete ihr mit einem Kopfnicken, vorzulaufen und sich zu verbeugen. Kein Partner war da, der sie an die Hand nahm und das Publikum zum Applaus einlud. Es war allein ihre Geschichte. Karls Geschichte.

Ellen nahm ein Murmeln wahr. Aber es war nicht das übliche Raunen, das beginnt, wenn der Applaus versiegt und prickelnde Hände nach Mantel und Programm griffen. Es war ein leises aufgeregtes Stutzen, das übergangslos zu einer ersten Applauswelle anschwoll, die noch stärker wurde, als die ersten Zuschauer sich von ihren Sitzen erhoben und in lauten Jubel ausbrachen.

Blumen fielen auf die Bühne. Mitten unter den üblichen Rosen befanden sich Hunderte von großen gelben Margariten, die zu denen passten, die sich auf ihrem Kostüm befanden. Das hat Karl arrangiert, dachte Ellen – aber der Beifall war ehrlich gemeint.

Sie verbeugte sich tief und ergab sich dem herzlichen und tröstenden Tumult. Ich war gut, sagte sie sich. Ich war gut. Aber trotz der Erleichterung spürte sie, wie sich wieder einmal ein Meer der Einsamkeit und Leere in ihr ausbreitete.

Karl führte sie an den Bühnenrand ins Scheinwerferlicht und spielte dabei mit einer Hand mit dem Amulett, das um ihren Hals hing.

»Hey, Honey«, sagte er und drückte ihr die Hand. »Sie fanden es toll.«

»Zugabe! Zugabe!«, forderte das Publikum.

»Mach weiter«, sagte Karl.

»Was soll ich tun?«, fragte Ellen ängstlich. Sie hatte keine Zugabe vorbereitet.

»Fang einfach an«, ermutigte er sie ruhig. »Das Orchester steigt dann schon ein.«

Als sich das Publikum beruhigt hatte und wieder setzte, blieb Ellen verwirrt stehen. Sie wusste nicht, wo sie beginnen sollte. Unbewusst fing sie noch einmal von vorn an. Es war ein schwieriger Teil, aber rein klassisch. So konnte sie sich auf die Früchte ihrer gewissenhaften Ausbildung verlassen – sechs Stunden täglich, sieben Jahre lang.

Erst als sie langsam mit den ersten Tanzschritten begann und auf die Musik wartete, bemerkte sie, was sie getan hatte. Sogar Karl, der am Bühnenrand stand, drehte sich überrascht um, als sie mit fehlerloser Präzision die *Giselle* tanzte – in gestreiftem Pullover, durchsichtigem Minirock, Kurzhaarperücke und Strümpfen mit großen gelben Margariten.

Am Schluss des Tanzes musste sie auf den Boden sinken. Dabei schob sich der steife Rock über ihre Hüften. Als sie den Kopf beugte und das Gesicht an die Knie schmiegte, wartete sie atemlos auf den Vorhang. Karl ging zu ihr und blieb vor ihr stehen. Aber sie wich seinem Blick aus.

»Nun, so etwas nenne ich Aufwertung«, sagte er gedehnt. »*Giselle* im Minirock! Verrückt!«

Ellen sah ihn an. Beifall hatte wieder eingesetzt.

Blitzlicht, leises Klicken, wieder Blitzlicht. Eine Kamera auf der Bühne? Ellen sprang auf die Füße. Blitz. Klicken. Blitz. Klicken. Sie wollte sich hinter Karl verstecken, der jedoch zur Seite trat.

»Werft ihn hinaus!«, schrie Karl, als Wachmänner hinter dem Vorhang einen Mann entdeckten. Er nahm Ellens Arm und führte sie zum Seitenflügel. »Es wird in allen Zeitungen erscheinen«, erklärte er glücklich. »Die ganze Stadt wird von uns reden.«

»Oh«, erwiderte Ellen. »Ich weiß nicht ...«

»Du bist noch zu jung, um das zu verstehen«, sagte Karl. »Darauf habe ich fünfzehn Jahre gewartet. Pass auf, das wird eine Schlagzeile: Die erste amerikanische Ballerina im modernen Ballett!« Er lächelte gnädig, als man ihm Glückwünsche zurief. »*Giselle* im Minirock!«

Mit einem Seitenblick auf Tänzer, Freunde, Kritiker und Reporter beugte sich Karl vor und küsste sie länger als nötig auf den Mund. Dabei versuchte er, mit der Zunge ihre Lippen zu öffnen. Champagnerkorken knallten, und süßer weißer Schaum regnete auf sie herab.

Ellen blickte sich um. Karl hat Recht, dachte sie. Sie mögen mich. Sie begehren mich. Hoffnung und Erleichterung erfüllte sie, als könnten ihr diese Fremden, die sich mit herzlichem Lächeln und bewundernden Worten um sie scharten, die Sicherheit und Liebe geben, nach der sie sich so sehr sehnte.

Der Kellner stellte aufmunternd nickend einen großen Teller warmer Speisen auf den Tisch.

Der geschmolzene Käse bildete kleine Teiche. Tomaten, Fleisch, Sauerrahm und klein geschnittene, grüne Paprikaschoten lagen auf einem blassen Maisfladen. Tausende von Kalorien, dachte sie, vermutlich reicht das für die nächsten drei Tage.

Sie musste an Ziggy denken, die abgemagert mit tief liegenden Augen in einer Klinik versteckt wurde und verhungerte. Sie schlug die Augen auf und erblickte ihr Spiegelbild in der Fensterscheibe. Auf der goldenen Haut lagen weiche Schatten, das Haar fiel in sanften Wellen auf ihre Schultern. Sie sah auffallend gut aus, als wollte ihr Körper instinktiv die innere Finsternis verbergen.

Sie zerteilte die belegte Tortilla und stopfte sich den Mund so voll, dass die Sauce am Kinn hinunterlief.

Es schmeckt gut, sagte sie sich und aß, Ziggy zum Trotz, die sich anscheinend gegen das Essen entschieden hatte und nun nicht mehr zurück konnte. Lucy hatte ihr Ziggys Zustand in einem langen deprimierenden Telefonat beschrieben. Sie müsse tief verborgene Probleme haben, sagte sie. Das müsse ans Licht gebracht, diskutiert und behandelt werden. Alle, die sie lieben, müssten mithelfen.

Als Ellen Ziggy ein zweites Mal in der Klinik besuchte, ging sie geradewegs am Empfang vorbei zu ihrem Zimmer, um keine Zeit zum Nachdenken zu haben.

Sie öffnete die Tür, trat ein und merkte, dass sie im falschen Zimmer war. Es war dunkel und leer. Die Fenster blickten nicht in den Garten, sondern in ein anderes Zimmer. Ellen trat näher an die Trennscheibe und sah vier weiß gekleidete Männer vor einem Bett, auf dem ausgestreckt eine blasse Gestalt lag. Sie erschrak, als sie Ziggys Baskenmütze auf dem Boden entdeckte. Auch Lucys Blumenstrauß mit den bunten Schleifen stand auf dem Couchtisch und Ziggys Kleidung lag herum.

Ellen setzte sich auf einen Drehstuhl neben dem Fenster. Bei ihrem letzten Besuch war ihr ein breiter Spiegel aufgefallen. Er hatte das Zimmer größer und heller erscheinen lassen. Jetzt wusste sie, wozu der Spiegel diente: man konnte vom Beobachtungsraum in das Zimmer sehen, ohne dass es jemand merkte.

Mit aufgerissenen Augen lag Ziggy auf dem Bett und warf den Kopf hin und her, als ein Mann sich ihr mit einer Spritze näherte. Die anderen hielten sie an Armen und Beinen fest, wobei sie beruhigend auf sie einredeten.

Nein, schrie Ellen innerlich auf. Gib nicht auf! Lass das nicht mit dir machen! Panik ergriff sie. Der Mann mit der Spritze drehte sich um und machte sich bereit. Ellen schluckte und wandte sich ab. Plötzlich erinnerte sie sich an den bernsteinfarbenen Tropfen, der an der Nadel immer größer wurde, bis er herunterfiel. Das Bild war in ihrem tiefsten Innern entstanden, kam aus dem Nichts und übergoss sie mit eiskalter Furcht.

Traurig ließ Ellen die Schultern sinken. Mit feuchten Augen beobachtete sie, wie sich einer der Männer mit langen durchsichtigen Schläuchen über Ziggy beugte. Er legte ein Schlauchende neben ihren Mund, führte den Schlauch bis hinter das Ohr und dann hinunter zum Magen. Mit der Länge zufrieden, machte er das Schlauchende mit einer Salbe geschmeidig und führte es in Ziggys Nase ein.

»Verdammt!«, unterbrach eine Männerstimme die Stille.

Ellen fuhr hoch und sah sich verwirrt um. Dann entdeckte sie einen kleinen Lautsprecher in der Wand.

»Richtet sie auf und haltet den Kopf nach hinten«, befahl der Mann.

Seine Assistenten eilten zu Hilfe. Ziggy war eine Marionette in ihren Händen, völlig willenlos.

»Nun lass mal sehen ...« Er öffnete Ziggys Mund und blickte hinein. »Da ist er ja.« Vorsichtig schob er den Schlauch immer tiefer hinein. Ziggy hustete, qualvolle Krämpfe schüttelten ihre Schultern, die von Knien in weißen Hosen niedergedrückt wurden.

»Verdammt!« Er zog den Schlauch zurück und versuchte es wieder. Jetzt röchelte und würgte Ziggy. Ihre ans Bett gebundenen Hände klammerten sich an der Bettdecke fest.

»Geschafft! Schließt sie an.«

Plötzlich wurden sie gestört – der Portier trat ein und schloss hinter sich die Tür ab. Er durchsuchte den Raum. »Ist niemand hereingekommen?«, fragte er.

Die Männer schüttelten den Kopf.

Er entspannte sich. »Gut. Entschuldigung, ich habe jemanden in das Gebäude gehen sehen und dachte, ihr hättet Besuch.«

Sie legten Ziggy behutsam zurück auf die Matratze. Einer der Männer steckte den Schlauch in einen Beutel trüber Flüssigkeit, der an einem Stahlständer hing. Sie blieben noch eine Weile stehen und beobachteten, wie die Flüssigkeit in ihre Nase floss.

»Wer ist der Nächste?«, fragte der Leiter der Gruppe.

»Silberbirke, Blutweide und Mahagoni.«

Ellen lehnte sich an die Glaswand. Die Mischung aus Salz und Zucker sickerte in Ziggys ausgemergelten Körper und brachte ihm lebensnotwendige Energie. Es war erbarmungslos, sinnlos und menschenverachtend. Warum ließ man sie nicht in Ruhe? Es wäre doch viel einfacher, wenn man sie sterben ließe. Plötzlich hatte sie eine Idee, eine verführerische Vorstellung. Sie, Ellen, könnte der Welt entfliehen. Warum nicht? Sie spielte einen Moment mit dem Gedanken und erfand zwei Szenen. In der einen wurde sie gerettet. Besorgte Gestalten in weißen Kitteln umringten sie und gaben nicht auf, bis sie wussten, was ihr fehlte. In der anderen Szene hatte sie es tatsächlich geschafft, sich das Leben zu nehmen. Aber nicht wie Ziggy – langsam und würdelos. Sie wollte auch nicht nach Luft ringend und keuchend in die Dunkelheit sinken. Für sie müsste es spektakulär sein und schnell gehen, bei vollem Bewusstsein mit dem Drang zum Sterben. Sie stellte sich den Tod vor, der wie eine Droge in ihren Körper eindrang, durch die Venen floss, bis er ihr Herz erreicht hatte.

Adieu, James.
Adieu, Zelda.
Engel.
Liebling.
Ganz zum Schluss brach es aus ihr heraus.
Mommy liebt dich.

16

»Ich möchte mich verabschieden.« Ellen stand vor Ziggy, die, in eine malvenfarbene Kaschmirdecke mit dem Monogramm der Klinik gewickelt, mit gekreuzten Beinen auf dem Boden saß.

Mit einem müdem Augenaufschlag blickte Ziggy auf. »Wo willst du hin?«

»Ich weiß nicht, aber hier halte ich es nicht länger aus«, antwortete Ellen. Langes Schweigen. Nervös kaute sie auf der Lippe und schaute, den Blick auf den Horizont gerichtet, aus dem Fenster. »Ich meine nicht nur diese Gegend«, fügte sie hinzu. »Ich meine New York. Amerika.«

»Gehst du zu James zurück?«, fragte Ziggy vorsichtig.

»Nein.«

»Warum nicht?«

»Ich …« Ellen unterbrach sich. Plötzlich sehnte sie sich nach der alten, starken und fröhlichen Ziggy. Wie lächerlich, jetzt in Ziggys zerbrechliche Arme zu fallen, um sich auszuweinen! »Das zu erklären, würde zu lange dauern.«

Ziggy prustete los. »Du könntest ja wenigstens anfangen. Pass auf, dass ich noch lebe, wenn du fertig bist!«

Verwirrt warf sie ihr einen bösen Blick zu. Dass sie

noch Witze über ihre Krankheit machen konnte, die sie langsam, aber sicher zerstörte!

»Lass uns auf den Balkon gehen.« Mühsam stand Ziggy auf. »Dort haben wir wenigstens frische Luft.«

Wie früher setzten sie sich nebeneinander auf den Boden und betrachteten die Bäume.

»Fangen wir von vorn an«, sagte Ziggy. Bei dem Gedanken an frühere Zeiten und die vergangenen Jahre schloss sie die Augen. »Du bist einfach verschwunden! Alle glaubten, es gäbe einen Skandal. Die Presse brannte schon darauf. Aber sie konnten nur dein leeres Haus fotografieren! Carter hat mich nicht in Ruhe gelassen, da er glaubte, ich wüsste, was du vorhattest.«

»Wir hatten nichts geplant«, sagte Ellen hastig. »Wir sind einfach fortgegangen. James hatte einen Agenten beauftragt, der den Verkauf des Hauses regelte. Wir haben unsere Koffer gepackt und sind in ein Taxi gestiegen.«

»Du hast mir noch nicht einmal eine Postkarte geschickt«, sagte Ziggy mit einer Mischung aus Vorwurf und Bewunderung.

»Wir haben mit niemandem Kontakt aufgenommen und auch nicht von früheren Zeiten gesprochen. Es sollte ein klarer Schnitt sein – so haben wir es gewollt.«

»Das ist ja unglaublich!« Vor Begeisterung bekam Ziggy leuchtende Augen. »Weißt du, ich habe dich sehr beneidet. Jeder redet vom Aussteigen, will nur noch für sich leben und tun, was er will. Aber du hast es wirklich getan! Du warst ganz oben, wo jeder sein möchte. Wie hat es sich angefühlt, alles hinter sich zu lassen?«

Ellen dachte einen Moment nach. »Ich erinnere mich nicht. Ich glaube, ich habe überhaupt nichts gefühlt, ich bin James einfach gefolgt.« Sie runzelte die Stirn und dachte an diesen Tag zurück. »Ich kann mich allerdings genau an den Tag erinnern. Es war mein letzter Arbeitstag. Ich hatte ein Foto-Shooting für Liberty. Irgendetwas mit Kamelen.«

Der lange schwarze Wagen bahnte sich langsam einen Weg durch den Berufsverkehr. Ellen lehnte sich zurück und betrachtete die vorbeifliegenden nächtlichen Lichter.

»Sie hatten wohl einen schweren Tag, Miss Kirby«, bemerkte der Chauffeur freundlich.

Ellen nickte. Er fuhr sie nun seit fast einem Jahr und hatte Anspruch auf eine Unterhaltung. Ich habe eine Tochter, genauso schlank wie Sie, hatte er ihr erzählt. Deshalb wusste er alles über vernünftige Ernährung, warme Kleidung und dass man *immer* aufpassen musste, wer hinter einem herging.

»Wo spielte es denn heute?«, wollte er wissen.

»Liberty in Persien.«

Er schüttelte den Kopf. »Was werden sie sich noch alles einfallen lassen. Wie sah die Kulisse aus?«

»Oh ... dicke Teppiche, Männer, die Wasserpfeifen rauchten, Bauchtänzerinnen, verschleierte Frauen, die auf Kissen lagen – solche Dinge. Und natürlich Liberty.«

Der Fahrer bog in eine Auffahrt ein und manövrierte den Wagen vorsichtig zwischen den Marmorpfosten hindurch. Er hielt, damit die Wachposten ihre Gesichter erkennen konnten.

»Ich bringe Sie hinein«, sagte er bestimmt, als Ellen die Beine aus dem Wagen schwang.

Aber dann öffnete sich die Eingangstür, und James erschien.

Der Chauffeur tippte sich an die Mütze. »Guten Abend, Mr. Madison.«

»Hallo«, begrüßte Ellen ihn kurz. Sie hielt den Kopf gesenkt und ging an James vorbei ins Haus. »Rühr mich nicht an, ich bin noch geschminkt.«

Im Badezimmer wischte sie sich mehrere Schichten Creme und Puder mit Watte und Reinigungslotion aus dem Gesicht. Dann reinigte sie sich mit Seife und einem Rasierpinsel, der eigentlich für Herren gedacht war, die Gesichtshaut.

Nach einer Stunde kam sie mit nassem Haar, warm eingewickelt in einen Bademantel, wieder heraus und ließ sich auf die Couch fallen.

»Bring mir einen Drink, Honey«, rief sie James zu, der in der Küche stand.

»Hol ihn dir selbst.«

Sie überlegte eine Minute, griff dann zum Telefonhörer und wählte. »Freddie?«, rief sie in den Hörer. »Bist du das, Freddie? Mix mir doch bitte einen Wallbanger und lass ihn mir ins Wohnzimmer bringen. In Ordnung?«

James blieb an der Tür stehen. »Hast du eine schönen Tag gehabt?«, fragte er kühl.

»Nein«, antwortete Ellen. »Carter lässt mich wieder jeden Unsinn machen. Er hatte eine Zeitung damit beauftragt, einen Tag im Leben von ... zu beschreiben. Kannst du dir das vorstellen? Sie wollten sogar in mein Haus kommen.«

»Oh, alle wollen in dein Haus kommen«, sagte er zynisch und deutete auf einen Stapel Blumensträuße, die in der Ecke lagen. »Ich glaube, die auch.«

Ein Diener in Livree brachte ihr den Drink. Ellen setzte ihre Initialen unter den Laufzettel und entließ ihn mit einer Handbewegung.

»Das ist doch kein Hotel«, meinte James und machte hinter sich die Tür zu.

»Doch, das ist ein Hotel.«

»Okay, du hast Recht«, antwortete James. »Muss wohl so sein, weil wir hier so wenig Zeit verbringen.«

Ellen schwieg, trank das Glas in einem Zug aus und griff nach einer Zigarette.

»Wie kannst du tanzen und trotzdem rauchen?« James sah sie ungläubig an.

»Es ist kein richtiges Tanzen«, entgegnete Ellen müde. »Ich muss nur Pose stehen. Aber« – sie lachte – »Carter meint, ich verdiene an einem Tag mehr Geld als jede andere Frau in den Vereinigten Staaten.«

»Nun, das bedeutet natürlich etwas.«

Ellen blickte ihn an und versuchte vergeblich, seine Gedanken zu lesen. »Lass uns fortgehen«, schlug sie vor.

»Und wohin?«

»Ich weiß nicht ... ausgehen. Was möchtest du gern tun?« James schwieg einen Augenblick und baute sich dann vor ihr auf. »Ich möchte am liebsten meine Akten nehmen und in die Bucht werfen. Dann würde ich gern« – er warf einen Blick auf die lebensgroße Skulptur einer Tänzerin, die in der Ecke stand – »dem Ding da die Finger abschneiden.«

Ellen setzte sich auf und kicherte. »Ich mag sie auch nicht. Sie zeigt mit dem Finger auf uns.«

»Und dann«, fuhr James fort, »dann möchte ich angeln.«

»Angeln? Das ist nicht schwierig. Du kannst jederzeit und überall angeln.«

James ging zum Fenster und blickte auf die Lichter der Stadt. »Ellen, ich mag unseren Lebensstil nicht. Er ist nicht gut für uns. Ich denke, wir sollten etwas dagegen unternehmen.«

Ellen legte die Beine hoch, streckte sich aus und schloss die Augen. »Wir haben das schon so oft besprochen, und bis jetzt ist nichts dabei herausgekommen.« Ihre Stimme klang leise und traurig wie bei einem enttäuschten Kind. In Samt gehüllt, die langen nassen Haare fast bis auf den Boden hängend, wirkte sie wie eine zerbrechliche Porzellanfigur.

»Nein, diesmal meine ich es ernst«, fuhr James fort. »Wie du weißt, habe ich für dich den Vertrag gemacht. Es ist ein Exklusivvertrag. Du darfst zwar nicht für andere tanzen oder als Model arbeiten, aber du musst *nicht* für Young Designs arbeiten, und du musst auch *nicht* die Liberty-Werbung machen.« Er ging durch den Raum, öffnete seinen Aktenkoffer und nahm eine braune Papiertüte heraus, in der sich ein großes Buch befand. »Du brauchst noch nicht einmal zu arbeiten. Ich auch nicht.« Er zerriss die Tüte. Es war ein Atlas.

Er legte ihn auf den Tisch und schlug die Seite mit der Weltkarte auf. »Wir gehen fort, Ellen. Wir suchen uns einen Ort, den wir mögen und – verschwinden einfach.«

Als Ellen die Bedeutung seiner Worte begriff, starrte sie ihn ungläubig an. Sie versuchte sich vorstellen, wie es wäre, alles hinter sich zu lassen. Carter. Tanzen. Kameras. Menschenmassen. Den ständigen Druck, heiter und schön, tüchtig und perfekt zu sein. Bilder von Freiheit schwebten ihr vor und erfüllten sie plötzlich mit Sehnsucht.

»Meinst du das tatsächlich ernst?« Gespannt setzte sie sich wieder auf.

»Ja, es ist mein voller Ernst.«

»Das hattest du schon lange vor!« Ellens Augen leuchteten, als sie sich über den Atlas beugte. »Ich liebe die Berge«, sagte sie sehnsüchtig.

James zuckte die Schultern.

»Nicht zum Skifahren oder so etwas«, fügte Ellen hastig hinzu. »Nur zum Anschauen. Ich möchte sie am Horizont sehen oder hinter dem Garten.«

»Gut.« James war einverstanden und nickte.

»Was möchtest *du*?«

»Ein Fischerboot.«

Sie studierten die Karte und fuhren mit den Fingern von Norden nach Süden. Eine Stunde verging. Der livrierte Diener erschien wieder mit gegrilltem Fisch auf Silberplatten.

»Das nennen sie nun frisch …«, bemängelte James.

Sie diskutierten die Möglichkeiten – zu heiß, zu feucht, zu kalt, zu trocken. Zu fremdländisch, sagte Ellen immer wieder, ohne erklären zu können, was sie damit meinte.

Schließlich fanden sie, was sie gesucht hatten. Eine kleine Insel vor der südlichen Küste Australiens – Tasmanien. Sie schlugen eine Karte mit größerem Maßstab auf. Es gab zwei größere Städte, eine im Norden und eine im Süden. Ellen wollte eine Münze werfen.

»Warte mal«, unterbrach James sie. »Schau, hier!« Unter seinem Daumen gab es noch eine Insel, ungefähr in der Mitte zwischen Tasmanien und dem Festland. Sie war so klein, dass sie auf der Karte fast nicht zu sehen war.

»Wie heißt sie?« Ellen nahm die Hand weg.

»Flinders Island.«

»Das ist es«, entschied James.

Sie lächelten einander an und sahen sich dabei tief in die Augen.

»Was sollen wir da?«, fragte Ellen zweifelnd.

»Nun, wir werden uns endlich richtig kennen lernen«, antwortete James. »Ich meine, wer wir wirklich sind.« Ein Lächeln huschte über Ellens Lippen. »Ich mache keine Witze«, fuhr James fort. »Wir müssen endlich einmal allein sein. Wir sind fast ein Jahr verheiratet und kennen uns kaum.«

Ellen senkte den Blick und sah auf den rustikalen Teppich, den der Designer so sorgfältig ausgesucht hatte. Sie dachte einen Moment nach. Dann blickte sie lächelnd auf.

»Was nehmen wir mit?«

»So gut wie nichts.«

»Seid ihr dann direkt auf diese Insel geflogen?«, fragte Ziggy und beugte sich gespannt vor.

»Ja, wir haben noch nicht einmal übernachtet, bevor wir aus dem großen Flugzeug in ein sehr kleines umgestiegen sind.« Ellen schwieg und kaute auf der Unterlippe. »Es war ein wunderschöner Ort, aber es war nicht leicht, sich einzuleben. Der Busch, wilde Tiere, das Meer. Außerdem hatte ich fast nichts zu tun.« Sie blickte Ziggy an und verzog den Mund. »Kannst du dir das vorstellen? Es gab nichts zu tun! James war immer beschäftigt. Er kaufte sich sofort ein Fischerboot und fuhr übers Meer, um Krebse zu fangen. Dann wurde ich schwanger.«

»Du hast ein Kind bekommen?«

»Ein Mädchen, Zelda.« Leise erzählte sie ihr, wie es war, ein Kind zu bekommen, und wie schön es war, wenn sich die kleinen Hände vertrauensvoll und unschuldig nach ihr ausstreckten. Es war wie im Paradies.

»So habe ich es mir immer vorgestellt«, sagte Ziggy.

»Ja, aber ...« Ellens Blick verfinsterte sich, und sie leckte sich nervös die trockenen Lippen. »Das, was mich mit Glück erfüllte, die Art, wie sie die Arme nach mir ausstreckte, wenn sie aufwachte oder die kleinen Zehen einzog – brachte diese Gefühle mit sich ...« Sie unterbrach sich, suchte nach den richtigen Worten. »Als würde man sich einen Film ansehen. Die Szene ist ganz normal, aber mit der Beleuchtung stimmt etwas nicht oder mit dem Ton – und man weiß schon, dass gleich etwas Schreckliches passiert. So ähnlich war es, nur schlimmer.« Ellen schüttelte traurig den Kopf. »Ich habe es selbst nicht verstanden und konnte es auch niemandem erzählen. Ich hatte eine Freundin – Lizzie. Ich wollte es ihr erklären, aber sie verstand mich einfach nicht. Sie dachte, ich brauche eine Erholungspause oder so etwas. Und James ... Ich habe es einfach nicht fertig gebracht.«

»Nein«, fiel ihr Ziggy ins Wort, »so etwas hättest du James nie erzählen können.«

Ihre Bestimmtheit überraschte Ellen. »Warum sagst du das?«

»Du wolltest schon immer dem Bild entsprechen, das sich James von dir machte, und hattest Angst, es abzulegen.«

Erstaunt blickte Ellen sie an. »Wie meinst du das? Welches Bild von mir?«

Ziggy zuckte die Schultern. »Dasselbe, das alle von dir haben. Der Traum von der großen amerikanischen Primaballerina. Graziös, stark, gesund, schön. Du weißt schon, Mut und Freiheit vereint. Großzügiges Lächeln und großzügiges Herz.«

Ellen dachte eine Weile nach. »Vielleicht war es einmal so. Aber das haben wir alles hinter uns gelassen, hier, in Amerika.«

»Nun, du hast es sicher durch ein anderes Bild ersetzt und dich nicht getraut, es zu durchbrechen. Das hast du schon immer so gemacht, und du hattest auch immer Angst.«

Ellen sah sie von der Seite an. »Woher weißt du das alles?«

»Von meinem Therapeuten. Dasselbe hat er von mir behauptet.«

»Ach so!«

»Nun ja, das nur nebenbei«, fuhr Ziggy fort. »Du bist ja nicht davongelaufen, nur weil du hin und wieder Angst hattest.«

»Nein, es war mehr als das.« Ellen senkte den Blick. »Dieses ... Gefühl ... begann, meinen Verstand und mein Handeln zu beherrschen. Ich konnte es nicht voraussehen. Ganz plötzlich hatte ich einen Gedankenblitz und sah mir selbst zu, wie ich etwas tat.« Plötzlich sank sie zusammen und schlug die Hände vors Gesicht. »Ich wusste nicht, woher es kam. Und dann ...« Sie fing an zu schluchzen, ein trockenes Weinen ohne Tränen.

»Was dann?«, drängte Ziggy. »Erzähl doch weiter.«

»Ich kann nicht!«

»Du kannst«, forderte Ziggy sie sanft auf. »Du musst!«

»Ziggy, es ist schlimmer, als du denkst.« Ellens Stimme wurde vor Schmerz sehr leise. »Ich habe versucht, sie umzubringen.«

Reglos und stumm vor Entsetzen hörte Ziggy zu.

»Ich habe versucht, sie umzubringen ... meine Zelda«, wiederholte Ellen, um sicherzustellen, dass sie gehört wurde. »Ich habe sie beinahe ertränkt. Im Meer.«

Ertränkt. Das Wort klang genauso, wie es war: verloren in der Dunkelheit, endgültig.

»Es ergibt keinen Sinn«, fügte Ellen hinzu und stand unvermittelt auf. »Ich verstehe es selbst nicht. Wie kann ein anderer Mensch verstehen ...«

Ziggy lehnte den Kopf an die Wand. Nach einer Weile sagte sie: »Ich weiß, dass manche Probleme so groß werden, dass man sie nicht mehr lösen kann. Sieh mich an! Als würde man mitten in einem Albtraum aufwachen. Zuerst bist du erleichtert, denn es ist ja nur ein

Traum. Aber dann geht der Traum weiter. Es ist nicht real, wie du weißt, aber es ist da ... und tut genauso weh.«

Schweigend saßen sie da. Die Bäume um sie herum wiegten sich im Wind.

»Wohin willst du?«, fragte Ziggy schließlich.

»Ich weiß nicht – nur weg.« Ellen versuchte, heiter und unbeschwert zu klingen. »Weg von den Ahornbäumen, Schindeldachhäusern, Autos, vergiftetem Efeu ...«

»Carter«, fügte Ziggy hinzu.

Ellen lachte. »Marsha Kendall ...«

Ziggy sah sie entgeistert an.

»Ich habe nur einen Witz gemacht!«

»Ja, das ist es!« Ziggy beugte sich vor. »Lass uns fortgehen.«

»Sei nicht dumm, Ziggy. Sieh dich doch an!«

»Mir geht es schon viel besser.«

»Du bist krank«, sagte Ellen behutsam. »Jemand muss sich um dich kümmern.«

»Du kannst dich doch um mich kümmern.«

»Ich bin kein Arzt. Ich habe nicht einmal einen Erste-Hilfe-Kurs gemacht.«

»Ich bin nicht krank.«

»Doch, das bist du!« Ellens Stimme wurde streng. »Du bist ein Wrack. Schau dich an, du kannst kaum stehen. Sie würden dich nicht einmal in ein Flugzeug einsteigen lassen.« Ziggy ergriff ihren Arm, und sie spürte ihre knochigen Finger.

»Nimm mich mit, Ellen!«, flehte Ziggy. »Ich muss hier raus!«

»Aber was ist mit Lucy?«

»Lucy!« Sie lachte bitter.

Ellen runzelte verwundert die Stirn. »Ihr wart euch doch immer so nah. Was ist passiert?«

Sie blieb ihr die Antwort schuldig, zog sich hoch, drehte sich um und ließ den Blick über die saubere Einrichtung wandern, bis sie in den großen Spiegel schaute. Verächtlich verzog sie den Mund.

»Du schuldest mir etwas, Ellen«, stieß sie hervor.

Ihre Augen sagten: Ich habe dich hinter der Scheibe entdeckt. Du konntest nicht einmal Witze erzählen oder Geheimnisse erfinden. Du hast immer gewartet, bis du allein in der Toilette warst, damit dich niemand beim Pinkeln hört. Du hast im Traum geschrien und bist tränenüberströmt aufgewacht. Ich war deine Freundin und habe immer zu dir gehalten. Ich habe bei offener Tür vor deinen Augen gepinkelt. Ich habe dich gerettet.

»Zuerst musst du wieder essen«, sagte Ellen.

Ein Lächeln huschte über Ziggys Gesicht. »Ja, natürlich«, antwortete sie.

»Ich meine es ernst«, sagte Ellen im Befehlston. »Ich werde mich neben dich setzen und dir dabei zusehen.«

Plötzlich fühlte sie sich ruhiger und sicherer – gestärkt durch die Schwäche und das Flehen ihrer Freundin. Das Blatt hatte sich gewendet.

Ziggy nickte immer noch lächelnd. »Nun, wohin sollen wir verschwinden? Du bist doch der Experte.« Sie kicherte. »Stell dir Carters Gesicht vor, wenn er feststellt, dass er dich schon wieder verloren hat.«

Teil drei

17

Ellen legte den Kopf auf den Arm und versuchte, sich in dem leisen gleichmäßigen Brummen des Motors zu verlieren, das Gemurmel von den hinteren Sitzen auszublenden und noch einmal einzuschlafen. Ziggy hatte noch nicht geschlafen, genauso wenig wie ihre Begleiterin. Stattdessen drehte und wendete sie sich ruhelos, da sich ihre fleischlosen Knochen schmerzhaft in den Polstersitz bohrten. Ellen schloss die Augen und dachte an den Tag, als sie Ziggy von der Klinik abgeholt hatte und alles ganz anders kam ….

Ziggy hatte am Eingang auf sie gewartet, als ihr Wagen in die Auffahrt einbog. Sie war nervös und konnte Ellen kaum in die Augen sehen. In der Hand hielt sie zwei Tickets und zwei Pässe.

»Schau, Ellen …«, begann sie, dann versagte ihr die Stimme.

Ellen wartete schweigend. Sie glaubte, sie würde ihr erklären, dass sie es sich anders überlegt hatte, und fragte sich, ob sie auch allein fahren würde, konnte sich jedoch nicht entscheiden.

»Ich möchte, dass du …« Ziggy schaute sich um. Wie auf ein Zeichen trat jemand aus dem Schatten der Bäume hinter dem Tempel. Langsam schlenderte eine

Frau über den frisch gemähten Rasen. Lächelnd kam sie näher.

»Hallo«, entgegnete Ellen auf ihre stumme Begrüßung und betrachtete verstohlen ihren Körper. Sie hatte schwarzes Haar und strahlend blaue Augen, aber irgendwie sah sie aus wie Ziggy. Sie hatte den gleichen, zu groß erscheinenden Kopf, zu lange Beine, hervorstechende Knie, die gleichen mageren Arme mit durchscheinenden Venen.

Ellen wandte den Blick ab, verdrehte demonstrativ die Augen und blickte zum Himmel.

»Das ist Skye.« Ziggy holte Luft und stieß hastig hervor: »Ich habe ihr versprochen, dass sie mitkommen kann – nach Indien.«

In der Stille pfiff ein kleiner Vogel und planschte im Tempelteich.

Ellen erstarrte. »Was?«

»Ich sagte, sie wird mitkommen.«

Ellen brach in lautes Gelächter aus.

Ziggy redete, als wären sie alle Gäste auf einem öffentlichen Fest. »Skye ist aus L A – Hollywood. Ihr Vater ist Richard Fountain. Du weißt schon, der Zeitungsriese. Sie war mit Al Macy verheiratet, aber den wirst du nicht kennen. Sie hat viel ... nun ja, sie kann natürlich für sich selbst bezahlen.«

Ellen blickte sie entgeistert an. Verlegen fing Ziggy an zu stammeln. »Wir waren immer zusammen und haben auch die Therapie gemeinsam gemacht. Sie hat herausgefunden, dass ich fortgehe. Ich kann sie nicht hier zurücklassen. Ellen, sie ist schon seit Jahren hier. Ich musste zustimmen.«

»Nun ja, du hast vielleicht ja gesagt«, entgegnete Ellen, »aber das ist nicht möglich! Wir fahren in weniger als eine Woche. Ich habe alles organisiert – für uns zwei.

Es ist zu spät, um alles zu regeln: Impfungen, Pass, Tickets.«

Ziggy hob den dürren Arm. »Mach dir keine Sorgen, wir haben alles im Griff. Sie besitzt immer noch einen gültigen Reisepass, und ich habe schon einen Platz für sie gebucht.« Ihre Blicke trafen sich. In Ziggys Augen blitzte eine Spur ihres alten Kampfgeists auf, bevor sie den Blick wieder senkte.

»Zum Teufel, Ziggy!«, platzte Ellen ärgerlich heraus. »Das ist Wahnsinn! Du bist wahnsinnig! Ihr seid alle beide wahnsinnig!« Sie wandte sich an Skye. »Wie kommst du darauf, dass ich dich mitnehmen möchte? Das will ich bestimmt nicht!«

Ziggy und Skye ließen ihren Blick nicht von Ellen. Ihr verzweifeltes Schweigen hüllte sie ein, machte sie reich und privilegiert, als gäbe es ein unsichtbares Band zwischen ihrem festen Fleisch und der gelblichen faltigen Haut und den hervorstechenden Knochen ihrer geschundenen Körper.

»Ich verstehe euch ja«, sagte Ellen, »aber ich kann euch nicht helfen. Sicher gibt es jemanden, der ...«

Übergroße Augen aus geschrumpften Gesichtern blickten sie an.

»Bitte, lass mich nicht zurück.« Skyes Stimme war sanft und leicht gedehnt. »Ich habe schon alles versucht. Ich werde hier verrecken.« Knochige Finger fuhren zum Mund. Ellen konzentrierte sich auf die Hand und vermied den Blickkontakt.

»Wir müssen sie mitnehmen!«, flehte Ziggy mit schriller Stimme. »Ich habe es ihr versprochen ...«

Skye schwieg und senkte den Kopf wie eine Margerite, die auf die Morgensonne wartet. Abgemagert bis auf die Knochen, hatte ihr Gesicht die würdevolle, quälende Schönheit einer Flüchtenden ohne jede Hoffnung.

Sie begann zu schluchzen. Die dünnen Schultern bebten, als sie, das Gesicht unter einem Schleier langer schwarzer Haare verborgen, in sich zusammensank. »Hier werde ich sterben.«

Ellen blieb wie versteinert stehen und betrachtete den Wald weit hinter der Klinikmauer. Sie verschränkte die Arme, versteckte die Hände und verdrängte den Gedanken an vier verzweifelte Arme, die sich ihr entgegenstreckten und um Rettung flehten, bevor sie langsam im Treibsand versanken. Verloren ... nur weil sie nicht helfen konnte.

»Wahrscheinlich wirst du sowieso sterben«, sagte sie unverhohlen.

Ziggy lächelte. »Ich wusste, dass du uns helfen würdest.«

Skye faltete die Hände, ihre Augen glänzten. »Danke. Oh, mein Gott, ich danke dir.«

»Moment mal ...«

»Du wirst es nicht bereuen.«

»Um Gottes willen, Ziggy. Das ist völlig verrückt!«

»Nein, du wirst schon sehen. Es wird alles wieder gut.«

Der Steward steuerte auf Ellen zu und blieb beunruhigt neben ihrem Sitz stehen. Schließlich beugte er sich hinunter und sagte leise: »Ma'am? Ihre Begleitung scheint mit dem Essen nicht zufrieden zu sein. Gibt es ein Problem? Ich habe keine Bestellung für spezielle Speisen.«

»Aha.« Ellen unterdrückte den Drang, aufzustehen und über die Rücklehne nach hinten zu sehen. »Wie meinen Sie das – unzufrieden?«

»Nun ja, Ma'am, sie lehnen alles ab, was wir ihnen anbieten. Wir haben alles versucht ...«

»Machen Sie sich keine Sorgen«, unterbrach Ellen ihn.

»Sie mögen nichts. Sie sind krank.« Er wich entsetzt zurück. »Keine Angst, es ist nicht ansteckend.« Sie massierte sich müde den Nacken. »Wie lange dauert es noch bis zur Landung?«

»Vier Stunden, Ma'am. Wir servieren gleich ein leichtes Mahl.«

»Könnten Sie mir einen Drink bringen? Ein Bloody Mary, bitte?«

»Selbstverständlich, Ma'am.«

»Mit einem doppelten Wodka, bitte.«

Ellen stand auf. Sie war sich der neugierigen Blicke der wenigen Fluggäste, die in der ersten Klasse noch wach waren, bewusst. Sie starrten sie nicht ihretwegen an, sondern wegen ihrer Begleitung – diesem Pärchen aus Haut und Knochen, die wie Flüchtlinge aussahen, jedoch Louis-Vuitton-Taschen und Designer-Anzüge trugen, die lose an ihren ausgemergelten Körpern hingen.

Ellen drehte sich nach ihnen um. Die langen Glieder hingen nutzlos über Arm- und Fußstützen, die dünnen Körper wurden von Kissen gehalten. Sie sahen aus wie Stoffpuppen, die zu viel von ihrer Polsterung verloren hatten. Skye hatte ein offenes Magazin auf dem Schoß. Ihre Hand lag wie eine Klaue neben der Großaufnahme einer Frau mit einem pfirsichfarbenen Gesicht. Als sie Ellen bemerkte, lächelte sie gezwungen. Ellen fühlte sich wie ein Tyrann, der angstvollen Respekt und ergebene Freundschaft forderte.

»Wir landen in vier Stunden«, sagte sie. »Das ist am frühen Morgen, nach Ortszeit. Wahrscheinlich gibt es nirgendwo etwas zu essen. Also, wenn sie die nächste Mahlzeit bringen, esst es bitte. Und geht noch einmal zur Toilette, bevor wir aussteigen. Bitte!« Es war ihr peinlich, sie wie Kinder zu behandeln, deshalb lächelte sie ihnen aufmunternd zu. Aber sie waren ja auch wie Kinder – schwach, unbeholfen, verletzlich und wehrlos sich selbst und der Welt ausgeliefert. Ellen schüttelte zweifelnd den Kopf. Wie sollten sie das nur überstehen? Es wäre weniger bedrohlich, wenn ihr Reiseziel sauber und gut organisiert wäre, wie zum Beispiel die Schweiz. Aber aus Gründen, die ihr jetzt vage und fragwürdig erschienen, hatten sie sich für Indien entschieden.

Die indische Bergstation hatte zuerst in der Mitte auf Ellens und Ziggys Liste gestanden und war dann immer weiter nach oben gerückt, nachdem sie Zürich, Johannisburg, Lissabon, Bali und Iles of Man gestrichen hatten.

Der Mann vom Reisebüro hatte Simla empfohlen. Das lag am Fuße des Himalaja. Es war einmal die Sommerresidenz der britisch-indischen Regierung gewesen, wo die Frauen und Kinder der Regierungsbeamten den Sommer verbrachten, um der sengenden Hitze in Delhi zu entfliehen und Gartenpartys zu veranstalten. Hier versammelten sich kleine Gruppen, tranken Gin Tonic aus Bombay und erzählten an kühlen Abenden von Zuhause ...

Simla hatte sie gesund erhalten – altmodisch, ehrenwert, aufrecht und schön. Ein kleines Stück England.

Während sie Karten und Reiseführer durchblätterten, entdeckte Ziggy Mussoorie. Dort gab es das gleiche saubere kühle Klima wie am Himalaja, außerdem Berge, englische Villen und Schweizer Chalets. Aber hier, las Ziggy, hatten sich indische Prinzen mit ihren Mätressen niedergelassen, während die in Ungnade gefallenen Ehefrauen ihr Leben in kargen Hütten auf steilen Felsen fristen mussten. Playboys lungerten herum, und es kursierten Geschichten über Menschen, die in düsteren Kanälen verschwanden, und über Liebespaare, die sich in verlassenen Ruinen versteckten. Es gab auch Gerüchte von Morden und Harems.

Aus diesem Grund stellte man dort nicht allzu viele Fragen. In Mussoorie konnte man vergessen, wer man einmal gewesen war oder wer man sein sollte. Hier konnte man untertauchen.

»Das ist es!«, hatte Ziggy erklärt. »Dort gibt es sogar ein Savoy.«

»Du machst wohl Witze.«

»Nein, wirklich. Anscheinend hat dort eine englische Prinzessin einmal eine Gartenparty veranstaltet.«

»Nun ja, aber ich finde die Idee, nach Indonesien zu gehen, immer noch gut«, meinte Ellen. Sie schaffte Bilder von Kokospalmen und weißen Stränden herbei. »Die Gewürzinseln ...«

Ziggy schaute verträumt in die Ferne. »Mein Großvater lebte am Missouri, hoch oben in den Bergen. Er war ein richtiger Bergmensch, wild und lustig, voller Liebe und herzensgut.« Das Lächeln glättete ihre hohlen Wangen. »Ich habe meinen alten Opa vom Missouri sehr gern gehabt. Ich glaube, das ist ein gutes Zeichen.«

Ellen lachte. »Verrückt!«

Wie Mussoorie.

Als das Flugzeug landete, bemühten sich die Stewards um die drei Frauen und halfen ihnen, Handgepäck, Hüte, Mäntel und Zeitschriften einzusammeln.

Als Ellen im Gang stand, hatte sie plötzlich das Bedürfnis, zu ihrem Sitz zurückzulaufen. Das Flugzeug war sauber, bequem und hatte eine Klimaanlage. Das keimfreie Essen wurde von freundlichen, braun gebrannten amerikanischen Stewards, die Geldscheine in der Tasche hatten und nach Aftershave rochen, serviert. Aber Ziggy und Skye bahnten sich bereits einen Weg zu ihr, und hinter ihnen drängten sich wartend die Fluggäste aus der Economy-Klasse. Als Ellen die zwei abgemagerten Frauen wie eine Nonne aus dem Flugzeug schob, warfen sie ihr aufmunternde Blicke zu und klopften ihr beim Vorbeigehen kurz auf die Schulter.

Bei der Einwanderungsbehörde betrachtete der Zollbeamte lange Ziggys Papiere. Immer wieder glitt sein Blick vom Passfoto zu Ziggy und zurück. Ellen trat vor und stellte sich neben sie.

»Bitte warten Sie hinter der Markierung, Madam«, sagte er mit einer Handbewegung.

Sie kehrte in die Schlange zurück und bat Skye um ihren Pass. Auch sie versuchte wie der Zollbeamte, zwischen dem hohlen Gesicht neben ihr und dem zauberhaften, nur ein paar Jahre alten Passbild eine Ähnlichkeit zu finden. Nicht nur die runden Wangen und der glatte Hals waren verschwunden. Es waren das gehobene Kinn und der Blick aus kristallklaren Augen. Etwas in ihr – die Wurzel, die Lebenslinie – war verwelkt und abgestorben.

Ellen blickte auf und entdeckte den Leiter der Einwanderungsbehörde. Mit einer Kopfbewegung beförderte sie das lange Haar in den Nacken und ging entschlossen auf ihn zu. Sie stellte sich zwischen ihn und die anderen Beamten und setzte ein bezauberndes Lächeln auf.

»Ich hoffe, Sie können uns helfen«, bat sie und senkte die Stimme. »Diese Frauen sind zur medizinischen Behandlung hierher gekommen. Wie Sie sehen, sind sie sehr krank.«

»Krank?«, wiederholte der Beamte scharf. »Was wollen sie dann hier? Sie sollten nach Amerika zurückkehren.«

»In Amerika können sie nicht geheilt werden«, erklärte Ellen traurig. Sie zog ein Entlassungsschreiben der Marsha-Kendall-Klinik hervor. Der Beamte nahm das Schreiben entgegen. Neugierig betrachtete er den gold glänzenden Briefkopf. Der Brief beschrieb den Zustand der Frauen als nervöse Essstörung mit dem Zusatz, dass sie außer ihrer Unterernährung frei von ansteckenden Krankheiten wären.

»Essstörung. Essen. Störung«, wiederholte der Beamte, als suche er nach dem Sinn dieser Worte. Er verglich die im Schreiben aufgeführten Namen mit den Pässen und bedeutete seinem Untergebenen mit einem Kopfnicken, die Papiere abzustempeln.

»Essstörung?«, zweifelte der Beamte. »Sie essen und bleiben trotzdem so dünn?«

»Nein, sie können nicht essen.«

Der Beamte schüttelte ungläubig den Kopf. »Sehr ungewöhnlich.«

»Ja«, stimmte Ellen zu. »Sehr.« Sie lächelte. »Vielen Dank für Ihre Hilfe.«

»Es war mir ein Vergnügen, Madam.« Er tippte an die Mütze und ging – nicht klüger als vorher.

Als sie am Gepäckband ankamen, konnten sie nur zwei der sechs Koffer finden. Ellen beobachtete ihre Begleiterinnen von der Seite. Wie verwelkte Pflanzen hingen sie über ihren Gepäckwagen. Allein machte sie sich auf den Weg zum Schalter der Pan American Airlines. Um zwei Uhr morgens war der Flughafen menschenleer, still und nur sparsam beleuchtet. Ellen durchquerte einen verdunkelten Warteraum und blieb vor einem schlafenden Mann in Militäruniform stehen, der ausgestreckt auf dem Boden lag. Er hatte das Gesicht mit seiner Mütze bedeckt und die Hände über der Brust gefaltet. Wahrscheinlich träumte er von einem eigenen Swimmingpool. Geräuschvoll schlurfte eine Reinigungsfrau im tristen weißen Kittel durch den Warteraum, während sie mit einem Mopp langsam den Boden wischte.

»Entschuldigen Sie bitte, zum Pan-Am-Büro?« Ellens Stimme schallte laut durch die verlassene Halle.

Die Frau fuhr herum und sah Ellen mit großen braunen Augen in einem glatten, honigfarbenen Gesicht an. Ihr Lächeln entblößte zwei Reihen strahlend weißer Zähne.

»Pan Am? Gepäckbüro?«, wiederholte Ellen. Für einen Moment konnte sie es sich nicht verkneifen, wie Carter automatisch den Wert dieser frappierend schönen Augen, des Bilderbuchgebisses und des erstaunlichen Lächelns abzuschätzen.

Die Frau schüttelte den Kopf und streckte die Hand aus. Ellen sah die Schwielen und die rissige Haut und zog einen Geldschein aus der Tasche. Als er seinen Besitzer wechselte, kam es zu einer kurzen Berührung.

Ellen sah sich noch einmal um. Die Frau betrachtete den Geldschein, richtete sich auf und blickte ihr erstaunt nach. Es muss wohl ein großer Schein gewesen sein.

Als sie zurückkam, suchte Ziggy sie schon.

»Ellen! Wir haben sie gefunden!«, rief sie. »Diese Dame hat uns geholfen.« Sie nickte in Richtung einer unglaublich dicken Inderin, die neben Skye stand und ihren Mann und ihre Söhne anwies, die Koffer auf die drei Gepäckwagen zu laden. Neben ihr wirkten die Männer klein und schwächlich, als hätte sie ihnen den Lebenssaft ausgesaugt und sich so ihren außergewöhnlichen Leibesumfang verschafft. Skye starrte mit nach unten gezogenen Mundwinkeln angeekelt auf die drei Rollen Fett, die nackt zwischen dem Oberteil und dem Rock des rotgoldenen Saris hervorquollen. Über einem riesigen

Doppelkinn trug sie den Kopf hoch und wedelte in königlicher Manier mit der Hand, die schwer an einer gehörigen Portion Fleisch und goldenen Armringen zu tragen hatte.

»Ist alles da?« Ellen zählte die Koffer und bedankte sich mit einem Lächeln bei der indischen Familie.

Sie versuchte, sich zu konzentrieren und im Voraus zu planen. Früher war sie immer träumend durch den Flughafen gewandert, wohl wissend, dass jemand anders alles im Griff hatte. Wagen konnten warten, für Sicherheit war gesorgt, Hotels waren bereits gebucht und Getränke kalt gestellt. Sie musste nur die Zeit überbrücken und konnte mit undurchsichtiger Miene hinter dunkler Sonnenbrille die normalen Passagiere mit verwischtem Make-up und zerknitterter Kleidung beobachten, die sich nach ihr umdrehten. Diesmal war es anders. Diesmal musste sie alles planen und in die Hand nehmen. Und nun hatte sie – dank Ziggy – auch noch auf zwei kranke Frauen aufzupassen.

Über ihrem Kopf bemerkte sie einen Pfeil, der nach links in Richtung Zoll zeigte. »Gehen wir«, rief sie Ziggy und Skye zu. Dann ging sie den beiden Frauen voraus und achtete darauf, dass sie ihr auch folgen konnten.

Sie sehen wenig Vertrauen erweckend aus, stellte Ellen fest, dünn wie Drogensüchtige und reich wie Dealer. Es war also kein Wunder, dass ihr Gepäck durchsucht wurde. Ihre Koffer wurden auf dem schmutzigen Tresen aufgereiht und geöffnet. Kleider flogen herum, seidene Damenunterwäsche glitt durch braune Finger, spitze Absatzschuhe balancierten auf Handflächen. Bücher wurden durchgeblättert, das Innenfutter überprüft und Kulturtaschen sorgfältig entleert.

Ellen vermied es, Skyes Sachen anzusehen. Sie wollte nichts über sie wissen, nicht ihren Geschmack und auch nicht ihre Vorlieben. Für sie war sie nur ein Name und ein Körper. Ellen lächelte müde. Sie war auf den ältesten Anhaltertrick der Welt hereingefallen. Eine Person steht am Straßenrand, streckt den Daumen heraus, zeigt ein Bein und ein Lächeln, die anderen warten hinterm Busch, bis ein Wagen anhält und die erste Person einsteigt. Dann kommt die zweite Person lässig hervor, als wäre sie schon immer dort gewesen. So wird aus einem eine ganze Gruppe.

Zufällig blickte sie dem Beamten, der ihren Koffer durchsuchte, in die müden Augen. Er warf einen kurzen Blick auf ihre Brust, bevor er den schwarzen BH wieder in den Koffer legte.

»Was ist das?«

Ellen fuhr herum. Einer der Männer schwenkte eine kleine Flasche vor Skyes Gesicht. Sie hatte sofort ein schlechtes Gewissen und drehte sich Hilfe suchend nach Ellen um.

»Und das?« Zwei weitere Flaschen wurden aus der Spitze eines Schuhs ans Tageslicht befördert. Dann noch eine, und noch eine. Alle waren sorgfältig versteckt worden. Zwei weitere Beamte kamen hinzu. Einer hatte goldene Schulterklappen. Er besah sich die Anhänger und zog misstrauisch eine Augenbraue hoch.

»Magnesium ... Sulfat?«

»Glaubersalz«, sagte Skye kleinlaut und senkte beschämt den Blick.

»Wofür ist das?«, fragte der Beamte. Er öffnete eine der Flaschen und roch daran. Dann ließ er einen Tropfen der Flüssigkeit auf seinen kleinen Finger gleiten und probierte.

Skye weigerte sich, seine Frage zu beantworten. Personal und Reisende unterbrachen ihre Gespräche und warteten gespannt.

Schließlich sprach Ziggy. »Es ist ein Abführmittel.«
Der Mann sah sie verdutzt an.

»Wenn man das nimmt, muss man zur Toilette gehen«, erklärte sie verlegen.

Alle brachen in Gelächter aus.

»Aber in diesem Fall«, lachte der Vorgesetzte, »können Sie sich auf den Delhi-Bauch verlassen.«

Das Gelächter wurde lauter, als er die Flaschen aufsammelte – sieben an der Zahl –, und Skye dabei nicht aus den Augen ließ, als könne er ihre Gedanken lesen.

»Sagen Sie mir bitte, warum Sie so viele Flaschen von dieser Substanz bei sich haben?«, fragte er in dienstlichem Tonfall.

»Das gehört zu unserer Krankheit.« Ziggy zeigte auf das Entlassungsschreiben der Klinik, das offen auf dem Tisch lag. Er nickte, woraufhin ihm einer seiner Untergebenen das Schreiben vors Gesicht hielt, damit er es lesen konnte.

»Haben Sie ein Rezept?«, fragte er Skye.

»Nein, natürlich nicht«, antwortete Ziggy. »Dafür braucht man kein Rezept, das kann man in jeder Drogerie kaufen.«

Bei dem Wort Drogerie wurden seine Augen groß. »Drogen? Drogerie?«

»Apotheke«, verbesserte Ziggy rasch.

Wortlos betrachtete er die Flaschen. Dann blickte er zu Ellen. »Sind Sie für die beiden Damen verantwortlich?«

»Nun – so kann man das nicht sagen«, begann Ellen, gab jedoch auf und zuckte die Schultern. »Ich denke schon.«

Er musterte sie von oben bis unten. Sie war eher unauffällig gekleidet. Wahrscheinlich eine bezahlte Begleitung, dachte er.

»Verzeihen Sie, Madam«, sagte er schließlich und wandte sich an Skye. Dabei runzelte er wie ein Richter bei der Urteilsverkündung die Stirn. »Die Drogen werden konfisziert.«

»Aber es sind keine Drogen!«, protestierte Skye verzweifelt, als die Flaschen vor ihren Augen in einer Papiertüte verschwanden. »Das ist nicht illegal. Sag ihm, dass er sie mir nicht wegnehmen darf!«

»Natürlich darf er das«, antwortete Ellen und wandte sich an den Beamten. »Sie braucht sie nicht. Behalten Sie die Flaschen ruhig.« Plötzlich fühlte sie sich sehr kraftvoll. Sie vermied Skyes Blick, als die Beamten halfen, die Sachen wieder in die Koffer zu packen. Dann konnten sie die Sperre passieren. Der Vorgesetzte blieb an der Seite stehen, die Daumen durch die Gürtelschlaufen der Kakihose gesteckt, wippte leicht hin und her und beobachtete sie durch halb geschlossene Augen.

Während sie ihre Gepäckwagen einen langen schummrigen Korridor entlangschoben, schwand die Wirkung der Klimaanlage und mit ihr die Neutralität eines internationalen Flughafens. Unzählige Fluggäste hatten roten Betelsaft an die Wände gespuckt. Eine riesige Kakerlake kreuzte ihren Weg. Und vor ihnen warteten Gepäckträger in abgerissenen Uniformen. Eifrig sprangen sie herbei. Der Aufenthalt beim Zoll hatte die Frauen vom Rest der Reisenden abgesondert, und nun waren sie für die Männer ein Geschenk des Himmels: müde, hilflos, weiblich, fremd, die Gepäckwagen voller Samsonite-Koffer. Das verhieß gutes Trinkgeld, zusammengefaltetes amerikanisches Geld – Gold aus Papier ...

»Bleibt hier«, sagte Ellen und ging allein zum ersten und ältesten Gepäckträger. »Träger für uns«, befahl sie mit ungerührter Miene, »und ein Taxi.« Sie wusste, dass sie gegen die guten Sitten verstieß, aber das war ihr egal, denn sie wollte endlich hier raus.

Der alte Mann engagierte drei Gepäckträger und ernannte sich selbst zum Führer. Er roch nach Schweiß, Gebratenem und Holzkohle.

»Haben Sie ein Hotel reserviert?«, fragte er Ellen.

Sie nickte. »Oberoi. Oberoi Maidans.«

»Oh!« Er schüttelte zweifelnd den Kopf. »Das ist sehr weit. Altstadt. Nehmen Sie ein anderes Hotel. Hilton ist sehr gut.« Bei dem Gedanken an die Provision für drei Zimmer, vielleicht sogar drei Suiten, erhellte sich sein Gesicht.

»Wir haben bereits reserviert«, widersprach Ellen bestimmt. »Ich will nur ein Taxi.«

Der Gepäckträger machte eine großmütige Handbewegung. »Kein Problem. Das Hoteltaxi wartet. Hier entlang, Mem-Sahib.«

Er hielt die Glastür auf und Ellen trat ins Freie. Hitze schlug ihr entgegen, erdrückte sie, raubte ihr die Sinne, bis sie glaubte, sie würde sich in den schwülen Abgasen und Düften einer indischen Sommernacht in Luft auflösen.

Die Fahrt verbrachten sie schweigend, Ellen vorn, die anderen hinten. Alle starrten vor sich hin, dösten oder sahen aus dem Fenster und betrachteten die vielen kleinen Kochstellen am Straßenrand, dicke Baumstämme mit ausladenden Ästen, herrenlose Kühe und Lastwagen, Autos, Karren und Fahrräder. Die Umrisse tauchten wie Traumbilder aus dem Flimmern der Hitze auf und verschwanden gleich wieder. Plötzlich fuhr Ellen hoch. Mein Gott! Überall lagen Menschen: auf dem Gehweg, auf Autos, unter Rikschas, auf nackten Bettgestellen vor Hütten und Geschäften. Tausende! Ellen schluckte. Eine

Welle von Mitleid und Furcht erfasste sie. Hatten sie denn keine Wohnung?

Ellen wandte sich an den Fahrer: »Diese vielen Menschen, die unter freiem Himmel schlafen ...«, dann versagte ihr die Stimme.

»Ja, Mem-Sahib«, antwortete der Fahrer höflich. »Es ist noch nicht Morgen.«

Ellen lag auf dem Doppelbett und streckte die Beine aus. Dann drehte sie sich langsam um. Sie spürte die weichen Baumwolllaken auf der Haut. Licht fiel durch die Löcher in den Vorhängen. Sie griff nach ihrer Armbanduhr. Es war schon fast Mittag. Sie verdrängte ihre Sorge um Ziggy und Skye und sagte sich, dass die beiden in einem Vier-Sterne-Hotel wohl einige Stunden auf sich selbst aufpassen konnten. Bestimmt würden sie in der Lobby unter dem hohen Moghul-Gewölbe sitzen, nervös auf den fremden Himmel blicken und sich ängstlich aneinander geschmiegt leise unterhalten. Sie waren freiwillig mitgekommen und gaben sich gegenseitig Halt. Traurig schloss Ellen die Augen. Bittere Einsamkeit legte sich schwer auf ihre Schultern. Sie war allein.

Sie dachte an Zelda und James, wie sie dicke Sandwichs in die Mittagssonne hinaustrugen, an der warmen Hüttenwand lehnten, schweigend aßen und auf das weite blaue Meer hinausblickten, das sich von der Meerenge über den Golfstrom bis nach Amerika erstreckte – wo Mummy war.

Ellen biss sich in die Hand. Vergesst mich nicht. Bitte!

Sie stellte sich vor, wie Zelda fragte: Daddy, wann kommt Mummy wieder?

Sie kommt nicht wieder, Engel. Wir müssen ohne sie auskommen.

Ellen lag reglos da und wagte kaum, zu atmen. Eine Eidechse schlängelte sich bedächtig an der Decke entlang. Vielleicht. Ein Gedanke schlich sich ein, dünn und schwach wie das Licht, das durch die Schlitze der Vorhänge drang. Vielleicht, wenn Zelda älter und selbständig war, wenn sie kein Kind mehr war, das die Mutter brauchte, sondern eine gleichberechtigte Person im Haushalt. Vielleicht würde die Zeit kommen ...

Nein. Ellen schloss die Augen. Ein stechender Schmerz durchfuhr sie, als ihr James' Worte wieder einfielen.

»Du darfst nie wieder kommen, Ellen. Das ist dir doch hoffentlich klar, nicht wahr?«

Dabei kniff er vor Zorn, Hass und Furcht die Augen zusammen.

»Wir werden uns ein Leben ohne dich aufbauen, Ellen. Du verschwindest aus unserem Leben. Ein für alle Mal!«

Sie drehte sich um, klappte die Speisekarte des Zimmerservice auf und nahm den Telefonhörer ab.

»Was kann ich für Sie tun, Madam?«
»Bringen Sie mir bitte Kaffee. Aber starken!«
»Jawohl, Madam.«
»Was ist im frischen Fruchtsalat?«
»Mangos.«
»Und was ist die Frucht des Tages?«
»Mango.«
»Aha. Ich nehme es.«
»Welche, Madam?«
»Äh – Mango, des Tages.«
»Ja, Madam. In zehn Minuten.«

Ellen räkelte sich und drückte den Rücken durch wie eine Katze. Dann schloss sie die Augen und versuchte, sich zu entspannen. Nach dem Frühstück wollte sie ein paar Runden im Swimmingpool schwimmen. Die Verantwortung für die zwei Frauen würde sie früh genug wieder übernehmen müssen. Sie zog die Mundwinkel nach unten. Ellen und Verantwortung! Was für ein Hohn! Immerhin, sie machte ihre Sache nicht schlecht. Wenn sie nicht genau wusste, was sie tun sollte, stellte sie sich vor, was Carter, James oder die frühere starke Ziggy getan hätten, und machte es wie sie. So einfach war das. Und je öfter sie vorgab, eine andere zu sein, umso stärker und selbstbewusster fühlte sie sich.

In Gedanken ging sie noch einmal den Plan durch. Morgen früh musste sie die beiden pünktlich zum Bahnhof bringen. Dann mussten sie acht Stunden in Hitze und Staub mit dem Zug durch die Ganga-Ebene fahren. In Dehra Dun würden sie in ein Taxi umsteigen. Sie musste daran denken, die Reifen zu überprüfen, bevor sie einstiegen. Schließlich waren es drei Frauen mit ihrem gesamten Gepäck. Danach ging es direkt den steilen Berg hinauf. Und mit jeder Serpentine würden sie ihrem Ziel näher kommen.

18

Ellen folgte dem alten Mann. Die harten Sohlen seiner nackten Füße schlurften geräuschvoll über den mit Laub bedeckten Boden. Am Rand des schmalen Pfads fiel der Hang steil ab und verschwand in einer weißen Dunstglocke, die über dem Tal hing. Es war, als wanderten sie durch eine Traumlandschaft.

Der Mann sah über die Schulter, lächelte aufmunternd und zeigte auf den Berg. »Dort ist es! Bald sind wir da.«

Sie erreichten ein gusseisernes Tor, das halb offen zwischen zwei bröckeligen grauen Pfählen auf verwitterten Sockeln hing. Das Tor war kein wirkliches Hindernis, denn es gab keinen Zaun, nur hohe Bäume und darunter dichte Büsche. Ellen blieb stehen, um sich ein wenig auszuruhen. Der Mann kehrte um und wartete. Ruhig und gleichmäßig atmend ließ er den Blick in die Ferne schweifen.

»Wie heißen Sie?«, fragte Ellen, um das Schweigen zu brechen.

»Ich heiße Djoti, Mem-Sahib«, antwortete er. »Nicht sprechen, ausruhen. Wir sind in großer Höhe, und Sie sind nicht daran gewöhnt.«

Ellen betrachtete ihn aus den Augenwinkeln. Er trug

einen abgetragenen Arbeitsanzug und hatte das Seil der Kulis über die abgearbeiteten Schultern gelegt. Seine Hände hatten dicke Schwielen, und tiefe Falten durchzogen sein Gesicht. »Sie sprechen gut Englisch«, sagte sie.

»Natürlich«, antwortete er und grinste vor Freude. Dabei entblößte er seine schlechten braunen Zähne. Aber das Lächeln verwandelte sein Gesicht zu einem Bild sanfter Schönheit. »Ich kann auch schreiben und lesen. Ich war Laufbursche und habe für die Mem-Sahibs Nachrichten überbracht. Oft lasen sie mir vor, was auf dem Zettel stand, damit ich es auch erklären konnte. Dann habe ich beim Gehen die Nachricht studiert und mir die Worte gemerkt. Und schon bald konnte ich Englisch!« Er lachte – sein cleverer Trick hatte funktioniert.

Sie machten sich wieder auf den Weg, und Djoti erzählte weiter. »Ich werde auch Ihr Laufbursche sein. Sie werden Hilfe brauchen. Wie Sie sehen, gibt es hier kein Telefon und keine Taxis. Alles muss zu Fuß erledigt werden.«

Das stimmte. Die Hauptstraße verlief vom Flugplatz mitten durch die Stadt, die zwischen den Bergen lag. Zu einigen Hotels, Internaten und Villen führten befahrbare Wege. Auch ins Hinterland führten Straßen. Aber die meisten Wege waren nur mit Rikschah, zu Pferd oder zu Fuß passierbar. Hier, außerhalb von Mussoorie, kamen Fahrzeuge nur bis zu dem kleinen Hospital. Dann musste man zwischen blühenden Bäumen und Vogelgesang auf rutschigem Laub den steilen Berg hinaufgehen.

Der Ort war in wunderschönes Rot und Lila getaucht: Jakaranda-Bäume mit malvenfarbenen Blüten, lilafarbene Bougainvillea, hellrote Rhododendren und langstielige Iris mit dunkelroten Köpfen. Hier und da fegten Straßenkehrer das Laub zu kleinen Haufen zusammen und zündeten es an, wobei sich der duftende Rauch in die windstille Luft erhob. Ellen sah sich um. Trotz des steilen Anstiegs fühlte sie sich leicht und entspannt, als schlendere sie durch einen raffiniert angelegten Garten in eine Welt freundlicher Schönheit und Sicherheit.

Kompletter Wahnsinn, dachte Ellen. Das Haus schien für ihre Zwecke ideal, aber sie konnte sich nicht vorstellen, dass Ziggy und Skye sich den steilen Pfad herauf- und hinunterkämpften. Andererseits war die Auswahl nicht sehr groß. Bisher hatte sie kein geeignetes Haus gefunden – zu klein, zu nah am Bazar, zu heruntergekommen, zu ... Sie konnten ja nicht ewig im Hotel bleiben und sich über die staubigen Toilettensitze und alten Jagdtrophäen, die über den Eingängen hingen, lustig machen. Ellen zuckte resigniert die Schultern. Dann mussten die beiden eben getragen werden. Leichte Arbeit für die Kulis, die tief gebeugt unter der schweren Last von Holz und Metall ihre Tage fristeten.

Sie näherten sich dem Haus. Überall im Wald blühten Gartenblumen. Zwischen Ranken und unter Büschen lugten Kornblumen und gelbe Lady-Bank's-Rosen hervor. Über den Wipfeln tauchte die dunkelgrüne Spitze des Dachfirsts auf. Dann erblickte sie eine lange Hausmauer mit üppig weiß blühenden Glyzinen, die sich um eine Reihe kleiner Fenster mit Fensterläden rankten. Der Weg führte über einen ungepflegten Rasen direkt zu einem Marmorbrunnen, der trocken und voller Laub war. Vor ihnen lag eine lange, breite Veranda mit grün gestreiften zerfledderten Markisen.

Sie stiegen die Stufen hinauf und blieben zwischen den verwitterten Korbstühlen stehen. Ellen sah sich um.

»Es ist sehr alt, Mem-Sahib«, erklärte Djoti. »Gestern ist es zwar gründlich gereinigt worden, aber es ist nicht mehr das, was es einmal war.« Er zog einen Bund großer alter Schlüssel aus den Falten seiner Kleidung, öffnete eine Terrassentür und zog die Vorhänge zurück. Sie trat ein. Stickige moderige Luft und der Geruch von Bohnerwachs und Fliegenspray schlug ihr entgegen. Sie betrachtete die schweren Vorhänge, die orientalischen Vasen, das dunkle polierte Holz, die Perserteppiche, die in Leder gebundenen Bücher, gerahmte Porträts und das blasse Pastell getrockneter Bergblumen, und ließ alles auf sich wirken. Dann wandte sie sich ab. Ein alter Schmerz schnürte ihr die Kehle zu. Hier gab es keine zerbrochenen Weingläser und Kratzspuren auf der Polsterung. In der Luft schwebten keine Haare. Hier miauten und schnurrten keine Katzen. Und doch beschwor das Haus Bilder von alten Teekannen und herumliegenden Katzenhalsbändern, von weichem Fell an den Beinen und den hellen freundlichen Augen eines echten Freundes herauf.

Ellen spürte Djotis Blick, der ihr wie ein fernes Leuchtfeuer den Weg wies, aber die Erinnerung an Eildons verlassenes Wohnzimmer ließ sie nicht los.

Der liebe Eildon! Damals hatte er ihr versprochen, sich um ihre Ausbildung zu kümmern. Im staubigen Sonnenlicht, mit Perdy auf dem Arm, stand er da. Du kannst alles von mir haben, hatte er gesagt, du brauchst mich nur zu fragen. Also hatte sie ihm ordentlich zusammengeheftet sämtliche Rechnungen geschickt. Anfangs waren es nur Schuhe, Schleifen, Tutus, meterweise Tüll, Gymnastikanzüge und Strümpfe gewesen. Später wurden die Beträge größer: Semestergebühren, Reisen, Kleidung, Arzthonorare. Mit dem Vermerk »bezahlt« schickte er sie alle zurück. Manchmal enthielten sie zusätzliche Notizen wie »Mamas Silberleuchter«, »ein Chippendale-Sideboard« oder »erinnerst du dich noch an die Audubon-Drucke?« Dann sah sie ihn vor sich, wie er durch die Räume wanderte, um glücklich das nächste Opfer auszusuchen und Carroll, den Antiquitätenhändler anzurufen. Ich habe eine Freundin, hörte sie ihn mit geheimnisvollem Lächeln sagen. Sie ist verdammt teuer, das muss ich schon sagen. Aber sie ist jeden Cent wert!

Dann war er plötzlich nicht mehr da. Die unbezahlten Rechnungen kamen zurück. Niemand nahm den Telefonhörer ab. Schließlich ließ Carroll sie wissen, dass Eildon gestorben war und seinen ganzen Besitz einer Horde Katzen vermacht hatte. Ellen hatte die ganze Nacht ihr Gesicht in den Kissen vergraben und geweint. Aber für sie war er nie wirklich gestorben. Sie spürte, dass er bei ihr war, überall und immer, ewig alternd und nie alt – wie Gott. Und nun hatte sie ihn hier wieder gefunden – am Ende der Welt.

Sie lächelte Djoti zu. Das Haus fühlte sich warm und stark an. »Ich mag es«, sagte sie.

Er schlenderte zum Fenster und zog an einer Seidenkordel. Das Rollo sprang ihm aus den Händen. Mit traurigem Stirnrunzeln blickte er ihm nach. »Die Familie kam jede Saison aus Delhi hierher. Es waren Engländer. Dann kam plötzlich niemand mehr – seit zehn Jahren.«

»Und wer ist der Eigentümer?«, fragte Ellen erstaunt.

Djoti schüttelte bedächtig den Kopf. »Es gibt keinen Eigentümer, Mem-Sahib. Nur einen Laufburschen.«

Schon früh am nächsten Morgen kam Ellen mit Ziggy und Skye wieder. Sie waren gut gelaunt, unterhielten sich und lachten viel und laut, während sie Huckepack den Hang hinaufgetragen wurden. Die Kulis hielten die Frauen an den dünnen Schenkeln fest und beugten sich vor, um ihre Köpfe in respektvollem Abstand zu denen ihrer Passagiere zu halten. Angelockt durch die Hoffnung auf regelmäßige Arbeit, leichte Traglast und gutes Trinkgeld, wollten sie mit gleichmäßig geschmeidigem Gang und züchtig niedergeschlagenen Augen einen guten Eindruck hinterlassen. Ein langer Zug mit Proviant und Gepäck folgte: Koffer, Lebensmittel aus dem Dorfbazar, eine Gasflasche und ein Kühlschrank, über den sie lange gestritten hatten. Ellen dachte, der Kuli würde den schweren Kühlschrank gemeinsam mit einem Kollegen den Hang hinaufschleppen, und hatte ihn doppelt bezahlt. Aber er bestand darauf, ihn allein zu nehmen. Nun wankte er wie ein Käfer unter der schweren Last den Pfad hinauf und versank fast im Schlamm.

Ellen ging neben Djoti hinter der langen Reihe Träger her. Sie war sich bewusst, dass sie nichts zu tragen hatte. Die Sonne stand bereits hoch am Himmel und brannte ihnen auf den Kopf. Zikaden füllten die Luft mit trägem Zirpen.

»Das sind ihre Nachbarn.« Djoti zeigte auf ein Blechdach über den Bäumen. Es erhob sich wie das Segel einer einsamen Yacht über dem grünen Meer. »Der Oberst und Mrs. Stratheden. Sie waren schon einmal hier. Das ist schon lange her. Nun sind sie alt und heimgekommen. Und dort drüben« – er deutete auf eine silberne Turmspitze, die weiter weg stand – »das ist das Haus von Ravi Nair, einem berühmten indischen Filmstar. Er sieht sehr gut aus, ist sehr reich und hat noch keine Frau.« Er warf Ellen einen schnellen Blick zu. »Man sagt, dass er für den Bau seines Hauses drei Millionen Rupien ausgegeben hat. Die Arbeiter haben alle

Wände mit Spiegeln verkleidet. Sogar die Decke – in Ravi Nairs Schlafzimmer«, fügte er hinter vorgehaltener Hand hinzu.

Ellen ächzte. »Erzählen Sie mir nichts. Das klingt nach einer Person, die ich kenne.«

Djoti lächelte. »Sie werden das alte englische Ehepaar mögen.«

Die Verteilung der Zimmer war nicht schwierig. Ziggy wollte jemanden in ihrer Nähe, möglichst im Nebenzimmer. Skye auch. Also entschieden sie sich für die beiden nebeneinander liegenden Zimmer im ersten Stock. Ellen zog im Parterre in das frühere Arbeitszimmer des Hausherrn. Froh über den Abstand, war ihr jedoch klar, dass sie dadurch ihre Rolle als Hausherrin, Reiseleiterin oder sogar Mutter noch festigte. Als sie sich Tee eingießen wollte, fiel ihr ein altes Spiel aus der Schulzeit ein. Die Mädchen hatten sich schüchtern und verlegen gegenseitig die Frage gestellt: Willst du Mutter werden? Ellen hatte dabei immer einen Kloß im Magen und gezwungen gelächelt.

Während die anderen beiden auspackten und sich in ihren Zimmern einrichteten, stand Ellen still in ihrem Zimmer und blickte aus dem Fenster. Direkt vor dem Haus schützte ein massives Geländer vor dem steilen Abhang. Es war, als befände man sich am Ende einer flachen Welt, wo die Wirklichkeit jederzeit im Abgrund verschwinden könnte.

Ellen öffnete eine alte Truhe und fing an, ihr Zimmer auszuräumen. Jagdtrophäen, Gewehre, Cricket-Andenken und Stapel von Büchern über Vögel und Politik. Sie hörte nicht auf, bis sie den Raum in einen neutralen Zustand versetzt hatte. Plötzlich klopfte es leise. Skye stand an der offenen Tür. Sie musste den Kopf einziehen, um sich nicht zu stoßen, und hatte ein großes blaues Satinlaken über dem Arm, das bis auf den Boden reichte.

»Wir haben Laken mitgebracht«, begann sie schüchtern, »diese sind für dich. Es sind Satinlaken.« Sie machte eine Handbewegung zum Garten. »Wir dachten, sie trocknen schnell – du weißt schon, wenn man sie auf dem Rasen ausbreitet.«

Ellen betrachtete die Laken. Sie stellte sich vor, dass die ausgebreiteten Laken ihre Geheimnisse preisgeben würden – bis in Ravi Nairs verspiegeltes Schlafzimmer. »Vielen Dank. Prima!«

Skye blieb stehen und leckte sich verlegen die Lippen. »Es ist ... schön hier. So viele Blumen.« Sie öffnete den Mund, als wollte sie noch etwas hinzufügen, drehte sich jedoch um und ging.

Ellen sah ihr nach. Wie ein Gespenst verschwand sie im Flur.

Djoti richtete es ein, dass seine Frau Prianka für sie kochte. Sie sprach nur ein paar Worte Englisch, aber sie hatte schon für Fremde gearbeitet und beherrschte einige Rezepte für einfache Menüs. Die Söhne wurden zum Feuerholzsammeln und Saubermachen eingestellt, die Nichten zum Einkaufen und Waschen. Die kleineren Kinder halfen im Garten.

»Wir sind alle da«, sagte Djoti jeden Morgen und breitete stolz die abgearbeiteten Hände aus. Ellen lächelte dankbar.

Im Laufe der Zeit schätzte sie die Hilfe des alten Mannes mehr und mehr. Stets kam er mit Vorschlägen, bevor ein Problem entstand oder Vorsorge getroffen werden musste, vermittelte ihr jedoch stets das Gefühl, sie hätte daran gedacht. Wenn sich ihre Blicke trafen, wussten beide, dass sie das Spiel durchschaute.

»Mem-Sahib, wir machen uns Sorgen über die Wasserknappheit. Amerikanische Damen waschen sich gern und zu oft.«

»Tatsächlich?«

»Ich habe die Kulis gerufen, damit sie den zweiten Tank füllen.«

»Gut, vielen Dank, Djoti.«

»Jawohl, Mem-Sahib. Sie haben Recht. Es ist klug, rechtzeitig daran zu denken.«

Er ging wie ein Kommandeur, der in seinen Truppen nach Störungen suchte, durch das Haus und über das Grundstück, schickte ein Kind, um Skye beim Blumenpflücken in den Wald zu begleiten, zeigte einem seiner Jungen, wo man auf das Blechdach klettern konnte, um Handtücher zum Trocknen auszulegen, und wies Ellen an, sich in die volle Badewanne zu stellen und die Flöhe aus ihrer Kleidung zu schütteln.

Während der Mahlzeiten hielt er kurze Vorträge.

»Mem-Sahibs, ich bitte Sie, nachts nicht die Fenster offen zu lassen, sonst kommen zu viele Motten herein.

Schütteln Sie vor dem Anziehen die Schuhe aus.

Lassen Sie kein Essen herumliegen, es lockt die Affen an.

Stellen Sie immer eine Kerze ans Bett, falls der Strom ausfällt.

Halten Sie sich von den Hunden fern. Sie könnten Tollwut haben, und wenn Sie gebissen werden, kann Sie nichts mehr retten.«

Ziggy und Skye hörten mit offenem Mund zu. Ellen spürte, dass sie jede neue Gefahr und jede Unannehmlichkeit als ein Stück ihres Weges heraus aus der sicheren, sauberen, vorbestimmten Welt von Marsha Kendall begrüßten. Sie sammelten Beweise für ihre gelungene Flucht in eine aufregende, neue Welt, wo andere Gesetze herrschten. Sie könnten im Wald einem Tiger über den Weg laufen. Sie könnten in einen Erdrutsch geraten oder auf dem steilen Pfad stolpern und den Abgrund hinunterstürzen. Alles könnte passieren.

Sie könnten wieder gesund und stark werden. Sie könnten glücklich sein.

Es gab keine Gespräche über Mahlzeiten, essen, schlucken, es im Magen zu behalten. Es gab keine Waagen und keine Aufzeichnungen über Gewichtszunahme. Es gab im ganzen Haus nur einen mannshohen Spiegel – und der stand in Ellens Zimmer hinter der Tür mit dem Gesicht zur Wand. Die Mahlzeiten wurden angeboten, dann ohne Kommentar abgeräumt, gegessen oder nicht gegessen. Niemals betrat Ellen ohne anzuklopfen ihre Zimmer und wartete auch nicht lauschend vor der Toilette. Sie wusste, dass sie nach jahrelanger sinnloser Zählerei von Kalorien, die in den Toiletten sowieso wieder ausgespuckt wurden, und dem Durchsuchen der Zimmer nach Abführmitteln, eine andere Methode brauchten. Dies war ihre letzte Chance. Sie würden gewinnen oder verlieren oder zwischen beidem hin und her pendeln, aber zu ihren eigenen Bedingungen.

Eines Morgens brachten Priankas Nichten Schlafanzüge und große Kaschmirtücher aus dem Bazar mit. Sie breiteten alles auf der Veranda aus und boten sie zum Verkauf an. Djoti erklärte, die traditionelle Baumwollkleidung ließe sich nach der hiesigen Methode besser reinigen. Die Mem-Sahibs probierten alles an, tauschten Ober- und Unterteile und lachten und stritten wie Kinder. Ellen wollte Blau. Ziggy, die von den Pariser Laufstegen kam, wählte gelbe Hosen und ein bunt besticktes Oberteil. Skye stolzierte in einem erdfarbenen Webtuch über einem braunen Anzug, der wie ein Pyjama aussah, über den Rasen.

In den Händen mehlige Fladen, sah Prianka Skye von der Küchentür aus zu. »Sehr gut«, rief sie und nickte zustimmend. »Wunderschön. Indisches Mädchen.«

»Sie sieht wie eine Nonne aus«, sagte Ellen.

»Oder wie eine Heilige«, meinte Ziggy. »Sie sollte auf einem Nagelbett schlafen« – ihre Stimme klang unschuldig, aber aus ihren Augen blitzte der Schalk – »oder monatelang nichts essen.«

Ellen stutzte verwundert. Aber Ziggy warf den Kopf in den Nacken und lachte.

Djoti schaltete sich in das Gespräch ein und kicherte. »Jawohl! Sehr dünn, wie heiliger Mann. Hier sind zwei amerikanische Sadhus ...« Seine Stimme erstarb in pfeifendem Husten. »Sie müssen nach Rishikesh wandern, in die Stadt der Heiligen.« Er verschluckte sich vor Lachen und brachte nur mit Mühe heraus: »Dort werden Sie sehr ... modern sein!«

Ziggy stemmte die Hände in die Hüften und lachte schallend. Dann lehnte sie sich an den Verandapfosten und ließ den Blick über den Garten schweifen. »Ich werde einen neuen Garten anlegen«, verkündete sie. »Gleich dort, hinter dem Springbrunnen.«

Alle Türen und Fenster standen offen. Frische sonnige Luft strömte in die Räume und ließ die Gardinen flattern. Auf sämtlichen freien Flächen standen Vasen mit frischen Blumen. Skye hatte die kräftig duftenden Blüten im Wald von den Bäumen geschnitten. Sie blieben lange frisch, hielten ihre leuchtenden Köpfe aufrecht und verbreiteten einen würzig-scharfen Duft.

Auf dem Rasen vor dem Haus stand Ziggy auf einen Spaten gelehnt und schaute drei jungen Burschen beim Umgraben ihrer neuen Parzelle zu. Zwei andere sammelten Steine für die Umrandung. Mit Händen und Füßen versuchte sie, ihnen Anweisungen zu geben und mit ihnen zu sprechen, obwohl Djoti ihr erklärt hatte, dass sie kein Englisch verstanden. Noch verwirrender wurde es, weil die jungen Männer stets aufmerksam zuhörten und eifrig »Jawohl, Mem-Sahib!« sagten, bevor sie, ohne eine Miene zu verziehen, davongingen.

Ellen stand im oberen Stock am Fenster und schaute zu. Ihr wurde warm ums Herz. Wie lebendig ihre Freundinnen wieder geworden waren. Obwohl Ziggy immer noch dünn und schwach war, hing sie nicht mehr lustlos herum und betrachtete die Welt aus halb geschlossenen zynischen Augen. Stattdessen lächelte sie wieder. Vorsichtig berührte sie alles, erforschte die Formen und die Strukturen, als wäre sie lange taub oder blind gewesen. Obwohl sie die meisten Speisen immer noch ablehnte, aß sie Priankas Fladenbrot, weil es nach Erde und nicht wie Brot schmeckte.

Angespornt durch ihr Vorbild, aß Skye auch wieder. Sie war immer noch sehr still, machte aber Spaziergänge im Wald und pflückte Blumen.

Ihre Fortschritte gaben Ellen Kraft. Sie fühlte sich stärker und sicherer, als würde die beginnende Genesung der beiden auch ihr Heilung bringen. Zufrieden betrachtete sie die friedliche Szene. Sie hatten das Paradies gefunden, das sie sich erträumt hatten.

Unten im Garten ging Ziggy in die Mitte der Parzelle, schaute sich um und plante die Bepflanzung. Die Jungen hörten zu graben auf, als Djoti mit einem großen Paket, über das er gerade noch hinwegsehen konnte, auf dem Pfad erschien. Das aufgebrochene Paket glänzte in der Morgensonne.

Ellen lehnte sich aus dem Fenster, um besser sehen zu können. Sie schluckte schwer, und ihr Herz fing wild an zu schlagen, als sie das glänzende Zellophan entdeckte.

Schnell rannte sie die Treppe hinunter, sah im Geiste schon die kleine weiße, mit einer Stecknadel befestigte Karte und den vertrauten »Fleurop«-Stempel. Wie eine Wüstenblume nach einem Regen blühte ihre Fantasie auf: James, der mit leiser strenger Stimme seine Nachricht am Telefon diktierte.

Ellen, mein Liebling.

Würden Sie das bitte buchstabieren, Sir? Ein L oder zwei?

Wir können ohne dich nicht leben.

Ist das alles, Sir?

Bitte, komm nach Hause. Wir schaffen es. Ich bin ganz sicher. Wir lieben dich, James und Zelda.

Gut, das habe ich aufgenommen. Ich lese es Ihnen noch einmal vor.

Djoti übergab Ziggy das Bouquet und nickte. Ziggy ließ die Arme hängen und starrte ungläubig auf den Blumenstrauß. Dann entdeckte sie den Umschlag, auf dem mit ordentlicher Handschrift stand: Ziggy Somers. Mussoorie. Versuchen Sie es im Hotel Savoy.

Ellen stellte sich neben Ziggy. Vor Enttäuschung, aber auch Erleichterung brannten ihr die Augen. Djoti schaute sie an und wartete auf Anweisung.

»Lass uns nachsehen, von wem sie sind«, sagte Ellen mit der beruhigenden Stimme einer Krankenschwester, bevor sie dem Patienten Schmerz zufügt. Sie löste die Karte ab und drehte sie um.

»Ziggy, Liebling«, las sie, »bitte melde dich bei uns. Dein Vater kann vor Sorge um dich nichts mehr essen. Wir vermissen unser kleines Mädchen so sehr. Ziggy, mein Liebling, die Blumen sollen dich an mich erinnern. Mein Schatz, ich liebe dich. Deine immer an dich denkende Mommy Lucy.«

Während Ellen die Zeilen vorlas, spürte sie, wie die

Heiterkeit und Wärme von Finsternis verdrängt wurde und sich Verzweiflung, Umklammerung und Besitzanspruch breit machten.

Ziggy ließ alles schweigend geschehen. Dann nahm sie das Bouquet und packte die Blumen aus. »Orchideen«, sagte sie verächtlich.

»*Sie* hat sie sicher nicht ausgesucht«, warf Ellen ein und wollte den geschriebenen Worten die Wirkung nehmen, sie anonym machen. »Ich nehme an, sie wurden per Luftfracht von Singapur nach Delhi geschickt.«

Beide Frauen konnten den Blick nicht von den wunderschönen wächsernen Blüten lassen. Echte Überlebenskünstler. Luftdicht eingeschlossen und in Eis gepackt hatten sie die weite Reise durch Hitze und Staub bis Mussoorie unversehrt überstanden.

»Woher weiß sie, dass wir hier sind?«, fragte Ellen.

»Ich habe es ihr erzählt«, antwortete Ziggy durch die zusammengepressten Zähne. »Ich wollte nicht und hätte es ihr auch nicht gesagt.« Sie streckte die Hand aus, berührte die kühlen Blumen, machte plötzlich eine Faust, zerbrach die Stiele und zerdrückte die Blüten. Dann schleuderte sie das Bouquet mitten in den halb fertigen Garten und ging mit gesenktem Kopf und hängenden Schultern davon.

»Sie mag die Blumen nicht«, bemerkte Djoti verwundert und bestürzt.

Ellen schwieg einen Moment und sagte dann nachdenklich: »Nein, sie mag ihre Mutter nicht.« Dann blickte sie hilflos zum Haus. Kurz nachdem Ziggy im Haus verschwunden war, wurden das Fenster ihres Zimmer geschlossen und die Vorhänge zugezogen.

Aufgeschreckt von dem Lärm, den Ziggy verursachte, als sie ins Haus stürzte und dabei die Korbstühle umstieß, erschien Skye auf der Veranda. Wortlos blickte sie auf die herumliegenden Orchideen und das zerknüllte Zellophanpapier. Furcht und Sehnsucht standen in ihrem Gesicht.

Ellen blickte auf Lucys Karte, die auf dem Rasen lag, und rief Djoti. »Ich möchte nicht, dass so etwas noch einmal passiert«, sagte sie. »Von jetzt an möchte ich alle persönlichen Briefe und Sendungen zuerst durchsehen, bevor wir sie verteilen.«

»Jawohl, Mem-Sahib«, antwortete Djoti und verbeugte sich ehrfürchtig.

»Und schaff das bitte weg.« Sie zeigte auf den Blumenstrauß, der zerstört auf dem Rasen lag.

19

Ellen widerstand dem Drang, den Arzt des Missionshospitals zu rufen, und hoffte, dass die zerstörerische Wirkung, die Lucys Blumen und Karte gehabt hatten, nicht anhalten würde. Aber die Tage, in denen Ziggy nur noch still im Bett lag und an die Decke starrte, wurden zu Wochen. Von ihrem Trübsinn angezogen wie eine Spinne von der Dunkelheit, wich Skye nicht mehr von ihrer Seite. Sie brachte ihr Blumensträuße, die in den Vasen dahinwelkten. Der von der Morgensonne gewärmte Platz im Esszimmer blieb leer, denn sie kam nicht mehr aus ihrem Zimmer. Prianka deckte stets für drei, kochte jedoch schon bald nur noch für eine Person.

Es war Djoti, der empfahl, den Arzt zu holen, und Ellen willigte schließlich ein. Sie stand am Springbrunnen neben Ziggys verlassenem Garten und wartete. Endlich hörte sie Stimmen, dann tauchten die Männer auf dem Weg auf. Atemlos vor Anstrengung kam der Arzt quer über den Rasen direkt zu Ellen. Er sah aus wie ein übernächtigter, vom Vorabend übrig gebliebener Partygast – trübe Augen und blass, das Haar ungekämmt. Seine Kleidung hatte Stil, war jedoch zerknittert und zeigte Schweißflecken. Eingehend betrachtete er ihr blasses

Gesicht und die rot unterlaufenen Augen. Sie hatte auch nicht geschlafen.

»Ich bin Ellen«, sagte sie ohne Umschweife und atmete tief durch, denn sie wusste, was jetzt kam. Zuerst besorgte Worte und dann Vorwürfe. Er musste sie für verrückt halten, dass sie mit zwei anderen Frauen, die ihr langsam unter den Händen wegstarben, hier oben allein wohnte. Was, um Himmels willen, hatte sie sich wohl dabei gedacht, Menschen aus luxuriösen Kliniken zu holen, wo man für Geld jeden Komfort haben konnte, falls eine Heilung nicht mehr möglich war? Sie musste verrückt, dumm oder grausam sein!

»Dr. Cunningham. Paul«, sagte der Arzt von hinten, als er Ellen zum Haus folgte. »Es tut mir Leid, aber ich konnte nicht früher kommen. Das war wieder einmal ein Tag ...«

Ellen blickte über die Schulter. »Ist alles in Ordnung?«, fragte sie. »Sie sehen nicht gut aus.«

»Ich habe die ganze Nacht nicht geschlafen«, antwortete er und rieb sich das Gesicht. »Ein schwerer Fall. Ich habe es kommen sehen, aber man gewöhnt sich nie daran.«

»Was ist denn passiert?«, fragte Ellen höflich.

»Eine Frau aus einem Dorf kam zu uns. Ihr Baby ist im Geburtskanal stecken geblieben.« Er schüttelte verständnislos den Kopf. »Nun ja, es war schon lange tot, und die Verwesung hatte bereits eingesetzt. Sie erzählte mir, dass sie vier Stunden vom Dorf bis zur nächsten Straße laufen musste. Dann hat sie ein Lastwagen bis zur Kreuzung mitgenommen. Die restlichen zehn Kilometer bis zur Klinik musste sie wieder laufen.« Er redete ununterbrochen und fand kein Ende. »Ich habe es vaginal nicht herausgebracht, also musste ich einen Kaiserschnitt machen. Ich fing mit einem normalen Einschnitt an, fand das Baby jedoch in Steißlage in der oberen Hälfte des Uterus.« Plötzlich unterbrach er sich. »Entschuldigung, das dürfte Sie ja wohl nicht interessieren.«

»Wird die Mutter überleben?«, fragte Ellen und hatte Bilder von aufgeschnittenen, in Desinfektionslösung getränkten Körpern, blutigen Händen mit Nadel und Faden, vor Augen. Der Arzt in Operationskittel und Maske über sein Werk gebeugt – ein Gott mit zwei Gesichtern: Schlächter und Retter zugleich.

Paul zuckte die Schultern und täuschte Gelassenheit vor. »Sie bekommt Antibiotika, intravenös. Glücklicherweise hat sie noch vier andere Kinder. Sie sind alle schon über fünf Jahre alt und haben gute Überlebenschancen«, schloss er mit nervösem Lächeln.

Ellen führte ihn ins Haus. Er blieb auf der Schwelle stehen und betrachtete die verschwenderische Einrichtung.

»Das sind nicht unsere Möbel«, klärte ihn Ellen auf. »Wir sind noch nicht lange hier, erst zwei Monate.«

Vor einem Vorderlader, der schräg an der Wand hing, blieb er stehen. »Ich habe schon von Ihnen gehört«, sagte er nachdenklich. »Auch, dass zwei von Ihnen krank sind.«

»Eigentlich waren wir nur zu zweit, meine Freundin und ich«, sagte Ellen hastig und sah ihm in die Augen. »Dann wollte die andere Frau auch mitkommen, obwohl ich dagegen war.« Sie biss sich auf die Lippen. Eigentlich wollte sie sich zurückhalten, damit er sich nur um seine Arbeit kümmern konnte. Im Grunde wollte sie nur Beruhigungsmittel von ihm, den Rest schaffte sie schon allein.

Paul lehnte sich an die Wand und senkte den Blick. »Nur um den Klatsch von der Realität zu unterscheiden – Ihre zwei Begleiterinnen leiden an Anorexie, nicht wahr? Schon lange? Chronisch?«

»Ziggy war während der letzten drei Jahre mehrfach im Krankenhaus. Zweimal wäre sie fast gestorben. Skye ist schon länger krank.«

»Dann werden sie Ihnen im Krankenhaus auch gesagt haben, dass die Aussichten schlecht sind«, sagte er ohne Umschweife. »Die Chance für eine Heilung ist ...«

»Als wir hier ankamen«, unterbrach Ellen, »sah es gut aus. Sie hatten sich erholt und fingen sogar wieder zu essen an. Zwar nicht viel, aber es wurde immer mehr. Dann kam Post von Ziggys Mutter und hat alles zunichte gemacht. Nichts, was ich sagte, hatte irgendeine Wirkung. Seitdem sind sie« – sie lachte bitter – »liegen sie im Bett. Und das alles nur wegen ein paar Blumen von Zuhause.«

»Ich bin in dieser Sache kein Fachmann«, begann Paul. »Ich muss gestehen, wenn ich in den Fachblättern darüber lese, denke ich immer, Gott sei Dank gibt es diese Krankheit hier nicht. Aber ich habe ein Gedächtnis wie ein Elefant, und das ist gut so. Diese Blumen von Zuhause, zum Beispiel, von einer der Mütter ... Ich kann mich erinnern, dass Anorexie meistens mit Familienproblemen verbunden ist, vor allem mit der Mutter.« Paul entspannte sich ein wenig, als die medizinische Terminologie ganz selbstverständlich die Stille durchbrach. »Die Patienten verhalten sich oft sexuell ambivalent. Sie wollen sich ihr Fleisch abhungern, um wieder Kind zu sein. Durch den körperlichen Stress hört die Menstruation auf, was natürlich eine Belohnung für ihr Verhalten darstellt.«

»Aber das muss nicht zwangsläufig mit den Müttern zu tun haben«, warf Ellen ein.

»Nun ja, einige Studien haben gezeigt – wenn Sie so

wollen –, dass weiblich zu sein bedeutet, wie seine Mutter zu werden. Und davor haben sie Angst.«

»Sie meinen« – Ellen musste schlucken – »sie haben Angst, Mutter zu sein?«

»Vielleicht nicht Mutter schlechthin, aber es könnte mit ihren Müttern zu tun haben. Leider ist das nur eine Theorie, und es gibt nicht viel Literatur über diese Erkrankung. Was auch dahinter steckt, es ist sehr mächtig. Diese Patienten würden buchstäblich lieber sterben als nachgeben.« Er blickte Ellen in die Augen. »Einige von ihnen sterben tatsächlich. Das ist Ihnen doch klar, oder?«

»Ja, natürlich«, antwortete Ellen kleinlaut. »In der Klinik hat man mich darüber aufgeklärt.«

Mit fragendem Gesichtsausdruck betrachtete Paul ihr ruhiges gelassenes Gesicht. »Verrückt ist nur«, fuhr er fort, »dass sie dabei ausgesprochen stark sind. Um den eigenen Körper verhungern zu lassen, braucht man ein großes Maß an Selbstbeherrschung! Eigentlich will ein Teil von ihnen überleben, aber sie können nicht mehr zurück, wenn es einmal so weit gekommen ist. Deshalb ist es so schwierig …«

»Haben Sie vorhin nicht gesagt«, unterbrach Ellen und stellte sich ihm in den Weg, »dass es Frauen gibt, die es nicht schaffen, Mutter zu sein? Dass sie zwar wissen, was es bedeutet, aber dass sie es nicht … können?« Ihre Stimme wurde schrill und laut vor Aufregung. »Sie tun alles, um eine gute Mutter zu werden, aber irgendetwas stimmt nicht und sie …« Ihre Stimme erstarb zu einem Flüstern. »Sie schaffen es einfach nicht.«

Paul runzelte die Stirn. »Es gibt immer mehrere Gründe für ein Problem«, antwortete er behutsam. »Aber Psychologie ist nicht mein Fach. Ich bin Allgemeinmediziner.« Er blickte an Ellen vorbei zur Treppe, die in die obere Etage führte. »Natürlich werde ich alles tun, um zu helfen.«

Zuerst betraten sie Ziggys Zimmer.

»Verdammt, ich habe keinen Arzt gerufen!« Die Worte kamen aus dem ungemachten Bett, sobald das Licht anging.

»Er ist extra vom Missionshospital heraufgekommen«, entgegnete Ellen mit drohendem Unterton.

»Er soll wieder verschwinden.«

Paul ignorierte die Bemerkung und stellte sich ans Fußende des Betts. Ohne sich aus der Ruhe bringen zu lassen, betrachtete er die abgemagerten Arme auf der weißen Bettdecke, die hohlen Wangen und die übergroßen wütenden Augen.

Ohne ein Wort drehte er sich um und verließ das Zimmer.

Nebenan lag Skye zusammengekrümmt auf dem Bett. Als der Arzt in ihre Nähe kam, blickte sie mit einem Ausdruck von Furcht und Sehnsucht auf.

»Bitte, lassen Sie mich in Ruhe«, flehte sie wie ein kleines Mädchen, das beim Fangenspielen mit dem Rücken an der Wand steht und nicht mehr weglaufen kann.

»Keine Frage«, meinte Paul, als er mit Ellen die Treppe hinunterging, »sie können nicht hier bleiben.« Seine Stimme wurde hart und strafte die sanften Augen Lügen. »Im Hospital haben wir nicht genug Betten. Wir brauchen sie für die Armen, die keine andere Zuflucht mehr haben. Ich gebe Ihnen einen guten Rat: Reisen Sie ab, solange Sie noch dazu in der Lage sind.«

»Sie meinen, zurück nach Amerika?« Ihre Worte klangen hohl. Zurückgehen, das machte doch keinen Sinn!

Paul nickte. »Ja, zurück nach Amerika. Oder wenigstens nach Delhi.« Er berührte Ellen sanft an der Schulter und fügte hinzu: »Sehen Sie, es war einen Versuch wert. Sie wissen, dass Sie alles getan haben, was in Ihrer Macht stand. In der Zwischenzeit werden Beruhigungsmittel helfen. Sie bekommen sie im Bazar. Ich schreibe Ihnen einige Präparate auf.« Er zog einen kleinen Notizblock aus der Tasche und kritzelte einige Namen darauf. »Der Himmel weiß, was sie auf Lager haben. Gehen Sie zu dem Mann neben dem Wahrsager, gegenüber von dem Bäcker.«

»Bäcker?«

»Na ja, sozusagen. Ich glaube, sie verkaufen Fladenbrot.«

Ellen lachte. »Das ist Indien …«

Prianka erschien mit einem Tablett und brachte heißen Tee. Freundlich begrüßte sie den Arzt und sprach Hindi mit ihm. Prianka strahlte ihn an, als wäre er ihr Schöpfer. Sie stellte das Tablett vorsichtig auf den niedrigen Tisch, machte eine Verbeugung und ging.

»Sieh dir das an …« Paul hob die schwere chinesische Teekanne hoch und drehte sie langsam um. »Wir hatten genau die Gleiche – zu Hause.« Er behielt sie eine Weile in der Hand, bevor er sie schweren Herzens wieder hinstellte.

»Wollen Sie nicht einschenken?«, schlug Ellen vor und schob ihm die Tassen hin.

Paul nickte und unterdrückte ein Gähnen.

Schweigend saßen sie auf dem alten Sofa und tranken den schwarzen würzigen Tee aus den feinen Porzellantassen mit Goldrand. Über ihnen hing ein verblasstes Porträt von Queen Elizabeth. Umrahmt von edlem Hermelin und blauen Ordensbändern, blickte sie abgeklärt auf sie herab.

Unter dem Duft von Kardamom und Nelken fing Ellen den Geruch von Schultoilette, Schmierseife und kaltem

Schweiß auf. Sie betrachtete Paul verstohlen. Der unordentliche offene Kragen und das unrasierte Kinn erweckten den Eindruck von Zerstreutheit, der so gar nicht zu den feinen Gesichtszügen passte. Was für einen Eindruck sie wohl auf ihn machte? Ungeschliffen und unfertig. Wahrscheinlich hielt er sie für eine exzentrische Dame mit ihren neurotischen Freundinnen.

»Leben Sie schon lange hier?« Plötzlich hätte sie gern gewusst, ob er sie tanzen oder ihr Bild in der Zeitung gesehen hatte. Allerdings war er Missionar. Missionar – schwarze Bibeln, kniende Menschen, einfaches Essen und lächelnde Kannibalen mit Knochen im Haar.

»In Indien oder Mussoorie?«

»Beides.«

»Ich stamme aus Kalkutta. Hierher bin ich vor etwa zehn Jahren gekommen.«

»Wollen Sie damit sagen, dass Sie Ihr ganzes Leben in Indien verbracht haben?«, fragte Ellen erstaunt.

Paul lächelte. »Fast. Meine Eltern waren Missionare in Kalkutta. Sie wollten mich nicht in ein Internat geben, also blieb ich bei ihnen, bis ich in London Medizin studierte. Ich hasste England – die Kälte, und dass alles zu einer bestimmten Zeit getan werden muss. Nun ja, so ist das nun mal, alter Junge!« Er imitierte den Oxford-Akzent.

Ellen lachte. Ihre alte Lebendigkeit, kribbelnd wie kalte Hände am warmen Feuer, kehrte zurück. Plötzlich fiel ihr auf, dass die Krankheit im Haus und die Qual des Vergessens wie ein dunkler Schatten über ihr und ihrer Lebensfreude lagen. Sie sehnte sich danach, endlich wieder frei zu sein.

Paul verdrängte seine Müdigkeit und genoss es, mit ihr Tee zu trinken. Sie wünschte, er würde bleiben, würde sie von hier fortbringen. Sie wollte ihn. »Leben

Ihre Eltern noch in Kalkutta?«, fragte sie gedankenlos, während sie Tee einschenkte.

Paul zögerte. »Nein, sie zogen nach Bangladesh. Vor einigen Jahren sind sie dort bei einer Überschwemmung ertrunken.« Trotz seiner ruhigen und festen Stimme war sein Schmerz nicht zu überhören.

Ellen schloss die Augen und sah zwei hilflose Menschen, die wie Puppen vom brodelnden Wasser hin und her geworfen wurden. Die alles verschlingende Flut ...

»Oh, das tut mir sehr Leid«, sagte sie rasch, »ich hätte nicht gefragt, wenn ich ...«

»Sie fehlen mir sehr.«

In der Stille war das Ticken der Schweizer Uhr besonders laut zu hören.

»Sind Sie verheiratet?«, fragte Ellen, um das peinliche Schweigen zu brechen. Natürlich ist er mit einer liebevollen ernsten Frau mit starkem Herzen und tröstenden Händen verheiratet, dachte sie.

Paul sah ihr in die Augen. Sie wand sich innerlich. Er könnte ja meinen, sie würde ...

»Nein«, antwortete er resigniert. »Wer möchte schon so leben?«

Er umklammerte die Tasse und starrte auf seine Hände. Sie waren feingliedrig und weich, aber zugleich fest und stark. Ellen stellte sie sich in den Latexhandschuhen der Chirurgen vor. Und seine hellbraunen Augen riefen Bilder von Qual und Schrecken wach. Mein Gott, ein im Mutterleib verwesendes Baby!

Auch in Margarets Augen hatte stets der Schrecken ihrer kleinen Patienten gestanden. Aber sie schien aus ihren Leiden Kraft zu schöpfen. Gab es einen Notfall, wurde sie lebendig. Plötzlich klapperten ihre Absätze geschäftig über den Fußboden, wenn sie ihren weißen Mantel über den Arm warf, die Arzttasche griff und davoneilte, während Ellen auf der harten Couch saß und ihr zusah. Wie eine Heldin zog sie in den Krieg.

Paul schien nur noch müde und traurig, als wäre er in ein ungewolltes Spiel geraten, das er nicht beenden konnte, obwohl er das Ende herbeisehnte.

»Sind Sie verheiratet?«, fragte er.

»Wie bitte?«

»Sind Sie verheiratet?«

Ellen sah ihn entgeistert an. »Ja ... Na ja, eigentlich nicht. Ich bin ... wir haben uns getrennt. Für immer.« Plötzlich hatte sie das Bedürfnis, ihm alles zu erzählen. »Ich habe eine kleine Tochter. Zelda« – ihre Stimme wurde sehr leise – »Sie ist ... sie lebt bei ihm.«

Paul blickte ihr kurz in die Augen. Seine zusammengekniffenen Augen und dünnen Lippen verrieten sein Missfallen. »Sie vermissen sie sicher sehr«, meinte er mit sarkastischem Unterton.

Ellen senkte den Blick und sah verlegen auf ihre Hände, an denen zwar kein Blut, aber Schuld klebte. Vermutlich dachte er an Liebhaber, Träume, Zukunftspläne und Unzufriedenheit. Aber so ist es nicht, hätte sie gern erklärt. Sie verstehen mich nicht. Niemand kann mich verstehen. James nicht, Ziggy nicht und auch Zelda nicht. Egal, was James ihr erzählt hatte, welche Gründe er genannt hatte, sie wird mir immer die Schuld geben, mich verachten, mich hassen ...

»Es tut mir Leid«, sagte Paul, trank seinen Tee aus und erhob sich. »Ich habe Sie schon zu lange aufgehalten.« Jetzt war er wieder der ruhige und besorgte Arzt. »Ich möchte noch einmal betonen, wie wichtig es ist, dass Sie mit den beiden Damen so schnell wie möglich abreisen.«

»Ja, vielen Dank«, antwortete Ellen mechanisch, als sie ihn zur Tür brachte. »Vielen Dank für Ihren Besuch.«

»Nicht der Rede wert«, meinte Paul. »Djoti kann die Rechnung abholen.«

Ellen leckte das Salz auf, das sie sich auf die Hand gestreut hatte, warf den Kopf in den Nacken, trank einen Schluck Tequila aus der Flasche und biss anschließend kräftig in eine Zitronenscheibe. Die Kombination von Schärfe und Säure entzündete ein Feuer auf ihrer Zunge. Sie verzog das Gesicht. Als die Wirkung nachließ, senkte sie den Kopf und lehnte sich an die Hauswand. Riesige Motten schwirrten um ein helles Fenster und schlugen mit den puderigen Flügeln gegen die Scheibe. Der Schein einer einzigen Lampe ergoss sich über die dunkle Veranda, lag silbern auf Ellens dunklem Haar und brach sich in der halb leeren Flasche in ihrer Hand.

Sie atmete langsam aus. Erschöpft und leer, hatte sie das Gefühl, vor einer undurchdringlichen Mauer von Fehlschlägen zu stehen. Sie musste aufgeben und zurückgehen. Aber hatte sie eigentlich etwas anderes erwartet?

Ein Bild stand ihr vor Augen. Margaret, ihre Mutter, die freundlich und mitleidig lächelte.

Was hast du erwartet, Ellen?

Der Verandapfosten schien zu schwanken und den Garten mit sich fortzureißen. Wie ein Gespenst in weißem verzauberten Licht schwebte Margaret über ihr.

Tollpatschiges, nutzloses, leichtsinniges, schmutziges Mädchen. Armes Ding!

Ihre Stimme durchdrang die Stille.

Kein Wunder, dass dein Vater fortgegangen ist.

»Nein!«, schrie Ellen dem Gespenst entgegen und schüttelte entschieden den Kopf.

Armes Kind. Er konnte dich einfach nicht mehr er-

tragen. Schon dein Anblick machte ihn krank. Deshalb hat er uns verlassen.

Der Wind seufzte in den Wipfeln. Arme Margaret. Das Leben ruiniert, vom Glück verlassen.

Nein! Mit hilflosen Gesten griff Ellen nach der Lichtgestalt. In ihrem Kopf brannte hell und klar ein Feuer, durchdrang alte Fronten, alte Meinungen, Ansichten, Urteile. Es war nicht die Wahrheit! Er musste eigene Gründe gehabt haben. Gründe, die mit Margaret zu tun hatten oder mit ihm selbst. Niemand würde alles, was er besaß und liebte, wegen eines unschuldigen Babys verlassen, das erst zwei Monate alt war.

Es sei denn, dachte Ellen plötzlich, er war wie ich, hin und her gerissen zwischen Liebe und Hass, auch ein Opfer der Krankheit, die wie ein böser Fluch auf ihrer Familie lag. Vielleicht hatte er sich schweren Herzens von seiner Familie losreißen müssen, unfähig, es Margaret zu erklären.

Ellen erinnerte sich an das Hochzeitsfoto, auf dem ein blasser blonder Mann schüchtern neben seiner jungen Frau stand. Kaum vorstellbar, dass auch er – genau wie sie – gehen musste, um das geliebte Kind zu schützen.

Sie blickte zum Mond, der wie ein Juwel in unglaublicher Entfernung am samtblauen Himmel hing. Niemals würde sie die Wahrheit über ihren eigenen Vater erfahren. Wen sollte sie fragen? Als Ellen die Ballettschule beendet hatte, war das Haus bereits verkauft und Margaret war nach England gezogen, ohne eine Adresse zu hinterlassen. Ellen spürte noch den Verlust, die Angst und die große Erleichterung, die sie empfand, als ihr klar wurde, dass Margaret sie endgültig verlassen hatte. Endlich war es vorbei!

Aber sie hatte auch ihre Geheimnisse mitgenommen.

Die Fragen würden Ellen ihr Leben lang begleiten – eine unüberwindbare Finsternis in ihrem Innern hinterlassen. Es durfte nicht sein! Diese nicht heilende, endgültige und erbarmungslose Wunde war unerträglich!

Ellen stand auf und blickte, vom Licht geblendet, in den Garten. Plötzlich wusste sie: Das würde sie Zelda nicht antun! Zelda sollte wissen, wo ihre Mutter war, und eines Tages auch erfahren, warum sie sie verlassen musste. Was es für Zelda bedeute, wusste sie nicht. Aber es war besser als nichts, besser als ewiges Schweigen. Eltern dürfen nicht verschwinden, weil die Wunde, die sie hinterlassen, sonst niemals heilt.

Ellen blieb, halb wach, halb schlafend, auf der Veranda sitzen, bis das erste Licht der aufgehenden Sonne den Himmel verzauberte. Dann ging sie in ihr Zimmer und setzte sich an den Schreibtisch.

»Lieber James«, schrieb sie entschlossen mit zitternder Hand. »Ich muss ihr unbedingt schreiben. Du musst es erlauben! Sie ist auch meine Tochter! Ich liebe sie.«

Sie blickte in die goldene Morgensonne. Unter ihrer Hand lag wie Balsam das kühle Briefpapier. Schon jetzt fühlte sie sich gestärkt.

Sie träumte davon, was sie ihr schreiben könnte. Lange Briefe würden es sein, in denen sie sich über Neuigkeiten, ihr Leben, ihre Gefühle austauschten. Natürlich würde sie die Worte sorgfältig wählen, um nichts falsch zu machen. Sie wagte es sogar, sich eine Antwort von Zelda zu erhoffen. Eines Tages würden sie wieder zusammen sein.

Die morgendlichen Geräusche nahmen zu. Aus der Küche war das Geklapper von Priankas Pfannen zu hören. Draußen hackte jemand Holz. Nur im oberen Stock blieb alles still. Ellen dachte an Ziggy und Skye, die sich, eingewickelt in Laken, im Schlaf unruhig hin und her wälzten. Ihr fiel der Rat des Arztes ein, das Haus zu verlassen. Hilflos sah sie sich um. Sie fürchtete sich davor, zu packen und auszuziehen. Plötzlich hatte sie eine Idee. Glasklar stand sie vor ihr. Wenn sie einen Weg fand, Ziggy und Skye zu helfen, sie zu retten, anstatt aufzugeben, wäre das ein sicheres Zeichen, dass sie selbst sich geändert hatte. Es würde sie zu einem Menschen machen, auf den man sich verlassen konnte. So wie Lizzie. Dann wäre sie eine richtige Mutter!

Der winzige Samen schlug Wurzeln. Genährt von der Wärme der Hoffnung, wuchs er schnell zu einer Pflanze heran. Es schien einfach und gerecht, ein Geschäft mit dem Schicksal: Konnte sie Ziggy und Skye retten, wäre Zelda für sie nicht verloren.

Am nächsten Morgen marschierte Ellen in Ziggys Zimmer und zog die Vorhänge auf.

»Steh auf!«, befahl sie ihr. »Wir gehen zum Bazar, einkaufen. Draußen wartet schon ein Kuli. Oder soll ich ihn heraufholen?«

Ziggy lag schweigend im Bett. Es fiel ihr schwer, zuzuhören und zu denken, deshalb sagte sie nichts.

»Na gut«, sagte Ellen. Sie öffnete das Fenster und winkte einem Mann, der auf dem Rasen stand. »Gleich ist er hier.«

Mühsam richtete sich Ziggy auf und fuhr sich verwirrt durch das unordentliche Haar. Sie trug nur ein kurzes Seidenjäckchen, das schlaff über Haut und Knochen hing.

Ellen nahm saubere Kleidung aus dem Schrank und warf sie ihr zu. »Zieh das an«, sagte sie gequält und schluckte angeekelt, wobei sie sich mit einer Hand an der Wand abstützte.

»Was ist los mit dir?«, fragte Ziggy.

»Nichts.«

»Tatsächlich? Ich habe auf dem Rasen eine Flasche liegen sehen.« Sie lächelte zynisch. »Das Kokain der Armen.«

»Was?«

»Tequila. Wo, um Himmels willen, hast du ihn her?«

»Djoti hat ihn im Savoy bekommen.«

Es klopfte leise an der Tür. Ellen stand auf. Ziggys Kopf flog herum. »Lass ihn ja nicht herein!«, rief sie. »Ich bin nicht angezogen!«

»Dann beeil dich!«, befahl Ellen kaltherzig.

Ziggy zog sich tatsächlich an. Langsam und täppisch wie eine Möwe an Land bewegte sie ihre abgemagerten Glieder und ließ Ellen dabei nicht aus den Augen.

»Warum schickst du nicht Djoti oder Prianka zum Einkaufen?«, fragte sie schließlich. »Ich hasse das Tal. Es ist heiß, und es gibt viele Bettler. Ich kann diese Männer mit ihren Dosen nicht ausstehen!«

Ellen öffnete die Tür und winkte den Kuli herein. Mit gesenktem Blick und hängenden Armen ging er auf Ziggy zu.

»Mem-Sahib?«

»Raus hier! Alle beide!« Ziggy war weiß vor Wut.

»Nein«, entgegnete Ellen gelassen. »Und wenn ich sechs weitere Kulis rufen muss und dich an Händen und Füßen fessele – du wirst nicht einen Tag länger im Bett bleiben! Du kommst mit!«

Ziggy riss vor Erstaunen die Augen auf. »Aber was willst du denn dort?«

»Einkaufen, zum Beispiel. Den Tempel besichtigen. In den Bazar gehen. Mit der Seilbahn fahren. Was Touristen tun, wenn sie Mussoorie besuchen – oder Indien. Du hast dieses Haus nicht verlassen, bis auf ein paar Übernachtungen im Hotel. Pass auf, dass du dich nicht bald in Amerika wiederfindest. Also«, sie holte tief Luft, »es wird Zeit, dass du mal herauskommst und ...«

»Moment mal!«, unterbrach Ziggy und hielt die Hand hoch, als wolle sie Ellens Pläne stoppen. »Ich weiß, was du vorhast. Du glaubst, Lucy hat mich aus der Bahn geworfen und du könntest es wieder in Ordnung bringen, indem du mich zu diesem gottverdammten Bazar schleifst! Vergiss es, Ellen! Das klappt nicht!« Das Zittern in der Stimme ließ sie jung und verloren erscheinen. »Ich war schon einmal in diesem Zustand, da hilft nichts mehr.«

Tränen schossen ihr in die großen grünen Augen. Der Kuli starrte verlegen auf seine Hände.

»Dann ist es ja egal, nicht wahr?«, entgegnete Ellen kaltschnäuzig. »Wenn nichts mehr hilft, kannst du ja auch mitkommen.«

»Mist! Du meinst es wirklich ernst ...« Ein kurzes hilfloses Schweigen entstand. Ziggy blieb verblüfft stehen. So durfte niemand mit ihr sprechen! Sie war Luft für sie. Dann schnippte sie mit den Fingern. »Du!«, rief sie dem Kuli zu. »Geh! Verschwinde! Sofort!«

Er blieb, wo er war.

»Ich habe ihm gesagt, dass er dich nicht ernst nehmen darf«, erklärte Ellen, »weil du verrückt bist. Er wird nicht auf dich hören. Ich habe ihm doppelten Lohn bezahlt.«

»Aha, Gefahrenzulage.« Ziggy lachte. Das wilde Gekicher passte zu den fiebrig glänzenden Augen. »Oh, das ist gut, Ellen. Das hätte ich nie von dir gedacht ...«

Ellen drehte sich um und verließ das Zimmer. Ziggy starrte ihr entgeistert hinterher, hob die verkrampfte Hand und zupfte verlegen an ihren Haaren. Es verging einige Zeit, bis sie endlich dem Kuli winkte und sich breitbeinig hinstellte, um hochgehoben zu werden.

Schweigend gingen sie durch den Wald bis zum Hospital, wo die Straße endete. Ellen bezahlte den Kuli und schickte einen Boy, um einen schlafenden Taxifahrer zu wecken.

»Jawohl, Mem-Sahib«, sagte der Fahrer unterwürfig und blinzelte in die Sonne. »Wohin möchten Sie?«

»Wir wollen zum Bazar.«

»Natürlich, kein Problem.«

Ziggy kletterte ins Taxi und sank schlaff in die Polster.

Ellen setzte sich neben sie, achtete jedoch auf einen deutlichen Abstand zwischen ihnen.

Der Fahrer beobachtete sie im Rückspiegel, als er den Wagen die steile kurvige Straße hinunterrollen ließ.

Kein Wort kam über ihre Lippen. Wer würde zuerst das verbissene Schweigen beenden? In alten Zeiten war es immer Ellen gewesen ...

Sie blickt von der Hausaufgabe auf, unterbricht ihr geistesabwesendes Gekritzel, lässt Ziggy nicht aus den Augen, die eine Nadel in ihre rosa Satinschleife sticht.

Es tut mir Leid ... Zig?

Keine Antwort.

Bitte, Ziggy! Ich habe es doch nicht so gemeint.

Ein langsamer Augenaufschlag. Stimmt das auch?

Ja, es tut mir wirklich Leid.

Ein kurzes Nicken und der Anflug eines Lächelns. Na gut.

Freundschaft?

Klar. Freundschaft.

Langsam bahnte sich das Taxi einen Weg durch die Menschenmenge. Heute war Markttag. Ellen sah an den neugierigen Gesichtern vorbei, die sich an die

Scheiben pressten. Unzählige kleine Stände säumten den Straßenrand, als führe man an einer ununterbrochenen Reihe offener, mit Waren voll gestopfter Schränke vorbei: leuchtend bunte Saris, Bettdecken, Säcke mit Gewürzen, Gläser mit Zuckerbrot, Armreifen an Schnüren und Kisten mit Silberschmuck. In regelmäßigen Abständen wurden Softdrinks aus warmen, staubigen Dosen verkauft: Limca, Thums Up und eine Art Coca-Cola. Eine Kodak-Reklame lugte hinter einem Stapel Ledersandalen hervor. Verblichene Poster zeigten Jeans im westlichen Stil, getragen von einem westlich gestylten, indischen Mädchen mit nacktem Bauch, daneben eine Schmiede, eine dunkle, verrauchte Höhle mit vagen Schatten, und der matte Glanz geschmiedeten Metalls.

Eine Kuh blieb mitten auf der Straße stehen und weigerte sich, Platz zu machen. Die Luft flimmerte und es wurde heiß und stickig im Wagen. Ellen kurbelte das Fenster herunter. Der Geruch und der Lärm der Menschenmenge strömten herein. Ziggy bedeckte Mund und Nase mit dem Ärmel und schloss die Augen. Sie hielten neben einem Laden, der Wanderstöcke verkaufte, die an langen Latten hingen und sämtliche Wände bedeckten. Einige waren blass und neu, andere gebraucht, mit einer Sammlung Blechplaketten und schön verziertem, geschnitztem Knauf. In der Mitte hing ein Panoramafoto, Schnee bedeckte die fernen Gipfel.

»Himalaya«, sagte der Fahrer. »Hier, sehen Sie ... dieser Berg ... von Mussoorie. Aber nicht heute. Es ist ... derselbe Staub.«

»Dunst«, verbesserte Ellen.

»Dreck«, meinte Ziggy.

Die Kuh schlenderte zur Seite, und der Wagen setzte sich wieder in Bewegung.

»Bring uns zum alten Tempel.«

»Jawohl, Mem-Sahib. Es ist nicht weit. Hier, sehen Sie.« Er zeigte auf einen schmalen Eingang. Zweifelnd blickte Ellen in die Richtung. »Ist es ein berühmter Tempel?«

»Sehr berühmt, Mem-Sahib. Der Tempel von Nanda Devi.«

»Ich sehe mich mal um«, wandte sich Ellen an Ziggy. Sie warf dem Fahrer, der sie immer noch im Rückspiegel beobachtete, einen Blick zu. »Du wartest hier. Ich bin gleich wieder da.«

Sie ging durch den Eingang und einen schmalen Heckenweg entlang, bis sie zu einem halb offenen Tor aus dicken Gitterstäben kam. Hier blieb sie stehen, schaute ins Dunkle und atmete alten Weihrauch ein. Eine in orangefarbene Tücher gehüllte Gestalt regte sich. Dann gingen Lichter an – eine Reihe nackter greller Glühbirnen. Ein alter Priester saß im Alkoven neben einer elektrischen Schalttafel. Er verbeugte sich und winkte Ellen herein.

»Bitte, ziehen Sie die Schuhe aus«, sagte er und kam auf sie zu. Als sie die Schnürsenkel ihrer Stiefel öffnete, sah sie zu ihm auf. Er trug mehrere Schichten Kleider – Rock, Hemd, Halstuch, Umschlagtuch, Turban, Schultertasche – alles in verschiedenen Orangetönen. Auf den zusammengewürfelten, lässigen Stil wäre jeder Designer stolz gewesen.

Als sie auf Socken hinter ihm ins schummrige Allerheiligste tappte, spürte sie den harten kalten Marmorboden unter den Füßen. Er betätigte einen weiteren Schalter und nacktes Licht fiel auf einen Schrein.

Ellen stand vor einer wachshäutigen Göttin in goldenen Kleidern. Ihre Augen aus Bastseide glänzten dunkel. Auf ihren Lippen lag der Anflug eines Lächelns. Ein Kranz aus Ringelblumen hing in dichten goldenen Falten um den grazilen Hals. Das königliche Haupt war leicht geneigt und verlieh ihr eine Aura von Güte, die in krassem Gegensatz zu dem langen Messer in ihrer Hand stand. Rotes Wachs war wie Blut über die silbernen Schuhe gelaufen und hatte auch die weiße Wand befleckt. Unzählige rosa, rote und gelbe Blütenblätter lagen zu ihren Füßen.

»Nanda Devi ist die Göttin, die Seligkeitsspenderin«, erläuterte der Priester. »Die wunderschöne Mutter, die Leiden nimmt und Segen schenkt. Sie liebt alle Menschen, aber besonders« – er wandte sich an Ellen – »schöne Damen.«

»Warum hat sie ein Messer in der Hand?«, fragte Ellen. In dem stillen schummrigen Tempel klang ihre Stimme laut und aufdringlich.

Der Priester wackelte unverbindlich mit dem Kopf. »Das symbolisiert ihre Macht«, meinte er schulterzuckend. »Sie muss sehr stark sein.«

Ellen sah zu der Göttin auf. Was verbarg sich hinter der abgeklärten Schönheit der Madonna? Wildheit? Unterschwellige Gewalt? Nichts an ihr war echt, aber sie symbolisierte das wirkliche Leben voller Hoffnung und bitterer Enttäuschung, Sanftheit und Verwegenheit, Freude und Furcht. Das Gute und zugleich das Böse.

Wunderschöne Mutter ..., dachte Ellen und betrachtete suchend das zeitlose Gesicht. Die Worte wurden zu Bildern, Schnappschüssen, Visionen. Sie sah sich selbst, die zwischen Liebe und Furcht hin und her gerissene Mutter, und Zelda, die jauchzte und lachte, dann plötzlich angsterfüllte Augen und Keuchen. Zelda schlägt um sich und versinkt im Meer. Doch dann gewinnt die gute starke Mutter und nimmt das Kind in ihre schützenden Arme.

»Wunderschöne Mutter«, flüsterte Ellen ehrfürchtig. Schöpferin und Zerstörerin zugleich – die, die Leben schenkt und nimmt ...

»Geheiligt, geheiligt«, sang der Priester.

Ellen blickte ihn verständnislos an, als er ihr die Hand entgegenstreckte.

»Ach ja, das habe ich vergessen«, entschuldigte sie sich und griff in ihren Geldgürtel.

Der alte Mann verbeugte sich dankend und ließ die Göttin wieder in den Schatten tauchen.

Ellen zog ihre Stiefel an und trat in die helle wärmende Sonne und den geschäftigen Lärm der Straße.

Sie bahnte sich ihren Weg durch die Menge zum Wagen, aber Ziggy und der Fahrer waren nicht mehr da. Nur das Taxi stand noch dort. Ellen sah sich suchend um und entdeckte Ziggys Blondschopf, der über die anderen Köpfe ragte. Als sie näher kam, hörte sie ihre Freundin sagen: »Ich habe kein Geld, aber meine Freundin kommt gleich und bezahlt alles.«

Ellen blieb in der Menge stehen und beobachtete, wie Ziggy an einem Stand mit Backwaren mit dem Besitzer diskutierte. Auf dem Ladentisch stapelten sich goldgelbe klebrige Kuchen, während weiter hinten auf einem kleinen Ofen frische gebacken wurden. Neben ihr stand ein kleiner Junge in zerfetzten Shorts. Ellen trat einen Schritt beiseite, um ihn besser sehen zu können. Die mageren Beine ragten wie Stelzen aus seinem angeschwollenen Bauch. Große schwarze hungrige Augen in einem schmutzigen, tränenüberströmten Gesicht blickten zu Ziggy auf.

»Das Kind hat Hunger, verdammt noch mal! Was ist los mit Ihnen?«, schrie sie wütend und fuchtelte wild mit den dünnen Armen. Der Standbesitzer sah sich verlegen grinsend um.

»Eine Rupie«, sagte er und streckte dabei seinen Zeigefinger in die Luft.

Dann erschien der Fahrer auf der Bildfläche. »Mem-Sahib, kann ich Ihnen helfen?«

»Gib ihm etwas Geld«, bat Ziggy. »Die andere Mem-Sahib wird es dir zurückgeben.«

Der Taxifahrer zog eine Münze aus der Hosentasche und legte sie auf den Ladentisch. Daraufhin hielt der Standbesitzer ihnen lächelnd zwei der klebrigen Kuchen hin. Gierig starrte der kleine Junge auf die gelben Kuchen. Mit spitzen Fingern nahm sie die klebrige Masse entgegen und betrachtete sie einen Moment angeekelt. Vor Hunger und Schmerz fing das Kind an zu weinen und wimmerte vor sich hin.

»Nein, nein, weine nicht«, beruhigte Ziggy den kleinen Jungen, bückte sich und legte die Kuchen in seine kleinen ausgezehrten Hände. »Hier, nimm! Ist ja gut, sie sind beide für dich.«

Sofort biss der Junge in einen der Kuchen, kaute angestrengt und schluckte den Bissen gierig hinunter. Dabei hielt er den Kuchen mit beiden Händen fest und schaute sich ängstlich um, als könnte ihm jemand seinen Schatz entreißen. Er war älter, als er aussah, und durch die Unterernährung zum Krüppel geworden. Aber Ellen sah nicht ihn an. Sie beobachtete fasziniert Ziggy, die sich über das Kind beugte und mit offenem Mund und erstaunt aufgerissenen Augen auf den Kuchen starrte, den sich der Junge mit beiden Händen in den Mund stopfte.

Einige Leute lachten, als er mit ausgestreckten Händen mehr verlangte. Plötzlich tauchte ein älterer Junge neben Ziggy auf.

»Gib mir einen Dollar«, bat er grinsend. »Amerika. Richard Nixon. Sehr gut.« Ziggy ignorierte ihn. Wild gestikulierend überredete sie den Verkäufer, ihr einen großen Kuchen zu überlassen. Der Fahrer durchsuchte die Taschen nach Münzen und blickte dabei Hilfe suchend über die Schulter. Als er Ellen entdeckte, winkte er sie herbei.

Ziggy gab dem Jungen den Kuchen. Der zögerte einen Moment ungläubig, als fürchte er einen Trick. Dann griff er mit beiden Händen nach dem Kuchen, presste ihn an die Brust und stürmte davon. Fassungslos sah Ziggy ihm nach.

Einer der Zuschauer rief dem Standbesitzer etwas zu, was lautes Gelächter auslöste, das wie eine Welle durch die Menschenmenge ging. Besorgt blickte der Taxifahrer zu Ziggy hinüber.

Sie fuhr herum. »Was sagen sie?«

»Es ist nur ...«. Er zuckte die Schultern. »Sie wundern sich, dass Sie dem Bettelkind den Kuchen gegeben haben, und fragen sich, wer *Sie* füttert?« Er grinste verlegen und breitete hilflos die Arme aus. »Es sind Dorfbewohner. Sie wissen nichts über Amerikaner.«

20

Ellen schaute aus dem Küchenfenster. Skye saß auf der Veranda und sah müßig einer Gruppe Kulis zu, die tief gebeugt unter schweren Reissäcken über den Rasen gingen. Als sie an ihr vorbeikamen, hielt sie sich ihren Schal vor die Nase und wandte sich ab. Neuerdings beschwerte sie sich, wenn es nach Gebratenem, reifen Früchten oder brennendem Laub roch. Sogar die süßen Düfte des Gartens störten sie.

Ellen presste unwirsch die Lippen zusammen, als sie sich an Prianka wandte. »Wie viel Reis?«, fragte sie die alte Frau und betonte dabei jedes Wort. »Reicht das für sechzig Leute?«

»Sechzig?«, wiederholte Prianka und hielt zuerst zehn, dann sechs Finger hoch.

Ellen schüttelte den Kopf und hielt sechsmal zehn Finger hoch.

Priankas Augen weiteten sich. »Sehr großes Essen!« Die Fragen standen ihr ins Gesicht geschrieben, aber sie begnügte sich mit einem Nicken zum Esszimmer und einem Kopfschütteln. »Zu viele. Nicht gut.«

»Wie viel Reis?«, wiederholte Ellen bestimmt.

Mit halb geschlossenen Augen begann Prianka zu zählen. Dann ging sie in die Speisekammer, stieg auf einen Stuhl und hob fünf riesige Kochtöpfe vom Regal, auf denen eine dicke Staubschicht lag, weil sie schon seit Jahren nicht mehr benutzt worden waren. Argwöhnisch zeigte sie auf einen Sack Kartoffeln, der schon am Morgen gebracht worden war.

»Aloo masala – sechzig?«, zweifelte sie. Ellen lächelte ihr aufmunternd zu. Sie runzelte die Stirn, und die Lachfalten verschwanden aus ihrem Gesicht. »Djoti, komm her«, befahl sie. »Ich ... nix verstehen.« Sie warf Ellen einen Blick zu und verschwand im Garten.

Um halb sechs Uhr abends fanden sich die ersten Gäste ein. Schweigend blieben sie vor dem Garten stehen, bis Djoti sie hereinwinkte. Um sechs Uhr war der hintere Teil des Gartens bereits voller Menschen. Die mageren Gestalten bildeten kleine Gruppen, standen in Paaren herum oder warteten allein. Vor der Veranda bildete sich eine lange Schlange.

Ellen betrachtete die Szene vom Fenster aus und schätzte die Anzahl der Leute. Die orangefarbenen Roben und Turbane der heiligen Männer hoben sich von den graubraunen Lumpen der Armen und Obdachlosen ab. Sie waren in der Überzahl. Auch einige heilige Frauen in unscheinbaren weißen Saris aus grobem Stoff waren gekommen. Die verschiedenen Gruppen vermischten sich und wanderten wie Partygäste durch den Garten. Die untergehende Sonne verlieh der ärmlichen Szene einen merkwürdig goldenen Glanz. Monotone Gebetsgesänge begleiteten das Gesprächsgemurmel. Alte, bis zur Geschlechtslosigkeit verwelkte Menschen in unscheinbaren Umschlagtüchern stützten sich auf Stöcke oder saßen auf dem frisch gemähten Rasen, um den gebeugten Rücken und die in schmutzige Bandagen gewickelten, verkrüppelten Füße auszuruhen. Junge Männer und Frauen mit verkümmerten Muskeln und hohlen Wangen wandten den Blick nicht von der Küche ab. Mütter drückten ihre Babys an die magere Brust, während ältere Kinder sich an die Beine der Erwachsenen klammerten und mit weit aufgerissenen Augen auf das Haus starrten.

Ellen trat vom Fenster zurück und beobachtete die vielen hungrigen Menschen. Ihr Blick fiel auf einen verwegen aussehenden Mann mit langen Korkenzieherlocken, die mit rotem Schlamm beschmiert waren. Ein gelber Farbstrich zierte Stirn und Nasenrücken. Sein Oberkörper war nackt, und unter der losen, mit grauer Asche bedeckten Haut konnte man die Rippen zählen. Auf einem Bein stehend, blickte er in die Ferne. Anscheinend machte ihm die heraufziehende abendliche Kühle nichts aus. Ellen erkannte in ihm einen Wandermönch, der ein heiliges Gelübde abgelegt hatte, jedoch keinem Kloster angehörte. Djoti hatte ihr erklärt, dass sie von einem heiligen Ort zum anderen pilgerten.

Ellen ließ den Pilger nicht aus den Augen. In dem Leben, das er hinter sich gelassen hatte, war er vermutlich einmal ein erfolgreicher Geschäftsmann gewesen, der mit dem Flugzeug durch die Welt geflogen war und in den besten Hotels übernachtet hatte. Wahrscheinlich hatte er irgendwo in Indien eine Familie, ein Haus, Enkelkinder, Haustiere, einen Fernseher und weiche Betten. Und nun war er hier, trotz seines Reichtums ein Bettler, der sich auf einen Wanderstab stützen musste. Frei von familiären Pflichten, Freunden, Geschäften und Besitz, konnte er sich seiner spirituellen Suche widmen, nach Belieben umherziehen, in Ashrams und Tempeln um Brot bitten, an heiligen Flüssen und Stätten schlafen und meditieren, bis das Ende seiner Tage gekommen war und sein Körper, seine letzte Zuflucht, als leere Hülle zurückblieb.

Ellen trat näher ans Fenster und suchte den jungen Priester, den Djoti und sie gestern vor dem Tempel getroffen hatten. Sie hatten auf der Treppe vor dem Eingang gestanden, während Djoti leise mit ihm sprach. Um sie herum standen Bettler mit leeren Blechtellern und Schüsseln in der Hand und starrten sie unverwandt an. Ellen drehte sich nervös um, als Djoti, anscheinend auf seinen Argumenten bestehend, die Stimme erhob. Der Mönch antwortete mit entschiedenem Kopfschütteln.

»Was ist los?«, mischte Ellen sich ein. »Hält er uns für verrückt?«

»Nein«, antwortete Djoti. »Es kommt öfter vor, dass fromme Menschen Essen für die Armen spenden. Aber es wurde bisher nur hier, im Ashram, ausgegeben.« Er zeigte auf ein zerfallenes dreistöckiges Gebäude hinter dem Tempel mit einer Veranda, auf der Wäscheleinen voller verblichener orangefarbener Stoffe und etwa hundert tropfende Lendenschurze hingen. »Dort gibt es einen Hinterhof. Er schlägt vor, dass die Mönche dort eine Tafel mit Ihrem Namen aufstellen, so dass jeder Sie für die edle Spende segnen kann. Wenn Sie es wünschen, können Sie die Speisung jemandem widmen, den sie in den Segen mit einschließen würden. Er sagt, sie machen es immer so.«

Djoti blickte den Mönch an, der zustimmend nickte.

»Nein«, entgegnete Ellen, »sie sollen in unser Haus kommen.«

Djoti gab ihren Wunsch weiter. Der Mönch schwieg.

»Werden sie kommen?«, fragte Ellen.

Djoti zuckte die Schultern. »Ich denke, man wird sie einladen.«

Ellen hätte gern mehr erfahren, aber der Mönch drehte sich wortlos um und entfernte sich.

Ein großer Vogel schwebte in den Garten und ließ sich auf dem stillgelegten Marmorbrunnen nieder. Der junge Mönch stand neben einer Gruppe vor dem Haus, eine Hand auf die Schulter eines Kindes gelegt. Er hob den Kopf, als hätte er ihre Gedanken gelesen. Ihre Blicke trafen sich. Er winkte ihr freundlich zu.

Es war nur eine kleine Geste, die jedoch wie Wellen in einem Teich wirkte. Ein Raunen ging durch die Menge. An der Veranda sank eine Frau auf die Knie und streckte die Arme zum Himmel. Andere folgten ihrem Beispiel, knieten nieder und küssten ehrfürchtig den Boden. Schon bald lagen alle auf den Knien, nur der Mönch blieb stehen.

Die Hand noch immer zum Gruß erhoben, stand Ellen wie versteinert am Fenster. Dann sprang sie entsetzt zur Seite und presste den Rücken gegen die Wand. »Mist ...«, zischte sie und ahnte, dass die hungernden Menschen sie als Reinkarnation der Königin oder vielleicht sogar des Papstes verehrten. Sogar für Liberty wäre hier die Grenze gewesen. Nach einer Weile lugte sie vorsichtig um die Ecke und stellte erleichtert fest, dass die Menschen ihre unterwürfige Geste beendet hatten und wieder zu ihrem normalen Geplauder zurückgekehrt waren. Dabei stellten sie sich vor der Veranda auf und hielten ihr Essgeschirr in den Händen.

Ellen trat vom Fenster zurück. Das alles kam ihr sehr vertraut vor. Sie erinnerte sich an ihre Soloauftritte und das erhebende Gefühl, wenn das Publikum applaudierte, nach ihr verlangte und sie auf den Wogen der Herzlichkeit und Bewunderung schwebte. Trotzdem griff der Zweifel eiskalt nach ihrem Herzen. Sie war eine Betrügerin. Sie hatte nicht für die Menschen getanzt, sie waren nur Beiwerk, Teil der Maschinerie gewesen, und ihre Huldigungen und ihr Geld hatte sie nicht verdient.

Sie blickte auf die wartenden Menschen im Garten. Das hier war anders. Hier dankten die Menschen ihr für die Speisen und entfernten sich rasch, einfach und unschuldig wie Kinder nach einem Tischgebet.

Ellen ging zur Treppe und begegnete Skye, die aussah, als wäre sie gerade erst aufgestanden. Sie trug einen zerknitterten Punjabi-Pyjama, und ihr ungekämmtes Haar fiel ihr vor das fahle Gesicht und über die knochigen Schultern. Die Tochter eines Millionärs unterschied sich kaum von den armseligen Menschen dort draußen.

»Was ist los?«, fragte sie mit ängstlich aufgerissenen Augen. »Diese vielen Menschen ...«

»Zeit für das Abendessen«, sagte Ellen nur. »Unten! Übrigens, hast du Ziggy gesehen?«

Skye schüttelte den Kopf und spähte über das Treppengeländer.

Ellen warf einen Blick in beide Zimmer, gab dann auf und ging hinunter. Ziggy wird schon irgendwo sein, beruhigte sie sich, ihr kann nicht entgangen sein, was hier los ist.

Prianka kam in die Küche und freute sich, als sie Ellen sah. Djoti hatte ihr erklärt, dass Ellen im Namen des Ashrams eine Speisung durchführte. Sie und ihre Töchter hatten den ganzen Tag gearbeitet, natürlich hatte auch Ellen geholfen. Plötzlich trat der persönliche Helfer des Swamis in die Küche. Mit Räucherstäbchen segnete er die Speisen, dann die Köchin und schließlich den gesamten Haushalt. Prianka traten vor Stolz Tränen in die Augen, während Ellen schweigend wie ein vergessener Besen in der Ecke stand.

Nun schwenkte Prianka beide Arme als Zeichen, dass

die Berge Reis und Currykartoffeln fertig waren. Sie rief Djotis Boys in die Küche, drückte ihnen saubere Blechnäpfe in die Hand und füllte sie. Ellen schaute unentschlossen zu. Sollte sie sich zurückziehen oder auch Essen an ihre Gäste austeilen? Schließlich nahm sie Prianka einen Napf mit Kartoffeln aus der Hand und trug ihn hinaus auf die Veranda.

Sie blickte auf ihre Füße, die gleichmäßig über die Fliesen schritten. Nur auf die Quadrate treten und nicht auf die Fugen, sagte sie sich, sonst holt dich der Bär. Merkwürdig, wie tief diese uralte Angst saß. Mehr als einmal hatte sie sich geweigert, auf dem Gehweg zu tanzen, und sich nicht um die murrenden Fotografen geschert ...

Die heiligen Männer waren zuerst dran und warteten geduldig vor der Veranda. Ihr monotoner Gesang erhob sich über das Gemurmel der Menge. Die meisten von ihnen hatten hohe Blechkannen mit Henkeln. Sie stellten sie ordentlich in einer Reihe auf die Veranda. Djotis Boys gingen von einem Essgeschirr zum anderen und füllten sie mit Reis oder Curry. Die Männer nahmen das Essen in Empfang, hörten auf zu singen und machten für die Nächsten Platz. Das Gesicht dem Haus zugewandt, ließen sie sich in einer Reihe auf dem Rasen nieder und kreuzten die Beine, als folgten sie einem bestimmten Ritual. Nachdem alle Platz genommen hatten, begannen sie mit den Fingern zu essen und unterhielten sich dabei angeregt. Die heiligen Frauen, die als Nächstes ihre Mahlzeit erhielten, stimmten mit weicher Stimme einen Betgesang an.

Ellen nahm den Platz eines Boys ein, der in die Küche gegangen war, um seinen Eimer aufzufüllen. Sie schaute sich um, aber sie konnte Skye nirgends entdecken, und auch von Ziggy war nichts zu sehen. Wahrscheinlich stehen sie am Fenster hinter dem Vorhang und schauen heimlich zu, dachte sie.

Als sie damit begann, die gelben Kartoffeln mit dem roten Chili auszugeben, wünschte sich Ellen, sie hätte sich für Reis entschieden. Dann gäbe es pro Person nur eine Kelle und jeder würde die gleiche Menge erhalten. Aber bei dem Kartoffel-Curry musste sie unter den Augen der hungrigen Menschen die Portionen einteilen, damit niemand zu kurz kam. Trotzdem war sie so großzügig wie möglich, fühlte sich dabei jedoch nicht wohl. Prianka hatte ihr eingebläut, dass es nur reicht, wenn sie es sorgfältig aufteilte.

Der würzige Duft der Speisen überdeckte den Schweißgeruch und einen anderen Duft, den Ellen kannte – ein schweres Moschusparfüm, das zusammen mit Haschisch, rauchgeschwängerten Räumen und lauter Musik der Vergangenheit angehörte. Bob Dylan. Van Morrison. The Eagles. Wohl wissend, dass man Menschen und Ereignisse vergaß, Düfte jedoch im Gedächtnis blieben und jahrelang an Freud und Leid erinnerten, folgte sie dem Duft und beugte sich über das Geländer. Hier war es wieder, nur stärker. Ja … es war Patchuli! Es kam aus einer Flasche mit der Aufschrift »Ätherisches Öl«. Man tupfte es sich aufs Handgelenk, aber schnell roch alles danach, was man an sich trug – die schwarzen Gymnastikanzüge und sogar die weißen Schulhandtücher.

Mit Patchuliparfüm eingesalbt, hatten sie und Ziggy sich aus der Ballettschule gestohlen, wenn es dunkel war. Ziggy dachte sich immer die wildesten Sachen aus, und sie erschienen uneingeladen auf Partys, Bällen, in Clubs oder auf privaten Festen. Überall umschwirrten die Männer die beiden Mädchen wie Motten das Licht, denn sie waren sehr schön. Sie flirteten und scharten Verehrer um sich, jedoch nur, um sich gegenseitig zu beeindrucken. Damals waren sie stark und unbesiegbar. Das Leben war ein Spiel, und ihnen gehörte die Welt.

Wir werden wieder so stark wie früher sein, dachte Ellen. Verdammt, Ziggy, wach endlich auf! Ich will dich wiederhaben! Und ich werde dich zurückholen!

Ellen vermied den Blickkontakt mit ihren Gästen. Sie wollte kein Aufsehen erregen, aber auch nicht unhöflich erscheinen. Also richtete sie ihren Blick auf die Kinder, die weiter hinten standen und warteten, bis die Älteren fertig waren.

Ein kleines Mädchen hatte offensichtlich Durchfall, ihre Beine waren voller Kot. Ein Junge hustete, der ausgemergelte Körper wurde immer wieder von Krämpfen geschüttelt. Plötzlich krümmte er sich zusammen und spuckte Blut ins Gras.

Ellen unterbrach ihre Arbeit und blieb mit dem Eimer in der Hand stehen. Wieder einmal horchte sie in sich hinein, ob sie die alten Wunden spürte, den alten Schmerz. Die Kinder taten ihr Leid. Sie war außer sich über ihren schlechten Zustand, dennoch hatte sie kein Bedürfnis, sie zu beschützen, wie beim Anblick eines molligen Babys im Kinderwagen. Aber den bösen Impuls, ihre dunkle Seite, den Wunsch, zu zerstören, zu verletzen, spürte sie auch nicht. Es war, als hätten die Bettelkinder, die in einer erbarmungslosen Welt lebten, das Böse bereits hinter sich gelassen. Nun waren sie in Sicherheit – oder verloren. So oder so, jedenfalls waren sie ganz anders als Zelda und schon gar nicht wie das verlassene Kind in ihren Träumen, das schluchzend und frierend allein in einem leeren Zimmer lag. Während sie die Bettelkinder betrachtete, überkam sie ein Gefühl der Befreiung wie ein süßer warmer Sommerregen. Gelöst und ohne Furcht konnte sie ihnen zulächeln und sie sogar berühren.

Ellen sah in den Eimer. Der Rest reichte nicht mehr für zwei ganze Portionen. Sollte sie zwei kleine oder eine große Portion daraus machen? Als Nächstes war ein junger Mann dran. Seine dünnen Arme waren mit rotem Ziegelstaub bedeckt. Er hat Arbeit, dachte sie. Aber warum hat er dann nicht genug zu essen? War er vielleicht kein richtiger Bettler? Egal, er war viel zu dünn, um Ziegelsteine zu schleppen. Rasch schüttete sie das restliche Essen in seine Schale und ging in die Küche.

Ziggy kam ihr mit einem Eimer Curry entgegen. Beide blieben stehen und starrten einander schweigend an. Ellen atmete erleichtert auf und lächelte zufrieden. Ziggy half mit – ihr Plan hatte geklappt.

Ellen drehte sich um und zeigte auf die Reihe, an der sie gerade aufgehörte hatte. »Mach dort weiter«, sagte sie nur, »mein Eimer ist leer.«

Ziggy nickte und humpelte mit dem schweren Eimer, den sie kaum tragen konnte, davon. Aber sie gab nicht auf. Bei ihrem Anblick verstummten die hungrigen Menschen und glaubten, ihnen erschiene eine Göttin – die Reinkarnation einer Bettlerin mit goldenem Haar und Kleidern aus gelber Seide. Einer von Djotis Boys kam ihr zu Hilfe, aber sie schickte ihn mit einer knappen Handbewegung fort. Hundert anerkennende Blicke folgten ihr, als sie sich die Reihe entlangschleppte. Ihr ausgemergelter Körper symbolisierte ihre Schwäche, aber auch ihre unerschütterliche Hoffnung. Als sie die Schalen füllte, bedankten sich die Hungernden mit einem Lächeln. Und sie erwiderte das Lächeln, wobei ihr das blonde Haar ins Gesicht fiel.

Am nächsten Morgen erschien Ziggy im Esszimmer. Sie war gekämmt und trug saubere Kleidung. Als Prianka frisches Fladenbrot brachte, nahm sie sich eines und legte es auf ihren Teller. Es dauerte eine Weile, bis sie kleine Stücke davon abriss und langsam anfing zu essen. Ellen bemühte sich, nicht hinzusehen, und schenkte Tee ein.

Keine der beiden sprach den gestrigen Abend an. Die Erinnerung an das Lächeln, die dankbaren Worte und die sauber ausgeleckten Schalen verband sie.

Als der Tisch bereits abgeräumt war, schlurfte Skye, nur mit einem Morgenrock bekleidet, herein. Wortlos setzte sie sich ans Kopfende des Tisches und blickte Ziggy und Ellen fragend an.

»Wir werden es wieder machen«, unterbrach Ellen das Schweigen. »Am nächsten Freitag.« Sie wartete auf Ziggys Antwort und lächelte froh, als sie nickte.

Skye starrte sie ungläubig an. »Aber sie sind furchtbar schmutzig! Und dieser Gestank ...« Dann riss sie sich zusammen. »Ich meine, eigentlich habe ich ja nichts dagegen, wenn man Menschen hilft. Mein Vater sagte immer, dass man ein Zehntel seines Vermögens abgeben soll. Aber wir müssen sie doch nicht hierher einladen!«

»Doch, das müssen wir«, sagte Ellen. »Es geht dabei auch um uns. Wenn wir ihnen helfen, hilft das auch uns.« Ellen wurde unsicher. Mein Gott, dachte sie, ich rede wie ein Sonntagslehrer.

Skye lachte zynisch. »Ich mache da nicht mit!« Trotzig hob sie das Kinn. Die Geste wirkte gespielt, unpassend, wie gestohlen.

Nachdenklich sah Ellen auf ihre Hände. Was würde Carter in dieser Situation tun? Oder James? Wie erreichten sie die Zustimmung anderer zu ihren Plänen?

Die nächsten Worte kamen mit einer Ruhe und Bestimmtheit aus ihrem Mund, die sie selbst überraschte. »Es wird dir nichts anderes übrig bleiben. Wir haben kein Personal. Ich habe ihnen an diesem Tag frei gegeben.« Sie warf Ziggy einen viel sagenden Blick zu und fuhr mit ihrer Notlüge fort. »Die Kulis werden die Lebensmittel liefern. Wir – und zwar alle drei – kochen. Um sechs Uhr, egal, ob das Essen fertig ist oder nicht, werden unsere hungrigen Gäste zur Mahlzeit erscheinen.«

Sprachlos starrte Skye sie an. Ihrem Gesicht war anzusehen, dass sie angestrengt nachdachte. Der Gedanke an fünfzig hungrige Vogelscheuchen, die hier ankamen und kein Essen vorfanden, war unerträglich, aber die Aussicht, diese Menge an Lebensmitteln zu verarbeiten, zu kochen und auszuteilen, war auch nicht besser.

»Ziggy! Sag doch was!« Skyes Stimme wurde schrill.

Ziggy zog eine Augenbraue hoch und schwieg.

»Nun gut, ich werde jedenfalls nicht mitmachen.« Skye hielt sich am Stuhl fest, als gäbe ihr die solide Lehne Kraft. »Ich werde einen Kuli rufen, und … ich weiß nicht, ich werde …« Ihre Stimme versagte. Seit ihrer Ankunft hatte Ellen alles geregelt. Skye besaß kein Geld. Sie konnte nur in ihrem Zimmer bleiben oder sich im Wald verstecken. Aber Ellen würde sicher nicht zögern, einen Kuli zu schicken, um sie zurückschleppen zu lassen.

Skye starrte Ellen an. Ihre Augen brannten vor Zorn. »Du bist ja verrückt«, rief sie barsch. »Irgendetwas stimmt nicht mir dir. Du bist …«

»Halt den Mund, Skye«, sagte Ziggy leise. Sie hatte einen Briefbeschwerer in der Hand und ließ die Glaskugel über den Tisch rollen. Die eingegossenen kleinen Blumen glänzten wie Silberdollars in der Sonne. Dann blickte sie Ellen an und sagte: »Ich finde deinen Plan gut.«

Skye fing an zu weinen. »Mir wird bestimmt schlecht.«

Ziggy stoppte die Glaskugel. »Das ist ja nichts Neues, nicht wahr?«

Ellen lächelte dankbar über Ziggys Unterstützung. Plötzlich hatte sie die Vision, dass Ziggy und sie wieder zusammenhielten, beide gleich stark, gleich verantwortlich. Ein neuer Anfang ...

Am Tag des nächsten Essens waren Ziggy und Ellen schon früh auf den Beinen. Auch Skye stand auf. Sie saß herum und weigerte sich, bei den Vorbereitungen zu helfen. Aber allein wollte sie auch nicht bleiben.

Ellen trug ihr auf, das Gemüse zu putzen. Nun saß Skye mit einer Schüssel auf dem Schoß auf der Veranda und schälte Kartoffeln, allerdings unter Wasser, um den Stärkegeruch zu vermeiden. Angeekelt verzog sie das Gesicht, als sie das nasskalte, weiße Fleisch berührte. Mehr als einmal wollte sie aufstehen und gehen. Aber der leere Rasen vor ihr erinnerte sie daran, was ihnen bevorstand.

In der Zwischenzeit schufteten Ellen und Ziggy in der Küche.

»Meinst du, es macht ihnen etwas aus, noch einmal die gleichen Gerichte zu essen?«, fragte Ziggy, als sie über den Ofen gebeugt Priankas Gewürze röstete.

»Wie bitte?«, lachte Ellen. »Meinst du, sie möchten à la carte essen?«

Ziggy grinste.

»Hast du schon etwas gegessen?«, fragte Ellen vorsichtig.

Ziggy antwortete nicht.

»Aber du musst etwas essen.«

»Würde ich ja, wenn Prianka mit Fladenbrot gekommen wäre.«

Ellen lächelte ihr über die Schulter zu. »Sieh mal in den Kühlschrank. Sie hat heute früh welche gebracht.«

Pünktlich um sechs Uhr war die erwartete Schar da, und die Frauen begannen mit dem Austeilen. Aber der Menschenstrom riss nicht ab. Immer mehr Menschen kamen aus dem Wald und versammelten sich auf dem Rasen. Mit Bestürzung stellte Ellen fest, dass sich die Zahl der Hungrigen fast verdoppelt hatte. Das Essen würde nicht für alle reichen. Sie bekam ein schlechtes Gewissen, als hätte sie diese armen hoffnungsvollen Menschen betrogen. Aber immerhin schienen die vielen Menschen Skye zum Handeln bewegt zu haben. Tapfer und ohne eine Miene zu verziehen, ging sie die Menschenreihe entlang und erfüllte ihre Pflicht wie ein Kind, das eine bittere Medizin schlucken muss und es schnell hinter sich bringen will.

Die Bettler starrten Ziggy und Skye unverhohlen an – reiche Ausländer mit vor Hunger ausgezehrten Körpern. Sie verbeugten sich und bezeugten den Frauen den nötigen Respekt, den Menschen verdienten, die den Weg der Demut gewählt hatten – obwohl das stattliche Haus nicht mit einer nackten kalten Höhle zu vergleichen war.

Ellen blieb in der Küche. Sie verbrauchte sämtliche Reisvorräte, kochte Hülsenfrüchte und Gemüse und verarbeitete alles andere zu einem Curry. Aber es reichte immer noch nicht. Kulis würden Stunden brauchen, um Lebensmittel vom Markt heraufzubringen. Die geordnete Versammlung würde sich, vor Hunger und Enttäuschung aufgebracht, in ein Chaos verwandeln.

Es musste etwas geschehen. Vielleicht konnte man den Ashram bezahlen, damit die restlichen Leute dort mit Nahrung versorgt würden, oder ein kleines Café und einen hilfsbereiten Reishändler finden. Alle Lösungen waren einigermaßen brauchbar. Aber dann würde Ziggy wieder schwach werden und gemeinsam mit Skye darauf warten, dass jemand anders alles regelte. Sie mussten endlich aufwachen und selbst die Verantwortung übernehmen. Nur so konnten sie beweisen, dass sie gerettet waren.

Ellen verließ die Küche durch die Hintertür und ging auf ihr Zimmer. Sie mochte nicht an die Kinder denken, die geduldig warteten, bis sie an der Reihe waren und nicht ahnten, dass nichts mehr übrig war, wenn sie vor der Veranda ihre kleinen Schalen hinhielten.

Sie setzte sich aufs Bett und starrte auf das Muster aus vielen gleichen Rosen an der Wand. Jemand kam ins Zimmer. Auf dem dünnen Teppich waren leichte Schritte zu hören. Skyes französisches Parfüm lag in der Luft.

»Wir haben bald nichts mehr zu essen«, sagte sie mit einem eindringlichen Unterton. »Sie sind ... hungrig.« Das Wort klang aus ihrem Mund sehr merkwürdig, als hätte sie aus einem Wörterbuch gelernt, wie man es ausspricht. »Und die Kinder haben bis zuletzt gewartet.« Jetzt wurde ihre Stimme hoch und schrill vor Sorge.

»Ich kann es nicht ändern«, erklärte Ellen. »Es ist nichts mehr da.«

»Aber ...« Skye starrte sie wortlos an und versuchte, sich leere Regale und leere Kühlschränke in einer Welt ohne Supermärkte vorzustellen. Eine Zauberwelt – sauber und ohne Lebensmittel – in der niemand essen konnte. Aber dann dachte sie an die Kinder, die mit verbeulten Blechschüsseln und Schalen geduldig warteten und die Hoffnung nicht aufgeben wollten. »Wir müssen etwas tun«, flehte sie.

»Nun ja«, meinte Ellen ungerührt, »dann sieh zu, was du tun kannst.«

»Aber« – Skye riss wütend die Augen auf – »*du* hast das alles eingefädelt, und *du* musst auch eine Lösung finden!«

»Was macht Ziggy?«, hörte sich Ellen sagen.

»Sie gibt das letzte Essen aus. *Den letzten Eimer!* Was sollen wir nur machen?«

»Das ist eure Sache.« Ellen folgte mit dem Fuß einem Muster im Teppich und betrachtete ihre Zehen, die eine Runde nach der anderen drehten, um Skye nicht ansehen zu müssen.

Schließlich drehte Skye sich wortlos um und ging. Ellen legte eine Schallplatte auf. Der langweilige Walzer übertönte die gedämpften Geräusche, die von draußen hereindrangen. Dann streckte sie sich auf dem Bett aus und schloss die Augen.

Nach einigen Minuten kam Skye wieder. »Wir wollen nur wissen, ob wir Geld im Haus haben«, sagte sie schroff. »Haben wir Geld? Bargeld?«

»Ja, mehr als genug«, antwortete Ellen, griff in ihre Bluse, zog eine Geldbörse heraus und reichte sie ihr, ohne die Augen zu öffnen. »Rupien und Dollar.« Skye nahm die Geldbörse wortlos entgegen und verschwand.

Die Schallplatte war abgelaufen. Das leise rhythmische Kratzen der Nadel auf dem Plattenteller hatte die Melodie abgelöst. Schon bald war es im Haus und auf dem Rasen still. Schließlich stand Ellen auf und ging langsam in den Garten.

Der Rasen war leer und sauber. Die achtzig Besucher hatten nichts als ihre Fußabdrücke auf dem Gras zurückgelassen. Auch die Küche war leer. Nur der Ofen glühte in der Dämmerung. Dann sah sie die zwei Gestalten auf der Veranda. Schulter an Schulter saßen sie schweigend da und blickten auf den Pfad, wo vermutlich kurz zuvor der letzte Gast verschwunden war.

Langsam ging Ellen zu ihnen. Sie sagten kein Wort. »Ist euch eine Lösung eingefallen?«, fragte sie in bewusst heiterem Ton.

»Ja«, antwortete Ziggy leicht erstaunt, »wir hatten eine Idee. Wir haben uns auf die Veranda gestellt und gefragt, ob jemand Englisch spricht. Und dann kam dieser merkwürdige alte Mann auf uns zu, völlig verdreckt und zerlumpt. Aber er trug orangefarbene Kleidung wie die Mönche. Und dann sagte er« – sie schaute auf ihre Nasenspitze und versuchte, mit nasalem, englischem Akzent zu sprechen – »»Womit kann ich Ihnen dienen?'« Von der eigenen Geschichte gerührt, blickte sie zu Ellen auf. »Stell dir vor, er war halbnackt und seine Haut war mit ...«

»... Asche eingeschmiert«, beendete Skye den Satz. »Er war wie ein Höhlenmensch mit Asche eingerieben.«

Ziggy übernahm wieder die Gesprächsführung. »Ich bat ihn, für uns zu dolmetschen. Also sprachen wir mit dem Mann aus dem Ashram. Er sagte, die Kinder und die anderen, die nichts mehr bekommen haben, könnten kommen. Die Ashramküche erwartet einen Bus voller Pilger aus ... Wo waren sie her?«

»Gangotri«, antwortete Skye mit ehrfürchtiger Stimme. »Das ist ein heiliger Ort, wo der Ganges aus der Erde bricht.«

»Ja, richtig – Gangotri. Also zogen alle davon. Wir haben den Ashram gut bezahlt, und alle waren zufrieden.«

»Gut.« Ellen war ein wenig komisch zu Mute, denn sie wusste nicht, was die beiden von ihr hielten. Sie setzte sich neben Ziggy, senkte den Kopf und ließ das lange

Haar, das von der morgendlichen Kochaktion immer noch nach gebratenen Zwiebeln und Gewürzen roch, vor das Gesicht fallen. Plötzlich bekam sie Hunger. Das Wasser lief ihr im Mund zusammen, als sie an doppelte Hamburger, dicke Steaks und scharfe Nachos dachte. Und das Fleisch der frisch gefangenen Krebse! James hatte sie immer in gewürztem Mehl gewendet und über dem offenen Feuer gebraten. Mit Blick auf das Meer, aus dem sie kamen, wurden sie dann verspeist. Eine göttliche Speise!

Nach einigen Minuten drang Licht durch die Bäume und tanzte den Pfad entlang. Es war Djoti, der fröhlich eine Sturmlaterne schwenkte. Sein breites heiteres Lächeln begrüßte sie, noch bevor sein Gesicht zu sehen war.

»Mem-Sahibs«, rief er, in der Hand einen zugedeckten Kochtopf. »Ich habe gehört, dass Ihnen das Essen ausgegangen ist.«

»Ich glaube nicht, dass der kleine Topf uns viel weitergeholfen hätte«, meinte Ziggy ohne Anflug von Sarkasmus. Ihr Lächeln war herzlich und gelöst.

Djoti wischte ihre Worte mit einer Handbewegung fort. »Kein Problem, sie sind alle im Ashram. Aber Sie müssen auch etwas essen.« Er hob den Topfdeckel an und schnupperte den duftenden Dampf, der in die kühle Luft aufstieg. »Linsen. Ich habe sie gebeten, es nicht zu scharf zu machen und keine Peperoni hineinzutun.« Dann schnürte er ein Stoffbündel auf. Die frisch gebackenen Fladenbrote waren noch warm.

Ellen stand auf und setzte sich neben ihn. Ziggy folgte – und Skye ebenfalls. Sie bildeten einen kleinen Kreis um den Topf. Das gelbe Licht der Laterne warf ihre Schatten auf den Rasen.

Ellen nahm ein Fladenbrot und reichte es Ziggy. Skye

zögerte einen Moment, die Hände in den Schoß gelegt, streckte dann die Hand aus und nahm sich ebenfalls ein Fladenbrot. Sie schaute Djoti zu, der das Brot mit den Fingern zerteilte und in die Linsen tauchte, und tat es ihm gleich. Feierlich wie ein junges Mädchen bei der Kommunion führte sie das Stück Fladenbrot zum Mund.

Aus Angst, den Zauber des Moments zu zerstören, schlug Ellen die Augen nieder. Sie hörte Skye kauen und schlucken, bevor sie ihre Hand abermals zum Topf ausstreckte. Aus den Augenwinkeln beobachtete sie Djoti. Ob er wohl wusste, was er getan hatte? Ausgerechnet in dem Augenblick, als Ziggy und Skye noch unter dem Eindruck der schrecklichen Bilder ungewollten Hungers standen, hatte er Essen heraufgebracht.

Ihre Blicke trafen sich, und Djoti zog lächelnd kleine rote Peperoni aus der Hosentasche. Eine steckte er in den Mund, die andere bot er Ellen an. »Chili«, sagte er, »Chili fehlt.«

Alle aßen langsam und kauten sorgfältig.

Ellen blickte zu Ziggy hinüber, suchte ihren Blick, aber sie war tief in Gedanken versunken.

Schließlich brach Ziggy das Schweigen. »Weißt du, warum so viele Menschen zu uns gekommen sind, Ellen? Der Mann vom Ashram erzählte uns, dass sich die Nachricht von einer fremden Swami – das bedeutet Lehrerin – im ganzen Land verbreitet hat. Sie sagen, die Lehrerin habe Schülerinnen, die sich der Überwindung der Fleischeslust verschrieben hätten. Sie haben sich zwar gern von uns helfen lassen, aber eigentlich wollten sie zu dir.« Sie blickte Ellen an. »Ich mache keine Witze! Er meinte es ernst!«

Ellen lachte. Die scharfe Peperoni auf der Zunge trieb ihr Tränen in die Augen. »Du willst mich wohl auf den

Arm nehmen.« Ziggys Gesicht strahlte vor Begeisterung. »Nein, es stimmt tatsächlich.«

»Was hat der Mann vom Ashram gesagt?«

»Er sagte, dass hier sehr oft merkwürdige Dinge passieren.«

Djoti nickte bedächtig. »Hier sind wir den Göttern, dem ewigen Schnee und seinen Kindern, den heiligen Flüssen, sehr nahe. Merkwürdige Dinge werden geschehen. Niemand kann das bestreiten.«

Ellen blickte ihn an, aber sein Gesicht war zu einer Maske erstarrt. Sie schauderte. Die Kälte der hereinbrechenden Dunkelheit fuhr ihr in die Knochen.

21

Von nun an saßen sie jeden Abend mit gekreuzten Beinen auf der Veranda und bildeten einen kleinen Kreis um das einfache Mahl aus Fladenbrot und Linsen. Manchmal leistete Djoti ihnen Gesellschaft, aber meistens aßen die drei Frauen allein, entspannt und schweigend.

Sowohl Ziggy als auch Skye aßen das, was ihnen vorgesetzt wurde, und baten manchmal sogar um einen Nachschlag. Ellen beobachtete sie vorsichtig. Hin und wieder war sie versucht, zu glauben, dass sie gesiegt hatte – dass Ziggy und Skye ihre Krankheit überwunden hatten. Aber sie fürchtete, dieser zweite Höhenflug würde enden, sobald der erste Optimismus verflogen war. Als Vorsichtsmaßnahme ermahnte sie Djoti, alle Briefe und Postkarten zuerst ihr zu bringen und aufzupassen, dass ihn niemand bemerkte, wenn er die Blumensträuße oder Pakete brachte.

Sie begann sehnsüchtig auf Djoti zu warten, wenn sie allein war. Wenn sie in ihrem Zimmer las oder Musik hörte, blickte sie immer wieder aus dem Fenster oder zur offen stehenden Tür. Erschien er dann endlich auf dem Flur oder spürte sie in einer ruhigen Ecke des Gartens auf, erstarrte sie vor Angst und Hoffnung. Briefe für Ziggy und Skye, schlicht an »Pflegeheim Mussoorie, Indien« adressiert, und mehrere Telegramme und Postkarten kamen, auch ein weiterer Blumenstrauß von Lucy. Aber nichts von James – nur gähnendes Schweigen, das ein Loch in den Tag riss.

Ellen schrieb »Zurück an den Absender« auf die Briefe und warf die eleganten Lilien den Hang hinunter. Die Telegramme sah sie nur flüchtig durch. Die meisten waren von Lucy, eines kam von Skyes Vater. Sie enthielten nichts Dringendes, nur Tiraden der Liebe und Sorge, also verbrannte sie sie in Priankas ständig brennendem Ofen. Wenn sie die verglühenden Wörter sah, empfand sie Schuldgefühle, doch sie musste es tun, zum Wohle aller Beteiligten.

Inzwischen war wieder Leben ins Haus eingekehrt. Die oberen Fenster standen offen, und Schmetterlinge tanzten an den im Wind flatternden Gardinen vorbei in die Zimmer. Ziggy beschäftigte sich wieder mit ihrem Garten und grub ihn sogar eigenhändig um, nachdem sie wieder zu Kräften gekommen war. Skye machte lange Spaziergänge im Wald, in Begleitung einer Schar lachender Kinder. An anderen Tagen wanderte sie durchs Haus, las in den Büchern oder spielte gefühlvollen Jazz auf dem Klavier. Eines Morgens erschien Djoti mit einem weißhaarigen Dienstmann vom Savoy-Hotel. Stundenlang beugte sich der Mann hoch konzentriert über das Klavier und stimmte es nach Gehör. Er lehnte sogar Priankas Tee ab und hörte nicht auf zu arbeiten, bis die letzte Saite gestimmt war.

»Vielen Dank, Madam«, sagte er nachdenklich, als Skye ihm mehr als einen Jahreslohn in die Hand drückte. »Es war mir ein Vergnügen. Früher musste ich viele Klaviere stimmen, aber heute gibt es kaum noch welche.«

Mit einem seligen Lächeln auf den Lippen schritt er über den Rasen zum Pfad – Skyes Musik begleitete ihn.

Auch weiterhin fand einmal in der Woche das öffentliche Essen statt. Sie kochten für sechzig Personen und vereinbarten mit dem Ashram, diejenigen selbst zu versorgen, für die das Essen nicht reichte. Alle waren damit zufrieden. Bettler, heilige Männer und Frauen, Eltern mit ihren Kindern standen auf dem Rasen und beobachteten die Fremden, während sie unter sich regelten, wer zu den sechzig gehören sollte, die zuerst zu essen bekamen. Das System funktionierte reibungslos – mit einer Ausnahme: Skye bestand darauf, dass die Kinder zuerst aßen.

Die meisten Gerüchte gelangten durch Prianka ins Haus. Sie war es auch, die Ellen erzählte, wie sich die Geschichten über sie veränderten. Nun erzählte man sich, dass die fremden Frauen wegen einer schweren Krankheit so dünn gewesen seien. Die Swami Mem-Sahib hätte sie mit ihrer großen Weisheit und Güte geheilt. Man könne es mit eigenen Augen sehen, denn jede Woche würden sie kräftiger und gesünder. Nanda Devi, die Schöne Mutter, hatte ihre Gebete erhört.

»Das ist wahr«, sagte Ziggy. »Dich hat tatsächlich der Himmel geschickt.«

»Sag so etwas nicht«, protestierte Ellen rasch.

»Du hast uns das Leben gerettet«, fügte Skye hinzu. »Niemand kann das leugnen. Wir saßen in dieser fürchterlichen Klinik fest.« Bei dieser schmerzlichen Erinnerung wurden ihre schönen blauen Augen groß. »Wir wären immer noch dort – oder unter der Erde.«

»Nun, du musst Ziggy danken. Es war nicht meine Idee«, entgegnete Ellen. Aber hinter ihren Worten hörte sie eine weitere Stimme, einen stillen, warmen und hoffnungsvollen Gesang.

Du hast ihnen geholfen. Du hast sie gerettet. Die Leute halten dich für gut.

Skye fing an, Ellen auf Schritt und Tritt zu folgen. Sie wartete den richtigen Moment ab, leckte sich die Lippen und atmete tief ein – ein schnelles, nervöses Keuchen, als wollte sie etwas sagen. Doch dann atmete sie seufzend wieder aus und wartete auf die nächste Gelegenheit.

Schließlich fragte Ellen, was sie denn wolle.
»Nichts«, antwortete Skye kleinlaut.
»Das stimmt doch nicht, du versuchst doch, mir etwas zu erzählen. Sag es mir einfach.«
»Darf ich?«, fragte Skye wie ein schüchternes Kind, das um Erlaubnis bat, bevor es sich einen Keks nahm.
»Aber ja, du kannst mir alles erzählen.«
»Nun gut. Als wir noch bei Marsha Kendall waren«, begann sie, »meinte Dieter, der Therapeut, der Grund meiner Krankheit käme ... Du weißt schon, das Übliche. Meine Eltern waren sehr streng. In unserer Familie durfte man nicht weinen oder um etwas bitten. Man musste immer ordentlich, still und höflich sein. Mama wollte, dass Papa stolz auf uns war, auf mich und meinen Bruder. Nur durch harte Arbeit ist er so reich und berühmt geworden, und deshalb hat er auch brave Kinder verdient, meinte sie.« Skye machte eine Pause und wartete, bis Ellen ihr mit einer Geste bedeutete, weiterzusprechen. »Nun ja, Dieter meinte, ich würde schon zurechtkommen, es sei denn, ich heirate jemanden wie Papa. Al, mein Mann, war sehr erfolgreich – er verkaufte in New York Grundstücke – und sehr konsequent, auch mit mir. Jeden Morgen schwamm er mehrere Kilometer und war stets in Topform. Ich glaube, ich wollte auch so

werden wie er, um mithalten zu können. Also besuchte ich Schönheitssalons, Fitnessstudios und nahm Tennisstunden.« Sie lachte kläglich. »Kennst du die Serie im *Reader's Digest* – verbessere deine Schlagfertigkeit? Ich habe alles für ihn getan. Und dann hat er« – sie schluckte schwer – »mich wegen einer anderen Frau verlassen. Ich habe sie zusammen gesehen, in einem Einkaufszentrum vor der Tierhandlung. Dort standen sie und sahen sich kleine Kätzchen an. Sie war schlank, jung und schön und hatte ein zauberhaftes Lächeln. Man musste sie immerzu ansehen. Nun ja, Al zog mit ihr in ein neues Haus und ließ mich zurück. Natürlich hat er mir viel Geld gegeben. Das tut er immer noch – jede Woche.« Sie lachte bitter. »Als wäre er mir etwas schuldig. Ich hasse ihn dafür, aber ich liebe ihn auch.«

Sie machte eine Pause. Bevor sie weitersprach, war das leichte Keuchen wieder zu hören. »Als ich in der Zeitung las, dass eine Frau ihren Mann bei einem Unfall verloren hatte, beneidete ich sie. Er kann sie wenigstens nicht wegen einer anderen Frau verlassen. Wenn das geschieht, fühlt man sich wie Dreck. Und schließlich weißt du nicht mehr, was du antworten sollst, wenn dich jemand fragt, ob du Weißwein oder Champagner möchtest. Man hat überhaupt keinen eigenen Willen mehr.«

Sie schwieg abrupt, als wäre der sprudelnde Wortschwall plötzlich versiegt.

»Warum hast du mir das alles erzählt?«, fragte Ellen behutsam.

»Nach der Therapie mit Dieter wurde mir klar, dass meine Mutter mich dazu erzogen hatte, anderen alles recht zu machen. Heute verstehe ich das. Aber ich möchte endlich vergessen, was einmal war. Ich möchte die Vergangenheit ausradieren und noch einmal von vorn beginnen.« Skyes Augen weiteten sich vor Sehnsucht. »Du sollst mir zeigen, wie man vergisst.«

Ellen senkte den Blick, denn sie befürchtete, Skye würde gleich anfangen zu weinen. Aber sie hatte sich getäuscht. Skyes Gesicht strahlte vor Hoffnung und Klarheit, so dass man ahnen konnte, wie schön sie eigentlich war – strahlend blaue Augen, helle reine Haut und wunderschönes dunkelbraunes Haar. Verdammt, dachte Ellen, sie erwartet, dass ich die Antwort einfach so aus der Tasche ziehe.

»Skye«, begann sie vorsichtig, während sie nach einer vernünftigen Lösung suchte. »Ich bin keine Therapeutin. Ich weiß wirklich nicht ...« Plötzlich hatte sie eine Idee. Eigentlich war es nur eine Frage, aber damit konnte sie wertvolle Zeit überbrücken. »Was macht eigentlich dein Bruder? Erzähl mir von ihm.«

»Nicky kam eines Tages zu Weihnachten aus dem College und erzählte uns allen, er sei schwul – ein Homosexueller. Einfach so, beim Abendessen! Papa bekam fast einen Herzanfall. Mama weinte. Natürlich warfen sie ihn hinaus und brachen jeglichen Kontakt zu ihm ab. Wir haben jahrelang nichts mehr von ihm gehört. Kurz nach meiner Hochzeit traf ich ihn zufällig auf einem Wohltätigkeitsball. Ich habe ihn in der Menge sofort erkannt, denn er war schon immer einen Kopf größer als alle anderen. Er stellte mir seine Frau vor und zeigte mir ein Bild von seinen Kindern, das er in der Brieftasche bei sich trug.«

»Er war also gar nicht schwul?«

»Nein, überhaupt nicht. Aber es hat funktioniert. Mit diesem Trick konnte er sich von der Familie befreien und die Vergangenheit hinter sich lassen.« Mit wehmütiger Stimme fügte sie hinzu: »Weißt du, man konnte spüren, dass er wirklich ... glücklich war.«

Später gesellte sich Ellen zu Ziggy, die auf der Veranda stand und die abendlichen Düfte des Gartens genoss, die sich mit dem Duft von geröstetem Kümmel und Koriander aus der Küche vermischten.

»Ich habe mit Skye gesprochen«, sagte Ellen nebenbei, »über ihre Familie.«

»Die ganze Familie ist Gift für sie«, schimpfte Ziggy. »Am schlimmsten sind ihre Eltern. Ihren Exmann oder den geliebten Bruder Nicky habe ich nie kennen gelernt. Aber die Alten, Patty und Richard – Mr. und Mrs. American Dream –, kamen immer mit einer gemieteten Limousine und dunklen Sonnenbrillen ins Krankenhaus, so sehr schämten sie sich für ihre eigene Tochter. Sie haben Skyes Leben zerstört.«

»Wer hat ihren Aufenthalt in der Marsha-Kendall-Klinik bezahlt?«, fragte Ellen.

Ziggy zuckte die Schultern. »Ich glaube, sie selbst. Sie würde von ihrer Familie kein Geld nehmen. Nach ihrer Scheidung bekam sie eine große Abfindung. Al stinkt vor Geld. Er verkauft Traumhäuser an Stars und verkauft sie wieder, wenn sie sich scheiden lassen. Gutes Geschäft.«

Wie früher in der kleinen Nonnenkammer der Ballettschule und später auf dem Balkon der Klinik saßen sie nebeneinander auf der Veranda und betrachteten die Bäume.

»Familien sind der Grund für viele Probleme«, erklärte Ellen. »Nimm dich und Lucy. Dir geht es ohne sie viel besser.«

Ziggy schwieg lange, bevor sie anfing zu sprechen. »Als wir in der Ballettschule waren, hast du mir erzählt, dass deine Mutter dich gehasst hat.«

Ellen verspannte sich und drehte sich erstaunt um. »Wie bitte?«

»Du hast mir unter Tränen erzählt«, fuhr Ziggy fort, »dass dein Vater sie kurz nach deiner Geburt verlassen hat – deinetwegen! Kurz danach hast du alles abgestritten und gemeint, es sei gar nicht wahr.«

Ellen lachte und verzog nervös den Mund. »Das ist nicht wahr! Ich meine, es stimmt, dass mein Vater fortging, weil er kein Baby um sich haben wollte. Manche Männer können das Schreien und die Windeln eben nicht ertragen. Aber Margaret ...« Ellen ließ nervös den Blick schweifen. »Sie hat mich geliebt, mir Geschenke mitgebracht und mich mitgenommen, wenn sie ausging. Sie war sehr besorgt und wollte immer genau wissen, wo ich war. Die Leute haben gesagt, wir waren uns zu nahe, weil wir nur uns hatten.« Ellen dachte einen Moment nach. Ein warmes Lächeln erhellte ihr Gesicht. »Ich weiß noch, wie sie mich auf die Ballettschule schickte. Es war ihre Idee. Vorher hat sie mich noch von oben bis unten neu eingekleidet. Gymnastikanzüge, Schuhe, Wickelpullover, passende Haarschleifen. Alle Mädchen waren neidisch. Später ist sie viel herumgereist und hat Vorlesungen gehalten. Dann zog sie nach Europa, und ich habe sie nur noch selten gesehen.«

»Du hast sie überhaupt nicht zu Gesicht bekommen. Sie hat dich in der Ballettschule nie besucht – nicht ein einziges Mal in sechs Jahren!« Ziggy blickte Ellen von der Seite an. »Der alte Mann mit den Katzen, der hat deine Rechnungen bezahlt! Alle Leute fanden das äußerst merkwürdig. Natürlich habe ich immer zu dir und Margaret gehalten. Aber ...«

»Nun ja, Eildon wollte mir etwas Gutes tun. Er war ganz allein auf der Welt und hat mich irgendwie adoptiert.«

»Ja«, warf Ziggy mutig ein. »Weil du wie eine Waise

leben musstest.« Sie kaute auf den Lippen, runzelte die Stirn und fuhr fort: »Sieh mal, Ellen, ich war verblüfft über das, was du in der Klinik von Zelda erzählt hast. Vielleicht hat es etwas mit Margaret zu tun. Du warst so traurig, deshalb habe ich nichts dazu gesagt. Aber möglicherweise gibt es da etwas, weißt du …«

»Du bist genauso schlimm wie Skye«, sagte Ellen und lachte bitter. »Du hast zu viel Zeit mit Therapie verbracht.« Sie stand auf, streckte sich und wollte gehen.

»Du hast mir auch einmal erzählt …«, rief Ziggy ihr nach. Ellen blieb stehen, drehte sich jedoch nicht um. Ziggy wählte ihre Worte sehr sorgfältig und fuhr fort: »dass Margaret sehr wütend auf dich war, weil du etwas angestellt hattest. Dann hat sie dir mit Gewalt eine Spritze verpasst. Du hattest schreckliche Angst und dachtest, sie würde dich umbringen.«

Ellen ging kopfschüttelnd davon, als wollte sie verhindern, dass die Worte sie erreichten.

»Danach hattest du noch monatelang Albträume!« Ziggys Stimme verfolgte sie.

Als sie den Rasen überquert hatte, ging Ellen den Pfad hinunter. Der Winter war bereits hereingebrochen, und abends war es im Wald schon sehr kalt. Nach einer Weile blieb sie stehen und setzte sich auf einen umgefallenen Baum. Sie starrte auf ihre Schuhe, die sich in die dunkle Erde pressten. Ein roter Tausendfüßler krabbelte über die Gummisohle aufs Oberleder. Die unzähligen Beine bewegten sich perfekt aufeinander abgestimmt. Waren es hundert? Ellen bückte sich und fing an zu zählen. Zwei, vier, sechs, acht, zehn, zwölf … Aber die Bilder der Vergangenheit verschwanden nicht. Sie konnte ihnen nicht entfliehen – die offene Arzttasche auf dem Wohnzimmertisch, der scharfe Geruch, der sich im Zimmer verbreitete, Margaret suchend über ihre Tasche gebeugt, das Klappern der Ampullen und das Knistern der Verpackungen.

»Krempel deinen Ärmel hoch!« Margarets Stimme ist traurig gedämpft.

Tapp, tapp. Finger schnippen gegen die Spitze der kleinen Glasampulle.

»Bitte nicht!«

»Es ist die einzige Möglichkeit, dich zur Ruhe zu bringen.«

Klack. Die Spitze bricht ab. Die scharfe Nadel fährt hinein und saugt die Flüssigkeit auf.

Sie blickt auf. Wo ist ihr Gesicht? Es ist verschwunden! Aber ihre Hand, diese große kräftige Hand, hält die Spritze mit der Nadel nach oben und schiebt den Kolben hoch, bis ein Tropfen Flüssigkeit austritt.

Jetzt ist sie so weit. Der Arm schwenkt herum, hält die Spritze im richtigen Winkel bereit.

»Nein! Nein! Was ist da drin?«

Sie lächelt. Gift.

»Du willst mich umbringen ...«

»Sei nicht dumm.«

Vorsichtig nimmt sie einen Wattebausch und reinigt die Haut. Infektion ist ihr Feind. Sie hasst Schmutz. Sie hasst Unbeholfenheit. Sie hasst, sie hasst! Dann setzt sie die Spritze an und entleert die Flüssigkeit in den dünnen weißen Arm.

Danach hat die Haut rote Druckstellen von den großen kräftigen Fingern und man kann den winzigen Einstich sehen.

Mir ist schlecht.

Das Zimmer dreht sich, verschwimmt.

Lieber Jesus, gütiger Jesus, ich will nicht sterben!
Ich will nicht einschlafen.
Ich will nicht aufwachen.

Djoti erwartete Ellen oben am Pfad. Sorgen überschatteten sein Gesicht, als er ihre von den vielen ungeweinten Tränen geröteten Augen sah.

»Ich habe etwas für Sie«, sagte er und griff in die Tasche. »Ein Telegramm.«

Als er ihr das Telegramm übergab, trafen sich ihre Blicke. »Ich hoffe, es sind keine schlechten Nachrichten.«

Er blieb neben ihr stehen, denn er wollte sie nicht allein lassen. Sie war etwa so alt wie seine älteste Tochter, die mit ihrem Mann in einem fernen Dorf lebte. Er hasste den Gedanken, dass auch sie Probleme haben könnte, weit weg von Zuhause.

»Mem-Sahib, falls Sie mich brauchen, finden sie mich hier.« Er hob den Arm und zeigte auf das Haus.

Ellen blickte ihm nach.

Das Telegramm lag dünn und kalt in ihrer zitternden Hand. Sie riss den Umschlag auf und zog das gefaltete Blatt Papier heraus. Plötzlich war ihr Kopf blutleer – wie vor einer großen Explosion ...

```
SCHREIB NIE WIEDER - STOP - DU HAST ES VER-
SPROCHEN - STOP - ZELDA WIRD DIE BRIEFE NICHT
ERHALTEN - STOP - DU MUSST SIE VERGESSEN -
STOP - JAMES MADISON
```

Du musst sie vergessen.

Splitter steckten in Ellens Fingern, und die mit Blasen bedeckten Handflächen waren entzündet. Sie stand vor dem Holzstoß, bückte sich und lud sich schwere Holzscheite auf den Arm. Als der Stapel wuchs, kippte sie die Last gegen den Körper. Hartes Holz presste sich durch ihre dünne Bluse auf die empfindliche Brust. Das letzte Stück Holz passte gerade noch unter ihr Kinn. Sie stemmte die Absätze in den Boden, hob die Last auf und trug sie zum Holzschuppen.

Den ganzen Nachmittag arbeitete sie schweißgebadet in der kalten Luft und versuchte, sich mit diesem langsamen und mechanischen Tanz abzulenken – vor und zurück, auf und nieder. Ich muss weitermachen, dachte sie, sonst gebe ich mich auf. Sie sah sich schon wie die anderen im Bett liegen, jegliches Essen verweigernd, sich in eine betäubende, sinnlose Erlösung hungern, um den schmerzlichen Erinnerungen zu entkommen, dieser brennenden Leere – Zelda, für immer verloren.

Ins Nichts versinken. Verschwinden ...

Der Gedanke erfüllte sie mit eisiger Angst. Ihr Herz pochte wild. Sie blieb an der Tür des Holzschuppens stehen und strich sich mit der Hand übers Gesicht, als müsse sie prüfen, ob es sie noch gab, ob sie noch lebte, schmutzig und schwitzend.

Ich muss weitermachen, befahl sie sich, und an die harte eintönige Arbeit zurückkehren. Ziggy und Skye brauchen mich, verlangen nach mir. Sie führte ein großes Haus, war die Mem-Sahib, die den Armen zu essen gab. Die Menschen liebten sie. Sie konnte nicht einfach zusammenbrechen und wieder zu einem Nichts werden. Sie musste einen Weg finden, mit dem Schmerz fertig zu werden, durfte nicht aufgeben.

22

Der Schnee kam früh, legte sich sanft auf die Villen und Häuser von Mussoorie und überzog die schmutzigen Slums hinter dem Bazar mit weißem Zuckerguss. Vor dem Hospital gaben die Missionare Säcke voller Reis und grobe Militärdecken aus, die von der Erdbebenhilfe übrig geblieben waren. Die Nachricht verbreitete sich schnell, und schon bald war das Klinikgelände mit zerlumpten Bettlern und obdachlosen Familien überfüllt. Sogar die heiligen Männer und Pilger waren gekommen.

Auf dem Rasen vor Mem-Sahibs Haus stellte Djoti große leere Benzinfässer auf, die zur Belüftung Löcher im Boden hatten. Am Tag des Essens zündeten die Boys die behelfsmäßigen Öfen an, damit die Gäste sich an ihnen wärmen konnten. Sogar wenn es schneite oder eisiger Hagel gegen das Haus schlug, kamen die Menschen in Decken gewickelt aus dem Schutz des Waldes, die Blechschalen und Schüsseln an sich gedrückt. Immerhin konnten sie mit einer warmen Mahlzeit in ihre provisorischen Hütten und spärlichen Schlupflöcher zurückkehren.

Meistens schien die Sonne, und die drei Frauen des Hauses zogen mehrere Lagen Kaschmirwolle übereinander und stiegen den Berg hinauf, um die Aussicht zu genießen. Der Wald war kalt und düster. Keuchend vor Anstrengung kämpften sie sich an eingeschneiten Toren und Pfählen vorbei den Pfad hinauf und stießen dabei weiße Atemwolken aus. Aber wenn sie das offene Plateau erreichten, tauchte der Sonnenschein ihre roten Wangen und Nasen in wohlige Wärme und verlieh den Gesichtern ein dunkles, goldenes Braun.

Die eisige Kälte vertrieb den Nebel, verwandelte den Abgrund in ein sanftes grünes Tal und enthüllte das Geheimnis des fernen Horizonts. In der klaren Luft konnten sie zerklüftete braune Bergketten mit einzelnen dunklen Baumgruppen erkennen und dahinter den funkelnden, grenzenlosen Himalaya. Wie eine Fata Morgana lag er vor ihnen – schneeweiße Gipfel und felsige Zacken in lilafarbene Wolken getaucht, darüber ein azurblauer Himmel. Auf einer Aussichtsplattform blickten sie nacheinander durch ein uraltes Fernrohr. Dort lebte in einer winzigen Hütte ein alter Mann, der tagsüber Eintrittsgeld von den Touristen verlangte und nachts den Platz bewachte. Jedes Mal begrüßte er sie ehrfürchtig und blieb neben ihnen stehen, während sie durch das Fernrohr blickten.

»Hier wohnt Gott«, sagte er und zeigte auf die Berge. »Das ist das Haus Gottes.«

Die kalte Luft war Champagner für ihre Lungen. Sie lachten, bauten einen Schneemann und verloren sich in Schneeballschlachten. Lange, schrille Schreie durchschnitten die Luft, wenn der Schnee auf blasse Winterhaut traf, schmolz und zwischen warmen Brüsten hinunterlief.

Die Tage auf dem Plateau regten den Appetit an, und wenn die Sonne unterging, liefen, schlitterten und fielen sie den Pfad hinunter zum Haus. Dort versammelten sie sich in Priankas Küche, aßen warmes Fladenbrot und heißen Reispudding, den Djoti für die Lieblingsspeise aller echten Engländer hielt.

Bald hatten sie sämtliche Bücher im Haus gelesen. Ellen entdeckte eine alte Bücherei in der Nähe des Savoys. Sie mussten Schlange stehen, ihren Pass vorlegen, Unterschriften leisten und Geld bezahlen, bevor ihnen eine Inderin mit spitzen Lippen einen Mitgliedsausweis ausstellte und ihnen erklärte, dass die Bücher bei Rückgabe auf Schäden überprüft würden.

Unter ihren Argusaugen wanderten Ellen, Ziggy und Skye an den gläsernen Schaukästen vorbei, in denen wertvolle, in Leder gebundene Bücher lagen. Dabei bewegten sie sich mit größter Vorsicht, um die verstaubten Geister in den hohen Lesesesseln nicht zu stören oder die auf den polierten Tischen ordentlich ausgelegten englischen Journale nicht durcheinander zu bringen.

Abends saßen sie unter der lächelnden Queen im Wohnzimmer und lachten über Titel wie *Jeder Millimeter ein Brite* oder *Geliebtes Land, geliebtes England*. Dann gab es noch ein Buch über *Menschen und Geister* und einen dicken Schmöker mit dem Titel *Ursprung der Vorstellung von Gott*. Sie lasen und unterhielten sich, Skye spielte improvisierte romantische Jazzakkorde, während das Feuer lichterloh brannte. Abgeschnitten von der Welt fühlten sie sich frei und sorglos. Vor ihnen lagen nur das nächste Essen, die wenigen häuslichen Pflichten, der nächste Gang zum Bazar, die nächste Bergwanderung. Bald kam der Frühling und dann der Sommer – die Zeit glitt fugenlos und ungebrochen in die Zukunft.

Früh am Morgen herrschte eine andere Stimmung. Die drei versammelten sich im Wintergarten und setzten sich im Schneidersitz auf den Boden, als würden sie sich auf das Frühstück vorbereiten. Wortlos und konzentriert betrachteten sie meditierend den Sonnenaufgang.

Ellen war die Gesprächsleiterin. Die beiden warteten geduldig, bis sie die ersten Fragen stellte, die sie in die Vergangenheit führten ...

Das tägliche Ritual hatte damit begonnen, dass Ellen versuchte, Skye den Weg ins Vergessen zu zeigen, den Ausweg aus der Vergangenheit. Ziggy wollte auch mitmachen, und so kam es, dass sie sich jeden Morgen zum Gespräch einfanden.

»Wen siehst du vor dir?«, fragte Ellen meistens zu Beginn.

»Ich bin bei Nicky«, antwortete Skye erstaunt über ihre Entdeckung. »Wir streiten uns. Es geht um etwas, das er angestellt hatte und mir in die Schuhe schob.«

»Wo bist du?«

»Im Garten unseres Sommerhauses in den Bergen. Es ist Frühling. Überall sind Blumen, auch die Bäume blühen. Auf dem Rasen liegen Plastikbecher. Rote und gelbe ...«

Als Nächstes sah Skye ihren Vater auf der Couch. Er sieht sich seine eigenen Interviews im Fernsehen an. Dann ihre Freundin Caroline, die sich neben dem schmalen harten Bett im Schulschlafsaal auszieht.

Ziggy sah Lucy, die Arme voller Einkäufe, und Ellen sah Carter, der gleichzeitig zwei Telefonate führt und dabei junge Bohnen aus der Dose isst.

Wenn alle ihre Erlebnisse erzählt hatten, schwiegen sie eine Weile. Der Wind rauschte in den Wipfeln. Dann zerlegten sie sorgfältig die Bilder und schnitten die Menschen heraus. Übrig blieben Bilder von Gärten und Fernsehgeräten, von Lebensmitteln, Einkäufen, Autos, Stränden, Flughäfen – diese Bilder durften bleiben. Aber nun waren sie leer, die Menschen verschwunden – entwurzelt, entwirrt, herausgerissen.

Danach ging das Leben wie gewohnt weiter. Der Wind blies die Spuren im Gras fort. Auf leeren Sofas wurden zerdrückte Kissen wieder prall und rund. Schuhschachteln und Taschen voller neuer Kleidung verstaubten in Zimmerecken. Die Luft war klar und ohne Stimmen.

Dieser Teil der Vergangenheit war fort – oder zumindest in den Hintergrund getreten.

Am Schluss der Sitzung wartete das Frühstück im Esszimmer. Mit entspannten Gesichtern, ruhigem Blick, gestärkt und ein wenig selbstsicherer, setzten sie sich an den Tisch.

Sie mussten sich wie Sandsäcke gegen die morastige Flut der Vergangenheit stemmen.

Es war nicht leicht. Geliebte, Eltern, Brüder, Schwestern – Zelda – kamen immer wieder zurück. Manchmal schien es fast unmöglich, sie auszulöschen. Aber die drei im Kreis sitzenden Frauen gaben nicht auf. Angst, Schmerz, Trauer, Hoffnung, Liebe, Kraft – alles, was sich in ihrem Inneren aufgestaut hatte – wurden herausdestilliert und zu einem einzelnen Strang aus purem, eisernem Willen verwandelt.

Mit fortschreitendem Winter wurden die Sitzungen kürzer, bis sie schließlich ganz aufhörten.

»Wen siehst du?«

»Niemanden, ich sehe niemanden.«

»Wo bist du?«

»Nirgends. Ich bin nicht mehr da.«

Nun konnte sie nichts mehr berühren. Sie ruhten im süßen Balsam des Vergessens, schritten leicht und heiter mit dem Wind der Leere und Freiheit im Rücken durch die Zeit.

An einem warmen Morgen saßen sie auf der Veranda und tranken Tee aus Tontassen. Der Frühling kündete sich an. Auf den kahlen Bäumen schwollen die Knospen an, und dünne grüne Spitzen brachen durch die nackte Erde.

Plötzlich bemerkten sie einen hellroten Flecken zwischen den Bäumen, dort, wo der Pfad zu Ende war.

»Es kommt jemand«, rief Skye ängstlich und schaute sich rasch nach Ellen um.

Eine Gestalt mit einem schweren Rucksack und einem Turban auf dem Kopf tauchte am Rand der Wiese auf. Die schmale Figur verriet trotz des Turbans, dass es sich um eine Frau handelte. Sie war Ausländerin. Ellen, Ziggy und Skye hielten ihre Tassen fest und starrten sie schweigend an.

»Hallo«, sagte die Frau, als sie den Springbrunnen erreicht hatte. Ihr Gruß war heiter und freundlich, aber anscheinend hatte sie dafür ihre letzte Kraft verbraucht. Sie hielt den Blick gesenkt, als sie sich die Stufen hocharbeitete und ihren Rucksack abnahm. Dann setzte sie sich auf den Boden, lehnte sich erschöpft an die Wand und schloss die Augen.

Ellen sah sich fragend um, aber die beiden anderen zuckten nur hilflos die Schultern. Niemand kannte sie.

»Entschuldigung, suchen Sie jemanden?«, wandte sich Ellen an die fremde Frau.

Es verging einige Zeit, bis die Frau antwortete.

»Ich bin von Rishikesh heraufgekommen. Ich wollte dort im Ashram übernachten, aber sie haben mich hinausgeworfen. Ich hörte, hier wäre Platz.« Sie sprach ohne Betonung, wie jemand, der zum ersten Mal etwas vorliest. »Ich heiße Kate.«

Ellen runzelte die Stirn und wusste nicht, was sie sagen sollte. Sie warf Skye einen unsicheren Blick zu.

»Ich lass wohl am besten noch etwas Tee bringen. Sehen Sie, Kate, ich weiß nicht, was Sie gehört haben, aber dies hier ist nur ein Privathaus ...«

Kate blickte auf. Ihre Augen waren gerötet, die Lider geschwollen. Eine Iris war blaugrün, die andere braun – wie bei einer streunenden Glückskatze.

»Ich möchte die Swami sprechen, die Leiterin«, murmelte sie.

Skye kicherte.

»Hier gibt es keine Swami«, entgegnete Ellen ohne Umschweife. »Dies ist kein Ashram und auch keine Herberge.«

»Ich *muss* hier bleiben«, beharrte sie.

»Unten in Mussoorie gibt es einige billige Hotels«, sagte Ellen. »Sie haben sicher noch Zimmer frei.«

»Ich habe kein Geld«, erklärte Kate leise.

Ellen lächelte erleichtert. »Kein Problem. Ich gebe Ihnen etwas. Trinken Sie eine Tasse Tee mit uns, dann rufe ich einen Boy, der Sie hinunterbringt.«

Als Antwort ließ Kate sich langsam auf den Holzboden gleiten und rollte sich wie ein Fötus zusammen.

»Bitte, schicken Sie mich nicht weg.« Flehend streckte sie einen Arm aus – mit einer langen Reihe Einstiche.

Ellen starrte entsetzt auf den Arm. Ihr wurde übel. Sie stand auf und ging ans andere Ende der Veranda.

Ziggy und Skye folgten ihr. Sie steckten die Köpfe zusammen und blickten auf die einsam auf dem Boden liegende Fremde.

»Sie ist ein Junkie«, flüsterte Ziggy. »Das riecht man zehn Meilen gegen den Wind.«

»Was glaubt sie, wer wir sind?«, zischte Skye. »Das Rote Kreuz? Eine verdammte Absteige?«

Ellen staunte über ihre Vehemenz. Es war noch gar

nicht lange her, als Skye selbst so schwach und hilflos gewesen war.

»Sie sieht krank aus«, warf Ziggy ein.

»Wir könnten sie ins Hospital schicken«, schlug Ellen vor, »zu Paul Cunningham, diesem Arzt. Er kann ihr bestimmt weiterhelfen.« Aber dann schüttelte sie den Kopf und lächelte kläglich. »Ich glaube nicht, dass ihn diese Idee begeistern würde.«

Ziggy sah sie nachdenklich an. »Ich finde, sie sollte bleiben«, sagte sie bestimmt. »Wir haben genug Platz, und wir haben Zeit.« Sie wandte sich an Ellen. »Vielleicht kannst du ihr helfen? So, wie du uns geholfen hast.«

Skye schnaubte. »Junkies ist nicht zu helfen. Sie wird sich im Badezimmer den Schuss setzen und uns bestehlen.«

»Sie sieht ziemlich schlecht aus«, sagte Ellen zögernd. »Wir wissen nicht einmal, wer sie ist.«

»Was soll's?«, entgegnete Ziggy mutig. »Dann lassen wir sie eben bewachen, wie sie es bei Marshall Kendall gemacht haben.«

»Das ist doch nicht dein Ernst!«, protestierte Ellen.

»Nein, du hast Recht, das geht nicht.« Aber Ziggy war nicht zu bremsen. »Dann versuchen wir eben etwas anderes, etwas völlig Neues.«

»Nie und nimmer, vergiss es!« Ellen sah sie streng an. »Ich werde Djoti bitten, eine Lösung zu finden. Jedenfalls kann sie nicht hier bleiben. Zwei kranke Frauen reichen mir. Das mache ich nicht noch einmal durch.«

»Aber sieh uns doch an!«, rief Ziggy aus. »Sieh doch, was aus uns geworden ist!«

Behutsam musterten sie sich gegenseitig und spürten plötzlich eine große Nähe. Sie waren glücklich. Sie hatten alles über sich erfahren und es gemeinsam mit den anderen wieder vergessen. Nun waren sie eine Art Familie – unabhängig und frei, sich trotzdem vertraut und glücklich.

Die zusammengerollte Gestalt hustete.

»Ich hole Djoti«, meinte Ellen. »Er kann sich um sie kümmern.«

Aber als Djoti herbeigerufen wurde, erschrak er. »Sie ist Amerikanerin!«, sagte er besorgt.

»Nein, sie klang wie eine Engländerin, könnte aber auch aus Irland sein.«

»Sie ist Ausländerin.« Djoti war sich ganz sicher. »Wenn ich sie mitnehmen soll, muss ich sie bei der Polizei melden.«

»Das kannst du nicht machen!«, entgegnete Ellen schnell.

»Was sollen wir tun?« Djoti zog ratlos die Schultern hoch.

Schließlich wurde beschlossen, dass Skye mit Ziggy ein Zimmer teilen sollte und Kate das andere Zimmer bekam. Nun war eine Fremde im Haus. Ziggy meinte, es wäre besser, Schmuck, Andenken und andere bewegliche Wertsachen, die in den Zimmern herumlagen, wegzuschließen. Während Kate schlief und Ellen mit Skye einen Spaziergang machte, verbrachte sie den Nachmittag damit, alles in Kisten und Truhen zu packen, und wies Djotis Boys an, sie auf dem Dachboden zu verstauen.

Als Ellen und Skye zurückkamen, waren sie entsetzt über der Veränderung. Skye bestand darauf, die Vasen wieder auszupacken, und beschwerte sich, dass es nicht mehr gemütlich wäre. Aber als sie durch die leeren sauberen Räume ging, war sie plötzlich sehr erleichtert. Überall hatte man die Präsenz der Familie aus Delhi gespürt – mit all ihren Verstrickungen, Sorgen und Freuden. Sie hatten sich in dem Haus wie Besucher, Untermieter oder Durchreisende gefühlt. Nun gehörte das Haus ihnen.

Während der langen Tage und Nächte von Kates Entzug wechselten sie sich bei der Pflege ab, wischten Schweiß von der Stirn, gossen Wasser zwischen die zusammengebissenen Zähne und hielten sie fest, wenn sie sich vor Schmerzen verkrampfte und fast wahnsinnig wurde.

Als das Schlimmste vorüber war, setzte sich Ellen eines Morgens zu ihr ans Bett. Kate hörte Ellen aufmerksam zu, beantwortete ihre Fragen, brachte Stück für Stück ihre Vergangenheit ans Licht, nannte Namen, Orte, Ereignisse. Nachdem alles erzählt war, versiegelten sie es und schlossen es sorgfältig weg.

Langsam kam sie wieder zu Kräften, und ihre Augen erstrahlten in neuem Glanz.

»Siehst du?«, sagte Ziggy zu Ellen. »Ich hatte Recht. Ich wusste, dass du ihr helfen kannst.« Sie standen auf der Veranda und sahen Kate zu, die im Gemüsegarten Unkraut jätete.

»Was du sagst und tust, funktioniert«, fuhr Ziggy fort. »Nun sind wir schon zu dritt.« Sie kniff die Augen zusammen und dachte nach.

Ellen schwieg. Ziggys Lob rührte sie, aber sie spürte, dass mehr dahinter steckte. Ein Plan oder ein Weg, und sie ahnte, dass es bald Realität werden könnte. Dann würde es langsam, aber sicher der einzige Weg in die Zukunft – Ziggys Weg. Ellen runzelte die Stirn und verdrängte den Gedanken. So war es früher immer gewesen, beruhigte sie sich, aber heute war alles anders. Sie drehte sich zu Ziggy um und schenkte ihr ein dankbares Lächeln.

Einige Wochen später, an einem kühlen nebligen Abend, sah Ellen Kate im Garten unter einem Baum sitzen. Stille umgab ihren Körper, eine Aura der Ruhe, die von den langsamen Bewegungen der Arme und dem Heben und Senken der Brust nicht beeinflusst wurde. Das Gesicht war zu einer Maske erstarrt. Ellen beobachtete sie aus der Distanz. Minuten wurden zur Stunde, ohne dass sie es merkte, als wäre Zeit nur das Flackern einer brennenden Kerze.

»Das war Yoga«, erklärte Kate ihr später auf ihre Frage. »Ich habe es gelernt, als ich im Ashram war. Man muss üben, aber nach einer Weile kann man seinen Verstand verlangsamen.« Sie grinste verlegen. »Sonst würde ich mit einer Geschwindigkeit von hundert Stundenkilometern denken! Und zwar die ganze Zeit – außer wenn ich stoned bin.«

»Kannst du mir das beibringen? Uns?«, fragte Ellen und blickte sie erwartungsvoll an.

Kate runzelte zweifelnd die Stirn. »Ich weiß nicht. Ich bin Anfängerin und weiß kaum etwas darüber. Außerdem kann ich so etwas nicht gut – vor einer Gruppe stehen.«

»Das macht nichts. Zeig uns einfach das, was du kannst«, beharrte Ellen und blickte ihr dabei direkt in die Augen. War es Carter, der gesagt hatte, wenn man jemanden überzeugen will, muss man seine Stimmlage nachmachen? Und natürlich soll man auch lächeln, um ihn für sich einzunehmen.

»Falls ich es mache«, sagte Kate, »wäre es vielleicht einfacher, wenn wir es irgendwo im Haus machen würden …«

Ziggy half ihnen, die letzten Möbel aus dem Wohnzimmer zu räumen. Nur ein paar Kissen blieben in einer Reihe auf dem Perserteppich liegen. Die schweren

Vorhänge wurden zurückgezogen, damit sie freie Sicht auf die fernen Berge hatten.

An den nächsten Abenden saß Kate am Fenster vor den Frauen, die sich im Raum verteilt hatten. Skye saß ganz hinten in der Ecke und schaute mürrisch aus dem Fenster, um allen zu zeigen, dass sie nicht mitmachen wollte.

Kate war schüchtern und nervös. Sie gab unklare Anweisungen und bewegte sich geziert. Aber trotzdem spürte man die Harmonie. Es ging darum, durch Bewegung Ruhe und durch Schweigen Kraft zu finden.

Ellen nahm jede Kleinigkeit in sich auf und genoss die fremdartige Methode. Kraftaufwand ohne Strapaze und Strafe, Erfolg ohne Maßstab oder Publikum. Sie wollte mehr, aber Kate war wie ein Tourist, der den Sprachführer nur halb verstanden hatte. Die tatsächliche Sprache, das Herz und die Seele, ging weit über ihre Fähigkeiten hinaus.

Bei dem nächsten Essen bat Ellen Djoti, den jungen Mönch aus dem Ashram zu ihr zu bringen.

»Ich möchte Yoga lernen«, begann sie, und Djoti übersetzte.

»Aber natürlich«, antwortete der Mönch. »Sie können es bei unserem Yogi lernen, er ist ein Meister auf diesem Gebiet.« Einladend breitete er die Arme aus. »Sie können Tag und Nacht bei ihm studieren, wenn Sie wollen. Die Menschen hier verehren Sie sehr. Sie sind bereits eine Lehrerin, deshalb müssen Sie den Weg der Erleuchtung gehen.« Während er sprach, ließ er Kate nicht aus den Augen, die mit einem Eimer Reis an der Reihe der Hungernden entlangging und es wie Skye machte. Die neue Hausbewohnerin war als Folge einer monatelangen schlechten Ernährung und eines Hepatitisanfalls immer noch zu dünn. Aber ihre

Augen leuchteten, und die rosigen Wangen versprachen Genesung.

Auf dem Nachhauseweg von einem ihrer Besuche im Ashram bahnte Ellen sich mechanisch einen Weg durch die Menge und stand auf dem Markt plötzlich vor dem Arzt des Hospitals.

»Oh, hallo«, grüßte Paul.

Beide traten einen Schritt zurück, um den Höflichkeitsabstand zu wahren.

»Wie geht es Ihnen?«, fragte Ellen. Er sah gut aus, nicht mehr so müde, und lächelte fröhlich.

»Gut. Und Ihnen?«

»Auch gut.«

»Wir haben uns lange nicht gesehen.«

»Ja, das stimmt.«

Beide nickten und schauten sich um, als wollten sie das Schweigen mit den Dingen überbrücken, die sie betrachteten.

Nach einer Weile ergriff Paul wieder das Wort. »Gestern habe ich Ihre Nachbarin Mrs. Stratheden vor der Bank getroffen. Auf meine Frage, ob sie wisse, wie es Ihnen geht, sagte sie, Sie hätten aus dem Haus eine Hippie-Kommune gemacht.« Er schüttelte lachend den Kopf. »Ich muss schon sagen, sie war nicht sehr erfreut darüber!«

»Wir sind doch keine Kommune!«, protestierte Ellen. »Es ist nur jemand zu uns gezogen, das ist alles.«

»Machen Sie sich darüber keine Sorgen«, meinte Paul und bedeutete ihr, ihn ein Stück zu begleiten. »Edith akzeptiert Sie nur, wenn Sie eine alte Britin sind und Gurkensandwich zum Tee servieren.« Er sah Ellen von der Seite an und betrachtete aufmerksam ihr Profil. »Aber vielleicht tun Sie das ja?«

Ellen grinste. »Nein, das ist nicht Priankas Stil.«

»Nun ja«, fuhr Paul fort. »Was Sie dort oben auch machen, es scheint zu funktionieren. Ich habe Ihre Freundinnen auf dem Bazar gesehen. Man erkennt sie kaum wieder.«

»Ja, das stimmt«, antwortete Ellen, »sie haben sich gut entwickelt.«

Langsam und im Gleichschritt gingen sie nebeneinander her. Ein Eselskarren fuhr vorbei und drängte sie näher zusammen. Trotz des Gestanks von Schmutz und Dung fiel Ellen der scharfe Geruch von Desinfektionsmitteln auf. Es erschien ihr wie eine leise Warnung, die ihr jemand ins Ohr flüsterte.

»Was haben Sie als Nächstes vor?«, wollte Paul wissen.

Ellen zuckte die Schultern. »Ich weiß nicht«, antwortete sie und musste sofort an Ziggy denken. »Ich denke, wir machen einfach so weiter, dann werden wir schon sehen.«

»Nun, dann werden sich unsere Wege vermutlich wieder kreuzen«, meinte Paul. Er lockerte seinen Hemdkragen und schielte zum Himmel. »Gelegentlich habe ich einen freien Tag. Vielleicht könnten wir« – er unterbrach sich und lächelte verlegen – »miteinander essen gehen. Zur Auswahl stehen einige schreckliche Cafés.«

»Ja, warum nicht? Das wäre schön.« Ellen nickte unverbindlich lächelnd. Sie erinnerte sich an die Zeit, als sie und Ziggy sich völlig unbefangen mit Männern verabredeten, die sie auf ihren heimlichen Ausflügen aus der Ballettschule kennen lernten. Sie nahmen Einladungen zu Bällen, Partys, Essen und Rundfahrten an, obwohl sie wussten, dass Proben, Tanzstunden und pure Erschöpfung ihre gesamte Zeit ausfüllten.

Aber hier und jetzt war das etwas anderes. Eigentlich

konnte Ellen tun und lassen, was sie wollte. Andererseits wusste sie, dass es in ihrem jetzigen Leben, das sie sich gemeinsam aufgebaut hatten, keinen Platz für Besuche oder Essen mit einem Arzt gab, den sie zufällig auf der Straße traf. Neue Freunde bedeuteten neue Erinnerungen, Hoffnung und Schmerz. Genau diese Schicksalsschläge hatten sie alle nur schwer verarbeitet, und deshalb alte Bindungen gelöst, um ein neues Leben beginnen zu können.

Als sie den Pfad zum Hospital erreichten, drehte sich Paul um und sah Ellen in die Augen. Sie erwiderte seinen Blick bewusst zurückhaltend. Verwirrt über ihre plötzliche Reserviertheit, versuchte er, ihre Gedanken zu lesen. Hatte er sie vielleicht gekränkt? Zweifelnd kniff er die Augen zusammen. »Nun, dann auf Wiedersehen«, verabschiedete er sich höflich und ging.

Ellen ging allein weiter und vermutete, dass er sie weder besuchen noch durch Djoti eine Nachricht schicken würde. Er würde sie in Ruhe lassen. Trotz eines Gefühls des Verlustes war sie erleichtert, denn sie konnte mit klarem Verstand und leerem Herzen zu Ziggy und den anderen zurückkehren.

Als der nächste Winter kam, hatte das Haus fünf Bewohner. Ruth war dem Gerücht eines westlichen, weiblichen Gurus gefolgt und an einem kalten Nachmittag aufgetaucht. Sie behauptete, auf spiritueller Suche zu sein, dabei sah sie eher aus wie ein normaler Tourist. Sie war voller Leben und Lachen. Ziggy und Skye überredeten Ellen, sie für eine Weile aufzunehmen. Die Geschichten aus ihrem Leben auf einer Schafsfarm im australischen Busch waren eine echte Bereicherung an den langen Abenden am Kamin. Ihre Schulausbildung hatte sie per Fernstudium erhalten, zwischen Viehtrieb und Schafschur. Sie wusste noch weniger über die Welt als Ellen und Ziggy, deren Tanzstunden wenig Zeit für Naturwissenschaft, Geographie, Geschichte oder aktuelle Themen gelassen hatten. Aber Ruth konnte über ihre Unwissenheit, ihre Fehler und ihre eigenen Witze lachen und riss alle mit.

Ellen hörte ruhig zu und nahm den weichen gedehnten australischen Akzent und die zwanglose Art in sich auf. Erinnerungen an Lizzie, Dr. Ben und die anderen Inselbewohner wurden wach. Es dauerte nicht lange, und sie musste wieder an Zelda denken. Zwei Jahre waren bereits vergangen, und sie war bestimmt groß und kräftig geworden. Sicher hatte sie ihren Sprachschatz erweitert und neue Ideen, Pläne und Interessen ... Ruths sprudelnde Erzählungen machten es schwierig, die qualvollen Erinnerungen zu verdrängen. Ellen zwang sich, zu bleiben und zuzuhören. Es war, als würde sie die Hand ins Feuer halten. Irgendwann würden die Nerven sicher absterben und keinen Schmerz mehr empfinden.

Als alle mit Ruths Bleiben einverstanden waren, nahm Ziggy Ellen beiseite und schlug vor, Ruth die Hausordnung zu erklären – keine Briefe, keine Fotos, keine ausländische Kleidung und vor allem nicht von Zuhause und der Vergangenheit sprechen, außer bei den besonderen Sitzungen mit Ellen. Es gab auch Pflichten zu erfüllen, Hausarbeiten, bei den Essen mithelfen, am Yogaunterricht teilnehmen.

Als Ruth das hörte, riss sie die Augen auf. »Ich wusste doch, dass dies kein normales Haus ist.«

Ziggy verkniff sich eine Bemerkung.

Ruth sah Ellen mit ernsten Augen und verlegen lächelnd an. »Du wirst mich auslachen, aber vor ein paar Tagen wusste ich plötzlich, an wen du mich erinnerst.

Mein kleine Schwester besaß die Puppen, die alle Teenager haben. Sindy, Barbie und eine Twiggy-Puppe. Mummy hat sie immer in Melbourne bestellt. Dann schickte meine Tante eine aus den Staaten. Es war eine Ballerinapuppe mit vielen verschiedenen Kleidern. Ihren Namen weiß ich nicht mehr. Aber« – Ruth lachte über sich selbst – »du erinnerst mich an diese Puppe. Merkwürdig, du siehst aus wie sie.«

Ziggy schenkte ihr ein kühles Lächeln. »Vergiss nicht, wir sprechen nicht über Dinge, die wir zurückgelassen haben. Schwestern, Puppen ... wen interessiert das?«

23

Ziggy erschien mit zwei Tassen Tee, die sie auf einem lackierten Tablett balancierte, in Ellens Zimmer. Unter dem Arm trug sie eine Rolle Papier mit ausgefransten gelben Rändern. Sie setzten sich nebeneinander aufs Bett. Ziggy schlug eine alte Karte von Mussoorie auf. »Wir müssen uns nach einem neuen Haus umsehen.« Sie nippte an ihrem Tee und blickte Ellen über den Rand ihrer Tasse an. »Ich habe in jedem Zimmer zwei untergebracht, und sogar die Abstellkammer ist belegt. Kate ist in den Schuppen gezogen.« Sie sah sich die Karte an. »Wir brauchen ein viel größeres Haus mit Unterbringungsmöglichkeiten für die Dienstboten. Unser Personal könnte von außerhalb kommen, dann können wir auch diese Zimmer belegen. Vielleicht finden wir sogar ein altes Internat. In dieser Gegend gibt es etliche alte Schulen.« Sie schaute erwartungsvoll auf.

Ellen antwortete nicht, sondern griff in die Tasche und holte einen Umschlag hervor. »Das ist heute gekommen.«

Ziggy zog den Brief heraus und überflog ihn. Das dicke Briefpapier trug ein Wasserzeichen und war mit der Hand geschrieben. Eine Falte erschien auf ihrer Stirn. »Jerry McGee. Der Name sagt mit etwas. Wer ist das?«

»Du warst wohl zu lange im Urwald!«, antwortete Ellen. »Er war der Stargitarrist der Band *The Shout*.«

»Er möchte seinen Sohn Jesse schicken«, sagte Ziggy nachdenklich.

»Wie alt ist er?«

»Jerry McGee muss schon über vierzig sein«, meinte Ellen. »Ich schätze, Jesse ist ungefähr zwanzig. Was meinst du, wie hat er wohl von uns erfahren?«

»Wer weiß? Vielleicht von Carter. Du kannst Gift darauf nehmen, dass er mit Lucy Kontakt hat. Demnächst wird er Provision verlangen, wenn er Kunden schickt!«

Ellen lächelte kurz, stand auf und ging im Zimmer auf und ab. »Ich weiß nicht, Zig«, sagte sie schließlich und deutete mit dem Kopf auf die Karte, die ausgebreitet auf dem Bett lag. »Es ist alles schon so festgefahren. Die vielen Leute hier. Was ist, wenn wir woanders leben und etwas anderes tun wollen?«

Ziggy starrte sie an. »Was würden wir schon tun? In die Staaten zurückgehen, am Pool liegen und Bridge spielen? Zu Modenschauen und Premieren gehen? Den Wirtschaftsteil lesen? Wir sind zu alt, um zu arbeiten. Wir wären ... niemand.« Sie beugte sich vor. Ihre Augen glänzten vor Begeisterung. »Hier tun wir wirklich etwas.« Eindringlich blickte sie Ellen direkt in die Augen. »Vor allem du. Du rettest Menschen, rettest Leben. Bedeutet dir das nichts?«

»Natürlich bedeutet mir das etwas«, entgegnete Ellen. »Ich will mich nur nicht übernehmen. Die Leute kommen hierher und erwarten, dass ich ihnen helfe. Sie zählen auf mich. Manchmal fühle ich mich, als säße ich in der Falle. Das macht mir Angst.«

Das war die Wahrheit. Wenn sie an den wachsenden Haushalt und ihre Stellung als Leiterin dachte, wusste sie nicht mehr, wie es dazu gekommen war. Einerseits genoss sie es, gebraucht und bewundert zu werden, andererseits beschlich sie die Angst, etwas darzustellen, was sie nicht war, und früher oder später als Betrügerin entlarvt zu werden.

»Die Menschen haben schon immer auf dich gezählt«, fuhr Ziggy fort. »Carter, die Ballettschule, Karl. Das hat dich noch nie gestört.«

»Sie wollten alle nur, dass ich tanze oder als Model auftrete. Ich sollte etwas *tun*. Diese Menschen erwarten, dass ich jemand *bin*. Das ist nicht dasselbe. Ich will sie nicht enttäuschen ...«

»Hör zu«, sagte Ziggy bestimmt. »Hier tauchen Leute auf, weil sie von dir gehört haben, und sie bleiben, weil sie feststellen, dass es wahr ist.«

Ellen lachte. »Du sprichst von mir, als wäre ich eine Zirkusattraktion.«

Ziggy zuckte grinsend die Schultern. »Dafür kann ich nichts! Außerdem bin ich nicht deiner Meinung. Das hier ist auch nichts anderes als das, was du früher gemacht hast. Ich glaube, es hat alles mit dieser – du weißt schon – ›besonderen Eigenschaft‹ zu tun, nach der Carter immer gesucht hat. Und die Kritiker – wie haben sie es noch genannt?« Mit gezierter, theatralischer Stimme fuhr sie fort: »Die Privatsphäre der Seele – hintergründig, undurchschaubar, mit einer fremdartigen, hinreißenden Anziehungskraft. Erinnerst du dich?«

»Das war purer Unsinn.«

»Nein, war es nicht. Ist es nicht. Es ist wahr. Frag doch Kate, Ruth oder die anderen. Vertraue ihnen, wenn du dir selbst schon nicht traust.«

Es entstand ein kurzes angespanntes Schweigen. Skye spielte einen Ragtime auf dem Klavier. Ziggy beugte sich vor und stellte ihre Tasse auf das Tablett. »Übrigens müssen wir bei der Bank in Mussoorie ein neues Bankkonto eröffnen.«

Ellen blickte erstaunt auf. »Warum? Auf meinem Konto ist Geld genug.«

»Ja, aber die Leute oder ihre Familien wollen einen Beitrag leisten. Wenn wir einen Unkostenbeitrag erheben, können wir hier viele Dinge verbessern, anstatt für alles selbst aufzukommen. Das ist die beste Lösung.« Sie wartete, bis Ellen nickte. »Man sagt, dass die meisten Heilmethoden besser wirken, wenn sie tatsächlich etwas kosten. Mit anderen Worten, wenn die Leute Geld dafür bezahlen.«

Ziggy stand auf, drehte sich langsam um die eigene Achse und streckt die langen schlanken Arme zur Decke. Ellen musterte sie von oben bis unten. Jetzt war sie wieder Carters »Mädchen für Außenaufnahmen« – eine blonde, grünäugige, gesunde Schönheit. Kaum vorstellbar, dass sie sich beinahe zu Tode gehungert hätte. Während Ellen sich an Ziggys Anblick erfreute, beschlich sie eine Vorahnung, als hätte Ziggys wachsende Stärke ihre eigene Energie verbraucht und sie schwach, schutzlos und ohne Willen zurückgelassen.

»Ich lass dir die Karte da«, rief Ziggy über die Schulter und ging. »Schau dir die verschiedenen Gebiete an. Wir brauchen ein Haus, zu dem eine Straße führt. Für Autos, meine ich. Wirst du das tun?«

»Ja, natürlich.«

»Gute Nacht.«

»Gute Nacht.«

»Schlaf gut.«

»Danke, du auch.«

Ziggy drehte sich um. Ihre Blicke trafen sich. Beide dachten an die Nonnenkammer mit dem großen kalten Fenster und an das Gekicher im Dunkeln, wenn sie sich gruselige Geschichten erzählten, bis Ziggy entschied, dass es Zeit war, ins Bett zu gehen.

Ich gehe jetzt ins Bett.
  Ja, gute Nacht, Ziggy.
  Gute Nacht.
  In der Stille war nur die flache Atmung zu hören.
  Bist du noch wach, El?
  Ja?
  Rate mal, was ich heute Morgen gesehen habe ...

Ellen stand am Fenster und schaute zu, wie die weißen feinen Schneekristalle unaufhörlich vom dichten dunklen Himmel fielen. Im Haus wurde es still, die letzte Stimme verstummte und das letzte Lachen erstarb. Ellen behielt die Wollsocken an, kletterte ins Bett, kuschelte sich in die Kissen und zog die Bettdecke hoch. Dann schloss sie die Augen, streckte sich vorsichtig aus und ignorierte die Kälte, die sich wie blutleere Hände um ihren Kopf legte.

Der Wind wurde stärker, rüttelte an den Scheiben und heulte ums Haus. Ellen zog die Decke bis über beide Ohren. Er grollte und dröhnte, bis er plötzlich zu atemloser Stille erstarb. Erschrocken warf Ellen die Bettdecke zurück, blieb still liegen und lauschte angestrengt. Lange hörte sie nichts. Dann war es wieder da: Das schwache Heulen eines Hundes durchdrang die stürmische Nacht. Ellen erstarrte, aber sie bekämpfte die aufsteigende Angst und den Drang, aufzuspringen und davonzulaufen. Ich hasse Hunde, dachte sie. Das ist alles. James' Hund mochte ich auch nicht ...

Aber das Fenster zog sie magisch an. Sie stand zitternd in der Kälte und sah angestrengt in die Dunkelheit. Irgendetwas regte sich in ihrem Unterbewusstsein, weit weg und schwach wie das ferne Rollen eines nahenden Zugs. Noch immer starrte sie aus dem Fenster. Langsam kam es näher, wurde deutlicher und klarer. Der Schnee, der weiß auf dem Fenstersims lag und in langen Schleiern über den schwarzen Himmel jagte, brachte es immer näher. Der Hund schrie seinen Schmerz in die eiskalte Nacht. Leise, verzweifelte Schreie, die im Heulen des Windes untergingen.

Schweißperlen standen auf ihrer Stirn. Ihr Herz klopfte wie wild. Sie atmete stoßweise und bekam kaum Luft, als sie versuchte, in die Hülle der Sicherheit und des Vergessens zu schlüpfen – davonzukommen ...

Warte. Eine schwache Stimme drang durch den Sturm. *Hör doch!*

Nein, lauf weg!

Ellen zögerte, konnte sich nicht entscheiden. Vor ihr lagen zwei Wege: der eine – breit und ausgetreten, ein sicherer Fluchtweg, der andere – ein schmaler steiniger Pfad, der ins Ungewisse führte ...

Du bist stark! Du bist frei! Jetzt kannst du es wagen!

Sie lehnte den Kopf gegen die eisige Fensterscheibe, schloss die Augen und sah sich im Ashram-Tempel. Gleichmäßig und bestimmt fielen die Worte des Yogis in die Stille und nahmen sie bei der Hand ...

Eins ist alles. Das ist Weisheit. Konzentriere dich auf einen Punkt, den Bindu. Beginne die innere Reise und ziehe dich von allem Äußeren zurück.

Ihre Gedanken wanderten zurück und arbeiteten sich durch die Schichten der Erinnerung.

Lösche alle Gedanken, Gefühle und Wahrnehmungen.

Überschreite die Grenzen deines Verstands und deiner Wahrnehmung.

Finde die absolute Ruhe. Höre dem Objekt deiner Konzentration zu. Ein Wort, eine Farbe, ein Geräusch.
Ein Schrei in der Dunkelheit ...

Die Sonne fiel auf den verschneiten Garten und tauchte die mit Schnee bedeckten Sträucher in goldenes Licht. Ellen warf den Ball noch einmal. Sammy stürmte hinter ihm her. Seine Pfoten hinterließen kleine Fußspuren im weißen Schnee.

»Bring!«, rief Ellen. Aber Sammy schaute sie an, wedelte mit dem Schwanz und rannte mit dem Ball im Maul in den Wald.

»Nein, Sammy! Komm her!«, rief Ellen und lief hinter ihm her. »Hierher, Sammy. Guter Hund!«

Der Hund schlüpfte durch den Zaun und trottete unter den hohen Kiefern davon. Ellen betrachtete ängstlich ihre Schuluniform, schob die schneebedeckten Büsche zur Seite und folgte ihm.

»Sammy! Komm her!«, rief sie immer wieder. Ihre Stimme war weinerlich und schwach und kam gegen das Knirschen des Schnees kaum an. Dann blieb sie stehen. Offenbar hatte er Spaß an der Jagd. Sie blickte zurück zum Haus und biss sich nervös auf die Lippen. Dann stieß sie einen langen Pfiff aus, wieder und wieder.

Schließlich kam Sammy mit hängenden Ohren und eingezogenem Schwanz zurück. Unterwürfig sah er sie an und legte ihr den Ball zu Füßen. Ellen griff ihn am Halsband und nahm ihn auf den Arm. »Dummer Hund!«, sagte sie mit zitternder Stimme. »Du bringst uns nur in Schwierigkeiten.«

Den kleinen Hund fest an die Brust gedrückt, lief sie zurück zum Haus. Sammy hob die kalte Schnauze und leckte ihr das Kinn. »Ungezogener Hund«, schimpfte Ellen lächelnd, als seine warme feuchte Zunge über ihre Wange fuhr. Plötzlich erschrak sie. In der Auffahrt stand ein rotes Auto. Margaret! Erstarrt blieb sie einen Moment stehen und schlich dann über den Rasen zur Haustür. »Hoffentlich merkt sie nichts«, betete sie. »Bitte, lieber Gott!«

Aber Margaret war schon da. Sie stand oben am Fenster und schaute ihr zu. Auch ihr war der Schrecken anzusehen, aber auch der Ärger. Ihr Gesicht war blass und angespannt, die Augen hart und zusammengekniffen. Ängstlich blickte Ellen zu ihr auf und hielt den sich windenden und winselnden Sammy fest im Arm. Margaret verschwand vom Fenster. Am liebsten wäre sie mit Sammy weggelaufen. Aber sie war nur ein Kind, und man würde sie wieder zurückbringen. Dann würde alles nur noch schlimmer.

Sammy im Arm, stand sie zitternd vor der Haustür und tat alles, um sauber und ordentlich auszusehen. Die Zöpfe wurden in den Nacken geworfen, die Kleider geglättet, die Füße nebeneinander gestellt. Als sich der Türknopf drehte, sah sie ängstlich auf die immer größer werdende Öffnung. Margarets Gesicht war starr und ausdruckslos. Ellen sank das Herz, aber sie blieb ganz still stehen.

»Wo warst du?«, fragte ihre Mutter leise. »Ich habe dich überall im Haus und im Garten gesucht.«

»Sammy ist in den Wald gelaufen«, antwortete sie und versuchte, höflich und ruhig zu klingen. »Ich musste ihn suchen.«

»Habe ich dir nicht gesagt«, begann Margaret, »dass du das Haus nicht verlassen darfst, wenn ich nicht da bin?«

»Ja, Margaret.« Ellen sah auf Margarets hochhackige blutrote Schuhe. Sie schauderte.

»Du hättest stürzen können, und ich hätte nicht gewusst, wo ich dich suchen soll. Ellen, du bist acht Jahre alt!« Margaret klang traurig – wieder einmal enttäuscht. »Ich werde dir eine Lektion erteilen. Komm herein.«

Ellen ging einen Schritt auf die Tür zu.

»Setz den Hund ab.«

Erschrocken blickte sie auf.

»Aber, er …« Ellen blieb das Wort in der Kehle stecken. »Er darf doch ins Haus. Ich bringe ihn sofort in die Wäschekammer.«

Margaret versperrte ihr den Weg. »Du kommst ins Haus und lässt den Hund draußen.«

»Aber es schneit!«

Ein langer Arm ergriff das Halsband, zerrte den keuchenden und strampelnden Hund aus Ellens Arm und warf ihn hinaus. Er landete auf dem Rücken und rappelte sich mit seinen kurzen Beinen nur mühsam wieder auf. Dann setzte er sich hin und wedelte freundlich, aber irritiert mit dem Schwanz.

Margaret nahm Ellen bei der Schulter, zog sie ins Haus und warf die Tür hinter sich zu.

»Wann wirst du endlich lernen, das zu tun, was von dir verlangt wird?« Ihre Stimme wurde schrill vor Ärger.

Ellen starrte auf die Tür. Der Hund fing leise an zu winseln und kratzte mit der Pfote bettelnd an der Tür.

»Geh auf dein Zimmer«, befahl Margaret kalt.

»Bitte! Ich werde alles tun, was du verlangst. Ich verzichte ein ganzes Jahr auf mein Taschengeld und mache alles sauber. Ich werde nie wieder ungezogen sein. Bitte …« Tränen rannen ihr über die Wangen. Sie klammerte sich an Margarets Jacke, aber sie ging ungerührt weiter. »Er friert bestimmt!«

»Das wird dir eine Lehre sein, Ellen.«

»Nein! Nein!« Ein langer Schrei breitete sich wie eine riesige, aufbäumende Schlange, die sich erhob, in ihrem Inneren aus und nahm ihr fast die Luft. Dann schallte er durchs ganze Haus und hörte nicht mehr auf.

Plötzlich drehte sich Margaret um und gab ihr eine schallende Ohrfeige. »Hör auf!«

Ellen presste eine Hand gegen die brennende Wange und biss sich auf die Lippen. Vielleicht würde Margaret ihre Meinung noch ändern und den Hund ins Haus lassen, wenn sie still und brav war. Vermutlich wollte sie ihr nur einen Schrecken einjagen. »Es tut mir Leid, Margaret«, sagte sie kleinlaut, ging langsam hinauf in ihr Zimmer und schloss leise die Tür hinter sich.

Sie ging sofort ans Fenster. Unten auf der Treppe saß Sammy und blickte sehnsüchtig auf die geschlossene Tür. Sie hob die Hand, um ans Fenster zu klopfen und ihn zu rufen. Aber vielleicht war es besser, wenn er das Warten aufgab und davonlief, um sich an einem warmen Platz zu verstecken. Später, wenn Margaret es ihr erlauben würde, könnte sie ihn immer noch hereinrufen.

Mit hängendem Kopf setzte sie sich aufs Bett und betrachtete den weichen rosa Teppich mit dem Muster aus Teddybären und Schaukelpferden. Sie zählte sie, vom Fenster bis zur Tür. Dann versuchte sie, die Anzahl der Teddys im ganzen Zimmer zu schätzen, dann die vielen Schaukelpferde mit dem dummen Lächeln im Gesicht …

Die Zeit verstrich, und die Sonne ging unter. Lange Schatten breiteten sich im Zimmer aus. Draußen fing Sammy an zu bellen. Nach einer Weile ging das ärgerliche Bellen in langes schwermütiges Heulen über. Ellen kniff die Augen zusammen und hielt sich die Ohren zu. Trotzdem drang das jämmerliche Geheul zu ihr durch.

Wieder trat sie ans Fenster. Es schneite. Die dicken Flocken führten vor dem dunklen Himmel einen wilden Tanz auf. Die Bäume im Garten waren nur noch schwarze spitze Gestalten. Und dort war Sammy – ein kleiner dunkler Fleck im weißen Schnee.

»Lauf weg«, flehte Ellen. »Lauf zu einem anderen Haus. Versteck dich im Holzschuppen.« Aber er wartete auf sie, dass sie zu ihm kam und ihn hereinließ, den Schnee von seinem Rücken rieb und ihn in den weichen warmen Korb legte.

Schließlich nahm sie allen Mut zusammen und ging hinunter. Margaret saß im Wohnzimmer und las unter der Stehlampe Fachzeitschriften. Warmes Licht fiel auf ihr Gesicht. Als Ellen eintrat, blickte sie fragend auf, als wäre nichts gewesen.

»Es schneit«, sagte Ellen.

»Ja?«

»Sammy wartet vor der Tür. Bitte, darf ich ihn hereinlassen?«

»Nein, Ellen. Der Hund bleibt draußen. Vielleicht lernst du es auf diese Weise, ein für alle Mal.«

Bitter und wütend starrte Ellen sie an. »Aber du hast ihn mir geschenkt. Du hast ihn mir zum Geburtstag gekauft.«

»Ich habe ihn *an* deinem Geburtstag gekauft«, korrigierte Margaret sie, »damit du Gesellschaft hast, wenn ich nicht zu Hause bin, und nicht dauernd fragst, ob du draußen spielen oder nach der Schule deine Freundin besuchen darfst. Damit ich genau weiß, wo du bist. Damit ich dich anrufen kann. Damit du mich anrufen kannst, wenn etwas passiert.« Sie schwieg, um ihre Worte wirken zu lassen. »Stattdessen finde ich dich im Wald!« Sie wandte sich wieder ihrer Zeitschrift zu. »Der Hund war wirklich keine gute Idee.«

»Willst du, dass er draußen erfriert?« Ellens Stimme war vor Entsetzen kaum zu hören. »Du willst ihn sterben lassen!«

»Reiß dich zusammen, Ellen!« Margaret blätterte um und las weiter.

»Nein!«, schrie Ellen. »Ich hasse dich! Ich hasse dich! Ich wünschte, du wärst tot!«

In der Stille heulte Sammy. Margaret zog eine Augenbraue hoch. »Was hast du gesagt?«

Gelähmt vor Angst und nach Worten suchend, die das Gesagte ungeschehen machen könnten, starrte Ellen sie an …

Entschuldigung. Es tut mir Leid. Ich werde es nie wieder tun, Margaret. Mutter. Es tut mir so Leid. Ich hab dich lieb. Die Worte waren da, kreisten in ihren Gedanken – aber diesmal brachte sie sie nicht heraus.

»Nun gut«, seufzte Margaret resigniert und ging hinaus. Mit ihrer bereits geöffneten Arzttasche kehrte sie zurück.

»Krempel deinen Ärmel hoch«, sagte sie und wühlte in der Tasche.

Ellen sah, wie sie eine kleine Ampulle und eine Spritze aus der Tasche nahm. »Was ist das?« Panische Angst schnürte ihr die Kehle zu.

»Nur so kann ich dich zur Ruhe bringen.« Margaret schnippte gegen die Ampulle, saugte mit der Spritze die Flüssigkeit auf und hielt sie hoch, bereit, sie anzusetzen.

»Nein, bitte nicht!« Erstarrt blieb sie stehen und sah Margaret mit aufgerissenen Augen an, als sie auf sie zuging. »Du wirst mich auch umbringen«, flüsterte sie in panischer Angst.

»Sei nicht dumm.« Margaret nahm ihren Arm und säuberte ihn mit einem Tupfer. Die Nadel durchstach die Haut, hob das dünne Fleisch an und bohrte sich in die Vene.

Sie lauschte in die Nacht und hörte das traurige Wimmern des Hundes, der draußen im Schnee auf sie wartete, während die dunklen Wolken der Bewusstlosigkeit sie davontrugen.

Auf Wiedersehen, Sammy. Auf Wiedersehen, kleiner Hund.
Mein einziger Freund.

Der nächste Tag brach herein. Sonnenlicht durchflutete Ellens Zimmer. Das Fenster war ein strahlender hellblauer Fleck. In tadelloser Schuluniform stand sie am Fenster und blickte über den einsamen Garten.

Sie ging hinunter, aß langsam und sorgfältig ihr Frühstück und versuchte, nicht auf Sammys leere Schüssel zu sehen, die neben der Hintertür stand. Margaret war bereits für die Arbeit gekleidet und trug ein rotes Kostüm mit passender Weste. Sie schwieg abweisend und versteckte sich hinter dunkler Brille und kaminrotem Lippenstift.

Als sie zum Auto gingen, blieb Ellen einen Augenblick stehen und sah sich suchend um. Aber außer ein paar Vogelspuren war auf dem weißen Rasen nichts zu sehen. Der Wagen stand über Nacht draußen. Eine dicke Schneeschicht bedeckte Dach und Motorhaube. Margaret hatte bereits die Windschutzscheibe vom Eis befreit. Ellen wartete, bis sich die Beifahrertür öffnete. Dann kletterte sie auf den Sitz und blieb kerzengerade sitzen, während Margaret den Wagen langsam wendete. Dort, wo der Wagen gestanden hatte, blieb ein freier Flecken zurück. In der Mitte lag ein kleiner schwarzer Hund, der sich unter dem warmen Motor zusammengerollt hatte.

Ellen sprang aus dem Wagen, stolperte, fiel und kam

nur mühsam wieder auf die Füße. Aus dem Augenwinkel sah sie, dass Margaret erstaunt den Mund aufriss. Dann war sie bei Sammy und starrte auf sein schwarzes gefrorenes Fell. Zitternd streckte sie die Hand aus und strich ihm über den Kopf. Er war eiskalt.

»Sammy ...«, flüsterte sie und zog an seinen kleinen Pfoten. Aber sie waren steif gefroren. Er war tot.

Sie ging zum Auto zurück, klopfte sorgfältig den Schnee von den Schuhen und zog die Strümpfe hoch. Dann stieg sie schweigend ein.

»Ich hole dich von der Schule ab«, sagte Margaret. »Warte bitte draußen auf mich.«

»Ja, Margaret.«

»Und komm nicht zu spät.«

»Nein, Margaret.«

Ellen starrte in die Dunkelheit. Es war wieder still geworden. Wahrscheinlich war der Hund weitergezogen oder hatte ein Zuhause gefunden. Der Sturm hatte sich gelegt, und der blasse Mond hing am eiskalten Himmel. Aber Ellen sah nur Margarets Gesicht, das so viele Jahre in Vergessenheit geraten war ...

Sie betrachtete die schmalen grünen Augen, die blonden Augenbrauen, sah den verschmierten Lippenstift in den Mundwinkeln und einen kleinen weißen Flaum auf der Oberlippe. Das Naseninnere war dunkelrot von kleinen geplatzten Adern. Ihre Zähne waren klein und scharf. Wenn sie lächelte, konnte man den Gaumen sehen.

Das verschlossene Gesicht verblasste, und ein anderes Bild entstand: Margaret in der Sonne am Swimmingpool, hinter ihr die offene Tür des Badeschuppens, die in frischem Hellgrün, genau wie die Fensterläden mit dem kleinen ausgesägten Herzen, gestrichen war.

Auf Haken hingen Handtücher zum Trocknen. Bunte Badeanzüge lagen auf dem Boden.

Margaret streckte die langen, rasierten Beine aus und bewegte die Zehen. Das glitzernde Wasser spiegelte sich in der Sonne. Glänzende Punkte tanzten auf ihrer braunen Haut. »Ich gebe dir noch einmal Schwimmunterricht«, sagte sie und hob den Kopf, auf dem ein Turban aus Handtüchern thronte.

Ellen stand in der Schuppentür, sah sie an und ließ nervös einen Fuß über den gekachelten Fußboden gleiten. Sie lächelte zaghaft, wünschte sich, von ihrer Mutter in den Arm genommen zu werden und ganz nahe ihre Stimme zu hören. Aber sie wusste, dass Margaret angewidert zurückweichen würde, wenn sie Angst bekam, Wasser schluckte und prustend um sich schlug.

»Komm schon.« Margaret glitt in den Pool und hielt die Arme auf. Ellen ließ sich ins kalte Wasser fallen und atmete den Duft von Sonnenöl, Chlor und Haarspray ein.

Margaret hielt sie auf beiden Armen und befahl ihr, wie ein Hund zu paddeln, so wie sie es gelernt hatte. »Lass den Kopf oben! So ist es richtig. Braves Mädchen!« Dann schob sie Ellen von sich weg. »Und nun stoße dich mit den Beinen ab.«

Ellen grinste, gab sich große Mühe und merkte plötzlich, dass sie schwamm. »Ich kann es!«, rief sie fröhlich.

Margaret zog die Arme weg und ließ sie los. Ängstlich drehte sich das Kind nach ihr um und versuchte verzweifelt, mit Paddeln und Stoßen gegen das Sinken anzukämpfen.

Margaret lachte. »So geht das. Stoßen! Anziehen! Weiter so!«

Dann war ihre Stimme weg. Nur klickende Unterwassergeräusche waren zu hören. Ellen blies die Backen auf und versuchte, die Luft anzuhalten, bis die Arme sie wieder auffingen. Aber es waren keine Arme da. Verzweifelt fing sie an, mit Armen und Beinen um sich zu schlagen. Plötzlich traf ein Fuß auf den Boden des Pools. Sie stieß sich ab. Ihre berstenden Lungen verlangten verzweifelt nach Luft. Aber sie stieß mit dem Kopf gegen ein Hindernis, das sie unter Wasser hielt. Sie hob die Arme hoch, riss und kratzte an den langen kräftigen Fingern. Aber sie ließen nicht los und stießen sie hinunter – wieder und wieder.

Während sie mit ihrer ganzen Kraft um ihr Leben kämpfte, kroch die entsetzliche Gewissheit in ihr hoch und blieb wie eine Speerspitze in ihrem Herzen stecken.

Es war Margaret!

Sie wollte sie also doch umbringen.

Dann lösten die Hände plötzlich ihren Griff. Ellen drehte sich auf den Rücken und blickte zur Wasseroberfläche hinauf. Der Anblick war wunderschön, wie das Paradies oder das Angesicht Gottes.

Ellen stolperte verwirrt durch das dunkle Haus zu Ziggys Zimmer. Leise weinend stand sie im Flur.

»Ziggy!«, keuchte sie. »Ziggy, wach auf …«

Ziggy regte sich. »Ja? Was ist denn?« Sie schlug die Augen auf, setzte sich auf und tastete nach der Lampe. »Was ist denn los?«

Ellen schüttelte verzweifelt den Kopf und streckte Hilfe suchend den Arm aus. »Hilf mir«, flüsterte sie. Von Weinkrämpfen geschüttelt, fiel sie Ziggy in die Arme.

»Was hast du?« Aber Ellen antwortete nicht. Also hielt Ziggy sie im Arm und wiegte sie wie ein Kind. »Ist schon gut, mein Engel. Lass es heraus, lass es gehen.« Sie glitt zur Seite und machte Ellen Platz, so dass sie sich neben sie legen konnte. Dann zog sie die Bettdecke hoch und streichelte ihr übers Haar.

Schließlich beruhigte sich Ellen. Seite an Seite lagen sie im Bett, blondes und dunkles Haar wie Sonne und Mond. Ziggy wollte Licht machen, aber es gab keinen Strom. Mit einem Streichholz zündete sie eine Kerze an. Warmes Licht fiel auf ihre Gesichter.

»Ich kann mich an alles erinnern«, sagte Ellen leise. »An Margaret ... Und was sie mir angetan hat.« Sie konnte nicht weitersprechen und fing leise an zu weinen.

Ziggy nahm schweigend ihre Hand. Im Zimmer herrschte zeitlose Stille. Die Kerze flackerte und schickte kleine Lichtkegel zur Decke.

Schließlich brach Ziggy das Schweigen. »Möchtest du es mir erzählen?«

Ellen nickte. Sie wischte sich mit der Hand übers Gesicht und atmete tief durch. »Es geht nicht nur darum, was sie mir angetan hat. Das ist schon lange her, vorbei, zu Ende. Aber ... jetzt weiß ich es. Alles, was mit Zelda passiert ist ... Das war sie – Margaret!« Sie befreite sich aus Ziggys Arm und sprach in die Stille des dunklen Zimmers. »Zelda war das kleine Mädchen, und ich war ihre Mutter. Margaret! Ich war es nicht, es kam von ihr!«

Ziggy nickte im Halbdunkeln und schwieg lange. »Aber das ist vorbei«, sagte sie schließlich. »Das ist Vergangenheit, und du solltest das alles auch dort lassen.«

»Nein!« Ellen drehte sich um, stützte den Kopf auf die Arme und blickte Ziggy in die Augen. »Es ist nicht vorbei, denn es gibt Zelda. Wenn ich das vorher gewusst hätte, wäre alles anders gekommen. Ich hätte alles anders machen können, ganz sicher! Und ich wäre nie fortgegangen!«

»Aber du bist fortgegangen«, widersprach Ziggy. »Du

hast sie zurückgelassen. Das ist nun einmal geschehen, und es gibt kein Zurück mehr.« Sie setzte sich auf, um Ellen ansehen zu können. »Wahrscheinlich ist es gut, dass du dich an alles erinnerst. Ganz bestimmt. Nun kannst du es abschließen und vergessen. Es existiert nicht mehr.« Sie nahm Ellen bei den Schultern und grub die Finger in ihre Haut. Der Schmerz verlieh ihren Worten Nachdruck. »Das ist die Regel. Es hat bei uns allen funktioniert. Verdammt, Ellen, du selbst hast sie aufgestellt!«

»Das ist etwas anderes«, begann Ellen, aber Ziggy fiel ihr ins Wort.

»Nein, Ellen, das ist nichts anderes. Bestimmt nicht. Das ist *deine* Chance, stark zu sein.«

»Nein«, murmelte Ellen. »Ich bin nicht stark und werde es auch nie sein.«

»Doch, du bist stark. Du musst stark sein!« Mit sanfter Stimme fügte sie hinzu: »Wir helfen dir dabei.« Dann legte sie sich wieder hin und zog Ellens Kopf auf ihre flache Brust. Sanft und beruhigend redete sie auf sie ein. »Wir helfen dir dabei, Ellen. *Wir* sind nun deine Familie.«

Im ersten Licht der Morgendämmerung schlich Ellen in ihr eigenes Zimmer. Sie schob einen schweren Sessel vor die geschlossene Tür, wickelte sich in eine Decke und begann zu schreiben.

Sie schrieb alles auf. Die Geschichte von Margaret und Ellen, und Ellen und Zelda.

Dann schrieb sie ein kurzes Begleitschreiben.

Lieber James,
Das ist alles wahr. Bitte glaube mir.
Alles hat sich geändert.
Ich muss zurückkommen.

Nach dem Frühstück verkündete Ellen, dass sie zum Ashram-Tempel gehen wolle. Dies war der einzige Platz, wo sie stets allein hinging. Ziggy sah sie fragend an, nickte und gab ihr einen Abschiedskuss. Die anderen spürten ihren Schmerz, wussten aber nicht, wie sie sich verhalten sollten und schwiegen betreten.

Ellen ging zum Ashram, wie sie gesagt hatte. Aber zurück nahm sie nicht den steilen Pfad zum Haus hinauf, sondern ging zum Hospital.

Am Haupteingang machten ihr die Dorfbewohner ehrfürchtig Platz. Als sie an ihnen vorbeiging, roch es trotz heißem Öl, Knoblauch und Schweiß nach Desinfektionsmittel.

»Ja bitte, Mem-Sahib?« Eine Inderin begrüßte sie durch das Fenster in einer provisorischen Wand, die das Empfangszimmer vom Flur trennte. »Was wünschen Sie?« Während sie sprach, klapperte sie mit einem Vorhängeschloss, das die hölzerne Abdeckung eines großen schwarzen Telefons sicherte.

»Ich möchte zu Dr. Cunningham«, antwortete Ellen. »Ich komme außerhalb der Sprechstunde. Es handelt sich um eine persönliche Angelegenheit. Es dauert nicht lange.«

»Bitte gehen Sie ins Wartezimmer.« Die Frau zeigte auf eine Tür.

Trotz der wartenden Menschenmenge vor der Tür saßen nur zwei Patienten im Wartezimmer, jeder in einer Ecke. Eine Ansammlung verschiedener Stühle und niedriger Tische trennten die beiden. Ellen nickte freundlich grüßend einer gut gekleideten Asiatin zu. Vermutlich handelte es sich um die Mutter eines Internatsschülers. Genau gegenüber saß ein alter Mann mit gesenktem Kopf und blickte in eine Zeitschrift, die er – verkehrt herum – in den großen rauen Händen hielt. Ellen setzte sich in die Mitte und sah sich um. An den Wänden hingen Plakate mit medizinischen Ratschlägen und religiösen Texten. Ihr Blick fiel auf ein Foto von den Bergen. Quer über dem Himmel stand:

> Er gibt Schnee wie Wolle;
> Er streut Reif wie Asche.
> Er sendet sein Wort, da schmilzt der Schnee.
> Er lässt seinen Wind wehen, da taut es.
> Psalm 147, 16 und 18

Den Sinn des Psalms verstand sie nicht. Trotzdem spendete er Trost. So zerschmilzt es. Sie berührte den dicken Umschlag ihres Briefs durch den Stoff der Umhängetasche. Hoffnung durchströmte sie.

»Mem-Sahib?« Die Sprechstundenhilfe steckte den Kopf durch die Tür. »Hier entlang, bitte.«

Sie führte Ellen an Patienten in grünen Krankenhauspyjamas vorbei und den langen Flur entlang. Einige lungerten nur herum und beobachteten neugierig die Leute, andere bewegten sich auf Krücken vorwärts oder stützten sich schwerfällig und mit schmerzverzerrtem Gesicht an der Wand ab. Ellen vermied es, durch offen stehende Türen zu sehen, in denen sie mittelalterliche Schrecken vermutete: Menschen mit Elefantenfüßen, Zysten von der Größe eines Kinderkopfes, von der plastischen Chirurgie unbeachtete Missbildungen, Leprakranke mit klauenartigen Händen ...

Dann kamen sie an eine Tür mit der Aufschrift »Labor«.

»Warten Sie bitte einen Moment, Dr. Paul kommt gleich«, sagte die Frau und wischte mit dem Handtuch über einen Drehstuhl, der neben einem Glasschrank stand.

»Möchten Sie eine Tasse Tee?« Ein junger Inder in einer ehemals weißen Jacke blickte sie über ein Tablett hinweg an, auf dem sich Röhrchen mit dunklem Blut und gelbem Urin und Tongefäße mit weichem, braunem Stuhl befanden. Auf dem Schreibtisch stand ein Laborbecher aus Glas mit milchigem Tee.

Ellen lächelte höflich. »Nein, vielen Dank.«

»Bitte, machen Sie es sich bequem«, sagte der Labortechniker und widmete sich wieder seiner Arbeit. Ellen sah sich die großen Weckgläser an, die aufgereiht im Glasschrank standen. Geschwüre und Zysten und lange, geringelte Würmer schwammen in Formaldehyd. In einem anderen Regal standen konservierte Föten, winzige, noch nicht vollständig ausgebildete Babys, von der eigenen Nabelschnur stranguliert. Sie ging näher heran, um sich die perfekten Miniaturhände, die friedlich geschlossenen Augen, zarten Hälse und rosigen Köpfe anzusehen. Sie sah die Äderchen, die als feines Netzwerk durch die blasse, transparente Haut schienen. Eines der Babys war deformiert, seine Glieder verzerrt und verkrüppelt. Trotzdem sah es aus wie ein Mensch, fast freundlich.

Paul betrat mit großen Schritten das Zimmer und blieb überrascht stehen, als er sie sah. »Ellen!« Er betrachtete ihr Gesicht, bemerkte die geröteten Augen und das müde Gesicht. »Was machen Sie hier? Sind Sie krank?« Während des kurzen Schweigens dachten beide an ihre letzte Begegnung.

»Entschuldigen Sie«, sagte Ellen. »Mir wurde gesagt, ich kann hier warten. Ich ... Ich möchte Sie gern sprechen.«

Paul fuhr sich nervös durchs Haar. »Aber natürlich. Warten Sie schon lange? Man hat mir nicht gesagt, dass Sie hier sind.«

»Nein, erst ein paar Minuten«, antwortete Ellen. »Ich möchte Sie etwas fragen. Ich dachte, Sie könnten mir vielleicht weiterhelfen ... Es wird nicht lange dauern.« Sie sprach schnell, fühlte sich fehl am Platz und war verlegen.

Paul schob den sauberen Ärmelaufschlag seines Arztkittels hoch und sah auf die Uhr. »Es ist fast Mittag«, sagte er. »Ich bekomme mein Essen immer auf mein Zimmer serviert. Das Krankenhausessen ist nicht mal schlecht. Ich habe mich daran gewöhnt. Möchten Sie auch etwas essen? Ich meine ...?«

Ellen beäugte ihn unsicher. »Ich möchte Sie nicht lange aufhalten.«

»Aber, aber ... Es wäre mir ein Vergnügen.« Mit einer Armbewegung schloss er den Raum, die Arbeit und das Hospital in die Einladung mit ein. »Das wäre mal etwas anderes ...«

Ellen zuckte die Schultern. »Na ja, warum eigentlich nicht?« Sie errötete. Aber dann entspannte sie sich, und ein Lächeln erschien auf ihren Lippen. Sie sollte ohnehin nicht hier sein, also hielt sie auch nichts davon ab, zu bleiben. Plötzlich wünschte sie sich weit weg von zu Hause und hoffte, dass äußere Einflüsse sie auf einen anderen Weg bringen würden. »Vielen Dank, gern.«

Ihre Blicke trafen sich kurz.

»Salim!«, rief Paul den Labortechniker. »Ich möchte zu Mittag essen. Könntest du Mandi bitten, für zwei Personen zu servieren?«

Der Mann nickte. »Natürlich, sofort.«

Paul ging einen Flur entlang, und Ellen folgte ihm. Eine indische Krankenschwester lief rufend mit einem Klemmbrett hinter ihm her. Rasch überflog er ein Mitteilungsblatt und kritzelte etwas darunter. Das Krankenhaus war unübersehbar sein Reich, hier war er zu Hause und trug das Stethoskop wie eine Auszeichnung um den Hals.

»Vielen Dank, Herr Doktor.« Die Schwester musterte Ellen von oben bis unten und nahm das Klemmbrett entgegen.

»Wir sind da.« Paul nahm einen Schlüsselbund aus der Tasche und schloss die hinterste Tür des Flurs auf. Er trat zur Seite und ließ Ellen eintreten. »Mein Zuhause.«

Er ging sofort zum Waschbecken und schrubbte seine Hände und Unterarme sorgfältig mit Wasser und Seife. Ellen sah sich um. Das Zimmer war groß, hell und nur spärlich mit Schreibtisch, Kleiderschrank, Tisch und Stühlen und einem ordentlich gemachten Einzelbett möbliert. Neben dem Bett auf dem Boden lag eine dicke abgegriffene Bibel. An der einen Wand hingen gerahmte Fotos, an der anderen stand ein Bücherregal aus Backsteinen und Brettern. Leuchtend bunte indische Teppiche verliehen dem Raum eine gute Atmosphäre. Trotzdem erinnerte das Zimmer sie an ein Büro, ein Internatszimmer oder an ihr eigenes Haus oben auf dem Berg.

»Leben Sie hier?«, fragte sie.

»Früher hatte ich eine eigene Wohnung.« Paul ließ frisches Wasser ins Becken laufen und bedeutete Ellen, sich auch die Hände zu waschen. »Aber als einziger Arzt muss ich jetzt hier wohnen.«

»Ich habe nur Inder gesehen. Gibt es hier noch andere ... äh ...?«

»Weiße?«, fragte Paul belustigt. »Nur sehr selten. Im Augenblick bin ich hier der einzige Ausländer.«

Es klopfte leise an die Tür, und eine Frau mit einem Tablett trat ein. Die beiden sahen zu, wie sie die Schüsseln auf den Tisch stellte und frisches Wasser in Messingbecher goss. Sie warf ihnen einen tadelnden Blick zu, als wären sie ungezogene Kinder.

Als sie weg war, setzten sie sich zu Tisch und wurden plötzlich verlegen.

»Sprechen wir ein Tischgebet«, meinte Paul.

»Natürlich.« Ellen faltete die Hände und senkte den Blick. Schweigend beteten sie. Nach ein, zwei Minuten blickte sie unsicher auf. Paul zerriss bereits sein Fladenbrot.

»In der Küche muss es eine Revolution gegeben haben«, lachte er, als er Ellen einen Teller und ein Fladenbrot reichte. »Sie haben tatsächlich Besteck mitgeschickt. Greifen Sie zu.« Er aß wie die Einheimischen mit den Fingern und stippte das Brot in eine Schüssel mit Curry. »Montags gibt es immer Erbsenpüree. Es schmeckt nicht schlecht.«

»Es schmeckt sogar sehr gut«, erwiderte Ellen höflich.

Sie aßen schweigend, kauten befangen und verzogen die Mundwinkel zu einem verlegenen Lächeln, wenn sich ihre Blicke trafen.

»Wie läuft es auf dem Berg?«, fragte Paul. »Ich habe gehört, dass sich die Anzahl der Bewohner wieder einmal erhöht hat.«

Ellen nickte. »Wir denken daran, in ein größeres Haus umzuziehen. Wir brauchen unbedingt mehr Platz.«

Paul nickte schweigend und aß weiter. Ellen leckte sich schnell einen Klecks Soße vom Handrücken.

»Wenn alles in Ordnung ist, was kann ich dann für Sie tun?«, fragte Paul im vertraulichen Ton des Arztes und blickte sie dabei aufmunternd an.

»Ich möchte Sie um einen Gefallen bitten«, antwortete Ellen. »Ich habe einen sehr wichtigen Brief, den ich nach Australien schicken muss. Aber er ist zu lang, um ihn als Fax zu senden. Vielleicht wissen Sie, wie ich ihn am schnellsten dorthin befördern kann?«

»Eigentlich nicht«, antwortete Paul. »Aber ich muss am Freitag nach Delhi. Ich könnte ihn mitnehmen, wenn Sie es wünschen, und ihn als Luftpost aufgeben.«

»Ach, das wäre wunderbar. Vielen Dank.« Ellen sah auf ihre Hände und kratzte verlegen mit der Gabel auf dem Tisch herum.

»Ist alles in Ordnung?«, fragte Paul. »Sie sehen ... müde aus.«

Ellen blickte auf. Er war so sanft, höflich und weise. Am liebsten hätte sie ihm alles erzählt ... »Ja, mir geht es gut.« Sie legte den Brief zusammen mit einem Bündel Geldscheine auf den Tisch. »Ich muss jetzt gehen. Ich hoffe, es ist genug Geld. Ich bin Ihnen sehr dankbar.«

»Ist schon gut.«

»Der Brief ist sehr wichtig.«

»Ich werde ihn wie meinen Augapfel hüten.« Paul hob scherzhaft die Hand zum Schwur.

Ellen lächelte überrascht über das Gefühl von Wärme, das sie für ihn empfand. Es war fast so, als hätten die Erinnerungen, die in der Nacht aus ihr herausgeströmt waren, einen lange versiegten Brunnen wieder zum Sprudeln gebracht.

»Übrigens, ich ziehe fort«, erklärte Paul. »Fort aus Mussoorie.«

Ellens Lächeln erstarrte. »Meinen Sie für immer? Schon morgen?«

»Nein. Ich fahre nach Delhi, um einiges zu regeln. In einem Monat bin ich hier mit meiner Arbeit fertig. Dann ziehe ich nach Bangladesh, um ein Hospital zu leiten, das mein Vater einmal gegründet hat.«

»Bangladesh ...«, wiederholte Ellen nachdenklich. »Wo ist das? Ist es weit weg?« Plötzlich fasste sie wieder

Hoffnung. Wenn er gehen konnte, dann konnte sie das auch. Sie könnte zurück nach Australien gehen und nach Zelda suchen – ihre eigene Tochter wiedersehen, von Angesicht zu Angesicht.

»Früher gehörte es zu Ost-Pakistan.«

»Oh, ein anderes Land!«, platzte Ellen heraus und wurde rot.

»Meine Arbeit übernimmt Dr. Laska. Ich bin sicher, dass er Ihnen helfen wird.«

»Ja. Nun dann, auf Wiedersehen.«

»Sorgen Sie sich nicht um den Brief, ich passe schon auf ihn auf. Und«, ermunterte er sie freundlich, »wenn Sie jemals in den Osten kommen, schauen Sie doch bei mir vorbei.« Er griff in die Tasche und gab Ellen eine kleine weiße Karte. »Hier werden Sie mich finden.«

Die Karte war in einfacher Schrift gedruckt:

Dr. Michael Cunningham MB. BS. (Lond)
Drew Obst. RCOG
Bagherat Community Hospital
Bagheret
East Pakistan

»Michael Cunningham. Ihr Vater ...«

Paul nickte. »Er hatte sich immer gewünscht, dass ich seine Nachfolge antrete.«

Kurzes Schweigen entstand. Paul lächelte müde. »Manchmal frage ich mich, ob ich je eine andere Wahl hatte.«

»Wollten Sie denn nicht Arzt werden?«

»So einfach ist das nicht. Ich habe wohl nie eine andere Möglichkeit in Betracht gezogen. Und nun, da er tot ist, erscheint es mir noch wichtiger.«

Ellen nickte. »Sie haben ihn bestimmt sehr verehrt.«

»Ja«, antwortete Paul nachdenklich. »Ja, das ist wahr. Aber tun das nicht alle Kinder? Söhne wollen wie ihre Väter werden, und Mädchen bewundern ihre Mütter ...«

Ellen sah ihn gedankenverloren an. Erinnerungen drängten sich in ihr Bewusstsein. Margaret, Mutter. Zelda, Tochter. Sie selbst dazwischen – sowohl Tochter als auch Mutter. Unsichtbare Bande hielten sie zusammen – Wut und Freude, Liebe und Angst ... Schmerz schnürte ihr die Kehle zu. Sie zwang sich zu einem Lächeln und suchte nach einem Gesprächsthema. »Erzählen Sie mir von Ihrer neuen Heimat. Ist es dort schön?«

»Es ist ein flaches, tief liegendes Land, das häufig überflutet wird. Das war früher schon so und ist nichts Besonderes. Aber dann geriet alles aus dem Gleichgewicht, weil flussaufwärts in Nepal große Wälder abgeholzt wurden. Nun fließt der Regen einfach bergab und lässt die Flüsse anschwellen. Wenn die Flut dann das Delta erreicht, brechen die Deiche. In Kalkutta war man die Überschwemmungen leid und baute einen Staudamm, was in Bangladesh alles nur noch schlimmer macht. Die Flüsse treten über die Ufer, tragen die fruchtbare Erde ab und schwemmen Sand aufs Land. Ganze Dörfer werden weggerissen. Hütten, Tiere, die Ernten, Menschen.« Plötzlich hörte er auf zu sprechen. In der Stille war das ferne Schreien eines Kindes zu hören.

Ellen ließ ihn nicht aus den Augen und erinnerte sich wieder, was er ihr an dem Morgen erzählt hatte, als er in ihr Haus kam. »Ihre Eltern«, sagte sie behutsam.

Paul nickte. »Bagharet liegt etwas höher. Aber sie waren gerade zu Besuch in einem Dorf. Ich glaube, sie wollten helfen, über Vorsorge sprechen und beten.« Er lächelte traurig. »Wissen Sie, die Einheimischen verehren die Flüsse sehr, besonders den Ganges. Er war die heilige Mutter, der Lebensspender. Nun hat er sich gegen sie gerichtet, und sie leben in ständiger Angst vor dem Fluss.«

Ellen blickte zu Boden. »Wahrscheinlich wundern sie sich darüber und suchen nach dem Grund.« Heilige Mutter. Lebensspender. Todesengel.

»So ist die Welt. Ein seltsamer Ort.«

Er stand auf und stellte das schmutzige Geschirr auf das Tablett. Ellen half ihm dabei.

»Aber Sie werden den Menschen trotzdem helfen, nicht wahr?«

Paul zuckte die Schultern. »An solchen Orten erzielt man kaum Fortschritte. Man kann nur erste Hilfe leisten, hungrigen Kindern Vitaminspritzen geben oder Hornhauttransplantationen bei Menschen durchführen, die erblinden, weil es keine Medikamente gegen einfache Infektionen gibt. Mehr kann man nicht tun, aber immerhin ist das auch eine Art von Hilfe.«

Wieder schwiegen beide verlegen. Ellen nahm ihren leeren Messingbecher in die Hand und betrachtete das eingravierte Muster. Dann blickte sie auf und fragte stirnrunzelnd: »Werden Sie nie müde, anderen Menschen zu helfen und Dinge in Ordnung zu bringen, die Sie nicht beeinflussen können?«

»Natürlich. Die ganze Zeit!« Paul grinste. »Aber immer, wenn ich die Nase voll habe und aufgeben will, scheint etwas zu passieren. Wie dieses …« Er griff in die Tasche und holte einen kleinen Stoffbeutel heraus, der mit einer Schnur zugezogen war. »Ziehen Sie einmal an dem kurzen Ende der Schnur.«

Ellen befolgte seine Anweisung, und der Beutel öffnete sich. In ihm befand sich ein kleiner Papierstreifen. Er sah aus wie ein Ausschnitt aus einem Schulbuch. Auf den blauen Linien standen zwei Wörter in einer fremden Schrift.

»Heute Morgen erschien eine Frau in der Klinik«, erklärte Paul. »Ich habe sie vor zwei oder drei Jahren operiert. Sie heißt Paminda. Ihr Aufenthalt in der Klinik dauerte sehr lange, und in dieser Zeit entdeckte sie ihre Liebe zu Büchern, Schriftstücken, Formularen – alles, auf dem etwas geschrieben stand. Als sie entlassen wurde, sagte sie mir, sie wolle lesen und schreiben lernen. Von ihrem Dorf bis hierher sind es zwei Tagesmärsche, aber sie hat den weiten Weg auf sich genommen, um mir zu zeigen, dass sie Wort gehalten hat.« Er deutete mit einer Kopfbewegung auf den Papierstreifen. »Es ist ihr Name, den sie selbst geschrieben hat.«

»Und bevor sie in die Klinik kam, hat sie nie daran gedacht, zur Schule zu gehen?«, fragte Ellen verwundert.

»Bevor sie in die Klinik kam«, antwortete Paul, »war sie blind.« Er streckte die Hand nach dem kleinen Stoffbeutel aus.

Ellen spürte den weichen, leichten, selbst gewebten Stoff auf der Handfläche, als er ihr den Beutel aus der Hand nahm.

»Verstehen Sie, was ich meine?« Mehr sagte er nicht. In dem Papierstreifen und dem fein genähten Beutel lag der Samen der Hoffnung, der ihm half, den Mut zum Weitermachen nicht zu verlieren.

Irgendwo in der Klinik läutete es. Paul sah auf seine Armbanduhr.

»Ich muss jetzt gehen.« Ellen stand auf. Ihr Blick fiel auf den Brief, der auf dem Tisch lag. »Vielen Dank für Ihre Hilfe.«

»Nicht der Rede wert«, sagte Paul. »Gern geschehen.«

Sie tauschten bedauernde Blicke. Sie hatten den Zeitpunkt und den Ort verpasst, wo sich ihre Wege hätten kreuzen können.

»Nun ...« Ellen suchte nach einem Abschiedswort. »Viel Glück für Ihr weiteres Leben.«

»Danke, das wünsche ich Ihnen auch.« Er brachte sie zur Tür.

Als sie festen Schrittes den dunklen Flur hinunterging, spürte sie seinen Blick im Rücken.

24

Ziggy und Ellen saßen auf dem Rücksitz des Taxis und betrachteten die vorbeiziehende Landschaft. Der letzte Schnee war geschmolzen, und die Berge waren schon grün. In den Dörfern außerhalb von Mussoorie saßen alte Männer vor den Hütten in der Sonne.

Der Taxifahrer lehnte sich weit aus dem Fenster und sah vor sich auf die Fahrbahn. »Straße nicht gut«, schimpfte er.

»Fahr weiter«, beharrte Ziggy. »Es ist nicht mehr weit.«

»Straße nicht gut«, wiederholte er.

»Schon gut«, beruhigte Ellen ihn. »Den Rest des Weges können wir laufen.«

Sie stiegen aus und setzten ihren Weg auf dem schmalen Trampelpfad zu Fuß fort. Hohe Bäume waren über ihren Köpfen zusammengewachsen, und dickes Unterholz säumte den Pfad.

»Wir müssten die Straße reparieren lassen«, sagte Ziggy, »und noch einige andere Dinge.« Sie drehte sich um, ihre Augen leuchteten vor Begeisterung. »Du wirst schon sehen, es ist ein Traum!«

Hinter der letzten Kurve standen die ersten Nebengebäude. Sie hatten keine Dächer mehr und waren halb verfallen. Verkohltes Holz auf dem Lehmboden ließ erkennen, wo früher einmal die Kochstellen gewesen sein mussten.

»Keine Sorge, der Rest sieht nicht so aus«, beruhigte Ziggy sie. Sie lief voraus, blieb plötzlich stehen und streckte den Arm aus. »Dort ist es.«

Plötzlich öffnete sich vor ihnen ein natürliches Amphitheater, eine weitläufige flache Mulde Weideland mit wilden Büschen. Auf der gegenüberliegenden Seite auf dem ansteigenden Hang sah man die Fassade eines alten ehrwürdigen Gebäudes mit griechischen Säulen und Bogenfenstern. Es stand auf einem Felsen, nur den Himmel hinter sich.

»Der Makler meinte, es stamme aus der Zeit der Regentschaft«, sagte Ziggy. »Was auch immer das heißt ... Die Bögen sollen mongolisch sein.« Sie sah Ellen an. »Ist das nicht wundervoll?«

»O ja«, hauchte Ellen. »Es ist traumhaft.«

Sie gingen durch die Grasmulde zum Haus hinauf, das sich, Ehrfurcht gebietend und stabil auf dem Felsen verankert, vor ihnen erhob und die Geheimnisse vieler Jahre barg. Allerdings waren Fensterscheiben zerschlagen und die Türen aus den Angeln gerissen. Sämtliche Mauern waren mit Graffiti beschmiert und zeigten tiefe Risse.

»Es ist ziemlich heruntergekommen«, sagte Ellen zweifelnd.

»Nur Kosmetik«, antwortete Ziggy fest. »Die Wände sind stabil, wie fast das ganze Dach. Vor einigen Jahren gab es hier ein Erdbeben, und das Rote Kreuz machte das Gebäude zu einem Lazarett. Deshalb wurden die Wasserleitungen repariert, elektrischer Strom gelegt und die Gesindegebäude neu eingedeckt.« Sie zeigte auf zwei Häuser mit langen Fensterreihen.

»Das ist viel Platz für Dienstboten«, kommentierte Ellen. »Du hast doch gesagt, es sei eine Art Regierungsgebäude gewesen.«

Ziggy grinste. »Das stimmt auch. Hier war das königliche Amt für statistische Erhebungen untergebracht. Aber der Leiter war – sagen wir mal – ein wenig exzentrisch. Böse Zungen behaupten, er habe hier einen Harem gehalten.«

»Du schwindelst«, protestierte Ellen.

»Nein, das hat mir der Makler erzählt. Und natürlich gibt es hier auch Geister.« Ziggy blickte Ellen vielsagend an. »Es gefällt dir, nicht wahr?«

»Es ist wunderschön«, antwortete Ellen. »Die Säulen vor dem blauen Himmel …«

»Also nehmen wir es? Bis zum nächsten Winter haben wir es so hergerichtet, dass wir einziehen können. Sogar der Name ist perfekt – Haus Everest. Wir könnten uns passendes Briefpapier drucken lassen, vielleicht sogar Ansichtskarten …«

»Nein, Moment mal!«, unterbrach Ellen ihren Redefluss. »Ich habe zwar gesagt, ich würde mitkommen und es mir ansehen, aber ich werde noch keine Entscheidung treffen.«

»Ja, natürlich.« Ziggy lächelte zuversichtlich. »Na ja, irgendetwas müssen wir tun. Es werden immer mehr Leute kommen. Das wirst du nicht verhindern können, auch wenn es dir nicht gefällt.«

Ellen fuhr sich mit den Fingern durchs Haar. Stirnrunzelnd blickte sie in die Ferne. Ein langes, beredtes Schweigen entstand. Sie war unentschlossen und der Logik von Ziggys Plänen hilflos ausgeliefert. Gleichzeitig klammerte sie sich an die schwache, insgeheim gehegte Hoffnung, dass sie doch noch einen Brief von James erhalten würde, der ihr die Rückkehr in ein anderes Leben anbot, in das Leben eines normalen Menschen, einer glücklichen Mutter ...

»Nun ja«, sagte sie schließlich, »wenn ich nicht mehr da bin, müsst ihr eben ohne mich auskommen.«

»Fang nicht wieder davon an!« Ziggy wischte ihre Worte mit einer kurzen Handbewegung fort und winkte. »Komm hier herein ...«

Sie traten in den kühlen Schatten der Eingangshalle, stiegen über heruntergefallenen Putz, Vogeldreck und verkohltes Feuerholz.

»In dieser Gegend gibt es gute Handwerker«, meinte Ziggy und ging voraus. »Man sagt, der Filmstar Ravi Nair hätte an seinem Haus auch viel machen müssen.« Sie öffneten die Tür zu einem Zimmer, das erfüllt war von staubigem Sonnenlicht. »Wir könnten ihn fragen.«

Ellen folgte ihr in den großen hellen Raum. Die Wände verliefen zuerst rechtwinklig, wie bei einem normalen Raum, öffnete sich aber dann zu einem weitläufigen Bogen. Die Fenster schienen geradewegs in den Himmel zu blicken. Neben der Tür befand sich ein schwarzes Loch, das ehemals ein Kamin gewesen war. Die Umrisse des fehlenden Kaminsimses waren im abbröckelnden Putz noch zu sehen.

»Siehst du das?« Ziggy zeigte auf den feinen Stuck, der die Wände von der Decke abgrenzte. »Wie bei einem griechischen Tempel.«

Ellen trat ans Fenster und schaute hinaus. Vor dem Haus war kaum noch Platz. Steil fiel der Felsen in ein weites Tal hinab, das etwa dreihundert Meter unter ihnen lag.

Ziggy blieb hinter ihr stehen. »Überleg doch mal! Hier zu leben! Weit genug weg von Mussoorie, damit wir unsere Privatsphäre wahren können, und dennoch für Besucher erreichbar. Ein kleines Königreich. Wir könnten uns eine Küche mit einem richtigen Koch leisten. Den Garten werden wir neu bepflanzen und einen Springbrunnen und Statuen aufstellen.« Ihre Worte schallten in die Welt hinaus, die zu ihren Füßen lag. »Wir schließen einen langfristigen Mietvertrag ab und schaffen uns unser eigenes Paradies.« Mit einer freundschaftlichen Geste legte sie den Arm um Ellens Schulter.

Sie schwiegen eine Weile. Dann sah Ellen auf die Uhr. »Wir müssen zurückfahren.«

Sie drehte sich um und wollte gehen, als Ziggy sie zurückhielt.

»Warte, ich habe einen Brief für dich.« Ziggy klang beunruhigt. »Er kam per Express, deshalb hat der Postvorsteher ihn selbst gebracht. Ich habe den Empfang bestätigt. Djoti wollte ihn dir geben, aber ich dachte, es wäre besser, wenn ich das tue.« Sie zog einen Umschlag aus der Tasche. »Von James.« Gespannt blickte sie Ellen an. »Ich vermute, es ist die Antwort auf deinen Brief.«

Ellen blieb wie erstarrt stehen. »Mach ihn auf.« Vor Aufregung brachte sie die Worte kaum heraus.

»Soll ich ihn vorlesen?«, fragte Ziggy leise.

Ellen nickte stumm.

Ziggy schlitzte den Umschlag auf, entnahm ihm mehrere Blätter und faltete sie auseinander. »Hier steht ...« Sie holte tief Luft und las den Brief vor.

»Liebe Ellen. Nachdem du weg warst, fragte Zelda ständig, wann du wiederkommen würdest. Zuerst gab ich ihr ausweichende Antworten. Sie war noch klein, und ich dachte, sie würde bald vergessen. Aber dem war nicht so. Ich wusste nicht, wie ich es ihr erklären sollte. Schließlich sagte ich ihr, dass du bei einem Ver-

kehrsunfall ums Leben gekommen bist. Es schien das Beste zu sein. Somit muss sie nie den wahren Grund für dein Verschwinden erfahren. Du wirst das sicher verstehen.

Dein Brief erklärt vieles, aber es ist zu spät für uns und zu spät für Zelda. Du darfst nicht zurückkommen. Ich kann es nicht zulassen. Ich möchte dir nicht drohen, aber um mich klar auszudrücken, lege ich eine Kopie des Briefs bei, den du mir zum Abschied geschrieben hast. Aufgrund dieses Briefs erging eine gerichtliche Verfügung, die dir jeglichen Kontakt mit deiner Tochter verbietet. Auch dieses Schreiben lege ich bei.

Es tut mir Leid, aber ich tue, was ich für richtig halte. Zelda ist noch ein Kind. Verzeih mir. James.«

Schrille Vogelrufe durchbrachen die Stille wie ein Echo der Verzweiflung.

»Hier sind die ... Dokumente.« Schweigend überflog Ziggy die anderen Seiten. »Und hier ist noch etwas.« Sie hielt ein paar Fotos in der Hand.

Ein kleines Mädchen beugte sich über eine Torte mit brennenden Kerzen. Die Augen leuchteten vor Begeisterung. Sie hatte die rosigen Wangen aufgeblasen, um die Kerzen auszupusten und sich etwas zu wünschen.

Ellen machte eine ruckartige Bewegung nach vorn, ließ dann aber die Arme ratlos hängen.

»Mein Gott, sie sieht aus wie du«, rief Ziggy erstaunt.

Hinter dem Mädchen stand ein Mann. Man sah ihm an, dass er auf seine Tochter stolz war. Auf Zeldas rotem T-Shirt war seine Hand zu sehen, die zärtlich den nackten Hals berührte.

Ellen stieß ein hartes Keuchen aus. Ihr Blick wanderte über das Bild, nahm begierig jede Einzelheit auf und kehrte immer wieder zu den großen dunklen Augen zurück. »Sie sieht glücklich aus, nicht wahr?«, sagte sie schließlich.

»Ja, sie sieht fantastisch aus.« Ziggy verstärkte den Griff um Ellens Schulter und zog sie vom Fenster weg. »Lass uns nach Hause gehen.«

»Nein!« Ellen befreite sich aus ihrem Griff. »Ich will nicht.« Ihre Stimme war heiser vor Schmerz. »Ich kann nicht mehr ...«

»Doch, du kannst.« Ziggys Worte waren freundlich, aber bestimmt. »Du musst weitermachen, einen anderen Weg gibt es nicht mehr.«

»Nein«, stöhnte Ellen. »Ich kann nicht.«

Ziggy packte sie an beiden Schultern, drehte sie herum und sah ihr streng in die Augen. »Sieh mich an!«, forderte sie. »Ich bin bei dir und werde dir helfen.« Sie atmete tief und gleichmäßig aus und ein und fuhr mit beruhigender, mütterlicher Stimme fort: »Es hat sich nichts geändert. Wir machen weiter wie bisher.«

Ellen sah ihr in die Augen. Sie waren hell und klar wie kleine grüne Glasperlen und strahlten Herzenswärme und Mitgefühl aus. Aber da war noch etwas anderes, was sich scharf und stark in den Vordergrund drängte. Ellen runzelte nachdenklich die Stirn. Sie hatte es schon einmal gesehen und gespürt ...

Dann war es plötzlich da: Lucys Gesicht, die berechnenden, hell aufblitzenden Augen, als sie ihre Zukunftspläne für Ziggy beschrieb – ihren Lebenstraum. Ziggy war ihre Marionette gewesen, der man ein Manuskript in die Hand drückte und sie dann auf die Bühne schickte, damit Lucy sich im Erfolg ihrer Tochter sonnen konnte – bis Ziggys körperlicher Widerstand begann und der Traum zu einem Albtraum wurde. Jetzt war sie die Marionette, und Ziggy hatte ihren Bühnenauftritt bereits vorbereitet. Sorgsam und unauffällig hatte sie Ellen dazu gebracht, die Rolle der Swami, der Lehrerin und Führerin, anzunehmen. Sie war diejenige, die Fremde ins Haus zog – genau wie Liberty, die einst Theater und Stadien füllte.

Ellen kehrte zum Fenster zurück und blickte auf den Hang. Sie versuchte, klare Gedanken zu fassen und durch die lähmende Wolke von Schmerz und Verwirrung zu dringen. Hatte ihre Freundin sie betrogen und benutzt? Oder wusste sie nur, was das Beste für sie beide war? So oder so, Ellen wusste, dass Ziggy nur durch sie diejenige bleiben konnte, die sie war. Sie war ihre Schöpfung, und in ihrem Schatten fühlte sie sich sicher und stark. Ellen konnte sich verweigern, sich befreien. Aber wofür? Was sollte sie dann tun? Ihr Blick fiel auf das Foto in ihrer Hand. Es zerriss ihr fast das Herz. Sie war allein auf dieser Welt, hatte niemanden mehr.

Plötzlich sank sie in tiefe Traurigkeit. Vor ihr lag der steile Abhang – die Versuchung einer letzten Reise, der unerbittliche Fall ins Leere. Dann spürte sie Ziggys festen Griff auf der Schulter, der sie sanft zurückzog.

»Ist schon gut«, flüsterte sie ihr leise ins Ohr und wiegte sie wie ein Kind.

Ellen legte den Kopf an die Schulter ihrer Freundin. Ruhe breitete sich in ihrem Innern aus, bis endlich Tränen in die brennenden Augen traten.

Schweigend fuhren sie nach Mussoorie zurück. Ellen umklammerte den Brief und die Fotos, saß jedoch steif auf dem Rücksitz des Taxis, den Blick starr nach vorn gerichtet. Ziggy rückte dicht an sie heran und beobachtete sie von der Seite. Schon bald erreichten sie den Stadtrand und schlängelten sich durch die chaotische Menschenmenge des Bazars. Im Taxi herrschte angespanntes Schweigen. Neugierig beobachtete der Fahrer sie im Rückspiegel.

Ellens Gesichtsausdruck war distanziert und leer. Schließlich brach sie das Schweigen. »Du kannst alles vorbereiten. Wir werden dort einziehen.«

Ziggy atmete tief durch und lächelte. »Ach, wenn du Djoti siehst, sag ihm doch bitte, dass ich dir den Brief gegeben habe. Du weißt, wie er ist. Er nimmt seine Pflichten immer sehr ernst ...«

Sie stiegen aus und gingen den Pfad hinauf zum Haus.

Der Wald war kühl und wohltuend. Ellen ging langsam. Die schweren, dicht belaubten Äste, das dicke Moos und die Jahrhunderte alten Bäume, deren Altersringe sich unter der Rinde verbargen, gaben ihr Kraft. Ziggy ging hinter ihr. Die gedämpften Schritte hatten den gleichen Rhythmus. Erst als sie sich den steilen Anstieg hinaufkämpften, wurden die Schritte ungleichmäßig, bis sie endlich den sauber ausgeschnittenen Rand des Rasens erreichten.

Mitten auf dem frisch gemähten Rasen stand ein hoch gewachsener Junge oder junger Mann. Neben ihm lag ein großer ausgebeulter Rucksack verlassen auf dem Rasen.

»Er ist ja noch ein Kind!«, rief Ziggy aus.

Der Blick des Jungen ging an ihr vorbei zu Ellen. Er blieb ruhig stehen, als hätte er Angst, sich zu bewegen. Dann kam er wortlos auf sie zu.

»Hallo«, sagte Ellen.

Unterdrückte Tränen und Hoffnung schimmerten in seinen Augen.

»Ich bin Ellen.«

»Ich weiß, wer Sie sind«, entgegnete der Junge.

»Und wer bist du?«, fragte sie freundlich.

»Der Sohn von Jerry McGee«, antwortete er.
»Jesse«, sagte Ziggy.
Er nickte, schaute auf seine Stiefel und bohrte mit dem Fuß Löcher in den Rasen. »Ich wollte nicht kommen, eigentlich wollte ich nach Hause.«
Ellen antwortete nicht. Sie legte ihm den Arm um die Schultern und führte ihn zum Haus.
Ziggy schulterte seinen Rucksack und folgte ihnen.

Die Leute sagen, du bist ein guter Mensch. Sie sagen, du bist weise und stark. Du brauchst nichts, aber sie brauchen dich.

Ellen nahm alles, was man über sie sagte, in sich auf. Sie verband die Worte zu einem Schutzschild gegen den Schmerz, baute damit eine Rüstung, die sie aufrecht hielt.

Sie ging im Schutz der Bäume, am Rand des tiefen Waldes spazieren. Am Ende des Rasens stand das Haus. Das untere Stockwerk war dunkel, bereit für die Nacht. Aber die oberen Fenster standen noch offen. Motten und Falter tanzten in dem Licht, das sich aus den Zimmern in die Dunkelheit ergoss. Nur die Fliegengitter, die der umsichtige Djoti vor die Fenster genagelt hatte, hielten sie davon ab, ins Haus einzudringen. Leise Abendgespräche drangen zu ihr herüber. Frauenstimmen, die flüsternd Schmerz linderten, Trost und Sicherheit spendeten. Wir sind da, sagten sie. Wir brauchen dich und du brauchst uns.

Wieder stiegen Ellen Tränen in die Augen. Sie verließ den Schutz der Bäume, trat auf den gepflegten Rasen und ging an Ziggys Garten vorbei. Als sie auf die Veranda kam, sah sie rechts und links der Tür die unordentlich abgestellten Schuhe: Kates Ledersandalen, mehrere Paare bestickter indischer Slipper, Ruths Riemenschuhe, Skyes Stiefel und ganz außen Jesse McGees Turnschuhe.

Es stimmt, dachte sie. Sie sind meine Familie. Hier gehöre ich her. Sie musste weitermachen und würde weitermachen. Ihre Hoffnung war ihr Rettungsanker, ihre Träume der sichere Hafen.

Teil vier

25
Neu-Delhi, Indien, 1993

Zelda wachte auf. Nur langsam wich der Schlaf in ihrem Körper einem Gefühl von Einsamkeit. Sie sah sich in dem einfachen Zimmer um: pastellfarbene Vorhänge, weißes Porzellan, Fernseher. Es hätte überall sein können.

Neben der Tür lehnte ihr Rucksack wie ein Torso ohne Gliedmaßen an der Wand. Ihr Blick blieb auf dem verblichenen Stoff hängen. Dunkle Flecken zeugten von Lagerfeuern und Fahrten auf Pritschenwagen. Auf der Verschlussklappe waren noch die Reste einer abgewetzten amerikanischen Flagge zu sehen. Der Rucksack hatte einst James gehört. Mit ihm war er von zu Hause fortgegangen, um das College zu besuchen. Er gehörte zu ihm wie seine rechte Hand, hatte er einmal gesagt. Als sie zum ersten Mal mit ihrer Schulklasse in ein Zeltlager fuhr, hatte er ihr den Rucksack geschenkt, ihn an ihre schmalen Schultern angepasst und die Riemen gekürzt. Für Zahnbürste, Schlafsack, Nachthemd und Taschenlampe war er viel zu groß und hing schlapp an ihrem Rücken. Du siehst aus wie eine Schildkröte, hatte er gesagt und sie auf die Wange geküsst.

Nun stand der alte schäbige Rucksack auf dem Boden, das einzige Stück, das ihr von ihm geblieben war.

Zelda warf sich herum und presste das Gesicht in die Kissen. James war tot, von ihr gegangen.

Mutter lebte. Sie war hier. Die Worte wirkten wie eine Zauberformel, die aus Hoffnung und Schmerz ein Band aus Stacheldraht und Samtschleifen flocht, das sich in ihrem Innern wand, ihr Herz verwundete und ihr als Angst – oder Freude – in den Kopf stieg. Sie blieb reglos liegen, starrte an die weiße Decke und betrachtete die spinnenförmigen Risse im Putz.

Du musst über den Dingen stehen, sagte sie sich. Du musst tapfer sein, Daddys kleines Mädchen. Du darfst keine Gefühle zeigen.

Allmählich verwandelte sich der Schmerz in trübsinnige Dunkelheit und legte sich auf ihre Seele, bereit, jederzeit wieder emporzusteigen, halb geformte Worte zu zerschneiden, ihr den Atem zu rauben, ihr Herz zum Zerspringen klopfen zu lassen. Viele Stunden im Flugzeug hatte sie dem Dröhnen der Triebwerke gelauscht, die Meile um Meile verschlangen, sie immer weiter weg brachten – und immer näher …

Nun waren sie im selben Land. Ellen, Mutter, Mummy. Und Zelda. In Indien.

Indien? Sie erinnerte sich an Drews scharfe Stimme am Telefon, die den Schmerz kaum verbergen konnte. Was weißt du schon von Indien?

Keen's Currypulver aus Indien (nur eine einzige Messerspitze für den ganzen Topf), indische Kricketspieler, indische Tinte, Tramper vom Festland in indischen Röcken und Ledersandalen (James hatte sie Hippies genannt und verdammte Spinner). Und Lizzies »Briefmarken für Indien«, an denen noch die abgerissenen braunen Fetzen von den Briefumschlägen klebten. Die Mission verkaufte sie an Briefmarkensammler und schickte das Geld an die »Kleinen Schwestern unserer Jungfrau

Maria«, indische Nonnen, die wie Engel durch die Slums von Kalkutta schwebten, ausgesetzte Babys einsammelten, sie wuschen, fütterten und in ordentlich aufgereihte Betten legten.

Zelda schloss die Augen und dachte an ihre Ankunft. Wieder hatte sie die heißen Straßen von Kalkutta vor Augen, auf denen überall schlafende Menschen wie Leichen nach einer Katastrophe herumlagen. Dunkelhäutige, dunkel gekleidete Polizisten mit geschulterten Gewehren hatten im Schutz des Schattens gestanden – die Augen viel zu weiß. Sie sah die Scheinwerfer der Taxis auf den Wachhäuschen mit der Aufschrift »Delhi Police«. Ihr Motto: »Wir vergessen Sie nie und sind immer für Sie da.«

Wir vergessen Sie nie und sind immer für Sie da. Es klang wie eine Inschrift auf einem Grabstein, wie der Abschied eines Selbstmörders oder ein Satz, den ein Mörder auf den Spiegel eines Zimmers schmiert, bevor er sein Opfer umbringt.

Zelda duschte rasch und zog saubere Kleider an. Dann trank sie ein Glas Wasser mit Jod. Es schmeckte nach Schwimmbad und Ärzten und erinnerte sie an Rye. Zwei Tage bevor sie die Insel verlassen hatte, war für sie ein Paket angekommen. Es enthielt einen Stoffbeutel mit einer Flasche Jod, einer Tube Insektenschutzmittel, ein Moskitonetz, Medikamente, einen Geldgürtel, Karten, Hoteladressen und Namen und Telefonnummern von Leuten, die sie anrufen konnte, wenn sie Hilfe brauchte – und ein Buch: *Indien – Überlebenshilfe für Touristen*. Von Käfern im Bett bis zum richtigen Essen konnte man hier alles nachlesen. Zelda schaute Delhi und Rishikesh nach und fand an den Rand gekritzelte Notizen. Die großzügige, schräge Handschrift stimmte mit der des beigefügten Briefs überein – drei Seiten Vorsichtsmaßnahmen und Ratschläge:

Sie hätten vorher Erkundigungen einholen sollen.

Die Menschen ziehen in Indien sehr oft um. Wenn Sie nach Rishikesh kommen, sind sie vielleicht nicht mehr dort. Was machen Sie dann?

Zelda hatte den Brief mit wachsendem Ärger gelesen. Was bildete er sich eigentlich ein? Für wen hielt er *sie* – für eine dumme Ziege, die nicht einmal wusste, was für ein Wochentag heute war? Sie wusste, worauf sie sich einließ. Aber sie wusste auch, dass sie schnell fort musste, bevor der Alltag sie wieder einholte. Zuerst hatte sie die Seiten zerreißen und verbrennen wollen, hob sie jedoch wegen der nützlichen Hinweise auf, und weil ganz am Schluss stand, dass er sich noch an die Farbe ihrer Augen erinnerte.

Passen Sie auf sich auf, Zelda, schrieb er. *Ich wünsche Ihnen, dass Sie sie finden.*

Ihr Rye.

Zelda trat in die warme Luft des Flurs. Dieser Teil des Hotels war alt, und der Flur glich eher einer langen Terrasse mit einem Gewölbe, dessen verrammelte Türen nach draußen führten. Fernes Gelächter drang, wie die schleichende Hitze, durch das dunkle Gemäuer. Am Ende des Flurs lag ein kleiner offener Gesellschaftsraum mit einer Raucherecke, Ledersesseln und einem Glasschrank mit alten Büchern. Zelda ging an dem Schrank vorbei und betrachtete die Fotos an der Wand. Sie zeigten Szenen aus der britischen Kolonialzeit: Krocket, Polo, Picknick und Jagden. Auf einem der Fotos kniete ein Weißer mit einem Tropenhelm in Siegerpose vor einer Gruppe von vierzig Treibern, Fährtenlesern und Jagdhelfern. Nur ein einziges erlegtes Tier war zu sehen – ein schlaffer, mit dunkelrotem Blut beschmierter Tiger.

Schließlich erreichte sie eine breite Treppe, auf der ein schwerer Teppich lag. Langsam stieg sie in die kühle Fünf-Sterne-Luft der Lobby hinunter. Im Hintergrund lief gedämpfte Musik, und Topfpalmen ließen ihre blassen steifen Wedel hängen. Auf den Ledercouchen, vor denen jeweils zwei Sessel standen, saßen Paare oder kleine Gruppen. Zelda spürte die Blicke, aber sie ging unbeirrt weiter zur Rezeption. Sie hätte lieber ihre übliche Kleidung – Jeans, T-Shirt und Stiefel – angezogen, aber Rye hatte in seinem Brief helle, unauffällige und leichte Kleidung empfohlen, die Arme und Beine bedeckte und vor Insektenstichen schützte. Dana hatte einen cremefarbenen Leinenanzug aus ihrem Kleiderschrank gezogen, den Cassie sehr passend fand. Aber offensichtlich war er zu perfekt, stellte Zelda fest, denn sie sah aus wie ein Überbleibsel aus der Kolonialzeit oder eine Romanfigur.

Der Mann an der Rezeption blickte auf, als sie näher kam. Ein Schild an seiner Jacke wies ihn als »Manager of the Day« aus.

»Guten Morgen, Madam. Haben Sie gut geschlafen?«, fragte er höflich lächelnd.

»Ja, danke.« Zelda schlief immer gut. Während andere Farn schnitten und sich trockenes Gras für ein Lager suchten, konnte sie auf dem nackten Boden schlafen und musste sich nur eine kleine Mulde für ihre Hüften graben. »Ich möchte Geld wechseln«, sagte sie und warf einen Blick auf die Wanduhr. Es war fast Mittag. In ihrem Reiseführer stand, man solle erst nach 11:00 Uhr Geld wechseln, sonst bekäme man den Kurs des Vortags berechnet und musste einen saftigen Aufschlag bezahlen. »Ich habe Reiseschecks, ausgestellt auf amerikanische Dollar«, erklärte Zelda. Sie nahm einige aus der Geldbörse und gab sie dem Mann.

»Wollen Sie die alle eintauschen?«, fragte der Manager erstaunt.

»Nun ja« – Zelda wurde unsicher – »eigentlich schon.«

Bedächtig füllte er einige Formulare aus. Nach einer Weile gab Zelda es auf, ihm zuzuschauen, und warf einen Blick auf die Zeitung, die offen auf dem Tresen lag. Als sie bemerkte, dass es eine englischsprachige Zeitung war, sah sie näher hin. Es war der Anzeigenteil voller Kleinanzeigen.

Wir erwarten im Juni keinen Schnee, las sie. Aber über einen klugen und guten Fabrikanten wären wir glücklich. Es wäre von Vorteil, wenn er in Delhi wohnte. Die Dame ist achtundzwanzig Jahre alt, 1,65 Meter groß, schlank, sensibel und wohlhabend. Antworten unter Chiffre 91564, Times of India, New Delhi 2.

Zeldas Blick wanderte weiter und suchte sich Sätze aus den vielen Anzeigen heraus.

Passender Partner für hübsches Sindhi-Mädchen gesucht, 32 Jahre alt, arbeitet bei Air India, Kaste kein Hindernis. Antwort mit Horoskop, Geburtsort und -zeit erbeten.

Helle Haut, gut aussehend, zieht ein Bein leicht nach.

Kluges, gebildetes Mädchen, 30, geschieden.

Äußerst attraktive intelligente Dame, häuslich, religiös, 34, Greencard-Besitzerin, sucht Zweisamkeit mit gut situiertem, jungem Mann in Amerika/Indien.

Der Manager bemerkte ihr Interesse und sah auf. »Ich suche eine Frau«, sagte er würdevoll. »Für meinen zweiten Sohn. Er ist Arzt.«

Zelda lächelte höflich. Große, schlanke junge Frau, 21, kräftig und gesund. Gute Schwimmerin. Guter weiblicher Matrose. Kann auch tanzen.

Der Manager zählte geschickt einen Stoß Banknoten ab. »Bitte hier, hier und hier unterschreiben.«

»Danke.« Zelda rollte die Scheine zusammen und verstaute sie in der Tasche. »Können Sie mir sagen, wie ich nach Rishikesh komme? Und zwar so schnell wie möglich?«

»Rishikesh?« Der Mann sah sie fragend an. Eine kleine Sorgenfalte erschien auf seiner Stirn. »Reisen Sie allein?«

»Ja«, antwortete Zelda. »Ich will meine Mutter besuchen. Sie lebt dort.« Mit einem raschen Lächeln überspielte sie ihre Unsicherheit und Aufregung. Meine Mutter besuchen. Sie lebt dort. Es klang so vertraut, so normal, so wirklich.

Bitte, bitte, du musst dort sein ...

»Aha!« Er beruhigte sich wieder. »Dann haben Sie ja keine Schwierigkeiten.« Er schüttelte traurig den Kopf. »Manche jungen Mädchen reisen allein durch Indien. Rishikesh ist eine bekannte Hindu-Stadt, wie Sie wissen. Dort gibt es viele Tempel, Herbergen und Ashrams. Aber es gibt auch Orte, wo man besser nicht hingeht. Dort werden Fremde ausgenommen.« Ein fragender Ausdruck erschien auf seinem Gesicht. »Aber Ihre Mutter? Ist sie auf Ihren Besuch nicht vorbereitet?«

»Nein«, antwortete Zelda schnell. »Es soll eine Überraschung sein.«

»Aha, ich verstehe«, entgegnete er zweifelnd.

»Aber ich habe dort auch noch andere Freunde«, fügte Zelda hinzu, »Freunde der Familie.«

»Gut, gut.« Jetzt schien er beruhigt. »Bitte entschuldigen Sie, aber in welcher Klasse reisen Sie?«

»Wie meinen Sie?«

»Der Tageszug ist billiger, aber er hat keine Klimaanlage. Man kann keinen Platz reservieren, und er ist immer sehr voll. Die Fahrt dauert acht Stunden. Sie müssen in Hardwar aussteigen und ein Taxi nach Rishikesh nehmen. Es ist nicht ...«

»Wann fährt er ab?«, unterbrach ihn Zelda und klopfte nervös mit dem Fuß auf den Boden.

»Heute ist er bereits weg. Morgen fährt kein Zug. Sie müssen bis übermorgen warten.«

»Das dauert mir zu lange«, meinte Zelda.

»Dann haben Sie keine andere Wahl. Die Nachtzüge sind in dieser Jahreszeit schon lange vorher ausgebucht. Sie müssen die ganze Strecke mit dem Taxi fahren. Das wird ungefähr fünfzig Dollar kosten.« Er wartete ihre Reaktion ab. Sie nickte zustimmend. »Die Fahrt wird etwa acht Stunden dauern.« Er blickte sie streng an. »Nachts können Sie jedoch nicht fahren. Heute ruhen Sie sich besser aus und reisen morgen früh ab.«

Zelda runzelte die Stirn und schwieg. Der Mann legte entschlossen die Hände auf den Tresen.

»In Ordnung«, stimmte sie schließlich zu. »So werde ich es machen.«

Er nickte zufrieden. »Ich selbst werde das Taxi und den Fahrer für sie aussuchen. Ich schlage vor, dass Sie früh abfahren, dann ist es noch nicht so heiß. Wenn Sie Ihre Rechnung schon heute begleichen, kann ich Sie um sechs Uhr wecken.«

»Vielen Dank.« Zelda beobachtete ihn, wie er eine Notiz in sein Buch schrieb. Trotz der tiefen Lachfalten um die Augen sah er müde aus. »Ich wünsche Ihnen, dass Sie eine gute Frau für Ihren Sohn finden.«

Er sah erstaunt auf. »Es gibt viele gute Frauen«, entgegnete er. »Das Problem ist mein Sohn. Er möchte sich seine Frau selbst aussuchen.« Resigniert zuckte er die Schultern, und Zelda, erfüllt von Mitgefühl, nickte zustimmend und suchte nach passenden Worten.

»Wahrscheinlich weiß er am besten, was …«

»Das sagt er auch immer!«, antwortete der Mann leicht verstimmt und machte eine Handbewegung, als wolle er das Problem vom Tisch wischen. »Kann ich noch etwas für Sie tun?«

»Vielleicht können Sie mir sagen, wo ich etwas essen kann.«

»Jawohl, Madam.« Nun war er wieder im Dienst. »Sie können dort drüben in der Kaffeestube zu Mittag essen oder etwas beim Zimmerservice bestellen, wenn Sie es wünschen.«

Zelda nickte. Bevor sie ging, sagte sie noch: »Sie bestellen mir das Taxi, nicht wahr? Es ist sehr wichtig für mich, mein Reiseziel schon morgen zu erreichen.«

»Aber natürlich. Sie können sich auf mich verlassen.«

Die Kaffeestube war mit zitronengelben künstlichen Weinreben geschmückt. Sie liefen quer über die gestreifte Markise und die weiß gestrichenen Spaliere und sollten wohl dem eleganten Namen, *Die Terrassen-Patisserie*, der auf einem Schild in der Ecke stand, Rechnung tragen. Die Tische standen vor breiten Terrassentüren, die auf eine richtige Terrasse hinausgingen, auf der echter Wein blühte. Aber die Luft flimmerte vor Hitze, und niemand saß draußen.

Ein Kellner führte Zelda zu einem kleinen Tisch, der mit schwerem Silberbesteck und hellgrünen Servietten gedeckt war. »Kommt noch jemand dazu?«, fragte er höflich.

»Nein.«

Er gab ihr eine Speisekarte und ging. Zelda überflog sie ohne großes Interesse. Sie war zwar hungrig, hatte jedoch auf nichts Appetit. Als sie von der Karte aufsah, bemerkte sie ein kleines indisches Kind. Es stand an ihrem Tisch und blickte sie aufmerksam mit großen ernsten Augen an. Es trug ein nagelneues buntes Kleid, das noch die Falten der Verpackung aufwies und mindestens eine Nummer zu groß war. Das Kleid war zur Seite gerutscht und entblößte die magere braune Schulter.

»Hallo.« Zelda lächelte ihr zu und sah sich nach ihren Eltern um. Die einzigen Gäste weit und breit waren eine blonde Frau und ein glatzköpfiger Mann mit rotem Bart, die ihre Köpfe in die Speisekarte steckten und sich leise unterhielten.

»Alle Kinder mögen Pfannkuchen. Die bestellen wir«, meinte der Mann.

»Ich weiß nicht«, antwortete die Frau stirnrunzelnd und beugte sich über die Speisekarte. »Ich finde Ei und Toast gesünder.« Plötzlich blickte sie auf und rief beunruhigt: »Sally? Sally?« Als sie sich suchend im Restaurant umschaute, entdeckte sie das kleine indische Mädchen. »Da bist du ja. Komm her, Liebling. Komm her zu uns.« Das Mädchen rührte sich nicht und blieb verwirrt stehen.

»Geh schon«, sagte Zelda und drehte das Kind um, so dass sie die Frau sehen konnte. »Nun geh schon.«

Die Augen des Kindes wanderten zwischen Zelda und der Frau hin und her. Der Kellner kam und sprach sanft in einer Sprache mit dem Mädchen, die sie zu verstehen schien. Sie lief zu ihm und klammerte sich an seinem Hosenbein fest.

»Entschuldigen Sie bitte«, sagte er zu Zelda und bückte sich, um die dünnen Arme von seinem Bein zu lösen.

Die blonde Frau kam und nahm das Kind auf den Arm. »Komm schon, Süße. Daddy bestellt Pfannkuchen und Eis für dich.« Sie lächelte Zelda freundlich zu. »Ist sie nicht reizend?«

»Ja«, antwortete Zelda kurz.

»Sie ist unsere neue Tochter«, erklärte die Frau und legte den blonden Kopf an die seidigen schwarzen Locken.

»Ich heiße Amanpree«, sagte das Kind in fremdländischem Singsang. »Ich bin vier Jahre alt. Ich spiele gern mit dem Ball. Ich helfe gern beim Wassertragen.«

»Kluges Mädchen«, sagte die Frau und senkte den Kopf, wobei sich das Kinn in die fetten Halsfalten presste, als sie in das kleine Gesicht sah. Nach einer Weile wandte sie sich wieder an Zelda. »Ich bin Maree«, stellte sie sich vor. »Und das ist Steve, mein Mann. Wir sind aus Australien – Sydney. Wo kommen Sie her?«

»Ich komme auch aus Australien, Flinders Island.«

Maree schaute verständnislos. »Das kenne ich gar nicht.«

»Die Insel liegt zwischen Victoria und Tasmanien.«

»Ach so. Jetzt erinnere ich mich. Es wurde einmal im Fernsehen im Wetterbericht erwähnt.« Maree setzte das Kind ab und zeigte auf Steve, der mit einem Stück Brot winkte wie mit einer Karotte. »Wir holen unsere Adoptivtochter ab.« Sie lachte nervös. »Eigentlich spreche ich fremde Leute nie an, aber ich bin so glücklich. Wir haben Jahre darauf gewartet. Ich kann noch gar nicht glauben, dass wir hier sind – mit ihr.« Ihre Augen schimmerten feucht.

»Wo haben Sie das Kind her?«, fragte Zelda.

»Aus dem Waisenhaus Heiliges Herz«, antwortete Maree. »Natürlich hatten wir vorher schon alles geregelt. Zuerst wollten wir ein Baby. Aber viele sind krank, wissen Sie. Einige sterben sogar, bevor sie zu Hause ankommen. Und die älteren Kinder bleiben meistens übrig. Niemand will sie haben. Schrecklich, wenn sie zusehen müssen, wie die kleineren Kinder abgeholt werden und sie nicht. Man schickte uns ein Foto von

Sally – Amanpree. Ihre Mutter ist tot, und ihr Vater sitzt im Gefängnis. Sie hat niemanden mehr. Wir haben uns sofort in sie verliebt.« Maree beugte sich vor und senkte die Stimme. »Steve ist im siebten Himmel. Er hat sofort unser Haus ausgebaut, für sie ein Schaukelpferd gemacht, Spielzeug – alles.« Sie lächelte wieder. Die Freude übermannte sie. »Wir wollten schon immer Kinder ...« Dann riss sie sich zusammen. »Tut mir Leid, ich rede zu viel. Und Sie sind?«

»Zelda.«

»Machen Sie hier Urlaub?«

»Nein. Ich will meine Mutter besuchen.« Zelda schwieg und hatte plötzlich das Bedürfnis, ihr zu erklären, dass sie ihre Mutter nicht kannte und genau wie Sally Amanpree ein kleines Mädchen gewesen war, als ihre Mutter sie verlassen hatte. Sie war nicht gestorben, sondern gegangen und hatte sie einfach zurückgelassen ...

»Sie ... ist mal hier, mal dort«, sagte Zelda ausweichend. »Natürlich habe ich mein eigenes Leben – die Arbeit und alles andere. Aber wir besuchen uns, wann immer wir können.«

»Natürlich tun Sie das!«, bestätigte Maree. »Ich wette, Sie können es kaum erwarten, sie wiederzusehen.«

»O ja.« Zelda lächelte freundlich. »Wir schreiben uns natürlich. Aber das ist nicht dasselbe.«

»Nein, sicher nicht!«, stimmte Maree zu. »Nun, ich wünsche Ihnen beiden viel Glück und eine wunderschöne Zeit.« Plötzlich hörte sie ein Geräusch und drehte sich um. Das Kind stand auf einem Stuhl, nahm Messer und Gabeln vom Tisch und ließ sie einzeln zu Boden fallen. Steve las in der Speisekarte. Maree hob mit einer hoffnungslosen Geste die Arme. »Kinder!«

Zelda wartete, bis sie gegangen war, und schaute in

die Speisekarte. Die Schrift verschwamm vor ihren Augen, die sich mit Tränen füllten.

»Ja, Madam?«, sprach sie der Kellner etwas verhalten von hinten an.

»Pfannkuchen mit Eis, bitte«, bestellte Zelda.

»Es tut mir Leid, Madam, es ist schon Nachmittag. Frühstück gibt es um diese Zeit nicht mehr. Wenn Sie Pfannkuchen möchten, empfehle ich Ihnen Masala Dhosa, indische Pfannkuchen.«

»Na schön, dann nehme ich das.«

Der Kellner ging, und sie starrte auf den grünen Rand des Tellers.

»Miss Zelda Madison?«

Beim Klang ihres Namens erschrak sie. »Ja?«

Ein Hotelpage gab ihr ein Schreiben. »Ein Fax für Sie, Madam.«

Zelda nahm es fassungslos entgegen und begann zu lesen. Die Nachricht war in langer geschwungener Schrift quer über die ganze Seite geschrieben:

Denke während deiner »langen Suche« ständig
an dich, meine Liebe. Sei tapfer. Sei stark.
Bleib dir treu.
Deine alte Freundin
Cassie.

Sie faltete das Blatt zusammen und hielt es fest in der Hand. Die Worte der alten Dame gaben ihr Kraft. Cassie wusste Bescheid und verstand sie. Während Zeldas Aufenthalt in Danas Haus hatte sie offen bei ihren Telefonaten zugehört – ihre gestammelten Erklärungen, ihr langes Schweigen und lautloses Weinen.

»Wer war am Apparat«, wollte sie wissen, wenn Zelda den Hörer aufgelegt hatte.

Dann starrte Zelda an die Decke, Tränen liefen ihr über die Wangen, während sie antwortete: »Es war Drew, mein Freund. Ich liebe ihn. James mochte ihn auch.«

Oder ein anderes Mal:
»Es war Lizzie, Drews Mutter. Auch sie liebt mich. Sie wollen, dass ich bleibe und abwarte.«

»Du darfst nicht länger warten«, antwortete Cassie fest. »Die Zeit ist gekommen. Beginne deine Reise. Was immer du auch findest, mehr kannst du nicht tun.«

Zelda strich das Fax glatt und legte es neben den Teller. Es war ein Zauber, ein Glücksbringer, den sie immer bei sich tragen würde. *Sei tapfer. Sei stark. Bleib dir treu. Wir sind immer für dich da ...*

Zelda saß auf dem Rücksitz des Taxis, das Gepäck neben sich. Eine dunkle Sonnenbrille und die über den Kopf gezogene Kapuze ihres indischen Gewands schirmten sie von der Welt ab. Sie sah aus dem Fenster. Hohe Bäume säumten die breite Straße. Menschen schliefen auf dem nackten Boden, das Gesicht verborgen und mit den eigenen Kleidern zugedeckt. Geduldig und reglos wie Statuen warteten Bettler auf Passanten. Heilige Männer sangen monoton Gebete. Nach einer Weile wurde die Straße schmaler. Die Stille wich einem geschäftigen Treiben. Marktfrauen stellten kleine Brennöfen auf. Studenten in weißen Hemden standen herum und tranken Tee aus Tontassen, umringt von zerlumpten Kinder.

Bereits um sieben Uhr drängten sich schwer beladene Ochsenkarren, Fahrräder, Lastwagen und alte Busse ohne Fensterscheiben auf den Straßen. Motorroller, auf denen ganze Familien saßen, bahnten sich ihren gefährlichen Weg durch das Getümmel. Der Vater fuhr, hatte ein oder zwei Kinder vor sich, die Mutter saß mit wehendem bunten Sari auf dem Rücksitz.

Zelda holte ihre Wasserflasche hervor und trank einen großen Schluck. Dabei bemerkte sie, dass sie der Fahrer im Rückspiegel beobachtete. Er grinste und zeigte dabei seine schneeweißen Zähne.

»Er ist ein umsichtiger Fahrer«, hatte der Hotelmanager behauptet. »Deshalb haben wir ihn genommen. Außerdem ist er ein weitläufiger Verwandter von mir und spricht gut Englisch. Sie haben bereits den vollen Fahrpreis bezahlt. Trotzdem können Sie ihm ein Trinkgeld geben, wenn Sie möchten. Aber nicht mehr als zwanzig oder dreißig Rupien.« Er hatte sich unterbrochen und den Fahrer streng angesehen. »Er wird Sie nach Rishikesh ins Holy Ganges Hotel bringen. Dort ist schon alles für Sie geregelt. Nun können Sie die Fahrt genießen ...«

Nach etwa einer Stunde wurde die Straße wieder breiter. Schon bald hatten sie die Vororte der Stadt hinter sich gelassen, die von Äckern, Wiesen und kleinen Dörfern unter schattigen Bäumen abgelöst wurden. Es war heiß und staubig, roch aber merkwürdig süßlich. Einige Lastwagen überholten sie, die mit grünen Pflanzen beladen waren.

»Das ist Zuckerrohr«, rief der Fahrer über die Schulter. »Süß.«

Auf großen Feldern streckten Sonnenblumen ihre braunen, gelb umrandeten, schweren Köpfe der aufgehenden Sonne entgegen. Auf dunklen, frisch gepflügten Feldern arbeiteten Bäuerinnen in grellbunten Röcken und Umschlagtüchern. Wie kleine exotische Vögel schwebten sie über der schwarzen Erde.

Am Vormittag hielt der Fahrer an einem kleinen Straßencafé. »Hineingehen?« Er deutete auf das Café. »Tee. Erfrischungsgetränke. Toilette.«

Zelda nickte. Sie kämpfte mit dem Griff der Wagentür und stieg mit steifen Gliedern aus. Eine Staubschicht lag auf ihren Kleidern, die an der feuchten Haut klebten. Braune Gesichter, große Augen und dünne Körper tauchten lautlos auf und umringten sie. Sie blieb stehen und warf einen Blick auf ihren Rucksack auf dem Rücksitz.

»Kein Problem«, sagte der Fahrer und zeigte auf einen kleinen Jungen, der auf die Stoßstange geklettert war. »Er passt schon auf.«

»Danke.« Zelda ging zum Café hinüber. Die Blicke der Kinder folgten ihr.

Im Café war es zwar dunkel, aber auch nicht kühler. Ein Ventilator drehte sich gemächlich unter der Decke. Hinter dem Tresen stand ein alter Mann. Er trug einen verblichenen rosa Turban, der nur lose zu einem Wust zusammengebunden auf seinem Kopf thronte. Er deutete auf eine magere Auswahl verstaubter Flaschen. »Limo? Thums up? Soda?«

Zelda zeigte auf ein gelbes Getränk und hielt ihm einige Scheine hin.

»Woher kommen Sie?«, fragte jemand von hinten. Sie drehte sich um und blickte in das dunkelhäutige Gesicht eines jungen Mannes mit fast schwarzen Augen.

»Flinders ...« Sie unterbrach sich. »Australien.«

»Aha«, nickte er ernst. »Amerika. George Bush.«

Zelda lächelte höflich. Nachdem sie mit dem Ärmel den Staub vom Flaschenhals entfernt hatte, trank sie einen großen Schluck gelber Limonade. Dann drehte sie sich um und wollte zum Wagen zurückgehen.

»Mem-Sahib! Mem-Sahib!«, rief der alte Mann hinter dem Tresen. »Nein! Nein!«

Zelda blieb stehen. Er zeigte auf die gelbe Flasche

und schüttelte den Kopf. Sie runzelte erstaunt die Stirn und suchte in der Tasche nach Geld.

»Flasche nicht mitnehmen«, sagte der junge Mann hilfsbereit. Wieder sahen sie sich in die Augen. Diesmal glitt sein Blick vorsichtig zu Zeldas Brüsten hinab und wieder zurück zu ihrem Gesicht. Sie trank die Limonade aus und stellte die Flasche auf den Tresen zurück.

»Gut, mein Freund ...«, rief ihr der Mann nach. Gelächter folgte ihr in die staubige Hitze.

Die achtstündige Reise wurde ohne erkennbaren Grund zu einer zehnstündigen.

»Sind wir bald da?«, fragte Zelda immer wieder. »Wie lange noch?«

Der Fahrer wackelte nur unverbindlich mit dem Kopf. »Es ist weit. Delhi. Rishikesh. Weit. Genießen Sie die Fahrt.« Dabei nahm er die Hände vom Steuerrad und breitete die Arme aus. »Sie erholen sich, ja?«

Schließlich lichtete sich der Wald. Felder und Häuser tauchten rechts und links der Straße auf.

»Bald sind wir in Rishikesh«, verkündete der Fahrer. Dann bog er ohne Vorwarnung in eine breite Allee ein.

Das Holy Ganges Hotel sah aus wie ein Bürogebäude mit geschmücktem Eingang. Die Mauern waren gelbbraun und zeigten Schmutzstreifen. Trübe Fenster blickten vom ersten Stock herab. Blasse Töpfe mit müden Kakteen schmückten eine breite Treppe, die zu zwei Glastüren führte.

Der Taxifahrer nahm Zeldas Geld mit einem Kopfnicken und bedeutete ihr, ins Hotel zu gehen. »Boy bringt Gepäck«, sagte er und zeigte auf den Rucksack.

»Nein danke, das schaffe ich schon allein«, entgegnete Zelda, zog den Rucksack an einem Riemen heraus und warf ihn sich über die Schulter. »Vielen Dank und auf

Wiedersehen.« Sie spürte seinen Blick im Rücken, als sie die Treppe hinaufstieg. Ryes Worte fielen ihr wieder ein. *Nimm stets einen Gepäckträger. Es ist kleinlich, keinen zu nehmen. Sie brauchen die Arbeit.* Verlegen drehte sie sich noch einmal um und sah, wie ein Boy zum Wagen lief. Wie angewurzelt blieb er stehen, ließ ratlos die dünnen Arme hängen und starrte sie ungläubig an. Sie wandte sich ab und ging rasch weiter.

Die Lobby war leer. Sie stellte den Rucksack ab und blieb einen Moment vor dem Ventilator stehen, der die verschwitzte Haut wohltuend kühlte. Dann ging sie zur Rezeption. Der Tresen, auf dem ein großes schwarzes Telefon stand, wurde von Neonröhren in grelles bläuliches Licht getaucht. Als ob es ihr galt, fing es plötzlich an zu klingeln. Niemand kam. Es klingelte und klingelte. Gerade als es aufhörte, eilte ein Mann herbei. Erstaunt darüber, dass sie den Hörer nicht abgehoben hatte, blickte er von Zelda zum Telefon.

»Ich habe ein Zimmer reserviert«, sagte Zelda. »Für Zelda Madison.«

»Ja, Mem-Sahib. Wir haben Sie erwartet. Schon gestern. Aber das ist kein Problem.« Er hob ein großes Buch auf den Tresen und schlug es auf. »Ihr Zimmer ist fertig. Aber zuerst müssen Sie sich eintragen. Ihren Pass, bitte.« Er blickte auf. Rasch musterte er ihr Gesicht. »Sie kommen wohl aus Delhi und sind sicher müde.«

»Ja.«

Er schlug mit der Hand auf eine Klingel und sah erwartungsvoll auf. Der Boy von draußen erschien, immer noch mit hängenden Armen. Der Mann gab ihm einen Schlüssel, an dem eine große Messingkugel hing. Er blickte Zelda von der Seite an. »Besonderes Zimmer, nur für Sie. Blick auf den Fluss.«

»Vielen Dank. Hat es eine Dusche?«
»Natürlich. Sogar heißes Wasser, hoffe ich.«

Zelda stand unter der Dusche und ließ Wasser über das Gesicht laufen. Gemäß Ryes Warnung hielt sie den Mund fest verschlossen. Sie stellte sich vor, dass Amöben wie kleine Fische herumschwammen und nur auf die Chance warteten, in ihren Körper einzudringen. Die Hotelseife war rot, klein und hart und roch nach Schulwaschräumen. Sie wusch sich den Schweiß von der Haut, stellte das Wasser ab und trat aus der Dusche und zurück in die Hitze. Dann rief sie den Zimmerservice an.

Während sie auf Antwort wartete, wurde ihr bewusst, wo sie sich befand. Zelda in Indien, nackt wie eine Diva, nur in ein Handtuch gewickelt ...

»Ja«, antwortete sie gelassen. »Zimmer zwölf. Können Sie jemanden mit eine Flasche Limonade hochschicken? Vielen Dank.« Mit dem Hörer in der Hand blieb sie stehen, griff nach ihrer Brieftasche und nahm eine kleine weiße Visitenkarte heraus. Mr. Ranjit Saha, stand darauf, 97 Veer Bhadra Road, Rishikesh 249201, Apparat 516. Rasch wählte sie die Nummer, um nicht darüber nachdenken zu müssen, was sie sagen wollte. Stattdessen dachte sie an Ryes Notiz: *Ranjit ist ein alter Familienfreund und kennt jeden. Ruf ihn an, wenn du dort bist.*

Ihr Kopf schnellte hoch, als in der Leitung eine Stimme zu hören war. »Hallo? Hallo?« Sie unterbrach einen langen Satz in einer Sprache, die sie nicht verstand. »Kann ich bitte Mr. Ranjit Saha sprechen?«

Keine Antwort.

»Ranjit Saha?«, wiederholte Zelda.

»Ich bedaure, Ranjit Saha ist nicht zu Hause, Madam. Rufen Sie bitte morgen wieder an. Guten Abend.«

Zelda umklammerte mit feuchten Händen den Hörer. Morgen. Der eine Tag erschien ihr wie eine Woche. Sie konnte nicht so lange warten und nichts tun, jetzt, da sie endlich hier war! Aber es gab keinen anderen Plan, keine Spur, der sie folgen konnte. Also musste sie sich die Zeit vertreiben.

Sie setzte sich auf die Bettkante und sah sich um. Dieses Zimmer hatte nichts Indisches, es sei denn, man hielt das verblichene Poster eines bengalischen Tigers für typisch indisch. Er blickte gelassen auf die Ikonen westlicher Kultur: einen kunststoffbeschichteten Schminktisch, eine Tagesdecke aus Brokat, lose Drähte, die aus der Lampe heraushingen.

Nun ja, immerhin bin ich hier, dachte Zelda, in Rishikesh.

Rishikesh, die Stadt der Heiligen, die Stadt, in der Ellen lebte.

»Nachricht aus Rishikesh, Indien.« Zelda betrachtete die Schlagzeile auf dem vergilbten Zeitungspapier.

»LIBERTY« FINDET NEUE ANHÄNGER.
NACHRICHT AUS RISHIKESH, INDIEN.
Ein Jahrzehnt war der amerikanische Superstar
des Balletts verschwunden, und Gerüchte über ...

Sie kannte jedes Wort, jeden Buchstaben, sah die Form des herausgerissenen Zeitungsartikels, der aussah wie ein Kontinent ohne Ecken, vor sich.

Sie ging zum Fenster und schaute hinaus. Vor dem Haus blühten ein paar bunte Blumen in einem kleinen kargen Garten. Wenn sie sich weiter hinauslehnte, konnte sie durch den weißen Dunst der Hitze sogar den Fluss sehen. Die Schatten wurden weich und lang, die Dämmerung brach herein.

Als es an der Tür klopfte, hob sie den Kopf. Rasch zog sie sich etwas über und öffnete vorsichtig die Tür. Ein junger Mann in dunkelroter Uniform lächelte sie freundlich an.

»Ich bin der Jemand«, sagte er.

»Wie bitte?« Zelda runzelte verblüfft die Stirn.

»Ich bin der Jemand, der mit der Limonade geschickt wurde.« Mit einem Tablett, auf dem er eine Flasche balancierte, ging er an ihr vorbei ins Zimmer.

»Vielen Dank.« Zelda unterschrieb die Rechnung und gab ihm ein Trinkgeld. *Stets Trinkgeld geben*, stand in Ryes Brief. *Ein oder zwei Rupien. Wenn du es nicht tust, geht nichts mehr.*

Der Mann nickte. »Ich komme wieder«, sagte er fröhlich. »Mit Glas und Flaschenöffner.«

Zelda betrat den leeren Speisesaal und blieb verblüfft stehen. Die hohen Fenster gaben den Blick auf eine traumhafte Aussicht frei – eine Theaterkulisse, wie sie nicht schöner hätte sein können: sanfte, pastellfarbene Hügel vor einem unglaublichen Sonnenuntergang, und der Fluss, der sich wie ein Band durch den aufsteigenden Dunst schlängelte – der heilige Ganges.

Zelda ging an den Tischen vorbei zum Fenster. Eine dichte Moskitowolke umschwirrte das Licht. Sie lehnte den Kopf an die kühle Scheibe und betrachtete fasziniert die verträumte Landschaft.

Ein großer Mann in orangefarbenem Gewand trat aus einem schattigen Garten und ging zum Flussufer. Er hielt ein Licht in den Händen, eine kleine gelbe Flamme, die gleichmäßig in der windstillen Luft brannte und erst zu flackern anfing, als er es langsam hin und her schwang. Er hob das Gesicht, blickte in den letzten Glanz der untergehenden Sonne und begann zu singen.

Wie ein fernes Echo drang seine sonore Stimme durch das geschlossene Fenster. Zelda versuchte, einzelne Worte des Gesangs zu verstehen.

»Es ist Puja, die Zeit der Segnung.« Die Stimme kam von hinten und war tief und sanft. Zelda drehte sich um. Vor ihr stand eine Inderin in buntem Seidensari. »Es findet immer bei Sonnenaufgang und Sonnenuntergang statt«, fuhr sie fort. Sie hatte einen leicht amerikanischen Akzent. »Es ist der Hotelpriester, ein heiliger Mann. Er vollzieht die Segnungen im Namen aller.«

Zelda nickte. »Der Fluss ist wunderschön.«

Die Frau senkte den Kopf, als hätte Zelda ihr ein Kompliment gemacht. Dann sahen sie zu, wie der Priester Blumen in den Fluss streute. Die gelben Blüten hüpften auf und ab und trieben mit der Strömung davon.

»Ich sollte Sie jetzt essen lassen«, sagte die Frau und wollte gehen.

»Einen Moment bitte«, rief Zelda. Sie holte einen gefalteten Umschlag aus der Tasche. »Ich möchte Sie etwas fragen.«

Die Frau zog eine Augenbraue hoch und zuckte überrascht die Schultern. Zelda breitete sorgfältig den Zeitungsartikel aus, strich ihn glatt und zeigte auf Ellens Foto. »Ich suche diese Frau.«

Die Frau betrachtete das Foto und lachte. »Aber das sind doch Sie!«

»Nein …«, widersprach Zelda.

»Aha, dann ist es Ihre Schwester. Lebt sie hier in Rishikesh?«

»Ich weiß nicht«, antwortete Zelda. »Als das Foto gemacht wurde, war sie wohl hier, aber das ist schon zwölf Jahre her.«

Die Frau runzelte nachdenklich die Stirn. »Wenn Fremde herkommen, wohnen sie in Ashrams. Aber die meisten bleiben nicht lange. Sie kommen, sehen sich das Land an und gehen wieder. Natürlich gibt es Ausnahmen. Manche bleiben auch länger und nehmen sogar Sannyas.« Sie sah sich das Foto genauer an.

»Sannyas ...«, wiederholte Zelda leise und dachte an Danas Bücher über Indien, die sie gelesen hatte, und die langen Gespräche mit ihr und Cassie, in denen sie sich gefragt hatten, wo Ellen sich wohl aufhalten könnte.

»Das stammt aus der Hippiezeit«, hatte Dana behauptet. »Sie hat dort sicher einige Zeit verbracht und ist dann weitergezogen. Ich wette, dass sie wieder in den Staaten ist.«

Cassie war anderer Meinung. »In den Staaten hätte man sie schon längst entdeckt. Sie war überall bekannt. Ich glaube, Zelda hat Recht – sie muss in Indien sein. Aber was meinen Sie mit ›Liberty findet neue Anhänger‹? Es hört sich an, als hätte es mit Politik oder Religion zu tun. Oder vielleicht Menschenliebe? Gute Taten und Hilfe für die Armen ...«

Die Diskussion endete immer am gleichen Punkt. Cassie zuckte die Achseln und breitete in einer hilflosen Geste die Arme aus. »Was auch passiert, es ist ein wundervolles Abenteuer. Vergiss das nie, Zelda. Am Ende zählt nur das.«

Die Inderin hielt das Foto ins Licht und sah leicht verärgert wieder auf. »Warum ist Ihre Schwester in der Zeitung?«, wollte sie wissen. »Hat sie etwas angestellt? Eine Straftat?«

Zelda schwieg und kaute verlegen an den Fingernägeln. In der Ferne hörte man Trommeln und Gesang. Hinter der Küchentür klapperte das Personal mit Töpfen und Pfannen.

Die Frau trug das Foto zu einer Lampe. Zelda folgte ihr und wartete geduldig.

»Wenn man Sannyas nimmt, entsagt man seinem weltlichen Leben für immer«, erklärte die Frau schließlich. »Man beschreitet einen spirituellen Weg. Einige Ausländer haben das geschafft. Aber ... ich glaube, sie nicht.«

»Warum?«, fragte Zelda überrascht.

Die Frau zeigte mit ihrem langen, schlanken Finger auf das Foto. »Hier, das Kleid. Es ist zwar aus indischem Stoff, aber es ist kostbar. Es könnte aus Benaresseide sein. Sannyasins tragen alle Kleider aus selbst gewebtem, indischem Baumwollstoff.«

»Nun, dann muss es andere Gründe geben, warum Ausländer hier bleiben.« Zeldas Stimme zitterte.

»Möglich«, antwortete die Frau. »Ich bin nicht aus Rishikesh. Ich besuche hier nur meine Schwester.«

»Falls meine ... ich meine, diese Frau hier ist, wo kann ich sie finden?«

»Gehen Sie morgen früh zur Ufertreppe. Dort ist der Badeplatz. Hier finden sich alle ein, um sich segnen zu lassen. Falls sie gläubig ist, könnten Sie sie dort antreffen.« Als der Kellner mit der Speisekarte kam, senkte sie den Blick. Er verbeugte sich vor den beiden Frauen, warf einen Blick über den Speisesaal, wählte einen Platz am Kopfende eines langen Tisches aus und führte Zelda dorthin.

»Guten Appetit!« Die Frau lächelte und eilte mit wehendem Sari davon.

Zelda blickte sich um. Es gab nur lange Tische. Wahrscheinlich kamen die Gäste nur in großen Gruppen, wie im Golfclub auf der Insel, wo sich alle Einheimischen trafen und sich bei Steaks und Pilzen in Buttersauce unterhielten und lachten – Drew, Lizzie und Sharn und manchmal sogar James.

James. Dad. Sie sah sein Gesicht vor sich. Stark, hager

und braun gebrannt, von der Gischt noch feucht. Die vom Wind zerzausten Haare thronten wie eine Krone auf seinem Kopf. Sie schloss die Augen. Das war der alte James, wie sie ihn kannte und liebte. Ihn wollte sie in Erinnerung behalten. Aber es waren Fragen aufgetaucht, die sich in einer dunklen Wolke von Verwirrung und Wut aufstauten. Er hatte behauptet, Ellen sei tot. Warum? Wie konnte er das nur tun? Wer gab ihm das Recht? Zelda schlug die Karte auf und studierte die fremden Namen: Puri Bhaji. Kashmiri dum Alu. Raita Dahi. Aber sie konnte sich nicht ablenken. Warum? So viele Jahre, in denen Ellen lebte – ihre eigene Mutter ...

Zelda dachte an das Foto von Ellen mit dem Baby im Arm und versuchte, sich so weit wie möglich zurückzuerinnern. Als Ellen fortging, war sie fast vier Jahre alt. Eigentlich müsste sie sich an gemeinsame Zeiten erinnern können, an Dinge, die sie miteinander gemacht hatten, Szenen vor sich sehen. Aber es gab keine Bilder. In den vielen Jahren hatte sie immer wieder versucht, tief verborgene Erinnerungen aufzudecken. Alles, was sie je finden konnte, war ein merkwürdig beunruhigendes Gefühl, so als würde sie sich etwas mehr als alles andere wünschen und nie bekommen. Vermutlich waren es Gedanken an einen toten Menschen, und die Sehnsucht nach ihrer Mutter. Aber sie zerbrach sich den Kopf darüber, ob nicht mehr dahinter steckte. Vor einigen Jahren hatte sie mit Lizzie darüber gesprochen. Schließlich war sie dabei gewesen, als Ellen noch bei Zelda war und später verschwand.

»Du hast sie furchtbar vermisst«, hatte Lizzie ihr erklärt. »Ich glaube, dass du alle Erinnerungen an sie verdrängt hast. Und James wollte unbedingt, dass du sie vergisst.« Sie runzelte die Stirn. »Er hat allen verboten, sie in deiner Gegenwart zu erwähnen. Ich fand es nicht richtig. Aber auch er hat sehr um sie getrauert.« Der Schatten eines Lächelns erschien auf ihren Lippen. »Du bist ihre Mutter, sagte er zu mir, das hätte Ellen auch gewollt.«

Zerrissen zwischen Liebe und Schmerz, schloss Zelda die Augen. Lizzie hatte so viel für sie getan und ihr viel gegeben. James auch – er hatte versucht, seiner Tochter die Liebe zu geben, die sie brauchte. Und doch hatte das Verschwinden ihrer Mutter ein großes Loch hinterlassen, ein Loch des Zweifels und der Unzufriedenheit. Sie hatte keine Wurzeln, hinter ihr war nichts als Leere, bis auf einige spärliche Anhaltspunkte, Bruchstücke, die sie hier und da aufschnappte und wie Relikte einer Heiligen im Herzen aufbewahrte ...

Der Kellner, der die Bestellung aufnehmen wollte, riss sie aus ihren Gedanken. Sie zeigte auf einige Gerichte auf der Speisekarte und wartete, bis er in der Küche verschwand. Dann dachte sie wieder an Ellen, zählte die gesammelten Hinweise und Fakten und alles, was ihr je erzählt worden war, auf.

Mutter, begann sie. Ellen. Ellen Madison.

Tänzerin.

Amerikanerin.

Bei einem Verkehrsunfall auf dem Festland ums Leben gekommen. Sie war einkaufen gegangen, aber James konnte ihr nie sagen, was sie gekauft hatte. »Bist du ganz sicher?«, hatte Zelda Jahre später gefragt, in der Hoffnung irgendetwas zu erfahren. »Vielleicht ein Stofftier, ein Puzzle, ein Kleid für ein vierjähriges Mädchen?«

»Sie starb schnell«, hatte James ihr erzählt, »und ohne zu leiden.«

Ein anderes Mal hatte er hinzugefügt, sie sei auf dem

Festland begraben. Er hätte es schnell hinter sich bringen wollen und lege keinen Wert auf Beerdigungen und Grabsteine. Ellen würde immer im Herzen derer bleiben, die sie liebten.

Nur ein Blatt Papier existierte noch: eine Sterbeurkunde. Aber die kam erst zur Sprache, als Drews Großmutter zehn Jahre später in ihrem Bett starb.

»Was ist mit Mummy?«, hatte Zelda wissen wollen. »Wo ist ihre Sterbeurkunde? Drew meint, jeder bekommt eine, wenn er stirbt. Kann ich sie sehen?«

Betretenes Schweigen. Dann ein tiefer Seufzer. James hatte die Augen aufgerissen. »Natürlich. Natürlich kannst du sie sehen. Aber nicht hier, nicht jetzt. Ich werde ... dir eine Kopie besorgen.« Er hatte hastig und unüberlegt gesprochen. »Die kannst du dann behalten. Ich verstehe dich ja. Du willst es genau wissen, mit eigenen Augen sehen.«

Er hatte Wort gehalten. Einige Wochen später hatte er Zelda die Kopie einer Sterbeurkunde gegeben.

Todesursache: Verbluten, Milzriss, Darmperforation, unkontrollierbare innere Blutungen. Folge eines Verkehrsunfalls.

Zelda hatte die Worte wieder und wieder gelesen und dann James mit verzerrtem Gesicht angesehen. Ihr wurde schlecht. Verbluten. Es klang böse und endgültig, wie eine Tat des Teufels.

James hatte nur resigniert die Schultern gezuckt. »Sie hat so viel Blut verloren, dass sie daran gestorben ist.«

Dann hatte er eine Flasche Bourbon geöffnet, sich eingeschenkt und aus dem Fenster gestarrt – ein Zeichen, dass das Gespräch beendet war. Er wollte mit sich und seinen Gedanken allein sein.

Allein mit seinen Lügen.

Zelda senkte den Blick und nahm das Besteck mit der Prägung »Holy Ganges« von der weißen Tischdecke.

Lügen, jahrelang aufgebaut und sorgfältig aufrechterhalten. Sogar eine gefälschte Sterbeurkunde. Warum? Warum war es ihm so wichtig, dass Ellen nicht mehr existierte? Oder war Wut und Schmerz der Grund? Etwas, was nicht mehr aufzuhalten war, wenn es einmal in die Welt gesetzt war? Ein Betrug, um die Wahrheit für immer zu verschleiern ...

Welche Lügen gab es *noch*?

»Erzähl mir von Ellens Familie.« Zelda erinnerte sich, wie sie an einem Weihnachtsfest ihren ganzen Mut zusammennehmen musste, um die Wand des Schweigens zu durchbrechen, die James um sich aufgebaut hatte.

»Was meinst du damit?«, fragte er und runzelte die Stirn, als machten ihre Worte keinen Sinn.

»Meinen Großvater und meine Großmutter.«

Zelda ließ James nicht aus den Augen und zwang ihn zu einer Antwort.

»Da gibt es nicht viel zu erzählen.«

»Aber du musst etwas über meine Großeltern wissen!«

James seufzte. »Nun ja, Ellen war ein Einzelkind. Ihre Mutter, Margaret, ließ sich bald nach ihrer Geburt scheiden.« Und schon vertiefte er sich wieder in sein Buch, ein Zeichen, dass die Unterhaltung beendet war.

»Wie ist sie?«, drängte Zelda. »Ich meine Margaret.«

»War, nicht ist. Sie lebt nicht mehr. Ich habe sie nie kennen gelernt.«

»Noch nicht einmal bei eurer Hochzeit?«

»Nein, aber das habe ich dir schon erzählt. Zu unserer Hochzeit kamen nur wenige Freunde. Familie war nicht dabei, vor allem nicht ihre.«

»Warum gerade ihre nicht?«

James brummte verärgert und beugte sich vor, um das Feuer zu schüren.

»Ich will es aber wissen«, flehte Zelda. »Schließlich bin ich kein Kind mehr. Ich bin fast sechzehn!«

James schloss die Augen und dachte einen Moment nach. »In Ordnung«, sagte er schließlich, »wenn du es unbedingt wissen willst, erzähle ich es dir.« Barsch fügte er hinzu: »Du wirst schon sehen, was du davon hast. In Familiengeschichten stochert man nicht herum. Ellen hätte nie zugegeben, dass ihre Mutter ein niederträchtiges gemeines Biest war. Aber das ist die Wahrheit. Sie war reich, selbstsüchtig und frustriert darüber, dass ihr Mann sie verlassen hat und sie ihr Kind allein aufziehen musste.«

Er machte eine Pause.

»Ich vermute«, begann Zelda vorsichtig, »dass es nicht leicht für sie war.«

James schnaubte. »Sicher. Aber für ihren Mann war es auch nicht leicht, mit einem Kind in einem Haus zu leben, das nicht sein eigenes war. Nein, ich würde mich auch bedanken. Dieses Kind wurde gezeugt, als er nicht zu Hause war.«

»Du meinst ...?«

»Richtig«, fuhr James fort. »Das Kind war die Folge eines Ehebruchs. Und auch noch mit seinem besten Freund!« James schüttelte verständnislos den Kopf. »Wie du siehst, ein zweifacher Betrug ... Man erzählt sich, er habe den Anblick des Kindes nicht ertragen, weil er seine Frau zu sehr liebte. Er hielt es nicht mehr aus, deshalb ging er fort und kam nie zurück. Margaret gab dem Kind – also Ellen – die Schuld.« Das Feuer knisterte und sprühte Funken. »Es ist eine traurige und hässliche Geschichte. Aber ich habe dich ja gewarnt.«

»Arme Ellen«, sagte Zelda. »Aufzuwachsen mit der Gewissheit ...«

James beugte sich über den Tisch, um sich einen Drink einzuschenken, und stieß mit der Flasche gegen das Glas. »Zerbrich dir nicht den Kopf darüber, Zel.« Seine Stimme wurde weicher. »Sie hat es nicht gewusst. Ich habe es erst vor ein paar Jahren erfahren. Margaret starb in einem Altersheim. Anscheinend nahm sie dem Heimleiter das Versprechen ab, die Papiere an ihre verloren gegangene Tochter zu schicken. Irgendwie haben sie unsere Adresse herausbekommen. Früher konnte man seine Spuren verwischen, aber das war vor dem Computerzeitalter. Trotzdem hatten sie einen Haufen Arbeit damit. Und das alles nur, um einen Stapel alter Briefe weiterzuleiten.« Er schwieg. Eine Sorgenfalte erschien auf seiner Stirn. Dann stand er auf, ging in sein Zimmer und kam mit einem Umschlag in der Hand zurück. »Dieses Foto war dabei.« Er gab es Zelda. »Du kannst es behalten, da du dich offensichtlich sehr dafür interessiert.«

Zelda öffnete den Umschlag und nahm ein Foto heraus. Sie sah in leuchtend schwarze Augen – ihre Augen. Sie brauchte nicht zu fragen.

»Das ist er«, sagte sie leise. »Ihr richtiger Vater. Mein ... Großvater.« Das Wort kam ihr nur schwer über die Lippen.

»Harlan«, erklärte James leicht höhnisch. »Sein Name steht auf der Rückseite.«

»Er sieht aus wie ich – wie wir«, meinte Zelda, die den Blick nicht von dem Gesicht des Mannes lassen konnte.

James gab keine Antwort. »Typisch Margaret«, sagte er, um das Thema zu wechseln. »Das sah ihr ähnlich. Sie konnte es nicht ertragen, zu sterben, ohne eine letzte Gemeinheit und diese auch noch mit einem Haufen Entschuldigungen und diesem Es-tut-mir-Leid-Unsinn zu verbrämen.« Er lachte frostig. »Man kann sich nicht so einfach dafür entschuldigen, sein ganzes Leben ein schlechter Mensch gewesen zu sein! Was macht es für einen Sinn, den ganzen Mist auf Ellen abzuladen, obwohl sie schon seit Jahren nichts miteinander zu schaffen hatten?« Er starrte auf seine vor Wut geballten Fäuste.

»Warum ist es so gekommen?« Zelda bemühte sich, ungezwungen zu klingen und ihre Neugier zu verbergen, damit James weitererzählte.

»Na ja, Ellen ging fort, auf ein Internat. Ich glaube, sie haben sich entfremdet. Im Leben einer Tänzerin ist kein Platz für eine Familie.« James ließ den Blick durch die Hütte schweifen. Dann sah er zum Fenster hinaus auf das weite Meer. »Deshalb sind wir hierher gezogen. Das war die beste Entscheidung, die ich je getroffen habe.«

Dabei beließ er es.

Arme Ellen. Mit Schuld beladen, ohne es zu wollen und ohne zu wissen, warum.

Dampfende bunte Gerichte auf glänzendem, rostfreiem Stahl glitten auf den Tisch. Zelda bemerkte sie kaum. Sie blickte auf den Fluss. Lautlos. Gelassen. Heilige Mutter.

Was hatte diese dunkle und traurige Geschichte wohl für Ellen bedeutet, fragte sie sich. Und was würde es für sie bedeuten, endlich die Wahrheit zu erfahren? Sie erinnerte sich an den lachenden Mann – Harlan. Sein Foto lag sicher zwischen Schecks und Pass in ihrer Tasche. Wenn ich sie gefunden habe, werde ich es ihr zeigen und ihr alles erzählen, dachte sie.

Bei dem Gedanken an die verlorene Tochter, die aus dem Nichts wieder auftauchen würde, musste sie lächeln. Sie konnte die Lücken in Ellens Vergangenheit, die dunklen Ereignisse, die ihr Leben bestimmt hatten, schließen und brachte Neuigkeiten vom unbekannten Vater und der verstorbenen Mutter, die sie gern um Verzeihung gebeten hätte ...

In Gedanken verloren blieb sie lange sitzen und beobachtete, wie sich die Dämmerung als geheimnisvolles Laken über den tiefen, ewig fließenden Fluss legte.

26

Im schwachen Licht des Morgengrauens war alles grau und verschwommen. Nur goldgelbe Ringelblumen, rosa Rosen und weißer Jasmin durchbrachen die Eintönigkeit der grauschwarzen Landschaft. In langen Girlanden schmückten sie die Stände und säumten den Weg zum Pass. Hier und da warf eine nackte Glühbirne ihr gelbes Licht auf kleine Haufen Weihrauch, ordentlich zusammengelegte Handtücher und Körbe voller leerer Plastikflaschen. Zelda machte in der kühlen Luft einen Spaziergang. Unter dem süßlichen Duft des Weihrauchs und der Blumen lag etwas Stärkeres, Schmutziges, Animalisches ...

Zwei große, weit offene Eisentore empfingen auf dem Weg zum Pass den nie abreißenden Menschenstrom: Männer, Frauen, Kinder, Heilige und Bettler. Geschützt von der breiten Krempe ihres Huts, betrachtete Zelda die vorbeiziehenden Gesichter. Alle hatten dunkle Augen, dunkles Haar – Inder.

Bei einer alten Frau mit schlohweißem Haar oder einem Mann, dessen dunkle Haut hellrote Flecken aufwies, verweilte ihr Blick etwas länger. Dann blieb sie stehen und starrte auf einen Mann, der nur mit einem orangefarbenen Lendenschurz bekleidet war. Seine

Brust war vollständig mit grauer Asche eingeschmiert, und er war so mager, dass man die Rippen zählen konnte. In seiner sehnigen Hand hielt er einen eisernen Dreizack. Sein Gesicht war unter dem wild wachsenden Haar und dem verfilzten Bart kaum zu erkennen. Seine glühenden, durchbohrenden Augen blickten in die Ferne. Er schaute aus wie der Botschafter eines fernen fremdländischen Königreichs. Zelda drehte sich um und sah ihm nach, bis er im Nebel verschwand. Ihre Verwunderung wurde immer größer, als sie sich wieder den Toren zuwandte und sich in der drängenden Menge verlor.

Der Weg führte an weiteren Ständen vorbei, vor denen auf kleinen Podesten hagere Gestalten im Schneidersitz saßen, Männer mit bunten Streifen auf dem Gesicht und in orangefarbenen Roben und Frauen in rein weiße Tücher gewickelt, die, tief über einen Stein gebeugt, Pulver herstellten und zu Farben vermischten. Zelda blieb stehen, um einem jungen Mann zuzusehen, der sich an einem der Stände einen roten Punkt auf die Stirn malen ließ. Das schweißnasse Haar klebte ihm am Kopf. Er faltete die Hände und beugte sich vor, um einige Münzen auf einen Metallteller zu legen. Als er sich wieder aufrichtete, trafen sich ihre Blicke. Rasch wich sie seinem Blick aus und betrachtete den fernen Wald. Aus den Augenwinkeln bemerkte sie, wie er stehen blieb und ihr noch lange nachsah ...

Sie setzte ihren Weg fort und ließ den Blick über die Menge schweifen, von rechts nach links, von links nach rechts. Als sie ein großes rotes Gesicht unter blondem Haar entdeckte, blieb sie erstaunt stehen und versuchte, näher heranzukommen.

»Hallo!«, rief sie freundlich, als sie sich fast in Reichweite des Mannes befand. Seine breiten Schultern und kräftigen Muskeln spannten sich unter dem verwaschenen kurzärmeligen Baumwollhemd. Er drehte sich um, nickte jedoch nur kurz und ging sofort weiter. Mit finsterem Blick fummelte er an seiner Kamera herum. Zelda wusste, was das bedeutete. Erinnere mich nicht daran, dass ich ein Tourist bin, wollte er sagen, genau wie die Leute vom Festland, die im Sommer auf die Insel kamen. Verschwinde und lass mich in Ruhe, ich möchte dazugehören.

Sie bahnte sich einen Weg bis zu einer großen Steinterrasse, die sich bis zum Flussufer erstreckte. Nachdem sie sich aus dem Gedränge gelöst hatte, setzte sie sich auf eine Steinstufe und stützte den Kopf auf die Arme. Eine große schwarze Krähe hüpfte auf sie zu und stieß dabei mit dem Schnabel in die Luft. In der Nähe stand ein Heiliger in einem Steinpavillon und sang ein Gebet. Die Luft trug seine kräftige Stimme über die Bettler hinweg, die ausgestreckt auf ihren Habseligkeiten schliefen, bis hin zu den Badenden, die durch den grauen Fluss wateten. Am Ufer verstreut lagen ihre bunten Kleider. Menschen ruhten sich auf großen Felsbrocken aus, ließen sich in der warmen Sonne trocknen und wickelten geschickt Saris aus langen Tüchern um ihren Körper. Andere bahnten sich mit Handtüchern über dem Arm und Flusswasser in Plastikflaschen in der Hand einen Weg zur Terrasse.

Hoch aufgerichtet vor dem aschgrauen Himmel blickte eine Gruppe Marmorgötter und Göttinnen mit langen fließenden Roben und Haaren von einem Steinpodest auf die Menge herab. Zelda kamen sie merkwürdig vertraut vor wie Darsteller aus griechischen Sagen – edle Köpfe, strenge Gesichter, glatte reine Haut. Als sie sich umdrehte, blickte sie in die großen braunen Augen eines kleinen Kindes. Das Lächeln auf ihren Lippen gefror. In jeder Wange des Kindes steckte ein Nagel, eine rostige Eisenspitze, die in einem Krater rohen Fleisches verschwand. Das verfilzte Haar fiel über die mageren, mit Narben übersäten Schultern. Es sah aus, als wäre es mit einer Geißel gezüchtigt worden.

»Rupie, bitte. Rupie, bitte«, bettelte das Mädchen und streckte ihr einen Tontopf entgegen.

Stumm vor Schreck starrte Zelda sie an.

»Rupie«, wiederholte das Kind und schüttelte den Topf. Ihre Lippen verzogen sich zu einem Lächeln, wobei eine krustige Wunde aufbrach und schneeweiße Babyzähne entblößte. Sie trat näher heran.

Zelda wich zurück. »Ja, ja, ist ja schon gut.« Sie griff in die Tasche und zog einen Geldschein heraus. Wie ein Blitz schoss die kleine Affenhand hervor und schnappte sich den Schein. Das Kind sprang zurück, kreuzte die Hände auf der Brust und verbeugte sich.

»O Gott.« Zelda schluckte schwer, ihr wurde übel. »Jesus...« Entsetzt starrte sie auf ihre Hand, auf der sie die kurze Berührung der trockenen heißen Haut des Kindes spürte. Ängstlich wischte sie sie an ihrer Hose ab, als klebten Keime einer grauenhaften Krankheit daran.

Wie Möwen bei einem Picknick tauchten plötzlich von überall her zerlumpte kleine Vogelscheuchen mit dünnen Armen und großen dunkeln Augen auf. Schweigend starrten sie voller Hoffnung auf ihre Tasche. Zelda stand auf und wollte sich davonstehlen. Aber die schweigende Gruppe, die nach ungewaschener Haut und schmutziger Wäsche roch, blieb ihr auf den Fersen. Millionen von Fliegen umschwärmten die Kinder und labten sich an ihren Wunden und eitrigen Augen. Eine Fliege landete auf Zeldas Wange. Ihre Hand glitt hektisch in die Tasche und suchte nach Geld. Viel war nicht darin, das wusste sie. Das meiste Geld hatte sie in

Kleider eingenäht und in den Stiefeln versteckt. Leider fand sie nur große Scheine, aber keine Münzen. Unzählige Hände streckten sich ihr entgegen. Verzweifelt sah sie sich um und bemerkte, dass sich auch Erwachsene nach ihr umdrehten. Einige blieben sogar stehen, unterbrachen ihren Weg zum Fluss und hörten auf zu beten. Ein Raunen ging durch die Menge, das noch mehr Gesichter, noch mehr Augen anzog. Aber was sahen sie? Zelda schoss herum. Was ging hinter ihr vor? Aber dort war nichts, nur leere Stufen und umherstolzierende schwarze Krähen. Sie blickte über die Köpfe hinweg in die Ferne auf den friedlichen Wald, der sich auf der anderen Seite des Flusses erstreckte ...

Plötzlich kam ihr ein Gedanke. Sie meinen mich! Mich starren sie an! Was habe ich nur falsch gemacht? Ihr Herz fing wie wild an zu klopfen.

Das Raunen wuchs zu lautem Gemurmel an, das schon bald die Gebete des Priesters übertönte. Die Gruppe der Gaffer schwoll an, als sich die Badenden vom Ufer dazugesellten. Einige waren noch nass und hatten es so eilig, dass sie sich beim Gehen die Kleider anzogen.

Misstrauisch blickte sie in die Gesichter der Menschen, die in ihrer Nähe standen. Aber Ärger oder Wut konnte sie nicht entdecken. Einige zeigten erstaunt auf sie und nickten oder wackelten mit den Köpfen. Die meisten starrten sie aus leuchtenden Augen fasziniert an, als wäre sie vom Himmel gefallenen. Erstaunlich, sie war doch nur eine normale Touristin ...

Zelda senkte den Blick und sah hilflos auf ihre abgetragenen Stiefel. Auf der einen Schuhspitze befand sich ein großer Tintenfleck, der von einem echten Tintenfisch stammte. Immer mehr Stimmen und Gesichter versammelten sich und bildeten eine dichte, ständig wachsende Wand um sie herum. Sie ahnte, dass sie versuchen musste, sie zu durchbrechen, bevor sie zu stark wurde. Ihr Herz klopfte wie wild. Am liebsten wäre sie davongelaufen. Sie schnappte nach Luft, die viel zu dünn schien. Dann drehte sie sich um und stolperte die Stufen hinauf. Erschreckt flatterten die Vögel auf. Aber auch hier stand sie vor einer unüberwindbar scheinenden Menschenwand. Sie suchte sich eine Stelle aus und machte sich bereit, sich durch die Menge drängen zu müssen. Aber als sie vorwärts stürzen wollte, schmolz die Wand plötzlich und die Menschen wichen zur Seite. Sie nahm ihren ganzen Mut zusammen und beschritt den sich immer wieder vor ihr öffnenden Weg.

Ich tue einfach so, als müsste ich an einem bissigen Hund vorbeigehen, dachte sie. Wenn ich ihn nicht beachte, lässt er mich vielleicht in Ruhe ...

Plötzlich schoss ein Arm aus der Menge und griff nach ihrer Bluse. Zelda stieß einen Schrei aus und machte einen Satz. Dann hatte sie nur noch die Eisentore vor Augen und fing fast an zu laufen. Jemand schob ihr ein kleines Kind in den Weg. Rasch wich sie ihm aus und setzte ihren Weg unbeirrt fort.

Endlich schaffte sie es, die Menge hinter sich zu lassen. Das Gewicht der Blicke im Rücken, lief sie auf ein Eisentor zu. Aber dann bemerkte sie, dass es nicht die Tore zum Pass waren, sondern der Eingang zu einer weiteren Terrasse. Zögernd blieb sie stehen und sah sich rasch um. Ihr Blick fiel auf eine Weiße, eine junge Frau in weißem Sari mit heller Haut und Sommersprossen. Mit großen Augen, grau wie der Fluss, blickte sie Zelda kurz an und senkte sofort wieder den Blick. Sie wollte zu ihr gehen, aber die Frau drehte sich um und eilte davon.

Zelda folgte ihr und ging dicht hinter ihr her. Der

Saum ihres Saris schleifte durch den Staub, und ihre Sandalen klapperten über das Pflaster.

Plötzlich spürte Zelda, dass die Menge sie ziehen ließ. Die faszinierten Blicke wurden wieder normal, und die Menschen wandten sich ab. Sie verlor das Gleichgewicht, als hätte der Bann der Blicke, der plötzlich nachließ, sie aufrechterhalten. Nur die gleichmäßigen Schritte der Frau, die sich eilig von ihr entfernte, zog sie vom Pflaster fort in das staubige Grau.

Nachdem sie die Tore passiert hatte, überquerte die Frau eine geschäftige Straße und bog in einen schmalen Fahrweg ein. Dort blieb sie stehen. Zelda ging um sie herum, um sie ansehen zu können. »Verzeihen Sie, dass ich Ihnen gefolgt bin. Aber ich ...« Die Frau blickte nur stumm an ihr vorbei. Zelda atmete tief durch und versuchte es noch einmal. »Ich muss wohl etwas falsch gemacht haben. Ich weiß nur nicht, was. Nur ...« Fragend runzelte sie die Stirn. »Ich gab diesem Kind etwas Geld. Sie war ... sie hatte überall Narben am Körper und Nägel im Gesicht.« Sie konnte ihren eigenen Worten kaum glauben.

Die Frau griff in die Falten ihres Saris, zog Notizblock und Stift heraus und schrieb schnell, aber gut leserlich etwas auf. Dann gab sie den Notizblock Zelda.

»Ich habe ein Schweigegelübde abgelegt«, las Zelda. »Das Mädchen ist das Kind eines heiligen Mannes, ein Asket. Durch diese Züchtigungen wird sie als Heilige wiedergeboren. Es war richtig von Ihnen, sie zu segnen.«

Zelda starrte ungläubig auf den Zettel und glaubte zu träumen. Ihr Blick suchte die grauen Augen der Frau und ließ sie nicht mehr los.

»Warum haben sich die vielen Menschen um mich herum versammelt?«, fragte sie. »Was haben sie über mich gesagt?« Sie gab ihr den Notizblock zurück. Die blasse Hand fing wieder an zu schreiben. Zelda las die Worte, sobald sie auf dem Papier erschienen.

»Ich spreche nicht Hindi, also kann ich es Ihnen nicht sagen. Vielleicht haben sie irgendetwas in Ihnen gesehen.«

»Ich verstehe nicht, was Sie meinen«, entgegnete Zelda.

Die Frau zuckte die Schultern. »Wir alle haben etwas Göttliches in uns«, schrieb sie und lächelte verklärt.

Zelda nickte höflich und wich ihrem Blick aus. Sollte sie sich einfach verabschieden und gehen? Aber es war immer noch zu früh, Ranjit anzurufen, und etwas anderes hatte sie nicht vor.

»Ich bin Zelda«, sagte sie schließlich. »Ich bin gerade erst in Rishikesh angekommen. Ich suche jemanden. Vielleicht können Sie mir helfen?«

Die Frau nickte und schrieb. »Ich bin Anandi. Das bedeutet Freude. Ich bin hier, um Ihnen zu helfen.«

Sie wartete, bis Zelda die Zeilen gelesen hatte, und grinste über das ganze Gesicht. Zelda glaubte schon, sie würde gleich lachen und zugeben, dass sie sich nur einen Scherz erlaubt hatte. Stattdessen blickte sie Zelda forschend an und fing wieder an zu schreiben. »Haben wir uns schon einmal getroffen?«

Zelda schüttelte den Kopf. »Ich bin erst gestern angekommen und war seitdem im Hotel.« Anandi nickte, drehte sich zu den Toren um und bedeutete Zelda, ihr zu folgen.

Sie gingen nebeneinander her. Zelda gab auf, sich den Weg zu merken. Sie konnte ja später einfach zum Fluss gehen. Von dort würde sie schon wieder zum Hotel finden. Dann dachte sie sich Fragen aus, die man auch ohne Worte beantworten konnte.

»Ich habe am Fluss keine Fremden gesehen«, sagte sie. »Bis auf einen. Gibt es hier viele Touristen?«

Anandi zeigte auf die Sonne, die immer noch tief am Himmel stand, und mimte eine Schlafende.

»Meinen Sie, dass die Fremden erst später aufstehen?«

Anandi nickte.

»Vielleicht hätte ich warten sollen.« Zelda verlangsamte ihren Schritt und wollte stehen bleiben.

Anandi schüttelte den Kopf und zeigte auf das Ende der Straße.

»Sind Sie schon lange in Indien?« Gemeinsam setzten sie ihren Weg fort.

Anandi nickte nur kurz.

»Sind Sie Amerikanerin?«

Anandi blickte sie an und machte eine abwertende Handbewegung. Zelda schwieg verlegen, offensichtlich redete sie zu viel.

Endlich erreichten sie einige weit auseinander stehende, blassgelbe Gebäude, die zwar noch nicht alt waren, aber wie das Holy Ganges Hotel bereits ziemlich heruntergekommen. Sie gingen durch einen mit Ornamenten verzierten Marmorbogen, den eine dicke Schmutzschicht bedeckte. Er war völlig fehl am Platz, als hätte man ihn irgendwo ausgeborgt. Anandi zeigte auf ein Schild mit der Aufschrift »Shaktiananda Ashram«. Darunter stand: »Bitte leise sprechen und nur dann, wenn es unbedingt nötig ist.«

Anandi führte Zelda auf ein großes eingezäuntes Grundstück. Dort begegneten sie schweigenden Männern in orangefarbenen Roben und Frauen, die wie Anandi in tristem Weiß gekleidet waren. Einige nickten zum Gruß, aber die meisten waren in Gedanken vertieft. Zelda bewegte sich langsam und bedächtig. Ihre

Augen, die bei jedem Gesicht, an dem sie vorbeiging, hoffnungsvoll aufleuchteten, konnten ihre Ungeduld nicht verbergen. Sie wollte endlich etwas unternehmen, um mit der Suche zu beginnen. Vielleicht sollte sie Ranjit anrufen oder zur Polizei gehen. Als sie um die Ecke eines Gebäudes bogen, wäre sie fast mit einem alten Mann zusammengeprallt. Den Kopf tief über ein Bündel gebeugt, das er fest an die Brust presste, humpelte er eilig davon.

»Entschuldigung«, murmelte Zelda automatisch. Dann blieb sie überrascht stehen und drehte sich noch einmal um. Über die Schulter des Mannes blickte sie ein Kind an, ein kleines blauäugiges Mädchen mit rosa Haut und blonden Locken. Mit der einen Hand umklammerte es eine schmutzige Babyflasche mit bläulicher Milch, die andere fuhr unkoordiniert durch die Luft. Zelda stand wie angewurzelt da, bis Anandi ihren Arm nahm und sie fortzog.

»Meine Mutter muss hier gewesen sein«, sagte Zelda. »Aber ich weiß nicht genau, wann. Es ist mindestens zwölf Jahre her.« Sie sprach hastig, denn der Anblick des Kindes trieb sie zur Eile. »Ich muss sie finden. Sie ist etwa vierzig Jahre alt und sieht aus wie ... wie ich. Zumindest sah sie so aus, als sie so alt war wie ich. Sie ist Amerikanerin und heißt Ellen Madison.«

Anandi blieb stehen und nahm ihren Block heraus. »Keine Angst«, schrieb sie. »Sie werden finden, was Sie suchen.«

Zelda packte sie bei den Schultern und rief ungeduldig: »Was sagen Sie da? Kennen Sie sie etwa?«

Anandi lächelte nur geheimnisvoll und ging weiter.

Sie kamen an ein anderes Gebäude, über dessen Eingang »Speisesaal« stand. Die breite Flügeltür stand weit offen. Metallisches Klappern und Gesang drangen aus dem Haus. Neugierig warf Zelda einen Blick hinein. Menschen saßen in langen Reihen auf dem Boden. Jeder hatte einen Blechteller vor sich. In einer Ecke befand sich eine große Tafel. Darauf stand in Hindi und Englisch: »Die heutige Mahlzeit wurde von Mr. Madhu Sudhanan Nair, Bombay, in Andenken an seine geliebten Eltern gespendet.« Ein Mann ging die Reihen entlang und teilte einen braunen Brei aus, der einen erdigen Geruch verströmte. Zelda verspürte plötzlich Hunger, aber gleichzeitig wurde ihr übel.

Anandi ging auf ein großes Gebäude zu, offensichtlich das Hauptgebäude. Es hatte wunderschöne Stuckverzierungen und war in hellen Pastellfarben gestrichen. Bevor sie eintraten, schlüpfte sie aus ihren Sandalen und zog das Kopftuch tiefer ins Gesicht. Dann musterte sie Zeldas Hut und nickte zustimmend, zeigte jedoch stirnrunzelnd auf ihre Stiefel.

»Ach so, ich soll sie wohl ausziehen? Werden sie auch nicht gestohlen?«, fragte Zelda unsicher und löste die Schnürsenkel. Stiefel unbeaufsichtigt herumstehen zu lassen, das ist genauso leichtsinnig wie einen Rucksack im Busch aufzuhängen, dachte sie. Ohne Schuhe fühlte sie sich nackt und unsicher. Anandi wischte ihre Bedenken mit einer Handbewegung fort und wartete, bis Zelda ihre Stiefel ausgezogen und die aufgerollten Geldscheine herausgenommen hatte.

Sie traten ein. Nackte Füße glitten lautlos über den kühlen Boden, und zwei winzige Gestalten standen in einer riesigen Halle. Schwere Düfte hingen in der Luft. Die hohen weißen Wände wurden von aufgemalten Sprüchen geschmückt, die wie Bibelverse einer Sonntagsschule klangen:

Denke wie ein Genie. Arbeite wie ein Pferd. Lebe wie ein Heiliger.

Der Wunsch nach Zerstreuung und Macht ist das größte Hindernis auf dem Weg zum geistigen Frieden.
Nur der, der gehorcht, kann befehlen.

In der hintersten Ecke stand ein Schrein mit einer lebensgroßen männlichen Statue, um die ein roter Umhang geschlungen war. Davor brannte Weihrauch. Anandi nahm Zelda an die Hand und führte sie dorthin, fiel auf die Knie und berührte mit der Stirn den Boden. Dann beugte sie sich über ihren Notizblock und schrieb. Dabei rutschte ihr das Tuch vom Kopf und entblößte einen roten Lockenschopf. Zelda betrachtete den Schrein, dachte jedoch an ihre Stiefel und hoffte, dass sie immer noch vor der Tür standen. Anandi sah sie aus tiefgründigen grauen Augen an und gab ihr den Block.

»Das ist unser Meister, unser Guru«, las Zelda und blickte erstaunt auf. Ein Lächeln huschte über Anandis Gesicht. »Seine Weisheit ist unermesslich. Du brauchst nicht weiter zu suchen. Alles, was du suchst, findest du hier.«

Zelda starrte auf die Worte. Immer nur Worte! Um sie herum gab es nur Worte! Auf der Wand, auf dem Notizblock, in ihren Gedanken – nur Worte!

Alles, was du suchst, findest du hier.
Sei tapfer, sei stark, bleib dir treu.
Wir sind immer für dich da.

Sie gab ihr den Block zurück, drehte sich um und ging. Hinter sich hörte sie das eilige Kratzen des Bleistifts auf Anandis Block. Es hörte erst auf, als sie vor dem Gebäude stand und in die grelle Morgensonne blinzelte.

Ranjits Haus war still, und es wirkte unbewohnt. Aber man öffnete ihr, als sie klopfte. Ein Mann in weißer Uniform führte sie durch einen dunklen Flur in einen kühlen Salon. Er wollte ihr den Hut abnehmen, aber sie behielt ihn lieber auf dem Schoß.

»Mr. Saha kommt sofort«, meinte er und ließ sie allein.

Zelda machte es sich in dem gepolsterten Korbstuhl bequem. Dicht neben ihr stand eine Topfpalme. Durch die herabhängenden Wedel betrachtete sie die dunklen Gemälde an der Wand. Die kleinen Fenster wurden von den schweren Samtvorhängen fast erdrückt. Eine große alte Uhr tickte auf einem mit Spitzendeckchen verzierten Kaminsims.

Leise wie eine Katze betrat ein Boy das Zimmer. Ohne Zelda anzusehen, stellte er ein Erfrischungsgetränk und eine Schale mit einer Art Salzgebäck auf den Tisch und verschwand wieder.

Zelda nippte an dem Getränk und erinnerte sich an Ryes Warnung, nur aus Flaschen mit gedruckten Aufklebern zu trinken, die man zuvor selbst geöffnet hat. Ihr Hunger wurde stärker, und sie nahm sich eine Hand voll von dem vermeintlichen Salzgebäck, das wie Erbsen aussah. Es brannte höllisch auf der Zunge. Sie verschluckte sich und musste husten.

»Willkommen in Rishikesh«, unterbrach eine kühle Stimme ihren Husten.

Zelda drehte sich um. Hinter ihrem Stuhl stand ein Mann. In dem dunklen Zimmer konnte sie sein Gesicht kaum erkennen. Erschrocken sprang sie auf.

»Nein, bitte erschrecken Sie nicht«, beruhigte er sie. »Ich werde Ihnen ein wenig Gesellschaft leisten.«

Er setzte sich, lehnte sich zurück und legte die Hände auf die Knie. »Rye hat mir von Ihnen geschrieben«, sagte er ohne Umschweife. »Ich weiß, dass Sie Ihre Mutter suchen. Sie soll neunzehnhunderteinundachtzig hier gewesen sein. Glauben Sie mir, sie ist bestimmt schon vor langer Zeit wieder abgereist.« Er hob die Hand, um einer Unterbrechung vorzubeugen. »Lassen Sie mich erklären. In den sechziger und siebziger Jahren kamen viele Menschen nach Rishikesh. Sogar die Beatles waren hier und saßen zu Füßen des Maharischis, allerdings nur kurz. Auch Filmstars und sogar deren Geschwister. O ja, wir waren sehr berühmt.« Seine Stimme klang heiter, jedoch mit einer Spur Zynismus. »In Goa war es noch schlimmer, aber glauben Sie mir, auch wir haben unser Fett abbekommen. Amerikaner, Deutsche, Franzosen – alle Nationalitäten – liefen herum und gaben vor, gläubig zu sein. Dabei waren sie nur spärlich bekleidet, nahmen Drogen und hatten mit jedem Sex. Dies ist eine heilige Stadt. Ihr Verhalten war völlig inakzeptabel. Und die armen Kinder! Es war zum Erbarmen! Falls Ihre Mutter tatsächlich hier war, sollten Sie Gott danken, dass sie Sie nicht mitgebracht hat.« Er holte tief Luft, und sein Atem pfiff dabei. »Gott sei Dank sind die meisten Hippies wieder weg, zurück zu Luxusleben und Materialismus, wo sie hingehören.« Nach einer kurzen Pause fuhr er mit gesenkter Stimme fort: »Sicher hat es Ihre Mutter auch so gemacht. Sie sagen, sie wäre einundachtzig hier gewesen? Nun, das war schon das Ende der Hippiewelle. Danach war der Spuk vorbei.«

»Aber einige Fremde sind immer noch hier«, entgegnete Zelda traurig und den Tränen nahe. »Ich habe sie doch gesehen.«

»Ja, das ist richtig«, antwortete Ranjit. »Es gibt immer wieder neue Attraktionen. Einige Gurus denken sich neue Methoden aus. Aber es kommen nur junge Leute, die noch schnell eine Weltreise machen und Erfahrungen sammeln wollen, bevor sie aufs College gehen.« Nachdenklich runzelte er die Stirn. »Wie alt ist Ihre Mutter jetzt?«

»Vierundvierzig«, antwortete Zelda leise.

Ranjit breitete die Arme aus. »Dann kann sie nur noch hier sein, wenn sie eine Gläubige geworden ist. Sehr wenige meinen es mit dem Glauben ernst, das sind meistens spirituelle Menschen. Aber falls Ihre Mutter tatsächlich eine Gläubige geworden ist, rate ich Ihnen, Ihre Suche aufzugeben. Dann hat sie ein Gelübde abgelegt und ihrem weltlichen Leben entsagt – und das schließt Sie mit ein.«

In der Stille tickte die Uhr plötzlich sehr laut. Ein Hahn krähte. Zelda hob das Glas an die Lippen und versuchte, ruhig zu bleiben. Aber ihre Hand zitterte. »Ich glaube nicht, dass sie Sannyas genommen hat«, sagte sie bestimmt.

»Ich fürchte, dann ist sie auch nicht hier.«

Sie bemühte sich, so gelassen wie möglich zu wirken. »Dann muss ich herausfinden, wo sie war. Vielleicht weiß jemand etwas über sie. Ich brauche nur irgendeine Spur ...«

Ranjit lachte. »Es tut mir Leid, aber das ist schier unmöglich. Diese Ashrams sind keine amerikanischen Colleges. Menschen kommen und gehen. Einige verkaufen ihre Pässe, um sich Drogen zu besorgen, und nehmen neue Namen an.« Er schnaubte verächtlich. »Namen von Göttern – das finden sie schön. Sarawati, Yuddhistra, Abhimanyu. Nein, nein. Ich kann Ihnen nur empfehlen, zur amerikanischen Botschaft in Delhi zu gehen.« Ein Sonnenstrahl fiel auf sein Gesicht.

Zelda bemerkte, dass er in ihrem Gesicht nach einer Antwort suchte. Aber sie hatte nur ein trauriges Lächeln für ihn übrig.

Ranjit brach das Schweigen. »In diesem Zimmer ist es wegen der Einrichtung so dunkel. Ich besitze viele alte kostbare Stoffe und Gemälde, die man vor Tageslicht schützen muss.« Er zeigte auf Zeldas Glas. »Möchten Sie noch eine Limonade?«

»Nein, vielen Dank.«

»Sie sind mit Rye befreundet, nicht wahr?«, fragte er, wartete die Antwort jedoch nicht ab. »Ich kenne seinen Vater. Ein großartiger Mann. Wir haben gemeinsam viele Berge bestiegen.« Er schwieg einen Moment und schwelgte in Erinnerungen. »Bei seiner letzten Expedition, der Besteigung des Nanda Devi, war ich auch dabei. Diesen Gipfel werde ich nie vergessen. Das riesige Felsmassiv steht dort wie ein Denkmal für den großen Mann. Ein schöner Grabstein. Schließlich ist er dort ums Leben gekommen. Haben Sie Ryes Mutter kennen gelernt?«

»Nein«, antwortete Zelda. »Eigentlich kenne ich Rye kaum. Ich habe ihn nur ein einziges Mal getroffen.« Der Abend bei Dana schien lange her zu sein und gehörte zu einer anderen Welt.

»Aha«, meinte Ranjit weise. »Einmal kann schon ausreichen, nicht wahr? Seine Mutter schreibt mir oft von ihm. Aber er? Ihn interessiert nur das Meer!« Plötzlich wurde er nachdenklich. »Berge – das könnte ich ja noch verstehen. Aber eine riesige Wasserfläche?« Verständnislos schüttelte er den Kopf. »Passen Sie gut auf sich auf, er könnte Ihnen das Herz brechen.«

Verwirrt starrte Zelda ihn an. Die Suche nach Ellen hatte alles andere verdrängt, auch die Gedanken an Rye und Drew. Aber Ranjits Worte hatten sie getroffen. Alle Frauen verliebten sich in ihn und ließen sich von seinen wunderschönen Augen betören ...

»Ich glaube, diese Gefahr besteht nicht«, erwiderte Zelda schroff. »Ich mag ihn noch nicht einmal und habe ihn auch nicht gebeten, Ihnen zu schreiben.« Sie stand auf.

Ranjit kicherte leise. »Jetzt sind Sie wütend.«

»Ich bin nicht wütend«, widersprach Zelda, aber ihre Stimme bebte vor Zorn. »Es ist nur ... ich ...«

Ranjit sprang auf. »Bitte, verzeihen Sie mir. Ich wollte Sie nicht verärgern. Rye ist ...«

»Verstehen Sie doch, Rye interessiert mich nicht. Ich möchte nur meine Mutter finden.« Zelda ging mit großen Schritten zur Tür und öffnete sie. Von der Sonnenterrasse strömte grelles Licht in den Raum. »Verdammt, das war die falsche Tür«, murmelte sie. Sie drehte sich um und sah, dass Ranjit ihr gefolgt war. »Entschuldigen Sie bitte, es tut mir Leid.«

»Warten Sie.« Er ging um sie herum, um sie bei Licht zu betrachten. Sie rieb sich rasch mit dem Handrücken die Tränen aus den Augen. »Mein Gott ...« Die Worte blieben ihm im Hals stecken, und er trat überrascht zurück.

»Was ist?«, fragte sie. »Was ist los?«

»Nichts«, wehrte Ranjit ab. »Es ist nichts. Einen Augenblick dachte ich nur ... Schon gut. Setzen Sie sich doch wieder. Es ist fast Mittag.« Er versuchte es mit einem Lächeln. »Meine Frau ist eine wunderbare Köchin.«

»Vielen Dank, aber ich habe noch viel vor«, lehnte Zelda ab. Als sie hastig zur anderen Tür gehen wollte, stieß sie mit dem Fuß gegen einen kleinen Tisch, der daraufhin umfiel.

»Warten Sie, vielleicht kann ich Ihnen doch helfen«, stieß Ranjit hervor.

Zelda blieb stehen. Zwischen ihnen lag unbeachtet der umgestürzte Tisch.

»Ich habe gute Kontakte und kann mich in den Ashrams umhören und mit den Bibliothekaren sprechen. Vielleicht kann sich jemand an Ihre Mutter erinnern. Es wäre besser, wenn Sie hier übernachten, anstatt im Hotel. Das wäre Rye sicher auch nicht recht.«

Ranjit legte flehend die Hände zusammen. »Erlauben Sie mir, Ihnen zu helfen. Sie brauchen Unterstützung.«

»Das ist sehr freundlich von Ihnen.« Fassungslos über Ranjits völlig veränderten Ton und seinen Eifer runzelte Zelda die Stirn. Sie brauchte Zeit zum Nachdenken. »Aber ich muss zurück zum Hotel. Ich komme am Nachmittag wieder.«

»Nein, nein, Sie brauchen nicht ins Hotel zu gehen«, widersprach Ranjit. »Ich kann Ihr Gepäck abholen lassen.« Er versperrte ihr den Weg. »Es ist nicht gut, als Frau allein durch Rishikesh zu gehen. Bitte, bleiben Sie hier!«

»Mir passiert schon nichts.« Zelda glitt an ihm vorbei in den Flur und setzte ihren Hut auf.

»Na gut. Ja ... setzen Sie den Hut ruhig auf. Es ist ... sehr heiß, und Sie sind die Hitze nicht gewöhnt. Sie sollten auch eine Sonnenbrille tragen.«

Zelda holte eine Sonnenbrille aus der Tasche und setzte sie auf.

»Versprechen Sie mir, dass Sie wiederkommen?«, fragte Ranjit ängstlich. »Gleich?«

»Ja, bestimmt.«

Das Taxi wartete schon vor dem Haus. Als Zelda einstieg, stand Ranjit an der Tür, lächelte gezwungen und winkte ihr zum Abschied.

Die Mittagssonne brannte erbarmungslos auf die Stadt. Standbesitzer, Rikschahfahrer, Bettler und Heilige standen dicht gedrängt im spärlichen Schatten. Hier und da trotzte jemand der Hitze und besprietzte die staubige Erde mit Wasser. Zelda sah in den Rückspiegel und suchte den Blick des Fahrers. Dann machte sie eine Handbewegung, als wolle sie trinken, und zeigte zum Straßenrand.

»Trinken?«, schlug der Fahrer vor. »Ja? Etwas Kaltes?« Zelda nickte und der Wagen hielt. Der Fahrer rief einem Jungen, der dösend über den Tisch eines kleinen Standes lehnte, etwas zu. Der Junge antwortete mit einem Schulterzucken und zeigte auf eine Reihe bunter Getränke.

»Schon gut, ich gehe selbst«, beschloss Zelda.

Sie wählte wieder die gelbe Limonade und gab dem Jungen Geld. Der Junge betrachtete den Geldschein und ging zum Taxi, um zu wechseln. Sie lehnte sich an den Stand und trank gierig die kühle Flüssigkeit. Dabei sah sie die Straße hinunter zu Ranjits Haus und wunderte sich, warum er sich so plötzlich verändert hatte. Hatte er nur ein schlechtes Gewissens, weil er sie verärgert hatte, oder steckte mehr dahinter? Konnte sie ihm vertrauen? Er war hartnäckig und unverschämt gewesen … Zelda dachte nach. Was hatte sie erwartet? Auch Rye hatte sie betrogen. Warum sollten seine Freunde anders sein?

Sie drehte sich um und stellte die Flasche zurück. Leuchtend bunte Kränze aus Ringelblumen, die über einer Reihe gerahmter Bilder hingen, erregten ihre Aufmerksamkeit. Das erste Gemälde zeigte eine Göttin mit Dutzenden von Armen, die sternenförmig über ihrem Kopf verteilt waren. Daneben hing ein modernes Foto von einem lächelnden Inder mit langem Haar. Er trug eine große Sonnenbrille mit quadratischen Gläsern. Mitten auf seiner Stirn befand sich ein roter Punkt. Auch über dem nächsten Foto hing ein Kranz aus frischen Blumen. Der Junge war ihrem Blick gefolgt und schob die Blumen höflich zur Seite. Zelda erstarrte.

Sie sah in ihr eigenes Gesicht, in ihre eigenen dunklen, tiefgründigen Augen. Schwarze geschwungene Augenbrauen, blasse Haut. James nannte es immer das Charlie-Chaplin-Gesicht. Schwarz und weiß.

»Nanda Devi. Nanda Devi«, rief der Junge und zeigte mit dem Finger auf das Foto.

»Nanda Devi?«, wiederholte Zelda leise, fast flüsternd. Benommen wie nach einem Traum fragte sie: »Wer ist das?«

Mein Gott, dachte sie, *was* ist sie? Eine Heilige? Eine Göttin? Unheimlich. Unfassbar. Sie sah gelassen und abgeklärt aus. Ihre Augen blickten freundlich, die Lippen waren sanft geschwungen, und die Hände ruhten in ihrem Schoß.

»Rishikesh?«, hauchte Zelda.

Der Junge wackelte mit dem Kopf, eine perfekte Mischung aus Ja und Nein.

»Ich muss zu ihr!«, rief Zelda laut. »Wo ist sie? Sag es mir!«

Der Junge rief dem Taxifahrer etwas zu. Sie wechselten einige Worte und lachten. Der Junge zeigte auf das Taxi, dann auf Zelda und schließlich wieder auf das Foto. »Zwanzig Rupien«, verlangte er. »Los, fahren wir!«

Zeldas Augen wurden groß. »Zwanzig Rupien? Um zu ihr zu fahren?« Der Kopf des Jungen fing wieder an zu wackeln. Sie bückte sich, suchte im Stiefel mit klammen Fingern nach Geld und zog einen Packen Geldscheine heraus. Dann nahm sie zwei Scheine aus dem Bündel und steckte den Rest in ihre Tasche. Mit großen Augen beobachtete der Junge, wie das Geld wieder verschwand. Dann nahm er die ihm angebotenen zwei Scheine entgegen, hielt sie fest in der Hand und sprang auf den Vordersitz. Zelda nahm auf dem Rücksitz Platz.

Als sich der Wagen in Bewegung setzte, drehte sich der Junge um. Er zeigte auf ihre Sonnenbrille und sagte: »Für mich!« Er tat so, als würde er sich einen Fleck auf die Stirn malen, und brach in lautes Gelächter aus. »Ich bin ein großer Mann, ein Gott!« Der Fahrer stimmte in das Gelächter ein.

»Ist es weit weg?«, unterbrach Zelda das Gelächter. »Langer Weg?«

Der Fahrer blickte in den Rückspiegel und schüttelte den Kopf. »Nicht weit.«

Zelda nahm den Hut ab und lehnte sich an die schmutzige Fensterscheibe. Gedankenfetzen schwirrten ihr durch den Kopf. Ellen ... mit Blumen geschmückt wie eine Göttin ... Deshalb haben sie mich alle angestarrt! Sie haben mich erkannt, unten am Fluss ... Auch Ranjit Saha hat mich erkannt ...

Nach einer kurzen Fahrt durch die belebten Straßen bremste der Wagen und blieb vor einer hohen weißen Mauer, auf der Kletterpflanzen wucherten, stehen. Über der grünen Grenze war das obere Stockwerk eines weißen Gebäudes zu sehen. Lange Reihen kleine Fenster und Fensterläden ließen es wie ein Krankenhaus oder eine Schule aussehen. An der schlichten schmalen Tür in der Mauer hing ein Schild: »Haus der Schönen Mutter. Bitte treten Sie ein.«

27

Rosa Marmortreppen führten auf einen Weg. Ein Meer weißer Kieselsteine war sorgfältig in geschwungene Linien geharkt worden. Kleine Bäume, auf denen Vögel zwitscherten, standen am Wegrand und spendeten spärlichen Schatten.

Zelda ging am Haus entlang und betrachtete die Fassade. Das Gebäude war drei Stockwerke hoch und hatte viele Fenster. Die blauen Fensterläden aus Holz waren geschlossen. Nur ein Fenster im oberen Stockwerk stand offen. Der Vorhang war halb zugezogen, und ein Tuch oder Handtuch hing über dem Fenstersims, der einzige Hinweis, dass hier jemand wohnte. Zelda blieb stehen und betrachtete nachdenklich den Innenhof. Alles war sauber und aufgeräumt: kein Abfall, keine Gartenstühle, keine Fahrräder, keine leeren Teetassen. Keine Anzeichen des täglichen Lebens. Nur ein wehmütiges Klagen in der Ferne, das Weinen eines Neugeborenen.

Der Kiesweg führte auf einen Vorhof, auf dessen glattem Marmorboden lebensgroße Statuen standen. Von weitem erinnerten sie Zelda an die Statuen, die sie an der Ufertreppe gesehen hatte. Aber als sie näher kam, erkannte sie die christliche Mutter Maria unter einem wallenden Umhang, das Haupt demütig gesenkt. Das steinerne Gesicht strahlte Ruhe und Freude aus. In ihrem Schoß lag das Jesuskind mit nackten Armen und Beinen. Etwas weiter weg stand die alte verwitterte Statue eines molligen indischen Jungen. Er lächelte verschmitzt und zeigte mit einem Arm zum Himmel. Daneben befand sich eine elegante vielarmige Göttin. Ihr langes Haar ergoss sich über die zierlichen Schultern. Wie Schlangen umrahmten die geschmeidigen Arme ihren Kopf. Am Eingang des Gebäudes stand noch eine Statue. Zelda ging näher heran und erschrak, als plötzlich eine braune Hand mit einem weißen Tuch Vogeldreck von der steinernen Schulter wischte.

»Entschuldigung«, rief Zelda. Die Hand verschwand. Ein Inder in blassblauer Uniform trat hervor und blieb steif neben der Statue stehen.

»Guten Tag. Was kann ich für Sie tun?«, fragte er in einem merkwürdigen Singsang.

Zelda nickte zum Gruß und sah sich die Statue genauer an. Dann ging sie um sie herum, um sie von vorn zu betrachten, und blieb wie angewurzelt stehen. Es war, als stünde sie vor einem Spiegel – einem seltsamen Spiegel, der Fleisch zu Stein werden ließ und die Farben des Lebens zu weißem Marmor machte. Schulter an Schulter, gleich groß, standen sie da und blickten sich durch eine dunkle Sonnenbrille hindurch in die Augen. Zelda brachte vor Staunen den Mund nicht mehr zu. Dann lehnte sie sich an die Statue. Ihre warme Haut berührte die kühle harte Blässe.

»Schöne Mutter«, erklärte der Mann und wischte mit dem Tuch über den steinernen Arm. »Aber sie ist nicht da.«

Er zeigte auf den Eingang und machte Zelda auf eine breite, wunderschön bemalte Holztür aufmerksam. Der

Türrahmen bestand aus glänzendem, ziseliertem Messing. Davor stolzierte ein Pfau auf und ab und schlug sein Rad, wobei er die ganze Pracht seiner glänzenden blauen Brust und der schillernden Schwanzfedern zeigte.

»Informationen gibt es dort.« Der Mann stieß seinen spitzen Finger in die Luft. »Sie dürfen sich Broschüren mitnehmen.«

Rasch stieg Zelda die flachen Stufen bis zum schattigen Säulengang hinauf. Neben der Tür stand ein Korb voller Broschüren. Zelda beugte sich über den Pfau und nahm eine Broschüre heraus. Das blassblaue Papier war dick und weich. Wie die Queen auf einer Briefmarke, prangte Ellens Antlitz, in Gold geprägt, auf der ersten Seite der Broschüren. Die filigrane Arbeit zeigte ihr feines Haar und sogar ihre langen geschwungenen Wimpern.

Als sie eine der Broschüren aufschlug, stieg ihr ein feiner Duft in die Nase, eine undefinierbare Aura, würzig, süß, dabei leicht und klar. Etwas Derartiges hatte sie noch nie gerochen.

Neugierig überflog sie die erste Seite. »Sommerprogramm ... Unterbringung in Mussoorie ... eine halbe Stunde Fahrzeit ... Alpine Aussicht ... Ankunft im Haus Everest ...«

»Alles in Ordnung?«, rief der Mann ihr zu. »Wollen Sie nach Mussoorie. Taxi?«

»Ist sie dort?«, rief Zelda.

»Ja.« Er zeigte auf eine ferne hohe Bergkette, deren Gipfel im Nebel verschwanden. »Dort.«

Zelda lief die Stufen hinunter, über den Marmorboden des Vorhofs und den knirschenden Kiesweg entlang. Die Broschüre in ihrer Hand war warm und feucht geworden.

Die Straße wand sich durch etliche Serpentinen steil den Berg hinauf. In jeder Kurve standen Reklameschilder für Flitterwochen-Suiten, Luxusapartments, Hotels und Restaurants – alle in fehlerhaftem Englisch. Auf den grellbunten Schriftzügen lag eine dicke Schicht weißen Straßenstaubs, wodurch sie alt und schäbig aussahen. Auf den Leitplanken zwischen den Kurven hatte man Schilder mit einfacher schwarzer Aufschrift befestigt.

    DAS LEBEN ANDERER HÄNGT VON IHNEN AB.
    FAHREN SIE BITTE VORSICHTIG!
    VERMEIDEN SIE UNFÄLLE!
    LIEBER SPÄTER ANKOMMEN ALS NIE!

Die Slogans mit dem Stempel »Verkehrsüberwachung Indien« wiederholten sich viele Male. Zelda las sie immer wieder und suchte in den dubiosen Warnungen Anzeichen von Hoffnung.

    LIEBER SPÄTER ANKOMMEN ALS NIE!

Sie blickte aus dem Fenster. Neben dem Straßenrand, nur wenige Zentimeter von den Wagenrädern entfernt, ging es steil ins Tal hinab. Sie lehnte sich zurück und schloss die Augen. Inzwischen kannte sie jedes Wort der Broschüre auswendig. Eigentlich war es nur ein Zeitplan mit Namen, Anfangszeiten und Orten. Meditation, Yoga, Frühstück, Mittagessen, Tee, Abendessen. Zu bestimmten Zeiten lief ein so genanntes Programm. Dann gab es noch etwas, das Satsanga genannt wurde. Das fand täglich um 19:45 Uhr in der großen Halle mit der Schönen Mutter statt.
    Mit ... der Schönen ... Mutter. Zelda las die Worte wie-

der und wieder. Es gab keinen Zweifel. Heute, um 19:45 Uhr, würde Ellen im Haus Everest sein.

Unter der Information über Satsanga stand in kleiner Schrift: Besucher in blauer Kleidung (einschließlich Jeans) werden nicht zugelassen. Parfüm, ausgenommen Shahastra, ist nicht erlaubt.

Das war alles – keinerlei Erklärungen oder Informationen über das Haus. Der einzig brauchbare Hinweis stand am Anfang der Seite: Shahastra – Der Weg zur Unwissenheit.

Unwissenheit. Es klang mysteriös, beruhigend, friedlich. Gedanken, die rückwärts wanderten. Zuerst wissen und dann nicht wissen. Nicht wissen, dass James mit geschwollenem Gesicht tot auf dem schmutzigen Holzboden gelegen hatte. Nicht wissen, dass er jahrelang gelogen hatte. Nicht wissen, dass Ellen nicht bei einem Unfall ums Leben gekommen, sondern fortgegangen war. Nicht wissen … keine Sorgen … niemals weinen …

Zelda richtete sich auf und blickte hinauf in das dunstige Blau des Himmels. Sie versuchte, nach vorn zu schauen und die schmerzlichen Gedanken hinter sich zu lassen. Sie stellte sich vor, wie sie den Weg zum Haus Everest hinaufwandert. Ich bin gekommen, würde sie sagen, deine einzige Tochter. Deine einzige Tochter? Vielleicht hatte Ellen noch mehr Kinder, Halbschwestern, Halbbrüder? Es könnte sogar einen Stiefvater geben. Warum nicht?

Zelda dachte nach. Sie wusste viel zu wenig, also musste sie vorsichtig an die Sache herangehen. Zuerst die Lage peilen, hatte James immer gesagt.

Dann sah sie Ranjits Gesicht vor sich. Sie erinnerte sich an seine heftige Reaktion, als er ihr Gesicht bei Licht betrachtet hatte. Mit Nachdruck hatte er ihr geraten, Hut und Sonnenbrille zu tragen und sofort wiederzukommen. Er wollte unbedingt verhindern, dass man sie als Tochter der Schönen Mutter erkannte – so viel war klar. Aber warum? Eine leise Vorahnung beschlich sie. Was steckte hinter seiner Sorge? Als sie keine Antwort fand, versuchte sie den Gedanken zu verdrängen.

Die Straße schien endlos. Das Motorengeräusch des Wagens, der sich mühsam den Berg hinaufarbeitete, machte sich in ihrem Kopf breit und vertrieb die schlimmen Gedanken. Die Luft, die durch die offenen Fenster hereinströmte, wurde immer kühler. Auch die Bäume wurden höher und grüner. Dann tauchten Häuser auf, die wie Pappschachteln an einem fast senkrechten Hang hingen. Oberhalb der Häuser verschwand der Berg im Dunst.

»Savoy?«, fragte der Fahrer.

»Savoy?«, antwortete Zelda zweifelnd. »Hotel Savoy?«

»Ja, Madam. Alle gehen ins Savoy.«

Savoy. Der Name beschwor Bilder von Zigaretten in langen Zigarettenspitzen, Martinis bei Sonnenuntergang, Wohlstand und Romanzen herauf. Sie wusste auch, wo diese Bilder herkamen – aus den Romanen von F. Scott Fitzgerald: *Zärtlich ist die Nacht, Die Schönen und die Verdammten, Der große Gatsby.* Zelda hatte sie alle gelesen sowie alles von ihm und über ihn, was sie in der Insel-Bücherei bestellen konnte. Es hatte damit angefangen, dass sie sich bei James über ihren Namen beschwert hatte.

»Zelda – Tusnelda, rufen die Kinder in der Schule mir nach«, hatte sie sich beklagt.

»Gib nicht mir die Schuld«, war James' Antwort gewesen. »Das war die Idee deiner Mutter. Ich fürchte, sie hat dich nach der Frau von Scott Fitzgerald genannt. Wer das war? Irgendein Schriftsteller, der Schundromane geschrieben hat. Sie sind beide schon tot. Seine Frau war Tänzerin, bevor sie ihn heiratete. Deshalb fühlte Ellen sich ihr verbunden. Am Ende verlor sie den Verstand. Arme alte Zelda. Und dann brach in ihrem Irrenhaus auch noch ein Feuer aus, bei dem sie verbrannte.«

Von nun an schätzte Zelda ihren Namen sehr, denn ihre eigene Mutter hatte ihn ausgesucht. Dabei stellte sie sich ein winziges rosiges Baby an weichen Brüsten vor. Zelda und Ellen. Mutter und Kind.

»Mussoorie«, verkündete der Fahrer und bog links in einen belebten Bazar ein. Die Stände am Straßenrand boten die übliche indische Kleidung, grellbunte Getränke sowie Kodakfilme, Wollpullover und verschiedene Geschenkartikel und Andenken feil.

Zelda warf einen Blick auf ihre Armbanduhr. »Ich habe es eilig.«

Der Fahrer nahm in einer hilflosen Geste beide Hände vom Lenkrad. Die Straße war voller Menschen: Händchen haltende Paare, große Familien, die sich für ein Foto aufstellten, Männer mit überladenen Eselskarren, Kulis, die riesige Koffer auf dem Kopf balancierten, kleine Jungen mit ihren Ziegen. Das Taxi kroch an einer Konditorei und einem weißen Tempel vorbei, bevor es vor dem Kashmiri-Warenhaus nicht mehr weiterging.

»Warten Sie«, rief Zelda plötzlich und sprang aus dem Taxi. Der Fahrer lächelte nachsichtig und war erstaunt, dass sie schon wenige Minuten später wiederkam. Sie trug ein dunkelbraunes Umschlagtuch und eine dazu passenden Hose.

»Vielen Dank«, keuchte Zelda, bückte sich und stopfte das restliche Geld wieder in die Stiefel. Der Wagen fuhr weiter.

Hohe alte Bäume und ein verblichenes Schild markierten den Eingang zum Savoy. Der Wagen kroch an einem Gebäude vorbei, das wie ein Spielzeugbahnhof aussah, die steile Auffahrt hinauf. Ein uniformierter Beamter stand vor dem Gebäude und hielt Wache. Über seinem Kopf hing ein Schild mit der Aufschrift »Savoy-Postamt.« Hier begann eine andere Welt, wo rote Schwertlilien an den Wegen standen und weit ausladende Bäume ein Laubdach bildeten. Zuerst waren grüne Türmchen zu sehen, dann rote Blechdächer und grüne Giebel. Das Taxi hielt in einer Parkbucht. Von hier aus blickte man auf Tennisplätze, Teegärten und überdachte Spazierwege. Unten, in einem gekiesten Innenhof, säuberten Männer in dunkelgrüner Uniform große rote Teppiche. Über ihnen turnte ein Boy geschickt wie ein Affe über das Blechdach und legte weiße Handtücher zum Trocknen in die Sonne.

Ein müder alter Gepäckträger schlurfte zum Taxi und öffnete Zelda die Tür. »Willkommen im Savoy, Madam.«

Er verbeugte sich ehrfürchtig, wobei seine Höflichkeit wie ein Schutzschild wirkte, das ihn vor den unwürdigen Mädchen in verwaschenen Jeans und Sonnenbrillen schützte, die sonst hier ankamen. Ohne einen Blick ins Auto zu werfen, wusste er schon, dass er gleich viel zu voll gestopfte, schäbige Koffer ins Haus tragen musste, nicht zu vergleichen mit den Lederkoffern und den in Messing gefassten Truhen, mit denen einst englische Prinzessinnen, indische Staatsmänner, Maharadschas, Generäle und Damen angereist waren.

Zelda trat einen Schritt zurück und wandte sich verschämt ab, als er sich umständlich ihren Rucksack über die Schulter warf. Dann ging er voraus bis zum offenen Eingang und ließ sie eintreten.

Der Vorraum war dunkel und kühl. Sie stand vor einer

langen Wand, in der sich eine Reihe vergitterte Schalter befanden. Über jedem hing ein Messingschild: Kasse, Reservierungen, Verschiedenes – wie bei einer Bank in einem Western.

»Kann ich Ihnen helfen?« Die Stimme erklang hinter dem Schalter Reservierungen.

Zelda trat näher und spähte durch das Metallgitter. »Ich hätte gern ein Zimmer.«

»Haben Sie reserviert?« Die Stimme floss gesichtslos durch das Gitter. Vielleicht ein Inder, vielleicht auch nicht.

Zelda verneinte. »Ich hatte gehofft ...«

»Natürlich, kein Problem.« Eine Hand bewegte sich, Gold glitzerte. »Für Besucher des Everest-Hauses haben wir immer ein Zimmer frei. Wir haben über tausend Zimmer zur Verfügung. Was Sie auch wünschen, wir können damit dienen. Besondere Kost, Wäschedienst, Taxifahrten zum Everest-Haus, einfach oder hin und zurück.«

Zelda blickte ihn nachdenklich an. »Woher wissen Sie, dass ich dorthin will?«

Der Mann lachte. »Wer kommt schon hierher? Inder nur in den Ferien und ein paar Kolonialisten, die in der Vergangenheit leben. Ihren Pass, bitte.«

Zelda gab ihm den Pass. Als er offen auf dem Tisch lag, warf sie einen Blick darauf. Das Foto sah ihr nicht sehr ähnlich. Durch das Blitzlicht glänzte ihre Haut, und sie sah aus wie ein erschrecktes Känguru, das mit weit aufgerissenen Augen mitten auf der Straße im Scheinwerferlicht stand.

»Vielen Dank. Das ist für Sie.«

Er ließ den Pass zusammen mit einer blauen Broschüre durch das Gitter gleiten. Zelda blickte auf das goldene Haupt. Wie ein Siegel prangte es auf der Broschüre. Shahastra, der Weg zur Unwissenheit.

»Vielen Dank, ich habe schon eine.«

Die Broschüre wurde durch einen großen Messingschlüssel ersetzt. »Zimmer neunundsechzig. Der Boy wird es Ihnen zeigen.« Noch während er sprach, ließ er eine Hand auf die Klingel fallen.

Zelda drehte sich um und ging.

»Einen Moment, bitte«, rief ihr der Mann nach. »Ihr Name ist doch Madison, nicht wahr? Ich glaube, ich habe ein Telegramm für Sie.« Papier raschelte im Halbdunkeln, dann wurde ein blauer Umschlag unter dem Gitter hindurchgeschoben. »Das ist für Sie. Es ist über Rishikesh gekommen und von einem Mr. Saha weitergeschickt worden.«

Zelda nahm den Umschlag an sich und betrachtete ihn mit gemischten Gefühlen. Dann ließ sie den wartenden Boy einfach stehen, ging hinaus und riss ihn hastig auf.

Absender: Drew Johnstone.

Sie sah den Namen und dachte einen Moment nach, bevor sie das Telegramm las.

```
LIEBE ZELDA, KOMM ZURÜCK - STOP - ICH MÖCHTE
DICH HEIRATEN - STOP - SAG JA - STOP - LIZZIE
RICHTET DIE HOCHZEIT AUS - STOP - DU MUSST
DICH SOFORT ENTSCHEIDEN - STOP - EIN FÜR ALLE
MAL - STOP - ICH LIEBE DICH - STOP - DREW
```

Zelda starrte auf das Telegramm. Als hätte sie es nicht verstanden, las sie den Text immer wieder.

Komm zurück. Ich möchte dich heiraten.

Mit dem Telegramm in der Hand stand sie da und versuchte, ihren alten Traum zu träumen und wieder die

Wärme zu spüren, die immer in ihr aufstieg, wenn sie sich vorstellte, wie sie und Drew sich ein Haus für ihr gemeinsames Leben bauten, wie sie Lizzie die Nachricht überbringen und sie vor Glück weinen würde, wenn sie ihre neue Tochter umarmte und ihr erlaubte, Mutter zu ihr zu sagen, worauf sie so lange gewartet hatte.

Aber alles war nun unglaublich weit weg – wie eine Szene aus dem Leben eines anderen Menschen. Zelda las die Worte noch einmal: »Du musst dich sofort entscheiden – stop – ein für alle Mal.«

Du musst ...

Ein Wirrwarr von Gefühlen erfasste sie – Bestürzung und Schuld, gemischt mit Ärger. Sie wollte nur etwas Zeit für sich, um ihre Mutter zu suchen. Nun bekam sie dieses Telegramm. Es war nur ein Stück Papier mit ein paar Zeilen. Und doch spürte sie die Macht, die ihre Finger nach ihr ausstreckte und sie in die alte, vertraute Welt zurückzog.

Sie blickte auf. Der Hotelboy hatte sie die ganze Zeit nicht aus den Augen gelassen und lächelte, als sich ihre Blicke trafen, wobei er strahlend weiße Zähne entblößte.

»Guten Morgen, Madam«, sagte er. »Ich hoffe, Ihnen gefällt es in Indien.«

Indien. Als sie an die riesige Entfernung dachte, die zwischen ihr und der Insel lag, atmete sie erleichtert auf. Sie befand sich in einem fremden Land, weit weg von zu Hause. Sie hatte ihre eigenen Pläne, und keiner konnte sie zwingen, sie aufzugeben. Sie allein traf die Entscheidungen.

Sei tapfer. Sei stark. Bleib dir treu.

Sie faltete das Telegramm zu einem kleinen Quadrat zusammen und vergrub es tief in ihrer Tasche.

Zelda und der Hotelboy folgten dem alten Gepäckträger. Er war groß, mager und kam mit dem schweren Rucksack nur langsam voran. Als sie eine breite Treppe erreichten, beobachtete Zelda ihn heimlich und hoffte, der Boy würde ihm helfen. Aber der war damit beschäftigt, den großen Schlüssel um den Finger zu wirbeln.

Sie gingen an einer Reihe Fenster und Türen vorbei. Fast alle waren geschlossen. Dann stießen sie auf ein Paar Beine, die in Jeans steckten. Jemand hatte sich ungeniert auf dem Boden ausgestreckt. Ohne seinen Schritt zu verlangsamen, stieg der Gepäckträger über die Beine hinweg. Der Boy tat es ihm gleich. Nur Zelda blieb stehen. Auf der Türschwelle saß eine blonde Frau und rauchte.

»Hallo«, grüßte Zelda sie freundlich.

Die Frau nickte, blies Rauch in die Luft und hob die Hand. »Lassen Sie das Klo in Ihrem Zimmer überprüfen.« Sie schlug dabei langsam die Augen auf, als wäre jede andere Bewegung zu anstrengend. »Bevor die beiden wieder weg sind.«

»Danke«, sagte Zelda.

Die Frau zog eine Augenbraue hoch. »Gern geschehen.«

Der Boy öffnete den einen Flügel einer Terrassentür und ließ Zelda eintreten. Sie ging an ihm vorbei und stand in einem altmodisch eingerichteten Wohnzimmer mit Kamin, schwerer Couchgarnitur, Couchtisch und einem großen polierten Schreibtisch. Das Zimmer sah aus, als stamme es aus einem englischen Landhaus, nur ohne Plüsch. Keine Blumen, keine Spitzendecken, keine Gemälde, nur klobige Möbel und abgelaufene Teppiche. Ein röhrender Hirsch mit riesigem Geweih hing über dem Kamin und bewachte den gesamten Raum. Der edle Kopf hatte sich über die Jahre ein wenig gesenkt, aber irgendein Handwerker hatte ihn mit Draht unter dem Kinn wieder hochgebunden.

»In Ordnung? Gefällt es Ihnen?« Der Boy machte eine ausladende Armbewegung, die den ganzen Raum einschloss.

»O ja!« Es gefiel ihr tatsächlich, denn es war anders als die üblichen Hotelzimmer, irgendwie echter, als hingen Kleider in den Schränken und lägen richtige Briefe auf dem Schreibtisch. »Aber ... eh ... was ist mit den Toiletten?« Sie lächelte verlegen. »Funktionieren sie auch?«

Sie folgte dem Hotelboy durch das Schlafzimmer in das beleuchtete Badezimmer. Es war weiß gekachelt, alt und verkalkt. Die Fenster waren vergittert, Scheiben fehlten, aber an beiden Seiten hingen Vorhänge. Der Boy hob den Klodeckel hoch – Staub wirbelte durch die Luft – und betätigte den Abziehhebel, den er daraufhin in der Hand hielt. Ein dünnes Rinnsal lief aus dem Wasserbehälter. Der Boy schüttelte bedauernd den Kopf.

»Keine Sorge«, meinte er, »ich repariere es sofort.« Er führte Zelda zurück ins Zimmer und wartete auf ein Trinkgeld. Dann grinste er breit und machte sich davon.

Der ältere Gepäckträger hatte vergeblich versucht, Zeldas Rucksack auf den wackeligen Gepäckständer zu platzieren und stellte ihn daneben auf den Boden.

»Wollen Sie auch zum Everest-Haus?«, fragte er höflich, als Zelda nach Münzen für ein Trinkgeld suchte. »Ein beliebtes Ziel unserer Gäste.«

Überrascht über sein gutes Englisch drehte sie sich um. »Kennen Sie sie? Die Schöne Mutter?«

Der Gepäckträger nickte. »Natürlich.«

»Wie ... wie sieht sie aus?«, fragte Zelda gespannt. »Haben Sie sie schon einmal gesehen?«

»Aber natürlich«, antwortete der alte Mann. »Ich bin

seit vielen Jahren mit ihr bekannt. Sie lebte in Landour in einem großen Haus mit einem Klavier.« Seine höflich distanzierte Art wich einer Begeisterung, die seine Züge weicher und seine Hände lebhafter werden ließ. »Sie hat allen geholfen, Indern wie Fremden. Sie gab ihnen zu essen oder machte sie gesund, je nachdem, was die Menschen brauchten.« Zelda hörte interessiert zu. Seine Augen leuchteten. »Ich war selbst schon einmal dort, als ich zu krank zum Arbeiten war. Alle bewunderten und liebten sie.« Überwältigt von seinen eigenen Worten hörte er gar nicht wieder auf und beachtete Zelda kaum. »Dann sind sie mit allen Leuten ins Everest-Haus gezogen. Sie brauchten eine größere Unterkunft, denn es kamen viele Fremde und alle wollten bleiben. Aber« – er holte tief Luft – »es ist ein weiter Fußweg. Deshalb haben wir sie schon lange nicht mehr gesehen.«

Zelda ging um ihn herum, nahm die Sonnenbrille und den Hut ab.

Der Mann fuhr fort. »Und im Winter, wenn es hier sehr kalt ist, ziehen sie nach Rishikesh, zu einem anderen ...« Verwirrt unterbrach er sich, blickte Zelda in die Augen, betrachtete ihr Gesicht, ihr Haar, ihre Figur. Langes Schweigen folgte. »Mein Gott, Sie ...« Er schluckte schwer und konnte nur mit Mühe weitersprechen. »Verzeihen Sie ... Aber Sie sehen aus wie sie.«

»Sie ist meine Mutter.« Entgeistert starrte er sie an. »Sie ist meine Mutter«, wiederholte Zelda. »Ich bin ihre Tochter.«

Einen langen, endlos langen Moment blieb er wie versteinert stehen. Dann verneigte er sich tief und verließ fluchtartig das Zimmer.

Sie blickte ihm verwundert nach. Dann fielen ihr seine Worte wieder ein: »Alle bewundern sie. Sie half jedem. Sie lieben sie.«

Ein Lächeln huschte über ihre Lippen. Die Worte erfüllten sie mit einem warmen Gefühl.

Zelda hockte sich in die leere Badewanne und wusch sich rasch unter dem Kaltwasserhahn. Das Wasser prickelte auf der Haut, und sie fühlte sich sauber und erfrischt. Anschließend zog sie einen Pyjama an, wickelte sich in das braune Umschlagtuch und betrachtete sich im großen Garderobenspiegel. Der handgewebte Stoff kratzte ein wenig auf der Haut. Er roch eigenartig fremd und scharf nach natürlichen Färbemitteln und leicht nach Weihrauch, den sie aus dem Warenhaus kannte. Dann zog sie das Umschlagtuch über den Kopf und vor das Gesicht, so dass Wangenknochen und Kinn bedeckt waren. Der Kontrast der braunen Haut zum dunklen Haar wurde noch viel weicher, weniger auffallend. Das war nicht mehr sie.

Sie nahm das Bündel Geldscheine aus dem Stiefel. Nachdenklich ging sie einige Minuten auf und ab. Wo sollte sie das Geld nur verstecken? Dann fand sie in einer der Schreibtischschubladen ein Verzeichnis des Hotelservice. »Lassen Sie keine Wertgegenstände im Zimmer«, las sie. »Sie können Ihre Wertsachen im Hotelsafe deponieren. Auskunft erhalten Sie am Schalter in der Lobby.« Sie sah auf die Uhr. Etwas Zeit blieb ihr noch. Außerdem konnte sie sich ein Taxi rufen lassen, während sie das Geld abgab.

Als sie wieder ins Wohnzimmer kam, war die Terrassentür offen. Männer in grünen Uniformen standen aufgereiht mitten im Zimmer und verneigten sich schweigend. Der Erste hatte einen Stapel schneeweißer Handtücher im Arm, oben drauf zwei Rollen Toilettenpapier und Seife. Der Nächste trug ein Kissen und sauber gebügelte Bettwäsche, die nach Kampfer roch. Hinter ihm stand ein Mann neben einem bequemen Polstersessel mit einer reich verzierten Lampe in der Hand. Der Letzte trug einen riesigen Blumenstrauß, hinter dem er fast verschwand.

Zelda blieb wie angewurzelt stehen und sah ihnen erstaunt zu, wie sie durchs Zimmer huschten. Schnell und ohne zu sprechen stellten sie ihre Last ab und verwandelten wie professionelle Dekorateure das Zimmer. Eine Goldbrokatdecke bedeckte die Couch, bestickte Tischdecken verzierten alle Tische und Simse, eine Lampe warf ihren rosa Schein auf den Polstersessel. Große Krüge mit Schwertlilien und rosa Azaleen, hängenden Glyzinen und krausem Jasmin auf den Tischen rundeten das Ganze ab. Als die Männer fertig waren, verschwanden sie sofort wieder. Keine Hand wurde aufgehalten, um Trinkgeld entgegenzunehmen. Nur freundliche Blicke, als würden sie eine alte Freundin willkommen heißen.

Die breite Straße hinauf zum Everest-Haus war offensichtlich neu gebaut worden. Aber weit und breit waren keine Häuser, Farmen oder Hütten zu sehen, nur dichter Wald mit hohen blühenden Bäumen und wuchernden Büschen. Es wurde rasch dunkel. Der Nebel, der den Blick in die Ferne unmöglich machte, bildete eine dichte graue Wand, die allmählich schwarz wurde.

Zelda überprüfte das Umschlagtuch und zog es noch mehr ins Gesicht. Sie dachte an Anandi, die mit ausdruckslosem Blick dasselbe getan hatte. Zelda hatte einen neuen Taxifahrer. Er vermied es, sie anzusehen, und hatte noch kein Wort gesprochen. Als der Hotelmanager ihm erklärte, dass sie in der Nähe, aber außer Sichtweite des Everest-Hauses abgesetzt und zwei Stunden später an derselben Stelle wieder abgeholt werden wollte, nickte er nur. Und als er am Straßenrand hielt, um sie aussteigen zu lassen, nickte er wieder.

Zelda ging schnell bis zur nächsten Kurve. Sie war erstaunlich ruhig, konnte jedoch kaum denken und planen.

Nach der Kurve stand sie plötzlich an einem weiten natürlichen Amphitheater, das unter ihr ein riesiges geschwungenes Becken bildete, bis das Land abrupt vor dem blauen Himmel endete. Dort, am Rande des Felsens, erhob sich ein großes weißes Gebäude. Die Marmorsäulen und Giebel glänzten in der Dämmerung. Helles einladendes Licht schien aus den Fenstern. Es musste wohl die große Halle sein, wo Satsanga abgehalten wurde.

Sie neigte den Kopf zur Seite und lauschte dem leisen Gesang, der aus dem Gebäude kam. Begleitet von Trommeln und Glocken, sanft, aber kräftig wie Herzschläge, klang die Melodie über das verlassene Land. Ein Windstoß erfasste ihr Umschlagtuch und schlug es ihr ins Gesicht. Sie stieg den Hang hinunter. Niedrige Büsche und runde Felsbrocken bildeten einen natürlichen Garten, gepflegt und doch wild. Er kam ihr bekannt vor ... Sie hielt den Atem an. Er sah aus wie die vom Wind geformte Heidelandschaft der Insel mit den zerklüfteten Granitfelsen, die sich wie altertümliche Mahnmale erhoben – die Bühne ihres Lebens, Heimat genannt.

28

Der Schein des Vollmonds, der zum Greifen nahe schien, zeigte ihr den Weg durch den Garten. Langsam und vorsichtig bahnte sich Zelda ihren Weg durch die niedrigen Büsche und Felsbrocken. Der Saft des zertretenen Laubs versprühte seinen Duft, und die Enden ihres Umschlagtuchs blieben immer wieder an spitzen Zweigen hängen. Aus sicherer Entfernung und in stoischer Ruhe sah ihr ein Schwarm Krähen zu.

Als sie näher kam, bemerkte Zelda, dass sich hinter der großen Halle auf der Felskante noch andere Gebäude befanden, die alle dunkel waren. Die unbeleuchteten Fenster und Türen bildeten ein schwarzes Muster in den grauen Mauern. Ein hoher Zaun trennte sie von Naturgarten, Straße und Wald. Die Halle lag wie ein riesiges Pförtnerhaus vor dem Anwesen und bewachte den einzigen Weg in das umzäunte Grundstück.

Als sie die Auffahrt erreichte, hörten Musik und Gesang auf. Am Eingang der Halle klapperten ihre Ledersandalen leise über den glatten Steinfußboden.

Die breite Tür war geschlossen, und Zelda blieb zögernd unter dem hohen Eingangsbogen stehen. An beiden Seiten hingen kleine Petroleumlampen. Insektenwolken umschwirrten die bläulichen Flammen. Der

Schein fiel auf eine weiße Fassade, die ein Mosaikbogen zierte: Pfauenvögel und Bäume aus azurblauen und jadegrünen Steinen. Ein Märchenpalast am Rande eines dichten Urwalds, eine Illusion, die sich mit dem nächsten Sonnenuntergang auflösen würde.

Unter dem Licht der Lampen stand ein hoher dunkler Ständer voller Schuhe: Sandalen, Stiefel, Riemenschuhe, Samtslipper und sogar hochhackige Schuhe. Zelda schlüpfte aus ihren Sandalen. Erstaunt runzelte sie die Stirn, als sie ihre Schuhe neben ein Paar Reebok-Turnschuhe stellte. Es war noch nicht neunzehn Uhr, aber offensichtlich waren schon alle da, und sie kam zu spät. Jetzt konnte sie nicht mehr in der Menge untertauchen und musste allein hineingehen. Sorgfältig ordnete sie das Umschlagtuch und stellte sicher, dass es ihr Gesicht bedeckte. Die Enden band sie fest um die Taille, um sich vor der Kühle der Nacht zu schützen. In der Nähe schrie ein Pfau. Sein Wehklagen durchdrang die geheimnisvolle Stille. Als Antwort erklang lauter Gesang aus der Halle. Das Lied der Menschen, die hierher gehörten, traf sie wie Spott, während sie allein draußen in der Nacht stand.

Ihre Füße trugen sie durch den gewaltigen Torbogen zu der hohen blauen Flügeltür. Sie drückte mit beiden Händen dagegen, aber sie öffnete sich nicht. Dann entdeckte sie die Umrisse eines kleineren Eingangs in einer der großen Türen. Sie lehnte sich dagegen. Diesmal gab sie nach. Lautlos wurde der Spalt größer und lud sie zum Eintreten ein. Nach einem Schritt über die Schwelle war sie im Haus.

Es war kalt und dunkel. Der schwere Duft eines süßen fremdartigen Parfüms hing in der Luft – Shahastra, der Duft der Unwissenheit. Er vermischte sich mit dem Geruch von brennendem Eichenholz. Aber es war immer noch niemand zu sehen. Sie befand sich in einem Vorraum. Seitlich stand ein langer Tisch. Auf der sauberen weißen Tischdecke hatte man kleine Päckchen Weihrauch und Holzkohlestückchen ordentlich ausgelegt. Am Kopfende standen Körbe mit hellblauen Orchideenblüten und glänzenden dunkelblauen Pfauenfedern. Kleine, kunstvoll mit filigranen Pfauen- und Blumenmotiven bemalte Klötze, die aussahen wie Miniaturziegelsteine, trugen Preisschilder in Rupien und Dollar. Sie setzte ihren Weg fort und stand vor der nächsten Tür.

Der Gesang war nun sehr nahe. Ein gleichmäßiges Trommeln begleitete kräftige klare Stimmen – viele Stimmen. Zelda dachte an die Zeit zurück, als dreißig Gläubige in der Inselkapelle Kirchenlieder gesungen hatten. Der dünne, zarte Klang hatte sich fast im Wimmern der Orgel verloren. Sie blickte auf die Tür. Es mussten sich Hunderte von Leuten in der Halle versammelt haben. Angst schnürte ihr die Kehle zu. Trotzdem zwang sie sich, weiterzugehen. Vorsichtig drückte sie gegen die Tür. Sie schwang auf. Erschrocken machte sie einen Schritt vorwärts.

Im Halbdunkel empfing sie der an- und abschwellende Gesang. Sie blieb stehen und überblickte ein Meer von Menschen, die alle mit gekreuzten Beinen auf dem Boden saßen und sich im Rhythmus der Trommeln wiegten.

»Hier entlang«, flüsterte ihr jemand ins Ohr. Ein Arm legte sich um sie und schob sie sanft nach links. Dort übernahm sie ein anderer Arm und führte sie zu einem kaum sichtbaren freien Platz auf dem Teppich.

Zelda machte es den anderen nach, setzte sich aufrecht mit gekreuzten Beinen auf den Boden und legte die Hände auf die Knie. Dann richtete sie sich noch mehr auf und reckte den Hals, um den vorderen Teil der Halle sehen zu können.

Aber außer einem niedrigen, blau beleuchteten Podium, auf dem ein Glastisch voll großer blaßgelber Blüten stand, war nichts zu entdecken. Der Rest des Raumes lag im Dunkeln.

Plötzlich hörte die Musik auf. Ein Trommelwirbel begleitete den ausklingenden Gesang. Als es wieder still war, wurden die Scheinwerfer, die in einer Reihe an der Decke hingen, langsam heller. Zelda setzte sich auf, kniete fast und kümmerte sich nicht um die bösen Blicke der anderen. Endlich würde sie sie sehen ...

Neben dem Tisch stand ein Glasstuhl. Darauf saß jemand im Schneidersitz. Zuerst konnte Zelda nur die Silhouette erkennen, dann fiel Licht auf eine Frauengestalt – dunkle Augenbrauen, dunkles Haar, blasse Haut. Sie richtete sich auf und lächelte ein herzliches Willkommen. Sie ließ den Blick so lange über die Menschenmenge schweifen, bis sie jeden Einzelnen angesehen hatte. Raunen und Flüstern folgten ihrem Blick. Zelda sank in sich zusammen und blickte zu Boden. Schweiß lief ihr über die Stirn. Sie bekam eine Gänsehaut und fing an zu zittern. In ihrem steifen Körper klopfte ihr das Herz bis zum Hals. Unausgesprochene Worte folgten einem geheimen Rhythmus: sie ist es, sie ist es, sie ist es ...

Plötzlich das Rascheln von Kleidern und Klimpern von Armreifen. Um sie herum standen alle auf und gingen zum Mittelgang. Viele hatten Blumen in der Hand, langstielige blaue Orchideen, oder die bemalten Holzklötze, die vor der Halle verkauft wurden, wieder andere trugen kleine Pakete oder zusammengefaltete Blätter.

Auch Zelda stand auf und wurde mit den anderen langsam vorwärts geschoben. Sie streckte sich und versuchte, über Köpfe und Schultern hinwegzuspähen. Aber das Podium war nicht zu sehen. Stattdessen sah sie, dass es in der Nähe des Podiums einen Bereich gab, in dem alle Personen blau gekleidet waren – unterschiedliche Blautöne und unterschiedliche Kleidung, aber es gab keine andere Farbe. Eine Reihe von Männern in schwarzen Umhängen, die wachsam ihre Blicke über die Menschen gleiten ließen, schützte die blaue Gruppe vor den vielen Besuchern.

Als sie näher an das beleuchtete Podium kam, senkte Zelda den Kopf und verbarg ihr Gesicht hinter dem Umschlagtuch. Vor ihr fanden sich die Menschen zu Paaren zusammen, die nacheinander an das Podium traten. Zelda sah zu, wie sie sich ehrfürchtig vor dem Glasstuhl verneigten und ihre Geschenke in die aufgestellten Körbe legten. Danach gingen sie mit gesenktem Haupt und gefalteten Händen auf ihre Plätze zurück.

Zelda spürte, wie jemand, ohne sie zu berühren, an ihrer Seite erschien. Schon bald waren auch sie an der Reihe. Sie traten vor und beugten sich über die Körbe. Zelda streckte die leere Hand aus und versuchte, über den Korb hinweg den nackten schlanken Fuß der Frau zu berühren. Fast hatte ihre zitternde Hand ihr Ziel erreicht. Haut berührte Haut ... Da schoss ein dunkelblauer Arm vor, um ihre Hand wegzustoßen.

»Nein, lass sie.« Die Stimme war leise und sanft. Zelda hob das Gesicht und öffnete ihre Augen.

Hier bin ich ...

Der Arm verharrte in seiner Stellung, als ein Schock sie erfasste. Diese Augen, diese geheimnisvollen eisblauen Augen!

Die Frau beugte sich vor und öffnete erstaunt die Lippen. Ein Zittern lief über ihr Gesicht.

Zelda starrte sie an, unfähig, sich zu bewegen. Ihr Begleiter kehrte in die Menge zurück und ließ sie allein über den Korb gebeugt stehen. Ein Raunen ging durch die Menge, aber sie hörte es nicht. Sie zitterte. Nur ein Gedanke schoss ihr durch den Kopf: Sie war es nicht! Diese Frau war nicht Ellen!

Die fremde Frau sprang auf und stieß dabei den Stuhl um. Die Menschen machten es ihr nach und standen nacheinander alle auf. Sie rang um Fassung. Ihr Gesicht nahm wieder einen ruhigen Ausdruck an, und auf den Lippen erschien das verklärte Lächeln. Rasch stellten sich die schwarzen Männer schützend vor die Frau, schoben sie, während sie der Menge immer noch zulächelte, langsam rückwärts zu einem Gang hinter dem Podium und brachten sie in Sicherheit.

Zelda verschwand eilig in der Menge, ein unbekanntes Wesen in unauffälligem Braun bahnte sich den Weg durch die Halle und drängte sich zum Ausgang hinaus. Dann fing sie an zu laufen, riss eine andere Tür auf. Mit lautem Knall, der durch den dunklen Flur schallte, fiel sie hinter ihr zu.

Ängstlich blieb sie stehen, schaute sich um und bemerkte, dass sie durch die falsche Tür gegangen war. Ohne zu überlegen lief sie weiter. Wieder sah sie das Gesicht der Frau vor sich – ein fremdes Gesicht. Das starke Make-up ließ sie aus der Ferne wie Ellen aussehen. Aus der Nähe betrachtet war sie eine andere. Aber sie hatte auf dem Podium gesessen, also war sie die Schöne Mutter. Das machte doch keinen Sinn ...

Zelda hörte auf zu laufen und kam an einem Alkoven voll blauer Blumen vorbei. Eine Wand war mit geschnitztem Elfenbein verziert. Auch Gemälde hingen hier. Ein kurzer Blick darauf erinnerte sie an die Statuen in Rishikesh. Auch sie zeigten das mollige verspielte Kind und die mehrarmige Göttin, umgeben von indischen Adeligen, mit Juwelen geschmückten Elefanten und barbusigen Prinzessinnen.

Eine große Doppeltür lag vor ihr, und sie blickte zögernd über die Schulter zurück. Sie wusste nicht, was sie tun sollte. Ein Teil von ihr wollte fort, an die frische Luft. Aber ihr war klar, dass die Statue in Rishikesh Ellen darstellte, genau wie das Bild an dem Getränkestand und das in Gold geprägte Antlitz auf den Broschüren. Ellen *war* die Schöne Mutter, nicht die fremde Frau auf dem Podium! Irgendwo musste sie sein, und sie musste sie finden!

Hinter ihr fiel die Tür ins Schloss. Sie saß in der Falle. Es roch nach abgestandenen Gewürzen und Shahastra. Matter Mondschein fiel durch die Stoffrollos. Weiter vorn schien eine blaue Lampe. Zelda blieb stehen, um ihre Augen an die Dunkelheit zu gewöhnen. Ein schwarzer Teppich führte durch den langen Raum. Von beiden Seiten blickten sie Hunderte von schimmernden Augenpaaren an. Helle Glieder in steifen Posen und blasse Ovale – Gesichter, eines neben dem anderen.

Sie ging zurück zur Tür, tastete am Türrahmen entlang und fand einen Schalter. Eine lange Reihe Scheinwerfer spendete schwaches gelbliches Licht. Langsam und ängstlich drehte sie sich wieder um und sah, dass an den Wänden hohe Regale voll großer Puppen standen, die fast bis unters Dach reichten. Es waren Kinderpuppen. Man konnte es an der Kleidung, den zu großen Köpfen, den runden Gesichtern und den flachen Brüsten erkennen. Merkwürdige, dunkelhäutige Kinder mit gehetzten Augen, fast nur Mädchen.

Zelda betrachtete jede Puppe einzeln. Sie waren von Hand gemacht, in Gips modelliert, gekleidet und bemalt. Aber es schien nicht nur die Arbeit eines Künstlers zu sein. Einige der Puppen waren gut proportioniert und sahen wie richtige Kinder aus, andere plump und entstellt. Aber alle Gesichter waren sorgfältig von sicheren Händen, die mit Lippenstift und Wimperntusche umgehen konnten, gemalt: feine Münder und Wimpern, zart gerötete Wangen und hohe Wangenknochen. Auch das Haar der Puppen war sehr gut gemacht – echtes Haar, unechtes Haar, gemaltes Haar. Blond oder dunkel, gelockt oder glatt, kurz oder lang.

Leise schritt Zelda über den dicken Teppich. Sie atmete im Rhythmus ihres Herzschlags – Lebenszeichen, die in dieser Totenstille fehl am Platz waren. Eine ehrfürchtige Atmosphäre erfüllte den Raum, als hätte man eine altertümliche Grabstätte mit religiösen Figuren oder Totems eines primitiven Stammes entdeckt.

Die Regale wurden durch eine Samtkordel vom Gang getrennt. Zelda ließ die Hand beim Gehen darüber gleiten. Die Kleidung der Puppen bestand aus indischen Stoffen: gefärbte, bestickte, bedruckte und bemalte Seide und Baumwolle, die man zu T-Shirts, Jeans und Röcken verarbeitet hatte – normale Kleidung für normale Kinder aus einer realen Welt. Eine der Puppen hatte sogar eine Zeitung aus beschriebenem Reispapier in der Hand. Eine andere hatte eine Katze auf dem Arm, wieder eine einen Vogel mit echten Federn auf der Schulter.

Als Zelda ihren Weg fortsetzte, wurde ihr klar, dass die Puppen viele Jahre lang gesammelt worden waren. Die Figuren am Anfang des Regals waren neu und hell, aber weiter hinten wurden sie immer staubiger und waren mit Spinnweben überzogen.

Am Ende des Raums befand sich eine weitere Doppeltür. Zelda blieb stehen und drehte sich noch einmal um, denn ihr war ein kleines schwarzweißes Gesicht und der Körper eines kleinen Mädchens aus staubigem, weißem Gips aufgefallen. Sie war fast nackt und trug nur einen weißen Badeanzug mit einem Muster aus Seesternen und Seepferdchen. Das schwarze Haar fiel in Strähnen über die schmalen Schultern, als wäre es nass. Ein gestreiftes Handtuch hing über ihrem angewinkelten Arm. Die Augen waren dunkel und trüb vom Staub. Im blauen Licht der Lampen sah sie einsam und verlassen aus. Zelda betrachtete sich die Puppe genauer und entdeckte, dass sie ein Armband trug, eine gemalte Goldkette mit einem Namensschild. Sie bückte sich und wischte den Staub ab. Kalter Schweiß stand ihr auf der Stirn, als sie den ersten Buchstaben erkannte. Ein *E* in schöner geschwungener Schrift. Dann folgten *LLEN*.

Ellen.

Zelda trat einen Schritt zurück. Die Puppe kam ihr merkwürdig bekannt vor. Nicht der Badeanzug oder das Handtuch, sondern der Körper des Kindes, das nasse Haar, das Gesicht. Und der Ausdruck in den Augen – die Sehnsucht gepaart mit Angst. Ein seltsames Gefühl zog sie an und stieß sie gleichzeitig ab.

Ich will dich.
Ich habe Angst vor dir.
Geh weg.
Verlass mich nicht.

Das Kind war Ellen. Aber irgendwie wusste Zelda, dass die Puppe auch sie selbst darstellte. Plötzlich verspürte sie den Wunsch, das Kind einzuwickeln und es in Sicherheit zu bringen. Aber das wäre nur ein weiteres Andenken, ein Hinweis, mehr nicht.

Sie musste sich an der Samtkordel festhalten. Ihre Fingernägel bohrten sich in ihre Handfläche, ihre Füße suchten unter dem dicken Teppich nach festem Boden. Alles war so unwirklich: die große Halle mit dem hohen symmetrischen Gewölbe, der Raum voll Puppen und das Kind Ellen, die Flure mit wertvollen Gemälden und verschwenderischen Blumen, das schwere Parfüm, das in der Luft hing. Alles fügte sich zu einer Aura des Friedens, der Schönheit und der Harmonie zusammen. Shahastra. Der Weg zur Unwissenheit. Er versprach Zuflucht vor dem Leben – die Flucht vor Schmerz, Lügen und endlosen Geschichten.

Obwohl sie sich zu dieser Vision von Frieden und Befreiung hingezogen fühlte, spürte Zelda dennoch, dass etwas Dunkles dahinter steckte. Sie stellte sich den Zustand der Unwissenheit wie das Treiben auf dem stillen weiten Meer vor. Nichts als Wasser, in dem sich der blaue Himmel spiegelte. Das Wiegenlied der sanften Wellen, die sich am Ufer brachen. Die warme Sonne auf der Haut ... Aber darunter, in der Tiefe, herrschte eine andere Welt: Dort lauerte etwas Unheimliches, das sie jederzeit in die Tiefe ziehen und vernichten konnte.

Zelda ging zu der schweren Tür und zwängte sich durch den engen Spalt, froh, der düsteren Halle mit den unheimlichen Puppen und dem Shahastra-Duft, der ihr den Verstand zu rauben schien, entrinnen zu können.

Als sie bemerkte, dass sie sich in einem weiteren Flur befand, lief sie auf ein halbdunkles Foyer zu. Plötzlich hörte sie Stimmen, blieb stehen und presste ihren Körper gegen die Wand.

»Es sind alle da«, sagte eine Frau mit leicht amerikanischem Akzent. »Die Gründungsmitglieder: ich, Skye und das ist Kate, dahinter Ruth ...«

»Und das ist sie«, unterbrach eine Männerstimme.

»Ja.« Es entstand eine kurze Pause. »Das ist sie. Es ist ein altes Foto, aber sie hat sich nicht sehr verändert. Da wir keine Fotoapparate mehr erlauben, müssen wir uns nach den Gemälden richten, wenn wir etwas Zeitgemäßes wollen. Aber wenn ihr sie sehen würdet, sie hat das gewisse Gesicht ...«

»Wurde das Foto hier gemacht?«, fragte der Mann.

»Natürlich nicht!«, erwiderte die Frau. »Das war im alten Haus auf der anderen Seite von Mussoorie.«

Zelda spähte um die Ecke, bis sie die zwei Sprecher sehen konnte. Sie standen mit dem Rücken zu ihr vor einer Reihe gerahmter Bilder. Die Frau war groß und schlank und hatte langes, mit grauen Strähnen durchzogenes, strohblondes Haar. Sie trug einen grünen Sari aus schwerer Seide, der in großzügigen Falten bis auf den Marmorboden fiel. Der Mann trug einen schwarzen Anzug.

»Und wer steht hinter ihr?« Er zeigte mit dem Finger auf das Foto.

»Wie bitte? Ach, der! Das ist nur ein alter indischer Diener. Ich weiß nicht, wie der auf das Foto gekommen ist. Eigentlich habe ich ihn nie bemerkt.« Sie legte die Hand auf die eine Hälfte des Fotos. »Ich denke, man kann ihn herausschneiden.« Die Frau drehte sich zur Seite und lächelte ihrem Begleiter zu. Sie hatte grüne Augen wie der Sari, das Gesicht eines Pin-up-Girls und eine wie in Stein gemeißelte Figur, an der schon das Alter nagte.

»Nun, wie lange kannst du so weitermachen?«, fragte der Mann vorsichtig, bekam jedoch keine Antwort. »Ziggy?«, forderte er.

»Ich weiß es nicht genau«, antwortete sie und drehte sich wieder zur Wand. Sie senkte die Stimme, so dass Zelda sich anstrengen musste, um sie zu verstehen. »Skye macht ihre Sache gut.« Sie zuckte die schlanken Schultern. »Vielleicht können wir sie nach und nach als eigene Persönlichkeit einführen und die andere einfach ... ausklingen lassen ... Ich meine, ohne großes

Aufsehen zu erregen.« Ein spindeldürrer Arm hob sich und ließ eine glänzende Armbanduhr sehen. »Satsanga geht gerade zu Ende. Wir sollten hinübergehen.«

Die zwei gingen durch das Foyer und verschwanden durch eine Tür.

Zelda lehnte an der Wand, ließ sich die Worte noch einmal durch den Kopf gehen und versuchte, sich einen Reim darauf zu machen. Ellen war in dem Everest-Haus gewesen, so weit war alles klar. Aber jetzt war sie nicht mehr hier, und sie machten ohne sie weiter.

Du wusstest, dass so etwas passieren konnte, dachte Zelda. Alle wussten es – Lizzie, Drew, sogar Rye. Sie erinnerte sich an seine Worte: Wenn du endlich dort bist, wirst du sie nicht antreffen. Die Menschen in Indien sind nicht sesshaft, sie ziehen weiter.

Sie ging zu dem Foto, das an der Wand hing, aber noch bevor sie dort war, fiel ihr ein anderes Bild auf – ein buntes Aquarell in romantischem indischen Stil. Es war Ellen, die Schöne Mutter. Sie schwebte auf blauen Wolken. An diesem Ort, wo es weder Leid noch Tod gab, war sie glücklich und zufrieden. Wie Perpetua und Felicitas, Lizzies Heilige, dachte Zelda. Löwen hatten zwar ihre Körper gefressen, aber ihre Seelen strahlten bis in alle Ewigkeit.

Wir sind immer für Sie da – aber tot.

Zelda blickte sich um und suchte nach einem Ausgang. Ein merkwürdiges Gefühl, das immer stärker wurde, stieg in ihr auf. Sie musste so schnell wie möglich fort, weit fort, bevor es ausbrach und sie verschlang ...

Sie rannte zurück und durch die Halle, bemerkte weder die Stimmen noch Gesichter und Arme. Mit gesenktem Kopf und wehendem Umschlagtuch bahnte sie sich einen Weg durch die Leute, lief an dem Schuhständer vorbei, drängelte sich durch eine tanzende Gruppe und stolperte durch den Naturgarten. Ihre nackten Füße stießen gegen raue Felsen, und Zweige zerrissen ihre Kleidung. Sie floh in den Wald mit seinen feuchten Blättern, glatten Ästen und moosigem Boden. Hier, in der beruhigenden Stille, war sie endlich sicher.

Der Taxifahrer erschrak, als sie ans Fenster klopfte, und schaltete die Scheinwerfer ein. In einer Sekunde erfasste er Zeldas zerkratztes Gesicht, ihre schmutzigen nackten Füße und zerrissenen Kleider. Er blickte die Straße hinab, als suche er nach einem Weg, sich ihrer zu entledigen. Rasch öffnete Zelda die Wagentür und glitt auf den Rücksitz.

»Fahren Sie«, sagte sie ruhig. »Zurück zum Hotel.«
Der Fahrer drehte sich um und blickte sie an.
»Ich habe meine Schuhe vergessen«, entschuldigte sie sich und brachte ein zaghaftes Lächeln zustande. »Außerdem bin ich durch den Wald gelaufen.«
Er zuckte zweifelnd die Schultern, drehte sich wieder um und ließ den Motor an. Er fuhr schnell. Offensichtlich wollte er sie bald loswerden.

»Der Wald ist nicht gut«, sagte er entschuldigend nach Minuten des Schweigens. Zelda antwortete nicht. Wegen einer gebrochenen Sprungfeder saß sie steif in ihrem Sitz und sah in Gedanken verloren auf die dunkle Straße.

Schon bald tauchten die brennenden Kochstellen und erleuchteten Hütten in der Dunkelheit auf. Plötzlich musste der Fahrer scharf bremsen, um nicht mit einer Kuh zusammenzustoßen. Danach fuhr er etwas langsamer, eine Hand ständig auf der Hupe. Zelda kurbelte das Fenster herunter und atmete den Geruch der Holzfeuer ein. Gelächter und das leise Murmeln abendlicher Gespräche drangen durch die Nacht. Ein Junge trieb auf einem schmalen Pfad Ziegen nach Hause.

Zelda legte den Kopf auf den Arm. Zuhause ... Der Geruch von nasser Wolle über dem Kamin, das Zischen des alten verrußten Kessels auf dem Ofen, brutzelnder Fisch in der Pfanne, vor dem Herd ausgestreckte Beine, Witze und Geschichten bei einem Glas Bourbon.

Ich will wieder nach Hause, dachte Zelda, dort gehöre ich hin. Ich werde auf dem Schiff wohnen und mit Reusen Krebse fangen, bis ich genug Geld für ein kleines Stück Land gespart habe. Plötzlich sah sie schmerzlich klar Drews Gesicht vor sich. Verzweifelt schloss sie die Augen. Alles hatte sich verändert – sie konnte nicht mehr zurück. Aber hier hatte sie auch nicht viel zu erwarten ...

Der Fahrer drehte sich zu ihr um, als er in die Auffahrt zum Hotel einbog. Dann verlangsamte er das Tempo, bis er nur noch Schritttempo fuhr.

»Ah!«, rief er aus und lehnte sich nach vorn über das Lenkrad. Die Straße war voll Menschen. Männer, Frauen und Kinder. Es waren keine Gäste oder Bedienstete. Die hageren Körper trugen die Uniform der Armen – vom jahrelangen Tragen ausgebleichte Farben und Muster. Dutzende zu Kränzen geflochtene Ringelblumen leuchteten golden in der Dunkelheit. Es waren die Gleichen, die es auch an den Ständen unten an der Ufertreppe gab.

Es muss ein religiöses Fest sein, dachte Zelda. Sie ließ sich tiefer in ihren Sitz sinken und war dankbar, dass die Dunkelheit sie vor neugierigen Blicken schützte. Das Schaukeln des Wagens wirkte beruhigend. Sie wünschte, es möge nie aufhören, sie davontragen, fort von Gedanken und Gefühlen.

Nach einer Weile fing der Fahrer wie wild an zu hupen und scheuchte die Leute an den Straßenrand. Dicht gedrängt standen sie mitten auf dem Weg und kümmerten sich nicht um das Taxi. Ihr Blick hing an den Lichtern des Hotels, die durch die Sträucher drangen.

Vor ihnen wurde die Auffahrt durch zwei hohe Eisentore versperrt. In der Nähe stand mit dem Rücken zur Menge ein uniformierter Wachposten. Beim Klang der Hupe fuhr er herum und starrte auf das herannahende Taxi. Der Fahrer lehnte sich aus dem Fenster und rief ihm etwas zu, woraufhin ihm der Wachposten schreiend antwortete. Kurz darauf gesellte sich eine Gruppe Hotelpersonal in grünen Uniformen dazu. Schreiend trieben sie die Menge zurück und öffneten das Tor, um das Taxi einzulassen.

Vor dem Hauptgebäude gestikulierten aufgeregt Gäste und Bedienstete und zeigten auf die vor den Toren wartenden Menschen. Zelda deutete auf den hinteren Teil des Parkplatzes. Der Fahrer nickte zustimmend und ließ sie im Schatten der alten Bäume aussteigen. Wortlos nahm er das Fahrgeld entgegen und fuhr eilig davon.

Zelda blieb einen Moment stehen, um sich zu sammeln. Dann betrat sie von hinten das Hotel und ging zu ihrem Zimmer, wobei sie Hauptgänge vermied. Sie ging schnell, denn sie wollte nur noch in ihr Zimmer, das wie ein alter Freund auf sie wartete. Hier konnte sie endlich wieder zur Ruhe kommen.

Als sie fast an der Tür war, sah sie eine Blumengirlande, die jemand auf die Türschwelle gelegt hatte, und blieb zögernd stehen. Aber die Vorhänge der Flurfenster waren zugezogen, und das Zimmer lag in schützender Dunkelheit. Sie trat an die Zimmertür und zögerte erneut. Rasch überprüfte sie die Fenster des Flurs, ob sie verschlossen waren. Dann drehte sie automatisch den Türknauf und bemerkte erstaunt, dass die Tür nicht verschlossen war. Sie seufzte erleichtert und schlüpfte hinein.

Im Zimmer hing der süße Duft von Blumen. Außerdem roch es stark nach Weihrauch, und im Dunkel glühte ein winziger roter Punkt. Als sich ihre Augen an die Dunkelheit gewöhnt hatten, fand Zelda den rosa Lampenschirm und streckte den Arm aus, um das Licht anzumachen. Doch plötzlich bewegte sich etwas, und sie erschrak.

»Ist da jemand?«, fragte sie ängstlich. Das Licht ging an. Sie fuhr herum. An der Tür zum Schlafzimmer stand ein alter Mann mit schlohweißem Haar. Sein Gesicht war dunkel und ledern. Er betrachtete sie lange, lächelte dann freundlich und gab ihr die Hand.

»Zelda«, murmelte er. »Zelda.« Langsam, fast feierlich wiederholte er ihren Namen. »Endlich sind Sie da, nach so langer Zeit.«

Zelda erwiderte schweigend seinen Blick. Seine Stimme klang wie Balsam, wie der flüsternde Wind. Er betrachtete sie von oben bis unten. Sie ließ es geschehen und wartete geduldig.

»Seit Jahren bete ich für Sie. Endlich sind Sie da.« Seine Stimme klang leise und mild – eine alte Stimme, die krächzte und raschelte wie trockene Blätter. Das indische Englisch, ein eigentümlich weicher Singsang, ging ihm leicht von der Zunge. »Ich habe für Sie Weihrauch angezündet und in meinen Träumen nach Ihnen gerufen. Dann habe ich schon nicht mehr daran geglaubt. Und nun sind Sie hier. Und Sie ...« Seine Stimme versagte. Schweigend, mit hängenden Schultern und einer Geste der Hilflosigkeit stand er da. »Und Sie sehen aus wie sie – genauso, wie sie vor vielen Jahren ausgesehen hat, als sie hier ankam!«

»Wer sind Sie?«, flüsterte Zelda. »Kennen Sie mich?«

Er nickte. »Ich bin Djoti, der alte Diener.« Er suchte nach Worten, wusste nicht, wie er beginnen sollte. Dann seufzte er und breitete immer noch lächelnd die Arme aus. »Ich habe Ihnen viel zu erzählen. Es ist so viel passiert, ich ...«

»Wissen Sie, wo sie ist?«, fiel Zelda ihm ungeduldig ins Wort.

»Natürlich. Ich bringe Sie zu ihr«, antwortete Djoti.

Zelda riss vor Angst und Hoffnung die Augen weit auf. Sie öffnete den Mund, um etwas zu sagen, aber Djoti hob die Hand. »Das Haus, in dem sie lebt, ist sehr weit weg. Wir kommen nur zu Fuß dorthin und müssen durch den Wald gehen. Das ist nachts unmöglich. Wir machen uns morgen früh auf den Weg.« Er sah sie ernst an. »Glauben Sie mir, wir haben keine andere Wahl.«

Zelda leckte sich über die Lippen und atmete tief durch. »Na gut. Aber ... ich meine ... lügen Sie mich bitte nicht an. Bitte!«

Djoti berührte ihren Arm, eine kurze, aber bestimmte Geste. »Sie werden sie wiedersehen«, sagte er. »Deshalb sind Sie doch gekommen, nicht wahr? Um nach so langer Zeit wieder mit ihr zusammen zu sein.«

Langes Schweigen. Aus der Ferne hörte man Gelächter. Dann ergriff Zelda wieder das Wort. »Bis vor ein paar Wochen wusste ich nicht einmal, dass sie noch lebt.«

Ein paar Wochen? Tausend Jahre?

Djoti nickte. »Ihr Vater hat Ihnen erzählt, sie wäre tot, nicht wahr?«

Zelda richtete sich auf. »Woher wissen Sie das?«

Djoti zuckte die Schultern. »Ich war ihr Diener. Briefe, Telegramme – alles ging durch meine Hände. Und Ellen, sie hat auch ...«

»Was für Briefe?«

»Sie hatte Ihren Vater in einem Brief darum gebeten, Ihnen schreiben und Sie besuchen zu dürfen. Aber er hat es nicht erlaubt.«

Zelda stand stocksteif da und nahm gierig jedes Wort des alten Mannes in sich auf. Djoti ging im Raum umher, nahm vor Verlegenheit Dinge in die Hand und stellte sie wieder hin, um ihrem Blick auszuweichen. Dann presste er ein Kissen gegen die Brust und strich mit der rauen Hand über den Samt.

»Es gab einen Gerichtsbeschluss«, fuhr er fort. »Also musste sie es akzeptieren. Es fiel ihr sehr schwer, und sie wollte mit niemandem darüber sprechen. Aber mit viel Geduld habe ich sie dann doch zum Sprechen gebracht. Sehen Sie« – er lächelte entschuldigend – »meine Tochter ist so alt wie Ellen. Sie lebt in einem Dorf, weit weg von hier. Ich habe ihr immer gewünscht, dass sie Freunde hat, wenn es ihr einmal schlecht gehen sollte. Außerdem« – seine Stimme wurde weich – »bin ich auch ein Vater und kann nachempfinden, wie es ist, sein Kind zu verlieren.«

»Sie hat mich nicht verloren«, sagte Zelda leise. »Sie ging fort.«

Djoti schwieg einen Moment. »Trotzdem hat sie Sie geliebt.« Um seinen Worten Nachdruck zu verleihen, nickte er. »Ja, das hat sie.«

Zelda hing an seinen Lippen.

»Sie besaß ein einziges Foto von Ihnen. Darauf waren Sie noch ein kleines Kind«, fuhr Djoti fort. »Es wurde an Ihrem Geburtstag gemacht. Es war ihr wertvollster Besitz, das Einzige, was ihr noch blieb. Sie ist die Schöne Mutter geworden. So hat sie es gewollt. Dafür hat sie alles geopfert. Ich bewunderte sie. Sie tat, was eine große Lehrerin tun muss, aber ich habe sie sehr vermisst.

Und« – er runzelte unsicher die Stirn – »um ehrlich zu sein, für sie war es nicht das Richtige. Für sie selbst, meine ich.«

»Sie müssen mir sagen«, sagte Zelda nachdenklich, »wer – ich meine was – ist sie? Ich begreife es nicht. Ich war im Everest-Haus, um sie zu sehen. Aber jemand anders war dort, nicht sie.«

»Das ist eine lange Geschichte.« Djoti bedeutete ihr, sich zu setzen. Zelda ließ sich auf dem Sessel nieder, ohne ihn aus den Augen zu lassen. Er setzte sich ihr gegenüber auf die Couch.

»Wissen Sie, seit bekannt wurde, dass die Tochter von Nanda Devi hier ist, hört der Strom von Menschen nicht mehr auf«, erklärte er gelassen, als wäre es ein Wetterbericht. »Natürlich lässt das Hotel sie nicht herein.«

»Ich habe sie gesehen.« Zelda sah die zerlumpte Menschenmenge vor sich – Ellens Freunde. »Sie haben mich nicht bemerkt«, berichtete sie. »Sie haben nicht einmal ins Taxi gesehen.«

Djoti nickte. »Der Hotelmanager wollte nicht, dass sie hier warten, und hat ihnen gesagt, Sie hätten sich bereits zum Schlafen zurückgezogen. Aber die Leute hoffen immer noch, dass Sie sich zeigen. Wer weiß? Vielleicht tun Sie es ja noch.«

»Was wollen sie von mir?«, fragte Zelda misstrauisch.

»Nichts«, antwortete Djoti. »Sie wollen die Tochter von Nanda Devi willkommen heißen. Ich werde versuchen, es Ihnen zu erklären …

Als sie hier in Mussoorie am anderen Ende der Stadt, in Landour, lebte, half sie sehr vielen Menschen. Vor dem Hotel stehen Kinder, die gestorben wären, wenn Ellen ihren Müttern nicht mit Lebensmitteln, Medikamenten oder Geld geholfen hätte. So etwas vergisst man nicht. Außerdem hat sie im Ashram ihre Sprache gelernt. Deshalb konnte sie persönlich mit ihnen sprechen und zuhören. Sie war ihre Freundin. Schon bald nannte man sie Nanda Devi. Andere, die Englisch sprachen, gaben ihr den Namen Schöne Mutter. Das war vor vielen Jahren. Diese Dorfmenschen haben sie schon sehr lange nicht mehr gesehen, aber sie haben sie nicht vergessen.« Er machte eine Pause und lehnte sich zurück. »Nachdem sie alle ins Everest-Haus gezogen waren, ging sie nicht mehr aus. Sie war nicht mehr im Bazar oder im Ashram zu sehen, und man traf sie auch nicht mehr in den Dörfern. Auch ich habe sie schon lange nicht mehr gesehen. Früher, als sie noch in Landour lebte, und noch kurze Zeit im Everest-Haus, habe ich für sie gearbeitet. Das war, bevor sie in Rishikesh den Ashram gründeten und die Winter im Tal verbrachten. Es war Ziggys Idee. Sie gehörte zu der ursprünglichen Gruppe und war für alle verantwortlich. Sie wollte, dass die Besucher der Ashrams religiöse Visa bekamen, damit sie problemlos so lange in Indien bleiben konnten, wie sie wollten. Deshalb eröffneten sie den Ashram in Rishikesh, der heiligen Stadt.

Ich wollte nicht ständig mit ihnen herumziehen. Dazu war ich schon zu alt. Außerdem habe ich auch Familie. Also musste ich meinen eigenen Weg gehen.« Djoti schwieg und blickte auf seine im Schoß gefalteten Hände. »Aber das war nicht alles. Ziggy mochte mich nicht, deshalb sorgte sie dafür, dass man mich zurückließ. Ellen wollte, dass ich blieb.« Sein Gesicht legte sich in Falten, und man sah ihm plötzlich sein Alter an. »Damals fing sie an, alle persönlichen Dinge hinter sich zu lassen. Nur ihre Schüler zählten noch. Ihnen gab sie alles. Nichts blieb übrig, nicht einmal für sie selbst. Und auch nichts für einen alten Inder wie mich. Also verlor ich sie aus den Augen. Trotzdem habe ich sie nie vergessen. Ich sah sie nie wieder, nur Bilder von ihr.« Er lachte bitter. »In den Bazaren werden Tassen mit ihrem Gesicht verkauft. Und sogar Puppen, die aussehen wie sie! Sie müssen im Ausland hergestellt worden sein, denn sie haben zwar ihr Gesicht und tragen blaue Kleider – aber das Haar ist rot! Meine Frau Prianka sparte etwas Geld und kaufte sich eine. Aber ich befahl ihr, sie wieder einzupacken. Was sollen wir mit einer Puppe, fragte ich sie. Unsere alte Freundin ist nicht mehr hier. Wir haben genug Götzen, um die wir uns kümmern müssen!«

Zelda teilte sein Lächeln. Seine schlichten Worte beruhigten sie. Plötzlich klingelte das Telefon. Aufdringlich zerstörte es die friedliche Atmosphäre im Zimmer. Beide starrten es an, unternahmen jedoch nichts. Schließlich hörte es wieder auf. Djoti beugte sich vor und machte das Licht aus. »Falls jemand kommt«, flüsterte er.

Im Dunkeln war jedes Geräusch klar und deutlich zu hören. Als er sich wieder zurücklehnte, gaben die Sprungfedern ein hässliches Geräusch von sich.

»Erzählen Sie weiter«, forderte Zelda ihn auf.

»Ja. Vor gar nicht langer Zeit kam ein Boy zu mir und erzählte, dass Nanda Devi im Krankenhaus liegt. Ich beeilte mich, zu ihr zu gehen. Aber man sagte mir, sie sei nicht da. Mein ganzes Leben lang war ich Diener und weiß, welche Lügen hinter einfachen Worten stecken. Die Wahrheit war: Man hatte sie in der Nacht vom Everest-Haus in das Krankenhaus gebracht. Aber niemand durfte sie besuchen. Ihre eigenen Leute wuschen sie und kochten für sie. Die Schwestern berichteten, sie wäre sehr krank. Der Arzt nannte es einen Zusammenbruch. Wie ein Auto?, dachte ich. Sogar ein altes Auto bricht nicht zusammen, wenn man es pflegt. Wenn das so ist, sagte ich zu Prianka, wie werden sie sich dann jetzt um sie kümmern?« Zelda konnte nur den Umriss seines Kopfes sehen, den er nachdenklich schüttelte. »Nach einiger Zeit hörte ich, sie erhole sich nicht. Wir machten uns große Sorgen. Wir mussten immer wieder daran denken, wie sie dort lag und versteckt wurde. Wir mussten etwas unternehmen. Also« – Djoti machte eine Pause und fuhr triumphierend fort – »haben wir sie entführt! Ja, das haben wir getan! Drei Sadhus halfen uns dabei. Wir mussten eine kleine Überflutung im Krankenhaus arrangieren, um die Schwestern abzulenken. Dann wickelten wir sie wie eine Tote in Laken, und die Sadhus trugen sie weg. Ich beobachtete alles vom Wald aus. Es war sehr schwierig. Obwohl sie es eilig hatten, mussten sie wie Priester sehr langsam gehen.«

Zelda saß ungeduldig auf der Stuhlkante und drängte ihn, weiter zu sprechen.

»Wir brachten sie in ein kleines Haus in den Bergen«, fuhr der alte Mann fort. »Oberst Stratheden – es war sein Jagdhaus, aber dann starb er, und es geriet in Vergessenheit. Vor etwa zwei Monaten brachten wir sie dorthin. Sehen Sie? Sie haben Ihre Mutter im Everest-Haus gesucht. Aber sie ist verschwunden, hat sich buchstäblich in Luft aufgelöst!« Er lachte. »Sie wollen sie unbedingt wieder zurückholen und haben überall nachgefragt, wo sie sein könnte. In allen Ashrams, Herbergen, Hotels. Sogar in Delhi, Kalkutta und Goa. Mein Freund im Postamt erfährt alles. Deshalb kann sie nicht auf Dauer dort bleiben.«

Die Couch krächzte wieder, als Djoti sich Zelda zuwandte. Seine weißen Zähne schimmerten, als er lächelte. »Deshalb sind Sie gekommen! Deshalb sind Sie hier!« Er beendete seine Rede mit einem kräftigen, klaren Ton, der lang in der Luft schwebte, bevor die Dunkelheit ihn verschluckte.

»Aber, ist sie ... geht es ihr gut?« Zelda erkannte ihre eigene Stimme kaum. Es schien unglaublich, nach so langer Zeit von Ellen zu sprechen, als wäre sie real und nahe.

»Sie leidet unter Träumen«, antwortete Djoti. »Es sind kein Albträume, aber danach ist sie immer sehr traurig. Viele Jahre hatte sie nicht mehr geträumt. Nicht einen einzigen Traum. Jahrelang studierte sie Yoga. Yogis können ihren Verstand kontrollieren, sogar im Schlaf. Ellen besaß diese Fähigkeit. Völlige Kontrolle. Wegen dieser Fähigkeit konnte sie den fremden Besuchern bei ihren Problemen helfen. Aber dann wurde ihr Körper zu schwach. Sie konnte nicht essen und hatte Schmerzen. Trotz der Erschöpfung schlief sie nicht, aus Angst vor Träumen. Sie wusste, dass ihre Kräfte sie verließen. Ihr Verstand wollte wieder frei sein. Sie hatte Angstzustände und zwang sich tagelang, wach zu bleiben. In diesem Zustand kam sie ins Krankenhaus. Aber dort wurde sie unter Drogen gesetzt.« Vor Empörung war er laut geworden. »Sie hasste Drogen. Und Krankenhäuser. Sogar den Geruch von Desinfektionsmitteln. Seit ich sie kenne, hasste sie diese Dinge. Ich war froh, dass ich sie von dort fortbringen konnte. Statt der fremden Schwestern und Ärzte kümmerte sich nun ihre alte Freundin Prianka um sie. Gemeinsam saßen sie am Kamin in Oberst Strathedens Haus. Prianka ließ sie keinen Augenblick allein und umsorgte sie wie ein kleines Kind. Sie streichelte sie, kochte für sie, fütterte sie und rieb ihr den Schmerz aus dem Körper. Prianka liebte sie und wer« – Djoti lachte – »wer kann der Liebe einer alten Frau schon widerstehen?

Ich besuchte sie, sooft ich konnte. In dieser Zeit fing sie an, über ihre Träume zu sprechen. Es waren lange Träume, ganze Geschichten. Einige handelten von Ihnen, Zelda. Andere gingen zurück in die Zeit, als Ellen ein kleines Mädchen war und in Amerika lebte. Besonders diese Träume machten sie traurig. Sie wurde den Gedanken nicht los, dass ihre Mutter ihr für etwas die Schuld gab, was sie nicht getan hatte. Es verfolgte sie. Aber ihr fiel nicht ein, was es sein konnte.« Djoti wurde ärgerlich. »Was kann ein Kind schon getan haben, fragte ich mich, dass sich die Liebe einer Mutter in Hass verwandelt? Dafür gibt es keine Antwort, erklärte ich ihr. Du musst an deine Tochter Zelda denken. Sie ist irgendwo auf dieser Welt. Deine Mutter – wer weiß?« Mühsam erhob er sich. Seine dunkle Silhouette hob sich vom schwarzgrauen Fenster ab. »Ich hatte Recht, jetzt sind Sie da. Aber jetzt muss ich gehen, damit Sie sich ausruhen können. Morgen komme ich wieder.«

»Nein!«, rief Zelda und sprang auf. Plötzlich spürte sie, dass er die einzige Verbindung zum nächsten Morgen war, der einzige Beweis, dass die Sonne wieder aufgehen würde. Sie hielt ihn am Arm fest. »Lassen Sie mich nicht allein, bitte!«

»Aber ich muss«, entgegnete Djoti überrascht. »Ich werde schon lange zu Hause erwartet.«

»Nehmen Sie mich mit«, flehte Zelda. »Ich kann auch dort schlafen, irgendwo. Dann können wir am Morgen gleich losgehen.« Sie beugte sich vor und machte Licht, damit sie Djotis Gesicht sehen konnte.

Er lachte, sein Blick wanderte durch das Zimmer. »Sie haben ja keine Ahnung«, sagte er. »Mein Heim ist eine Hütte. Es gibt keinen Strom und kein fließendes Wasser. Wir schlafen auf Matten auf dem Boden.«

»Aber ich habe auch in einer Hütte gewohnt«, beharrte Zelda. »Wenn es regnete, lief das Wasser unter der Tür durch, und der Sturm drückte den Rauch durch den Schornstein zurück ins Haus. Sie war sehr klein und so nahe ans Meer gebaut, dass Dad vom Fenster aus eine Angel auswerfen konnte ...« Sie versuchte zu lächeln, aber ihre Lippen zitterten, und Tränen stiegen ihr in die Augen.

»Weinen Sie nicht«, tröstete Djoti sie wie einst Cassie.

Seine Stimme war voller Mitleid. Zelda drehte sich um, damit er sie nicht weinen sah. Er blieb ruhig hinter ihr stehen. Dann hörte sie, wie er im Zimmer umherging und ihre Sachen in ihren Rucksack stopfte. Als er alles eingesammelt hatte, warf er sich die Ladung über die Schulter und wartete wortlos an der Tür.

29

In der Nähe von Landour waren die Waldwege sauber gekehrt. Überall schwelten kleine Haufen trockenen Laubs und verwelkter Blumen und schickten duftende Rauchschwaden in die stehende Luft der Dämmerung. Die kleinen Feuer waren unbeaufsichtigt. Vermutlich hielten sich Straßenkehrer in der Nähe auf, stets gegenwärtig und doch unsichtbar.

Tiefer im Wald wurde der Weg unwegsam und schlüpfrig, aber bunte Blüten brachten Farbe in die Baumwipfel, und Vögel zwitscherten in den hohen Ästen. Djoti ging voraus und sah von Zeit zu Zeit über die Schulter zurück.

»Aufpassen, nicht stolpern!«, warnte er. Am Wegrand ging es steil ins Tal hinab. »Hier sind schon viele Menschen zu Tode gekommen«, sagte er. »Pferde auch. Alle sind den Hang hinuntergestürzt.«

Auf dem Weg zeigte Djoti immer wieder auf weit entfernte Häuser: Rauchwolken, Giebel und Dächer, Bäume, die nicht aus dieser Gegend stammten. Er blieb stehen, um ihr die verkohlte Ruine einer einst stolzen Villa zu zeigen. Ein junges Liebespaar, Inder einer hohen Kaste, war davongelaufen, erzählte er, und hatte hier Unterschlupf gefunden. Aber dann hatte der Blitz ins Haus eingeschlagen, und sie waren verbrannt. Nun wohnten ihre Seelen hier und besangen nachts ihre Liebe ...

Weder Djoti noch Zelda sprachen während des Weges über Ellen. Beide genossen die Ruhe und den Frieden, die ihnen erlaubten, die stürmische Zeit des Schmerzes, der Hoffnung und Erinnerungen hinter sich zu lassen.

Am Vormittag waren sie an den letzten Häusern von Landour vorbeigekommen, und der Pfad wand sich nun in engen Serpentinen steil den Berg hinauf. Schon bald atmeten sie so schwer, dass sie nicht mehr sprechen konnten. Zelda blieb stehen, zog sich den Pullover aus und band ihn um die Hüfte. Er war alt, und die Ellbogen waren schon durchgescheuert. Aber sie liebte die Farbe – Graublau, wie der Winterhimmel. Früh am Morgen hatte sie ihn aus dem Rucksack gezogen, während Djoti und seine Familie draußen warteten, damit sie sich anziehen konnte. Zuerst wollte sie die braune Hose anziehen, entschied sich dann aber doch, keine indische Kleidung zu tragen. Also zog sie ihre alten Jeans, Stiefel, Buschhemd, Hut und den blauen Pullover an. Die abgewetzten Jeans und das Gewicht des Ledergürtels um die Taille gaben ihr mehr Selbstsicherheit. Um den Hals hatte sie sich James' alten Schal gebunden, der von Sonne und Wind völlig verblichen war. Die Touristin war verschwunden. Jetzt war sie wieder Zelda, Jimmys Tochter und Drews Freundin von der Nautilus Bay.

Djoti hatte sie erstaunt von oben bis unten angesehen, als er ihr eine Tontasse mit süßem gewürzten Tee gab. »Sie sehen aus wie ein junger Mann«, meinte er, nickte aber zustimmend, als er die festen Stiefel sah. »Der Weg ist steinig. Sie werden sie brauchen«, sagte er, obwohl er selbst barfuss ging.

Zelda ging hinter Djoti und blickte auf seinen Rücken.

Er ist ein alter Mann, dachte sie, eigentlich müsstest du ihm meilenweit voraus sein. Sie versuchte, sich die Seitenstiche wegzumassieren. Dann begann sie, die Schritte zu zählen, wie sie es immer getan hatte, wenn sie Drew nicht folgen konnte. Fünfzig. Weitere fünfzig. Nur noch einmal fünfzig. Schritt für Schritt, bis es geschafft war.

Plötzlich blieb Djoti stehen und drehte sich um. »Wir sind da«, erklärte er.

Zelda starrte ihn ungläubig an. »Wie bitte?«

»Schauen Sie zwischen den Bäumen hindurch. Dort ist es: Oberst Strathedens Jagdhaus.«

Zeldas Blick folgte Djotis ausgestrecktem Arm. Zuerst konnte sie nur Bäume, Blätter, Büsche und den Himmel sehen. Dann, fast verloren im Hintergrund, entdeckte sie die Umrisse eines Blockhauses.

»Es ist sehr klein«, erklärte Djoti, »und es hat keinen Anstrich.«

Ihre Blicke trafen sich. Zelda geriet in Panik und wusste nicht weiter. Das Ende der langen Reise war zu plötzlich gekommen.

»Gehen Sie nur weiter«, flüsterte Djoti. »Ich bleibe hier.«

»Nein«, bat Zelda. »Bitte, bringen Sie mich zu ihr.«

Doch Djoti verließ wortlos den schmalen Weg und winkte ihr zu.

Der Weg zum Haus führte um eine enge Kurve zu einer kleinen Lichtung, auf der eine alte verwitterte Hütte stand. Das Dach war mit Schindeln gedeckt, die hölzernen Fensterläden hingen schief in den Angeln. Ausgebleichte weiße Schädel mit langen Geweihen verzierten den Eingang. Über einer Tür aus grob gehobelten Planken entdeckte Zelda zwei rostige Gewehre. Als sie weiterging, blieb ihre Bluse an den wilden Pflanzen hängen, die den ungepflegten Garten überwucherten. Mit einem Ruck befreite sie sich und schlug dabei gegen einen hin und her schwingenden Fensterladen. Der Schlag verhallte, danach war es wieder totenstill.

Zelda drehte sich um und hoffte insgeheim, Djoti würde doch mitkommen. Aber er war nirgends zu sehen. Die Stille zog sie wie ein Vakuum, das gefüllt werden musste, weiter. Sie folgte einem schmalen Trampelweg, der sie um die Hütte herumführte. An einem offenen Fenster blieb sie stehen und schaute in die Hütte hinein. Auf einer Wäscheleine hingen ein Hemd, eine Pyjamahose, Unterwäsche, Socken – alles in verschiedenen Blautönen. Rasch ging sie weiter und trat fest auf. Sie wollte die Stille stören, gefunden, zuerst gesehen werden.

An der Ecke blieb sie stehen. Langes schwarzes Haar fiel über den Rücken einer großen Frau, die sich über ein Stück frisch umgegrabener Erde beugte. Blasse Arme stießen den Spaten kräftig in die Scholle.

»Djoti?«, drang eine Stimme zu ihr herüber. »Bist du es?«

Als niemand antwortete, richtete sich die Frau auf, drehte sich um und fuhr sich mit dem blassen Arm über die Stirn und hinterließ eine erdige Spur auf ihrer Haut. Der Arm erstarrte und blieb wie ein Schutzschild vor der grellen Sonne auf der Stirn liegen.

»Nein, ich bin es«, unterbrach Zelda das erstaunte Schweigen. Hoch über ihren Köpfen durchschnitt ein Vogelschrei die Luft, der in der Ferne beantwortet wurde.

Ihre Blicke trafen sich, rissen sich los, wanderten über Gesicht und Körper, bevor sie sich wieder vereinten. Tränen nahmen ihnen die Sicht. Langsame zögernde Schritte brachten sie näher und näher, wie ein Tanz, der einem stummen Lied folgte.

Sie fassten sich an den Händen, sanken in die weiche Erde, die sie umschloss wie der Sand am Meer – an einem weißen Strand auf einer fernen Insel – vor so vielen Jahren. Sanft schien die Sonne auf ihre Köpfe, Quelle der Wärme und des Lebens – die Mutter.

Danksagungen

Mein tiefer Dank gilt Roger Scholes, der mich bei den Recherchen zu dieser Geschichte auf meinen langen Reisen über Land und Meer und viele Seiten Papier begleitet hat ...

Außerdem möchte ich meiner Agentin Jill Hickson, Nikki Christer und Madonna Duffy von Pan Macmillian Australien, Kay Ronai und Clare Visagie für ihre unschätzbare Hilfe danken.

Auch stehe ich zutiefst in der Schuld meiner Familie und Freunde, die mir auf vielfältige Weise geholfen haben.

Die fesselnde Kraft des Schwarzen Kontinents

Katherine Scholes
Die Regenkönigin

Roman

Kate kann ihre Kindheit in Tansania nicht vergessen. Damals wurden ihre Eltern auf grausame Weise umgebracht. Als eines Tages eine fremde Frau in Kates Nachbarhaus einzieht, ahnt sie nicht, dass mit ihr die Vergangheit erneut in bedrohliche Nähe gerückt ist: Bei der Nachbarin handelt es sich um Annah, die einst im Leben ihrer Eltern eine große Rolle spielte. Und Annah erzählt Kate von ihrem Leben in Afrika und was damals wirklich geschah ...

Reisen Sie mit Kate in ihre Vergangenheit – blättern Sie um:

Knaur Taschenbuch Verlag

__Leseprobe__

aus

Katherine Scholes
Die Regenkönigin

erschienen bei

Knaur Taschenbuch Verlag

Prolog

Dodoma, Tansania, Ostafrika 1974

Auf dem Friedhof der anglikanischen Kirche standen zwei Särge zur Beerdigung bereit. Einer von ihnen war fast einen Fuß länger als der andere, aber abgesehen davon waren sie völlig identisch – einfache Kisten aus unbearbeitetem Sperrholz. Neben den Särgen stand Bischof Wade, dessen mächtiger Bauch sich unter der roten, mit Goldfäden bestickten Robe wölbte. Seine blasse Haut war gerötet, und der Schweiß lief ihm von der Stirn.

Er blickte über die Menschenmenge. Die Leute säumten die Wege und füllten die Zwischenräume zwischen den Gräbern; sie saßen auf den Ladeflächen und Dächern der Landrover, die vor dem Friedhof parkten, und selbst in den Ästen der alten Mangobäume, deren Kronen dem Friedhof Schatten spendeten, hingen sie.

Vorn standen die Missionare, zusammen mit ein paar anderen Europäern und einem halben Dutzend Journalisten mit Kameras und Notizblöcken. Hinter ihnen drängten sich die westlich gekleideten Afrikaner aus der Stadt und der Mission und eine Gruppe von Indern mit Turbanen und in Saris. Die Landbevölkerung bildete den äußeren Ring – ein Meer von schwarzen Köpfen, in bunte Gewänder gekleidet und mit Decken.

Der Bischof hob die Hand und wartete, bis die Menge verstummt war. Dann begann er aus einem Buch zu lesen, das ihm einer seiner afrikanischen Ministranten hinhielt. Seine kräftige, klare Stimme übertönte das Wirrwarr kleinerer Geräusche: Husten und Füßescharren, schreiende Säuglinge und das ferne Geräusch eines Lastwagens, dessen Schaltung malträtiert wurde.

»*Nackt und bloß sind wir auf die Welt gekommen, und nackt und bloß werden wir sie wieder verlassen ...*«

Er las noch ein paar Zeilen, doch dann brach er ab, weil er spürte, dass in der Menge etwas vor sich ging: unmerklich hatte sich die Aufmerksamkeit verlagert. Als er hochblickte, riss er erstaunt die Augen auf. Im hinteren Teil des Friedhofs war eine Gruppe von Kriegern aufgetaucht – langgliedrige Männer mit schlammverkrusteten Haaren und Halsketten aus bunten Perlen. Sie drängten sich durch die Menge bis nach vorn zu den Leuten aus der Mission. Die Spitzen ihrer langen Jagdspeere, die sie hoch über den Köpfen schwangen, funkelten in der Sonne.

Mitten unter ihnen befand sich eine weiße Frau. Ab und zu konnte man sie zwischen den bloßen Schultern der Männer erkennen – dann leuchteten kurz blasse Haut, ruhige Augen und rote lange Haare auf. Erstauntes Murmeln folgte ihr in Wellenbewegungen auf ihrem Weg durch die Menge.

Nicht weit vom Bischof entfernt blieben die Krieger

stehen. Auch die weiße Frau stand still vor den Särgen, ohne sich um die Unruhe, die sie verursacht hatte, zu kümmern.

Sie war eine seltsame Erscheinung, groß und schlank, in khakifarbener Buschkleidung, die von Schweiß und Staub beschmutzt war. Im Gegensatz zu den anderen Frauen in der Menge trug sie Hosen. Um die Taille hatte sie einen breiten Munitionsgürtel aus Leder geschlungen. Sie stand ganz still, mit unbeweglichem Gesicht, den Blick starr geradeaus gerichtet.

Der Bischof fuhr in seiner Lesung fort. Als er fertig war, verkündete er, dass der Chor jetzt ein Kirchenlied singen würde. Dabei drehte er sich absichtlich zu den Sängern um, in der Hoffnung, dass auch die Menge ihnen ihre Aufmerksamkeit zuwenden würde. Aus den Augenwinkeln jedoch sah er immer noch nur zu deutlich die schweigende Frau, die vor den Särgen stand ...

»Führe mich, o großer Jehova, als Pilger durch dieses dürre Land.«

Klar und deutlich erklangen die Worte und vereinten die Vielzahl der Stimmlagen zu einer einzigen komplexen Stimme.

»Brot des Himmels. Brot des Himmels. Nähre mich, bis ich gesättigt bin ...«

Beim letzten Vers des Liedes gab der Bischof einem seiner Ministranten einen Wink. Daraufhin trat ein Mädchen aus der Menge vor, geführt von einer der Missionarsfrauen.

Sie trug ein frisch gebügeltes, blaues Kleid. Der weite Rock bauschte sich um ihre Knie, als sie vortrat. Sie hielt den Kopf gesenkt, und ihre dunklen Haare fielen ihr ins Gesicht. In den Armen trug sie zwei zerrupfte Blumensträuße aus wilden Orchideen, Sonnenblumen, Gartenblättern und Unkraut – ganz offensichtlich hatte das Mädchen die Blumen selbst gepflückt.

Als die kleine Gestalt auf die Särge zutrat, begann eine afrikanische Frau hinten in der Menge laut zu jammern. Andere schlossen sich ihr an, und bald übertönten ihre Klagen den Chor. Es war fast so, als habe die Beerdigung bis jetzt dem Bischof und seiner Gemeinde gehört, aber der Anblick des Kindes, das an die Särge seiner Eltern trat, löste einen kollektiven Schmerz aus, der sich in der Liturgie nicht fassen ließ. Tiefe, ursprüngliche Trauer überwältigte die Menge.

Kate stand zwischen den beiden Holzkisten. Sie legte den ersten Blumenstrauß auf den Sarg ihres Vaters und rückte ihn sorgfältig auf der Mitte des Deckels zurecht. Dann drehte sie sich um zu dem anderen Sarg, in dem die Leiche ihrer Mutter lag. Sie blickte auf die Bretter, als versuche sie hindurchzusehen. Ob sie wohl die Augen offen hat?, fragte sie sich. Oder sind sie geschlossen, als ob sie schliefe ...

Sie hatte die Leichen nicht mehr sehen dürfen. Sie hatten gesagt, sie sei ja noch ein Kind. Niemand hatte hinzugefügt, dass die Körper von Macheten aufgeschlitzt worden waren, aber Kate wusste, dass es so war.

Auch die Gesichter?, wollte sie fragen.

Aber offenbar hatte niemand von ihr erwartet, dass sie etwas sagte. Sie wollten, dass sie weinte, schlief, aß, Tabletten schluckte. Alles – nur Fragen durfte sie nicht stellen.

»Es ist ein Segen, dass du nicht da warst«, sagten sie immer wieder. »Gott sei Dank warst du hier im Internat. Wenn man daran denkt ...«

Ein Journalist drängte sich durch die Menge und richtete seine Kamera auf sie, um den Augenblick einzufangen, wenn das Kind den zweiten Blumenstrauß niederlegte. Kate starrte ihn mit steinernem Gesicht an, als er sich vorbeugte, um sie besser ins Bild zu bekommen. Worte kreisten in ihrem Kopf wie ein Zauberspruch und hielten sie vom Denken ab.

Halte dein Herz fest. Es ist Gottes Wille.
Halte dein Herz fest.

Sie dachte die Worte auf Swahili – mit der Stimme der afrikanischen Hausmutter, die sie aus dem Schulbüro begleitet hatte, nachdem man es ihr gesagt hatte. Man hatte es ihr einfach so gesagt. Ein Mann bewegte die Lippen, Worte kamen heraus.

»Etwas Schreckliches ist geschehen ...«

Halte dein Herz fest.

Kate blickte auf und begegnete dem ruhigen Blick der rothaarigen Frau. Sie kam ihr irgendwie vertraut vor, aber die Verbindung war nicht stark genug, um die Erstarrung des Mädchens zu durchdringen. Nach einem kurzen Moment wandte Kate die Augen ab und blickte über den Friedhof hinaus. Die Bäume waren sattgrün. Die Erntezeit stand kurz bevor. Sie stellte sich den Mais auf den Feldern vor. Er reichte ihr bis über den Kopf. Die gelben Maiskörner wurden dick in ihren seidengesäumten Muscheln. Nur noch wenige Wochen, und die Hungerzeit würde wieder einmal vorüber sein ...

Kate ging zurück zu ihrem Platz neben der Frau des Arztes und blieb dort ganz still stehen, den Blick auf ihre Schuhe gerichtet – das glänzende schwarze Leder war staubig von dem feinen roten Sand.

»Sollen wir nach Hause gehen?«, flüsterte Mrs. Layton ihr ins Ohr. Kate blickte sie verwirrt an. »Ich meine, zu mir nach Hause«, fügte die Frau hinzu. »Du brauchst nicht mehr länger hier zu bleiben.« Sie versuchte, dem Kind zuzulächeln, aber ihre Lippen bebten.

Mrs. Layton nahm Kates Ellbogen und schob sie durch die Menge. Ein junger Mann mit Notizblock und Kamera eilte ihnen nach.

»Entschuldigung«, begann er, als er Kate eingeholt hatte. Er hatte ein freundliches Gesicht, aber bevor er noch etwas sagen konnte, scheuchte Mrs. Layton ihn fort.

»Reden Sie mit dem Bischof«, sagte sie zu ihm. Dann führte sie Kate rasch weg.

Als die Beerdigung vorüber und das letzte Lied gesungen war, begann sich die Gemeinde zu zerstreuen. Reporter eilten zu ihren Interviews, während die Missionare in kleinen Grüppchen herumstanden, als wollten sie nicht wahrhaben, dass der Gottesdienst beendet war.

Der junge Journalist trat auf den Bischof zu. Der Mann stand immer noch neben den beiden Gräbern und blickte auf die aufgeworfenen Erdhügel.

»Bischof Wade, ich habe ein paar Fragen …«, begann der Journalist.

»Die Mission hat eine Erklärung herausgegeben«, schnitt ihm der Bischof das Wort ab.

Der junge Mann nickte. Er hatte das Dokument vor zwei Tagen gelesen. Es hatte lediglich den Mord an zwei Missionaren, Dr. Michael Carrington und seiner Frau Sarah, in einer abgelegenen Station im Westen, nahe der Grenze zu Ruanda, bestätigt. Ein Motiv für die Morde war nicht bekannt. Dann hatte lediglich noch dagestanden, dass ein dritter Europäer, der zur Zeit des Zwischenfalls zu Besuch in der Station gewesen war, nicht verletzt worden sei. Das war alles. Eine weitere »Information«, die sich jedoch trotzdem rasch in Dodoma herumgesprochen hatte, wurde nicht erwähnt. Offenbar war das weibliche Opfer vor seinem Tod nackt ausgezogen worden, und man hatte ihr bizarrerweise, so ging das Gerücht, ein Ei in den Mund gestopft.

»Es gibt noch einige Punkte, zu denen ich gerne ein paar Details wissen würde«, sagte der Journalist.

Der Bischof blickte zustimmend auf. Er sah müde und erschöpft aus, jetzt, da er die Beerdigung hinter sich gebracht hatte. Der Journalist vermutete, dass er ihm wahrscheinlich nicht allzu viele Fragen stellen konnte.

»Können Sie bestätigen, dass ein Ei ...«, begann er. Der Bischof warf ihm einen gequälten Blick zu, aber der junge Mann fuhr fort. »In ... Mrs. Carringtons ... Mund war?«

Der Bischof nickte. »Da der Überfall Ostern stattgefunden hat, sollte es wahrscheinlich eine Anspielung auf die christliche Sitte des Eierversteckens zu dieser Zeit sein.« Seine Stimme klang monoton, als rezitiere er lediglich eine Antwort, die er vorbereitet hatte. »Auf der ganzen Welt, wo immer die Liebe Gottes gepredigt wird, gibt es Menschen, die mit Hass darauf reagieren.« Er holte tief Luft. Der Journalist blickte auf seinen Notizblock und stellte noch eine Frage.

»Wie alt ist das Mädchen?«

»Zwölf.«

»Was geschieht mit ihr?«

»Sie wird nach Australien zurückkehren. Es gibt keine nahen Verwandten, und der Missionssekretär wird ihr Vormund werden. Man wird gut für sie sorgen, und sie wird auf die besten Schulen gehen.«

Der Journalist machte sich Notizen. »Wie kommt sie damit zurecht?«, fragte er.

»Sie ist stark«, erwiderte der Bischof bekümmert. »Wir können nur beten, dass ihr Glaube ihr hilft.«

Ein weiterer Journalist tauchte neben ihnen auf – ein älterer Mann mit spärlichem grauem Haar und einem erhitzten Gesicht. Als er den Mund öffnete, um etwas zu sagen, schüttelte der Bischof den Kopf.

»Genug. Bitte ...« Er wandte sich ab.

Der neu Hinzugekommene ließ sich jedoch nicht abschrecken und stellte seine Frage. »Die andere Person, die zu Besuch war. Es war eine Frau, nicht wahr – eine Miss Annah Mason?«

»Ja, das stimmt«, erwiderte der Bischof und wandte sich zum Gehen.

Beide Journalisten hefteten sich an seine Fersen.

»Hat sie den Mord mit angesehen? War sie dabei?«, fragte der ältere Journalist. Ohne die Antwort des Bischofs abzuwarten, fuhr er fort: »Wie kommt es denn, dass sie sie nicht mal angerührt haben? Ich meine, wenn man bedenkt, was den anderen beiden passiert ist ...«

Der jüngere Journalist verzog entsetzt das Gesicht bei dieser Frage, aber er lief trotzdem weiter neben den beiden her.

»Und diese ... Miss Mason ... stimmt es, dass sie zu Ihren Missionaren gehört und dass man sie gezwungen hat, ihren Dienst zu quittieren? Können Sie mir sagen, warum?«

Der Wortschwall des Mannes brach plötzlich ab, als der Bischof sich umdrehte. Er war ein großer Mann, und jetzt war sein Gesicht vor Zorn ganz starr. Beide Journalisten traten einen Schritt zurück.

Der Bischof ließ sie einfach stehen und ging.

»Sie war nämlich hier, wissen Sie«, sagte der Grauhaarige. »Miss Mason.« Er leckte sich über die Lippen, als freute er sich schon auf ein kühles Getränk.

Der andere Journalist blickte sich um. »Haben Sie mit ihr gesprochen?«

»Das wollte ich zuerst.« Der Mann kratzte sich an der Nase. »Aber dann hat mir einer ihrer Leibwachen seine Speerspitze gezeigt, und die sah sehr scharf aus.« Er schüttelte den Kopf. »Schade.« Dann schob er seinen Bleistiftstummel in die Hosentasche und ging achselzuckend davon.

Kate saß in einem sonnendurchfluteten Wohnzimmer mit Fremden, die ihr etwas zu essen anboten. In ihrem Mund schmeckte alles nach kaltem Blei. Nach ein paar mühsamen Bissen schob sie ihren Teller weg.

Dann ging man mit ihr in einen Lagerraum, in dem

einige Truhen aufgereiht standen. Mrs. Layton erklärte ihr, jemand in der Station Langali habe die Habseligkeiten ihrer Familie eingepackt und hierher geschickt. Die Kisten würden demnächst nach Australien verschifft. Sie reichte Kate ein paar Dinge, die man für sie beiseite gelegt hatte – Dinge, von denen Mrs. Layton annahm, dass das Mädchen sie gerne bei sich haben wollte. Die Bibel ihres Vaters und die wenigen Schmuckstücke ihrer Mutter.

»Danke«, sagte Kate. Sie warf kaum einen Blick darauf und ließ alles einfach zu Boden fallen. Dann trat sie zu einer der Truhen und sah sich an, was eingepackt worden war. Sie holte eine ihrer Puppen heraus – es war diejenige, die man jedes Jahr zu Weihnachten, in ein weißes Tuch gewickelt, als Jesus in die Krippe gelegt hatte.

»Du kannst sie auch mitnehmen«, schlug Mrs. Layton vor. Kate sah ihr an, dass ihr die Vorstellung gefiel, dass eine Puppe sie trösten könnte.

Sie warf die Puppe zurück in die Kiste und blickte in einen Pappkarton voller alter Kleider.

»Das sind Sachen, die du wohl nicht behalten musst«, sagte Mrs. Layton. »Hauptsächlich Kleider. Wir werden sie den Afrikanern geben.« Stirnrunzelnd beugte Kate sich vor und ergriff ein paar Schuhe. Sie gehörten Sarah. Ihre Alltagsschuhe – die Schuhe, die sie trug, wenn sie in der Küche, im Krankenhaus und auf dem Gelände herumlief. Sie waren sauber geputzt, aber ganz weich und abgenutzt. Kate drückte sie ans Gesicht und atmete den herben Geruch von getrocknetem Schweiß ein.

Nach einer Weile trat Mrs. Layton zu ihr und legte ihr

die Hand auf die Schulter. »Weine ruhig, Liebes. Es ist besser, es herauszulassen.«

Kate hielt den Kopf gesenkt. Sie konnte nicht weinen. Die Tränen schienen in ihr festzustecken, in einem harten Klumpen Schmerz, der ihr im Hals saß.

Allein in ihrem kahlen Gästezimmer, kniete Kate sich vor das Bett, um zu beten. Sie konnte nicht denken, empfand nichts. Sie fühlte sich leer und verloren – als ob auch sie nicht mehr lebte. Sie fragte sich, ob das wohl an der Tablette lag, die Dr. Layton ihr gegeben hatte. Nach ein paar Minuten stand sie wieder auf. Ihr Blick fiel auf Sarahs Schuhe, und sie zog sie an. Sie waren ihr viel zu groß, und wenn sie versucht hätte, darin zu gehen, wären sie ihr von den Füßen gefallen. Kate setzte sich still auf die Bettkante und ließ sich von den abgenutzten Schuhen trösten. Sie spürte die Konturen, die die Füße ihrer Mutter hinterlassen hatten, unter ihren eigenen Füßen. Fast konnte sie sich vorstellen, dass Sarah sie gerade ausgezogen hatte. Dass sie noch warm waren ... Es beruhigte sie, zumindest so lange, bis die Tablette ihre Wirkung tat und den Schmerz betäubte.

Schläfrig legte Kate sich ins Bett und schlüpfte zwischen die gespannten Laken. Dann hörte sie, wie die Tür aufging. Rasch schloss sie die Augen. In Erwartung einer weiteren Umarmung versteifte sie sich – schon wieder ein Fremder, der sie berührte. Die Mutter von jemand anderem.

Aber die Gestalt neben ihrem Bett roch nach kalter Asche und Butter. Kate blinzelte.

»Ordena?«, flüsterte sie den Namen ihrer alten Ayah.

Nein, sagte sie sich, das kann nicht sein. Wer sollte sie denn hierher gebracht haben? Den ganzen Weg von Langali ...

»Habe ich dich nicht als kleines Kind in meinen Armen gehalten?«, antwortete die Frau.

»Du bist gekommen«, hauchte Kate. Sie konnte es kaum glauben.

»Ganz richtig, ich bin gekommen.« Ordena nahm Kate in die Arme. Langsam und sanft wiegte sie sie, als sei sie wieder ein Baby. Vor und zurück schaukelte die alte Amme im gleichmäßigen Rhythmus eines afrikanischen Wiegenlieds. Nach und nach wich die Starre von Kate, und sie schmiegte sich in die vertraute Umarmung. Und endlich flossen die Tränen.

1

Melbourne, Australien, 1990

Neben Kates Ellbogen tauchte ein Silbertablett mit Champagnergläsern auf. Sie nahm eines und stellte es vorsichtig neben ihre Papiere.

»Danke.« Sie blickte auf und las das Namensschild an der Bluse der jungen Krankenschwester. *Meg McCausland*, stand dort, *Aushilfe*. »Kommen Sie von der Agentur?«

Meg nickte. »Ich war vor ein paar Monaten schon einmal hier. Ich dachte, über Weihnachten sei es vielleicht ruhiger.«

Kate schüttelte den Kopf. »Nein, da haben wir am meisten zu tun.« Leiser fuhr sie fort: »Sie sagen ihren Freundinnen, sie führen über Weihnachten weg – und dann kommen sie hierher. Neujahr können sie dann wieder nach Hause.«

Meg grinste. »Faltenlos und um Jahre verjüngt! Keine schlechte Idee vermutlich – wenn man es sich leisten kann.«

Lächelnd trank Kate einen Schluck Champagner. Die kalten Bläschen prickelten auf ihrer Zunge, aber der

Nachgeschmack war voll und weich. Sie blickte auf die Uhr und wandte sich wieder ihren Papieren zu.

Meg blieb in der Nähe und füllte neues Duftöl in eine Schale. Sie hielt das Fläschchen hoch und las laut, was auf dem Schildchen stand.

»*Weihrauch aus Bethlehem – für Weihnachten.*« Sie seufzte. »Jedes Jahr ringe ich mich wegen der Bezahlung zu dieser Schicht durch. Und wenn es dann so weit ist, bedaure ich es.« Sie drehte sich zu Kate um. »Was ist mit Ihnen? Haben Sie keinen Urlaub bekommen?«

»Mir macht es nichts aus, Weihnachten zu arbeiten.« Kate unterbrach ihre Arbeit nicht. »Ich bin nicht religiös.«

»Aber was ist mit dem Weihnachtsessen?«, fragte Meg. »Fehlt Ihnen die Familienfeier nicht?«

Kate schüttelte den Kopf. Sie beugte sich vor und nahm ein paar welke Blütenblätter weg, die aufs Telefon gefallen waren.

»Dann wohnen Ihre Eltern wohl nicht in Melbourne?«, fuhr Meg fort.

»Nein.«

»In einem anderen Bundesstaat?«

Kate ordnete die Unterlagen. Sie spürte, dass Meg auf eine Antwort wartete.

»Sie sind tot«, erwiderte sie abrupt. »Sie sind vor Jahren bei einem Unfall ums Leben gekommen.«

Entsetzt und verlegen starrte Meg sie an. »Es tut mir Leid«, sagte sie. »Es tut mir wirklich Leid.« Sie schwiegen beide. Irgendwo im Gebäude wurden Weihnachtslieder gesungen.

»Ist schon gut«, erwiderte Kate, die Mitleid mit der jungen Frau bekam. Sie nahm einen Plan und hielt ihn ihr hin. »Sie machen jetzt besser weiter. Ms James wartet darauf, dass ihr Verband entfernt wird. Sie liegt in Suite zwei. Die Patientinnen haben es nicht so gern, wenn man sie warten lässt.«

»Das habe ich schon gemerkt.« Meg wirkte erleichtert über den Themenwechsel. »Ehrlich, ich weiß gar nicht, wie Sie das die ganze Zeit hier aushalten. Es wird ja gut bezahlt, aber trotzdem ...«

»Mir gefällt es hier«, erwiderte Kate.

Meg zog die Augenbrauen hoch. »Sie meinen – das alles?« Sie blickte sich in dem üppig eingerichteten Raum um. Im Willoughby Center für Schönheitschirurgie wurden keine Kosten und Mühen gescheut. Selbst der Weihnachtsbaum passte farblich zur Einrichtung – er war beige und mit goldenen Cherubinen und babyblauen Bändern geschmückt.

»Nein«, erwiderte Kate hastig, »das nicht. Mir gefällt die Tatsache, dass die Menschen hier sein wollen. Sie kommen aus freiem Willen. Es ist nicht wie in einem echten Krankenhaus, es gibt keine Notfälle. Alles ist unter Kontrolle ...«

»Warum sind Sie denn Krankenschwester geworden, wenn das Ihre Meinung ist?«, fragte Meg.

Kate schwieg einen Moment und sagte dann achselzuckend: »Die übliche Geschichte, vermutlich. Florence Nightingale ...«

»Ach so.« Meg nickte. »Sie meinen die Männer in den weißen Kitteln.«

Lächelnd schüttelte Kate den Kopf. Sie kannte viele

Krankenschwestern, die es darauf anlegten, sich einen Arzt zu angeln, aber sie gehörte nicht dazu.

Ein Licht blinkte auf, und Meg verschwand auf die Station.

Kate widmete sich wieder ihrem Schreibkram. Sie beeilte sich jetzt, und ihre Handschrift wurde unleserlich. Wenn Meg zurückkam, beschloss sie, würde sie schon fort sein. Sie hatte genug von unverblümten Fragen und der Erwartung, dass sie darauf antwortete. Wie sind Sie auf die Idee gekommen, Krankenschwester zu werden?, hatte Meg wissen wollen. Kate lächelte grimmig und fragte sich, was die Frau wohl dächte, wenn sie die wahre Antwort kennen würde: Kate hatte nie Krankenschwester werden wollen. Die Wahl war für sie getroffen worden, als sie erst fünfzehn Jahre alt gewesen war; das Schicksal hatte ihren Weg unwiderruflich vorgezeichnet ...

Kate hatte auf dem Rasen im Schulgarten gelegen, als sie ins Büro der Direktorin gerufen wurde. Es war nicht ungewöhnlich für sie, dass man sie zu Miss Parr bestellte. Die Mission überließ der Schule die meisten Angelegenheiten, die ihr Wohlergehen betrafen, und man rief sie regelmäßig, um mit ihr alles Mögliche zu besprechen, von Geburtstagspartys bis hin zu neuen Sportsachen. Heute jedoch hatte Kate ein unbehagliches Gefühl. Ostern stand vor der Tür und damit der unerwähnte, ungefeierte Jahrestag ihrer Ankunft in der Schule. Kate Carrington – das junge Mündel der Mission. Ein mürrisches Mädchen mit einem Koffer, ohne Familie und ohne Zuhause; eine Ausländerin, die das

Geld in Cents und Shilling zählte und ständig in Swahili verfiel ...

Mit der Aufforderung der Sekretärin in der Hand trat Kate an Miss Parrs Tür. Nachdem sie sich die Haare zurückgestrichen und ihren Rock geglättet hatte, klopfte sie an.

»Herein«, ertönte Miss Parrs tiefe Stimme.

Als Kate den Raum betrat, sah sie sich einem großen Mann in einem marineblauen Anzug gegenüber. Sie wusste sofort, dass er nicht von der Mission kam – der Sekretär und seine Kollegen trugen entweder Safarianzüge aus Nylon oder Sportjacketts und Hose. Höflich schüttelte sie dem Mann die Hand.

»Wir kennen uns schon«, sagte er. Bei diesen Worten beugte er sich zu ihr hinunter. In seiner Stimme lag eine Traurigkeit, die Kate den Magen zusammenschnürte.

»Mr. Marsden ist Journalist«, warf Miss Parr ein. »Er hat dich vor ein paar Jahren interviewt wegen dem, was deinen Eltern zugestoßen ist. Jetzt möchte er eine Fortsetzung seines Berichts schreiben. Der Sekretär der Mission billigt es.« Sie warf Kate einen durchdringenden Blick zu. »Aber du sollst natürlich selbst entscheiden. Wenn du nicht willst, musst du nicht.«

Kate verspürte kurz Erleichterung. Miss Parr sagte nie etwas, was sie nicht auch meinte. Wenn Kate sie darum bäte, würde sie den Mann einfach wieder wegschicken. Aber dann fiel Kate ein, was sie über den Missionssekretär gesagt hatte – er wollte, dass sie das Interview gab. Jahrelang hatte die Mission alles für Kate bezahlt – Schule, Urlaub, Zahnarztbesuche, Friseur, sogar ihre Hauskatze. Die Organisation war auf Schenkungen und Geldspenden angewiesen, das wusste Kate, und man hatte ihr gesagt, dass die erste Geschichte über sie tausend Dollar eingebracht habe. Das Gleiche würde möglicherweise jetzt auch wieder passieren.

»Mir macht es nichts aus«, sagte Kate zu dem Journalisten und rang sich ein Lächeln ab.

Der Journalist stellte Fragen über Kates Freundschaften, ihre Hobbys, ihre Lieblingsfächer in der Schule und machte sich Notizen auf seinem Block. Kate beantwortete jede seiner Fragen ausführlich, weil sie sich schon vor der nächsten fürchtete. Ihr war klar, dass der Mann nicht wirklich an Einzelheiten ihres Alltags interessiert war. Früher oder später würde er auf den Punkt kommen. War sie glücklich? Hatte sie die Vergangenheit hinter sich lassen können – oder hatte die Tragödie von Langali ihr Leben zerstört? Die Panik saß ihr wie ein harter, kalter Kloß im Hals. Aber die direkten Fragen kamen nicht, und auf einmal merkte Kate, dass der Journalist nicht den Mut hatte, sie ihr zu stellen. Sie begann sich zu entspannen. Während sie von ihrer Katze erzählte, blickte sie dem Mann über die Schulter. Auf dem Baum draußen vor dem Fenster saß ein Vogel, baumelnde Würmer im Schnabel, auf dem Nest mit seinen Jungen.

Schließlich klappte der Mann sein Notizbuch zu und nickte Miss Parr zu – doch dann fiel ihm noch eine abschließende Frage ein. »Und was willst du tun, wenn du mit der Schule fertig bist?«

Kate starrte ihn einen Moment lang an, dann blickte sie zu Boden. Es war eine einfache, faire Frage, aber sie hatte keine Ahnung, was sie darauf antworten sollte.

Wenn sie versuchte, sich ihre Zukunft vorzustellen, kam sie ihr genauso leer und ohne Bezug zu ihr vor wie ihre Vergangenheit. Nur die Gegenwart schien eine gewisse Form oder Bedeutung zu haben. Aber diese Gedanken würden Miss Parr sicher nicht gefallen. Am St. John's College sagte man den Schülern immer, wie wichtig es sei, nach vorn zu blicken und sich Ziele zu setzen.

»Ich möchte Krankenschwester werden«, hörte sie sich sagen. Die Worte kamen erstaunlich sicher und kraftvoll. »Ich möchte in Afrika arbeiten, wie meine Eltern.«

In dem Schweigen, das folgte, hörte man nur das scharrende Geräusch, mit dem der Stift des Mannes über das Papier glitt. Draußen schrien die kleinen Vögel nach mehr Futter.

»Danke.« Der Journalist strahlte. »Das ist wundervoll.«

In der Woche darauf war der Artikel erschienen. Obwohl die Frage nach Kates Zukunftsplänen nur einen Bruchteil des Interviews ausgemacht hatte, bildete sie jetzt das Herzstück des Artikels. In der Zeitung war ein großes Foto von Kate, die ihre Katze ans Gesicht gedrückt hielt, und darunter stand in fetten Buchstaben die Schlagzeile:

Tapfere Tochter tritt in die Fußstapfen der Eltern.

Der Artikel wurde von vielen Leuten gelesen. In den Wochen und Monaten, die folgten, gratulierte man Kate immer wieder zu ihrem Mut und ihren Plänen. Und damit schien ihre Zukunft besiegelt zu sein. Wann immer sie in Erwägung zog, ihre Pläne zu ändern, kam es ihr vor wie ein Verrat am Vermächtnis ihrer Eltern. Der Mission. Gott. An allem, was eine Rolle spielte.

Kate parkte auf ihrem üblichen Platz unter dem dichten Blätterdach einer Linde. Während sie den Weg zum Haus hinaufging, betrachtete sie die Fassade des schmalen viktorianischen Reihenhauses. Das Haus wirkte trist und unbewohnt. Das vordere Schlafzimmer stand leer, und die Vorhänge waren nur selten zurückgezogen. Der einsame Weihnachtsschmuck – ein kleiner Kranz an der Tür – wirkte irgendwie fehl am Platz.

Im Flur war es dämmerig und still. Kate hängte ihre Tasche und ihre Jacke auf und ging direkt zum Wohnzimmer im hinteren Teil des Hauses. Dort öffnete sie die Terrassentüren und trat in ihren Garten.

Die Nachmittagsschatten waren schon länger geworden, aber die Sonne wärmte immer noch. Kate stand auf ihrer Terrasse und spürte die Sonnenstrahlen auf ihren Schultern. Lächelnd blickte sie sich um. Der Sommer war dieses Jahr nach einem regenreichen Frühling früh gekommen, und die Mischung aus Hitze und Feuchtigkeit hatte alles wild wuchern lassen. Immergrüne Gewächse, Stauden und einjährige Pflanzen, alles stand in Blüte. Die Buchsbaumhecke war frisch geschnitten, die Pfade von Moos und Unkraut befreit, und jeder Zentimeter Erde war sorgfältig mit Mulch bedeckt. Nie hatte der kleine Garten schöner ausgesehen.

Kate schlenderte über den Gartenweg und betrachtete jedes Beet. Sie blieb stehen, um die Knospe einer altmodischen Rose zu bestaunen, berührte die noch fest geschlossenen Blütenblätter, deren samtige Haut blass rosa schimmerte. Fast konnte sie den verborgenen Duft schon riechen.

Da erschütterte plötzlich ein lauter Knall die Luft. Kate erstarrte und blickte auf. Der Lärm war verklungen, aber er schwang in der Stille noch nach. Sie kannte dieses Geräusch. Sie irrte sich ganz bestimmt nicht. Das war ein Schuss gewesen – und er war in der Nähe abgefeuert worden, nicht weit entfernt.

Kate rannte zum Gartenzaun. Wenn sie sich auf die Zehenspitzen stellte, konnte sie zum Nachbarhaus blicken. Zuerst wirkte alles normal – das große, ungepflegte Grundstück, das Herrenhaus mit den heruntergelassenen Rollläden, die Hintertür, die ein wenig offen stand. Kate blickte durch den Garten, und ihre Augen weiteten sich, als sie neben dem Jacarandabaum eine Gestalt am Boden liegen sah. Und daneben lag ein Gewehr mit einem langen Lauf.

Was war passiert?
Wen wird Kate am Boden liegend finden?
Und wer hat den Schuss abgegeben?
Antworten auf diese Fragen finden Sie in:

**Die Regenkönigin
von Katherine Scholes**

Knaur Taschenbuch Verlag